◆ 本书系 2021 年度教育部人文社会科学研究青年基金项目《清代宋诗传播与接受研究》（项目批准号：21YJC751039）的结项成果

◆ 本书的出版受江西科技师范大学 2019 年度著作出版资助基金项目支持

清代宋诗出版、传播与接受研究

郑祥琥 著

知识产权出版社
全国百佳图书出版单位
—北京—

图书在版编目（CIP）数据

清代宋诗出版、传播与接受研究／郑祥琥著. -- 北京：知识产权出版社，2024.12.
ISBN 978-7-5130-9630-0

Ⅰ．I207.22

中国国家版本馆 CIP 数据核字第 2024RF5664 号

内容提要

本书主要研究内容包括四方面：一是对乾隆帝、纪昀的诗学理论与批评进行分析、探讨，对《四库全书总目提要》的编撰有多方面思考；二是对《千家诗》《瀛奎律髓》《十八家诗钞》等各种宋诗选本开展较大篇幅研究，梳理清代各宋诗选本涉及的理论问题；三是从诗集出版、选本收录等角度，聚焦苏轼、黄庭坚、陆游等人诗歌在清代的接受史。通过对清代宋诗接受的梳理，探讨了清代诗坛宗宋思潮的发展，进一步加深学界对清诗史的认识；四是在"结语"中深入分析了"史料如何形成"，在此基础上结合"概率论"与"进化论"，探讨、总结了多方面的历史理论与史学理论问题。

本书适合文学领域研究者、历史学者阅读。

责任编辑：李　婧　　　　　　　责任印制：孙婷婷

清代宋诗出版、传播与接受研究

QINGDAI SONGSHI CHUBAN、CHUANBO YU JIESHOU YANJIU

郑祥琥　著

出版发行：知识产权出版社有限责任公司		网　　址：http://www.ipph.cn	
电　　话：010-82004826		http://www.laichushu.com	
社　　址：北京市海淀区气象路 50 号院		邮　　编：100081	
责编电话：010-82000860 转 8594		责编邮箱：laichushu@cnipr.com	
发行电话：010-82000860 转 8101		发行传真：010-82000893	
印　　刷：北京中献拓方科技发展有限公司		经　　销：新华书店、各大网上书店及相关专业书店	
开　　本：720mm×1000mm　1/16		印　　张：34.5	
版　　次：2024 年 12 月第 1 版		印　　次：2024 年 12 月第 1 次印刷	
字　　数：550 千字		定　　价：158.00 元	
ISBN 978-7-5130-9630-0			

出版权专有　侵权必究
如有印装质量问题，本社负责调换。

代 序
接受研究：从基础性文献梳理的视角切入

甲辰年，盛夏日，郑祥琥博士寄来校对书稿《清代宋诗出版、传播与接受研究》并求序。阅其稿，观其书，洋洋几十万字，为其2021年教育部青年基金项目"清代宋诗传播与接受研究"的结项成果。屈指算来，这已是祥琥的第三部专著了，前两部分别是：《文学进化论新探》《西游故事进化史新探》。甫逾不惑，祥琥就有这样的成绩，在同龄人里已是十分不易了。看到弟子如此勤奋多产，自然欣慰，可同时也深感压力。主要是自己对清代文学知之有限，对于清代宋诗的出版、传播与接受的研究方面也没有相应的知识积累，故欲写此序，资格是不够的。但作为一种了解，学习，还是有些话要说。

祥琥的博士毕业论文题为《清代诗坛宗宋现象研究》，与本书构成一种"姐妹篇"关系。忆其初，之所以选择清代文学为题，还有一个背景。祥琥所报博士专业名为"中国文学思想史"。该专业以罗宗强先生为学术带头人，把"文学思想"视为一独立的研究对象和研究范式，为罗先生的独创。罗先生在教学与研究中发现，以往的"中国古代文学史"和"中国古代文学理论批评史"专业不能完全解释古代文学和理论现象，在其中间地带还应有一门与之交叉重合但又相对独立的领域——文学思想。于是，在罗先生的倡导和推动下，"中国文学思想史"成为一独立的学科，并成为招收博士生的专业。鄙人不才，忝列其中。祥琥入校之时，罗先生主持的"中国古代文学思想史"系列著作已经一一完成并面世,分别是:张峰屹《西汉文学思想史》《东汉文学思想史》,罗宗强《魏晋南北朝文学思想史》《隋唐五代文学思想史》,张毅《宋代文学思想史》,罗宗强《明代文学思想史》。其中,先秦、辽金元、清代、近代等基本还是空白,亟须充实,加强。所以,不成文的,如果学生有意愿和一定前期积累,这一专业招收的博士,其论文选题要尽量向这几个朝代靠拢。我总共带了6个博士,只有王征同学选择"陶诗的明代接受研究",其他几位选题都在清代,祥琥亦然,目的就是要补足清代这个短板。这就是当年建议祥琥毕业论文选择清代的一个学科背景。当然,要完成这一任务并非易事,不但要有相当的知识积累,还要有对材料和文献的辨识、把握能力,作为文学思想史学科,对理论思辨能力和抽象提纯能力也有一定要求。应该说,这对祥琥是一个挑战,因为他读博前并不知晓这个背景,毕业论文也不一定要做清代的题目。即使不是从零起步,估计此前也未系统全面地接触过清代文学,根据自己的经验,要做一篇博士论文,绝非易事。2015年秋季,祥琥入学后不久,即与祥琥商议选题之事,并说出了自己的想法,没想到他没有任何犹豫,慨然应允。即使这样,还是为他捏了一把汗。几个月后,通过研读大量资料,几经思考,他逐渐对清代诗坛的宗宋问题有了全局性思考,逐步形成了其博士论文的基本思路,这基本上就是祥琥进入"清代诗坛宗宋问题研究"的基本背景和过程。简单追溯这一过程,可看出祥琥乐于学习新知识、善于把握问题的能力。且从文学思想史的角度看,宗唐、宗宋,无疑是笼罩清代诗坛的重要"文学思想",祥琥注意到这一点,并有将其整合、系统研究之志,是紧密契合了本学科宗旨的。

现在摆在眼前这本《清代宋诗出版、传播与接受研究》,无疑与《清代诗坛宗宋现象研究》有密切的血缘关系。逻辑关系上,前者应是后者的铺垫和准备,因为书是知识文化的载体,文化兴盛的前提是有书,易得。书印刷、出版了,才能传播;传播普及后,读书不再难,才谈得上接受。苏轼曾言其理云:"自孔子圣人,其学必始于观书。"但古时印刷不便,知识传播受限,"当是时,惟周之柱下史老聃为多书",一般学者观其书很难,例如"韩宣子适鲁,然后见《易》《象》与《鲁春秋》。季札聘于上国,然后得闻《诗》之风、雅、颂。而楚独有左史倚相,能读

《三坟》《五典》《八索》《九丘》",以至于"士之生于是时,得见《六经》者盖无几,其学可谓难矣"。学术繁荣,有赖于书籍的普及、广泛传播,试看:"自秦汉以来,作者益众,纸与字画日趋于简便……余犹及见老儒先生,自言其少时,欲求《史记》《汉书》而不可得,幸而得之,皆手自书,日夜诵读,惟恐不及。近岁市人转相摹刻诸子百家之书,日传万纸,学者之于书,多且易致。"(《李氏山房藏书记》)当然,书多且易得,只是文学与文化兴盛的一个条件,此不赘,只想说,从出版、传播这些角度谈清诗的宗宋问题,立论、论述的基础会更扎实。这一点,无疑也是祥琥写作此书的目的。

祥琥在南开大学攻读的博士学位属"中国文学思想史"学科,此领域由罗宗强先生开创,十分重视逻辑思辨与理论建构,这从罗先生的诸多著述中都能见出。此不赘言。广义上说,思辨与理论建构是该学科的灵魂与基因,薪火相传,代有传承。令人欣喜的是,在包括本书的祥琥系列论著中,我们可以看到这种精神基因。对此,祥琥是有一定理论的,其云:"但客观来说,在清诗研究领域,笔者的强项还是在关于'清诗发展史'的理论构建上,是在关于'清诗坛对前代诗学的接受史'的理论构建与阐发上。如本书'结语'中关于文学基因的两种接受形态的阐释,再如'结语'中笔者借助文献研究而对历史哲学的一定阐发,这些都很有理论创新性。客观而言,即使是笔者对'乾隆帝与纪晓岚诗学与学术批评'等问题的诸多创新性梳理与阐发,也最终是服务于理论构建。"这一点,相信读者在阅读相关章节时稍加留意就能体会到。理论思考,往往是全局的、宏观的,对此,祥琥在具体"申报"各种项目的实践中体会尤深。换言之,各种"申报"虽有形式主义之弊,但何尝不是对人的思维能力的一种磨砺和检验?令人欣慰的是,在各类令人头疼的"申报"中,祥琥找到了"理论建构"的感觉和乐趣。据其所述,正是在撰写各类"申报书"中,他对"清代诗坛宗宋问题"的思考有了多方面推进:"某种程度上说,这种'推进',并非'小推进',而是'较重大进展'……一旦'想清楚了'就会有豁然贯通之感。"正是通过"申报",他"逐渐厘清了'我到底在研究什么',逐渐厘清了'宗宋''宗宋现象''宗宋思想''宗宋思潮''宋诗出版''宋诗学'等诸多概念之间的联系与区别"。某种意义上,本书也是这种理论建构的产物。

但是,重视思辨和理论建构不意味着轻视文献。翻阅罗宗强先生的著作,能够感受到他对文献梳理的细密和深透。用宗强师的话说，古代文学研究要重视两个"还原"：一是史料还原，二才是思想还原。前者是后者的基础，否则后者即为空中楼阁。在祥琥此书的写作中，也体现出古代文学研究重视基础文献的精神。记得当年入南开大学师从王达津先生学习中国古代文学批评史，甫一入学，思进心切，就写了一篇小文向先生请教。先生看后，面露不悦，说道："这篇文章没有资料啊！不成。"其后仔细研读王达津、罗宗强诸师的论文，发现了一个共性：文献充沛，资料丰富。其文章往往是先从一条或几条古代资料入手，然后延伸到更为广阔的文史资料之中，将自己的观念、思想嵌入其中。观其文，堪称资料满纸，文史灿然。有时一篇小文，所引资料竟有几十条。后来才知晓，原来这背后有一个古代文学甚至是古代文化研究的不成文准则——有一分资料说一分话，切忌空论。由此悟道：某种意义上，古代文学论文的写作，遵循的实际上是一种"材料的辩证法"：你的功力，你的水平，你想要表达什么，全从材料中见出。悟此后，再写文章有了一些感觉，硕士毕业时已有 5 篇论文发表，按现在的标准看，有 3 篇都是 C 刊。长话短说：文史研究，资料先行。现观祥琥这本《清代宋诗出版、传播与接受研究》，无疑体现了这种精神。在本书"绪论"部分，祥琥详细地展示了围绕此书写作的长期、刻苦的读书生活：2016 年，他深入研读了齐鲁书社版五卷本的《王士禛全集》；2017 年上半年，研读了《沈德潜全集》，对沈德潜诗学有了纵览性了解；2017 年下半年至 2018 年初，又研究了近半年的翁方纲诗学。此间，他又广泛研读钱谦益、汪琬、宋荦、查慎行、厉鹗、蒋士铨、钱载、祁寯藻、何绍基、莫友芝、张之洞、陈三立等清代诗人的诗文集。2018 年 4 月初，他以钱仲联先生所编 22 卷本《清诗纪事》为统计样本，做出了"清代诗人宗唐宗宋倾向统计"的内容。2019 年、2020 年，读陆游《剑南诗稿》，"有时连续十多天，每天都读陆游诗五六个小时，将这十册大体过了一遍。由此也体会到了陆游诗的'妙处'"。2021 年 8 月，获得教育部青年基金项目《清代宋诗传播与接受研究》立项后，他又开始搜集清代诗歌与清代宋诗选本的材料。陆续将《四库全书》《四库全书存目丛书》《清代诗文集汇编》中关于清代诗歌、清代宋诗选本的材料装订了上百册古籍（每册约 200 张 A4 纸），以致其家中古籍影印本充栋盈室。后来，祥琥专注于清代宋诗出版的问题，详读了几十种主要的清代宋诗选本，积累了丰富的资料，有了充分的底气，才开始本书的写作。可以说，祥琥对于清代的宋诗接受研究，是以对基础性文献的长期、刻苦的研读为基础的，其理论建构是从基础性材料视角切入的。从出版、版本与传播的视角切入接受史的研究，是一种从梳理基础性文献切入的视角，它不仅使立论更为坚实，也为同类的接受性质研究提供了一种新的思考路径。

更为重要的是，广泛、深入地梳理文献、研读资料，其意义不仅仅在于为立论打好基础，而且会催生新的发现与创新思想，以充实、丰富已有的研究。据祥琥陈述，本书写作计划中，并未料到对乾隆帝、纪昀诗学理论与批评的研究会有重要突破。他此前确有研究纪昀的计划，但在大量阅读相关文献过程中，当深入研读了纪昀的《瀛奎律髓刊误》《纪昀评点〈苏文忠公诗集〉》《纪昀评点〈文心雕龙〉》《四库全书总目提要》及十卷本的《纪晓岚全集》等原著，旁及《纪晓岚评传》《乾隆帝评传》等传记材料，乃至深度参考了当代学者撰写的《四库全书》研究之作，如张升的《四库全书馆研究》、张晓芝的《四库全书馆密函：于敏中致陆锡熊手札笺证》等，他"逐渐对纪昀的心态与内在思路有了深刻的洞悉。这种'洞悉'使得笔者对纪昀的认识有了根本的改变。笔者在本书中展开了针对纪晓岚的全方位的批判，相关内容有近10万字，已颇为翔实与证据确凿了。要言之，本书的一大创新点就在于关涉纪昀与乾隆帝的内容"。对此，建议读者可以细读一下，除丰富知识外，还可以了解和体悟一种创新观念是怎样生成的。当然，祥琥这部著作需要完善的空间也是有的，仅就版本、出版而言，就有许多方面要细细梳理、研究。另外，还应就自己认为书中较为精彩、有新意的部分提炼出几篇高质量的论文面世。因为，某种意义上，论文和书毕竟不同。论文主要看立论、观点，书主要看整合、体系。前者重提炼、精到；后者重完备、齐整。对此，记得当年《南开学报》的一位老编辑有一个形象的借喻"伤其十指，不如断其一指"。此中意涵，需细细体味。

行序至此，几个念头涌上心来，一是"雏凤清于老凤声"，祥琥方逾不惑，已完成四部专著，有些在学界已有一定反响，这样的成绩可喜可贺。回想自己在祥琥这般年纪，远没有这样的成就，这固然有时代所造成的命运蹉跎的原因，但个人能力、才华的差异也是有的。二是"众里寻他千百度"，祥琥兴趣广泛，本科毕业后他面临着多种选择，也有过多种经历和体验，最终选择读书，皈依学术，并有了今天的成绩，这除了标志着其学术研究已经走上正轨之外，也为其人生道路的正确选择打上了一个完满的句号。三是王国维先生在《论哲学家与美术家之天职》中的一段话：

"天下有最神圣、最尊贵而无与于当世之用者，哲学与美术是已。天下之人嚣然谓之曰无用，无损于哲学、美术之价值也。至为此学者自忘其神圣之位置，而求以合当世之用，于是二者之价值失。夫哲学与美术之所志者，真理也。真理者，天下万世之真理，而非一时之真理也……夫人之所以异于禽兽者，岂不以其有纯粹之知识与微妙之感情哉？至于生活之欲，人与禽兽无以或异。后者政治家及实业家之所供给，前者之慰藉满足非求诸哲学及美术不可……且政治上之势力，有形的也，及身的也；而哲学美术上之势力，无形的也，身后的也。故非旷世之豪杰，鲜有不为一时之势力所诱惑者矣。虽然，无亦其对哲学美术之趣味有未深，而于其价值有未自觉者乎？今夫人积年月之研究，而一旦豁然悟宇宙人生之真理，或以胸中惝恍不可捉摸之意境，一旦表诸文字、绘画、雕刻之上，此固彼天赋之能力之发展，而此时之快乐，绝非南面王之所能易者也。"

以上数语，冀与祥琥共勉。

是为序。

南开大学教授、博士生导师 刘畅

2024 年 8 月 20 日于津门寓所

目 录

绪 论 …………………………………………………………………… 001
    第一节 选题的缘起、意义和价值 ………………………………… 003
    第二节 选题的研究现状 …………………………………………… 010
    第三节 本书的研究方法、创新点与创新点获得过程 …………… 017

第一章 清代宋诗及相关领域出版状况 ………………………………… 029
    第一节 清代总体出版状况概述 …………………………………… 030
    第二节 清代唐诗出版与传播状况概述 …………………………… 035
    第三节 清代宋诗别集与宋诗选本的出版传播状况概述 ………… 043

第二章 《四库全书》对宋诗的收录与评述 …………………………… 053
    第一节 《四库全书》对宋诗人别集的收录与评价 ……………… 059
    第二节 《四库全书》对宋元明时期"宋诗选本"的收录与评价 … 071
    第三节 《四库全书》对清人编选宋诗选本的收录与评述 ……… 078

第三章 《千家诗》的广泛流行 ………………………………………… 091
    第一节 谢枋得、王相本《千家诗》的编撰与流行 ……………… 092
    第二节 《千家诗》的理学色彩与宗宋特征 ……………………… 096

第三节　晚清人黎恂对《千家诗》的重新编注 …………………………… 099
　　第四节　现存清代各书坊刊刻《千家诗》综论 …………………………… 102

第四章　《瀛奎律髓》在清代的影响 …………………………………………… 109
　　第一节　《瀛奎律髓》在清代的再版及所收宋诗状况 …………………… 109
　　第二节　冯舒、冯班兄弟的《瀛奎律髓》点评 …………………………… 115
　　第三节　查慎行《瀛奎律髓》点评 ………………………………………… 122
　　第四节　纪昀《瀛奎律髓刊误》的无差别批判 …………………………… 126

第五章　清代著名宋诗选本的出版与传播 ……………………………………… 153
　　第一节　吕留良、吴之振《宋诗钞》对宗宋诗潮的触发作用 …………… 154
　　第二节　王士禛编《古诗选》的持续影响 ………………………………… 163
　　第三节　厉鹗《宋诗纪事》特点及其所收宋代僧诗 ……………………… 169
　　第四节　乾隆帝御选《唐宋诗醇》对清代诗坛的重大影响 ……………… 175
　　第五节　张景星《宋诗别裁集》跻身清代著名宋诗选本 ………………… 193
　　第六节　姚鼐《五七言今体诗钞》对桐城派宗宋倾向的影响 …………… 199
　　第七节　曾国藩《十八家诗钞》的重要影响 ……………………………… 204

第六章　清代较知名宋诗选本的出版与传播 …………………………………… 215
　　第一节　吴绮《宋金元诗永》对宋诗特质的错误认识 …………………… 216
　　第二节　陈焯《宋元诗会》"以诗存史"的编撰体例及其影响 …………… 222
　　第三节　周之鳞、柴升《宋四名家诗钞》之标举"苏、黄、范、陆" …… 226
　　第四节　陈訏《宋十五家诗选》对自己祖先作品的刻意揄扬 …………… 233
　　第五节　顾贞观《积书岩宋诗删》之承续晚明宗宋思想 ………………… 238
　　第六节　康熙帝《御选宋金元明四朝诗》代表的官方诗学 ……………… 244
　　第七节　张伯行《濂洛风雅》标举宋明理学家诗歌 ……………………… 250
　　第八节　曹庭栋《宋百家诗存》对宋代中小诗人面貌的展示 …………… 256
　　第九节　翁方纲《小石帆亭五言诗续钞》对王士禛诗学的接续 ………… 262

第十节　彭元瑞《南宋四家律选》对南宋诗的认识 …………………… 267

　　第十一节　《宋元明诗合钞三百首》在晚清书坊间的影响 …………… 272

　　第十二节　许耀《宋诗三百首》对"唐诗三百首"理念的效仿 ……… 275

　　第十三节　《唐宋八家诗钞》《江西诗征》等其他较重要宋诗选本 … 280

第七章　清代宋诗人别集出版状况 …………………………………………… 287

　　第一节　清代宋诗人别集出版概况 …………………………………… 288

　　第二节　清代欧阳修诗出版状况 ……………………………………… 291

　　第三节　清代梅尧臣诗出版状况 ……………………………………… 294

　　第四节　清代王安石诗出版状况 ……………………………………… 297

　　第五节　清代黄庭坚诗出版状况 ……………………………………… 300

　　第六节　清代陈师道诗出版状况 ……………………………………… 305

　　第七节　清代陆游诗出版状况 ………………………………………… 307

　　第八节　清代范成大诗出版状况 ……………………………………… 310

　　第九节　清代杨万里诗出版状况 ……………………………………… 312

　　第十节　清代永嘉四灵诗集出版状况 ………………………………… 315

第八章　清代苏轼诗的出版状况 ……………………………………………… 319

　　第一节　苏轼诗各版本在清代的流传与再版 ………………………… 319

　　第二节　宋荦、邵长蘅与《施注苏诗》之刊刻 ……………………… 324

　　第三节　查慎行《苏诗补注》成书与影响 …………………………… 331

　　第四节　《纪昀评点〈苏文忠公诗集〉》中对苏诗的批评贬损 ……… 339

　　第五节　冯应榴《苏诗合注》对历代苏轼诗注的汇集 ……………… 354

　　第六节　王文诰《苏文忠公诗编注集成》对纪昀的批判 …………… 359

第九章　清代宋诗接受状况 …………………………………………………… 379

　　第一节　清代宋诗接受状况概述 ……………………………………… 380

　　第二节　清代欧阳修诗接受状况 ……………………………………… 388

第三节　清代王安石诗接受状况 ·········· 392
第四节　清代陈师道诗接受状况 ·········· 394
第五节　清代范成大诗接受状况 ·········· 398
第六节　清代杨万里诗的接受状况 ·········· 401

第十章　清代苏轼诗接受状况 ·········· 405
第一节　清代主要诗人对苏轼诗的接受概况 ·········· 406
第二节　清人出版、研读苏诗并效仿苏轼诗风 ·········· 411
第三节　举行"寿苏会"等东坡纪念活动 ·········· 417

第十一章　清代黄庭坚诗接受状况 ·········· 421
第一节　清代黄庭坚诗接受状况概览 ·········· 421
第二节　乾隆朝中期蒋士铨对黄庭坚诗的接受 ·········· 424
第三节　乾隆朝末期翁方纲在江西推动黄庭坚诗的接受 ·········· 426
第四节　道光时期李彦章对黄庭坚的崇尚 ·········· 429
第五节　咸同时期曾国藩的崇尚黄庭坚 ·········· 431

第十二章　清代陆游诗接受状况 ·········· 435
第一节　清代陆游诗接受概况 ·········· 435
第二节　乾隆帝对陆游诗的欣赏及其影响 ·········· 440
第三节　赵翼对陆游的崇尚 ·········· 442

结　语　关于清代宋诗传播接受史的文学与史学理论思考 ·········· 445

主要参考书目 ·········· 529

后　记 ·········· 533

绪 论

本书作为笔者2021年教育部青年基金项目"清代宋诗传播与接受研究"的结项成果，依托了笔者近十年的学术努力，相关材料搜集工作，自博士阶段至今一直在持续进行，且直到本书定稿与二校三校阶段，都还有一定材料收获。本书的内容撰写，虽然早在2019年就有很大的"成稿"，且此前用部分"成稿"申请了"江西科技师范大学2019年度学术专著出版计划"，但在后续研究中又意识到"原稿"内容有一定不成熟之处，需要进行大范围的改写与扩充。（学术著作出版，不可能为出版而出版，必须是有较大创新点。而随着学者个人与学界同人研究的深入，学术著作往往需要多方面改订。国外的学术著作，往往隔几年就有一次改版。如1948年青年经济学家萨缪尔森出版的《经济学》教科书，已改版到第19版，该书的最新版本与1948年版相比几乎完全不同。笔者前几年出版的几部学术著作，其实也已有了一定再版需求。因为学术著作但凡是真正推动了学术的发展，一定会导致"学术现状"的某种不可逆转的改变）

随着近两三年，笔者对本选题思考与研究的深入，本书的很多内容其实是新写的，一些属于"旧稿"的内容在本书出版时都进行了大量的修改、删除。不是说"旧稿"不好，而是这些"旧稿"与新写的创新性内容相比，已经明显落伍了。可以说，目前呈现在读者眼前的这部《清代宋诗出版、传播与接受研究》，虽依托了笔者十年来的研究成果，但主体的创新性内容的撰写主要发生于2022年和2023年。

尤其是2023年，笔者这一整年都在研读、分析、撰写相关内容。经过2023年一整年的高强度研究，笔者对清代诗歌史的诸多问题、清代诗歌出版史的诸多问题、清代宋诗选本出版与传播的诸多问题都有了与此前不可同日而语的深入认识。正是有了这突飞猛进的突破性认识，相信本书是可以让本领域专家及古典文学研究界其他相关领域的学者眼前一亮的。

纵观本书，它有些像是一部"学术论文集"，因为本书较为深入地探讨了清代各主要宋诗选本的情况，很多内容略有些细碎。而且光看全书目录，会给人感觉全书很"散乱"，但其实全书并不散乱，全书实则有一条主线与中心内容。要言之，这部《清代宋诗出版、传播与接受研究》虽然书名会有些"大"，但其最终定稿的中心线索是围绕乾隆帝与纪昀的诗学观念与批评，所有其他内容（如关于其他宋诗选本的，关于苏轼诗集出版的内容）都可以看作是为研究乾隆帝与纪昀的诗学观念与批评服务的。本书中一些章节的很大篇幅，有可能只是在探讨一些极为细小的题目，例如关于《千家诗》版本的探讨，关于各宋诗选本中各宋诗人入选作品的数量统计等。这些内容的可读性，不是那么强；综合性、思想性的探讨也不是那么全面、深入；有的章节，材料性内容的罗列过于详尽，细节的考证又不厌其烦。但这些都是不可缺少的。要了解乾隆帝、纪昀的诗学观念与诗学批评，离开了对清代整体诗坛状况的勾勒与描绘，是很难得到真实图景的。事实上，笔者在此领域也是经过了近十年持续不断地研究，才得到了本书中关于乾隆帝、纪昀研究的创新点的。创新点之获得，何其难哉！

可以较为自信地说，本书关于乾隆帝、纪昀诗学观念与批评的创新点，不但适合古典文学研究专家阅读，部分内容甚至适合普通读者阅读。当然，本书中其他一些关于宋诗选本的研究内容，就不太有可读性了。从阅读感受上来看，本书中的有些内容在一些普通读者看来，可能是杂乱的，甚至可能是"无意义的"。且客观来说，本书的诸多章节很像是一篇篇独立的学术论文，就一些极为细小的学术问题，进行极为深入的探讨，属于当前学术界流行的"小题大作"的学术论文范式。因此，本书除关于乾隆帝、纪昀的内容（有近10万字）之外的内容其实更适合"宋诗研究领域""清诗研究领域"的同行来参阅。普通读者阅读本书后，除关于乾隆帝与纪昀的创新点之外，其他收获不会太多。一般的文学类本科生、硕士研究生阅读本书,在乾隆帝与纪昀的诗学研究的创新点之外,也只能获得一些大概的知识。因为他们缺乏"清代宋诗学研究领域"的足够基础知识。

在本书中,笔者不可能为了照顾普通读者的认知,而对一些在专业领域内较为通行但专业外人士则不太知晓的基础知识进行较多介绍。本书毕竟是专业性学术著作,故而本书的撰写并非按照一般"通识性著作"的"大而全"体例,而是按照学术研究中各专业细分领域"小而精"的体例。此外,笔者也会尽量照顾其他专业的学术性读者,办法就是增加一些理论性、综合性的探讨。这些理论性、综合性的探讨,涉及清代文学出版与接受,涉及历史哲学与历史理论,属于笔者在此前《文学进化论新探》《西游故事进化史新探》等著作中尚未完全涉及与展开的理论性内容。

最后,本书虽然有较大篇幅,但所涉及的"清代宋诗学"这一领域并非本书可以完全呈现。对一些希望通过"一本书"就了解一个较大领域的读者来说,本书作为一本学术著作,会略显得有些单调、片面。笔者必须说明,关于本领域更多的内容,敬请读者参阅笔者几年后要出版的《清代诗坛宗宋思潮发展史》,该书就清代诗坛的诸多问题会有更详细更有史学趣味的阐述。也敬请读者参阅本领域其他一些学者的大作。本书中的一些缺点与不足,亦敬请各界朋友批评指正。

第一节 选题的缘起、意义和价值

笔者在乾隆帝、纪昀的诗学观念与批评上,有一定创新。在此需要对选题的缘起与研究过程进行一定陈述。"选题的缘起"发生在"创新点获得"之前,需要单独陈述。毕竟,笔者在2021年8月获得教育部青年项目立项时,并没有想到自己能够获得关于乾隆帝、纪昀诗学的创新点的。很多念头都是在研究过程中才逐步获得的,需要进行多方面的陈述。

(一)选题的缘起

笔者2014年在贵州遵义等地出差近一年,有了搜集清代贵州诗人郑珍材料,未

来攻读博士学位的打算，这期间但凡遇到书店或友人家中藏书，便会留心研读，由此接触过一些材料，对一些问题有所思考。2015年考入南开大学文学院攻读中国文学思想史专业博士学位，最初选取了"清诗流派研究"的大体研究范围，几个月后逐渐把选题定为"清代诗坛的宗宋问题"。此后深入研读了苏州大学王英志先生编写的《清代唐宋诗之争流变史》一书，又通过研读自己搜集的道光时期诗人程恩泽的《程侍郎遗集》（商务印书馆，1935年版）等材料，逐渐对清代诗坛的宗宋问题有了全局性思考，逐步形成了博士论文思路。

2016年一整年笔者深入研读了齐鲁书社版五卷本《王士禛全集》，撰写了三篇关于王士禛宗宋诗学的论文。2017年上半年再接再厉深入研读了《沈德潜全集》，对沈德潜诗学有了纵览性了解。2017年下半年至2018年初又研究了近半年的翁方纲诗学。这一两年间，笔者又多方面泛读了钱谦益、汪琬、宋荦、查慎行、厉鹗、蒋士铨、钱载、祁寯藻、何绍基、莫友芝、张之洞、陈三立等十多位清代诗人的诗文集，寻觅有用的材料，以使博士论文更为扎实。至2018年3月，博士论文已大体成型，在南开大学文学院进行了"预答辩"。4月初，笔者感到意犹未尽，进一步拓展，用钱仲联先生主编的22卷本《清诗纪事》为统计样本，经过两个多月连续奋战，将22册《清诗纪事》一页页翻看了两遍，做出了"清代诗人宗唐宗宋倾向统计"的内容。在这些努力的基础上，2018年6月笔者提交了30万字博士论文《清代诗坛宗宋现象研究》，完成了博士论文答辩，获得了博士学位。

2018年7月，笔者入职位于南昌的江西科技师范大学文学院，开始了教师生涯。这对笔者是一大挑战，由此关于清诗的研究略有耽误。主要的插曲是，2018年11月，笔者申请了江西科技师范大学校级著作出版资助计划，开始专心扩展笔者早年硕士论文选题的"文学进化论"研究，终于在2019年12月出版了著作《文学进化论新探》，著作出版后获得较大关注。2020年12月，《文学进化论新探》一书荣获江西省首届"谷霁光人文社会科学奖·文学研究奖"三等奖。与此同时，《文学进化论新探》书中对"文学基因"的相关理论问题的深入阐发，契合了由中国人民大学书报资料中心、《光明日报》理论部等权威学术机构联合评选出的"2020年度中国十大学术热点"之第五大热点"中华文化基因的历史探源"。有了这些成绩，笔者对"文学进化论"的研究大获鼓舞，又在2021年9月出版了《西游故事进化史新探》，深入梳理西游故事的进化问题，书出版后在《西游记》与古典小说研究界获得了很大的反响。2024年6月，当选国家一级学会中国西游记文化研究会第四届理事会理事。

故此在2019年至2021年，笔者关于"清代宗宋问题"的研究是有所耽误的。这三年未能就博士论文的选题进一步开掘，基本上都是"固守"在原博士论文《清代诗坛宗宋现象研究》的已有问题上，未能有"大开大合"的新拓展。但这三年笔者在三个方向上"较为留心"，由此形成了"三个小小的推进"。

第一，关于清代江西诗学的研究有不少推进。

由于回到江西南昌工作，笔者的研究视野被一定程度上吸引到了"江西"，所以笔者开始更多关注"清代江西诗坛"的问题。2019年11月笔者获得了江西省高校人文研究项目"宗宋思潮与清中叶江西诗学史"，由此开始深入研究"清代江西诗学史"的问题。此后几年，笔者陆续撰写了约20万字的稿件《清代江西诗学史》，对于地域诗学的问题开始有了自己独到的看法。此前笔者在30万字博士论文《清代诗坛宗宋现象研究》中未有太深入的"地域视角"，博士论文的做法只是就"宗宋"这一问题，逐步把每一位清代较知名诗人涉及"宗宋"的材料梳理一遍。涉及整个清代诗坛，要处理的材料很多，但方法毕竟是固定的，而且有大量已有专著、论文可参考，故而做起来其实较容易。少数诗人甚至都不用"仔细研读其全集"，仅依靠学界已发表的相关著作论文，就能够搜集到足够多的涉及该诗人宗宋的材料。

而这两三年所撰写的《清代江西诗学史》与此不同，该书稿中涉及了几十位清代江西诗人，除蒋士铨、陈三立等少数几人外，学界几乎都没有太多的研究，笔者的很多研究都是从头挖掘资料，深入研读其诗文集，最终形成自己的判断。这一书稿的大半完成，对笔者是很大的锻炼，由此逐步形成自己关于"清代诗坛"的独家认识，这种"认识"依托了笔者对"清代江西诗坛"的诸多研究与看法。

第二，关于唐宋诗人诗集的研读有较大深化。

2015年至2018年为完成博士论文，笔者较深入研读了李白、杜甫、苏轼、黄庭坚四位诗人诗集，但还未对其他唐宋诗人诗集进行深入研读。在江西科技师范大学文学院任职以来的这五六年，笔者获得了一定的科研启动经费，用这些经费及个人工资，我建立了一个"小型图书馆"，先后购入了四五千册图书，其中大量是唐宋诗人的诗集。比如现在书架上放有六个版本的苏轼诗集，包括：冯应榴《苏诗合注》、七集本《苏轼全集》、查慎行《苏诗补注》、影印版宋荦编订《施注苏诗》、纪晓岚批注苏轼诗、王文诰辑注的《苏轼诗集》。笔者常常把这些苏轼诗放在一起"对读"，由此对诸多问题有了系统性看法。笔者撰写博士论文时虽然已经有了诸多看法，但那时候还是参考了学界诸多著作论文，有的看法算不上是"独家看法"。

这几年进一步研读了诸多唐宋诗人，乃至明代诗人的诗集，如《孟浩然诗集》《韦应物诗集》《李贺诗集》《李商隐诗集》《杜牧诗集》《陆游诗集》《范成大诗集》《袁宏道诗集》《汤显祖诗集》《钟惺诗集》《谭元春诗集》等。尤其是《陆游诗集》下了很大功夫，上海古籍出版社的陆游《剑南诗稿》有煌煌十册，笔者在2019年、2020年扎实研读，有时连续十多天，每天都读陆游诗五六个小时，将这十册大体过了一遍。由此也体会到了陆游诗的妙处。清代诗坛的"宗宋"，主要是学习苏轼、黄庭坚、陆游的诗。由此对"清代诗坛学习陆游的问题"有更多的切身体会与思考。这一点是相对于撰写博士论文时的一大进步。

实则由于《陆游诗集》太过庞大，很多清代诗人也不是像"李、杜、苏、黄"诗那样进行了全方面较有深度的研读。曾国藩在同治七年的日记中已谈及自己虽然《十八家诗钞》选了大量陆游诗，但《陆游全集》他也并没有完全精读。这一点对于我们理解清代的"陆游诗接受"是有参考意义的。

第三，关于清代诗坛宗宋问题的思考有很大深入与明晰。

2018年到江西科技师范大学任职后，笔者成为了一名"青椒"。"青椒"与"在读博士研究生"不一样的地方是除了需要教学，"青椒"需要申请项目。所谓的"申请项目"通常是写一份"项目申请书"，向评委描绘"未来几年在这个项目领域的宏伟蓝图"。这有点像房地产行业的"建房图纸"，房子并没有建出来，评委们只是通过这个"建房图纸"来判断诸多问题。

笔者个人却一度"沉浸"在了制作"建房图纸"即"撰写科研项目申请书"的工作中。2019年至今，笔者平均每年要写三四个各类不同的"科研项目申请书"，有的涉及教育学，有的涉及文艺心理学，有的涉及著作出版，也有的就是老本行"清代诗坛宗宋问题"。别小看这些"科研项目申请书"，每一个笔者都进行了精雕细琢、反复修改，申报书中的每一句话都考虑了"评审专家"阅读后的所思所想。由此，功夫不负有心人，我在2021年8月中标了一项教育部青年基金项目《清代宋诗传播与接受研究》，又在同年10月中标了一项江西省社会科学研究项目《清代宋诗出版与传播研究》。

中标项目虽然也重要，但更重要的是，笔者在撰写各类申报书时，对"清代诗坛宗宋问题"的思考有了多方面推进。某种程度上说，这种"推进"，并非"小推进"，而是"较重大进展"。因为申报书中的这些思考，多数都是一些涉及概念、命题与发展历程的"理论性思考"，思考不清楚时就会觉得雾里看花、云山雾罩，一旦想清楚了就会有豁然贯通之感。值得庆幸的是，2019年以来，笔者以"清代诗坛宗宋问题"为中心内容，不断"变着题目"申请各类科研项目。通过这种不断"变换题目"，笔者逐渐厘清了"我到底在研究什么"，逐渐厘清了"宗宋""宗宋现象""宗宋思想""宗宋思潮""宋诗出版""宋诗学"等诸多概念之间的联系与区别。这些概念在2018年的博士论文中就有，但其实在使用时有模糊、含糊或混淆之处。

要之，这几年笔者把一些涉及"宗宋"的理论问题想清楚了。由此，笔者在2018年30万字博士论文《清代诗坛宗宋现象研究》的基础上，经过大量删改、扩充，形成了45万字的书稿《清代诗坛宗宋思潮发展史》，在2022年、2023年两次申请国家社科后期资助项目，虽然没中，但书稿本身是越改越精练。尤其是申报稿的五万字绪论，笔者把涉及的理论问题总体讲清楚了。这是不小的进步。

以上就是本选题的缘起与选题思路发展过程。这是笔者在2021年年初撰写教育部青年项目申报书时的学术思维与学术积累状况。2021年初，笔者已有一个大体成型的书稿，并用它申报了江西科技师范大学2019年出版资助（虽是2019年度的资助，但可以拖后几年完成出版）。不承想，在2021年8月获得了教育部青年项目"清代宋诗传播与接受研究"的立项，可以说是笔者在本研究领域的一个重要里程碑。这表示笔者在该领域的研究，已获得了国家级的初步认可，需要达到国家级水平才能顺利结项。这对笔者既是鞭策，亦是很大压力！在此后几年，笔者屏蔽其他事务，全力进行相关课题研究，在前期研究基础上，有了更多更广泛的材料搜集与思考，并最终导致2023年关于乾隆帝、纪昀诗学观念与批评的"重要创新点"的诞生。要而言之，本书没有辜负教育部项目的立项，项目经费都用到了实处，产生了较大的社会效益与文化效益！

（二）选题的意义与价值

本选题是笔者2021年教育部青年基金项目"清代宋诗传播与接受研究"的结项成果。现在来看本选题是很有意义与价值的：第一，具有更进一步细化研究的作用，尤其是结合笔者未来要发表的50万字书稿《清代诗坛宗宋思潮发展史》来看；第二，对于认识清代出版史有重要参考价值；第三，对于从事宋诗接受研究亦有价值。可分别来看：

第一，本选题具有进一步细化研究的作用。

本书《清代宋诗出版、传播与接受研究》，很重要一个方面就是讲清楚清代宋诗的出版与传播问题。这包括两方面：一方面是清代宋诗选本的出版与传播问题；另一方面是苏轼、黄庭坚、陆游等宋代诗人诗集在清代的出版与传播问题。而这些问题又是非常细碎的，需要进行大量的案例研究，需要研读大量的冷僻古籍。这项研究具有很强的"细化研究"作用。一旦我们把这些问题都研究清楚了，把这些涉及"清代宋诗出版"的问题都形成了较好的解答，这就能够帮我们更好地探讨"清代诗坛的宗宋思潮"的诸多问题，最终可以帮助我们更好地认识"清诗史"的诸多问题。

而通过近三年的努力，大体把清代宋诗出版的诸问题梳理清楚，相关几十种清代宋诗选本一一进行研究后，笔者更感觉到本选题对于清代诗坛研究的重要支撑作用。此前笔者着重关注"清代主流诗坛"的问题，关注的都是清代较有影响的诗人，聚焦在了重点诗人的诗歌创作与诗学思想，于清代的宋诗出版并未进行全面的摸排与梳理。但实则清代的"诗歌出版界"也与清代主流诗坛有着或深或浅的联系。不细细梳理"清代宋诗出版"的诸问题，就会在关于"清代诗坛"的总体图景的构建上形成空白与缺失。如《宋诗钞》与《宋百家诗存》的关联，《千家诗》的诸多问题，《唐诗三百首》与《宋诗三百首》《宋元明诗三百首》等作品的关联，这些问题在一一梳理后，就会让我们对"清代诗坛宗宋问题"的看法，产生一定的变化。例如，在深入研读了郑珍为其舅氏黎恂《千家诗注》所作的序后，笔者对郑珍的认识又加深了，对于《千家诗》与宗宋思潮的问题也有了新的认识。

因此，本项研究将能更好支撑笔者对清代诗坛"宗宋问题"的研究。或者说，本书《清代宋诗出版、传播与接受研究》将能更好支撑笔者几年后将要出版的《清代诗坛宗宋思潮发展史》，也即着重从"清代宋诗出版"的角度解析与支撑我们对清代诗坛"宗宋问题"的研究。

第二，对于认识清代出版史具有重要参考价值。

本选题的结项成果《清代宋诗出版、传播与接受研究》，很重要一个方面就是讲清楚清代宋诗的出版与传播问题。这包括两方面：一方面是清代宋诗选本的出版传播问题；另一方面是苏轼、黄庭坚、陆游等宋代诗人诗集在清代的出版与传播问题。把这些较为细碎的问题一一梳理清楚，我们对于清代出版史的诸多问题也就更为清楚了。

所谓"清代出版史"无非就是几大块：一是科举文献的出版，二是小说文献的出版，三是诗文文献的出版，四是一些杂类日用书籍的出版。当我们把"清代宋诗出版史"的诸多问题整理清楚了，我们对于清代整体出版状况的认识就更为清晰准确。这一点，相信认真研读过本书的读者，都会深有感触：本书中对清代宋诗出版问题的诸多材料搜集、整理与解析，实际上把我们带入了清代广阔的"出版世界"，给我们呈现了一幅幅有声有色的"清代出版图景"。

第三，对于研究宋诗接受史具有重要参考价值。

通过完成本选题，把这些涉及"清代宋诗出版"的问题一一调查清楚了，我们就建立起了"清代宋诗接受"的基本框架与背景。而一旦建立起了"清代宋诗接受"的框架与背景，就可以有新的进展与突破。

当前"文学接受史"的研究进行得如火如荼，但很多接受史研究往往被限制在"后辈文人对前辈文人及作品的接受"，如清人对李白杜甫作品的接受。笔者也大体属于这一研究框架。但笔者在进一步研究中试图突破这一框架——这就是加入了出版史的研究。

在笔者关于"清代宋诗出版史"的研究中，不谈"接受史"，但处处皆是"接受史"。因为"接受"是"出版"的基础。从这个意义上，本选题的结项成果《清代宋诗出版、传播与接受研究》对于当前的"接受史研究"是有一定案例价值与理论价值的。所以在本书的结语部分，笔者进行了一定的"接受史理论探讨"。但为了保持本书实证研究的特性，本书的理论研究部分不是那么充分。因此，也有待相关研究者以本书为参考材料，进行更多更好的拓展研究。

第二节 选题的研究现状

梳理本选题的研究现状，是非常必要的，这不仅可以让笔者及相关研究者更好地切入选题，更重要的是，可以让读者清晰看出笔者的创新点在何处。实事求是来看，在本选题所涉诸多细分领域的研究中，笔者在除"纪晓岚研究""乾隆帝诗学研究""《千家诗》研究""《瀛奎律髓》研究""曾国藩《十八家诗钞》"等几个细分领域之外的其他细分领域的推进是有限的。在本书中，笔者虽多方面总结拓展了前人的研究成果，也有一些独家创获，但在除"纪晓岚研究""乾隆帝诗学研究"等之外的很多宋诗选本、宋诗注本研究领域，笔者并无开创之功。笔者更多的是总结梳理前人研究，进而在前人基础上有一些拓展。

在清诗研究领域的一般性文献学挖掘与研究，不是笔者的强项。在本书的实际撰写过程中，笔者在"纪晓岚研究""乾隆帝诗学研究""《千家诗》研究""《瀛奎律髓》研究""曾国藩《十八家诗钞》"等几个细分课题上下了很大功夫，也取得了较大成果。但客观来说，在清诗研究领域，笔者的强项还是在关于"清诗发展史"的理论构建上，是在关于"清诗坛对前代诗学的接受史"的理论构建与阐发上。如本书"结语"中关于文学基因的两种接受形态的阐释，再如"结语"中笔者借助文献研究而对历史哲学的一定阐发，这些都很有理论创新性。客观而言，即使是笔者对"乾隆帝与纪晓岚诗学与学术批评"等问题的诸多创新性梳理与阐发，最终也是服务于理论构建。

在本书的内容正式展开之前，需要把前人的贡献讲清楚。因为笔者担心本书的读者产生一种误解——在本书中有大量对清代各种宋诗选本、宋诗人别集版本的梳理与研究，而由于笔者毕竟在此领域"浸淫十年"，对很多细节问题都有很深入的认识，很多论述都较为成熟，这会让读者"误以为"这都是笔者一个人的功劳与贡献,或让读者"误以为"这种"成熟"就是笔者的水平与实力。事实并非如此,很多关于文献版本的研究,笔者都是参考前人,只是笔者对一些问题往往有自己的看法。

实事求是地说,本书中除去"乾隆帝与纪晓岚诗学理论与批评"等 10 多万字的内容有很大创新性、颠覆性,其余很多涉及宋诗选本、宋诗注本的内容都不算太创新。前人的贡献很多时候远在笔者之上,除"乾隆帝与纪晓岚诗学理论与批评"等少数几个核心创新点外,笔者难以完全撼动前人的研究,亦难以完全绕开前人展开自己的创新性研究。虽然本书中笔者的创新性贡献在几乎每章每节都是显著存在的,但确实也有很多时候,笔者的研究只是在加固其他学者在清诗领域的既有研究,有时重复了前人的论点(但增加了新的材料与案例),有少数时候甚至只是"低水平重复"了前人的研究,甚至不排除对前人论著有长达一两段的直接或间接引述、转述(为了全书内容与论述体系的完整性,不可能完全略过前人的研究。前人的优秀成果必须予以提及与引用)。因此,把前人已有成果梳理清楚,将更有利于本书读者看清笔者的真实贡献!

前人值得注意的研究成果,主要在以下几个方面:

第一,清代宋诗选本总体状况的研究。

2008 年南京大学申屠青松的博士论文《清初宋诗选本研究》,2010 年南京大学谢海林的博士论文《清代宋诗选本研究》,2010 年苏州大学高磊的博士论文《清代宋诗选本研究》等都是"清代宋诗选本"领域的重要拓荒之作。申屠青松、谢海林、高磊等学者还发表了大量单篇论文,对清代诸多"宋诗选本"进行了多方面细致研究。很多内容都很值得参考。笔者在本书中一些地方会参考他们的论述,但一般而言,他们多方面论述的地方,笔者都会有所省略,笔者的关注重点还是在一些自己有"独家创获"或"自己非常感兴趣"的地方。

在综合申屠青松、谢海林、高磊等学者研究的基础上,2021 年知名学者王友胜出版了《历代宋诗总集研究》一书,该书附录部分给出了一个较为详细的"清代宋诗选本目录"。这一成果是笔者研究的重要参考。这里我们需大体说说这一成果的诞生过程。高磊在《西华大学学报》2009 年第 1 期发表《清代知见宋诗选本叙录》一文,著录清代宋诗选本 59 种。后又在《中国韵文学刊》2010 年第 1 期发表《清

人宋诗选本叙录》一文,称清代共有宋诗选本64种,其中经眼者37种,待访者27种。与此大概同期,申屠青松2008年博士论文《清初宋诗选本研究》文末所附《清人编宋诗选本经眼录》《清人编宋诗选本待访书目》共著录82种,其中断代选本48种。申屠青松在《新世纪图书馆》2010年第3期发表《清人编宋诗选本叙录(顺康雍)》著录19家。谢海林在《中国韵文学刊》2011年第3期发表《〈清代宋诗选本叙录〉补正》一文,在高磊、申屠青松基础上又补充了29家。2011年5月,谢海林又出版《清代宋诗选本研究》一书,其附录一《清代宋诗选本叙录》收有清代宋诗选本85种,附录二《清代通代诗选述略》收有各类诗选80种,两篇附录合计收有165种涉及宋诗选本的书籍。❶ 2017年高磊出版博士论文修订稿《清人选宋诗研究》书末有附录"清人编宋诗选本简目"提供了70种清代宋诗选本的情况。❷

最终王友胜在2021年的《历代宋诗总集研究》一书中,总结申屠青松、谢海林、高磊的成果,又从各类书目、各图书馆中进行搜集,最终得到了清代宋诗选本159种。严格来说,王友胜《历代宋诗总集研究》一书只深入研究了代表性的几种历代宋诗总集,其中清代只有两种,其研究尚有很大拓展余地。但《历代宋诗总集研究》一书所附的159种清人所编宋诗选本名录及其出版、收藏情况,确实非常有价值(这种价值也是在参考前人基础上形成)。这也是笔者《清代宋诗出版、传播与接受研究》的"文献基础"。笔者在"清代宋诗选本"的数量问题上,实则完全参考王友胜等人著作,并无太多拓展。笔者有拓展的地方,是对各重要宋诗选本的单项研究。例如,对曾国藩《十八家诗钞》的研究,是笔者的重要创新点。

第二,清代重要的宋诗选本的个案研究。

在上文提到的几部关于清代宋诗选本的博士论文与著作中,对一些重要的清代宋诗选本都有较详细的个案研究。

2008年南京大学申屠青松的博士论文《清初宋诗选本研究》,研究了《宋诗钞》等几种宋诗选本。南京大学谢海林的博士论文《清代宋诗选本研究》修订后于2011年由上海古籍出版社出版。该书在下篇的个案研究部分,分别用一章的篇幅深

---

❶ 谢海林.清代宋诗选本研究[M].上海:上海古籍出版社,2011:340-418.
❷ 高磊.清人选宋诗研究[M].苏州:苏州大学出版社,2017:210.

入探究了《宋诗啜醨集》《宋元诗会》《宋百家诗存》《宋诗纪事》《宋诗三百首》这五种宋诗选本,有大量独家考据与分析,值得笔者多方面参考。此后,2018年谢海林先生又出版了《清人宋诗选与清代文化论稿》,对相关问题又进行了更多探讨,其中深入探讨了《宋诗纪事》的出版问题。

2010年苏州大学高磊的博士论文《清代宋诗选本研究》,对吴之振《宋诗钞》《宋诗啜醨集》、张景星《宋诗别裁集》都有详细个案研究。其中高磊发表了多篇论文谈《宋诗别裁集》作者张景星到底是江西奉新人还是上海人。后来高磊先生又出版了《宋诗别裁集研究》一书,汇总了自己关于《宋诗别裁集》的研究成果。后来高磊先生在2017年又出版了《清人选宋诗研究》一书,其中深入探讨了《宋诗类选》等宋诗选本。

王友胜先生在2021年的《历代宋诗总集研究》一书中,也结合谢海林、高磊等人的研究,对《宋诗钞》《宋诗纪事》两种清代宋诗选本进行了较详细研究。

此外,以上学者还发表了大量单篇论文,对清代诸多"宋诗选本"进行了多方面细致研究。如谢海林发表的《〈宋诗三百首〉沉寂原因探论》《陈焯〈宋元诗会〉的编纂特点及其评价》《曹庭栋〈宋百家诗存〉讹误数例》,申屠青松发表的《论〈宋诗删〉》《论〈宋诗百一钞〉》等论文,都很有参考价值。

以上这些当代学者已经较详细做过的个案研究,笔者也会涉及,但一般来说,难有超越前人的创新点,很多时候甚至会多方面参考以上几位学者的研究。当然,笔者不会止步于此。我们必须看到以上学者在个案研究上的某些不足之处。个案研究不可避免有随意性,不够系统,有可能把一些重要作品遮蔽,再把一些不重要作品夸大了。为避免这一状况,加强个案研究的系统性,笔者深入参考了《四库全书总目提要》中四库馆臣对乾隆中期之前宋诗选本的认识,再结合后来诗坛的发展,在第五章、第六章中分两个层次论述了清代重要宋诗选本、较重要宋诗选本的情况。所谓"重要宋诗选本"就必须是在清代诗坛产生重大影响,根本性影响的宋诗选本。而所谓"较重要宋诗选本"则是产生了较大影响,但不是根本性影响的宋诗选本。至于其他上百种不那么重要的宋诗选本,在本书中就讨论不多了。

本书在具体撰写过程中,由于要与其他学者的著作形成一定的差异性,在对近20种重要与较重要宋诗选本进行一般性探讨的基础上,笔者逐渐将探讨的焦点集中

到了乾隆帝与纪昀的诗学点评与诗学观念、《千家诗》与《瀛奎律髓》在清代的出版与评点、苏轼诗集在清代的出版与评点等几个大问题上来。纵观全书,确实与其他学者的论述有极大差异,确实形成了较强的创新性,形成了一部很有特点的著作。但反过来说,在其他学者已有较多研究的几部宋诗选本的研究上,笔者的创新点并不多,有些其他学者研究过的问题,笔者并无突破。故本书的相关不足之处,敬请读者谅解。

第三,宋代各主要诗人诗集版本的研究。

此项研究在古典文学界属于主流的研究。关于苏轼诗集版本、黄庭坚诗集版本、王安石诗集版本、陆游诗集版本等都已经有了极为系统的研究,可以进行多方面的参考。这些方面的研究成果,绝大部分都已发表上十年,属于学界较为常见的材料,笔者使用时并不给人"掠美"之感。尤其是四川大学古籍所1990年出版的《现存宋人别集版本目录》一书,详细著录了现存苏轼、黄庭坚、陆游、范成大、欧阳修、王安石、陈师道等宋代诗人各种诗文集版本的清代刊本、抄本的状况与收藏地❶。这一大著对本书的研究是有重大参考意义的。

但在笔者2021年以来展开本课题研究的过程中,学界也陆续发表了一些关于宋诗人诗文集版本的研究成果。如吴娟2023年发表的《永嘉四灵诗集编刻流传考》、江枰2023年的会议论文《112卷本〈苏文忠公集〉考论》、曾祥波2023年发表于《文学遗产》的论文《宋刊东坡集源流与价值发覆》、赵超2023年出版的著作《义理与考据之间:清代王文诰苏诗整理与注释研究》等,这些论著都对笔者有较大启发。而且由于它们都是最新发表的成果,代表了学界对此相关问题的最新研究,因此笔者都予以了有力的参考。虽然常常只是在脚注中引用一两次而已,但这些最新论著对笔者本课题开展是起到了较大帮助作用的。本书中的一些内容,对前人的相关研究多有依靠,多有引用,"掠美"在所难免,毕竟本书涉及的细分课题如此之多,笔者不可能每一个都有详尽研究。

此外,笔者在近十年研究"清诗史"过程中也接触到很多清人编刻宋诗人别集的材料,如宋荦编刻《施注苏诗》的材料,查慎行撰写出版《苏诗补注》的材料,

---

❶ 四川大学古籍所.现存宋人别集版本目录[M].成都:巴蜀书社,1990.

翁方纲搜集收藏整理苏轼诗的材料，翁方纲出版黄庭坚诗集的材料，陈三立刊刻黄庭坚诗集的材料，等等。这些笔者自己搜集到的材料，再结合学界同仁对诸宋诗人诗集出版情况的各类研究，能够很好支撑本选题的持续深入进行。

第四，清代宋诗接受史的研究。

接受史研究是古典文学研究界的一大热门领域，学界关于清代宋诗接受史的著作与论文非常多。著作中比较有代表性的是王英志先生 2012 年以所指导的三位博士生博士论文为基础修改而成的《清代唐宋诗之争流变史》一书，涉及大量清代宋诗接受的内容，有很大参考价值。再如，陈伟文 2012 年出版的由 2007 年北师大博士论文修订而成的《清代中前期黄庭坚接受史研究》一书，该博士论文撰写较早，在此领域很有影响。复旦大学出版社 2014 年出版的张毅《陆游诗歌传播、阅读研究》，南昌大学邱美琼教授 2009 年出版的《黄庭坚诗歌传播与接受研究》等，这些著作都很有参考价值。

相关单篇论文非常多。其中有代表性的，如《从几种选本中看刘克庄诗歌的接受》《黄庭坚诗歌在清代的接受历程》《袁枚对宋诗的态度》《从康熙年间的宋诗选本看范成大诗歌的传播与接受》《陆游接受史上的清代"第一个读者"及其影响》《科举与日常：清代的试律诗创作与苏轼诗歌接受》等。

近二十多年来，各高校的硕博士论文中涌现了大量对清代宋诗接受史研究的选题。如武汉大学王骞 2012 年博士论文《宋诗经典及其经典化研究》，南京大学廖启明 2013 年博士论文《清初唐宋诗之争研究》等。硕士论文尤其数量繁多，如河北大学赵聪竹 2022 年硕士论文《清代诗话中的陆游接受研究》，孙晓哲 2022 年硕士论文《清诗话对范成大诗歌的接受研究》，郑州大学雷雪 2019 年硕士论文《清代王安石诗歌接受研究》，中国矿业大学吴宇婕 2022 年硕士论文《康乾时期宋诗选本对陆游诗歌的接受研究》，河南大学郭玉琼 2017 年硕士论文《赵翼对陆游诗歌接受研究》，南昌大学叶国云 2017 年硕士论文《王安石诗歌接受史研究》，石文芬 2016 年硕士论文《欧阳修诗歌接受史述论》，殷丽萍 2015 年硕士论文《杨万里诗歌接受史研究》，杨素霞 2013 年硕士论文《梅尧臣诗歌在清代的接受研究》，苏州大学钟晓梅 2022 年硕士论文《杨万里诗文传播接受研究》，福建师范大学李玮 2010 年硕士论文《论杨万里及其作品在清代的传播与接受》，等等。这些论文出于硕士生之手，硕士生对古典文学的认识还有较大不足，但优秀的硕士生往往会认真研读学界已有成果，将之汇入自己的论文，故优秀硕士生的硕士论文也有一定参考价值。

第五，明清出版史的材料。

近十多年来学术界对中国古代出版史的研究更为深入，发表了一大批著作论文。近年来笔者先后收集了《宋代书籍出版史研究》（田建平）、《四库全书馆研究》（张升）、《中国印刷史新论》（艾俊川）、《清代四堡书坊刻书》（吴世灯）、《藻丽琅嬛：浒湾书坊版刻图录》（毛静）、《清代前期通俗小说刊刻考论》（文革红）、《明清通俗小说书坊考辨与综录》（文革红）等著作。

以这些著作为基础，我们对清代出版业的认识较为深入。当然，"清代宋诗出版"与清代一般性的图书出版有一定区别。最大的区别在于，"古代一般性的图书出版与销售"主要都是畅销书、常销书的出版。而"清代宋诗出版"的类目中，除了《千家诗》《苏轼诗集》《黄庭坚诗集》等不到十种比较畅销或较为畅销外，其余各种宋诗集、宋诗选本其实都是销量不佳的，往往是编选者刊刻一次以后，一般就不会再有翻刻，有的宋诗选本甚至从未出版，只以抄本形式被保存，读到的人都很少。

故而关于"清代宋诗出版"的研究，不能完全参考"古代一般性畅销书的出版"，更多地要结合"清代宋诗传播与接受"来探讨，尤其是要探讨重点诗集诗选的传播与接受，或者探讨清代知名诗人学者对宋诗的接受。因此，本书定名为《清代宋诗出版、传播与接受研究》是比较恰当的。

当然，本书最核心的还是聚焦在"清代宋诗出版问题"，即使谈到"清代的宋诗接受"也是以出版为基础的接受，这与纯粹的"清代宋诗接受史"是不同的，纯粹的"清代宋诗接受史"涉及清代各诗人，各文人学者对宋诗的接受。要更深入全面地了解"清代宋诗接受的状况"，读者可参考笔者几年后要出版的《清代诗坛宗宋思潮发展史》。在本书中，还是紧紧围绕"清代宋诗出版与传播"问题，以及在"宋诗出版"基础上的"清代宋诗接受问题"。

第三节　本书的研究方法、创新点与创新点获得过程

本书的出版对笔者而言是一个"意外之喜",因为在研究过程中笔者获得了两个主要的创新点。其一是笔者在乾隆帝、纪昀的诗学观念与批评上,有一定创新点,这对我们认识清代诗学与文化有全局性影响。其二是笔者在文学理论与历史哲学上有一定创新点,在本书"结语"中提出了"概率论史学"的概念。在此笔者需要把本书的研究过程进行一定陈述,尤其是关于"研究过程与获得创新点过程的陈述",是有一定参考价值的。

一、本书的研究方法

本书主要还是聚焦在"清代宋诗出版问题"以及由此导致的"清代宋诗传播与接受的问题"上。所以虽然本书的研究初看起来很像一个"出版史"的研究,但这又不是通常那种典型的出版史研究,而是带有"文学接受目标色彩"的出版与传播研究。"研究清代宋诗出版"只是手段,归根结底是要"研究清代宋诗的接受",最终要归结到"研究清代诗坛的发展"。所以本书在"研究要点"上会有一些与别的研究的不同之处,有如下两点需要指出:

第一,抓住清代宋诗选本中的有影响之作,对《千家诗》《瀛奎律髓》《宋诗钞》等都有较深入研究。

申屠青松、谢海林、高磊等学者注重梳理"现存宋诗选本的版本",注重对一些较生僻的宋诗选本的选编者、选编体例、选编特色进行研究阐发。笔者未致力于发现更多清代宋诗选本,或对一些生僻宋诗选本的编者与特色进行研究。笔者注重的还是探究那些在特定时期产生过较大影响的宋诗选本,或深入探讨那些与清代重要诗学人物、重要诗学事件有关的宋诗选本。

因为本书一方面是笔者的教育部青年项目《清代宋诗传播与接受研究》的结项成果，另一方面也是为笔者几年后即将出版的"诗史"性著作《清代诗坛宗宋思潮发展史》打基础的著作。毕竟，影响历史的往往是那些重要的人物、事件与著作。这正如，探讨"当代小说史"或"当代网络小说史"，我们只能是一方面概览当代小说的发表状况，另一方面又集中在那些产生重大影响的代表性作品，不可能说把一些当时就不甚知名的作品进行深入探讨，这是不现实的。

回到清代宋诗选本的问题上来。在清代已经统计到的近170部宋诗选本中，有《宋诗钞》等近十部宋诗选本产生了很大影响，也有十多部宋诗选本产生了较大影响，剩余几十部则产生了一定影响，剩余还有几十部未能出版只是抄本留存的宋诗选本，或早已佚失的选本，恐怕在当时就没有几个人读过。

或者说，清代这近170种宋诗选本，除了二三十部有较大影响的，是有一定"编选思路"，对当时诗坛有一定"针砭"作用，剩下可能有几十部都是"跟风之作"，其实际价值是有限的。毕竟不加上作者评注的单纯的宋诗选本，很难在诗坛立足。因为它的创新性是有限的——宋代苏轼、黄庭坚、陆游、王安石等著名诗人的诗作毕竟是有限的，其代表作、优秀之作就更少了。"选"来"选"去，也不会有太大差异。

在本书的研究中，笔者对《千家诗》《瀛奎律髓》都进行了较大篇幅的研究，抓住清代的《千家诗》《瀛奎律髓》的不同版本、不同评点本进行了多方面的梳理与探究，研究得较为细腻，取得了一定的成果。

第二，集中探讨清代宋诗选本中涉及苏轼、黄庭坚、陆游等人的选本，对这些宋代诗人在清代的接受史问题有深入剖析。

对笔者而言，本选题的切入点是"清代诗坛宗宋思潮"。但要注意的是，经过二百多年的发展，清代诗坛的"学宋""宗宋"，被归结到了"苏、黄"二人，其他的宋诗人在清代的影响并不是"笼罩性的"。如王安石、欧阳修、陆游、范成大、杨万里等诗人在历史上一度影响很大，他们在清代也有一定影响，但他们在清代的影响并没有"苏、黄"那么大——通常都只是有少数几位清代诗人较为关注他们，而不像"苏、黄"是几乎所有清代诗人都会有所谈及。其中谈及陆游的清诗人会多一些，但很难说"陆游"在清代诗坛就有"笼罩性影响"。

而除了这些诗人之外的其他一些较为知名的宋代诗人，如梅尧臣、陈师道、陈与义、永嘉四灵、刘克庄等，在清代诗坛的影响就更小了。至于那些在宋代诗人中本来就知名度一般的宋诗人，在清代的影响就几乎可以忽略不计。

在诸多的宋诗选本中，有的聚焦几个著名诗人，如乾隆帝御选《唐宋诗醇》选了苏轼、陆游两人的诗，曾国藩《十八家诗钞》选了苏轼、黄庭坚、陆游三人的诗，周之鳞、柴升编《宋四名家诗钞》选了苏轼、黄庭坚、范成大、陆游这4人的诗。也有的宋诗选本聚焦了诸多宋诗人，如陈訏《宋十五家诗选》选了15位诗人的诗，谢枋得、王相《千家诗》选了宋代52位诗人的诗，张景星《宋诗别裁集》选了137名宋诗人的诗。

如果不结合"清代诗坛"的实际发展状况，我们就会误以为有几十位宋诗人在清代有广泛影响。其实并不是如此，在"清代诗坛"有较大影响的只有苏轼、黄庭坚、陆游、范成大、王安石、欧阳修等寥寥数人。甚至绝大部分清代诗人只是会谈到"苏、黄"或"范、陆"，别的宋诗人几乎都不被谈起。

所以我们在本书中的研究，也将按照"清代诗坛宗宋思潮"的实际发展状况，将研究目标集中在苏轼、黄庭坚，偶尔会扩及陆游、范成大、王安石、欧阳修等人，至于其他在清代几乎没有影响的宋诗人，我们在本书中就会较少谈起了。由此，我们在本书中会呈现一种"显著的详略对比"，谈及"苏、黄"的内容会远超谈及其余宋代诗人的内容的总和。

这种"显著的详略对比"在一些不了解"清代诗坛宗宋思潮"实际发展状况的研究者看来，会显得"不恰当"。然而这就是真实的状况。或者说，在清代诗坛的宗宋问题上，存在一种大众所说的"二八定律"：20%的著名宋代诗人占据了80%的关注度，剩余80%的宋代诗人只能勉强占据20%的关注度。实则在清代诗坛，事情比"二八定律"还要夸张——苏轼、黄庭坚、陆游等近10位宋诗人，恐怕占据了清代对宋诗关注度的90%以上。也即绝大部分的宋代诗人在清代乃至当代，都是无人问津的，有较大关注度的只能是苏轼、黄庭坚、陆游、王安石等十多人。

因此，在本项研究中，过分关注一些"宋代小诗人"在清代的影响，恐怕是不恰当的。因为这些"宋代小诗人"在清代几乎就没有影响，或者偶尔会有清人会谈到他们，但还远远形不成连续性与系统性。

二、本书的主要创新点

本书的创新点有多方面：一是在对乾隆帝、纪昀诗学理念与批评的研究上；二是在对一些具体宋诗选本的出版与传播的研究上；三是关涉"清诗发展史""宋诗接受史"等理论问题；四是提出了"概率论史学"的概念。尤其是在关于乾隆帝、纪昀诗学理论与批评、概率论史学两个问题上的研究值得学界关注。这些核心的创新点见于全书第二章、第四章第四节、第五章第四节、第八章第四节和第六节以及"结语"中。

第一，对乾隆帝、纪昀诗学理论与批评的研究有重要创新与突破。

笔者在本项目申请与进行之初，有过对纪昀的研究计划，但没想到会有较大突破❶。但在项目执行过程中，当笔者深入研究了纪昀的《瀛奎律髓刊误》《纪昀评点〈苏文忠公诗集〉》《纪昀评点〈文心雕龙〉》《四库全书总目提要》乃至十卷本的《纪晓岚全集》等原著，并研读了《纪晓岚评传》《乾隆帝评传》等传记材料，乃至深度参考了当代学者撰写的《四库全书》研究之作，如《四库全书馆研究》（张升，2012）、《四库全书馆密函：于敏中致陆锡熊手札笺证》（张晓芝，2023）等，笔者逐渐对纪昀的心态与内在思路有了深刻的洞悉。这种"洞悉"使得笔者对纪晓岚的认识有了根本的改变。笔者在本书中展开了针对纪昀的全方位的批判，相关内容有近10万字，已颇为翔实与证据确凿了。要言之，本书的一大创新点就在于关涉纪昀与乾隆帝的内容。

纪昀深受乾隆帝影响，或者说，纪昀的诸多作品，从根本上都是在迎合乾隆帝的心理。乾隆帝幼年聪颖，成年后日夜为诗，成为古今存诗最多的诗人，有四万多

---

❶ 笔者关于纪昀的研究持续了多年，具体过程请参看下一小节中笔者关于自己对纪昀研究过程的讲述。准确来说，笔者在2015年因研究《木天禁语》而研读《四库全书总目提要》时已注意到一些偏颇，对纪昀的个人思想有了兴趣。其间中断了几年，直到2020年11月在研读《瀛奎律髓》时注意到纪昀的评语的批判性，打开了思路。但直到本书撰写后期才真正完成了对纪昀的批判，形成了本书的创新点。

首,比陆游的九千多首还多。乾隆帝有着成为"古今第一诗人"的愿望。从更广阔的文化视角来看,乾隆帝在文化上有着"贬低前朝,彰显本朝""贬低他人,彰显自己"的潜意识。乾隆帝在御选《唐宋诗醇》中即批判了前代诗人,并且把一些前代与当代的诗歌评论家称为"群儿之愚",这有一种居高临下的态度。纪昀作为翰林,与乾隆帝有大量诗歌唱和,他对乾隆帝的"隐晦心理"有着深刻把握,所以他也在诸多著作中学着乾隆帝"口含天宪"的心理展开了对前人的"无差别批判"。他不是批判、贬损一人,而是只要出现在他笔下的前代文人他都会进行贬损。有学者认为纪昀对程朱理学有一定的不满,实则这并不是事实,他对所有前代文化名人都有贬损。纪昀有一种通过批判前人来彰显自己的文化思路。乃至于在《瀛奎律髓刊误》中,卷二十四中纪昀评价方回:"诗是论诗,每遇元祐名人、洛闽道学,必有诗外推尊评论,以为依草附木之计,亦是一种习气。"纪昀学着乾隆帝贬斥鄂尔泰的口气,把苏轼等元祐名人、朱熹等洛闽道学家贬喻为速朽"草木",简直骇人听闻!这是对前代哲人的极大不敬。因此,姚鼐、姚椿、姚莹等人都对纪昀非常不满。道光时期出版《苏文忠公诗编注集成》的王文诰也对纪昀的苏轼诗评点有大量批判,甚至攻击。

在本书相关章节,笔者用近10万字对纪昀的几部著作都进行了评析,多方面地揭示了纪昀对一些问题的荒谬评价。应该说,这些内容是有理有据,且极具创新性,对于当代的"纪昀研究"是有一定推进的。本书的相关内容,对我们客观认识纪昀、客观评价纪昀的一些批判文字,是有一定价值的。相信本书的内容,在现代以来的清代文学研究史中也会留下一定的印记,会对未来的研究产生一定影响。毕竟纪昀及其《四库全书总目提要》的问题关涉清代学术研究的全局,对纪昀的准确认识有助于我们厘清诸多问题。要之,这是本书的一大创新点,也是本书的一大看点,一大传播点。

第二,在对一些具体宋诗选本的出版与传播的研究上也有一定创新与少量突破。

笔者在对《宋诗钞》《十八家诗钞》等宋诗选本的研究上进行了较深入拓展。在对《千家诗》《瀛奎律髓》的研究上也有独得之妙。笔者结合实物,对《千家诗》《瀛奎律髓》的不同版本、不同评点本进行了多方面的梳理与探究,研究得较为细腻,取得了一定的创新性成果。

第三，在文学理论、文学接受理论上有一定创新。

本研究进一步揭示一些现象，以求在未来有更好的理论解释。通过本研究，以及笔者其他一些研究，我们可以注意到，清代宋诗的接受是呈现"二八定律"的。清代诗坛注重苏轼、黄庭坚、陆游等寥寥数人，而其他大量宋诗人则是无人问津的。但这就揭示出来了一个问题：清代诗坛与清代普通人对宋诗的接受似乎存在断层。

清代诗人们关注较多的宋诗诗人是苏轼、黄庭坚、陆游等少数几人。在清代有巨大影响几乎"家置一编"的童蒙读物《千家诗》选了52位宋代诗人，其中苏轼作品入选最多有7首，其次是王安石诗5首，黄庭坚诗2首。但还有程颢、朱熹等人也入选了一些作品，朱熹的《春日》等作品甚至脍炙人口。有意思的是，清代主流诗坛的诗人们并不关心朱熹的诗集。在清代诗坛极少有人谈到程颢、朱熹等人的诗。这就让我们思考：清代主流诗坛对宋诗的接受，与清代普通读者对宋诗的接受是一种什么样的关系，是一种"并行不悖"的关系，还是一种"后者包含前者"的关系？这些问题或许需要在"文学接受理论"上进行更进一步的解答。

第四，提出了"概率论史学"的概念与理论体系。

笔者并非历史学科班出身，但近年来专注于"文学进化史"的研究，对历史演变有了多方面思考。在本书"结语"中笔者提出了"概率论史学"的概念与理论体系。这些观念对于历史学研究者是会有一定启发的，其创新性是显著的。当然，笔者提出的"概率论史学"还不是一种具有很强可操作性的历史学研究方法，但无疑已经是一种不容忽视的历史哲学。当然，笔者在具体行文中，可能还有些地方表述不严谨，或有些地方的观点有错误与不足，但这些内容无疑是笔者的一大创新点。甚至可以说，笔者本书中关于清代诗学的研究虽有创新点，但由于其研究太过具体，很容易被后起的研究所淘汰与覆盖，但本书"结语"中关于"概率论史学"的诸多论述，反而会有较大的长远价值，不但不会被后起的研究所淘汰与掩盖，反而有可能被发扬光大。

最后也要看到，本书45万字中真正有很大创新性的内容有约20万字，再有10万多字内容是有少量拓展性创新或一定梳理、验证之功的，也很值得读者关注并思考。但客观而言，本书中有约10万字内容主要是为了全书篇幅与结构完整，而不得不进行书写的地方，免不了较多对前人的参考与引用，创新之处不多。要之，在本课题很多细分领域的研究上，笔者并不能够超越其他学者，如果强行去阐发与其他学者不同的意见，恐怕也并不恰当。例如申屠青松、谢海林、高磊、王友胜等学者关于一些稀见清代宋诗选本的研究，进行得较为细致，且有多方面开拓之功，笔者在此领域多参考他们的成果。再如赵超关于王文诰《苏文忠公诗编注集成》的研究，写成了一本专著，该书在部分内容的研究上超过了笔者，为笔者所深入参考。再如，本书中谈永嘉四灵诗出版的内容主要参考了有关学者的论文。

在这些其他当代学者有较大着力、较大贡献的地方，笔者都不试图去强行阐发。所以有些前人重点阐发的地方，笔者会较为简略地进行阐发，或者规避前人重点阐发之处而找到一些自己可以较多阐发的点。但必须指出的是，有些前人重点阐发的地方，笔者也不可能完全忽略，为了全书结构的完整性而必须进行一定的阐发，这就不可避免在少量地方要落入前人论著的窠臼。这就使得本书不可能像笔者《文学进化论新探》（2019）、《西游故事进化史新探》（2021）等著作那样，通篇（有的章节几乎每一页）都有着难以忽视的创新性、启发性。本书有四分之一的内容不那么创新，但确实有一半以上的篇幅是很创新的。总之，无论本书内容创新与否，也无论本书的论述与梳理正确与否，欢迎相关学者对本书提出多方面的批评、指正。笔者在清代诗歌研究领域，还有很多需要提升、提高之处！

三、选题的研究过程、创新点的获得过程

如前所述，自 2015 年以来，笔者一直在"清诗研究领域"进行扎实耕耘，有各种各样的积累，但呈现在读者眼前的这部《清代宋诗出版、传播与接受研究》中关于"乾隆帝、纪昀诗学理论的批判"的最核心创新点还是在 2023 年获得的。在此，笔者有必要详述获得这些核心创新点的主要历程与关键节点，以便读者与研究者了解笔者对相关问题的认识演变过程。

笔者在 2008 年 7 月在南开大学获得文学硕士学位，学位论文为 9 万字《文学进化中的因袭——以〈西游记〉为中心案例》。在 2007 至 2008 年完成硕士论文的过程中，笔者对"文学进化论思想"有了很深入的思考，这奠定了笔者后来长期的研究领域。本书中探讨的"清代宋诗基因传播与接受"，归根结底属于文学进化论研

究的范畴。

  2009年至2014年,笔者先后在多家新闻媒体工作,获得了一定社会经验。2014年初笔者决定考博,开始进行复习。2014年下半年,笔者对六朝与初唐诗歌进行了一项为期三个月的系统性统计研究,研究成果虽未发表,但这其实是笔者继2008年提出"新的文学进化论"后,在个人认识论上又一次重大进展。客观来说,有些重大成果,并不急于出版,且暂时不方便发表。一方面因为我们自己都没完全吃透其中的全部思想;另一方面就可能导致我们失去对其他学者的"思想优势"。考诸中外学术史,真正重大的成果,不在于别人参考不参考,因为别人不参考是别人的损失。这正如当今进行物理学研究不可能不参考牛顿"万有引力定律"、爱因斯坦"相对论"、薛定谔量子力学方程一样。不参考这些,就失去了成为学者的基本资格。事实上有国外研究者认为,牛顿在发明"微积分"后并未急于发表论文。在出版《自然哲学的数学原理》一书时,他的有些数据是通过微积分算出来的,但因为害怕别的学者知晓微积分,而把这些微积分算法改成了复杂的几何算法。看到这一案例,我们就能明白,学术史上有"三种成果":第一种是根本不需要参考的,第二种是可看可不看的,第三种是不得不参考且必须深入参考的。我们当前的很多研究成果,就属于第一种、第二种。我国科研界还没有拿出让全世界学术界"不得不参考"的学术成果。❶

  笔者2014年关于六朝与初唐诗歌的统计学研究,让笔者对六朝诗歌、唐诗与宋诗的差异有了某种深刻认识——这种认识不是一般感性认识,而是一种带有"统计特征"的认识。笔者从此开始认识到,六朝诗、唐诗与宋诗之间,存在某种深刻的差异。同时,笔者也认识到"统计学"在文学研究中不是一种简单的研究方法,而应是一种基本的理念,是一种关于"文学史"、关于"历史"的基本视角。这奠定了笔者博士阶段以至于目前主要研究领域"唐宋诗之争"的基本雏形,同时也是在这一时期,形成了笔者在本书中提出的"概率论史学"的最初念头。用"概率与统

---

  ❶ 据研究,牛顿在发表《自然哲学之数学原理》时特意用复杂的算法代替了微积分算法,以至于当时一流数学家都读起来很吃力。见:牛顿.自然哲学之数学原理[M].王克迪,译.北京:北京大学出版社,2006:6.

计"的方法来看待"历史",就会对历史到底如何形成有新的看法。

2015年初,笔者考取了南开大学博士研究生。入学之前,笔者进行了持续近半年的关于元诗的研究。当时,笔者住宿在北京化工大学附近,在北京化工大学校内的一家打印店,把范梈、虞集等元诗四大家的诗文集影印本进行了打印,几个月间笔者日夜研读了这几种元代诗文集。其中《范梈诗集》笔者至少研读了三四遍。当时,进行了一项关于《木天禁语》作者是否为范梈的研究。《四库全书总目提要》否定了范梈是《木天禁语》的作者,笔者对《四库全书总目提要》中有关提要进行了深入研究,初步了解了《四库全书总目提要》的行文风格。此时,笔者已对《四库全书总目提要》的"正确性"产生了怀疑,但还没有上升到对纪昀的怀疑。或者说,正是因为笔者在2015年因研究范梈《木天禁语》而注意到《四库全书总目提要》中对该书的评价,四库馆臣认为该书水平很低"荒陋",是"庸妄书贾""伪撰"。但清初仇兆鳌《杜诗详注》中多次引用《木天禁语》,且仇兆鳌对"杜诗分段"就是来自《木天禁语》,可见《木天禁语》的价值得到了仇兆鳌的充分认可。仇兆鳌都认可的书,为什么四库馆臣会认为"荒陋"呢?这让笔者对"四库馆臣"的水平有所怀疑,虽还没有开始怀疑纪昀的水平与行事风格,但从此笔者对纪昀的个人思想与水平有了兴趣。这最终导致了本书核心创新点的产生。

2015年9月后,笔者再次进入天津南开大学求学。入学之初,便与导师刘畅教授商定选取清代宋诗派为博士选题,从此就把阅读中心圈定为"清诗宗宋问题"。为了给博士研究领域打基础,笔者在2016年2月寒假前后,认真研读了《李白诗集》,并撰写了两篇关于李白的论文,其中一篇是后来发表的《清谈与李白诗文喜用〈庄子〉典故之关系》,写这篇论文时笔者深入梳理了李白诗,获得了对唐诗的诸多认识。也从此,笔者进一步坚定了研究"唐宋诗差异"的未来学术路径。

2018年6月笔者提交了30万字博士论文《清代诗坛宗宋现象研究》,获得博士学位。由此也获得了对乾隆朝诗坛的总揽性认识。这些总揽性认识为准确评估乾隆帝与纪晓岚诗学奠定了坚实基础。

2018年获得博士学位后,笔者进入江西科技师范大学任职,笔者之前进行的各项研究都持续进行了下去。2019年、2020年笔者深入研读了上海古籍出版社的十册本的《陆游诗集》,对陆游诗有了深入的认识。2020年前后的几年中,笔者又陆续

对苏轼诗进行了多方面的反复研读。同时，又进一步研读《王安石诗集》《梅尧臣诗集》等，陆续对宋代诗学进行了扎实的研读、思索。其间，还研读过明代汤显祖、袁宏道、谭元春等人的诗集。

2021年8月，教育部青年基金项目《清代宋诗传播与接受研究》立项后，笔者开始搜集清代诗歌与清代宋诗选本的材料。笔者陆陆续续将电脑硬盘中保存的《四库全书》《四库全书存目丛书》《清代诗文集汇编》中关于清代诗歌、清代宋诗选本的材料都打印并装订出来，前前后后打印装订了上百册古籍（每册约200张A4纸），以至于我家中堆满了古籍影印本。对这些古籍，笔者都进行了深入的研读。好在，一方面笔者在该领域已有较深积累，另一方面笔者这些年对苏轼诗、黄庭坚诗、陆游诗、欧阳修诗等都已进行了深入研读、体悟，对宋诗作品已较熟悉了。

其中，2022年年底，为完成教育部项目，笔者将《清代诗文集汇编》中第282册至第302册的乾隆帝《御制诗集》打印装订了30多册。随后笔者用几个月时间认真研读了乾隆帝的这些诗，对乾隆帝的个性有了真切了解。笔者又先后在江西科技师范大学图书馆借了十多册乾隆帝等清帝传记。这些乾隆帝传记是通俗类读物，往往写得较浅，但将之综合起来研读，也能获得很多关于乾隆帝的信息。有段时间，笔者日夜揣摩乾隆帝的心态，对乾隆帝的一些做法有了心得体会。

这些古籍爬梳工作相当烦琐、耗时。笔者的主要兴趣点在理论建构上，如果不是因为要完成"教育部项目"这一压在心头的工作，笔者可能不会这么认真去打印几百册古籍。关键不是打印装订古籍，而是笔者认认真真去研读这些未标点的古籍，从中找到有用的材料。

2020年底笔者研读了《瀛奎律髓》，注意到纪昀的点评有极大的批判性。2021年上半年撰写教育部项目申报书，其中谈到了要撰写一篇研究纪昀《瀛奎律髓刊误》的论文。2021年下半年，笔者又深入研读了《纪晓岚全集》中纪昀个人诗文集，撰写了纪昀宗宋思想的内容。2022年底后又用大半年时间深入研读了乾隆帝的个人诗集，对乾隆帝真实心态有所认识。在本书撰写的后期，笔者于2023年9月初开始撰写批判纪昀的内容，逐渐形成了本书中关于"乾隆帝、纪昀诗学理论之批判"的核心创新点。到10月下旬大体写完了关于《瀛奎律髓刊误》与《纪昀评点〈苏文忠公诗集〉》的四万字内容。

2023年10月底，笔者大体完成了关于"乾隆帝、纪昀诗学理论之批判"的创新点，准备转移论题，撰写一些与纪昀无关的问题，拟研究清人王文诰的注释苏诗，尤其要区分王文诰与冯应榴"注释苏诗"的优劣，为此在当当网搜索、购买王文诰《苏文忠公诗编注集成》。在当当网的推荐中发现青年学者赵超在2023年3月出版了《义理与考据之间：清代王文诰苏诗整理与注释研究》一书，看网页中该书目录有王文诰反驳、批判纪昀的内容，这让笔者眼前一亮。此前笔者一直不知道孔凡礼先生校注的中华书局版《苏轼诗集》是采用了王文诰的注，就此笔者对王文诰书如获至宝，有"相见恨晚之感"。但也许过早阅读王文诰书，没有对纪昀的充分认识，反而不能注意到纪昀观点的荒谬性，反而会看不出王文诰书的价值。在2023年11月初，笔者先购买了王文诰《苏文忠公诗编注集》，用两周时间完成了谈王文诰的小节的初稿一万多字，然后再购买赵超《义理与考据之间：清代王文诰苏诗整理与注释研究》，根据赵超的研究，进行了少量补充。赵超虽然也较认可王文诰的注释，但为纪昀"声名"所误导，没有认识到"问题出在纪昀，而不是王文诰"。

2023年12月后笔者又进行了全书的修改与统稿，总体上完成了全书的主体内容。到2024年1月中旬，全书篇幅有32万字，已达到了笔者2021年初在"教育部青年项目"申报书中提出的"出版一部30万字的学术专著"的计划。此时笔者已决定结束全书写作。2024年2月中旬，在大体完成了全书的主体内容后，笔者感觉全书"结语"中的理论探讨还不够出彩，还没有形成拿得出手的理论。这让笔者有些"苦恼"，毕竟笔者在《西游故事进化史新探》的"结语"部分是有很大理论创新的，如果在这部《清代宋诗出版、传播与接受研究》的"结语"部分没有较大理论创新，这会是一个"遗憾"。

2024年2月底，笔者试图在"结语"中进行更多的理论探讨，开始只写了一些关于宋诗基因的内容，后来依托本书中对清代宋诗文献的梳理，笔者写下了关于历史文献的探讨，多方面反思了历史文献的准确性。这依托了笔者近十年来在清代宋诗文献领域的各种爬梳，让笔者认识到清代宋诗文献很多都不靠谱。笔者在想，如果清代宋诗文献都很不靠谱，那么清人关于宋诗的认识又会有多大可靠性？由此笔者进入了"历史反思"。在2024年3月中旬，笔者将近几年来对进化论的思考，尤其是生物进化中概率问题的思考，逐步融入关于历史的思考中。在4月初完成了关

于"概率论史学"的近 4 万字论述（含对历史文献的反思）。此后又试图查阅一些西方文献，偶然查阅到赵毅衡先生在《广义叙述学》中对西方"混沌史学"的转述。这使笔者认识到弗格森等学者的"混沌史学"与笔者的"概率论史学"有近似处，笔者遂多方查阅了西方关于"混沌史学""替代历史""历史偶然性"的论述，又增加了 2 万字的论述，最终形成了关于"概率论史学"的 6 万字论述。

客观来说，本书近 8 万字的"结语"部分是本书的两大精华之一（另一个是关于乾隆帝、纪昀诗学理论的批判），其中 6 万字所提出的"概率论史学"是很有价值的，毕竟我国史学界能够有一定逻辑性与创新性的史学理论并不多见。笔者很期待本书出版后，历史学界、哲学界能有所好评。当然，本书的主题与中心领域还是清诗研究、宋诗研究，也期待古典文学研究领域的研究者对本书有一定好评或指瑕。本书在一些细节问题上可能还有纰漏，亦敬请有关学者批评指正！

第一章
清代宋诗及相关领域出版状况

　　清代宋诗出版与清代诗坛的发展是有密切关联的。康熙三十三年（1694年），陈訏在《宋十五家诗选》凡例中说："至宋人全集欧、苏而外，世即罕觏。"可见在清初，除常见的欧阳修、苏轼等人的诗文集外，其他宋人的诗文集在各书店、各藏书之家是比较难遇到的。因为在明代中后期，随着前后七子倡导"文必秦汉，诗必盛唐，大历以后书勿读"，文坛对于宋人诗集的出版没有那么积极，存在一个至少几十年乃至近百年的宋诗出版低谷期。再加上明末清初战事频仍，民生凋敝，出版业也随之凋敝，社会上较难看到宋诗书籍是正常的。正是在这种氛围下，清代诗坛的宗宋思潮，在钱谦益、王士禛、黄宗羲、吕留良、吴之振、宋荦、查慎行等人的倡导下慢慢发展起来。与此相伴随的就是大量的宋人诗集、宋诗选本被刊刻出版。据统计，清代宋诗选本有近170种，其中在一定时期产生过较大影响的有近30种。这些宋诗选本，以及苏轼、黄庭坚等人诗集的大量出版，推动了清代全社会的"宋诗热"。或者说，清代诗歌史、清代诗坛宗宋思潮发展史与清代宋诗出版史是互相关联、互相推动的。

　　因此，厘清清代宋诗出版状况，对于我们认识清代诗歌史，认识清代诗坛宗宋思潮发展史都是有重大作用的。同时，必须注意的是，清代宋诗出版与清代日常读物或经典读物的出版有很大的区别。清代的一些经典读物，如科举考试用书或者《西游记》《红楼梦》等经典小说，属于能够盈利的大众读物，各地书坊都有大量翻刻。而清代宋诗（宋诗选本与宋人诗集）中绝大部分都是"冷僻书"，往往都是刊刻一次，就不再刊刻。一般只有《千家诗》被各地书坊反复刊刻，有王士禛《古诗选》、乾隆帝御选《唐宋诗醇》、张景星等编《宋诗别裁集》等少数几种有一些书坊刊刻，苏轼、黄庭坚、陆游等寥寥数人的诗集被反复刊刻，剩余的各类宋诗书籍都是很少能够进行三次以上的刊刻。这一点是我们认识"清代宋诗出版"问题的基点。

第一节 清代总体出版状况概述

清代的出版业非常发达，从内容创作、刻工、写手、印刷、销售，形成了系统的网络。清代的出版物可分为官刻、坊刻、私刻等不同形式。根据刻工刻字速度，各种出版方式的成本与时效较为接近。但由于各类出版形式的销售状况不同，其传播效果会有较大差异。厘清这些问题，对我们理解清代的图书出版有着重要参考作用。

一、清代图书出版以坊刻为主

官刻为官方刊刻的书籍，如清廷武英殿刻书，为皇家刻书。如雍正帝下令官方刊刻并要求全国学校都要研读的《大义觉迷录》便是官刻。乾隆帝修《四库全书》时期武英殿聚珍版刊刻了一百多种书，也是官刻。此外，清代各省也都设立了"官刻书局"，会官方刊刻一些读物，各省学政也会安排刊刻一些书籍，如乾隆后期，翁方纲在南昌刊刻的黄庭坚诗集，就属于官刻。客观来说，官刻在清代图书市场处于较重要地位，但很多方面还比不上坊刻与私刻。

私刻则为一般家族筹集资金刊刻自己家中先辈的文集，清代士大夫的诗文集往往都是私刻的。很多清代文人的文集，都是其子孙筹集资金后刊刻的。私刻书的传播能力没有坊刻那么大。私刻书如果不借助坊刻的销售系统，则很难迅速在全国铺开，一般在外地很难买到。吕留良、吴之振刊刻《宋诗钞》更接近于私刻，所以吴之振进京时需要自己携带大量《宋诗钞》用于赠人。私刻的各种书虽然传播有限，但由于民间家族出书都是采用私刻，大量的书都是因私刻而问世。尤其是很多稀见的文人别集都是因私刻而面世，故而私刻也是清代图书出版的重要方式之一。

相比于官刻与私刻，坊刻的重要性更高一些（虽然有时在一些文人的笔下，会不太看得上"坊刻"，称之为"坊间"）。坊刻为各地书坊刊刻的书籍，清代全国有近千家书坊，形成复杂、高效的图书产销网络。坊刻主要刊刻拥有较多读者的通俗小说及各类能够稳定盈利的科举考试类书籍。坊刻不以出版文人诗文集为主，因为这些作品的读者有限。在清代只有著名文人的作品才能进入坊刻系统，如袁枚《随园诗话》有一些书坊翻刻，沈德潜《国朝诗别裁集》有少量坊间翻刻，蒋士铨诗文集也有少数书坊翻刻。书坊拥有遍布全国各地的图书销售体系，故而很多书一经坊刻便能流行全国，各地都能买到。如《西游记》《红楼梦》之类的经典小说，各地都有书坊刊刻，几乎每到一地都能买到。由于利润驱动，书坊对于哪些书能赚钱非常关注，只要出现能赚钱的书，各地书坊都会一拥而上，纷纷翻刻。故此很多畅销书，很容易迅速"风行坊间"。所以像《千家诗》之类的书，各地书坊都会翻刻，很多书坊为了标榜自己的"独创性"，也会请人作注或进行一定新编，这就很容易出现大量新的版本。明清小说中同一小说的各种不同版本就是这样形成的。

当前学界对清代的书坊已有很多研究。据研究，明代时，南京、福建建阳、苏州、杭州等地是刻书中心。其中，明中后期，福建建阳书业非常繁荣，有名号可考的书坊有200多家。但由于各种原因，福建建阳的书业至清乾隆年间就衰败了。综合"成本优势""文化优势"等方面原因，至清代，全国形成了北京琉璃厂、武汉汉口、福建四堡、江西抚州浒湾四大刻书中心。

据吴世灯《清代四堡书坊刻书》一书，清代福建四堡创立书坊约150家，有文献记载或实物留存的刻书1484种，除去同书异名的有1228种。其中，仅乾隆朝初期至道光朝期间，四堡地区先后有刻书书坊73家。据吴世灯1992年在当地的寻访，虽然二十世纪六七十年代曾销毁了大量书版，"当时我们在四堡搜访到书版997块，涉及17家书坊的79种书籍"❶。这些书中有很多是科举用书、医学书、日用书以及

---

❶ 吴世灯.清代四堡书坊刻书[M].福州:福建人民出版社,2021:178.

占卜堪舆星算书籍。这些书中涉及诗歌的有《千家诗》《唐诗合选》《咏物诗选》《试体诗赋》《注释序诗》《诗韵》《韵法入门》《诗经读本》等。

这还只是1992年存有书版的79种书中的情况，如果算上四堡在清代所刻的1228种各类不同的书，相关情况会更为惊人。《清代四堡书坊刻书》附录中提供了四堡翠云堂后人保存的一份"书目"，涉及860种书。但这不一定是这一家书坊刊刻的书，有可能是同家族几个书坊共同的书目。书目分为文章、四书、经史三大类别。其中诗歌类书籍就位于"经史"部，有王相《千家诗》、乾隆帝御选《唐宋诗醇》、有沈德潜等编的《唐诗别裁集》《宋诗别裁集》《明诗别裁集》《国朝诗别裁集》，还有《元诗别裁集》，以及《杜少陵集》《李太白集》《东坡集》、袁枚的《随园诗话》以及《唐诗合选》等。这份书单虽未标明各书的销量，但能被书坊刊刻，就表明这些书在当时都是较为畅销的书。

江西抚州浒湾也是清代的一大刻书中心。浒湾镇位于江西省抚州市金溪县西部，紧靠抚河，通过抚河可直达南昌，交通较为便利。宋元时该地并不产图书。明末清初，福建建阳书坊因持续战乱而衰败。金溪离建阳不算太远，一些书坊刻工开始在金溪浒湾镇聚集，从康熙朝至清末，金溪浒湾逐渐发展成了江西地区乃至国内最大的刻书中心之一。鼎盛时期，浒湾镇有近90家刻书书坊，从业工匠有1000多人，先后刊刻图书超5000种。浒湾刊刻的图书行销全国，尤以京城、两湖、川黔等地为盛，形成了"临川才子金溪书"的俗谚。浒湾所刻书传统上被称为"赣版""江西版"。据民国《江西地理志》载："金溪浒湾男女皆能刻字，所有江西省读本经书小说皆由此出，名曰江西版。"据学者毛静研究，金溪浒湾的书商开创并主导了北京琉璃厂书市❶，这实际上是清代北京图书交易的中心，包括编撰《四库全书》的四库馆臣等在内的大部分京师学人都是在琉璃厂购买书籍，用于个人阅读与研究。

浒湾刻书具有很强的学术性，以科举用书、官制用书、小说、日用书、诗文、文史学术书等为主，种类非常齐全，所刻书籍超5000种，在常见书之外亦涵盖了古代一些较冷僻的书。据毛静《藻丽娜嬛：浒湾书坊版刻图录》一书搜集到的86家

---

❶ 见毛静先生发表的博客文章《浒湾听雨》一文。

书坊近 400 种浒湾刻本书籍❶，其中诗文类有《楚辞详注》《重刻昭明文选李善注》《千家诗》《唐诗三百首注疏》《庾开府全集》《杜少陵全集详注》《李杜全集》《李义山诗集》《东坡诗选》《苏文忠公全集》《唐宋八大家文钞》《小仓山房诗集》（袁枚）、《忠雅堂诗集》（蒋士铨）、《瓯北诗钞》（赵翼）、《两当轩诗词钞》《陆象山先生全集》《渔洋诗话》《剑南诗钞》《御选唐宋诗醇》等，小说类有《绣像批点红楼梦》《汉魏丛书》《太平广记》《说岳全传》《绣像说唐前传》《绣像西游记全传》《重镌绣像后西游记》《情史》《娱目醒心编》《西湖二集》等，其内容还是非常丰富而全面的，难怪可以长期主导北京琉璃厂书市的发展。

福建四堡、江西抚州浒湾等地的刻书业只是代表。明清时期，全国各地的书坊都在持续运作，都在大量刊刻图书。据文革红《明清通俗小说书坊考辨与综录》一书，明清时期江苏有书坊 321 家，刻小说 983 种；广东有书坊 109 家，刻小说 432 种；福建有书坊 87 家，刻小说 205 种；浙江有书坊 86 家，刻小说 184 种；江西有书坊 41 家，刻小说 144 种；四川有书坊 43 家，刻小说 132 种；直隶有书坊 59 家，刻小说 130 种；山东有书坊 25 家，刻小说 68 种；湖南有书坊 22 家，刻小说 103 种。其余省份书坊不多。这一统计，一方面主要统计小说出版，与诗文出版会略有不同；另一方面是综合统计了明清时期书坊情况，未单独探讨清代的书坊情况。不过，这一统计对我们认识清代出版业还是有较大参考意义的。

要注意的是，至清末时期，由于西方技术的引入，出版业有很大变化。除了传统的刻印技术、活字技术，一些西方的印刷技术也被引入。所以，上海、广东等地书业崛起很快。至民国时期，福建、江西等地的书业便逐渐衰败了。清末民国时江西书商放弃了对北京琉璃厂书市的持续经营，大体退出了图书出版市场。而上海的图书业逐渐取代了此前的多个出版中心。

二、清代图书出版的成本与时效

清代图书出版，主要采用了雕版印刷，无论官刻、私刻还是坊刻，大体保持了

---

❶ 毛静.藻丽娜嫘:浒湾书坊版刻图录[M].南昌:江西高等教育出版社,2018:1.

相近的出版成本与时效。据学者研究,"刻制中上水准的方体字,速度约为110字/日略高,写样速度约为1000字/日或略高。与之相对应,在实际生产中,写样工匠与刻工的配比多在1∶8—1∶10之间。"❶则一家刻书店配备一名写字工与九名刻工,一天可以出一千字的版,一个月约为三万字的版。但一般的书店往往有几十人的刻工团队,则一个月可以出10万字左右的书版。这一刻字速度在明清时期并无太大变化。据有关学者研究,清同治年间金陵书局筹办伊始张文虎预估的产量,55位刻工,可保证每月18万字的产量。民国初刘承幹委托朱文海的刻字店,有刻工30人,每月有10万字的产量。

据此来推算,如《西游记》这样约70万字的书,一般的民间书坊,每月刻10万字,需要7个月刻完。而一般10万字的书,则一个月就可以刻完。以这个刻书速度来推算,清中叶乾隆皇帝修《四库全书》,涉及约3500种书,约8亿字,以当时一个民营书店每月刻10万字来算(合30位刻工),如果能够组织60个书店来刊刻(约1800名刻工,算上抄写工、印刷工,应在2300名工作人员),十年能刻出7.2亿字,大体能刻完。

但费用方面,让乾隆帝感觉难以承担。反过来说,难道清政府连2300名专业的图书行业工人都养不起吗?当然,清政府也有自己的刻书处,即位于皇宫的武英殿刻书处。一开始乾隆帝与群臣可能有过在武英殿刻书处将《四库全书》全部刊刻的想法,但后来没有进行下去。武英殿刻书处只刊刻了一百多种书,后世称为"武英殿聚珍版丛书",有138种,前4种用雕版印刷,其余都用活字印刷。每种书一般印300多部,其中20部留在皇家,其余300部在外流通。后来清廷又曾下令江南、江西、浙江、福建、广东五省的官书局翻刻一部分。

但三千多种《四库全书》的内容,乾隆帝并未让各省进行刊刻,其实以当时各省的财力完全可以刊刻,显然还是乾隆帝不愿意看到很多书被传播。最后乾隆帝只是采用了最笨拙的"抄写"的方式,乾隆四十六年(1781年)后的两三年间陆续抄写了四部《四库全书》,分别存放在北京皇宫文华殿后的文渊阁(乾隆四十六年十二月送藏)、圆明园的文源阁(乾隆四十七年送藏)、沈阳故宫的文溯阁(乾隆四

---

❶ 石祥."出字":刻书业的生产速度及其生产组织形式[J].中国出版史研究,2021(3).

十八年送藏）、承德避暑山庄的文津阁（乾隆五十年春送藏）。至乾隆五十三年（1788）又抄成三份，存放于扬州大观堂文汇阁、镇江金山寺文宗阁、杭州西湖孤山文澜阁等地，即所谓的"四库七阁藏书"。问题是"抄写的方式"比"刊刻的方式"要节省多少呢？据研究，前后断断续续动用了"360多位高官、学者编撰，3800多人抄写"，一般规定每人每天抄写一千字。这一抄字速度，实则就是按照书坊抄写工的抄写速度制定的。但乾隆帝似乎不相信"专业的书坊"，而认为各种官员更适合每天抄写。然而乾隆帝选用的官员、进士、举人、秀才来抄写，在"抄写"方面，这些人其实不如"抄写工"更专业，更能吃苦。所以七部《四库全书》抄写质量一般，经常有错别字、串行、漏页，为此乾隆帝多次发火，最后不得不派很多人手来审查、校对所抄之书。

但这些经过"文化官员"冠冕堂皇抄写、冠冕堂皇校对的各类书籍，实际效果又如何呢？当代很多研究者比对过《文渊阁四库全书》《文源阁四库全书》等中的同一种书，很多书都有几百处异文。比如，《王祯农书》现存文渊阁本、文溯阁本、文津阁本、文澜阁本及武英殿本等由四库馆臣做出的版本。可发现，文渊阁本与明代版本有2000多处异文。文津阁本与武英殿本有400余条异文。❶显然作为图书来看，《四库全书》的七个抄本是有大量抄写问题的。故而当代学者一般认为，如果一本古籍有其他版本，一般就不能使用四库本，因为四库本的篡改、抄写错误太多，无法承担研究之用。诚如张舜徽先生所批评的："此书部帙浩繁，只得目为一粗糙之大丛书；若论实用之价值，则远不逮通行本之古书。"❷

第二节 清代唐诗出版与传播状况概述

本书的论题是"清代宋诗的出版与传播"，本不应过多探讨"清代唐诗出版与

---

❶ 孙显斌.从《王祯农书》看四库本系统的抄校与刊印[J].印刷文化,2023(2).
❷ 张三夕.中国古典文献学[M].武汉:华中师范大学出版社,2018:348.

传播"的问题。但作为比较,通过清代唐诗的出版与传播,对于认识清代宋诗的出版与传播具有一定参考意义。故在此予以一定探讨。

清代唐诗的出版,主要包括两个方面:一是清代对唐人诗集的重新编注出版;二是清人编选的唐诗选本的出版。可分别来看。

一、清代对唐人诗集的重新编注出版

清代人热衷于注释唐诗。据付定裕《论清人唐集笺注之学的成就、特点与现代影响》一文研究❶,《四库全书》中收有唐集笺注本 7 种,存目 13 种。《续修四库全书》收清人唐集笺注本 17 种。《清史稿·艺文志》著录清人唐集笺注本 47 种。李白、杜甫、韩愈、杜牧、李商隐等十多位唐代诗人的作品在清代有笺注本。

其中杜甫诗的笺注最为繁盛。而张忠纲《杜集叙录》中清人的杜诗学文献有 416 种。我们熟知的仇兆鳌《杜诗详注》即是重要作品。此外,李商隐诗歌的笺注在清代也很发达。

值得注意的是,清代注唐诗领域出现了一批经典之作,这些注本至今都是重要读本。如仇兆鳌《杜诗详注》、王琦注《李太白全集》、冯浩《玉溪生诗评注》等。

仇兆鳌(1638—1717),字沧柱,号知几子,浙江鄞县人。仇兆鳌为黄宗羲弟子,在当时很有影响。仇兆鳌《杜诗详注》是一种集注本,把前人关于杜甫诗的注释中有价值的部分都搜集起来,再加以自己的裁断与论述。

王琦(1696—1774),字载韩,号琢崖,晚号胥山老人,浙江钱塘人。王琦有《李太白诗集注》36 卷与《李长吉歌诗汇解》5 卷。王琦注的《李太白全集》非常精湛,把李白诗歌中一些幽隐的内容都挖掘出来了,至今都是研读李白诗的经典版本。

冯浩(1719—1801),字养吾,号孟亭,浙江桐城人。乾隆十三年(1748 年)进士。中年丁忧,后家居四十年,冯浩注有《玉溪生诗评注》8 卷。冯浩家族堪称

---

❶ 付定裕.论清人唐集笺注之学的成就、特点与现代影响[C].中国古代文艺理论学会第二十三届年会论文集,2023.

清代的一个"诗学世家",其长子冯应榴以注苏轼诗著名,少子冯集梧继承冯浩宗唐倾向以注杜牧诗著称。冯浩的《玉溪生诗评注》推动了清代"李商隐热"的升温,其注释扎实,能够钩稽幽隐,至今都是研读李商隐诗的重要版本。

总之,清代诗坛在宗唐思想的影响下,诞生了一批内容精湛的"唐诗注本",纠正了大量对唐诗的误解、错解,夯实了清代学界对唐宋诗的认识。时至今日,清代出版的各类唐诗注本,依然是我们认识唐诗乃至宋诗重要基础文献。

二、清人编选的唐诗选本

关于清人编选的唐诗选本,学界已有了较为深入的研究。2005年,同时涌现出了南开大学韩胜与南京大学贺严的同题博士论文《清代唐诗选本研究》,对所涉问题进行了较深入的探讨。据当代学者孙琴安在《唐诗选本六百种提要》一书中统计,从唐代开元年间孙季良编选第一个选本《正声集》至清末,史籍载录的唐诗选本达六百多种,其中唐代20个,五代21个,宋金31个,元代10个,明代216个,清代365个。❶ 而据韩胜博士论文出版时,南开大学张毅教授所写序,在清代的365种唐诗选本中,至今存世的有180多种。韩胜在各地图书馆亲自查阅过的有170余种。❷

清人编了大量的唐诗选本,其中极有影响的包括:王士禛编选的《五七言古诗选》《唐贤三昧集》《唐人万首绝句选》,沈德潜《唐诗别裁集》,王尧衢《古唐诗合解》,蘅塘退士《唐诗三百首》等。可分别来看:

(1)王士禛编选的《唐贤三昧集》《唐人万首绝句选》。

王士禛是清初重要的诗人,他在当时诗坛有广泛影响。王士禛诗学有着"唐宋兼宗""亦唐亦宋"的特点。清代诗坛宗宋思潮的发展,与王士禛诗学有密切联系,王士禛再传弟子翁方纲深入发展了王士禛诗学中的"宗宋"因素,后逐渐衍化成笼罩清中叶以后诗坛的"宋诗运动"。与此同时,在清代大多数诗人的视野中,王士

---

❶ 转引自谢海林.《宋诗三百首》沉寂原因探论[J].古代文学理论研究,2011(32).
❷ 韩胜.清代唐诗选本研究[M].北京:中国社会科学出版社,2010:1.

禛主要是以"宗唐"影响诗坛。其中王士禛编选的《五七言古诗选》《唐贤三昧集》《唐人万首绝句选》就对诗坛有较大影响。

但要注意的是，王士禛编选的这些唐诗选本，一般都是王士禛在世时有较大影响。王士禛逝世后，这些诗选都是只有少数几次的再版，当时人想看到这些书并不那么容易。故此可以认为，王士禛"宗唐诗学"有很大影响，其刊刻的《唐贤三昧集》《唐人万首绝句选》也都有较大影响，但这些书并没有成为清代图书市场上的畅销书。其在清代诗坛的影响力，不如沈德潜的《唐诗别裁集》，该书曾被大量书坊的翻刻。更不如当时以童蒙读物面世的《古唐诗合解》与《唐诗三百首》，这些选本在清代都有几十种翻刻本。

(2) 沈德潜《唐诗别裁集》。

《唐诗别裁集》是清代沈德潜所选的唐诗选集。沈德潜（1673—1769），字碻士，号归愚，长洲（今江苏苏州）人。沈德潜早年从叶燮学诗，曾受王士禛赞赏，但沈德潜早年蹭蹬，一直未能考取进士。雍正十二年（1734年）参加博学鸿词科被贬斥，这给沈德潜很大打击。直到乾隆帝继位，沈德潜受到了乾隆帝的赏识。乾隆帝酷好作诗，很想招揽一些诗人共同切磋诗艺。乾隆四年（1739年），沈德潜中进士，时年67岁。乾隆帝称他为"江南老名士"。此后沈德潜成为乾隆帝近臣，历任多种职务，乾隆十四年（1749年）致仕回乡，但此后依然与乾隆帝有大量文字来往，乾隆帝拟出版个人诗集，一般会请沈德潜予以把关、雅正。直到乾隆三十四年（1769年）沈德潜逝世，一直受到乾隆帝关照。不过，乾隆帝后期，对于文人的反心非常警惕，乾隆四十三年（1778年），沈德潜因卷入徐述夔"一柱楼诗案"，让乾隆帝非常恼怒，对沈德潜进行了罢祠夺官。

《唐诗别裁集》初刻于康熙五十六年（1717年），增补重刻于乾隆二十八年（1763年）。全书共20卷，选有诗人270余人，诗作1900余首，分体编排，并加入了一定的点评。依次是分为五言古诗、七言古诗、五言律诗、七言律诗、五言长律、五言绝句、七言绝句，这一点接近于《千家诗》或后来的《唐诗三百首》。但《唐诗别裁集》中每一体裁中每一位诗人的作品收录在一起，这与《千家诗》中同一体裁下同一诗人的作品有时分开排列不同。《唐诗别裁集》的五言古诗中选王维诗23

首，李白诗 42 首，杜甫诗 53 首，韩愈诗 12 首。七言古诗中选王维诗 9 首，李白诗 37 首，杜甫诗 58 首，韩愈诗 21 首。五言律诗中选王维诗 31 首，李白 27 首，杜甫 63 首，韩愈 3 首。七言律诗中选王维诗 11 首，李白诗 4 首，杜甫诗 57 首，韩愈 4 首。五言长律中王维 10 首，李白 5 首，杜甫 18 首，韩愈 2 首。五言绝句中王维 16 首，李白 5 首，杜甫 3 首，韩愈未入选。七言绝句中王维 4 首，李白 20 首，杜甫 3 首，韩愈 1 首。据此来算，王维诗共入选 100 首，李白诗共入选 140 首，杜甫诗共入选 255 首，韩愈诗 42 首。可见，《唐诗别裁集》的一大特点就是入选的数量比较大，它相当于是一部"唐诗精选集"。康熙时期曹寅刊印《全唐诗》共收诗近 5 万首，而《唐诗别裁集》收诗 1900 余首，大体上是把唐诗中较好作品都收录了。

当然，编入 1900 余首唐诗，这既是《唐诗别裁集》的优点，也是缺点。1900 余首诗虽然能让读者看出有唐一代的诗歌面貌，但是数量还是太多了。图书市场上需要一部数量更少的唐诗选。乾隆二十八年（1763 年），沈德潜完成了《唐诗别裁集》的重刻，一时产生很大影响。也正是在这一年，吴中文人孙洙（即蘅塘退士）受到沈德潜《唐诗别裁集》影响，也许是认识到了该书入选 1900 首诗，数量过多，不利于读者研读，遂编选了一本更为精练的唐诗选，这就是后来广泛流行的《唐诗三百首》。

虽然说，《唐诗别裁集》在社会上的综合影响，不如"后出转精"的《唐诗三百首》，但《唐诗别裁集》在主流诗坛的影响是很大的，因为《唐诗别裁集》更专业，尤其是沈德潜的一些点评，极为精练、准确，启人思考。沈德潜正是靠这部《唐诗别裁集》在诗坛获得一定关注，到乾隆时期受乾隆帝赏识才一举奠定文坛地位。不过，从该书的印刷销售来看，该书只是作为学术著作，有一些翻刻，但它在全社会的影响大体上还是被限制在诗坛内部，不像后来出现的《古唐诗合解》《唐诗三百首》被各地书坊反复翻刻，以至于"家置一编"，《唐诗别裁集》没有到这个地步。毕竟这种"唐诗选"，缺乏足够的"唯一性"，谁都可以选，沈德潜的选本过于专业化，不像《唐诗三百首》那样以通俗的童蒙教育为中心，自然而然与社会大众有一定隔阂。但无论如何，沈德潜《唐诗别裁集》都是清代唐诗选本中综合影响最大的几种之一。

(3) 王尧衢《古唐诗合解》。

《古唐诗合解》的编者王尧衢，字翼云，长洲（今苏州）人，事迹不详。《古唐诗合解》有尧衢自序，写于雍正壬子年季春之月，即雍正十年（1732年）。从清代一些书坊的出版目录来看，至少到晚清，《唐诗三百首》的影响与《古唐诗合解》"难分伯仲"。在一些地方，《古唐诗合解》的影响甚至大过《唐诗三百首》。不过清末民国以来《唐诗三百首》的影响进一步增大，很快压过了《古唐诗合解》。至今《古唐诗合解》在社会上已然默默无闻。

探究《古唐诗合解》在社会上默默无闻的原因，恐怕是《古唐诗合解》内容过于艰深，不像《唐诗三百首》完全是针对童蒙。要知道，后来随着中国文化的近现代转型，当代读者的古典文学素养相对于古人已大不如从前。因此，在古代针对童蒙的诗选《唐诗三百首》，对今天青年读者就显得难度适中。而对于古代青年读者显得略有一点难度的《古唐诗合解》，对当代读者而言就过于艰深，失去了其作为童蒙读物的功能，其影响自然就一落千丈。

(4) 孙洙《唐诗三百首》。

《唐诗三百首》的编者孙洙（1711—1778），字临西，号蘅塘退士，江苏无锡人。乾隆九年（1744年）举人，乾隆十六年（1751年）进士，后任卢龙、大城、邹平等地知县，并江宁府教授等职，后曾两次主持乡试。孙洙在诗学思想上有很强宗唐倾向，他看到有极强宗宋倾向的《千家诗》一书风行海内，以及受乾隆二十八年（1763年）沈德潜《唐诗别裁集》重刻出版的影响，就想参考各家诗选的优缺点，编选一本以唐诗为中心的童蒙读物，遂与夫人徐兰英在乾隆二十八年（1763年）春开始编选《唐诗三百首》一书，于第二年即乾隆二十九年（1764年）正式出版。《唐诗三百首》出版后，可能沉寂过一些年，但到道光年间获得了较大关注，到清末先后出现了六家评注本，分别是：道光十五年章燮《唐诗三百首注疏》、道光二十四年陈婉俊《唐诗三百首补注》、咸丰十年李盘根《注释唐诗三百首》、文元辅《唐诗三百首辑评》、李松寿《唐诗三百首笺》、梦侨氏《唐诗三百首旁训》。这些版本流传较广，产生了大量翻刻本。据尹雪樵《〈唐诗三百首〉版本知见录》，清代刻印的《唐诗三百首》有46种版本。在尹雪樵的46种之外，韩胜又找到12种，共58种。其中刊刻最多的是章燮版的，占41种。❶据此来推测，《唐诗三百首》虽然由蘅塘退士编刻于乾隆二十九年（1764年），但它真正较广泛地流传，是道光十五年（1835年）章燮的《唐诗三百首注疏》出版后的事。作为诗歌选本，其在清代的影响不如《千家诗》，但显著超过了一般的诗歌选本。

我们现在看到的《唐诗三百首》是传自清代的各种评注本。由于原版不存，目前难以测知蘅塘退士（即孙洙）的原版是否有注解。不过各翻刻版，于原作的编选结构未有大改。蘅塘退士原作是六卷本，收录了唐代77位诗人的作品311首。但章燮注疏版增加了11首，为322首。陈婉俊的注本未增加，但后人翻刻陈婉俊本时增加了3首。李盘根注本则增入了五言排律一体，增诗94首。

蘅塘退士（即孙洙）编选《唐诗三百首》时主要是参考了《千家诗》与《唐诗别裁集》。他参考《千家诗》《唐诗别裁集》按照诗体的不同进行编排，按五言古诗、七言古诗、五言律诗、七言律诗、五言绝句、七言绝句、乐府等诗体分门别类编排，共收录了唐代77位诗人的作品311首（各版本数量略有不同）。其中五言古诗入选33首，乐府46首，七言古诗28首，七言律诗50首，五言绝句29首，七言绝句51首。而进一步核对所选的这些诗，便能发现绝大部分出自《唐诗别裁集》。据研究，"孙氏三百首选录的依归，所选录的作品也明显受沈氏《唐诗别裁》的影响。全书312首诗，有239首与《唐诗别裁》所选相同，只有73首是别裁所没有选的。"❷而在各诗人中，杜甫诗入选有38首、王维诗29首、李白诗27首、李商隐诗22首、孟浩然15首、韦应物12首、刘长卿11首，杜牧10首，王昌龄8首，白居易6首，柳宗元5首，韩愈4首。所入选的诗也着重参考《千家诗》的编选思路，取其简洁、易于成诵的特点。

从各诗人入选作品数量来看，《唐诗三百首》对李商隐的评价很高，蘅塘退士应是深入研读过《李商隐诗集》，他选的22首李商隐诗，有一半都是《唐诗别裁集》中所没有的。这说明蘅塘退士对李商隐有着不同于沈德潜的独家认识。这也反映出李商隐诗歌在清代影响的增大。《唐诗三百首》对白居易、韩愈的评价不高。

---

❶ 韩胜.清代唐诗选本研究[M].北京:中国社会科学出版社,2010:186.
❷ 黄瑞云.说《唐诗三百首》[J].中国韵文学刊,2007(3).

这与白居易、韩愈在清代产生较大影响颇有不符（乾隆帝御选《唐宋诗醇》大量入选了白居易诗，而清代的宗宋诗人们普遍崇尚韩愈诗），这也说明蘅塘退士在选诗时有自己的标准，不完全按照诗坛的一些通常看法来判断。尤其是蘅塘退士具有很强的宗唐倾向，对于"宗宋诗人对唐诗的独特接受观"并不认可。此外，《唐诗三百首》对李贺诗的评价很低，李贺的诗未能入选。可能是觉得李贺诗过于怪奇，且有的略带悲伤，不适合儿童来读。

《唐诗三百首》在选诗上深入参考了《千家诗》，一方面注重选取通俗易懂的作品，朗朗上口，易于儿童背诵；另一方面注重与《千家诗》所选作品形成一定规避。除了一些极著名作品，如李白《静夜思》、孟浩然《春晓》、王之涣《登鹳雀楼》等之外，如果《千家诗》入选了，一般它就不再入选。故而，《唐诗三百首》与《千家诗》只有十多首诗是重复的。

再加上《千家诗》一半篇幅是宋诗，而《唐诗三百首》只选唐诗。故而，《唐诗三百首》与《千家诗》在内容上形成很强的"差异性"。此外，蘅塘退士在选诗上颇为别致，所选诗篇都有一定代表性，由此《唐诗三百首》"后出转精"，在清代中期已有的上百种唐诗选本中脱颖而出，逐渐开始占领"童蒙诗歌读物"市场。大概到晚清时期，《唐诗三百首》就逐渐获得了图书市场的认可，销量大增。其中，道光二十四年（1844年）桐城派文人姚莹（1785—1853）为才女陈婉俊《唐诗三百首补注》作序，进一步扩大了该书的影响。到光绪时期，该书就已经大为流行了。光绪十一年（1885年）四藤吟社主人在《〈唐诗三百首〉序》中说："《唐诗三百首》为蘅塘退士定本，风行海内，几至家置一编。"不过，一直到清末，《唐诗三百首》在全社会的影响，也并没有压过《千家诗》。

仅从版本状况来看，《唐诗三百首》至清末共有58种版本，而《千家诗》在清代的翻刻本，有三百种以上。只能说，直到清末，《唐诗三百首》在图书市场上的影响已经逐渐逼近了《千家诗》。不过，时至今日，《唐诗三百首》在当代社会的影响大体已压过了《千家诗》。《唐诗三百首》因其模仿《千家诗》以通俗易懂为根本出发点，且编选精良，优秀的唐诗作品基本都入选了，故而其"童蒙读物"的性质在当代进一步得到增强，传播程度大增。

当然，《唐诗三百首》影响的进一步增大，可能也跟蘅塘退士刻意塑造的一种

"误解"有关。蘅塘退士（孙洙）在《〈唐诗三百首〉序》中说："谚云：'熟读唐诗三百首，不会吟诗也会吟。'请以是编验之。"所谓的"熟读唐诗三百首"，是明清时期的一句谚语，不是指蘅塘退士编的这部书。但这句谚语给人一种"误解"，让人以为是"熟读《唐诗三百首》，不会吟诗也会吟"，这成了这部书的一句天然广告语，仿佛只要熟读了这部《唐诗三百首》就能学会作诗。这使得这部书的影响在清末以来日渐增大。时至今日，《唐诗三百首》一书的影响力，已盖过了清人所编其余360多种唐诗选本了。

第三节 清代宋诗别集与宋诗选本的出版传播状况概述

清代宋诗别集与宋诗选本的出版状况，从属于清代总体的出版状况，因此不可避免要符合清代总体出版的综合特点。清代的出版，主要是分官刻、私刻、坊刻三类。考虑到清代各地近千家书坊形成了一个庞大而高效的图书出版与销售网络，但凡能够进入书坊出版与销售体系的著作，其销售就比较容易铺开，全国各地都很容易买到。而私刻往往没有庞大的销售网络，私刻的书较难在全社会流行，往往是通过朋友之间赠阅的方式传播。这些出版形式的不同，就导致了清代宋诗出版呈现了显著的两极分化。那些能够进入书坊体系较为畅销的宋人别集与宋诗选本，如"苏轼诗集""陆游诗选""欧阳修诗文集"，又如《千家诗》《唐宋诗醇》《宋诗别裁集》等，都是比较容易买到的，可以塑造清人对宋诗的总体认知。反过来，那些未能进入书坊销售体系的宋诗别集、宋诗选本毕竟占大多数，这些书通常刊刻一两次就不再刊刻，往往只在短期几年内能买到或找到，过了几十年想要再找到这些书就比较难了。所以未进入书坊销售体系的宋人诗集与宋诗选本虽然种类多，但实际产生的影响，其实是较为有限的。

一、清代宋诗别集的出版传播概况

据学界对明清书坊的研究❶，清代各地近千家书坊，形成了一个图书出版与销售的网络。进入书坊出版体系的书，很容易在各地买到，如《千家诗》之类。但很多宋代普通文人的诗文集因其不够畅销，是很难进入书坊的出版与销售网络的。严格来说，在清代，只有苏轼、黄庭坚、陆游、欧阳修、王安石等少数诗人的诗集进入了各书坊的出版体系，剩下大量诗人的诗集是很难进入全国销售体系的。所以在清代图书市场上，《苏轼诗集》《黄庭坚诗集》《陆游诗集》《欧阳修诗文集》《王安石诗集》等是比较容易买到的，尤其是《苏轼诗集》《欧阳修诗文集》在各书坊都属于畅销书，普通读者往往通过研读苏轼、欧阳修等人的诗文，形成对宋代文坛的认知。而具体到诗坛，"欧阳修诗文集"虽然较容易买到，但读者往往并不重视欧阳修的诗。清代的读者，更关心的还是"苏轼诗"。所以客观来说，"苏轼诗"在清代具有全局性影响，具有"代表宋诗"的能力。

除苏轼、黄庭坚、陆游、欧阳修、王安石等之外，其他的宋诗人就没这么幸运了。包括范成大、梅尧臣、杨万里这样比较著名的诗人，他们的诗集在清代都是较难买到的。别看范成大在康熙中期后一度影响很大，在吴中地区出现了"家石湖而户放翁"（沈德潜语）的局面，但从康熙朝后期开始，在全国其他地方也不是这么容易能买到范成大诗集的。再如，梅尧臣的诗集在清代只刊刻过四五次，其中还有两次是在梅尧臣家乡宣城刊刻的，想要买到梅尧臣诗集要费很大寻觅之功。杨万里的诗集在清代也就刊刻了两次。所以普通文人想要读到梅尧臣、杨万里等人的诗集是很难的，有时候全靠机缘，并没有稳定的传播渠道。

关于"清代宋诗出版状况的研究"属于实证研究，不是光靠推理就可以完全解决的。因为很多宋诗的出版，并不完全符合我们的推理。好在前人已进行了扎实的实证研究，四川大学古籍所对全国各主要图书馆的馆藏古籍进行了深入调查，于1990年出版了《现存宋人别集版本目录》一书，详细著录了现存各宋代诗人各种诗

---

❶ 文革红.清代前期通俗小说刊刻考论[M].南昌:江西人民出版社,2008.

文集版本的清代刊本、抄本的状况。该书大体摸清了清代宋诗别集的出版状况，由于清代离现在并不算远，古籍佚失状况总体可控，故而该书的调查是很有参考价值的。通过该书中对各主要宋代诗人别集在清代的出版状况的调查与著录❶，我们能较准确地看到清代宋诗别集的出版状况，其中存在的由于古籍佚失造成的误差已大体可忽略了。综合该书的著录来看，除了苏轼、黄庭坚、陆游、欧阳修、王安石等少数几位宋代诗人的诗文集在清代有较多出版，其他大部分宋代知名诗人的别集出版都是不太乐观的，很多宋代知名诗人的别集在清代只出版过一两次，甚至一次都没出版过。

必须注意到，我们在"清代宋诗出版状况"的逻辑前提有问题。我们总是以当代人所撰写的《古代文学史》中宋代的状况来衡量清代宋诗出版状况，然而清代的状况与当代人的认知并不一致。例如，在当代人撰写的《古代文学史》中一般根据江西诗派"一祖三宗"的说法，把黄庭坚、陈师道、陈与义的诗放到宋代诗坛较高位置。这也许是符合宋代状况的，但与清代宋诗出版与接受的状况并不完全符合。事实上，清代人对陈师道、陈与义诗的评价并没有那么高。清代很多诗人、诗论家经常会提到陈师道，只是对陈师道并无太多崇敬之情。而清代诗坛的诗论家们提到陈与义的次数则比较少了。质言之，陈与义在清代的影响，不能与陈师道相提并论。客观来说，陈师道在清代有一定影响，但饶其如此，陈师道在清代的影响也远不如苏轼、黄庭坚、陆游、欧阳修、王安石、范成大等人，最多是说其影响远大于梅尧臣、杨万里等其他知名宋代诗人，但陈师道在清代并不是一种笼罩性影响。

由于绝大部分宋诗人诗集的出版状况不佳，故而其传播往往靠抄本。例如，陈师道诗集相比杨万里、范成大诗集在清代出版次数已经算多了。雍正三年（1725年）、雍正八年（1730年）陈唐、赵骏烈分别刊刻过《后山诗集》。但到乾隆初年时，普通士人想找到《后山诗集》还是很不容易。乾隆二十七年（1762年），已考取进士多年且已在京师担任史馆修撰多年的纪晓岚，依然是很偶然的机会才借阅到了陈师道诗集。据纪昀《后山集钞·序》中所自述："壬午六月，从座师钱萚山先

---

❶ 四川大学古籍所编.现存宋人别集版本目录[M].成都：巴蜀书社，1990.

生借阅，令院吏循钞之。循本士人，所钞不甚误。"❶ 可见，连纪昀都买不到陈师道诗集的印本，只能请人做一个抄本。考虑到《后山诗集》的稀缺性，纪昀根据这部抄本，做了一个《后山集钞》，"因杂取各书所录后山作钩稽考证，粗正十之六七，乃略可读"，这个抄本收陈师道诗148首，文40篇。这部《后山集钞》几年后被收入《镜烟堂十种》。其时纪昀任福建学政，该书得以出版。

连纪晓岚想读到陈师道诗集的印本都这么困难，何论普通文人？这充分说明，在清代除了进入"书坊出版系统"的苏轼诗集、黄庭坚诗集、陆游诗集、欧阳修诗文集、王安石诗文集、《千家诗》《唐宋诗醇》《宋诗别裁集》等极少数宋诗集与宋诗选本可以在各地书店较容易买到外，其他的宋诗人作品集都是很难找到的。连陈师道、范成大、杨万里这样的大诗人作品都概莫能外，至于想寻觅如"永嘉四灵"这样一般知名度的宋代诗人的作品集，就难如大海捞针了。这实则是我们理解清代宋诗出版传播状况的基点。认识不到这一点，就难以理解，为何清代社会对宋诗的认知会被集中在苏轼、陆游、黄庭坚等少数诗人身上，这与这些诗人的诗集诗选出版较多，较易找到，是很有关联的（当然也正是因为这几位诗人的作品好，广受读者欢迎，各书坊才将之作为长销书、畅销书，予以大量翻刻）。

关于诸多宋诗人诗集在清代的出版状况尤其是苏轼、黄庭坚诗集的出版状况，我们会在本书第七、八、九章进行详细论述。这里我们只是进行一些总论，详细情况请读者参考相应章节。

二、清代宋诗选本的出版与传播状况概述

如第一章的文献综述中所述，关于清代宋诗选本的数量，申屠青松、谢海林、高磊等学者都有重要开拓性贡献。其中，2011年，谢海林先生出版《清代宋诗选本研究》一书，其附录一《清代宋诗选本叙录》收有清代宋诗选本85种，附录二《清代通代诗选述略》收有各类诗选80种，两篇附录合计收有165种涉及宋诗的选

---

❶ 纪昀.纪晓岚全集（第七册）[M].刘金柱,杨钧,主编.郑州:大象出版社,2020:285.

本❶。此后，王友胜先生在申屠青松、谢海林、高磊等学者的基础上，也对清代人选编、出版的宋诗选本进行了一定研究。2021年，王友胜先生出版了《历代宋诗总集研究》一书。王友胜先生未能针对诸多重要的清代宋诗选本进行深入研究、分析，但该书提供了一个"清代所编宋诗总集的目录"。该"清代所编宋诗总集的目录"包含约160种清代宋诗选本，其中著名的有约20种，其他正式出版的有50多种，未能出版以抄本形式传播的有50多种，至今佚失的有20多种❷。再算上一些未统计到的，清代宋诗选本的数量应在约170种。

申屠青松、谢海林、高磊、王友胜等几位学者努力爬梳得来的"清代宋诗选本目录"对于我们深入探究清代宋诗选本的出版与传播有重要的参考价值。在此，笔者参考他们搜罗到的目录，根据各宋诗选本是否出版以及出版后的重要性，进行一定分类，以便于读者看出清代宋诗选本的准确状况。其中有较大影响的20多种宋诗选本，读者可参看本书后续几章的详细案例研究。而关于另外上百种影响较小宋诗选本的基本信息，请读者多方面参考以上学者的著作。为防"掠美"，笔者这里只提供了部分选本的简略信息。

（一）当时即有很大影响的清代宋诗选本

① 《宋诗钞》，吕留良、吴之振等编，康熙十年刻本。

② 《宋金元诗永》，吴绮编，有康熙十七年思永堂刻本。

③ 《宋元诗会》，陈焯编，有康熙二十二年刻本。

④ 《宋四名家诗钞》，周之鳞、柴升编，有康熙三十二年刻本。

⑤ 《宋十五家诗选》，陈訏编，有康熙三十二年刻本。

⑥ 《积书岩宋诗删》，顾贞观编，有康熙三十五年初刻本，康熙年间多次再版。

⑦ 《御选宋金元明四朝诗》，张豫章等编，有康熙四十八年武英殿刻本。

⑧ 《濂洛风雅》，张伯行编，有康熙间刻本。

⑨ 《宋百家诗存》，曹庭栋编，有乾隆六年刻本。

---

❶ 谢海林.清代宋诗选本研究[M].上海：上海古籍出版社,2011:340-418.

❷ 王友胜.历代宋诗总集研究[M].北京：北京大学出版社,2021:269-277.

⑩《宋诗纪事》，厉鹗编，有乾隆十一年刻本。

⑪《唐宋诗醇》，乾隆御选，有乾隆十五年刻本。

⑫《宋诗别裁集》，张景星编，有乾隆二十六年诵芬楼刻本。

⑬《古诗选》，王士禛选，闻人倓笺，有康熙后期刻本。

⑭《宋金三家诗选》，沈德潜编，有乾隆三十四年刻本。

⑮《南宋四家律选》，彭元瑞编，有乾隆末期知圣道斋刻本。

⑯《七言律诗钞》，翁方纲编，有乾隆四十七年刻本。

⑰《小石帆亭五言诗续钞》，翁方纲编，有光绪年间刻本。

⑱《宋元明诗约钞三百首》，朱梓、冷昌言合编，有道光二十一年刻本。

⑲《宋诗三百首》，许耀编，有道光二十五年刻本。

⑳《十八家诗钞》，曾国藩编，有同治十三年传忠书局刻本。

（二）当时已刊刻但影响一般的清代宋诗选本

①《宋季忠义录》，万斯同编，有《四明丛书》本。

②《宋诗选》，吴曹直等编，有康熙二十六年刻本。

③《宋诗善鸣集》，陆云次编，有康熙二十六年刻本。

④《宋诗啜醨集》，潘问奇、祖应世编，有康熙三十三年刻本。

⑤《宋诗删》，邵冔编，有康熙三十三年刻本。

⑥《宋诗类选》，王史鉴编，有康熙五十一年刻本。

⑦《唐宋四家诗选》，又名《韩白苏陆四家诗选》，余柏岩编，有康熙濂豁山房刻本。

⑧《唐宋八家诗钞》，姚培谦编，有雍正五年遂安堂刻本。

⑨《宋名家诗选》，张景星等编，有乾隆年间刻本。

⑩《千首宋人绝句》，严长明编，有乾隆三十五年毕沅刻本。

⑪《宋诗略》，汪景龙等编，有乾隆三十五年刻本。

⑫《宋诗约选》，刘大櫆编，有光绪二十三年重刻本。

⑬《宋诗钞补》，熊为霖编。

⑭《唐宋诗本》，戴第元编，有乾隆三十八年刻本。

⑮《宋金元诗选》，吴翌凤编，有乾隆五十八年刻本。

⑯《江西诗征》，曾燠编，有嘉庆初期刻本。

⑰《宋诗选粹》，侯廷铨编，有道光五年刻本。

⑱《唐宋四大家诗选》，张怀溥编，有道光十一年刻本。

⑲《宋七言律诗注略》，赵彦傅编注，有同治八年刻本。

⑳《甬上宋元诗略》，董沛、孟如甫编，有光绪七年刻本。

㉑《宋代五十六家诗集》，坐春书塾编，有宣统二年石印本。

㉒《西江诗派韩饶二集》，沈曾植编，有宣统二年刊本。

（三）已佚失或未刊刻以抄本形式流传的清代宋诗选本

① 《宋诗选》，曹溶编，已佚。

② 《宋金元诗选》，王先吉编，已佚。

③ 《宋元诗评选》，王夫之编，已佚。

④ 《宋元诗选》，周斯盛编，已佚。

⑤ 《宋金元诗选》，俞南史编，已佚。

⑥ 《宋元诗声律选》，吴兴祚编，已佚。

⑦ 《广宋遗民录》，李小有编，已佚。

⑧ 《宋诗删》，顾嗣立编，已佚。

⑨ 《宋诗选》，张庚编，已佚。

⑩ 《唐宋诗钞》，查虞昌编，已佚。

⑪ 《宋诗选》，刘治编，已佚。

⑫ 《唐宋诗选》，张骏编，未刊本，且已佚。

⑬ 《唐宋六大家诗》，沈树本编，已佚。

⑭ 《宋绝句选》，朱休度编，已佚。

⑮ 《宋诗评选》，童槐编，已佚。

⑯ 《宋诗英华》，丁耀亢顺治抄本。

⑰ 《山姜书屋唐宋四家诗选》，田雯编，今存稿本。

⑱ 《宋人绝句》，王士禛编，存乾隆间抄本。

⑲《南宋二高诗》，高士奇编，存康熙二十六年抄本。

⑳《宋八家诗抄》，鲍廷博编，有知不足斋抄本。

综合来看，以上近170种清代宋诗选本，其中有20多种在当时有很大影响，尤其是乾隆帝御选《唐宋诗醇》等进入了书坊出版体系，后续再版次数较多。另有30多种在当时也有一定影响，有过一两次再版。其余近百种其实影响并不大，或者只出版过一次，或者都佚失了，又或者当时即未出版仅以抄本存在。本书中对近20种著名宋诗选本进行了深入研究，至于其余上百种影响不大的宋诗选本则无力顾及，请读者谅解。

清代宋诗选本在具体的编排上主要有两种体例，一种是"以人系诗"，把一位诗人不同体裁的诗放在一起；另一种是"分体系诗"，按照五古、七古、五律、七律、五绝、七绝的不同体裁来排列不同诗人的诗，等于在每一种体裁下不同诗人们都重新排列一次。清代宋诗选本中"以人系诗"的有乾隆帝御选《唐宋诗醇》《宋诗钞》《宋十五家诗选》《宋百家诗存》等。"分体系诗"的有《千家诗》《积书岩宋诗删》《御选宋金元明四朝诗》《宋诗别裁集》《十八家诗钞》《宋元明诗三百首》等。

再一点，通过统计各主要清代宋诗选本中各宋诗人的入选作品的数量来看，苏轼、陆游、王安石、范成大、欧阳修、黄庭坚、杨万里等人的诗一般是入选较多的，其中，范成大的诗很受各江南选家的推崇，但诗坛主流的倾向还是崇尚苏轼、黄庭坚、陆游三家。

总之，关于清代主要宋诗选本的情况在本书后续各章节有介绍，尤其是在"结语"中笔者就清代宋诗选本在出版传播上的"二八分布"有较多论述，请读者参考。

三、清人对前代宋诗选本的再版状况

据研究，在宋元明时期也曾出版过大量的宋诗选本，尤其是明代宋诗选本有几十种之多。但由于古代书籍传播的限制，绝大部分宋元明时期的宋诗选本，清人极少提到。其中清人经常提及的有：方回《瀛奎律髓》、谢枋得《千家诗》、陈思《两宋名贤小集》、潘是仁《宋元诗》、曹学佺《石仓历代诗选》、李蓘《宋艺圃集》等。但真正在清代还有翻刻的主要是谢枋得《千家诗》与方回《瀛奎律髓》。

在本书第三章、第四章，我们会详细探讨《千家诗》与《瀛奎律髓》这两种清人有大量翻刻与评注的宋诗选本。至于其他清人偶尔提及却未曾翻刻的前代宋诗选本，我们只在本书第二章谈《四库全书总目提要》对宋元明时期宋诗选本的"提要"中予以分析、介绍。

第二章
《四库全书》对宋诗的收录与评述

《四库全书》作为乾隆帝时期的一项官方文化工程,在书籍传播史上的影响是有限的。因为严格来说"四库全书"都不能叫"书",都是一些"抄本"。《四库全书》开始编撰时,乾隆帝下令向全国"征书",国人以为乾隆帝会把一些稀见的书进行再版,所以一些地方人士纷纷把自己家藏的稀见书"进献"朝廷,如鲍廷博将家藏精本626种进献朝廷。但是等了几年,国人并没有见太多书刊刻出版。实则最后一共才在皇宫武英殿刻书处刊刻了138种书,主要是一些无关时事的学术性著作,如《水经注》《周髀算经》等。而那些稀见家刻本的宋元明清各类文人文集都未能出版,大部分连《四库全书》都未收入,只列入了"存目书"。最后《四库全书》收书3462种,而更有6793种书只列入"存目书"(所谓"存目书"就是只有书名和提要,不收入书内容的部分)。

乾隆帝以"全部刊刻花销太大"的理由,拒绝出版这些稀见书籍❶,显然是为了尽量缩小这些书的社会影响。但为了"掩人耳目",乾隆帝下诏各大臣开始抄书。

---

❶ 江南藏书家鲍廷博(1728—1814)在得知《四库全书》不会刊刻出版后,便自己开始自费刊刻出版《知不足斋丛书》,用近30年刊刻了30集共207种合781卷稀见书。事情的反讽之处正在于此:堂堂皇家修书,征召上千名文人学士日日忙碌,动用钱粮无数,最后却只有138种书被刊刻出版,尚不及鲍廷博一人之努力。

这些大臣有的日理万机，有的在学问上正日夜探索，在乾隆帝的要求下只得开始进行"抄书""校书"，有的新科进士也被要求进入"四库馆"进行抄书、校书。但很多大臣很忙碌，并没有时间抄书，只能请人"代抄"，又或者在落第举人中选取誊抄人手。所以当时京城众多的秀才、举人都担任了"抄书"的工作。如乾隆四十二年（1777年）七月，乾隆帝下诏："办理四库全书并荟要二处，所用誊录，计六百余名……上届甲午科京闱乡试，曾于落卷中挑取补用。"❶ 乾隆帝比较人性化，"抄书"给予一定的"报酬"。显而易见，有这些"报酬"是可以把《四库全书》中的大部分刊刻出版的，或者说"武英殿聚珍版丛书"至少可以出版一二千种。但乾隆帝显然"志不在此"，他更愿意看到群臣日夜忙碌"抄书"无暇他顾。虽然在"抄书"过程中出现了举不胜举的错误，"乃错误至于累牍连篇"❷，但好在这些书几乎不公开被阅读，所以并不重要。而且乾隆帝还可以借抄书过程中的各类抄写错误，贬斥、处罚群臣。总纂官、总校官纪昀、陆锡熊、陆费墀等多次被乾隆帝贬斥、处罚。如乾隆四十二年（1777年）七月，乾隆帝便下诏："总裁，议以罚俸半年。总校、分校、覆校、议以罚俸一年。"其中总校官陆费墀甚至在乾隆五十二年（1787年）被处罚自己掏钱对抄写错误的书籍进行重装（见《清高宗实录》乾隆五十二年六月条目），以至于陆费墀需要变卖家产才能完成重装。最终陆费墀忧愤而死，而乾隆帝不依不饶，坚持要抄没陆费墀的田产，用于补偿重抄的费用。❸ 这导致参与修订《四库全书》的群臣，都战战兢兢，人人自危。

经过十多年的努力，《四库全书》收书3462种，抄写了七份，分别储藏在紫禁城、圆明园、承德避暑山庄等地。但为抄写《四库全书》消耗的"财力"并没有一个公开的统计，估计应该能够把这些书中的一半以上刊刻出版。严格来说，这近3500种书中至少有五六百种，如李白诗集、苏轼诗集等在当时各书坊、旧书店都是属于常见书，并没有太多再版必要，但也有2000多种是稀见书，有很大的再版必要（列入"存

---

❶ 见《清高宗实录》，乾隆四十二年七月条目。

❷ 此为乾隆帝诏书中指责之语，应是乾隆帝与诸多大臣研读《四库全书》抄本后所得到的直观印象。见《清高宗实录》，乾隆四十二年七月条目。

❸ 何香久.解密学问大师纪晓岚[M].北京:中国言实出版社,2008:47.

目书"的6793种更是稀见书）。乾隆四十九年（1784年），乾隆帝第六次南巡，将《四库全书》抄写版钦赐一套储藏在扬州，一套在镇江，一套在杭州，供士人阅读。但此时离太平天国运动兴起占领南京只剩下半个多世纪了，所起的作用显然极为有限。故此可以认为《四库全书》本身从版本上到使用价值上都是极为有限的，但整个《四库全书》的修撰过程，扰动天下，乾隆帝借此开始对大量书籍进行清理、查禁。据统计，编撰《四库全书》过程中共销毁书籍3100多种，销毁书版8万多块。❶ 这显然是乾隆帝真正的目的，这一目的无疑是实现了。故而，包括国家《清史》编纂委员会主任戴逸教授等在内的诸多当代学者、权威教科书等普遍认为，乾隆帝借修《四库全书》对中国文化进行了一次重大的篡改，堪称是中国文化的一次浩劫。❷

不过，修《四库全书》的副产品《四库全书总目提要》有较大文献价值，是当时官方学者共同撰写的。今存翁方纲、邵晋涵、姚鼐等撰写的初稿，这些初稿在定稿时大部分并未被采用❸，"十但采用二三"，实则最后的定稿亦不见得比翁方纲等人的提要稿要好，很多定稿的内容都属于泛泛而谈，不得要领或未经深入研究，最后由纪晓岚等人在很多篇目上少量修改后统一定稿。但据当代学者研究，纪昀的定稿与最后出版稿之间还有一定重要差异，可能是乾隆帝命正副总裁如彭元瑞等人进行了修订，亦不排除是乾隆帝本人在万机之暇亲自阅读后，对自己不满意之处进行了修改。至乾隆五十五年（1790年）左右，《四库全书总目提要》在武英殿刊刻出版，出版时署名是乾隆帝的第六子"永瑢"等人，具体的撰写名表上有总裁官16人，副总裁官12人，总纂官3人（纪昀名列总纂官第一），各类分纂官近百人。现当代一些学者片面地根据纪昀的单方面说法，认为该书主要是纪昀写的，因此现在一些《四库全书总目提要》整理本署名是"纪昀等"。这种署名无论如何是极为错谬的。该书不能代表纪昀的看法，该书的全部文字，恐怕纪昀修改过的部分不会超过10%，该书只能是署名"永瑢等"，代表了乾隆帝的看法。事实上乾隆帝对诸多文学文化问题都有具体论述，同时乾隆帝也很注重要求群臣在各类作品中贯彻自己

---

❶ 张三夕.中国古典文献学[M].武汉:华中师范大学出版社,2018:348.

❷ 戴逸.清史三百年[M].北京:北京人民出版社,2019:104.

❸ 周积明.纪昀评传[M].南京:南京大学出版社,2009:74.

的思想,如乾隆五十六年(1791年),因纪昀未将乾隆帝关于《扬雄法言》的一篇文章放在该书四库抄本的卷首,而处罚了纪昀等人。这就是乾隆帝在要求纪昀等近臣随时保持与自己思想的一致,也在要求纪昀等近臣随时注意阐发自己的思想。纪昀在统稿《四库全书总目提要》时有大量对前人毫无根据或略有根据但其实并无必要的批评、指瑕,根本上都是为了迎合乾隆帝"贬低前朝"的心理(详见本书第四章、第五章、第八章及结语中对乾隆帝与纪昀个人评论作品的分析)。纪昀迎合乾隆帝心理,以致看问题失之偏颇,当时就引起了姚鼐等人极大愤慨。

要之,我们从《四库全书总目提要》的写作思路上追根溯源,纪昀大力批判前人,从根本上是为了迎合乾隆帝,乾隆帝有种"千古一帝"的心态,看不上前人作品,故而需要各种手段贬低前人。乾隆帝御选《唐宋诗醇》的评语中有批评前人诗作之处,对元稹、杜牧等唐人有贬斥,对宋祁、苏辙、王安石等宋人也有不同程度批判,称陈师道为"一知半解",又把否定韩愈诗价值的前代与当代评论家斥责为"群儿之愚"。纪昀正是充分体察了乾隆帝在御选《唐宋诗醇》等作品中的诸多贬斥口吻,而充分把握到了乾隆帝的隐秘心理。上有所好,下必甚焉,纪昀正是在这一点上迎合了乾隆帝。❶ 乾隆四十六年(1781年)二月,乾隆帝有上谕:"《四库全书总目提要》现已办竣呈览,颇为详核,所有总纂官纪昀、陆锡熊着交部从优议叙,其协勘查校各员,俱着照例议叙。钦此。"❷ 乾隆帝在看过《四库全书总目提要》初稿后嘉奖纪昀也正是因为纪昀把前人都进行了贬斥,符合皇家口吻。但乾隆帝明显知道纪昀的"投机"心理,所以最终在修《四库全书》的后期提拔"副总纂"彭元瑞为"副总裁",而"总纂"纪昀则不予提拔,明显是不想让纪昀"过于显眼"。但纪昀在乾隆帝生命最后几年❸,尤其是乾隆帝死后一年,开始在《阅微草堂笔记》

---

❶ 纪昀《纪文达公诗集》中有大量对乾隆帝诗歌的应制恭和诗,可见纪昀对乾隆帝作品研读较熟,对乾隆帝心理有过反复揣摩,故而纪昀能够较准确把握住乾隆帝在修《四库全书》时存在的"贬低前朝,彰显本朝"的心理。

❷ 张书才.纂修四库全书档案[M].上海:上海古籍出版社,1997:575.

❸ 乾隆帝逝世于嘉庆四年正月,享年89岁,但嘉庆二三年间,乾隆帝已出现了严重的健忘症。据《朝鲜李朝实录》中朝鲜使臣描述,乾隆帝晚年"太上皇容貌气力,不甚衰耄,而但善忘比剧。昨日之事,今日则忘;早间所行,晚或不省。"纪昀趁此机会,开始宣称对《四库全书总目提要》拥有著作权。

等作品中多次宣称《四库全书总目提要》出于自己之手，显然是想争夺该书的署名权。然而该书如果没有"乾隆朝国家公信力"为背书，是得不到学界认可的。当时姚鼐、姚莹等人即对该书极为不满❶，认为该书只能欺蒙外行，无法得到内行的认可，如姚莹所说："凭借圣世，以四库总裁之权，愚欺天下之人……以其读书稍多，权位复重，使寡学寒俭之士，夺气噤口，莫能一言"。问题是该书出于近百学者之手，是众人合在一起读书多，而不是纪昀个人读书多。纪昀在各类个人作品中，往往显示出"学养不够的偏狭"。这种偏狭除了纪昀个人"贬低他人以彰显自己"的心理外，主要是为了迎合乾隆帝"批判贬低前人"的独特心理，乾隆帝个人作诗四万多首，明显是想做古今诗人第一人。嘉庆四年（1799年）正月初三乾隆帝逝世当天，嘉庆帝下谕给乾隆帝上庙号，评价乾隆帝一生成就："圣哲多能，聪明天纵，文阐六经之奥旨，诗开百代之正宗。"❷ 由此不难理解，乾隆帝把前代文人"比下去"的真实心理。这就不难理解《四库全书总目提要》中为何有大量莫名其妙批判、挑刺前人的文字。因此，《四库全书总目提要》不能代表纪昀的看法，凭纪昀个人的学养写出这样的书，会被当时学术界姚鼐、姚莹等人群起围攻，只能是乾隆帝动用国家资源"贬低前人，彰显本朝"的结果。换言之，纪昀只是《四库全书总目提要》的几位定稿人之一，甚至不排除《四库全书总目提要》的少量内容是乾隆帝亲笔改定的（因为据当代学者研究，《四库全书总目提要》在纪昀定稿后，还经过了一些修订，现在很难确定到底是谁，出于什么目的对纪昀的定稿又进行了一些修订。这当然有可能是乾隆帝所任命的其他的正副总裁，如彭元瑞等人的改订。但以乾隆帝对文学文化的敏感与专业度，不能排除乾隆帝本人亲自对稿件的一些地方进行了修订）。

因此，《四库全书总目提要》是在乾隆帝授意下编撰，集合了诸多当时顶尖学者的看法，代表了中国古代末期对古代各文献的一般性看法。这些看法总体较好，有较强参考价值。不过，从缺点角度来看，乾隆帝对书稿内容的"违禁之处"采取高压态势，随时要求删改原著或提要中的有关内容，导致参与人士动辄得咎，总体

---

❶ 周积明.纪昀与《四库全书总目》关系再检讨[J].中国四库学(第四辑),2019.
❷ 《清仁宗实录》,卷37,第10页.

积极性并不高，从而研究不够深入、材料收集不全面，或不认真，"为写提要而写提要"，而往往"没话找话"，不能写到关键之处，因此这些提要并不一定是乾隆时代最顶尖看法（提要稿中有很多言不尽意、曲笔，或尽量规避之处），但一般能代表较有水平读书人的通行看法，还是有很强参考价值的。而从优点角度来看：《四库全书》只收书3400多种，另把6700多种书列为"存目书"，书的内容不收入，只是收入书名。而《四库全书总目提要》不仅有这3400多种四库书的提要、介绍，还有那6700多种"存目书"的提要介绍，一共一万种古籍的提要介绍。这作为"正统文化"来讲，数量已较多了（但如果从"图书馆"的角度，仅仅收入一万种书，显然还是不够的，起码还有几万种古籍未被收入。而且小说戏曲并未被收入，已经很不全面了。实则明代《永乐大典》已经大量收入了小说戏曲）。但好在从"正统文化"来看，一万种较为正统的书，已数量可观。同样，"四库馆臣"多为儒臣，主要关注点在诗文与儒家经典，对很多其他领域的书几乎没有研究，他们撰写的《四库全书总目提要》有参考价值的地方主要就在传统诗文与儒家经典方面❶，至于所收其他领域书的各类提要，虽一般也由相关专业人士整理、撰写，但并没有多出彩，不少提要都是"没话找话"，不得要领。

综合以上优缺点，对本课题来说，《四库全书总目提要》显然是很有价值的。因为"清代对宋诗的各类看法"恰恰能够在《四库全书总目提要》中反映出来。可以说，对唐宋诗的看法，恰恰是四库馆臣们比较在行的几个领域之一。因此，《四库全书总目提要》中对宋诗的各类看法，就值得参考了，能够代表当时主流诗坛的看法。本书既然探讨"清代宋诗出版、传播与接受"的诸多问题，用清代人的材料与看法，更能够准确反映出论题的状况。故而在这一章，我们从《四库全书总目提要》中摘录一些涉及清代宋诗出版与传播的材料，并加以一定的分析评判，以此更好地看出在乾隆朝后期，清代文坛与社会关于宋诗出版、传播与接受的状况。这比单纯采用现当代学人搜集到的材料及现当代学者的观点要更为准确一些。更关键的

---

❶ 严格来说，《四库全书总目提要》中对诗文领域的看法，也只能是作为清廷的官方态度予以参考，当代学者不能对之完全采信。只要看看纪昀在《瀛奎律髓刊误》《纪昀评点〈苏文忠公诗集〉》中对前代诗人的任意臧否、大量贬斥，就会对纪昀的诸多观点打上大大的问号。

是，通过梳理这些《四库全书总目提要》中的诸多材料，我们能够形成一个更好的研究基础，也更便于读者理解本书其他章节的分析研讨。

最后要注意的是，四库馆臣在编撰《四库全书》时，每本书的抄本前，都写有一篇提要。后来纪昀等人将这些分别由上百位馆臣撰写的提要稿汇总起来，加以修改，统一文风，编成《四库全书总目提要》一书。准确来说，《四库全书》中各书前的提要稿完成时间不一，大概在乾隆四十年前后的几年间，而《四库全书总目提要》成书较后，是乾隆四十六年（1781年）完成初稿，此后又历经多人修改于乾隆五十四年（1789年）定稿，再由武英殿雕印出版，从此流行开来。因此，《四库全书总目提要》经常是把《四库全书》中所收3400多种书前的提要进行一定删改，修改其中的错误或修正某些说法。故而《四库全书总目提要》与《四库全书》中各书前的提要稿会呈现出一定的文字差异。仔细分析各稿的差异，能看出多方面问题。在此，我们也会对各处提要存在的问题进行一定的笺证、阐释，以期更好认识清代宋诗传播史的诸多问题。

第一节　《四库全书》对宋诗人别集的收录与评价

《四库全书》中重要的宋诗人别集一般都有收录。不过，在清代诗坛受关注的宋人诗集，主要是苏轼、黄庭坚、陆游、王安石、欧阳修、范成大等少数几人诗集。其中，苏轼、黄庭坚、陆游的诗集，欧阳修、王安石的文集（含诗集）进入了书坊的出版体系，有较频繁的刊刻，各地都可以买到。但清人不断重刻的也只有这几位诗人的作品了。剩余诗人如陈师道、范成大诗集在清代虽也有多次重刻，但其实找起来并不容易。至于梅尧臣、杨万里等其他宋代知名诗人，往往在清代也就刊刻了少数几次而已，更难寻觅。至于其余大部分宋代诗人的个人作品集，在清代都几乎未再刊刻过，或最多刊刻过一次。仅从这一点来看，很多学者对乾隆帝的批判是非常有道理的。乾隆帝修《四库全书》，动用国家力量搜罗大量珍贵古籍，却不进行刊刻，这实在是对文化的戕害。

乾隆帝修《四库全书》过程中，四库馆臣收集到苏轼诗集有近 10 种。其中收入《四库全书》的有《东坡全集》115 卷、《东坡诗集注》32 卷、《施注苏诗》42 卷，以及清人查慎行所作《补注东坡编年诗》50 卷。收入"存目类"的有《苏诗摘律》6 卷、明人所编《东坡守胶西集》4 卷、明代焦竑序《东坡外集》86 卷、明末人编《东坡养生集》12 卷、《东坡禅喜集》14 卷等。四库馆臣在《四库全书总目提要》中对这些书都进行了一定的考辨，其观点虽多以批判为主，但还是有一定参考意义的。

据《四库全书总目提要》"别集类七"对苏轼大全集《东坡全集》的考证：

《东坡全集》·一百十五卷（内府藏本） 宋苏轼撰。轼有《易传》，已著录。案苏辙作轼墓志，称轼所著有《东坡集》四十卷、《后集》二十卷、《奏议》十五卷、《内制》十卷、《外制》三卷、《和陶诗》四卷。晁公武《读书志》、陈振孙《书录解题》所载并同，而别增《应诏集》十卷，合为一编。即世所称"东坡七集"者是也。《宋史·艺文志》则载前后集七十卷。卷数与墓志不合，而又别出《奏议补遗》三卷、《南征集》一卷、《词》一卷、《南省说书》一卷、《别集》四十六卷、《黄州集》二卷、《续集》二卷、《北归集》六卷、《儋耳手泽》一卷。名目颇为丛碎。今考轼集在宋世原非一本。邵博《闻见后录》称："京师印本《东坡集》，轼自校。其中'香醪'字误者不更见于他书。殆毁于靖康之乱。"陈振孙所称有杭本、蜀本。又有轼曾孙峤所刊建安本。又有麻沙书坊大全集本。又有张某所刊吉州本。蜀本、建安本无《应诏集》。麻沙本、吉州本兼载《志林》《杂说》之类，不加考订。而陈鹄《耆旧续闻》则称姑胥居世英刊《东坡全集》，殊有序，又少舛谬，极可赏。是当时以苏州本为最善。而今亦无存。叶盛《水东日记》又云："邵复孺家有细字小本《东坡大全文集》。松江东日和尚所藏有大本《东坡集》。又有小字大本《东坡集》。"盛所见皆宋代旧刻，而其错互已如此。观《扪虱新话》称："《叶嘉传》乃其邑人陈元规作。《和贺方回青玉案》词乃华亭姚晋作。集中如《睡乡》《醉乡记》，鄙俚浅近，决非坡作。今书肆往往增添改换，以求速售，而官不之禁"云云。则轼集风行海内,传刻日多,而紊乱愈甚,固其所矣。然传本虽夥,其体例大要有二。一为分集编订者,乃因轼原本原目而后人稍增益之。即陈振孙所云杭本。当轼无恙之时,已行于世者。至明代江西刻本犹然,而重刻久绝。其一为分类合编者,疑即始于居世英本。宋时所谓《大全集》者,类用此例。迄明而传刻尤多。有七十五卷者,号《东坡先生全集》,载文不载诗,漏略尤甚。有一百一十四卷者,号《苏文忠全集》,版稍工而编缉无法。此本乃国朝蔡士英所刊,盖亦据旧刻重订。世所通行,今故用以著录。集首旧有《年谱》一卷,乃宋南海王宗稷所编。邵长蘅、查慎行补注轼诗,称其于作诗岁月,编次多误。以原本所有,今亦并存焉。

《东坡全集》是明清时期最主流的苏轼诗文版本,坊间多次重刻。当代学者对此亦多有研究。

南宋人王十朋编的苏轼诗注《东坡诗集注》,在清代有极大影响。康熙三十七年(1698年)朱从延重刻此本,此本在明清时期流传很广,属于书店中常用苏轼诗版本。据四库馆臣:

> 《东坡诗集注》·三十二卷(少詹事陆费墀家藏本) 旧本题宋王十朋撰。十朋有《会稽三赋》,已著录。是集前有赵夔序,称分五十类。此本实止二十九类,盖有所合并。十朋序题百家注。此本所引,数亦不足。则犹杜诗称千家注、韩柳文称五百家注也。其分类颇多颠舛。如《芙蓉城》诗入《古迹》,《虎儿诗》入《咏史》之类,不可殚数。不但以《画鱼歌》入《书画》为查慎行《东坡诗补注》所讥。其注为邵长蘅所掊击者,凡三十八条,至作《正讹》一卷,冠所校施注之首。考十朋《梅溪前集》载序八篇,《后集》载序三篇,独无此序。又有《读苏文》三则,亦无一字及苏诗。《梅溪集》为其子闻诗、闻礼所编,十朋著述,搜辑无遗,不应独漏此序。又赵夔序称:"崇宁间,仆年志于学,逮今三十年,一字一句,推究来历,必欲见其用事之处。顷者赴调京师,继复守官累,与小坡叔党游从至熟。叩其所未知者,叔党亦能为仆言之"云云。考《宋史》载轼知杭州,苏过年十九,其时在元祐五六年间。又称过没

时年五十二,则当在宣和五六年间。若从崇宁元年下推三十年,已为绍兴元年,过之没七八年矣。夔安能见过而问之?则并夔序亦出依托。核书中体例,与《杜诗千家注》相同。殆必一时书肆所为,借十朋之名以行耳。然长蘅摘其体例三失,而云中间援引详明,展卷了如者仅仅及半。则疏陋者不过十之五,未可全废。其于施注所阙十二卷,亦云"参酌王注,微引群书以补之",则未尝不于此注取材。大抵创始者难工,继事者易密。邵注正王注之讹,查注又摘邵注之误。今观查注亦讹漏尚多。考证之学,不可穷尽,难执一家以废其余。录存是书,亦足资读苏诗者之旁参也。❶

南宋人所作《施注苏诗》在元明时期流传不广,到清代只剩残本,清初宋荦予以重新补充出版。这一版本成为清代苏轼诗的重要版本。四库馆臣一般也都精研过此书:

> 《施注苏诗》·四十二卷、《东坡年谱》·一卷、《王注正讹》·一卷、《苏诗续补遗》·二卷(内府藏本) 宋施元之注。元之字德初,吴兴人。陆游作是书序,但称其官曰司谏。其始末则无可考矣。其同注者为吴郡顾禧,游序所谓"助以顾君景繁之赅洽也"。元之子宿,又为补缀,《书录解题》所谓"其子宿从而推广,且为《年谱》以传于世也"。《吴兴掌故》但言宿推广为《年谱》,不言补注,与《书录解题》不同。今考书中实有宿注,则《吴兴掌故》为漏矣。嘉泰中,宿官余姚,尝以是书刊版,竟缘是遭论罢。故传本颇稀。世所行者惟王十朋分类注本。康熙乙卯,宋荦官江苏巡抚,始得残本于藏书家。已佚其卷一、卷二、卷五、卷六、卷八、卷九、卷二十三、卷二十六、卷三十五、卷三十六、卷三十九、卷四十。荦属武进邵长蘅补其阙卷。长蘅撰《王注正讹》一卷,又订定王宗稷《年谱》一卷,冠于集首。其注则仅补八卷,以病未能卒业。更倩高邮李必恒续成三十五卷、三十六卷、三十九卷、四十卷。荦又掇拾遗诗为施氏所未收者得四百余首,别属钱塘冯景注之,重为刊版。乾

---

❶ 永瑢等撰.四库全书总目提要[M].北京:中华书局,1965:1326.

隆初，又诏内府刊为巾箱本。取携既便，遂衣被弥宏。元之原本，注在各句之下。长蘅病其间隔，乃汇注于篇末。又于原注多所刊削，或失其旧。后查慎行作《苏诗补注》，颇斥其非。亦如长蘅之诋王注。然数百年沉晦之笈，实由荦与长蘅复见于世，遂得以上邀乙夜之观。且剞劂枣梨，寿诸不朽，其功亦何可尽没欤！

《补注东坡编年诗》是清人查慎行作品。查慎行对苏轼诗有较深入研究。《四库全书总目提要》中对该书评价很高，认为"现行苏诗之注，以此本居最"：

> 《补注东坡编年诗》·五十卷（通行本） 国朝查慎行撰。慎行有《周易玩辞集解》，已著录。初，宋荦刻《施注苏诗》，急遽成书，颇伤潦草。又旧本霉黯，字迹多难辨识。邵长蘅等惮于寻绎，往往臆改其文。或竟删除以灭迹，并存者亦失其真。慎行是编，凡长蘅等所窜乱者，并勘验原书，一一釐正。又于施注所未及者，悉蒐采诸书以补之。其间编年错乱，及以他诗溷入者，悉考订重编。凡为《正集》四十五卷，又补录帖子词、致语、口号一卷，《遗诗补编》二卷，他集互见诗二卷。别以《年谱》冠前，而以同时倡和散附各诗之后……其他讹漏之处，为近时冯应榴合注本所校补者，亦复不少。然考核地理，订正年月，引据时事，元元本本，无不具有条理。非惟邵注新本所不及，即施注原本亦出其下。现行苏诗之注，以此本居最。区区小失，固不足为之累矣。

"别集存目类一"中的"《东坡外集》·八十六卷（江苏巡抚采进本）"。此本为明代焦竑所刊刻，四库馆臣对此本持不认可意见："《宋史·艺文志》所载凡十一集。皆无此八十六卷之本。且《外集》之名，以别《内集》。轼之诗文既已全载于此，别无所谓《内集》，则《外集》之名殊无根据。竑称得之秘阁，不知明代之书，尽于杨士奇、张萱所录。二家之目不载，竑又何从而得之。此直竑以意删并，托之旧本耳。"

"别集类存目一"中还有明人所编《东坡守胶西集》四卷。据四库馆臣："明阁士选编。士选字立吾，绥德州人，万历庚辰进士，官至山东按察使。是编乃士选为莱州府知府时采苏轼在胶西诗文刻为一帙。以尚有挂漏,及官按察使时补完之。其王宗稷年谱,亦仅摘录熙宁八年乙卯轼到密州,及十年丁巳自密移知河中府,复改知徐州一段。盖借轼以重胶西也。"

再如"别集类存目一"中的"《苏诗摘律》·六卷(内府藏本)":"旧本题'长垣县知县无锡刘宏集注',不详时代,惟取苏轼集七言律诗注之,潦草殊甚。"

"别集类存目一"中的《东坡养生集》的提要:"《东坡养生集》·十二卷(内府藏本) 国朝王如锡编。如锡字武工,江宁人。是编前有王思任序,则当成于前明之末,然又有康熙甲辰邱象升序,盖书成于崇祯中,批点行世则出象升手也。其书取苏轼诗文杂著有关于闲适颐养者,分《饮食》《方药》《居止》《游览》《服御》《翰墨》《妙理》《调摄》《利济》《述古》《志异》十一门。轼以文章气节雄视百代,其游戏诸作,大抵患难中有托而逃。如锡乃惟录其小品,所谓'飞鸿翔于寥廓,而弋者索之薮泽'也。使轼仅以此见长,则轼亦一明季山人而已矣,何足以为轼乎。"据此,《东坡养生集》实则编刻于明末,只是在康熙初期有过再版。

黄庭坚诗集在《四库全书》中收入多种。其中收有黄庭坚诗集的两种主要版本:一种是无注本,另一种是有注本。另外"存目类"有《山谷精华录》八卷、《山谷禅喜集》二卷。四库馆臣先是认真研究了无注本,据《四库全书总目提要》"别集类七":

《山谷内集》·三十卷、《外集》·十四卷、《别集》·二十卷、《词》·一卷、《简尺》·二卷、《年谱》·三卷(安徽巡抚采进本) 宋黄庭坚撰。《年谱》二卷,庭坚孙撰。庭坚事迹具《宋史·文苑传》。字子耕,从学于朱子。朱子于元祐诸人,诋二苏而不诋庭坚,之故也。叶梦得《避暑录话》载黄元明之言曰:"鲁直旧有诗千余篇,中岁焚三之二。存者无几,故名《焦尾集》。其后稍自喜,以为可传,故复名《敝帚集》。晚岁复刊定,止三百八篇,而不克成。今传于世者尚几千篇"云云。然庭坚所自定者皆已不存。其存者,一曰《内集》,庭坚之甥洪炎所编,即庭坚手定之《内篇》,所谓退听堂本者也。一曰《外集》,李彤所编,所谓邱濬藏本者也。一曰《别集》,即所编,所谓内阁抄出宋蜀人所献本者也。《内集》编于建炎二年。《别集》编于淳熙九年。《年谱》则编于庆元五年。盖《外集》继《内集》而编，《别集》继内、外两集而编，《年谱》继《别集》而编。独李彤之编《外集》未著年月。然考《外集》第十四卷《送邓慎思归长沙》诗，"慎"字空格，注云："今上御名。"是《外集》亦编于孝宗时也。三集皆合诗文同编。后人注释，则惟取其诗。任渊所注之《内集》，即洪炎所编之《内集》。史容所注之《外集》，则与李彤所编次第已多有不同。而李彤编《外集》之大意，犹稍见于史注第一卷《溪上吟》题下。惟史季温所注之《别集》，则与所编《别集》大有撦拄。此则原本与注本不可相无者矣。又《外集》第十一卷以下四卷，诗凡四百有奇，皆庭坚晚年删去，而李彤附载入者。此则任、史三注本皆未之有。庭坚之诗，得此而后全。又其中有与《年谱》相应者，编《年谱》时皆一一分注某年某事之次。而今但据三集检其目，则《年谱》有而本集无。故此四卷尤不可废也。之《年谱》，专为考证诗文集而作。故刻全集必当兼刻《年谱》。而近日刻本，或删节《年谱》；或删并卷次；或移易分类，以就各体；或专刻一集，而不及其全。此本刻于明嘉靖中，前有蜀人徐岱序，尚为不失宋本之遗。非外间他刻所及焉。❶

在关于无注本黄庭坚诗集的"提要稿"中，四库馆臣认真研究了黄庭坚诗集的编撰过程，大体梳理清楚了有关版本流变。进而，四库馆臣（应是翁方纲）又进一步研究了黄庭坚诗集的注本，对其来龙去脉有较深入阐述：

《山谷内集注》·二十七卷、《外集注》·十七卷（两淮盐政采进本）、《别集注》·二卷（编修翁方纲家藏本） 宋任渊、史容、史季温所注黄庭坚诗也。任渊所注者《内集》，史容所注者《外集》，其《别集》则容之孙季温所补，以成完书。《内集》一称《正集》。其又称《前集》者，盖《内集》编次成书在《外集》之前，故注家相承，谓《内集》为《前集》耳。《外集》之诗起嘉祐六年辛丑，庭坚时年十七。而《内集》之诗起元丰元年戊午，庭坚时年三十四。故《外集》诸诗转在《内集》之前。黄所编庭坚《年谱》云："山

---

❶ 永瑢等撰.四库全书总目提要[M].北京：中华书局，1965：1328.

谷以史事待罪陈留，偶自编《退听堂诗》，初无意尽去少作。胡直孺少汲建炎初帅洪，并类山谷诗文为《豫章集》。命汝阳朱敦孺、山房李彤编集，而洪炎玉父专其事。遂以'退听'为断。"史容《外集》序亦云："山谷自言：欲仿庄周分其诗文为内外篇。意固有在，非欲去此取彼也。"谱又云："洪氏旧编以《古风》二篇为首，今任渊注本亦云东坡《报山谷书》推重此二诗，故置诸篇首。"是任渊所注《内集》，即洪炎编次之本。史季温《外集》跋云："细考出处岁月，别行诠次，不复以旧集古律诗为拘。"则所谓《外集》者已非复原次。再考李彤《外集》跋云："彤闻山谷自巴陵取道通城，入黄龙山，为清禅师遍阅《南昌集》。自有去取，仍改定旧句。彤后得本，用以是正其言非予诗者五十余篇。彤亦尝见于他人集中，辄以除去。"又云：《前集》内《木之彬彬》诸篇皆山谷晚年删去。其去取据此而已。然季温跋称其大父为增注考订，在嘉定戊辰后，又近十年。则上距庭坚之没，已百有十年。而《外集》原本卷次，至是始经史容更定。则所谓《外集》者，并非庭坚自删之本矣。然则是三集者，皆赖注本以传耳。赵与时《宾退录》尝论渊注《送舅氏野夫之宣城》诗，不得"春网琴高"出典。然注本之善不在字句之细琐，而在于考核出处时事。任注《内集》，史注《外集》，其大纲皆系于目录每条之下。使读者考其岁月，知其遭际，因以推求作诗之本旨。此断非数百年后以意编年者所能为，何可轻也！《外集》有嘉定元年晋陵钱文子序，而《内集》鄱阳许尹序世传抄本皆佚之。惟刘埙《水云村泯稿》载其大略。目录亦多残阙。此本独有尹序全文。且三集目录，犁然皆具，可与注相表里。是亦足为希觏矣。渊字子渊，蜀之新津人。绍兴元年乙丑，以文艺类试有司第一。仕至潼川宪。其称天社者，新津山名也。容字公仪，号芗室居士，青衣人。仕至太中大夫。其孙季温，字子威。举进士。宝祐中官秘书少监。渊又尝撰《山谷精华录诗赋铭赞》六卷、《杂文》二卷。自序谓节其要而注之。然原本已佚。今所传者出明人伪托。独此注则昔人谓独为其难者，与史氏二注本艺林宝传，无异辞焉。❶

---

❶ 永瑢等撰.四库全书总目提要[M].北京:中华书局,1965:1325.

这里四库馆臣较详细地梳理了清代之前的黄庭坚诗集的出版状况，从其材料来看，四库馆臣应是着重参考了康熙三十二年（1693年）出版的《宋四名家诗钞》的柴升序言中对黄庭坚"三集"的梳理情况。后来翁方纲又曾整理出版黄庭坚诗集，所以这里的"黄诗三注"的"《别集注》·二卷"用的是"编修翁方纲家藏本"。

黄庭坚诗集，一般称为"黄诗三集""黄诗三注"，其出版情况读者可参考本书第七章第五节的有关梳理。据四库馆臣以及当代学者的梳理，《黄庭坚诗集》分"内集""外集""别集"。《山谷集内集》三十卷是南宋建炎二年（1128年）黄庭坚外甥洪炎所编，底本是黄庭坚自己编订的《内篇》，后来南宋人任渊作了注。《山谷集外集》十四卷是南宋淳熙九年（1182年）李彤所编，南宋人史容作了注，但诗作次序的内容与李彤编的《外集》有很大不同。《山谷集别集》二十卷是蜀人所编，南宋人史季温作了注。明代嘉靖时期，明代书商将"黄诗三集"编刻出版，一直到清中叶，清代人看到的黄庭坚诗都是明版的翻刻本。

《四库全书总目提要》"别集类存目一"还有《山谷精华录》八卷：

> 《精华录》·八卷（浙江鲍士恭家藏本） 旧本题宋任渊编。渊有《山谷内集注》，已著录。是集皆摘录黄庭坚诗文。前有《渊序》，不著年月。又有朱承爵题词，称尝得其《目录》……考庭坚卒于徽宗崇宁四年乙酉。是书之选虽无年月，然称黄太史《山谷集》几万篇，尝节其略而谬注三十之一也，则成于所注《内集》后。《内集注》中已称徽宗为徽考，鄱海许尹叙《内集注》亦称作于绍兴时。此集既刻于元祐中，何以反在其后。且《录》中诗文以本集年月核之，已有崇宁中作，何以预刻于元祐时。集中之目，亦往往与本集不合……其余窜乱，不可胜数。渊所注《内集》，年经事纬，考证详明，何以此集愦愦至此。至于所录集中不载诸诗，《西湖徒鱼和苏公》二首，乃陈师道三首之二，见《后山集》中。渊亦尝注师道诗，何以两集并收，漫无一语之订正。其《新竹》一首，乃陆游诗，题曰《东湖新竹》，见《剑南集》中，渊何以能于数十年前预见之。其为伪托，固可不攻而破。且《承爵序》既称缘目寻词，集中一题数首者，目中并无明文。……其为承爵依托为之，亦确凿无疑。何景明曰："山谷《精华录》任渊选者，其所采取，多不惬人意。"王士禛曰："《精华录》八

卷，有天社任渊《自序》，《录》中取舍，未惬人意。"张宗柟亦曰："观其录取大意，只以备体，且多阑入游戏之作，非上选也。"宗柟所见者称嘉靖间摹宋椠本，士祯所见者称明章邱李开先家宋椠本，皆在承爵之后。何景明虽正德时人，而比承爵亦差后。盖皆即承爵此刻，托诸宋椠。观士祯所记《任渊序》，与此本不异一字。而承爵之《序》与《渊序》貌为轧茁，如出一手。其作伪之迹，固了然矣。向来藏书之家，珍为秘笈，盖以名取之，未及一一核其实耳。❶

在考据中，四库馆臣认为《山谷精华录》为伪托之作。但此说也有学者持不同意见。此外，《四库全书总目提要》"别集类存目一"有"《山谷禅喜集》·二卷（内府藏本）"："明陶元柱编。元柱始末未详。是集于黄庭坚集中录其阐发禅理者别为一书。盖欲以配《东坡禅喜集》也。"

除了苏轼、黄庭坚诗，别的宋代诗人诗集在《四库全书总目提要》中也都有收录，如王安石作品。《四库全书总目提要》有：

《王荆公诗注》·五十卷（江苏巡抚采进本）　宋李壁撰。考《宋史》及诸刊本，"壁"或从"玉"作"璧"。然壁为李焘第三子。其兄曰垕，曰塾。其弟曰埴。名皆从"土"。则作"璧"误也。壁字季章，号雁湖居士。初以荫入官。后登进士。宁宗朝累迁礼部尚书，参知政事，兼同知枢密院事。谥文懿。事迹具《宋史》本传。是书乃其谪居临川时所作。刘克庄《后村诗话》尝讥其注"归肠一夜绕锺山"句，引《韩诗》不引《吴志》。注"世论妄以虫疑冰"句，引《庄子》不引卢鸿一、唐彦谦语。指为疏漏。然大致据摭蒐采，具有根据。疑则阙之，非穿凿附会者比。原本流传绝少，故近代藏书家俱不著录。海盐张宗松得元人椠本，始为校刊。集中古今体诗，以世行《临川集》校之，增多七十二首。其所佚者，附录卷末。考叶绍翁《四朝闻见录》，称"开禧初，韩平原欲兴兵，遣张嗣古觇敌。张还，大拂韩旨。复遣壁。壁还，与张异词，阶是进政府"云云。是壁附和权奸，以致丧师辱国，实堕其家声。其人殊不足

---

❶ 永瑢等撰.四库全书总目提要[M].北京:中华书局,1965:1538.

重。而笺释之功，足裨后学，固与安石之诗均不以人废云。❶

陈师道的《后山诗集》亦受到很多关注。纪昀曾深入研读过陈师道的诗集，故《四库全书总目提要》中这段关于陈师道诗集的"提要"应是出于纪昀之手。

《后山诗集》·十二卷（江苏巡抚采进本）　宋陈师道撰。师道有全集已著录。此本为雍正乙巳嘉善陈唐所刊。《正集》六卷，仍魏衍所编之旧。逸诗五卷、诗余一卷则唐蒐辑诸书，补所未备者也。《正集》旧有《任渊注》，今皆削去。别本各行，未为不可。唐同里吴谆为作序，乃极论其注当削，则谬之甚矣。❷

这部十二卷本《后山诗集》是雍正时期浙江嘉善文人陈唐所刊刻的。陈唐的同乡吴谆在该书序言中提出要删除《后山诗集》所附的任渊注。陈唐在刊刻时同意了吴谆的意见。对此四库馆臣很不同意，将之贬低为：乃极论其注当削，则谬之甚矣。陈唐等人出版《后山诗集》有可能限于经费问题，不得不减少篇幅，删除了除陈师道本人诗之外的注文。这有可能是无奈之举。实则《四库全书》作为清政府的国家工程，又刊刻了几部书？只是抄了七个《四库全书》"抄本"草草了事，抄本之"书"，岂能跟正式刊印发行的书，相提并论？

再如陆游诗在清人中也有很大影响。《四库全书》中收录有《渭南文集》50卷、《剑南诗稿》85卷、宋人编《放翁诗选前集》10卷与《后集》8卷等几种。《剑南诗稿》在明末由汲古阁重刻，在清代流行开来，坊间刻本大体都按此本进行仿刻。清代未出现较重要的陆游诗注本。据《四库全书总目提要》"别集类十三"：

《剑南诗稿》·八十五卷（内府藏本）　宋陆游撰。游有《入蜀记》，已

---

❶ 永瑢等撰.四库全书总目提要[M].北京:中华书局,1965:1325.
❷ 永瑢等撰.四库全书总目提要[M].北京:中华书局,1965:1329.

著录。是集末有嘉定十三年游子朝请大夫知江州军事子虡跋,称游"西溯僰道,乐其风土,有终焉之志,宿留殆十载。戊戌春正月,孝宗念其久外,趣召东下。然心未尝一日忘蜀也。是以题其平生所为诗卷曰《剑南诗稿》,盖不独谓蜀道所赋诗也。"又称戊申、己酉后诗,游自大蓬谢事归山阴故庐,命子虡编次为四十卷,复题其签曰《剑南诗续稿》。自此至捐馆舍,通前稿为诗八十五卷。子虡假守九江,刊之郡斋,遂名曰《剑南诗稿》(案"遂"字文义未顺,疑当作"通名曰《剑南诗稿》")云云。则此本游子虡之所编。至跋称游在新定时所编前稿,于旧诗多所去取,所遗诗尚七卷,不敢复杂之卷首,别其名曰《遗稿》者(案《后村诗话》作别集七卷,盖偶笔误),今则不可见矣。卷首又有淳熙十四年游门人郑师尹序,称其诗为眉山苏林所收拾,而师尹编次之。与子虡跋不同。盖师尹所编,先别有一本。子虡存其旧序,冠于全集也。游诗法传自曾几,而所作《吕居仁集序》又称源出居仁。二人皆江西派也。然游诗清新刻露,而出以圆润。实能自辟一宗,不袭黄、陈之旧格。刘克庄号为工诗,而《后村诗话》载游诗,仅摘其对偶之工,已为皮相。后人选其诗者,又略其感激豪宕、沈郁深婉之作;惟取其流连光景,可以剽窃移掇者,转相贩鬻。放翁诗派遂为论者口实。夫游之才情繁富,触手成吟,利钝互陈,诚所不免。故朱彝尊《曝书亭集》有是集跋,摘其自相蹈袭者至一百四十余联。是陈因窠臼,游且不能自免,何况后来,然其托兴深微,遣词雅隽者,全集之内,指不胜屈。安可以选者之误,并集矢于作者哉!今录其全集,庶几知剑南一派自有其真,非浅学者所可藉口焉。❶

清人所研读陆游诗多为此本。但陆游诗由于数量太大,达9000多首,清朝人很难将之全部仔细读完。即使如曾国藩在编《十八家诗钞》时亦很多内容并未仔细研读。

---

❶ 永瑢等撰.四库全书总目提要[M].北京:中华书局,1965:1380.

第二节 《四库全书》对宋元明时期"宋诗选本"的收录与评价

客观来说，宋元明时期的宋诗选本并不多，尤其是因明代前后七子"文必秦汉，诗必盛唐，大历以后书勿读"的影响，在明代关于宋诗的选本更少。李攀龙的《古今诗删》甚至刻意不选宋诗。

从《四库全书》来看，相对于清代人所编的大量宋诗选本，宋元明人所编的宋诗选本只有寥寥数种。其中，《四库全书总目提要》卷一百八十六"总集类一"至卷一百八十九的"总集类四"中收有一些，卷一百九十一"总集存目类一"至卷一百九十三"总集存目类三"中亦收有一些。这些被收录作品至清代时大部分都影响很小了，其中清人经常提及的有：方回《瀛奎律髓》、陈思《两宋名贤小集》、潘是仁《宋元诗》、曹学佺《石仓历代诗选》、李蓘《宋艺圃集》等。其中最有影响的是《瀛奎律髓》，该书在清代依然有很大影响。据四库馆臣：

> 《瀛奎律髓》·四十九卷（内府藏本） 元方回撰。回有《续古今考》，已著录。是书，兼选唐、宋二代之诗，分四十九类，所录皆五、七言近体，故名律髓。《自序》谓取十八学士登瀛洲，五星聚奎之义，故曰《瀛奎》。大旨排"西昆"而主"江西"，倡为"一祖三宗"之说。一祖者，杜甫；三宗者，黄庭坚、陈师道、陈与义也。其说以生硬为健笔，以粗豪为老境，以炼字为句眼，颇不谐于中声。其去取之间，如杜甫《秋兴》惟选第四首之类，亦多不可解。然宋代诸集，不尽传于今者，颇赖以存。而当时遗闻旧事，亦往往多见于其注；故厉鹗作《宋诗纪事》，所采最多。其议论可取者，亦不一而足，故亦未能竟废之。此书世有二本，一为石门吴之振所刊，注作夹行，而旁有圈点；前载龙遵《叙》，述传授源流至详。一为苏州陈士泰所刊，删其圈点，遂并注中所圈是句中眼等句删去；又以龙遵《原序》屡言圈点，亦并删之以灭迹，校雠舛

驳，尤不胜乙。之振切讥之，殆未可谓之已甚焉。❶

据此，则清代时流行的《瀛奎律髓》主要有两种版本，一种是清人吴之振刊刻的，另一种是苏州陈士泰刊刻的。纪昀曾精研过《瀛奎律髓》，此段"提要"应是出自纪昀手笔，文末用语非常刻薄，称陈士泰删除圈点是"灭迹"。这显示出纪昀费尽心思，贬低前人。

陈思《两宋名贤小集》也常被清人提及，《四库全书总目提要》卷一百八十七"集部四十"的"总集类二"中说：

《两宋名贤小集》·三百八十卷（编修汪如藻家藏本） 旧本题宋陈思编，元陈世隆补。思有《宝刻丛编》，世隆有《北轩笔记》，并已著录。是编所录宋人诗集，始于杨亿，终于潘音，凡一百五十七家，有绍定三年魏了翁《序》，及国朝朱彝尊二《跋》，考所载了翁《序》，与《宝刻丛编》之《序》，字句不易，惟更书名数字，其为伪托无疑。彝尊《跋》中，谓是书又称为《江湖集》，刻于宝庆、绍定间，史弥远疑有谤己之言，牵连逮捕，思亦不免，诗版遂毁。案：刊《江湖集》者乃陈起，非陈思。且《江湖集》所载皆南渡以后之人，而是书起自杨亿、宋白，二书迥异。彝尊牵合为一，纰缪殊甚。然考彝尊《曝书亭集》有宋高菊磵《遗稿》序，中述陈起罹祸之事甚悉，未尝混及陈思，而集中亦不载此《跋》。当由近人依托为之，未必真出彝尊手。又《跋》内称，陈世隆为思从孙，于思所编六十余家外，增辑百四十家，稿本散逸，曹溶复补缀之。今检编中所录，率多漏略，如王应麟集虽不传，其遗篇见于《四明文献集》者尚多，而此编仅以五首为一集，溶不应疏略若此，则谓曹溶补缀，亦不足信也。考王士禛《居易录》曰：竹垞辑《宋人小集》四十余种，自前卷所列《江湖诗》外，如刘翼骧父《心游摘稿》，林希逸《鬳斋十一稿》，敖陶孙器之《臞翁集》，朱继芳季实《静佳集》，林尚志润叟《端隐稿》，刘过改之《龙洲集》，刘仙伦叔《拟招山集》，黄文雷希声《看云集》，黄大受德容《露香拾

---

❶ 永瑢等撰.四库全书总目提要[M].北京：中华书局，1965：1707.

稿》，武衍朝宗《藏拙稿》，张蕴仁溥《斗野集》，刘翰武子《小山集》，张良臣武子《雪窗集》，越希榴谊父《抱拙集》，利登履《道骰稿》，何应龙子翔《橘潭稿》，沈说惟肖《庸斋集释》，永颐山老《云泉集》，薛嵎仲止《云泉集》，俞桂希郤《渔隐稿》，葛天民《无怀集》，姚镛希声《雪蓬集》云云。是彝尊本有《宋人小集》四十余种，或旧稿零落，后人得其残本，更撮拾他集合为一帙，又因其稿本出彝尊，遂嫁名伪撰二《跋》欤。然编诗之人虽出赝托，而所编之诗则非赝托，宋人遗稿，颇藉是以荟萃，其搜罗亦不谓无功。黎邱幻技，置之不论可矣。❶

在这篇提要中，四库馆臣怀疑这部书有伪托。《四库全书总目提要》中较为正确的观点，在当时一般都属于士大夫中较常见论点，并不值得稀奇。四库馆臣自然知道这一点，为此四库馆臣（主要是纪昀）往往需要标新立异，经常会对前人作品进行挑错、无故贬斥或借故贬斥，同时也会经常称一些书为伪托，以彻底否定有关人士的著作权。但现代以来的大量研究表明，《四库全书总目提要》中很多"独家观点"并不可靠，往往都缺乏足够证据。具体到这篇关于《两宋名贤小集》的提要，当代很多学者反对了四库馆臣的意见，张瑞君、许红霞❷等学者普遍认为："不见于明清书目就断定非明清人掇拾而成，这种观点经不起推敲。"❸ 由于笔者目前对陈思《两宋名贤小集》并无具体研究，笔者暂时无法准确判断四库馆臣这篇提要的正确与否，对以上学者的反驳亦无从准确判断。不过，从笔者较为熟悉的大量其他具体问题上，笔者一般都不同意《四库全书总目提要》中的说法。本书中，笔者反驳纪昀与《四库全书总目提要》的内容很多，请读者予以审阅、参考。

曹学佺《石仓历代诗选》在清代也常被提及。曹学佺（1574—1646），字能始，一字尊生，号雁泽，又号石仓居士、西峰居士，福建福州人，万历二十三年（1595

---

❶ 永瑢等撰.四库全书总目提要[M].北京：中华书局，1965：1705.

❷ 许红霞.从三百八十卷本《两宋名贤小集》看其汇集流传经过[M]//海峡两岸古典文献学学术研讨会论文集.上海：上海古籍出版社，2002：400.

❸ 谢海林.清代宋诗选本研究[M].上海：上海古籍出版社，2011：190.

年）进士。《石仓历代诗选》又名《石仓十二代诗选》，其中有宋诗 107 卷。《四库全书总目提要》中说该书：

> 《石仓历代诗选》·五百六卷（浙江巡抚采进本）　明曹学佺编。学佺有《易经通论》，已著录。是编，所选历代之诗，上起古初，下迄于明，凡古诗十三卷，唐诗一百卷，拾遗十卷，宋诗一百七卷，金、元诗五十卷，明诗初集八十六卷、次集一百四十卷。旧一名《十二代诗选》，然汉、魏、晋、宋、南齐、梁、陈、魏、北齐、周、隋，实十一代，既录古逸，乃缀于八代之末，又并五代于唐、并金于元，于体例名目，皆乖剌不合。故从其版心所题，称历代诗选，于义为谐。所选虽卷帙浩博，不免伤于糅杂，然上下二千年间，作者皆略存梗概，又学佺本自工诗，故所去取，亦大都不乖风雅之旨，固犹胜贪多务得，细大不捐者。惟金代仅录元好问一人，颇为疏漏。意其时毛晋所刊《中州集》《河汾诸老诗》，犹未盛行，故学佺未见欤。其冠于元诗之首，亦以一代只一人，不能成集故也。据《千顷堂书目》，学佺所录《明诗》尚有三集一百卷，四集一百三十二卷，五集五十二卷，六集一百卷，今皆未见，殆已散佚。然自万历以后，繁音侧调，愈变愈远于古，论者等诸自郐无讥。是本止于嘉、隆，正明诗之极盛，其三集以下之不存，正亦不足惜矣。❶

四库馆臣（应就是纪昀）多方面挑了曹学佺《石仓十二代诗选》的不足，称其"所选虽卷帙浩博，不免伤于糅杂"，又批评了该书对金代诗歌的搜罗不深入。总之是多方面挑剔了该书。这是《四库全书总目提要》的一贯笔法。这虽然常常贬低了古人，但所谓的"学术批评"不正是"找出缺点""发扬优点"吗？所以纪昀的这种"批判式写法"，虽然给人刻薄、挑刺之感，但也是有较大价值的。"文学批评与学术批评"之本意，不正在于此吗？故此，可认为纪昀的"批判式写法"恰恰把握了"文艺批评"之真谛！

---

❶ 永瑢等撰.四库全书总目提要[M].北京：中华书局，1965：1719.

潘是仁《宋元诗》在《四库全书总目提要》的各个篇章中经常被提到，但由于该书是丛书，《四库全书总目提要》中并未为该书单独作提要。潘是仁，字认叔，新安人，为明末书商。万历四十三年（1615年）潘是仁编刻《宋元诗》（又名《宋元名家诗集》）42种208卷，至天启二年（1622年）增补至61种280卷。这61种宋元人诗集入选有26家宋人诗集和35家元人诗集。宋人诗集部分，未入选苏轼、王安石等著名诗人作品，而是选取了林逋、永嘉四灵等人的诗集。尤其是所收的永嘉四灵诗，已成为永嘉四灵诗的重要版本源头之一。

《四库全书》中收录的一些宋诗总集，在清代传播得并不广泛，影响并不那么大。如"总集类二"中所收"《坡门酬唱集》·二十三卷（江苏巡抚采进本）"。据《四库全书总目提要》：

> 宋邵浩编。浩字叔义，金华人，前有张叔椿《序》云：岁己酉，揭来豫章，机幕邵君实隆兴同升，出示巨编，目曰《坡门酬唱》，总成六百六十篇，命工锓木，以广其传，末题绍兴元年五月二十四日……前十六卷为轼诗，而辙及诸人和之者；次辙诗四卷；次黄庭坚、秦观、晁补之、张耒、陈师道等诗三卷，亦录轼及诸人和作，惟李廌阙焉。其不在八人之数，而别有继和者，亦皆附入，为注以别之。其诗大抵同题共韵之作，比而观之，可以知其才力之强弱，与意旨之异同，较之散见诸集，易于互勘，谈艺者亦深有裨也。❶

这是一部南宋所编的书，后来未能再版。四库馆臣将之编入《四库全书》。但实则清代时能看到该书的人并不多。如果乾隆时期能够将此书再版，对于苏轼思想的传播，是不无裨益的。

再如元代人金履祥所编《濂洛风雅》六卷，此书录理学家的诗。在清代没有再版，如修《四库全书》时能再版此书，其传播会更进一步广泛，可惜《四库全书》只是"抄书"而不"刻书"，不能起到推动文化的作用。据四库馆臣：

---

❶ 永瑢等撰.四库全书总目提要[M].北京:中华书局,1965:1695.

是编乃至元丙申，履祥馆于韩良瑞家齐芳书舍所刻。原本选录周子、程子以至王柏、王侃等四十八人之诗，而冠濂洛诗派图。但以师友渊源为统纪，初不分类例。良瑞以为濂、洛诸人之诗固皆风雅之遗，第风、雅有正变、大小之殊，颂亦有周、鲁之异。于是分诗、铭、箴、诫、赞、咏四言者为风雅之正，其楚辞、歌骚、乐府、韵语为风雅之变，五、七言古风则风雅之再变，绝句、律诗则又风雅之三变云云，具见良瑞所作序中。盖选录者履祥，排比条次者则良瑞也。昔朱子欲分古诗为两编而不果。朱子于诗学颇邃。殆深知文质之正变、裁取为难。自真德秀《文章正宗》出，始别为谈理之诗。然其时助成其稿者为刘克庄，德秀特因而删润之。故所黜者或稍过，而所录者尚未离乎诗。自履祥是编出，而道学之诗与诗人之诗千秋楚越矣。夫德行、文章，孔门即分为二科；儒林、道学、文苑，《宋史》且别为三传。言岂一端？各有当也。以濂、洛之理责李、杜，李、杜不能争，天下亦不敢代为李、杜争。然而天下学为诗者，终宗李、杜，不宗濂、洛也。此其故可深长思矣。❶

这篇"提要稿"谈到了"道学之诗""诗人之诗"的问题，区分了理学家诗与纯诗人诗的差异。此一点在清代诗坛是显著存在的，清代诗坛的诗人们主要是欣赏"苏、黄、范、陆"等纯诗人的诗，而对朱熹等理学家的诗关注并不多。这与《千家诗》注重选入理学家诗形成鲜明对比。此问题在清代宋诗选本的出版上也是有鲜明体现的。

此外，还如明末人编的宋人诗选《宋艺圃集》。这部宋诗选集在清代流传并不广。后来吴之振编《宋诗钞》曾深入参考过《宋艺圃集》。据四库馆臣：

《宋艺圃集》·二十二卷（浙江鲍士恭家藏本） 明李蓘编。蓘有《黄谷琐谈》，已著录。是集，选录宋人之诗，殚力蒐罗，凡十三载，至隆庆丁卯而后成，所列凡二百三十有六人，而核其名氏，实二百三十有七人，盖编目时误

---

❶ 永瑢等撰.四库全书总目提要[M].北京：中华书局，1965.

数一人。末卷附释衲三十三人，宫闺六人，灵怪三则，妓流五人，不知名四人，通上当为二百八十八人，而注曰共二百八十四人，则除不知姓名四人不数耳。王士禛《香祖笔记》称，所选凡二百八十人，亦误数也。书中编次后先，最为颠倒，如以苏轼、苏辙列张咏、余靖、范仲淹、司马光前；陈与义、吕本中、曾几列蔡襄、欧阳修、黄庭坚、陈师道前；秦观列赵抃、苏颂前；杨万里列杨蟠、米芾、王令、唐庚前；叶采、严粲列蔡京、章惇前；林景熙、谢翱列陆游前者，指不胜屈。其最诞者，莫若以徽宗皇帝与邢居实、张栻、刘子翚合为一卷，夫《汉书·艺文志》以文帝列刘敬、贾山之间；武帝列蔡甲、倪宽之间；《玉台新咏》以梁武帝及太子诸王，列吴均等九人之后、萧子显等二十一人之前。以时代相次，犹为有说。至邢居实为邢恕之子，年十八早夭，在徽宗以前。刘子翚为刘韐之子，张栻为张浚之子，皆南宋高、孝时人，在徽宗以后。乃君臣淆列，尤属不伦。殆由选录时，随手杂抄，未遑铨次欤。至于廖融、江为、沈彬、孟宾于之属，则上涉南唐；马定国、周昂、李纯甫、赵沨、庞铸、史肃、刘迎之属，则旁及金朝。衡以断限，更属未安。王士禛之所纠，亦未尝不中其失也。然《香祖笔记》又曰：隆庆初元，海内尊尚李、王之派，讳言宋诗。而于田独阐幽抉异，撰为此书，其学识有过人者，则士禛亦甚取其书矣。❶

以上提到的陈思《两宋名贤小集》、潘是仁《宋元诗》、曹学佺《石仓历代诗选》、李蘉《宋艺圃集》等宋诗选本在清代几乎都未再刊刻。清初文人多有谈及，到清中叶时，只有藏书之家才收有其旧本，一般文人已不可能过目。只有方回《瀛奎律髓》在清代经历了反复刊刻，影响很大。由此来看，清代人研读宋诗，除使用《瀛奎律髓》这一前代宋诗选本外，主要是本朝人所编的宋诗选本。清代之前的宋诗选本所起作用就不大了。换言之，至清代"宋诗选本"的编撰出版进入了繁荣期。清人不断编刻各类宋诗选本，这成为了清代的一个重要文化现象。

---

❶ 永瑢等撰.四库全书总目提要[M].北京:中华书局,1965:1718.

第三节 《四库全书》对清人编选宋诗选本的收录与评述

有的清人所编宋诗选本，影响较大，《四库全书》予以收录，如吴之振等编《宋诗钞》。有的清人所编宋诗选本，影响略逊，四库"存目类"予以存目。其中，《四库全书总目提要》卷一百九十的"总集类五"收有一些，卷一百九十四"总集类存目四"中亦收有一些。综合来看，《四库全书总目提要》中收有清人所编的宋诗选本有近十种，包括吴之振《宋诗钞》（收入四库）、王士禛《古诗选》（四库存目类）、康熙帝《御选宋金元明四朝诗》（收入四库）、陈焯《宋元诗会》（收入四库）、吴绮编选的《宋金元诗永》（四库存目类）、《宋十五家诗选》（四库存目类）、《宋四名家诗钞》（四库存目类）、曹庭栋《宋百家诗存》（收入四库）、厉鹗《宋诗纪事》（收入四库）等。这些书能收入《四库全书》或其"存目类"，可见他们在当时都是最少有一定影响的。而从四库馆臣所撰写的提要中，我们能看出他们在清代的编刻与传播状况。

（一）吕留良、吴之振等编《宋诗钞》

康熙十年（1671年），吕留良、吴之振等人编刻了《宋诗钞》。吕留良死后在雍正帝时期遭遇了文字狱，作品几乎都被禁毁。但这部《宋诗钞》依然被收入《四库全书》，只是隐去了吕留良之名，署名作"内阁中书舍人吴之振编"。《四库全书总目提要》中说：

> 《宋诗钞》·一百六卷（内府藏本） 国朝吴之振编。之振有《黄叶村庄》诗集，已著录。是编以宋诗选本丛杂，因蒐罗遗集，其得百家。其本无专集及有集而所选不满五首者，皆不录。每集之首，系以小传，略如元好问《中州集》例。而品评考证，其文加详。盖明季诗派，最为芜杂，其初厌太仓、历

下之剽袭,一变而趋清新。其继又厌公安、竟陵之纤佻,一变而趋真朴。故国初诸家,颇以出入宋诗,矫钩棘涂饰之弊。之振是选,即成于是时。以其人自为集,故甫刊一帙,即摹印行世。所传之本,往往多寡不同。此本首录无书者,尚有刘弇、邓肃、黄榦、魏了翁、方逢辰、宋伯仁、冯时行、岳珂、严羽、裘万顷、谢枋得、吕定、郑思肖、王柏、葛长庚、朱淑真十六家。盖剞劂未竣,故竟无完帙也。近时曹廷栋病其未备,因又有《宋人百家诗存》之刻,以补其阙,皆之振之所未录。然之振于遗集散佚之余,创意蒐罗,使学者得见两宋诗人之崖略,不可谓之无功。与廷栋之书互相补苴,相辅而行,固未可偏废其一矣。❶

文渊阁《四库全书》中《宋诗钞》卷首的提要与此几乎未有变动。四库馆臣对这部《宋诗钞》评价很高,认为与曹庭栋《宋百家诗存》一起,可备有宋一代之诗。

(二) 吴绮编选《宋金元诗永》

康熙十七年刊吴绮编选的《宋金元诗永》,被收入了四库"存目类"。这说明该书在当时的综合影响力不如收入《四库全书》的《宋元诗会》。据《四库全书总目提要》:

《宋金元诗永》·二十卷、《补遗》·二卷(内府藏本) 国朝吴绮选。绮有《岭南风物记》,已著录。是编选宋、金、元诗合为一集,首有康熙戊午绮自序。其凡例谓"所选诸篇,品骨气味,规矩方圆,要不与李唐丰格致有天渊之别"云云。故颇能刊除宋人生硬之病,与元人缛媚之失。然一朝之诗,各有体裁;一家之诗,各有面目。江淹所谓楚谣汉风既非一骨,魏制晋造固已二体。蛾眉诋同貌而俱动于魂,芳草宁共气而皆悦于魄者也。必以唐法律宋、金、元,而宋、金、元之本真隐矣。即如唐人之诗,又岂可以汉、魏六朝绳之,汉、

---

❶ 永瑢等撰.四库全书总目提要[M].北京:中华书局,1965:1731.

魏、六朝又岂可以风骚绳之哉？是集之所以隘。❶

在这里四库馆臣批判《宋金元诗永》用唐诗的风格来选宋诗，反而遮蔽了宋诗的面貌。这一观点在宋诗风已广泛流行的乾隆中后期，已属主流。宗宋诗人们强调要看到宋诗"瘦硬"的艺术价值。

（三）张伯行编《濂洛风雅》

张伯行编《濂洛风雅》收入四库"存目类"。

> 《濂洛风雅》·九卷（两江总督采进本） 国朝张伯行编。伯行有《道统录》，已著录。是编辑周子、二程子、邵子、张子、游酢、尹焞、杨时、罗从彦、李侗、朱子、张栻、真德秀、许衡、薛瑄、胡居仁、罗洪先十七家之诗。乃其官福建巡抚时所刊。案金履祥先有《濂洛风雅》，伯行是书，仍其旧名，而一字不及履祥，不可解也。❷

该书主要选入理学家诗歌，在福建地区很有影响，不过在全国诗坛并未流传开来。但该书独特的选诗理念还是很值得注意的。

（四）陈焯编《宋元诗会》

康熙二十二年，陈焯编有《宋元诗会》，该书后来被收入了《四库全书》。据《四库全书总目提要》：

> 《宋元诗会》·一百卷（浙江巡抚采进本） 国朝陈焯编。焯字默公，桐城人。顺治壬辰进士，官兵部主事。是编裒辑宋、元诸诗，自云，散录零抄，或得诸山水图经，或得诸崖碑摩拓，以及市坊村塾、道院禅宫、敝簏残蹄、穷

---

❶ 永瑢等撰.四库全书总目提要[M].北京：中华书局,1965:1769.

❷ 永瑢等撰.四库全书总目提要[M].北京：中华书局,1965:1773.

极蒐求。积累岁时，成兹巨帙。凡九百余家，每家名氏之后，仿元好问《中州集》例，详其里居出处。正史之外，旁取志乘稗说，以补订阙漏，其用心可谓勤矣。王士祯《香祖笔记》载："甲子祭告南海时，岁杪抵桐城，焯携是编相商，纵观竟日。"而不言其书之可否。今观其书，不载诸诗之出处，犹明人著书旧格，其间网罗既富，亦不免于疏漏芜杂。然宋、元遗集，迄今多已无传，焯能蒐辑散佚，存什一于千百，披沙简金，往往见宝，亦未尝不多资考据也。❶

值得注意的是，在文渊阁《四库全书》的《宋元诗会》卷首，照例有一篇提要，这篇提要与《四库全书总目提要》中该书的提要差异很大。文渊阁《四库全书》中该书卷首的提要作：

> 臣等谨案《宋元诗会》一百卷，国朝陈焯撰，焯字默公，桐城人。顺治壬辰进士，选庶吉士，以耳聋告归，不复出。覃思著述，取所见宋元诗人之作辑为此编。每人各纪其爵里本末于下以备考订，虽甄录篇什无多而搜拾家数颇为广备。王士祯《香祖笔记》称，"康熙甲子奉使南海，次相城，焯过其客署，二从者背负巨囊。揖罢，即呼具案，顾从者取囊书数十大册罗列案上，指示士祯曰：'此吾二十年来所辑《宋元诗会》若干卷，将待君决择之，然后出而问世'"，云云。盖即指是书而言，是其卷帙本极繁富，而今刊行之本仅止此数，或经士祯鉴别之，后焯重加厘定，而复为删繁以就简者。然上下数百年间诗家林立，其源流姓氏一一粲然，以视吴之振、顾嗣立两家，虽浩博不及之，而梗概亦已略具矣。乾隆四十五年十月恭校上。❷

文渊阁《四库全书》中《宋元诗会》卷首的提要是乾隆四十五年（1780 年）写的，后来在定本的《四库全书总目提要》中进行了大改。主要的改动在于，最初四库馆臣推测现在看到的《宋元诗会》经过王士祯提建议后陈焯进行了删改。然而

---

❶ 永瑢等撰.四库全书总目提要[M].北京:中华书局,1965:1731.
❷ 永瑢等撰.四库全书总目提要[M].北京:中华书局,1965:1731.

这种推测是不符合事实的。因为现存《宋元诗会》的最早刻本是康熙二十二年（1683年）刻本，而陈焯找王士禛谈论此书是康熙二十三年（1684年）底。这说明乾隆四十五年，四库馆臣所作提要是错误的。故此，后来在乾隆五十四年（1789年）定本的《四库全书总目提要》中进行了删改。

那么，何以这部《宋元诗会》能够被收入《四库全书》，而别的诸多宋诗选本却只能入"存目"（只收书名、卷数，不录具体内容）。一方面可能是因为四库馆臣觉得这部书经过了王士禛审定，颇有价值；另一方面该书所附各诗人的小传，考订较精详，有一定史料价值。

（五）周之鳞、柴升编选的《宋四名家诗钞》

康熙三十二年（1693年），周之鳞、柴升编选了《宋四名家诗钞》，选苏轼、黄庭坚、范成大、陆游诗人的诗。此书被收入四库"存目类"。据《四库全书总目提要》：

> 《宋四名家诗》·（无卷数，内府藏本）　国朝周之鳞、柴升同编。之鳞字雪苍，海宁人。升字锦川，仁和人。是编选苏轼、黄庭坚、范成大、陆游之诗，分体排次。《东坡集》选六百首，《山谷集》选三百首，《石湖集》选四百首，《剑南集》选九百首。较吴之振《宋诗钞》所录较多，而去取未能悉当也。❶

这里提到了四位诗人各自入选诗的数量，但都是约数，且这些约数也都是不精确的。实则该书卷首目录部分有各诗人各体诗歌分别入选多少首的说明，将之汇总后，很容易可得出苏轼诗入选了722首，黄庭坚诗入选了402首，范成大诗入选了471首，陆游诗入选了986首。可见，四库馆臣的统计不够准确。应是经手人未认真进行清点，或者在根据该书目录所记载的个体诗歌数量进行加总时算错了。这一类差错问题、不认真敷衍了事的问题，在《四库全书》各抄本的抄写中，在《四库

---

❶ 永瑢等撰.四库全书总目提要[M].北京：中华书局，1965：1770.

全书总目提要》的撰写中，都是经常有的。乾隆帝为此多次发火，多次惩处相关人员，但即使最终的《四库全书》与《四库全书总目提要》也依然有较多错谬。

另外，在这段评语的末尾，四库馆臣又借故贬低了该书，认为："较吴之振《宋诗钞》所录较多，而去取未能悉当也。"此评语可能是出自纪昀之手，纪昀善于用一些模糊的标准来批判、贬低前人。这里所谓的"去取未能悉当"是难以实证的。周之鳞、柴升觉得好的作品，纪昀可以说不好。周之鳞、柴升未入选的作品，纪昀可以说好。这一类没有明确标准的问题，常常是纪昀借以批判、贬低的标靶。

事实上，该书对宋诗极有研究价值。所入选苏轼、黄庭坚、范成大、陆游的诗之前，都有周之鳞、柴升所分别撰写的两篇序，很多内容都很精当。其中，柴升在为黄庭坚诗部分所作的序（序文内容详见本书第六章第三节），详细介绍了清代之前"黄诗三集"的出版情况，很有参考价值。不排除四库馆臣在撰写《四库全书总目提要》中黄庭坚诗集条目时，便深度参考了柴升的这篇序。纪昀在撰写《四库全书总目提要》以及各类评点文字时，经常刻意贬低前人。这篇关于《宋四名家诗钞》的"提要"可见一斑。

（六）陈訏编《宋十五家诗选》

陈訏《宋十五家诗选》被收入四库"存目类"。收入"存目类"的书不需要"抄校"，只需要抄写书名，并写提要，所以"存目类"的提要，往往写得不那么精当。

　　《宋十五家诗选》·十六卷（内府藏本）　国朝陈訏编。訏有《句股引蒙》，已著录。十五家者，梅尧臣、欧阳修、曾巩、王安石、苏轼、苏辙、黄庭坚、范成大、陆游、杨万里、王十朋、朱子、高翥、方岳、文天祥也。每集各系小传及前人诗话，而以己所评论附焉。❶

在这篇提要中，四库馆臣只提到了《宋十五家诗选》所收录的十五位诗人之

---

❶ 永瑢等撰.四库全书总目提要[M].北京：中华书局，1965：1776.

名,至于每位诗人收录了多少首诗并未进行统计。不像《宋四名家诗钞》在目录部分把苏、黄、范、陆的各体诗歌各入选多少首进行了注明,四库馆臣只需要将之加总即可(但也加错了),《宋十五家诗选》并未注明数量,需要一首首清点,四库馆臣显然工作繁忙,无暇清点,故而对《宋十五家诗选》的提要只能草草写就,并无实质研究。即使较为挑剔的纪昀,对该书也未有批评性言论,因是所涉典籍太多,无暇顾及。实则该书在"高翥诗选"部分,只因高翥是作者陈訏的祖先,陈訏便将高翥存世的187篇诗全部收入,这是极不妥当的。可以想见,以纪昀的挑剔性格,若发现了这一点,一定会在"提要"中进行猛烈批判。

(七)康熙帝《御选宋金元明四朝诗》

康熙四十八年(1709年),康熙帝下令编选的《御选宋金元明四朝诗》属于清廷的官方选本。据《四库全书总目提要》:

> 《御定四朝诗》·三百一十二卷 康熙四十八年,圣祖仁皇帝御定,右庶子张豫章等奉敕编次。凡宋诗七十八卷,作者八百八十二人。金诗二十五卷,作者三百二十一人。元诗八十一卷,作者一千一百九十七人。明诗一百二十八卷,作者三千四百人。每代之前,各详叙作者之爵里。其诗则首帝制,次四言,次乐府歌行,次古体,次律诗,次绝句,次六言,次杂言。以体分编。唐诗至五代而衰,至宋初而未振。王禹偁初学白居易,如古文之有柳穆,明而未融;杨亿等倡西昆体,流布一时。欧阳修、梅尧臣始变旧格,苏轼、黄庭坚益出新意,宋诗于时为极盛。南渡以后,《击壤集》一派参错并行,迁流至于四灵、江湖二派,遂弊极而不复焉。金人奄有中原,故诗格多沿元祐,迨其末造,国运与宋同衰,诗道乃较宋为独盛……大抵四朝各有其盛衰,其作者亦互有长短。而七百余年之中,著作浩繁,虽博识通儒,亦无从遍观遗集。至于澄汰沙砾,披检精英,合四朝而为一巨帙,势更有所不能矣。我国家稽古右文,石渠天禄之藏,既逾前代;我圣祖仁皇帝游心风雅,典学维勤,乙览之余,咸无遗照。用能别裁得失,勒著鸿编,非惟四朝作者,得睿鉴而表章。即读者沿波以得奇,

于诗家正变源流，亦一一识其门径。圣人之嘉惠儒林者，宁浅鲜欤？❶

在这段提要中，四库馆臣纵览了宋诗的发展流变，对于我们探讨宋诗史是很有参考意义的。

（八）顾贞观《积书岩宋诗删》

该书于康熙三十五年（1696年）刊刻出版，在康乾时期多次再版，产生了一定影响，后被收入四库"存目类"。据《四库全书总目提要》：

> 《宋诗删》·二十五卷（内府藏本）　国朝顾贞观编。贞观字华封，无锡人。由监生考授秘书院中书，后中康熙丙午举人，迁国史院典籍。是编蒐采宋代之诗，分体纂集。自谓宽于正变，而严于雅俗。删繁就简，得诗二千五百有奇。然采摭既富，颇不能自守其例。❷

这段评语较为简短，谈论问题不多，但在这不多的笔墨中也用"颇不能自守其例"一语，贬低了这部书。由于《四库全书总目提要》是代表乾隆帝评判各书，乾隆帝一向要居高临下面对各种人。顾贞观《积书岩宋诗删》在乾隆帝眼中，当然是缺点多多。《四库全书总目提要》的定稿人之一纪昀，当然要用这种贬低、挑错的语气，来评价各种前代与同时代的著作。

（九）王士禛《古诗选》

王士禛《古诗选》在清代有较大影响，康熙末期由宋荦刊刻，后来在乾隆三十一年（1766年）闻人倓进行了笺注后重新刊刻出版。不过此书并没有被收入《四库全书》，而是被收入了四库"存目类"。据《四库全书总目提要》：

---

❶ 永瑢等撰.四库全书总目提要[M].北京:中华书局,1965:1727.
❷ 永瑢等撰.四库全书总目提要[M].北京:中华书局,1965:1771.

《古诗选》·三十二卷（山东巡抚采进本） 国朝王士禛编。士禛有《古欢录》，已著录。此编凡五言诗十七卷，七言诗十五卷。五言自汉、魏、六朝以下，唐代惟载陈子昂、张九龄、李白、韦应物、柳宗元五人。七言古逸一卷，汉、魏、六朝一卷，唐则李峤、宋之问、张说、王翰四人为一卷，王维、李颀、高适、岑参、李白为一卷。而王昌龄、崔颢二人则称附录。五卷以下则唐杜甫、韩愈，宋欧阳修、王安石、苏轼、黄庭坚、晁说之、晁补之、陆游，金元好问，元虞集、吴莱十三人之诗。而李商隐、苏辙、刘迎、刘因四人称附录。夫五言肇于汉氏，历代沿流，晋、宋、齐、梁业已递变其体格。何以武德之后，不容其音响少殊。使生于隋者，如侯夫人《怨词》之类，以正调而得存。生于唐者，如杜甫之流，亦以变声而见废。且王粲《七哀》，何异杜甫之《三别》？乃以生有先后，使诗有去留。揆以公心，亦何异李攀龙唐无五言古诗而有其古诗之说乎？至七言歌行，惟鲍照先为别调。其余六朝诸作大抵皆转韵抑扬。故初唐诸人多转韵，而李白以下始遥追鲍照之体。终唐之世，两派并行。今初唐所录寥寥数章，亦未免拘于一格。盖一家之书，不足以尽古今之变也。至于越人歌惟存二句之类，则校刊者之疏，或以是而议士禛，则过矣。❶

王士禛是清代名家，纪昀还没敢直接上去批判、挑错，但最后一句说"或以是而议士禛，则过矣"，是指出虽然自己没有批判王士禛，但很多人还是在批判王士禛。《四库全书总目提要》中收录的几乎所有书，都要以各种角度被批判、挑错。这不是纪昀的笔风与个人特点的问题，而是乾隆帝作为《四库全书》总策划，一贯采取的居高临下态度所必然导致的。在乾隆帝看来，纪昀只是《四库全书》的"总纂"，在"总纂"之上还有"总裁""副总裁"近二十人，纪昀等人只是执行自己的意见。因此，《四库全书总目提要》的行文风格，不能单纯算作纪昀的个人风格（纪昀只是最后几个定稿人之一），而应该看成是乾隆帝文化观的体现，甚至不排除《四库全书总目提要》中有不少内容是乾隆帝亲笔改定的。

---

❶ 永瑢等撰.四库全书总目提要[M].北京:中华书局,1965:1769.

（十）曹庭栋编《宋百家诗存》

乾隆六年（1741年），曹庭栋编刻了《宋百家诗存》。该书后被收入《四库全书》，不过该书的卷数不统一。文渊阁《四库全书》本《宋百家诗存》是四十卷，但《四库全书总目提要》中说该书二十八卷：

> 《宋百家诗存》·二十八卷（江苏巡抚采进本）　国朝曹庭栋编。廷栋有《易准》，已著录。初，吴之振辑《宋诗钞》，虽盛行于世，然阙略尚多，且刊刻未竟，往往有录无书。庭栋因搜采遗佚，续为是编。所录凡一百家，皆有本集传世者。始于魏野《东观集》，终于僧斯植《采芝集》。贺铸本北宋末人，而升以弁首，置于魏野之前，自云少时所最爱。然选六朝诗者，陶、谢不先于潘、陆，选唐诗者，李、杜不先于沈、宋，以甲乙而移时代，此庭栋之创例，古所无也。其中如穆修以古文著，傅察以忠节传，林亦之、陈渊以道学显，于诗家皆非当行。许棐、张至龙、施枢诸人载于江湖小集者，王士禎《居易录》诋为概无足取者，亦皆录其寸长，不遗采择，虽别裁未必尽当，然宋人遗集，徐乾学《传是楼》二十八家之本，朱彝尊《曝书亭》五十家之本，皆未刊刻，辗转传钞，陶阴多误。其余专集行世者，又各自为帙，未能汇合于一。庭栋裒辑成编，以补吴之振书之阙。宋诗大略，已几备于此二集矣。❶

文渊阁《四库全书》本《宋百家诗存》卷首四库馆臣在乾隆四十四年（1779年）写的提要，与《四库全书总目提要》中该书的内容几乎相同。有两处修改：一是《文渊阁四库全书》该书卷首的提要的第二行"初，潘讱叔有《宋元诗》、陈言扬有《宋十五家诗》，皆不甚行"被删除了。二是"王士禎《居易录》诋为概无足取者"之后的一句被改动了。文渊阁《四库全书》中提要作"庭栋取盈卷帙，务足百家，亦不免有所牵就"被改为了"亦皆录其寸长，不遗采择，虽别裁未必尽当"。纪昀写各类稿件有个特点：为了显示自己高明，总是要刻意贬低他人。这一处改动

---

❶ 永瑢等撰.四库全书总目提要[M].北京:中华书局,1965:1733.

明显是为了指出曹庭栋"虽别裁未必尽当"。

这部《宋百家诗存》收录了一百位宋代冷僻诗人的诗集,这些诗集在宋代的影响就不大,故此《宋百家诗存》的实际传播与影响也是很有限的。但这部书能够被收录《四库全书》也正是因为它收录了百位宋代小诗人的作品,可以"备观览"。

(十一) 厉鹗编《宋诗纪事》

乾隆十一年(1746年),厉鹗刊刻了一部宋诗选本《宋诗纪事》。《四库全书总目提要》没有把《宋诗纪事》放在"诗歌总集类",而是放在"诗文评类"。

> 《宋诗纪事》·一百卷(浙江巡抚采进本) 国朝厉鹗撰。鹗有《辽史拾遗》,已著录。昔唐孟棨作《本事诗》,所录篇章,咸有故实。后刘攽、吕居仁等诸诗话,或仅载佚事而不必皆诗。计敏夫《唐诗纪事》,或附录佚诗而不必有事。揆以体例,均嫌名实相乖。然犹偶尔泛登,不为定式。鹗此书裒辑诗话,亦以纪事为名。而多收无事之诗,全如总集;旁涉无诗之事,竟类说家。未免失于断限。又采撷既繁,牴牾不免。如四卷赵复《送晏集贤南归诗》,隔三卷而重出。七十二卷李珏题《湖山类稿》绝句,隔两卷而重出。九十一卷僧惠涣《送王山人归隐》诗,隔一卷而重出。四十五卷尤袤《淮民谣》,隔一页而重出。二卷杨徽之《寒食诗》二句,至隔半页而重出。他如西昆体、江西派既已别编,而月泉吟社乃分析于各卷,而不改其前题字。以致八十一卷之姚潼翔于周暕《送僧归蜀诗》后标前题字,八十五卷之赵必范于赵必象《避地惠阳诗》后标前题字,皆不免于粗疏。又三十三卷载陈师道,而三十四卷又出一颍州教授陈复常,竟未一检《后山集》及《东坡集》订复字为履字之讹。四十七卷载郑伯熊,三十一卷已先出一郑景望,竟未一检《止斋集》证景望即伯熊之字。五十九卷据《齐东野语》载曹豳《竿伎诗》,作刺赵南仲,九十六卷又载作无名子刺贾似道。八十四卷花蕊夫人《奉诏诗》,不以勾延庆《锦里耆旧传》互勘。八十六卷李煜《归宋渡江诗》,不以马令《南唐书》参证。八十七卷《永安驿题柱诗》,不引《后山集》本序,而称"名媛玑囊"。又《华春娘寄外诗》,不知为唐薛涛《十离》之一。陆放翁《妾诗》,不知为《剑南集》七律

之半。英州《司寇女》诗,不知为录其父作。皆失于考证。然全书网罗赅备,自序称阅书三千八百一十二家。今江南、浙江所采遗书中,经其签题自某处钞至某处,以及经其点勘题识者,往往而是,则其用力亦云勤矣。考有宋一代之诗话者,终以是书为渊海,非胡仔诸家所能比较长短也。❶

这篇提要很可能是纪昀的手笔,挑了《宋诗纪事》十几条错误。纪昀在各类作品中习惯挑前人错误,对前人加以贬低,而且越是重要的前人作品,纪昀往往越发注重贬低。很接近桐城派文人姚椿(1777—1853)所说的:"纪氏之《总目》,特致不满于宋儒,略其大美而责其小疵。"

实则《四库全书总目提要》中各处大量引用了《宋诗纪事》,纪昀受该书影响颇大。主要是因为该书不仅收入了各诗人作品,还将各诗所涉及的诗话材料附录在后。这一编撰过程需要花费大量精力,需要对宋诗的诗话材料相当熟悉。故而《宋诗纪事》编成后,对后来研究宋诗者都有很大参考价值。所以虽然纪昀挑了《宋诗纪事》十几条细节错误,但也不得不承认该书的重大参考价值,"考有宋一代之诗话者,终以是书为渊海,非胡仔诸家所能比较长短也。"

小结:以上能够收入《四库全书》或入四库"存目类"的清代宋诗选本,一般而言都是在当时有很大影响,对清代宋诗接受发生过很大实际作用的。因此,用以上书目为指引,我们可以大体构建出清初至乾隆后期的"清代宋诗选本的发展状况"。对于这些较重要的宋诗选本,我们都将逐一详细探讨。当然,也有一些当时产生了较大影响的宋诗选本,因各种原因未能收入《四库全书》或入"存目类"。对此种宋诗选本,我们也将进行较详细探讨。

再考虑到影响不够大的宋诗选本一般是很难被收入《四库全书》及其"存目"书的,而这样影响较小的宋诗选本,在清乾隆朝末期之前至少还有近百种。对这近百种影响较小的宋诗选本,我们很难进行较详细全面探讨,只能选取其中部分作品进行探讨。总之,在本书后续的章节中,将会多方面探讨这些影响或大或小的宋诗选本。

---

❶ 永瑢等撰.四库全书总目提要[M].北京:中华书局,1965:1793.

第三章
《千家诗》的广泛流行

《千家诗》在清代的广泛流行，塑造了清代社会的宋诗接受之基本态势。据咸丰二年（1852年）贵州诗人郑珍称"城郭村僻，书儿自诵'四子'以上，鲜不读者。即妇人女子，亦往往都能倍记。诗选之在南中，盖未有脍炙如此本者也"❶。可见，至少到道光末期，《千家诗》就已经极为流行了。结合别的一些材料来看，明代中期，一些书坊编选的署名宋人谢枋得的《千家诗》已逐渐流行，而在清代，其流行程度更进一步加深。

其中有一个值得研究的"变数"在于，清代康熙时临川文人王相对世传谢枋得"七言千家诗"作了注，随后王相又自己编了一部"五言千家诗"。逐渐的，一些书坊将谢枋得与王相的版本进行合订，形成了现在我们看到的在清康熙朝以后极为流行的定本《千家诗》。这一定本为当时全国各地书坊所反复翻刻，其现存民国以前版本据研究者初步统计，有近240种。❷ 但考虑到《千家诗》是当时稳定的"畅销书"，只要刊刻就能盈利，所以当时各地书坊都在刊刻该书，有的加入图像，有的请人作注，有的与神童解缙诗合刊，有的与李渔《笠翁对韵》合刊，有的在别的书

---

❶ 谢枋得,王相.千家诗[M].黎恂,注.上海：上海古籍出版社,2020:208.

❷ 此说未见准确依据，恐不准确。见：丁志军、徐希平.《千家诗》的版本流传与编辑特点[J].西南民族大学学报(人文社科版),2012(4).

坊刊本基础上进一步翻刻。

要注意的是,《千家诗》选诗226首,其中宋诗入选约90首。但实则《千家诗》主要是以一个"宋诗选本"的面貌呈现的。《千家诗》在清代的流行,对于清代宋诗的传播与接受,有着根本性的塑造作用。虽然说,有清一代的文人们,先后编撰了约170种宋诗选本,其中出版且有较大影响的也有几十种。但毫无疑问,从书坊刊刻后的销售与传播状况来看,清代所有的"宋诗选本",其销量加起来都不如《千家诗》一种。基于此,我们需要深入探讨《千家诗》的出版与流传。

此外,由于王相增补的"千家诗",只增加了唐诗部分,宋诗一首未选,选有宋诗的是从明代流传下来署名谢枋得的"七言千家诗"。故而严格来说,定本《千家诗》并不是一本"清代的宋诗选本",而是一本有着复杂流传过程,主要由宋明人编撰但经历了清人王相加注与增补的"宋诗选本"。故而在本书中,《千家诗》的内容,我们单列一章,不与其他各类明确由清人编撰的"宋诗选本"相混淆。

第一节　谢枋得、王相本《千家诗》的编撰与流行

明清时期,《千家诗》是最流行的唐宋诗读本。"千家诗"之名最早出自宋代刘克庄编选的《分门纂类唐宋时贤千家诗选》。刘克庄参与过童蒙诗编选。据刘克庄《后村集》中所收《唐人五七言绝句选序》:"余家童子初入塾,始选五七言绝句各百首口授之。"署名刘克庄的《分门纂类唐宋时贤千家诗选》可能是刘克庄编的,但也可能是书坊根据刘克庄编的其他一些诗选,进行综合修订后出版的。今存清初曹寅刻本《楝亭藏书十二种》中所收《分门纂类唐宋时贤千家诗选》共22卷,分时令、节候、地理、禽兽、昆虫等十四门,共收录1280多首诗,均为五七言绝句、律诗。

《分门纂类唐宋时贤千家诗选》的缺点是篇幅太大,后来宋末元初人谢枋得又进行了编辑(也有学者认为是明代书坊编刻,托名谢枋得),进一步精选,成《重订千

家诗》，所选 100 多首，皆为七言诗，上集为七言绝句，下集为七言律诗，其中入选的宋诗数量多于唐诗，大体宋诗占 60% 以上，是一个明显偏向宋诗的选本。此书遂在元明时期流行开来，其中万历时期的一些《千家诗》版本题名临川汤显祖校释（不知是否为伪托）。诸多材料表明，在明代《千家诗》就与"四书"一起成为了童蒙读物。到明末清初时江西临川人王相为谢枋得编选的七言《千家诗》作了注，题为《增补重订千家诗》，随后感觉到此书只选七言诗，忽略了五言，且所选宋诗多于唐诗，王相遂编著了《新镌五言千家诗》两卷，上卷为五言绝句共 39 首，下卷为五言律诗共 45 首，所选皆为唐诗。在王相之后，清代的书坊将谢枋得的七言千家诗与王相的五言千家诗，这两种不同"千家诗"进行合刊，即通行版四卷本《千家诗》。

不过，各地书坊将谢枋得两卷本"七言千家诗"与王相本"五言千家诗"合刊的时间，目前还有一些疑问。似乎在康熙末期，"七言千家诗"与"五言千家诗"就已经形成了合订本，但当时只是少部分书坊在刊刻这种四卷的合订本。而很多书坊依然在单独刊刻谢枋得的"七言千家诗"。从咸丰年间，贵州黎恂《千家诗注》只录"七言千家诗"的情况来看，很可能我们现在看到的谢枋得、王相四卷本合编包含七言与五言的《千家诗》是在晚清咸丰同治时期才最终在图书市场上取代了原有的两卷本谢枋得七言《千家诗》。

王相，字晋升，明末清初临川人。生平不详，王相曾编注过许多种蒙书，如《女四书》《三字经》《百家姓》《增订广日记故事》等，在社会上有很大影响。据《四库全书总目提要》卷一百九十四所录"《尺牍嘤鸣集》·十二卷（内府藏本）国朝王相编。相字晋升，临川人。是书成于康熙己丑年。采明末及国初简札分十二类，类中又分子目四十有三。大抵轻佻纤巧，沿陈继儒等之余习。"则王相为江西临川人，可能是一位秀才，具体生平难以考知。

谢枋得、王相所选合刊而成的五七言《千家诗》四卷本，共存诗 226 首，其中七言绝句 94 首（其中唐诗 31 首），七言律诗 48 首（其中唐诗 25 首），五言绝句 39 首（全为唐诗），五言律诗 45 首（全为唐诗）。这入选的 226 首诗出自 122 位诗人之手，其中唐代 65 家，宋代 53 家，明代 2 家，无名氏 2 家，综合来看，其中入选宋诗约 90 首，占一半略弱（且都位于谢枋得所编选的七言诗部分，谢枋得编"七言千家诗"中宋诗占了 60% 以上，谢枋得的选本无疑是一个"偏向宋诗的选本"）。

再分诗人来看，定本《千家诗》中入选诗作最多的是杜甫（共25首），其次是李白（共8首）。入选苏轼诗7首（实6首，其中1首谢枋得诗被误署名苏轼，1首杨万里诗被误署名苏轼，另有一首苏轼诗被误署名杜牧），朱熹诗5首（实4首，其中1首韩愈诗被误署名朱熹）、王安石诗5首（实4首，其中1首黄庭坚诗被误署名王安石），程颢诗3首，入选黄庭坚诗2首（实2首，其中1首陆游诗误署名黄庭坚，还有一首黄庭坚诗被误署名王安石）。入选陆游诗1首（实2首，其中1首陆游诗被误署名黄庭坚），范成大诗2首（实1首，其中1首翁卷诗被署名范成大），司马光诗2首（实1首，其中1首赵师秀诗被误署名为司马光作），刘克庄诗2首（实3首，其中1首刘克庄诗被误署名为赵元镇），入选谢枋得诗2首（实3首，其中1首谢枋得诗被误署名苏轼），女诗人只选了宋代朱淑真2首七绝。

可以看出，至少在署名谢枋得的"七言千家诗"的选编中就已出现了张冠李戴的现象。故此有些论者认为，"七言千家诗"不可能是谢枋编选的，谢枋得作为南宋文人不可能出现这么多张冠李戴的现象，尤其是把自己的《花影》诗误署名为苏轼诗。但考虑到古代书籍刊刻过程复杂，一些署名上张冠李戴的问题不排除是刻工误刻。而且《千家诗》中实际入选了3首谢枋得的诗（署名谢枋得的2首），在数量上超过了黄庭坚、陆游等当时公认的大诗人，但谢枋得并非特别著名的诗人，据此《千家诗》的编选一定与谢枋得有某种直接关联，或者是他亲自编选，或者是他的门人编选，又或者是书坊根据谢枋得的某些文稿编选的。要之，七言的《千家诗》一定与谢枋得有关联，其署名"谢枋得"绝非空穴来风，必有确凿根据。

王相注释过"七言千家诗"，理应进行过一定考证，但王相注释本"七言千家诗"并未能纠正此前"七言千家诗"中已有的署名错误。王相有时在注释时就根据错误署名直接进行错误分析。《村居即事》一诗本为翁卷作，但"七言千家诗"署名为范成大，于是在注释中，王相根据范成大善作田园诗，便作了一番关于田园诗的分析。最终就是，王相定本《千家诗》在诸多诗的作者上一如前人，出现了诸多张冠李戴的现象。如《三衢道中》作者为曾几，王相本作曾纡（宋宰相曾布之子）。《晚楼闲坐》作者为黄庭坚，王相本作王安石。《有约》一首作者为赵师秀，王相本作司马光。再如杨万里的名作《西湖》（毕竟西湖六月中），王相本作苏轼。这些问题很可能最早是明刻本中就有的，但王相并未发现并纠正。此外还有正文未错，但王相注释出错的情况。《题邸间壁》署名"郑亦山"，此郑亦山为南宋江西贵溪人郑会，王相注本将之解为唐代江西宜春人"郑谷"。这说明王相的诗学水平没有那么高。尤其是王相连一些发生在苏轼、黄庭坚、王安石身上的张冠李戴都没发现，这说明王相对宋名家的作品并不那么熟悉。

《千家诗》作为童蒙读物被广泛刊印，几乎是家有其书。在清代，《千家诗》与《三字经》《百家姓》《千字文》并称为"三、百、千、千"，其流行地位直到乾隆中期《唐诗三百首》出现，才受到一定影响。据蘅塘退士在乾隆二十九年（1764年）所作《〈唐诗三百首〉序》：

> 世俗儿童就学，即授《千家诗》，取其易于成诵，故流传不废，但其诗随手掇拾，工拙莫辨，且止五七律绝二体，而唐、宋人又杂出其间，殊乖体制。因专就唐诗中脍炙人口之作，择其尤要者，每体得数十首，共三百余首，录成一编，为家塾课本，俾童而习之，白首亦莫能废，较《千家诗》不远胜耶？谚云："熟读唐诗三百首，不会吟诗也会吟。"请以是篇验之。

蘅塘退士指出了《千家诗》的一些缺点，认为缺点之一是"唐、宋人杂出其间"。然而这恰恰是《千家诗》的优点之一。清中期后《唐诗三百首》一度很流行，但《唐诗三百首》依然无法取代《千家诗》。其原因之一便是，《唐诗三百首》只含唐诗，不包括宋诗。这在乾隆中期后清代诗坛越来越浓厚的宗宋氛围中是不容易被接受的。所以直到清末，《千家诗》依然是童蒙读物的首选之一。

1903年在报刊开始连载的小说《老残游记》中谈及了清末时《千家诗》在山东的流行状况。

> 那掌柜的道："我们这东昌府，文风最著名的……这里《崇辨堂墨选》、《目耕斋初二三集》。再古的还有那《八铭塾钞》呢。这都是讲正经学问的。要是讲杂学的，还有《古唐诗合解》、《唐诗三百首》……济南省城，那是大地方，不用说，若要说黄河以北，就要算我们小号是第一家大书店了。别的城池里都没有专门的书店，大半在杂货铺里带卖书。所有方圆二三百里，学堂里用的《三》、《百》、《千》、《千》，都是在小号里贩得去的，一年要销上万本呢。"

老残道:"贵处行销这'三百千千',我到没有见过。是部什么书?怎样销得这们多呢?"掌柜的道:"嗳!别哄我罢!我看你老很文雅,不能连这个也不知道。这不是一部书,'三'是《三字经》,'百'是《百家姓》,'千'是《千字文》;那一个'千'字呢,是《千家诗》。这《千家诗》还算一半是冷货,一年不过销百把部;其余《三》、《百》、《千》,就销的广了。"

文中只说了一家书店的情况,考虑到不可能全部书店都在这里进货,故文中数据尚属保守,实际总销量应该比文中一家书店的销量要大。据此,在清末时,山东东昌府(今聊城)的《三字经》《百家姓》《千字文》《千家诗》一年加起来要销售上万本,平均一种要销售约三千本。而由于受到《古唐诗合解》《唐诗三百首》等同类诗选的竞争,《千家诗》的销路已没有那么广,但一年也要销售上百部。仅东昌府一府就年销百部,以全国来看,一年也要上万部。

据此来看,虽然在晚清的销量有所降低,但直到清末,《千家诗》依然是古代最为流行的"宋诗选本",其他一些属于士大夫阶层的宋诗选本,在流传度与影响力上恐怕都无法望该书之"项背"。故此,《千家诗》所选宋人作品,深刻塑造了有清一代全社会对于"宋诗"的认识。

第二节 《千家诗》的理学色彩与宗宋特征

《千家诗》作为一部以唐宋诗歌为内容的童蒙读物,能够广泛流行,与这部诗选的思想倾向有很大关联。对《千家诗》稍作研读,我们就会发现:《千家诗》有很强的理学色彩与宗宋特征。这很可能是该书在图书市场上成功的关键。

清代先后诞生了近170种宋诗选本,除了乾隆帝御选《唐宋诗醇》等少数几种较流行,绝大部分都销量有限。何以《千家诗》会如此大规模流行?其实稍作比较就会发现,《千家诗》与清代其他的宋诗选本有较大差异。其他各宋诗选本选诗,注重从诗人角度选诗,注重宋诗中名家作品。而《千家诗》不是单纯从诗人角度考虑，也兼顾了"理学家"的诗歌作品。《千家诗》中选取的朱熹、程颢等人作品，往往为清代各宋诗选本所不采纳。《千家诗》呈现了很大的理学色彩，这使得《千家诗》成为当时主流意识形态"程朱理学"的附属宣传品。

《千家诗》中很强的"理学色彩"，体现在该书大量选入了理学家朱熹、程颢等人作品。现存清人翻刻的明代万历时期出现的题名"临川汤海若校释"的一卷本《良缙千家诗》为《千家诗》较早版本。其第一首为程颢的《春日偶成》，第二首为朱熹的《春日》，第三首为苏轼《春宵》，第四首为杨巨源《城东早春》，第五首为王安石《春夜》，第六首为南宋人郑亦山《题邸间壁》，第七首为韩愈《初春》。其前几首与后来王相定本的《千家诗》大体相同，但郑亦山诗在王相定本中被往后调了。实则是以理学家程颢、朱熹的作品开篇，纯粹诗人苏轼只排第三。而且《千家诗》入选的理学家作品还不少，其中朱熹诗5首（实4首，其中一首韩愈诗被误署名朱熹）、程颢诗3首，邵雍诗1首。这显示出很强的"理学色彩"，与清代诗坛宗宋氛围中越来越强烈的"崇尚苏轼诗"倾向是不同的。

《千家诗》在选篇上的"理学色彩"不是偶然形成的，恰恰是经过了书坊的精心编辑。毕竟作为"童蒙读物"，最终要的是要帮助青少年在未来参加科举考试。既然科举考试以"程朱理学"为基本考试范围，则用于辅助的诗选，也不能离这个范围太远。因此，《千家诗》用程颢、朱熹作品打头，完全是以"科举"为根本归宿的。这也是《千家诗》能够获得图书市场认可，产生大量"翻刻本"的原因。这也显示出书坊在刊刻《千家诗》时是经过了对图书市场与教育市场的深入调研的。或者说，明代书坊从刘克庄或谢枋得的一些诗选中编出这部《千家诗》，本身就是瞄准"科举教育市场"。

同时，《千家诗》入选了53位宋代诗人的作品，显示出很强的"宗宋倾向"。这也符合清代诗坛愈来愈强烈的宗宋趋势。这也是《千家诗》能够获得图书市场认可的另外一大原因。

不过，虽然五七言合刊的《千家诗》带有很强的宗宋倾向，但必须注意这种"宗宋倾向"更多的是来自谢枋得编选的"千家诗七言部分"，其中大量选用了宋人诗，约占七言诗数量的60%。而王相本人的宗宋倾向并没有那么强。实则王相选本的"千家诗五言部分"，入选了84首唐诗，未选一首宋人作品，王相所选五言诗全为唐人诗。宋人作品都是七言的，都是谢枋得所选。这说明王相对谢枋得版本的"七言千家诗"入选宋人诗多于唐人诗有所不满，而试图增加唐诗的数量，以形成唐宋诗数量的大致平衡。当然，王相并不是反对宋诗。王相对《千家诗》中的宋人诗进行了注释，其中一部分注释还是显示出王相对宋诗人的崇尚。

后来清代广泛流行的四卷本《千家诗》是合谢枋得、王相的选本而成，就这样流传开了，被各地书坊广泛刊刻。有的版本带王相注，有的版本并不带王相注（但即使不带注，也还是使用了王相的选本）。从王相定本的《千家诗》来看，王相对宋诗并不是那么熟悉。尤其是王相连一些《千家诗》中发生在苏轼、黄庭坚、王安石身上的张冠李戴署名都没发现，这说明王相对宋名家的作品并不那么熟悉。

王相个人的诗学倾向有可能是宗唐的。毕竟，如果王相个人熟悉宋诗，他在编选"千家诗五言部分"时不可能不加入一些宋人作品。毕竟，即使苏轼、黄庭坚等人没有上好的五言诗，其他那么多宋代诗人不至于说连几首优秀的五律五绝都挑选不出来。实则后来乾隆时期张景星等人编《宋诗别裁集》就精选了一些宋人五律五绝，这足以说明宋诗中也是有大量优秀五言诗的。

王相的这种编法，给人一种感觉"宋代没有好的五律与五绝"。后来由于《千家诗》的广泛流行，这种"分体选诗"的理念，在清代诗坛是较为流行的。王相这种"不选宋代五言诗"的观念也影响了一些清代选家。后来曾国藩编《十八家诗钞》在五古、五绝、五律部分都没有入选宋人诗。曾国藩长年研读苏轼、黄庭坚诗，如果苏轼、黄庭坚、陆游有较好的五言诗，应该会入选一些。曾国藩也像王相一样对宋代的五言诗是持不甚认同态度的。

总之，《千家诗》有很强的理学色彩与宗宋倾向，且在清代图书市场影响巨大，可以说，《千家诗》一书很大程度上塑造了清代全社会的"宋诗接受状况"。清代虽然先后诞生过近170种宋诗选本，但绝大部分都流传不广，清代普通读者读不到各种宋诗选本，只有《千家诗》是家家户户都有的，普通读者往往通过《千家诗》来了解宋诗的状况。故而，在清代宋诗传播与接受的历程中，虽然其他约170种各类"清代宋诗选本"也都起过不同程度的作用，如吕留良吴之振编《宋诗钞》、乾隆帝御选《唐宋诗醇》等也曾经起到过很重要的作用，在士大夫、读书人中有较大影响，但普通读者对这些诗选的接受程度有限。普通读者归根结底还是通过《千家诗》来接受宋诗。单纯从"流行程度"来看，定本《千家诗》一家独大，超过了清代所有宋诗选本流行程度的总和。仅从这一点来看，《千家诗》一书就在清代宋诗接受中占有了独特地位。

第三节　晚清人黎恂对《千家诗》的重新编注

黎恂注本的《千家诗》并没有太多传播，并无太大影响，甚至连"较小影响"都谈不上。但黎恂的宗宋诗学观对清代贵州宗宋诗人郑珍有一定影响。故而在此需要进行一定论述。

黎恂（1785—1863），字雪楼，晚号拙叟，贵州遵义人。嘉庆十五年（1810年）举人。嘉庆十九年（1814年）中进士。后授浙江桐乡县知县。道光元年后，父母相继去世，回贵州守丧。道光十五年（1835年），黎恂充云南乡试同考官，权平彝县知县，此后在云南任职了十多年，道光三十年（1850年），升任云南东川府巧家厅同知，但在咸丰元年（1851年）即回到了贵州，"去秋自滇归里"。黎恂在其儿子小的时候，为了对儿子进行启蒙教育，曾编注过一部"千家诗"书稿。但后来随着儿子长大，此书就束之高阁了，"儿子日长大，此册阁置箧笥多年矣"。咸丰元年（1851年），黎恂回到贵州后，又需要教孙子，遂重新找出这部"千家诗注本"，重新进行校注，"去秋自滇归里，复取而雠校，增辑各条，重录以教诸孙，定为家塾课本"。其外甥、举人、曾任多地县学教导的郑珍看到后，认为很有价值，便予以刊刻。故而，黎恂的《千家诗注》在咸丰二年（1852年）由其外甥郑珍刊刻，在光绪十五年（1889年）又以黎氏家集本的形式再版。不过，黎恂的《千家诗》注本在晚清的影响极为有限，对当时广泛刊刻的《千家诗》格局并无任何实质影响。

据黎恂在咸丰二年（1852年）夏天为《千家诗注》所写的"序"："俗本《千家诗》，传布已久，村塾童子，罔不记诵。其中唐诗少，宋诗多，律绝仅百数十首，率皆显明易解，以此启迪童蒙甚便。"❶ 可见，黎恂对《千家诗》评价很高。不过，颇为奇怪的是，黎恂使用的《千家诗》版本不是谢枋得、王相版合订的四卷本，而是谢枋得"七言千家诗"的两卷本。合订的四卷本有诗226首，但黎恂提到的《千家诗》"律绝仅百数十首"，而且是"唐诗少，宋诗多"。这实则是谢枋得两卷本"七言千家诗"的状况。谢枋得"七言千家诗"含七言绝句94首（其中唐诗31首），七言律诗48首（其中唐诗25首），加起来有152首，其中宋诗90多首，唐诗56首。而王相的"五言千家诗"部分增加了五言诗84首。所以谢枋得、王相四卷合订本的《千家诗》实则是"唐诗比宋诗要略多一些"，并不是黎恂所谈及的"唐诗少，宋诗多"。谢枋得二卷本的"七言千家诗"才是"唐诗少，宋诗多"。从郑珍所刻版本来看，黎恂的《千家诗注》只有"七言千家诗"，并未收入原本应该有的"五言千家诗"部分。

可见，在黎恂生活的年代，即嘉庆道光时期，各地的《千家诗》版本中，虽然已经有了谢枋得"七言千家诗"与王相"五言千家诗"合刊的版本在流传，但这一"合刊本"并未完全取代谢枋得二卷本的"七言千家诗"。故此，黎恂才会专注于谢枋得二卷本"七言千家诗"，而根本就未谈到王相本的"五言千家诗"。

再从郑珍为黎恂《千家诗注》所作的序来看，郑珍对"千家诗"的版本进行了一定的考证。郑珍打听到了刘克庄的《千家诗选》在一些藏书家的家中还藏有，但郑珍未能过目。而郑珍也看到了只有一百多首诗的"七言千家诗"版本，且并未署名谢枋得，故郑珍又发问"不知钞自何时何人"。而且有意思的是，郑珍也没有看到王相注本的"七言千家诗"。而郑珍在咸丰二年（1852年）之前的三十年，就已听到黎恂对"千家诗"的讲授，"珍亦时耳于侧，故得闻所以校注之意甚详"。可见，黎恂的《千家诗注》确实经过了长时间的酝酿与沉淀。

黎恂没有看到过王相本的"五言千家诗"，似乎未看到过王相对"七言千家诗"的注释。黎恂对通行本"七言千家诗"进行了一定的重编重注。主要包括几方面：

第一，黎恂已注意到《千家诗》中有很多诗作的作者发生了张冠李戴，所以黎恂在注释中根据资料对一些发生作者署名错误的作品改写了作者。如《三衢道中》

---

❶ 谢枋得,王相.千家诗[M].黎恂,注.上海：上海古籍出版社,2020:207.

王相本作曾纡（宋宰相曾布之子），而黎恂将之改为曾几。《晚楼闲坐》王相本作王安石，而黎恂将之改为黄庭坚。《新竹》本为陆游作品，谢枋得七言本《千家诗》作黄庭坚作品，黎恂在注中便指出"俗本云黄山谷作，误"。

当然这也不能单纯说是黎恂个人学力远超王相。主要还是因为有明一代，前后七子崇尚唐诗反对宋诗，导致明代文坛缺乏足够多的对宋诗文献的整理，一些文献错误长期未能得到纠正，而"千家诗"的初本很可能是成于明代书坊，有诸多错误也是在所难免。而随着清代诗坛宗宋思潮的发展，清人对宋诗文献进行了全方面的整理，所以到黎恂所处的道光时期，文坛实则已经厘清了诸多关于宋诗的问题。这时候黎恂再重编"千家诗"，自然能发现谢枋得本（部分版本成于明代）的诸多问题。

第二，黎恂主要是关注"千家诗"的七言部分，对之进行了重编与注释，而因未曾看到过王相本"五言千家诗"，故黎恂对五言部分未有选编，亦未加注释。黎恂删除了"千家诗七言部分"中的《早朝大明宫》《和贾舍人早朝》《宫词》《廷试》等17首诗，大概是这些诗涉及宫廷，不便儿童理解。又增加了《别董大》《题长安主人壁》《宴城东庄》等3首诗。由此，黎恂的《千家诗注》实则是一个"新编本的七言千家诗"，最终黎恂选录了唐宋80位诗人的125首诗，并加入了注释。

第三，黎恂的注是很精良的。很多地方有很深入的阐发，一方面是注重阐发诗人的生平，另一方面也注重阐发诗作的妙处。如司马光《客中初夏》一诗，黎恂加入了八九百字的注讲述司马光的生平。晏殊《寓意》一诗，黎恂摘录了诸多诗话材料来讲解该诗的趣闻与背景。

第四，黎恂的选注有很强的宗宋倾向。黎恂在《千家诗注》中增加了大量论宋诗的内容。黎恂对宋代的文人生平、政坛掌故、诗话都掌握得比较充分，但他在《千家诗注》中对唐代部分的注释就不那么充分了。李白、杜甫的诗他都是简单注释，如杜甫《曲江对酒》二首他都只是引了叶梦得等人的两三行话，并没有加入自己的论述。杜甫的《清江》，黎恂注释说："在成都浣花溪上草堂作，集复作'更'"，就这样寥寥十几字。这显示出黎恂对杜甫诗并不那么热衷。但是一旦涉及宋诗，黎恂就下笔千言。排在杜甫《清江》之后几首的《新竹》本为陆游作品，谢枋得七言本《千家诗》作黄庭坚作品。黎恂便指出："俗本云黄山谷作，误"，然后大段叙述了陆游的生平。郑珍为道咸宋诗派的重要成员，据此可以认为，郑珍的宗宋倾向，亦应受到其舅氏黎恂的一定影响。

黎恂的《千家诗注》是很有水平的，但该书刊刻后产生的影响有限，并未能改变各书坊刊印王相注本《千家诗》的格局。一直到清末，王相注本《千家诗》存在的错误，也一直在翻刻中被保留。而黎恂等人对《千家诗》中一些张冠李戴错误的纠正，也并没有引起各书坊的注意。如清末宝华楼刊本的《槐轩千家诗解》其最早版本可以上溯到雍正年间曾任安庆府教谕的夏世钦的删订，但当时存在的一些错误并未能完全得到修改。而清末宝华楼在重刊这一版本时，注意到已有很多学人指出，《千家诗》中一些作者署名有问题，但由于《千家诗》流行很久，宝华楼也不敢轻易删改，而只能在该书封面内页，写道："是集中诗题诗句并作者名号有与诸家原稿不合者，但传诵已久，欲梓为改订。恐多未便也。识者谅之。"❶ 申明已注意到作者署名的问题，但不敢轻易改。

可见，黎恂《千家诗注》问世后，各地书坊依然未改动《千家诗》中的一些作者署名。这其实也是一种严肃的态度。今人根据宋人诗集来校正《千家诗》中的作者署名问题，其实也可能是存疑的，因为今人对各诗作者的认识也不一定准确。很多诗自古都存在作者争端，《千家诗》既然是传自宋代，一些署名错误不见得就完全没有根据。

第四节　现存清代各书坊刊刻《千家诗》综论

《千家诗》的翻刻情况堪称"五花八门"。由于这本书在每个府每年都能卖上百册，属于长销书，只要翻刻就能盈利，所以各省各地的书坊几乎都有刊刻此书。我们现在能搜集到的《千家诗》清刻本，各个省的书坊的翻刻本都有。当时销量很稳

---

❶ 夏世钦.槐轩千家诗解[M].清刻本.

定，每个读书的孩童都要认真研读，几乎所有读书人对之都能随口成诵。要而言之，清代各宋诗选本，实则只有《千家诗》被各地书坊大量刊刻，其余只有王士禛《古诗选》、乾隆帝御选《唐宋诗醇》等少数几种有一些书坊刊刻，剩余大部分清代宋诗选本，要么未能出版，要么由编选者刊刻一两次后就再也没有翻刻。

丁志军、徐希平在《〈千家诗〉的版本流传与编辑特点》一文中，认为"《千家诗》在各时期的流传中衍生出了众多的版本。据不完全统计，自宋元以来，包括注释本在内的《千家诗》版本多达240余种。"[1]此说不知何据。而且此说有"歧义"，文中说的是"各时期"，具体是何意？这240余种，到底包不包括民国版本的《千家诗》？据笔者估计，仅有清一代，各地各书坊在不同年份刊刻的不同版本的《千家诗》恐怕有四五百种之多。

在这里，我们搜集各图书馆中材料，搜集一些关于《千家诗》的清代翻刻本信息。清代各地书坊都大量翻刻《千家诗》，而且为了表明自己的知识产权，往往"新立名目"，或请人作注，或加入别的相关内容，形成了形形色色不同版本的《千家诗》。清代这些《千家诗》的文本内容大体是相同的，只是有的加了图，有的加了注，有的在上栏加了《永乐大典》主编解缙的诗，有的在上栏加了李渔《对韵》等。此外各家加的注常常不一样。有的是汤显祖注，有的是钟惺注，有的是清初王相注，有的是嘉庆年间任来吉注或其后人任福祐重编。现在可见的清代《千家诗》版本如下：

1. 《良缙千家诗》系统的版本

这一版本一般卷首署"临川汤海若校释"，下栏为千家诗的内容，上栏为张良和解缙的诗。解缙因为是神童，而《千家诗》又是童蒙教材，故而书坊选用了解缙的诗，意图鼓励儿童们像解缙一样少年高中。此版本应为明代流行版本，其注可能是汤显祖作，也可能是明代书坊主请人作，然后托名汤显祖。此版本被清人进行了大量翻刻。此版本系统又可细分为四个类别：有的不带注，有的带注（根据卷首所署名，为汤显祖注），有的是五七言诗合刊的，有的只有七言诗。

---

[1] 丁志军，徐希平.《千家诗》的版本流传与编辑特点[J].西南民族大学学报（人文社科版），2012(4).

此版本流传较广，现有文元堂刊本、九思堂刊本，光绪己亥年益元书局刊本，又如桂林大文堂梓行的《良缙千家诗注合刊》等最少十多种刊本。这一系统版本大概有两种类型：

一种类型是仅七言诗，且带注。

如文元堂版的《良缙千家诗合注》。卷首署"临川汤海若校释"，上栏为张良和解缙的诗，下栏为千家诗的内容（以程颢诗开篇，以明人所作《南征》《赠天师》结尾）。仅有七言诗。内容带注。此注与王相注不同。据此来看，此版本应是明代就有的版本，其注根据卷首署名"临川汤海若校释"，应为汤显祖注，或明代书坊托名汤显祖，此后清人进行了翻刻。也不排除，这一类版本是清代书坊所作，其注只是托名汤显祖，实际亦为清人所作，或发生于王相注本之前，亦可能在王相注本之后。

又如九思堂《良缙千家诗合注》。上栏为张良和解缙的诗，下栏为千家诗的内容。仅有七言诗。内容带注。注与王相注不同。

类似的如益元堂藏板的《良缙千家诗注合刊》。上栏为张良和解缙的诗，下栏为千家诗的内容。仅有七言诗。内容带注。后来又有益元书局光绪己亥年即光绪二十五年（1899年）刊本与此益元堂刊本每页版式相同，笔者推测此益元书局为益元堂的分号。

又如，清代大文堂梓《合刻注释张子房解学士千家诗讲读一卷》，卷首署名"临川汤海若校释"。下栏为千家诗的内容，上栏为张良和解缙的诗。这个版本全为七言诗，其选篇与王相定本《千家诗》的七言部分也略有不同。如这个版本有戴复古《月夜舟》，王相定本作《月夜舟中》。而且这个版本的诗后都有较为详细的注。据文革红《明清通俗小说书坊考辨与综录》，广州、北京、四川、江西等地都有大文堂。其中江西大文堂从雍正年间至清末宣统年间一直在刊刻《古、唐诗合解》十六卷（唐诗十二卷，古体诗四卷）。而北京的大文堂位于琉璃厂东门。考虑到清代时期琉璃厂主要由江西商人经营，可推测出北京的大文堂与江西大文堂为总堂与分堂关系。而文革红女士判断的"广州大文堂"只因一些书署名"羊城"，然而羊城在清代是江西临川的代称。故此，"大文堂"应该是位于江西。

另一种类型是，五七言合刊，不带注。

如至德堂《合刻良缙千家诗》，卷首署名"临川汤海若校释"。下栏为千家诗的内容，上栏为张良和解缙的诗。五千言诗均有，但不带注。且其中五言诗的选篇与王相本不同，不知此五言诗是何人所选，相关问题待考。

又如书名为《良缙千家诗》，内页为《焕文堂合刻良缙千家诗》，卷首署名"临川汤海若校释"。下栏为千家诗的内容，上栏为张良和解缙的诗。这个版本的《焕文堂合刻良缙千家诗》没有注，但内含一部分五言诗，仔细核对五言诗的选篇，与王相定本《千家诗》不同。据文革红《明清通俗小说书坊考辨与综录》，焕文堂地址在贵州安顺，雍正年间已开始刻书，乾隆嘉庆时期刻有多种小说。不知刊刻此《焕文堂合刻良缙千家诗》是否就是贵州安顺的焕文堂。

又如内页写"曲靖启贤招牌为记"的《良缙千家诗（无讹）》，也是五七言诗均有，无注。但五言诗与王相本不同。曲靖为云南地名，故此为云南书商翻刻本。还有与此版式相似的，内页写"人和招牌为记"的《良缙千家诗（无讹）》。

2. 署名钟惺编订的版本

如《钟伯敬先生补订千家诗图》上下两卷。钟伯敬即明代诗选家钟惺。此版本可能是明代人编，早于王相定本。此版本上图下诗，诗后加了注，但注与其他版本不同。此版本有多种翻刻本。

3. 《槐轩千家诗》系统的版本

此版本流传较广，多地书坊都有翻刻，如集贤堂、天保堂、爱日堂（南京）、宝华楼、致盛堂等。又如江西金溪浒湾英德堂在道光二十六年（1846年）刻《槐轩千家诗注解》[1]，咸丰三年魁盛堂刻的《槐轩千家诗注解》，咸丰九年海观楼梓行的《槐轩千家诗解》等。

典型的如爱日堂刊《槐轩千家诗》，卷首署"怀宁睡儿夏世钦衡瞻氏订""弟世錀胜选氏 男代源昆夫氏 校字"。夏世钦为康乾时期拔贡生，曾任安徽安庆府教谕。该书有一篇雍正十二年（1734年）谢正洵撰的序言。据文革红《明清通俗小说书坊考辨与综录》，爱日堂为清代一个较有影响的书坊，在南京、扬州等地都有分号，

---

[1] 毛静.藻丽娜嫄:浒湾书坊版刻图录[M].南昌:江西高等教育出版社,2018:215.

营业持续到清末。道光间曾刊《唐诗三百首注疏》，并刊有多种小说。

4. 《百花千家诗合选》系统的版本

此版本上栏是"诸名家百花诗"，下栏是千家诗。一般有嘉庆丁丑年（1817年）邓云龙序，《千家诗》的部分，卷首一般署"琅琊王相晋升注，莆阳郑汉濯之梓"等字样。现存有同治庚午年万元堂梓行本，同治辛未年积金斋梓行本，同治丙寅年绛州宝善堂梓行本等多种不同书坊刊本。

5. 署名"琅琊王相"编订的版本

署名"琅琊王相"编订的版本有多种不同类型。如《增补重订千家诗》上下两卷，卷首题"信州谢枋得叠山选 琅琊王相晋升注 莆阳郑汉濯之梓"。上图下诗，诗后有注，图与其他版本不同，注也与其他版本不同。据《四库全书总目提要》，王相为江西临川人。但这个版本署名的王相则为琅琊人。这应是发生了误解。具体因何种原因，书坊将王相的郡望署为"琅琊"，待考。

6. 任来吉重订系统的版本

这一系统的版本，如《增补重订千家诗注解》四卷，同治八年刊，每卷卷首题"禹阳任来吉松桥选 琅琊王相晋升注 东郡文苑阁重梓"。上栏是《二十四诗品》等内容，下栏是诗，诗后有注。据文革红《明清通俗小说书坊考辨与综录》，东郡在东昌府，则文苑阁位于山东东昌府。后来刘鹗光绪末期在《老残游记》中写到的东昌府书店掌柜谈及《千家诗》每年在东昌府周边卖上百部。据此推测，当时东昌府用的《千家诗》就与此"东郡文苑阁重梓"的《增补重订千家诗注解》有关。后来到光绪年间，任来吉的后人任福祐对此书又进行了重新编辑。此本为翻刻本。任来吉注的《千家诗》最早为嘉庆二十二年（1817年）刻。据一些刊本上任来吉的友人邓云龙的序，他看到友人任来吉的家中有一部任来吉注的《千家诗》，名曰"会义直解"，便劝任来吉将之出版。任来吉注本的《千家诗》此后经常被各地书坊翻刻，持续到了清末。

7. 《韵对千家诗》系统的版本

此版本将李渔《笠翁对韵》与《千家诗》上下合刻，在清末开始流行，有大量书坊刊刻此版本。

如汇文堂梓行《新注韵对千家诗》，为光绪年间刻本，将李渔《笠翁对韵》与《千家诗》上下合刻，有王汝麟序，卷一开篇有《新镌五言千家诗会义直解》字样，又署"琅琊王相晋升选注 东郡任福祐南陵重辑"等字样。此东郡即山东东昌府，任福祐或为任来吉的后代。任福祐对任来吉版本的《千家诗》进行了重新编辑。此后东昌府用的《千家诗》很可能就是任福祐重编的这个版本，由于销量稳定，每年都能保证一定的盈利。

又如善成堂于光绪辛巳年新刻大本《韵对五七言千家诗辑抄》，将李渔《笠翁对韵》与《千家诗》上下合刻，有王汝麒序，卷一开篇有《新编千家诗五言绝句卷一》，署名是"蜀东善成堂书林重辑"，未署王相之名，但序言中谈到了王相。据文革红《明清通俗小说书坊考辨与综录》，善成堂为四川地区著名书坊，在多地有分号，咸丰年间即有刻书，一直持续到清末宣统时期，出版了大量的小说。

8. 各种杂类《千家诗》版本

杂类《千家诗》版本有很多，如光绪三十四年（1908年），川东铜邑荣华堂镌《千家诗》一册，封面除《千家诗》外，还有"上附学士解缙诗选"字样。版式上栏诗神童解缙诗选，下栏是千家诗。从这个版本来看，一直到清末，解缙的诗都附着在《千家诗》上有着广泛的传播。仅此一项来看，在明代诗人中解缙的作品传播是极为广泛的，且其热度一直延续到了清末。

杂类《千家诗》版本还有很多，根据刊刻的书坊、地点与年代，会有各种各样的差异。在此我们不再一一进行介绍。

以上是清代流行的《千家诗》的代表版本。据粗略统计，清代各种不同版本或不同版次的《千家诗》有几百种。由于《千家诗》印量大、销量广，各地书坊都大量刊刻，有的书坊隔几年就会重新翻刻一次。如福建四堡的多家书坊，都曾大量翻刻过《千家诗》，有的书版至今尚存。可以说，《千家诗》在清代的影响是极其广泛的，《千家诗》深刻影响了清代人对宋诗的认识。

第四章
《瀛奎律髓》在清代的影响

《瀛奎律髓》是元人方回编选的一部唐宋五七言律诗精选集，约3000首，其中宋诗有1765首，占比58.9%，显示出"推扬宋诗"的倾向。而且方回在所选之诗后加入了大量评语，提出了多方面诗学观点，最著名的是提出了杜甫、黄庭坚、陈师道、陈与义为江西诗派"一祖三宗"之说。

《瀛奎律髓》在清代影响颇大，先后有冯舒、冯班、查慎行、何焯、纪昀等人点评过该书，出现了多种重要版本。虽然其传播度远不及《千家诗》，但由于选诗较多，且有各名家评语，所以很受清中叶的诗歌学习者重视。据纪昀，该书在乾隆朝时期，一度流传很广，"然其书行世有年，村塾既奉为典型"。

第一节 《瀛奎律髓》在清代的再版及
所收宋诗状况

《瀛奎律髓》中选唐、宋五七言律诗共3014首，其中有22首重出，实为2992首。其中唐诗人入选164家，共有唐诗1227首；宋诗人入选221家，占全部385位诗人的57.4%，共入选宋诗1765首，占全部诗作的58.9%。据莫砺锋先生统计❶，在入选的唐代诗人中，杜甫入选221首，排第一，白居易入选127首，排第二，贾岛入选67首，刘禹锡入选52首，张籍入选47首，姚合入选42首，韩偓入选36首，岑参入选31首，李商隐入选24首。李白只入选了十多首。在入选的宋代诗人中，陆游入选188首，排第一，梅尧臣入选127首，排第二，陈师道入选111首，排第三，王安石入选81首，排第四，张耒入选79首，陈与义68首，曾几入选63首，苏轼入选41首，刘克庄39首，宋祁36首，张泽民36首，黄庭坚35首，杨万里31首，尤袤31首，范成大28首，吕本中28首，赵师秀24首，翁卷24首，韩琦24首，林逋23首，朱熹22首，等等。欧阳修只入选了十多首。

《瀛奎律髓》在各宋诗人的入选数量上，与清代宋诗选本有一些差异。相同点是对陆游、王安石入选较多，其他一些普通诗人入选比例亦未有明显异常。主要的差异如下：

第一，《瀛奎律髓》中苏轼诗入选数量不多，只有41首，在宋代诗人中排在中游。这与清代诗坛对苏轼诗极度推崇的状况有很大不同。在各清代宋诗选本中，苏轼诗往往入选数量排第一。

第二，《瀛奎律髓》中陈师道、陈与义等人入选较多，而在清代各宋诗选本中，陈师道、陈与义往往入选较少。在各宋诗人中排名并不靠前。

第三，《瀛奎律髓》中欧阳修作品入选较少，在宋诗人中排得靠后，这说明欧阳修诗在宋末元初的评价并不那么高。但各清代宋诗选本中，欧阳修作品入选一般比较多，位居苏、黄、范、陆等人之后，且一般都多于张耒、赵师秀等人。

从《瀛奎律髓》与各清代宋诗选本入选各诗人作品数量的比较来看，《瀛奎律髓》对陈师道、陈与义的作品较为欣赏，入选较多。故而前人往往称《瀛奎律髓》选诗遵循了江西诗派的立场。这是有一定道理的。

方回在评语中秉承江西诗派立场，往往从各方面赞赏江西诗派的诗论。如在卷一中陈与义《与大光同登封州小阁》方回有一段对宋诗人地位的经典论述：

---

❶ 莫砺锋.从《瀛奎律髓》看方回的宋诗观[J].文艺理论研究,1995(3).

> 老杜诗为唐诗之冠。黄、陈诗为宋诗之冠。黄、陈学老杜者也。嗣黄、陈而恢张悲壮者，陈简斋也。流动圆活者，吕居仁也。清劲洁雅者，曾茶山也。七言律，他人皆不敢望此六公矣。若五言律诗，则唐人之工者无数。宋人当以梅圣俞为第一，平淡而丰腴。舍是，则又有陈后山耳。此余选诗之条例，所谓正法眼藏也。❶

在这段评语中，方回提出了自己选诗的"条例"，方回认为杜甫诗是唐诗第一，而黄庭坚、陈师道诗是宋诗第一，其次是陈与义诗，同时认为梅圣俞的五言律诗在宋人中第一。这些见解与清人对宋诗的看法不尽相同。清人更欣赏苏轼诗、陆游诗，清中叶后对黄庭坚诗的欣赏才压过陆游诗。但终清一代，清诗坛诗论家们对陈师道、陈与义诗的评价始终是有限的。

在具体的评论中，方回往往盛赞黄庭坚、陈师道、陈与义等人。如卷一僧处默《胜果寺》，方回在评语中就谈及了陈师道、黄庭坚对前人文字的化用，赞之为高妙。但后来连查慎行都对方回的评论不同意，称："若'话胜十年书'，'书'字欠'读'字意，几不成句，勿为山谷所欺也。"❷卷一朱熹《登定王台》中，方回盛赞了陈师道，将之与杜甫并称，说这首诗"杂老杜、后山集中可也"。后来冯舒、冯班、纪昀等人都不同意将杜甫与陈师道并称。实则在有清一代，陈师道的影响并不大，清人对陈师道并无太高评价。在卷十三陈与义的《十月》，方回评价说："简斋诗独是格高，可及子美。"高度评价了陈与义。对此冯舒很不同意，批道："只将几个字拗了平仄，便道可及子美，冤哉。"

由于《瀛奎律髓》有着明显"推扬宋诗"倾向，该书在清代受到很大关注。乾隆时期，纪昀在《瀛奎律髓刊误序》中说："然其书行世有年，村塾既奉为典型，莫敢訾议，而知诗法者又往往不屑论之。谬种益蔓延而不已。"❸说明该书在清中叶流传较广。该书在清代主要的版本有四种。一种是传自明代龙遵的坊刻本。第二种

---

❶ 方回.瀛奎律髓[M].上海：上海古籍出版社,2020:48.
❷ 方回.瀛奎律髓[M].上海：上海古籍出版社,2020:14.
❸ 纪昀：《纪文达公遗集》，文集第九卷。

是康熙四十九年（1710年），陈士泰刻本。第三种是康熙五十二年（1713年），吴之振黄叶村庄刻本。第四种是嘉庆五年（1800年），李光垣刻纪昀《瀛奎律髓刊误》本。可分别来看：

1. 传自明代龙遵的坊刻本

据龙遵《瀛奎律髓后序》，明天顺年间，龙遵在新安任职，搜访得到了《瀛奎律髓》的全本，但有所错讹，遂在当地寻觅藏书家得到了多种抄本，将之互相核对，在成化三年将之出版，从此"书遂大行于世"（陈士泰语），出现了诸多的坊刻本，一直延续到清代，还有大量的建阳坊刻本。建阳坊刻本一般删去原有圈点，一些方回的注文也有所删改。由于坊刻本的广泛传播，该书成为诗歌初学者的基本教材之一，广泛流传于各地，"村塾既奉为典型"。

2. 康熙四十九年（1710年）陈士泰刻本

康熙四十九年（1710年），苏州学人陈士泰根据建阳坊刻本，参校找到的一些别的版本，将之重刻。陈士泰刻本的要害是，在原书原有方回注的基础上，增补了冯舒、冯班、何焯、陆贻典等人的评语，等于是将冯舒、冯班兄弟的评语首次公开出版，由于冯舒、冯班的评语主要是批评方回所秉持的"江西诗派"立场，而康熙中后期，诗坛开始出现了"宋诗热"，所以冯舒、冯班的观点也引起了一定的争论，该书愈发引起主流诗坛的重视。

3. 康熙五十二年（1713年），吴之振黄叶村庄刻本

康熙五十二年（1713年），吴之振在陈士泰刻本的基础上重刻了《瀛奎律髓》，保留了冯舒、冯班、何焯、陆贻典等人的评语，并增加了查慎行、钱湘灵等人的评语。吴之振前此三十多年，曾因刊刻《宋诗钞》而成诗坛名流，一直都有很强的宗宋倾向。在此次重刻《瀛奎律髓》的序言中，吴之振高度评价了该书，称其为"斯固诗林之指南，而艺圃之《侯鲭》也"。

据吴之振之子吴瑞草在该书的"重刻记言"中所说，因"坊本将圈点削去，且因之窜改注语"，他们在重刻时进行了恢复，且往往根据诸诗人的个人诗集进行校对，"诗中舛误，尚可于各家集内校正十之六七"。

4. 嘉庆五年（1800年），李光垣刻纪昀《瀛奎律髓刊误》本

在乾隆辛卯年即乾隆三十六年（1771年），纪昀开始批点《瀛奎律髓》，据纪昀在乾隆戊辰年即乾隆五十三年（1788年）八月所写《瀛奎律髓刊误》"跋语"："此书乃乾隆辛卯之冬，自西域从军归，再入翰林时所阅，久失其稿，亦不复检寻。"❶ 而据纪昀的学生李光垣在嘉庆五年所写的"跋语"，纪昀"自乾隆辛巳至辛卯评阅至六、七次，细为批释，详加涂抹"，此后李光垣拿到了一份抄本，进行了少量整理，后来在乾隆五十三年（1788年），李光垣即将离开京师，将抄本拿给纪昀看，纪昀匆匆看过后，未加修改，只是给他写了一篇简短的"跋语"。李光垣将该抄本保存在身边，到嘉庆五年（1800年）才得以刊行。

在这些不同版本的传播中，清代先后涌现了十多个对《瀛奎律髓》进行评点的作品，这显示出该书在清代的广泛影响。康熙四十九年（1710年），陈士泰刻本《瀛奎律髓》不光有方回的注，也增补了冯舒、冯班、何焯、陆贻典等人的评语，这些评语之前以手抄本的形式流传，其中冯舒、冯班的评语较多。冯舒、冯班对绝大部分诗作都有评语，且评语内容较长，观点丰富。而何焯只对约七八百首诗有评语，内容上比冯舒、冯班、查慎行的评语要逊色。陆贻典的评语更少，只对上百首诗有评语，且评语内容较简单。康熙五十二年（1713年），吴之振在陈士泰的基础上重刻了《瀛奎律髓》，保留了冯舒、冯班、何焯、陆贻典等人的评语，并增加了查慎行、钱湘灵等人的评语，其中查慎行的评语较多，一半以上的诗都有查慎行评语，且都评得较为精到、扎实、有说服力。钱湘灵的评语较少，也就寥寥几十处，已近于无。后来，纪昀所看到的村塾"奉为典型"的《瀛奎律髓》，应就是各地书坊翻刻的陈士泰、吴之振等人的重刻本。

综合来看，清代评点《瀛奎律髓》的诗论者有十多家，其中冯舒、冯班、查慎行、纪昀的评点影响较大，值得单独进行多方面梳理、探讨。而何焯、陆贻典等人评点的影响没有那么大，在此进行简短评述。

何焯（1661—1722），字润千，号义门，江苏长洲（今苏州）人，寄籍崇明，

---

❶ 方回,编.瀛奎律髓[M].上海:上海古籍出版社,2020:1954.

为官后迁回长洲（今苏州）。康熙四十二年（1703 年）进士。何焯著有《义门读书记》58 卷，被收入《四库全书》，其中的点评有陶渊明、杜甫、李商隐等人诗作。何焯也对《瀛奎律髓》有批语，但未单独刊刻过。康熙四十九年（1710 年）陈士泰刻本《瀛奎律髓》中收有何焯的评语。不过何焯对《瀛奎律髓》的评语并不密集，不像方回、冯舒、冯班、纪昀、查慎行等人对绝大部分作品都有评语，何焯大约只对《瀛奎律髓》中约四分之一的作品有评语。

何焯对《瀛奎律髓》的评语，不像冯舒、冯班、纪昀那样充满了批判性，也不像查慎行那样有较深的诗学底蕴，故而不甚引人注意。细绎何焯的诸多评语，他的这些评语看起来像是在阅读《瀛奎律髓》时随手而至的批语，都是一些自己的读后感，并不是针对方回或其他人的驳斥或批判。故此何焯对《瀛奎律髓》的评语更为中正平和，不像纪昀等人的评语容易引起很大争议。

陆贻典（1617—1686），字敕先，自号觌庵，江苏常熟人。曾入钱谦益门下，与冯班关系较好。在康熙四十九年（1710 年）陈士泰刻本《瀛奎律髓》中，有少量陆贻典的评语。陆贻典的评语大体较平均地分布在《瀛奎律髓》的各卷，一般每卷都有几条，但总体数量并不多。统计来看，在《瀛奎律髓》所选 3014 首诗中，陆贻典只对其中上百首有评语，而且每次都是寥寥数语。详细梳理陆贻典的这些不多的评语，绝大部分是对宋诗的评语，其中对陈与义、陆游等人的评语较多。如卷十三陆游《冬日感兴十韵》，陆贻典的评语是"'秋门'未知何出，俟查"，显示出陆贻典对该诗有一定的独立思考。不知为何陆贻典的《瀛奎律髓》评语会这么少，也许是过录本有删节，又或者陆贻典只是挑着对《瀛奎律髓》进行了少量评点。

清末许印芳（1832—1901）亦深入研读过《瀛奎律髓》的诸家注，并作有新注。许印芳的注见于《云南丛书》本《律髓辑要》。许印芳深度参考了纪昀《瀛奎律髓刊误》，书中大量评析了纪昀的评语，并抄录比对了纪昀在其他各种著作中对宋诗的评语，如摘录了《纪昀评点〈苏文忠公诗集〉》中对《瀛奎律髓》中所入选的 41 首苏轼诗的评语，两相比较，对读者会有一定启示。

许印芳，字苪山，号五塘山人，云南石屏县人，同治九年（1870 年）举人。许印芳在云南有一定影响，但在全国几乎没有影响。许印芳作为无名文人，本应较为谦卑，但也受到纪昀著作中"任意臧否古人"学风的影响，开口闭口就是指责古人的不足。如卷二十三杜甫《狂夫》，许印芳评价说："前四句不恶，五句太激太露，后三句亦不免伧气。"卷四十二刘禹锡《酬太原狄尚书见寄》，许印芳评价说："全首庸俗。应酬诗易犯此病，亦最忌犯此病。"看起来杜甫、刘禹锡的诗在许芳印看来都是有各种各样不足。虽然说文艺评论仁者见仁，可以有不同见解，但是许芳印这样学纪昀"批评前人以彰显自己"，在没有获得"进士身份"支撑情况下，很难获得社会认可，会被认为是"狂生"。实则纪昀也被人认为是"诞妄邪淫"，但是纪昀的"狂妄"很可能是投乾隆帝"贬低前朝，彰显本朝"心理之所好，因此能获得一定"成功"。其中的隐秘动机，非许印芳所可得知。故而，许印芳学纪昀"酷评"《瀛奎律髓》恐怕只能事与愿违，翻不起太多浪花。

第二节　冯舒、冯班兄弟的《瀛奎律髓》点评

冯舒（1593—1649），字己苍，号默庵，别号癸巳老人，自号孱守居士，江苏常熟人，与其弟冯班有"二冯"之称。编有《怀旧集》2卷、《历代诗纪》100卷、《诗纪匡谬》1卷、《校订玉台新咏》10卷等，在诗学上有一定造诣。冯舒很欣赏《瀛奎律髓》一书，他曾写有跋语："己丑再读一过，亦阅月而毕，生平所得诗法尽在此矣。"[1] 己丑为顺治六年（1649年），可见冯舒早年即研读、批点过《瀛奎律髓》，直到生命的最后一年还用一两个月的时间进行了重新研读、批点，冯舒对自己的批语很有自信，认为自己平生于诗法上的心得都写在了批语中。

冯班（1602—1671），字定远，晚号钝吟老人，江苏常熟人。从钱谦益学诗，与其兄冯舒并称"二冯"。入清未仕，反对严羽《沧浪诗话》的"妙悟说"。有《钝吟集》《钝吟杂录》《钝吟诗文稿》等。受其兄冯舒的影响，冯班也单独评点了《瀛奎律髓》。但似乎在他评点完成前，冯班并未看到过冯舒的评点。直到冯舒逝世两年，"窦伯垞以此见示"，冯班才看到了冯舒评语，发现两人的观点是一致的，

---

[1] 方回,编.瀛奎律髓[M].上海:上海古籍出版社,2020:1933.

"取余所评校之，真符节之合矣"，他们的核心观点是批判"江西诗派"的理论，尤其是对方回大加讨伐。

不过，冯舒、冯班对《瀛奎律髓》的评点，在他们生前并没有刊刻，而是以抄本形式流传，直到康熙四十九年（1710年），陈士泰将"二冯"的批语增补在新刻的《瀛奎律髓》中，"二冯"批语才广泛流传，在诗坛获得了较大关注。虽然诗坛很多人并不同意"二冯"的观点，但也有一些人受"二冯"的影响，其中纪昀即受"二冯"影响至深。纪昀从"二冯"身上学到了"批判"的秘诀，从此纪昀开始了对文坛的"无差别批判"，这一点真正奠定了纪昀在乾嘉时期文坛的地位。

冯舒、冯班对江西诗派非常不满，冯班曾在《钝吟文稿》中多次批判江西诗派，如在《同人拟西昆体诗序》中说："自江西派盛，斯文之废久矣。"❶ 这是认为江西诗派的理论与实践对诗坛有巨大危害，这显然还是明前后七子"文必秦汉，诗必盛唐，大历以后书勿读"的论调，这一论调在清初以来很快被诗坛否定了，清代诗坛持续盛行苏轼、黄庭坚的诗学。而《瀛奎律髓》又是秉持江西诗派立场，盛赞黄庭坚、陈师道、陈与义等人，因此，冯舒、冯班在评语中对方回、黄庭坚与江西诗派的讨伐，在清代并未获得主流诗坛的认可与共鸣。连暗中受"二冯"影响至深的纪昀，虽然也对方回对宋诗有大量批判，但也不敢宣称自己反对江西诗派的诗论（这可能与乾隆帝较为崇尚宋诗有一定关系）。

王士禛对冯班等人的诗论非常反感。王士禛批评说："严沧浪论诗，特拈'妙悟'二字，即所云'不涉理路，不落言诠'，又'镜中之象，水中之月，羚羊挂角，无亦可寻'云云，皆发前人未发之秘，而常熟冯班诋諆之不遗余力，如周兴、来俊臣之流，文致士大夫，锻炼周内，无所不至，不谓风雅中乃有此《罗织经》也。昔胡元瑞作《正杨》，识者非之。近吴殳修龄作《正钱》，余在京师亦尝面规之。若冯君雌黄之口，又甚于胡、吴辈矣。此等谬论，为害诗教非小，明眼人自当辨之。至敢詈沧浪为'一窍不通，一字不识'，则尤似醉人骂坐，闻之者唯掩耳走避而已。"❷ 王士禛持论一向较为中正平和，但在这段话中则是严厉批评冯班，可见王士禛对冯

---

❶ 傅璇琮.黄庭坚和江西诗派资料汇编[M].北京：中华书局，2006：458.

❷ 王士禛.王士禛全集·分甘余话（卷二）[M].袁世硕，主编.济南：齐鲁书社，2006：4982.

舒、冯班的议论有着极大不满，认为冯舒、冯班往往在评语中给前人"罗织"罪名，进而认为冯舒、冯班是"为害诗教"。这无疑是较为符合事实的。

总体来看，由于冯舒、冯班针对"江西诗派"有大量的批评，且其评点中掺有大量骂詈之语，所以在当时"二冯"评点《瀛奎律髓》并没有能够出版，几十年后才被陈士泰收集在一起出版。"二冯"评点《瀛奎律髓》主要的历史贡献在于深刻影响了纪昀，影响了《四库全书总目提要》中形成对前人无差别批判的文风。

一、冯舒、冯班评语有大量对江西诗派的批评

冯舒、冯班的点评《瀛奎律髓》中大量谈及宋诗与"江西诗派"的问题，有一定的诗学理论价值。如《瀛奎律髓》卷一杜审言《登襄阳城》诗后冯舒评价说："言景而情，前人不如此，只是大历以后体，'江西'遂刊定诗法矣。"卷一李群玉《登蒲涧寺后二岩》诗后冯班评价说："宋人四六，工而无味，果然。工而有味，'西昆'也；工而无味，'江西'也。"❶

冯舒、冯班的评语不光是针对《瀛奎律髓》中所选的诗，有时也针对方回的评语进行点评。有意思的是，冯舒、冯班对方回似乎非常不满，对方回的一些评语，有大量批评、骂詈之语。《瀛奎律髓》卷四所收欧阳修《戏答元珍》本是宋诗名作，方回评曰："此夷陵作，欧公自谓得意。盖'春风疑不到天涯'一句，未见其妙，若可惊异；第二句云：'二月山城未见花'，即先问后答，明言其所谓也。以后句句有味。"❷ 然而冯班针对方回的评语评说："欧公本佳，说出'问答'二字，便欲呕矣。"实则方回认为《戏答元珍》第一二句是自问自答，此说是有一定道理的，即使方回的分析不正确，亦谈不上令人作呕。可见，冯舒对方回很不满。

综合来看，冯舒、冯班有很强的宗唐倾向，对江西诗派的诗学理论与实践很不满。在《瀛奎律髓》卷二十六《清明》一诗的评语中，方回提出了"一祖三宗"之说"呜呼！古今诗人当以老杜、山谷、后山、简斋四家为一祖三宗，余可预配飨

---

❶ 方回.瀛奎律髓[M].上海：上海古籍出版社，2020：13.
❷ 方回.瀛奎律髓[M].上海：上海古籍出版社，2020：217.

者有数焉。"这里不光是推黄庭坚等人为"江西诗派"的"一祖三宗",从语义来看,是推黄庭坚等人为"古今诗人"的"一祖三宗",这一评价就过高了。因此,冯班就提出了激烈批评:

> 山谷着他看门,后山着他扫地,简斋姑用捧茶。看门者虽入其家门户,然实门外汉,主人行住坐卧颇亦知之,而堂奥中事实则茫然也。扫地者,尘垢多也。捧茶颇近人,童子事耳,然颇得主人意。茶山、昌父则又从阍人问主人起居者,未必不是,实则不是也。❶

冯班否定了黄庭坚、陈师道、陈与义为"一祖三宗"的说法,认为他们只配看门、扫地、烹茶。这一否定性评语,从"宗唐"的角度或许有一定道理,但很难得到清代宗宋诗人的认可。

在《瀛奎律髓》卷十六陈与义《道中寒食二首》中,方回再次谈到了自己崇尚黄庭坚、陈师道、陈与义等人诗的观点:"简斋诗即老杜诗也。予平生持所见:以老杜为祖,老杜同时诸人皆可伯仲。宋以后,山谷一也,后山二也,简斋为三,吕居仁为四,曾茶山为五。其他与茶山伯仲亦有之。此诗之正派也。余皆傍支别流,得斯文之一体者也。"方回将黄庭坚、陈师道、陈与义等人的诗派称为"诗之正派"。对此冯舒直接批评说:"此诗之恶派也。在老杜亦尧、舜之朱、均耳。"❷

在卷一陈与义《与大光同登封州小阁》中方回评价说:"老杜诗为唐诗之冠。黄、陈诗为宋诗之冠。黄、陈学老杜者也。嗣黄、陈而恢张悲壮者,陈简斋也。"对此,冯舒很不以为然,冯舒反驳说:"黄、陈为宋诗之冠,误尽一生,此老所娓娓者只是'江西'一派耳。"❸ 一般而言,清代诗论家们都推苏轼诗为宋诗之冠。故此,在这里冯舒不同意推"黄、陈诗为宋诗之冠"。应该说,冯舒的这一观点大体是符合清代诗坛宗宋思潮中的主流观点的。

---

❶ 方回.瀛奎律髓[M].上海:上海古籍出版社,2020:1223.
❷ 方回.瀛奎律髓[M].上海:上海古籍出版社,2020:631.
❸ 方回.瀛奎律髓[M].上海:上海古籍出版社,2020:48.

在一些具体的评论中，冯舒、冯班往往也贬低黄、陈等人。如在《瀛奎律髓》卷十六朱熹《九日登天湖以"菊花须插满头归"分韵赋诗得归字》，方回认为朱熹的诗受黄庭坚、陈师道等人一定影响，"予尝谓文公诗深得后山三昧，而世人不识……山谷、简斋皆有此格。"而冯舒评价说："若谓晦翁学黄、陈，晦翁必不服。"❶ 冯舒此说或许有一定道理，毕竟朱熹对苏轼等人有很多批判，不过朱熹对黄庭坚诗也有不少好评，如说"山谷诗忒好了""作诗先用看李、杜，如士人治本经，本既立，次第方可看苏、黄，以次诸家诗"❷，可见，朱熹是要求学诗者认真研读黄庭坚诗的。方回认为朱熹诗受到黄庭坚、陈师道等人影响，恐怕是较为符合事实的，毕竟朱熹诗是很独特，有一定兀傲之气的，很符合宋诗的特征。正如后来纪昀在《瀛奎律髓刊误》中对这首朱熹诗末尾评价："一气涌出，神来兴来，宋五子中惟文公诗学功候为深。"

二、冯舒、冯班点评中的一些价值点

冯舒、冯班毕竟有较强诗学根基，他们对《瀛奎律髓》的点评，也有很多有价值的地方。他们的一些言说，亦有可资参考之处。如在关于哪些诗人是宋代最重要的诗人这一重大问题上，冯舒、冯班的观点与方回有一定差异。客观来说，方回与冯舒、冯班都是各抒己见，其实也难分高下，但由于此后在清代诗坛形成了一定的主流观点，诗坛的宗宋诗人们也就更倾向于接受方回的观点，从而否定冯舒、冯班的观点。不过要注意的是，这些主流观点，既不是照搬方回的观点，亦不是照搬冯舒、冯班的观点，而是各家观点"折中"而成，"竞争"而成，因此，冯舒、冯班的观点也是有很大诗学史价值的。

在《瀛奎律髓》卷十六陈与义《道中寒食二首》中，方回再次谈到了自己崇尚陈师道、陈与义等人诗的观点："予平生持所见：以老杜为祖，老杜同时诸人皆可伯仲。宋以后，山谷一也，后山二也，简斋为三，吕居仁为四，曾茶山为五。其他

---

❶ 方回.瀛奎律髓[M].上海：上海古籍出版社,2020:681.
❷ 傅璇琮.黄庭坚和江西诗派资料汇编[M].北京：中华书局,2006:126.

与茶山伯仲亦有之。此诗之正派也。余皆傍支别流，得斯文之一体者也。"❶ 认为黄庭坚在宋人中排第一、陈师道排第二、陈与义排第三、吕居仁排第四、曾几排第五。对此，冯班不同意，提出了自己对宋代诗人地位的排列：

> 此书大例如此。若我家诗法则不然，欧、梅一也，次则坡公兄弟，次则半山，次则范、陆，不得已则"四灵"，所谓硁硁小人哉！❷

在这里，冯班认为，欧阳修、梅圣俞是宋代第一等诗人，苏轼、苏辙排第二等诗人，王安石排第三等诗人，范成大、陆游排第四等诗人，接下来"永嘉四灵"可以勉强排第五等诗人。在这里，冯班完全是以"宗唐"的思路来看待宋代诗坛。故而，冯班关于宋代诗坛诗人地位的看法与方回截然不同。但他们的观点并不单独成立，而是综合起来发挥了作用。最终经过二百多年的发展，在清代诗坛逐渐形成了以"苏、黄"为宋代最顶尖诗人，陆游、王安石、范成大等人为仅次于"苏、黄"的宋代优秀诗人的主流看法。

类似的，在卷二十二梅尧臣《和永叔中秋月夜会不见月酬王舍人》，冯班评说：

> 宋诗必以欧、梅为冠。余意欧在梅上，四学士皆不及坡公。元遗山亦谓欧、梅胜坡、谷。❸

清代的宗宋诗人们普遍认为苏轼、黄庭坚、陆游、王安石、范成大等是宋代最顶尖诗人，普遍不太认可欧阳修、梅尧臣在宋诗人中的顶尖地位。但冯班坚持认为宋诗以欧阳修、梅尧臣为最优秀诗人。此观点虽不能得到清代主流诗坛的认可，但作为一种观点是值得参考的。

《瀛奎律髓》卷十六陈师道《元日》诗，方回评价说："读后山诗，若以色见，

---

❶ 方回.瀛奎律髓[M].上海：上海古籍出版社，2020：631.
❷ 方回.瀛奎律髓[M].上海：上海古籍出版社，2020：631.
❸ 方回.瀛奎律髓[M].上海：上海古籍出版社，2020：982.

以声音求，是行邪道，不见如来。全是骨，全是味，不可与拈花簇叶者相较量也。"对此冯班有一个很精彩的点评："此'江西派'中紧要语，放翁以此不及黄、陈也。大略放翁骨不如肉。"❶ 在这里，冯班指出了江西诗派的"紧要语"，并就这一点解释了陆游诗不如黄庭坚与陈师道的原因。冯班所谓"放翁骨不如肉"大约是指陆游诗更为丰腴，更有辞彩，而思想内涵不够、骨力不够。以现代观点来看，陆游诗中包含太多"抗金""恢复中原"的爱国诗篇，在一些清代诗人看来也许就少量影响了诗意表达。

冯舒、冯班对除江西诗派之外的很多诗人诗作也都有较高较准确的评价，其评语多较贴切，多有值得参考之处。如卷二十三林和靖《湖楼写望》，冯班的评语是："七言以'疏影''暗香'为第一，五言以此三、四为第一。人能作此，足鸣万世矣，贵多乎哉！"对林和靖这首诗，尤其是其第三四句"夕寒山翠重，秋静鸟行高"评价非常高。而同样是这首诗的评语，纪昀则挑了一大堆毛病，"前四句极有意境。'静'当作'净'，作'静'便少味。六句牵于韵脚，未佳。'渔舠'不至隔望眼。末句亦趁韵，不稳。"尤其是冯班所赞扬的第三、四句也被纪昀以"自由心证"的方式找到了毛病，说用"静"字不如用"净"。实则如果真用了"净"字，恐怕纪昀又会说"此句俗套"之类话头。仅就这首诗的评价来看，笔者认为，冯班的评价是很恰当的，而纪昀的各类评论都有这种"失实""虚妄"的特点。

总体来看，虽然都是"酷评"《瀛奎律髓》，但冯舒、冯班兄弟与纪昀的评论有很大区别。冯舒、冯班有一定理论主张，他们反对"江西诗派"的理论，因此对方回一些高度评价陈师道、陈与义等江西诗派诗人的观点往往持激烈批评态度，但对别的诗人一般都有较高评价，显示出较高的理论统一性与自洽性。而纪昀没有理论主张，他纯粹是为批判而批判，为彰显自己而批判，所有前代诗人，所有能借以彰显自己的地方，纪昀都要批判、挑毛病。可见，纪昀虽然受到冯舒、冯班的影响，但并未学到冯舒、冯班的精髓。

---

❶ 方回.瀛奎律髓[M].上海：上海古籍出版社，2020：616.

第三节　查慎行《瀛奎律髓》点评

查慎行（1650—1727），初名嗣琏，字夏重，号查田，后改名慎行，号他山，又号初白，浙江海宁人。康熙三十二年（1693 年）举人，康熙四十二年（1703 年）进士。查慎行为清代著名的诗人、诗论家，除个人诗集《敬业堂诗集》很有影响外，他作的《苏诗补注》一书亦影响很大，是清人注苏诗的名作。他还有大量评点前代诗人的作品。查慎行评点各前代诗人的作品，被收录为《查初白诗评十二种》，于乾隆三十三年（1768 年）前后被其家人编定，乾隆四十二年（1777 年）由其外甥萧嘉植付梓。该书共三卷，上卷评陶潜、李白、杜甫、韩愈、白居易等诗人，中卷评苏轼、王安石、朱熹、谢枋得、元好问、虞集等诗人，下卷评《瀛奎律髓》。其中评点《瀛奎律髓》的内容，在此之前早已出版，早在康熙五十二年（1713 年）便被收录在吴之振黄叶村庄刻本《瀛奎律髓》中，流传甚广。

查慎行对《瀛奎律髓》的点评，很平和，没有冯舒、冯班的过于强烈的批判性。查慎行在评语中有时也会有一定批判性，但往往较为客观，有理有据，批评之处让人心服口服，至少不给人突兀之感。查慎行在清代诗坛有很大影响，被视为康熙后期诗坛上宗宋诗人的代表人物之一，这绝非浪得虚名，他有着很深的诗学功底，因他既有大量诗歌创作经验，又有大量诗歌研究、评点经验。

一、查慎行《瀛奎律髓》评点的特点

查慎行对《瀛奎律髓》的评点很注重"知识性的评点"，以"客观资料"服人，以"扎实功底"服人。而不像纪昀的诗歌评点，往往强作批判，吹毛求疵，刻意批判试图"压倒"前人。查慎行诗歌批评虽然也有"批评性言论"，但往往是有理有据，较为客观。这些特点就让查慎行成为清代很有影响的诗论家、诗歌注家。

首先，查慎行《瀛奎律髓》评点用很多文字解释一些疑难词句、解释用典情

况，或者串讲诗意，包含大量的知识性内容，能对读者有帮助。《瀛奎律髓》卷六萧千岩《次韵傅惟肖》查慎行评曰："南渡诗家初称尤、萧、范、陆，今萧诗罕传者，唯刘后村诗话中及兹集所载数篇而已。"❶这是谈自己所知道的萧千岩诗的留存情况，所提供的信息是有价值的。卷十二评杜甫《秋野》说："第三句用《庄子》，第四句用'陶'，辞极脱化"，这是解释诗句中用典的来源。卷十九评陆游《醉中自赠》说："'欠壬申'语出《三国志·管辂传》。'憎斗牛'，用昌黎诗"，这是解释诗中用典的出处。卷二十九张耒《二十三日立秋夜行泊林里港》，查慎行评语是："文潜集有两本，一名《宛丘集》，一名《内史集》，余所见者皆钞本，脱讹颇多。"❷这是解释张耒作品集的情况。再如卷四十二宋景文《送越州陆学士》，查慎行的评语引《会稽记》来解释"射的山"。卷四十四白居易《眼病二首》有一句"案上谩铺《龙树论》"，查慎行有评语："《龙树论》，专治目疾之书。"从这些评语来看，查慎行很注重在评点中疏解诗作的难点。这与查慎行撰写《苏诗补注》是一脉相承的，都是从"注家"的立场来进行评点。

其次，查慎行诗学功底很扎实，对前人诗作烂熟于心，故常能指出前人诗作的出典与引用、化用。卷十一陈后山的五律《夏日即事》，查慎行评曰："第四句'乱来唯觉酒无功'，唐人已先有之。"这是引唐人韦庄《与东吴生相遇》中的"老去不知花有态，乱来唯觉酒多情"来证明陈师道此诗中的"愁极酒无功"是化用了前人诗句。卷十七韦苏州《赋暮雨送李胄》的三四句"漠漠帆来重，冥冥鸟去迟"，查慎行评说："三、四与老杜'湛湛长江去，冥冥细雨来'各极其妙。"再如卷二十七郑谷《燕》查慎行批语："东坡'新巢语燕还窥砚'句本于此。"卷三十三陆游《游山》的颔联"蝉声入古寺，马影渡荒陂"，查慎行注意到这是出自杜甫诗："'蝉声集古寺，鸟影渡寒塘'，少陵句也。放翁熟于杜律，不觉屡犯。"卷三十四陈师道《西湖》第二句"寒花只自香"，查慎行批语："'寒花只暂香'，少陵语也。"可以说，查慎行对苏轼诗、杜甫诗等前人诗都非常熟稔，是有清一代对前人诗作极为熟稔的诗评家之一。这也是查慎行诗评与纪昀诗评的核心差异之一。查慎行进行

---

❶ 方回.瀛奎律髓[M].上海：上海古籍出版社,2020:293.
❷ 方回.瀛奎律髓[M].上海：上海古籍出版社,2020:1364.

诗歌评点注重以理服人,以扎实知识服人。而不像纪昀的诗歌评点,高举文坛权柄,吹毛求疵,强作批判,往往难以服人。

再次,查慎行对《瀛奎律髓》的评点也有一些批评的话语,但总体上是较为平和的,不像纪昀专以找出前人缺陷为能事。卷十七吕居仁《雨后至江上有怀诸子》,查慎行评曰:"用成语须切贴,三、四不佳。"卷二十七杨万里《山茶》,查慎行批语:"四句不成语"。这些批评都较为中肯。再如卷三十王建《赠索暹将军》第五句"闻休斗战心还痒"这是对将军的好战心态进行夸张,查慎行对这种好战之语很不满,批评说:"五句粗俗,不谓中唐乃有此!"对此诗纪昀也有批评,但纪昀的批评就不如查慎行恰到好处。又如卷三十五项斯《宿胡氏溪亭》有方回评语:"五、六刘后村深喜,然觉太工。太工则拘,拘则狭。"查慎行评语是:"第二句俗,第六句凑对。"查慎行的评语虽然也是批评,但看起来没有那么出格,更没有给人"彰显自己"的感觉。这些批语与纪昀的一些批语类似,但效果则完全不同。查慎行的批判性批语显得较为客观,有针对性,较准确。

查慎行也会指出前人诗的不足之处,但往往很客观,不像纪昀常常有各种谬评。如在《瀛奎律髓》卷一僧处默《胜果寺》,方回引了黄庭坚的一些化用,查慎行对此有不同意见,他说:"'吴越到江分',字字意足,若'话胜十年书','书'字欠'读'字意,几不成句,勿为山谷所欺也。"这段评语对黄庭坚很不客气,但显得有理有据,是较为客观的批评,不给人意气用事之感,而纪昀的很多批语则给人意气用事、故意贬低之感。又如《瀛奎律髓》卷二十七贾岛《病蝉》第三句"折翼犹能薄",查慎行批语"第三句费解",这就是经过细读之后认识到这句诗有难解之处。

二、查慎行《瀛奎律髓》评点的诗学贡献

查慎行对《瀛奎律髓》点评的最大贡献是依靠深厚的诗学功底,能够有理有据地指出入选作品的佳处,并以学理性的话语带着读者进行赏析。这一点是查慎行作为一位学者型诗人、学者型批评家所特有的,也是查慎行在清代诗坛"赖以成名"的看家本领之一。

文学评论往往是注重找出前人作品的"佳处",而不是"胡乱批判一通"。在这

一点上查慎行比纪昀做得好。毕竟诗歌欣赏是一个审美的过程，注重欣赏前人作品的佳处。毕竟大部分诗歌作品都是较为平庸的，历史上的经典作品属于少数。要挑普通作品的毛病，是很容易的。纪昀就是未充分考虑到这一点，而以找出前人缺陷为能事，阅读纪昀的《瀛奎律髓刊误》，读者受益不大，就在于纪昀未能大量指出所入选作品的佳处，而是一顿劈头盖脸，不分青红皂白的批判。而查慎行很注重指出前人的佳处，给读者以诗歌欣赏上的帮助。也正是这一点让查慎行成为清代很有影响的诗论家。如卷四十二刘克庄《赠翁卷》："非止擅唐风，尤于选体工。有时千载事，只在一联中。世自轻前辈，天犹活此翁。江湖不相见，才见又西东。"查慎行评曰："五、六不减少陵，非'四灵'可比。"就是指出了这首诗的佳处。反观纪昀的评语"前四句鄙浅，五、六稍健而语太激。"除了把自己突显得"高高在上"，实则并没有欣赏到该诗的佳处。纪昀对《瀛奎律髓》的绝大部分评语都有这个毛病，很难看到纪昀对诗歌的真正欣赏。从纪昀自己创作的诗歌的水平来看，纪昀离一位较优秀的诗人还有很远的距离。而查慎行则称得上是一位优秀的诗人，因为查慎行能够欣赏到前人诗作的优秀之处。

类似这样对前人好句击节叹赏的评论，还有很多。《瀛奎律髓》卷四杜牧《题宣州开元寺小阁》的颔联"鸟去鸟来山色里，人歌人哭水声中"是名句，查慎行评曰："第二联不独写眼前景，含蓄无穷。"虽然只有寥寥数语，但从查慎行学理上解释了这联诗为什么好。将之与纪昀对此诗的评语"赵饴山极赏此诗，然亦只风调可观耳，推之未免太过"相比对，能看出纪昀的评语毫无学理性可言，只是一味出言否定、贬低，而查慎行则有理有据，虽不能说学理充分，但至少不给人突兀之感。

查慎行在评语中往往较为客观地评价诗人诗作的历史地位，或者提出一些值得我们思考的诗学观点。查慎行有很深的诗学修养，因此他的看法往往有很深的洞察力，不是像纪昀那样故作惊人之论，而是往往能洞察到诗学问题的本质，故而查慎行的点评大多理性、客观。

如卷一陈简斋《登越台》的评语中，查慎行综合比较了陈与义与陈师道诗歌成就，说："简斋与后山才力相近，而烹炼不及后山，观其全集自见。"❶ 就是认为

---

❶ 方回.瀛奎律髓[M].上海：上海古籍出版社，2020：24.

陈与义诗不如陈师道。卷一王安石《登大茅山顶》的评语中查慎行高度评价了王安石诗："半山诗无体不工，宋人学唐者断推第一手。"❶ 王安石在南宋以后，社会评价不高，但查慎行高度肯定了王安石诗歌的艺术价值。这是纯粹从诗艺角度来谈的。但在王安石社会评价不高的历史条件下，这样的评论还是很需要"诗识"的。《瀛奎律髓》卷十白居易《履道春居》，查慎行评曰："谁谓香山浅易？皆耳食而不味其蔵者也。"这是对白居易诗是否浅易提出看法，实则白居易诗只是形式上通俗，但诗意往往有其深刻之处。此外，查慎行在诸多评语中，对苏轼诗还是情有独钟。如《瀛奎律髓》卷三十七苏轼《赠善相程傑》查慎行批说："阅过众人诗，忽见苏作，令我心开目明。"

综合来看，查慎行的诗学修养，要显著强于冯舒、冯班、纪昀等人，因此查慎行对《瀛奎律髓》的点评更有参考价值。如果将纪昀的评点一起进行比较，就可以看出"云泥之别"。查慎行像一位风采秀出的杰出诗歌评论家，优游不迫，时有精到之论。

第四节　纪昀《瀛奎律髓刊误》的无差别批判

纪昀（1724—1805），字晓岚，直隶献县（今河北）人。24岁中举，乾隆十九年（1754年）31岁时中进士。乾隆三十三年（1768年），因事谪戍乌鲁木齐。乾隆三十六年（1771年）六月，纪昀回京任翰林，这年八月他在早年初稿基础上，完成了《纪昀评点〈苏文忠公诗集〉》，这年冬十二月他又完成了《瀛奎律髓刊误》。随后在乾隆三十八年（1773年）二月，乾隆帝命开《四库全书》馆，时任翰林的纪昀入四库馆为纂修。这年闰三月，刘统勋等人推荐纪昀为总纂。❷ 可见，《纪昀评点〈苏文忠公诗集〉》《瀛奎律髓刊误》二书稿的完成，与纪昀被推荐为《四库全

---

❶ 方回.瀛奎律髓[M].上海：上海古籍出版社,2020:36.
❷ 张晓芝,笺证.四库全书馆密函：于敏中致陆锡熊手札笺证[M].北京：中华书局,2023:12.

书》总纂官是有一定联系的。

乾隆三十八年（1773年），纪昀受命任《四库全书》总纂官（很多人误以为这是四库馆最高职位，实则并不是，因此误导了一些人，让人误以为纪昀是《四库全书》的主要负责人），后累官至礼部尚书。嘉庆年间82岁时卒于京师。纪昀为清代很有影响的文人之一，他参与主编的《四库全书总目提要》汇集了清代文献学的精华，产生很大影响。不过客观来说，《四库全书总目提要》并不能署名"纪昀等"，而应该按照清代的署名乾隆帝第六子"永瑢等"，因为该书从根本上是乾隆帝策划编撰的，主要体现了乾隆帝个人的文化思想。例如，《四库全书总目提要》中关于唐宋诗的论述，主要都是乾隆帝御选《唐宋诗醇》中观点的展开与阐释。再从具体的编撰流程来看，《四库全书总目提要》更多的是集体成果，纪昀只是三位总纂官之一，在总纂官之上还先后有28位正副总裁官，在三位总纂官之下有各类纂修官近百人❶。纪昀只是《四库全书总目提要》的主要定稿人之一❷，很多内容都是别的纂修官的手笔。但纪昀靠不断宣传自己是该书的作者而获得了很大声名。

纪昀在各类文字中都有极强的"批判性"，总是能够以各种角度找到前人的不足、谬误，这种"批判性文风"在古代"谨守师说"的学术氛围中是极为稀缺的，也是极有价值的，但因此纪昀其人的文风在当时也有很大争议性。一方面，他的这种批判性文风受到内心孤傲的乾隆帝的欣赏（乾隆帝御选《唐宋诗醇》中即有一些对前代大家的批评），乾隆帝对他委以重任，使得《四库全书总目提要》带有纪昀一定的"个人色彩"，带有极大的批判性。《四库全书总目提要》中的这种极大的批判性，正是乾隆帝需要的，乾隆帝需要"超越古人""超越前朝"。亦可以说，《四库全书总目提要》归根结底体现了乾隆帝自己的文化思想。另一方面，当时文坛上以桐城派姚鼐、姚莹、姚椿等为代表的文人对纪昀及其主修的《四库全书总目提要》极为不满，发表了大量针对纪昀的批判甚至谩骂，认为纪昀"猥獥""诞妄邪

---

❶ 学界关于四库馆正副总裁官、总纂官、纂修官的工作情况已有较深入研究。参见：张升. 四库全书馆研究[M]. 北京：北京师范大学出版社，2012.

❷ 司马朝军等学者反对将《四库全书总目提要》的署名权给纪昀。见：司马朝军. 纪昀与《四库全书总目》[J]. 图书馆杂志，2007(2).

淫"。这些对纪昀的批判恐怕都是很有道理的。至少从纪昀对苏轼诗、对《瀛奎律髓》等的点评来看,笔者个人认为,纪昀的学识、学术能力与踏实程度、公允程度,恐怕远不如四库馆中翁方纲、戴震、彭元瑞等诸多总裁官与纂修官。如晚清名士李慈铭即认为纪昀的学术水平不够:"今言四库者,尽归功文达。然文达名博览,而于经史之学实疏,集部尤非当家。"❶ 李慈铭等于是全面否定了纪昀在经史子集方面的学术素养。在笔者看来,李慈铭对纪昀真实学术水平的这一否定性评估是很有见地的,也非常客观的。从本书相关章节中对纪昀在诗歌评点时诸多问题的揭示来看(如清人王文诰对纪昀的诸多反驳),纪昀的很多评点文字是不足采信的。纪昀参与撰写的《四库全书总目提要》的部分稿件,恐怕也一样存在"不足采信"的问题。

因早年"涉猎于苏、黄,于江西宗派亦略窥涯涘",纪昀对宋诗是很关注的。在乾隆辛卯年即乾隆三十六年(1771年)冬,纪昀开始批点《瀛奎律髓》,几个月后即定稿,另据纪昀在乾隆戊辰年即乾隆五十三年(1788年)八月所写《瀛奎律髓刊误》"跋语":"此书乃乾隆辛卯之冬,自西域从军归,再入翰林时所阅,久失其稿,亦不复检寻。"❷ 开始评点《瀛奎律髓》时,纪昀另一部诗歌评点著作《纪昀评点〈苏文忠公诗集〉》刚刚定稿不久。而据纪昀的学生李光垣在嘉庆五年所写的"跋语",纪昀"自乾隆辛巳至辛卯评阅至六、七次,细为批释,详加涂抹",此后李光垣拿到了一份抄本,进行了少量整理,后来在乾隆五十三年(1788年),李光垣即将离开京师,将抄本拿给纪昀看,纪昀匆匆看过后,未加修改,只是给他写了一篇简短的"跋语"。李光垣将该抄本保存在身边,到嘉庆五年(1800年)才得以刊行。

纪昀对《瀛奎律髓》进行了认真的批点、刊误,以一种"批判"的态度对唐宋诗人作品进行了多方面批评,总体上"否定多于肯定",仿佛唐宋诗歌名家的诸多作品都存在不足。但客观来说,纪昀对《瀛奎律髓》的批点,亦是肯定了宋诗的历史地位。因为方回的《瀛奎律髓》虽表面上唐宋诗并重,但其内在实质则更重宋诗,入选了221位宋代诗人的1765首律诗,接近全书篇幅的60%,且立论往往以

---

❶ 转引自:蒋寅.清代诗学史(第二卷)[M].北京:中国社会科学出版社,2019:188.
❷ 方回,编.瀛奎律髓[M].上海:上海古籍出版社,2020:1954.

"江西诗派"的观点为旨归。❶ 故而《瀛奎律髓》堪称"为宋诗张本"的诗选。而纪昀独独选取《瀛奎律髓》进行评点勘误,也正是看中了该书的样本价值,即《瀛奎律髓刊误序》中所谓:"然其书行世有年,村塾既奉为典型"。❷ 不排除纪昀早年就是通过深入研读《瀛奎律髓》一书,而对江西诗派的理论有所涉猎。

综合来看,纪昀《瀛奎律髓刊误》受到冯舒、冯班"批判性诗论"的很大影响,纪昀学到冯舒、冯班"通过批判宋人,博取诗坛关注"的手法。然而时代不同,相同做法的效果也并不相同。在冯舒、冯班的时代,诗坛上宗唐氛围压过宗宋氛围,冯舒、冯班受明前后七子影响激烈批判宋诗,能够获得一定认可,然而在纪昀的时代诗坛上宗宋的氛围逐渐压过宗唐氛围,纪晓岚批判宋诗的观点难以获得主流诗坛的认可,故而终其一生纪昀的诗歌创作与诗论并未产生多大影响。社会上一度传言纪昀诋毁宋诗,这给纪昀很大压力。在《二樟诗钞序》中,纪昀提到有人曾批评他诋毁江西诗派,"有场屋为余驳放者,谓余诋諆江西派,意在煽构。闻者或惑焉。及余所编《四库书总目》出,始知所传为蜚语,群疑乃释。"纪昀最终还是回到了"宗宋"的立场。

笔者怀疑,由于纪昀的试帖诗创作在当时比较优秀❸,纪昀的批点《瀛奎律髓》可能是在用科举考场的"试帖诗"的规则来衡量诗歌创作(其实试帖诗也没什么规则,是当时人根据科举考试的规则逐渐制定出来的)。因此,纪昀能从各种角度找到前人优秀作品乃至经典作品的缺陷,以此对前人加以批判。但客观来说,纪昀在评点过程中是存在谬误的。或者严格来说,纪昀的《瀛奎律髓刊误》因谬评太多,不值得我们过高评价。但由于纪昀是《四库全书总目提要》的主要定稿者之一,对现代学者有一定影响。而通过对《瀛奎律髓刊误》的深入分析梳理,有助于我们更

---

❶ 方回.瀛奎律髓[M].上海:上海古籍出版社,2020:1-10.
❷ 纪昀.纪文达公遗集·文集(卷九)[M].清刻本.
❸ 蒋寅先生在《清代诗学史(第二卷)》中专列一节称纪昀为"试律诗学的奠基人"。此提法恐不妥。因为试帖诗大概相当于现代的高中生作文,称之为"学"恐怕不妥,再称纪昀为此"学"的奠基人就更不妥。在纪昀同时代,甚至早于纪昀几十年,已有大量的试帖诗著作,纪昀不能被称为"奠基人",只能是说"试帖诗的参与者之一",在纪昀之后有多部试帖诗著作其影响与销量都超过纪昀作品。

全面认识《四库全书总目提要》。故而，在此我们要进行多方面探讨。

一、纪昀《瀛奎律髓刊误》反对"党援""攀附"的批评理念

纪昀在早年撰写《瀛奎律髓刊误》时，撰有一篇《瀛奎律髓刊误序》，序的标署时间是乾隆三十六年（1771年）十二月，此时《四库全书》即将开始编撰。在这篇序中，纪昀开门见山批判方回："文人无行，至方虚谷而极矣。"这批评的是方回（1227—1307）在元末南宋朝廷灭亡后，投降元朝的事情。纪昀认为该书"非尽无可取，而骋其私意，率臆成篇。其选诗之大弊有三：一曰矫语古淡，一曰标题句眼，一曰好尚生新。……至其论诗之弊，一曰党援……一曰攀附……一曰矫激。"❶ 纪昀这一总体性批评意见其实有一定牵强，存在一定臆断。在笔者看来，纪昀实则是把乾隆帝"反对朋党"的政治意见❷，化作了文学批评意见。这在文学上看起来很荒谬，但在政治上迎合了当时乾隆帝所塑造的"反对朋党"的大环境，纪昀后来受到乾隆帝一定的赏识，这恐怕是原因之一。换言之，纪昀具有很强的政治思维，他高举了乾隆帝"反对朋党"的大旗，将之作为诗学批评的标准，反对诗学上的"党援"与"攀附"，这实际上就否定了"文学流派"存在的必要性。我们现代所谓的"文学流派"，都可以用纪昀的"党援"与"攀附"一语否定之。按照纪昀的看法：

> 至其论诗之弊：一曰党援，坚持"一祖三宗"之说，一字一句，莫敢异焉。虽茶山之粗野，居仁之浅滑，诚斋之颓唐，宗派苟同，无不袒庇。而晚唐、昆体、江湖、四灵之属，则吹索不遗余力，是门户之见，非是非之公也。一曰攀附，元祐之正人，洛、闽之道学，不论其诗之工拙，一概引之以自重，本为诗品，置而论人，是依附名誉之私，非别裁伪体之道也。一曰矫激，钟鼎山林，

---

❶ 方回.瀛奎律髓[M].上海：上海古籍出版社,2020:1953.

❷ 高进.清代惩治朋党律例探析[J].社会科学辑刊,2011(5).

名随所遇，亦各行所安。巢、由之遁，不必定贤于皋、夔；沮、溺之耕，不必果高于洙、泗；论人且尔，况于论诗乃词涉富贵，则排斥立加；语类幽栖，则吹嘘备至；不问人之贤否，并不论其语之真伪，是直诡语清高，以自掩其秽行耳。又岂论诗之道耶？[1]

纪昀把"反对朋党"的政治理念，转成文学上"反对流派"的文学理念，似乎在追求一种更为公允的诗文评选理念。但"文学流派"难道不是文学的根本特点之一？不同文学流派有不同特点，不同文学流派之间相映生辉，不同文学流派共同组成了文学史的丰富多彩，何必因为某一文学流派对本流派的作品大加赞赏，而感到不满？

在笔者看来，纪昀这根本上还是在以诗歌评点的形式，呼应乾隆帝"反对朋党"的政治宣示。毕竟，宋元明清诗坛上对晚唐体、昆体、江湖派、四灵派的批评意见，并不是只见于方回一人。历代评论家对晚唐体、昆体、江湖派、四灵派有大量批评。宋代各诗歌流派的文学史地位之形成，并不是一两位批评家决定的，而是在漫长历史进程中综合演变而成的。至少到清代，永嘉四灵诗集的再版都极为少见了，这相比苏轼、黄庭坚、陆游等人诗集的大量再版显然已不可等量齐观了。方回虽然对江湖派、四灵派有少量批评，但这恐怕并不是他一个人的意见，在宋末元初诗坛上这恐怕是一种共识。

有意思的是，即使纪昀自己，《瀛奎律髓刊误》中对江湖派、四灵派一样有大量批评，如纪昀多次在评语中称刘克庄"庸俗""粗俗""村野"，相对来说，方回对刘克庄的评价反而更高些。如在《瀛奎律髓》卷二十七的《老吏》中纪昀评价说："此首尤恶。虚谷乃赏其痛，谬甚。"可见，这首诗方回评价很高，纪昀则极为不满。再如对"永嘉四灵"诗，纪昀虽有一定好评，但也有大量恶评，如卷二十九评翁卷《宿邬子寨下》："琐屑而卑弱"。卷三十五评翁卷《题周氏东山堂》："格意浅薄"。尤其是卷二十九赵师秀《简同行翁灵舒》："久晴滩碛众，舟楫后先行。终日不相见，与君如各程。水禽多雪色，野笛忽秋声。必有新成句，溪流合让清。"方回评说："五、六伶俐，然犹不甚高远。"这两句诗确实很好，方回此评价不算太

---

[1] 方回.瀛奎律髓[M].上海：上海古籍出版社，2020：1953.

高，但也算是赞扬。纪昀则在方回的评语后评价说："此虚谷于'四灵'多吹索，纯是门户之见。"认为方回这里是吹毛求疵，刻意贬低四灵诗，意思是这两句诗应该得到更大的赞扬。问题是纪昀在此诗末尾还有一处评语说："末二句弱甚"，这是把赵师秀这首诗的结尾给否定了。结合《瀛奎律髓刊误》中，纪昀对各诗人的大量批判、贬低的评语来看，到底是谁在对"晚唐、昆体、江湖、四灵之属，则吹索不遗余力"，都是个值得怀疑的问题。

基于以上多方面原因，纪昀试图对《瀛奎律髓》进行一次系统性批判。纪昀称，考虑到该书流传甚广，又且前人不敢或不屑批评该书，"然其书行世有年，村塾既奉为典型，莫敢訾议"，为了防止"谬种益蔓延而不已"，他不得不进行多方面的批判与刊误。因此，《瀛奎律髓刊误》一书的创作，主要是因为纪昀对该书的不满，全书的内容主要是指出《瀛奎律髓》所选诗以及方回评点的诸多问题。

二、纪昀《瀛奎律髓刊误》无差别批判的体现

以上是纪昀自称的撰写此书的初衷。然而结合纪昀在《纪昀评点〈苏文忠公诗集〉》中对苏轼的诸多批评，以及《四库全书总目提要》中的诸多明显属于纪昀手笔的提要（从用词用句能看出是纪昀手笔的提要）中对前人的诸多挑刺、批评来看，在诸多作品中，纪昀显示出对前人的"无差别批判"，出现在纪昀笔下的人物与作品，几乎都会以各种或正当或离奇的角度被批判、贬损。在《瀛奎律髓刊误》中纪昀对其中绝大部分诗都进行了各式各样的批评、贬损，有的批评颇为正当，但也有大量批评匪夷所思。而且纪晓岚针对《瀛奎律髓》的评语，不光是针对其中的诗作，很多时候也是针对方回的评语的一些点评。在具体的评点中，纪昀习惯于从负面立论，除指出方回点评中的错谬之外，亦致力于指出前人诗歌作品的不足之处，故此全书题名"刊误"。

比较而言，纪昀的《瀛奎律髓刊误》没有《纪昀评点〈苏文忠公诗集〉》评点苏轼诗的批判性那么浓烈。该书取名"刊误"，可能是因为《瀛奎律髓》中入选了一批"非著名诗人"的作品，对这些"非著名诗人"的作品，纪昀就像科举考场上考官批改考生应试诗，进行了大量的挑错，反正解释权在他自己，可以随意拿捏，

不至引起公愤。而对于那些著名诗人的较好作品，纪昀的"挑剔"相对收敛些，没有那么"猖獗"（姚鼐语），但也有大量批判，其中部分批判并无道理，有的近乎强词夺理。这里，可分类摘录一些纪昀对《瀛奎律髓》中作品的批评。在笔者看来，纪昀《瀛奎律髓刊误》中的评语，约一半都有各类问题，很多都"不足为训"。

第一，对方回有大量批判。

卷三十王建《赠索遹将军》纪昀评说："鄙俚粗恶，殆如市上所唱弹辞。作者、选者，皆不可解。"这是把作者王建和选者方回一笔抹倒。卷三十二因方回只入选了杜甫《秋兴八首》中的一首，纪昀便攻击方回："八首取一，便减多少神采。此等去取，可谓庸妄至极。"这是认为不能只选一首，而要选多首或全部入选。这种评语已接近无理取闹。卷三十梅尧臣《拟王维观猎》纪昀评说："取拟作而不取本诗，而拟作又逊本诗远甚，真不可解。虚谷之党护如是，则冯氏之攘臂毒骂，亦非无为而然也"，这是公开支持冯班兄弟对方回的毒骂。

纪昀在前言中，把"攀附"作为方回论诗的三大弊端之一。这种看法初看起来让人觉得莫名其妙，但其实纪昀是在引用乾隆帝的观点。反对"依附""朝臣结党"是乾隆帝很重要的政治理念，为此乾隆帝发动了多次政治案件，试图纠正群臣中存在的"依附""结党"的状况。在《唐宋诗醇》中白居易诗选的小序中，有"牛李构衅，绝无依附"之语，是赞扬白居易不依附牛李二党。对此，纪昀深有体会，故而将反对"党援""攀附"作为了论诗标准（严格来说，这根本就不是论诗标准），这实则是在向乾隆帝理念紧紧靠拢。在《瀛奎律髓》卷二十八因为入选了八首韩魏公韩琦的诗，纪昀便批评方回"攀附"。实则韩魏公逝世都二百多年了，方回编《瀛奎律髓》时宋朝都灭亡了，何来攀附之有？类似的卷二十三程颢《郊行即事》方回有高度评价，认为"大儒事业，有大于诗者，不可以诗人例目之"。纪昀点评说："此评太露依附之意"。纪昀所谓的"攀附""依附"似乎并不是我们通常所理解的"攀附""依附"？再看卷二十四欧阳修《送王平甫下第》，方回称赞了此诗，纪昀评价说："诗是论诗，每遇元祐名人、洛闽道学，必有诗外推尊评论，以为依草附木之计，亦是一种习气。"这段批语很奇怪，什么叫"依草附木"？何以把元祐名人、洛闽道学家比喻为速朽之"草木"？纪昀这是怎样一种诗歌思想？恰好笔者近来撰写《清代江西诗学史》，在研读乾隆二十年胡中藻"《坚磨生诗钞》案"的材料时,注意到乾隆帝痛斥朝臣胡中藻的话:"伊在鄂尔泰门下,依草附木,而诗中乃有记出西林第一门之句,攀援门户,恬不知耻。"❶ 在乾隆帝看来权臣鄂尔泰当然是"草木",而胡中藻不"攀附"皇帝本人,却"攀附"鄂尔泰,这让乾隆帝非常愤慨。很明显,在这句评语中,纪昀是在引用乾隆帝的话,甚至模仿乾隆帝的口气在说话。可见,纪昀对乾隆帝心理有深刻琢磨过。由此不难理解纪昀会在《四库全书总目提要》中不断挑元祐名人、洛闽道学家的毛病,以至于引起了姚鼐、姚椿、姚莹等人的极大愤慨。根源在乾隆皇帝,也包括依附乾隆皇帝的纪昀等人看来,元祐名人、洛闽道学家等历代名家,都是"草木"。"草木"一词包含着极大的贬义,不结合乾隆帝贬斥胡中藻的话,就难以洞悉纪昀的真正含义。

实则方回入选韩魏公等宋代高官的诗,入选程颢等理学家的诗,只不过是想更全面展示宋代的诗学面貌,纪昀却攻击他为"攀附",并且是"依草附木"。但我们翻看清代各种宋诗选本,如吴之振《宋诗钞》、厉鹗《宋诗纪事》等绝大部分选本都收录有韩琦等宋代高官的作品,亦几乎各宋诗选本都收录有程颢等理学家的诗。纪昀所谓的"攀附"是毫无根据的,且是令人费解的(当然,不排除纪昀这种观点,是源自乾隆帝本人)。纪昀为了找到前人作品的问题,往往从各种稀奇古怪的角度入手,此为很重要一例。

第二,对历代注家、选家、诗论家的批评与贬低。

卷二十九杜甫《去蜀》末句:"安危大臣在,不必泪长流。"纪昀批评历代注家:"末二句乃无可奈何,强作排遣之词。注家或曰有所推许,或曰有所刺讥,皆强生支节。"很明显历代注家的解释是对的,杜甫所谓的大臣,肯定有所指。纪昀此言是逆反心理,强作解释。卷三十李商隐《少将》纪昀有批语:"通首写侠少之意,注家以为有刺者,非。"否定注家的意见。那些注家精研李商隐诗,岂会不如纪昀?卷三十二李嘉祐《自苏台至望亭驿人家尽空》评语:"此诗诸本皆选之,其实调平味浅。"这是批评历代选家没有眼光。卷三十二陆游《书愤》的批语:"如全集皆'石研不容留宿墨,瓦瓶随意插新花'句,则放翁不足重矣。何选放翁诗者,所取乃在彼也?"这是批评家多看重陆游诗中的对句,以显示自己与流俗意见的不一样。

---

❶《清高宗实录》,乾隆二十年三月条目。

第三，对宋诗有大量批判，甚至有找茬式批判。

《瀛奎律髓刊误》中对其中所选80%以上的宋诗都有各式各样的批评、指瑕、刊误，卷二十八范成大《题夫差庙》评语："亦老生之常谈。词调尤野。"类似的，纪昀评梅尧臣《次韵景彝赴省直宿马上》："起二句笨，起句尤突。"评苏轼《次韵曹辅寄壑源试焙新芽》："五、六鄙俗。"评陆游《守严述怀》说："自述清标，其辞殊陋。"

在卷二苏轼的《卧病逾月，请郡不许……》一诗的评语中，纪晓岚说："七律亦非东坡长技，颇以气格胜耳。古体自妙绝一时，独有千古。可惜结入习径。阅其全集，方知此是东坡口病，所谓好曲不禁三回唱。"❶ 鲜明指出了苏轼诗的一些缺点。纪昀较欣赏苏轼的诗，曾全面点评过苏轼的诗，其中亦有大量对苏轼诗批评之语，在《瀛奎律髓刊误》中纪昀对苏轼的一些名作也有批评。

在卷二十四苏辙《送龚鼎臣谏议移守青州》中方回引用了陆游的一则典故，然后说"盖诗家之病忌乎对偶太过，如此则有形而无味"，本来是赞扬陆游的。但纪昀则点评说："放翁亦有对偶太工之病。"把问题引到陆游身上。"对仗工稳"本来是陆游诗的优点，但纪昀则认为其中也存在"对偶太工"的缺点。此说有一定道理。不过在纪昀《瀛奎律髓刊误》中，像这种"较有道理"的评语占比恐怕并未过半。也即在笔者看来，纪昀《瀛奎律髓刊误》中的评语，约一半都有各类问题。

第四，对唐诗也有大量批判。

《瀛奎律髓刊误》中对唐诗的评价相对高于宋诗，对唐诗的评价也相对温和些，但其中很多唐诗也被指出了各种问题。这显示出纪昀对唐宋诗是一种"无差别的批判"。卷四杜牧《题宣州开元寺小阁》的颔联"鸟去鸟来山色里，人歌人哭水声中"是名句，但纪昀却无端进行贬低："赵饴山极赏此诗，然亦只风调可观耳，推之未免太过。"实则古今欣赏这首诗的读者、评论家不知凡几，纪昀出于逆反心理，非要进行这样的贬低式评论。卷二十四白居易《送蕲州李十九使君赴郡》，方回评语是"八句皆可取"，而纪昀则评说："无一句可取。"白居易的诗，怎么可能无一句可取？这明显是故作高人之论。再如卷三十二杜荀鹤《旅泊遇郡中叛乱示同志》纪

---

❶ 方回.瀛奎律髓[M].上海：上海古籍出版社，2020：79.

昀评说:"此种殆不成诗,无用掊摘。冯氏乃亦取之,偏袒唐人至此,不可以口舌争矣。"这是指责冯班兄弟宗唐,以显示自己对唐诗也有很多批评。

纪昀对唐诗的批判中也有部分贴切之处。如卷十七杜甫《江雨有怀郑典设》,纪昀评曰:"拗而不健,但觉庸沓。老杜亦有不得手诗,勿一例循声赞颂。五句太支凑,末句亦不成语。"这是认为杜甫诗中很多诗也不一定好。此一点颇为中肯,毕竟很多杜甫诗的注家,对杜甫诗一律盛赞,这反而就不客观了。当然,这里纪昀对杜甫诗的评语,也有对杜甫注家的逆反心理,归根结底还是为了凸显自己的独特诗"识"。

第五,对各类经典名作都有批评。

一些经典名作或名诗人的较优秀作品,纪昀也经常有恶评。这些部分尤其不能服众。如评唐人王湾的名作《次北固山下》说:"二句最拙"。杜甫《登高》("风急天高猿啸哀")是千古名作,被清人杨伦《杜诗镜铨》称为"杜集七言律诗第一",纪昀评价说:"此是名篇,无用复赞。归愚谓'落句词意并竭',其言良是。"还是引用沈德潜的言论挑了该诗的一点毛病。类似的,评杜甫《曲江二首》,纪昀说:"三、四不佳,前人已议之。"评杜甫《暮春》:"此乃拗而不佳,不必曲为之词。"评白居易《桥亭卯饮》:"五、六句调太野,格亦太卑。"卷二十八所收范成大《九日行营寿藏之地》的颔联:"纵有千年铁门限,终须一个土馒头"为历代传颂的名句,纪昀的评语是:"三、四粗鄙之极。"纪昀的评语很像是现代社会的"酷评"。这种评语不可能得到文人士大夫的认可。

第六,对"无名诗人"的作品有大量批评、贬损。

《瀛奎律髓》中收录了大量唐宋普通诗人的优秀作品,对这些"无名诗人"的作品,纪昀往往很不客气,一般都不分青红皂白就予以批评、贬损,有的甚至全盘否定。评卷十四中唐代普通诗人郭良的《早行》:"敷衍晓景,毫无意味。此种诗可以不作。"全盘否定了这首诗。但这首诗并不见得差,其诗云:"早行星尚在,数里未天明。不辨云林色,空闻风水声。月从山上落,河入斗间横。渐至重门外,依稀见洛城。"冯舒有评语说"郭良名氏新,正不知何人"。说明这是一位很普通的诗人,方回认为"第六句新"所以入选,但纪昀则给予全盘否定,实则这首诗不见得很差。至少纪昀《纪文达公诗集》中的很多作品,都不如这首诗。

类似的，卷十七评宋代普通诗人赵章泉《晚晴》："四句'无秋声'三字究不妥，秋声不必定在落叶。五句太突，后半气亦太嚣。"多方面指出了这首诗的问题。评卷二十三方玄英《镜中别业》："出手便乖气。大抵温厚和平四字，晚唐不讲，亦时为之也。"认为全诗"乖气"。卷三十八唐代诗人项斯的《日东病僧》，纪昀评曰："意切而边幅窘狭，根柢薄也。"直接就说项斯没水平、没积累。《瀛奎律髓刊误》中这一类对普通诗人劈头盖脸、不问青红皂白就予以猛批的评语是大量存在的。实则方回能够入选这些普通诗人的作品，一定是因为这些作品有一些佳处，纪昀不聚焦在分析这些普通诗人作品的佳处上，一上来就指出他们各式各样的不足。这显然并非真正的诗歌赏析。

第七，也有一些对前人诗作的击节叹赏之处，尤其对杜甫评价较高。

虽然奉行"无差别批判"的策略，但纪昀也有对一些诗人诗作的赞叹之处。如卷十七陈与义《雨》，纪昀评曰："深稳而清切，简斋完美之篇"是高度评价了陈与义这首诗。同是卷十七吕居仁《雨后至城外》，纪昀评曰："吕公难得此深稳之作。三、四清远，七、八沉着，此居仁最雅洁之作。"虽然还带有一定贬低吕居仁诗的意味，但总体上还是赞扬了这首作品。这一类赞扬前人作品的评语，在《瀛奎律髓》中也是能找到一些的。再如对苏轼诗也有不少赞扬之语。

综合纪昀对唐宋各名家的看法，纪昀对杜甫诗评价较高，较为欣赏杜甫诗。虽然也有不少批评杜甫诗的评语，但对杜甫诗的赞扬在《瀛奎律髓》所涉诗人中是最多的，且有时推扬得很高。如卷十四杜甫诗《客亭》，纪昀评说："浑厚之至，是为诗人之笔。"卷十七评杜甫名篇《春夜喜雨》："此是名篇，通体精妙，后半尤有神。"卷三十二杜甫名作《春望》评说："语语沉着，无一毫做作，而自然深至。"要之，纪昀对杜甫诗的挑刺之处并不多，而对其他唐宋诗人的挑刺则比比皆是。

不过总体来看，既然取名叫《瀛奎律髓刊误》，全书就是重在刊误，重在指出前代名诗人的错谬与不足，故而纪昀对《瀛奎律髓》中作品的赞叹之处还是偏少。由此可以认为，纪昀《瀛奎律髓刊误》的一大缺陷就是未能从正面找到《瀛奎律髓》中各种诗的"妙处"，未能帮助与带领读者进行更高水平的文学赏析。这使得《瀛奎律髓刊误》呈现出一种很古怪的面貌，不从正面进行评析，而是从负面进行挑错，这不能不说是特立独行的，在古代众多诗歌批评著作中是有一定特色的。这或许就是纪昀《瀛奎律髓刊误》的创新性与价值之所在吧。

综上所述，纪昀的《瀛奎律髓刊误》对各入选诗歌有一种"无差别的批判、贬损"，在具体的评点中，纪昀很多观点过于"苛责前贤"，且由于用语不当或卖弄才华，纪昀在评点中显示出较强"贬低前人以自高"的倾向。这也是为什么会有人造谣纪昀"诋毁江西诗派"，根源在于，纪昀常常在诗歌点评中挑一些经典作品的毛病，这很容易被人视为"故意找茬"。

三、《瀛奎律髓刊误》批判性的成因

纪昀在《瀛奎律髓刊误》中展现了很强的批判性，笔者认为，其成因有五个方面。他有通过批判前人来彰显自己的意图，甚至也有投乾隆帝"千古一帝""压倒前人"心理之所好，但更多的也是他较为中庸、保守的诗歌观，导致他对前人诗作的一些创新之处，一些经过辛苦炼字炼句得来的新颖的句子，往往评价不高。而且纪昀擅长科举考试的"试帖诗"，他在评点《瀛奎律髓》时就带有用"试帖诗"观念来评价文人诗歌创作的因素，这导致他对诸多优秀诗作发生误判。另外，纪昀在进行诗歌批评时缺乏"历史的演化的观点"，往往用后人的观点来看待前人作品，导致误判。

（一）试图通过批判前人，彰显自己

在《瀛奎律髓刊误》中，纪昀对无名诗人一般都是一阵劈头盖脸的批判、指责。对白居易、苏轼等著名诗人也都大量批评、贬损。只有对杜甫以赞扬为主，但对一些杜诗中的普通作品，也要进行指责、贬低。可以说《瀛奎律髓刊误》有一种全面的批判性，这种批判性不能用该书标题的"刊误"二字来掩盖，实则是贬低、挑刺，堪称是"诋諆"。而纪昀正是知道自己是在"诋諆"，反而高举"刊误"旗号加以掩盖。卷二十三陈与义《放慵》一诗，方回点评说："此公气魄尤大。起句十字，朱文公击节，谓'薰'字、'醉'字下得妙。又何必专事晚唐。"这里方回只是比较宋诗与晚唐诗，并无"诋諆"。但纪昀点评说："二字诚佳，然以诋晚唐则不然，此正晚唐字法也。"这里纪昀用了"诋"字，实则方回并无"诋"之意。主要

还是纪昀自己以"刊误"的名义来诋毁前人，故而以为方回也像他一样诋毁前人，而强加"诋"字于方回的评论之上。

纪晓岚《瀛奎律髓刊误》，继承了冯舒、冯班的激烈批判性，聚焦在《瀛奎律髓》的问题。实则《瀛奎律髓》也不一定有问题，有时候"诗文无标准"，可以进行全方位的阐发。纪昀有一种不好的倾向，就是通过批判他人来彰显自己。只是说，纪昀的批判没有冯舒、冯班那么激烈且夹杂谩骂，纪昀是打着学术性"刊误"的旗号，看起来"很专业"。或者说，纪昀的"刊误"只是对诗歌的初学者有"某种初期价值"，对一些较专业的诗人、诗论家则根本无法认可纪昀的意见。笔者认为，纪昀对诗歌的认识并不是那么专业。纪昀自己创作的诗歌，绝大多数连《瀛奎律髓》中最差的一批诗都比不上。以纪昀的实际创作业绩，纪昀没有资格这样大面积地对《瀛奎律髓》中作品进行"刊误"。当然，正如"不是只有会做饭的人，才有资格批评厨师做得不好吃"，纪昀作为一位较优秀的学者，确实也有资格批评前人诗歌。只是冯舒、冯班的诗歌批评，具有一定理论主张，一以贯之。而纪昀的诗歌批评，并没有自己的理论主张，很多时候就是"以各种理由批"，反正总能找到问题。

而且纪昀的批评是大面积的，不是说批评某一首诗，而是大部分诗都被纪昀找到各式各样问题予以批判、贬低，有时甚至整卷诗都被纪昀给一笔抹倒。如卷三十七苏轼《赠虔州术士谢晋臣》纪昀批语说："坡公七律，往往失之太快、太豪，此诗故亦不免此病。"这是一笔把苏轼的七律都抹倒，仿佛苏轼的诗都入不了纪昀法眼。卷十一是"夏日类"收有五言诗29首，七言诗20首。其中杜甫诗5首，陆游诗9首，陈师道诗2首，白居易诗2首，贾岛诗1首，姚合诗1首。而纪昀在本卷卷末的评语是"此卷殊少佳作，盖夏日诗本难著语"。而在本卷各诗的具体评价中，纪昀贬斥了其中很多的诗。问题是，其中很多都是名垂千古的大诗人的作品，纪昀这样去否定这些大诗人的作品，是否合适？如果连大诗人的诗都难以得到好评，那什么样的诗能得到好评？

再如卷四十八仙逸类，纪昀在最末尾作总评："此卷最猥鄙秽俚，可采者殊少。"把整整一卷求仙诗都抹杀了。其中白居易《玉真张观主下小女冠阿容》纪昀评说："俗猥之至。"张籍《不食姑》纪昀评说："语语庸俗，三四尤甚。"苏轼《三朵花》纪昀评说："此诗殊恶，不必以东坡之故为之辞。"如果不结合纪昀各种言论来看，很容易被他欺骗，仿佛纪昀有很高的文艺追求。实则纪昀只是找个理由"批判贬损前人"。纪昀自己写《阅微草堂笔记》，其部分内容涉及鬼神，其格调能高到哪里去？何以白居易、苏轼等人写些求仙诗便庸俗呢？由此来看，纪昀有严重的"言行不一"。晚清学人姚永概（1866—1923）评价纪昀说："晓岚尚书生平所为，诞妄邪淫"❶，绝非无的放矢。

如果偶尔看纪昀在各类作品中批判前人，会觉得纪昀有着严肃的批评理念，且批评得有板有眼，看起来"很有水平"，但如果把纪昀所有批评前人的言论集合起来，就会发现，他只是为批判而批判，为彰显自己而批判，为贬低前人而批判。因为他以各种理由，找到别人的不足（有的只是纪昀臆想出来的不足），而加以批判。他可以批判白居易"俚俗"，又可以批评晚唐诗人"格卑"，可以批宋诗人"腐"，可以批梅尧臣"何一陋至此"，最终都是为了彰显自己，仿佛自己掌握"斯文之权"，可以像科举考试那样，随意批改考生试卷那样的批改古人。这既有纪昀个性的原因，但归根结底是"权力导致的傲慢"。不过更隐秘，更深层次的原因，据笔者分析，实则是纪昀在对乾隆帝"千古一帝"心理的投机。桐城派姚鼐、姚莹、姚椿、姚永概等人对纪昀的批评绝非过激。

问题是，桐城派姚鼐、姚莹、姚椿、姚永概等人对纪昀的批判并未引起现当代学者的重视。原因在于，纪昀《四库全书总目提要》等多种著作中涉及内容太过广泛，有诗学的，有儒学的，而当代盛赞《四库全书总目提要》的文献学学者往往都对诗学与儒学了解不多，容易被其中的批判所"欺蒙"。可以说，纪昀的各种批判对于"不精研具体某本书的人"具有很大的欺骗性、迷惑性（尤其是当代一些文献学研究者，对具体问题研究不深入，容易被"总目提要"所欺瞒）。一般而言，既然批判别人，自己应该就很过硬。但纪昀的《瀛奎律髓刊误》《纪昀评点〈苏文忠公诗集〉》，其实都问题很大，充满了"谬评"，其中一些较正确的地方，恐怕也都是普通的见解。《四库全书总目提要》也是如此，里面其实有武断的评论。比如本书中所研究的这些宋诗选本，经过细致比对，能看出"总目提要"关于宋诗评价的若干问题。

---

❶ 姚永概.慎宜轩日记[M].合肥：黄山书社，2010：78.

（二）有投乾隆帝"千古一帝""压倒前人"心理之所好的因素

由《瀛奎律髓刊误》再看《四库全书总目提要》的批判问题。《纂修四库全书档案》今存乾隆四十六年（1781年）二月的一条上谕："《四库全书总目提要》现已办竣呈览，颇为详核，所有总纂官纪昀、陆锡熊着交部从优议叙，其协勘查校各员，俱着照例议叙。钦此。"❶ 这条材料似乎是因为《四库全书总目提要》"颇为详核"，乾隆帝要嘉奖纪昀，但实则对纪昀嘉奖并不多。两年后的乾隆四十八年（1783年）十一月，乾隆帝提拔此前为副总纂的彭元瑞为《四库全书》副总裁，但没有提拔纪昀，很值得玩味。实则，乾隆帝曾不止一次在大庭广众之下或颁布的圣谕中称纪晓岚为"本系无用之腐儒，原不足具数"❷。这恐怕是乾隆帝对纪昀的真实看法，乾隆帝对纪昀的学术水平恐怕并不认可。晚清名士李慈铭很大程度上否定了纪昀的学识，这恐怕并非故意诋毁。以乾隆帝之聪颖与好学，不可能看不出纪昀学问空疏的问题。

在笔者看来，乾隆帝欣赏"总目提要"，并不是单纯因为该书扎实，而是因为该书充满批判。这种批判符合乾隆帝"千古一帝"的心理，需要压倒前人，独尊自己；压倒前朝，独尊本朝。纪昀就是抓住了乾隆帝这种心理。事实上，在乾隆帝御选《唐宋诗醇》的评语中就有不少对前代大家的批判之语，如诗前小序中贬斥了元祐名人中的苏辙、王安石、陈师道，又贬斥了元稹、杜牧等人（详见本书第五章谈乾隆帝《唐宋诗醇》诗学观念的部分）。这些批语都经过乾隆帝的审阅，能够代表乾隆帝的看法。纪昀正是深刻体察了乾隆帝的这种"批判压倒前人"的心理，而推波助澜，将之发展到骇人听闻的地步。乃至于模仿乾隆帝贬斥鄂尔泰的口气，骇人听闻地将元祐名人、洛闽道学家贬喻为"草木"。纪昀之所以要这么贬斥唐宋名人，归根结底是呼应与迎合乾隆帝在《唐宋诗醇》中已初现端倪地对前人大批判，归根结底是拍乾隆帝马屁，博取乾隆帝的欣赏。换言之，乾隆帝之所以盛赞纪昀作为主笔之一的《四库全书总目提要》，很可能也正是因为该书充满了对前人的批判、挑

---

❶ 张书才.纂修四库全书档案[M].上海：上海古籍出版社,1997:575.
❷ 转引自：何香久.解密学问大师纪晓岚[M].北京：中国言实出版社,2008:78.

毛病、贬损。乾隆帝在日常生活中早已习惯于居高临下对待群臣、训斥群臣，这种心理移换到文艺批评领域，也必然是对前代大家的批判、贬斥。

乾隆帝这种"千古一帝""压倒前人""训斥前人"的心理，虽然没有明确表达过，但显然是深刻存在的。乾隆帝平生创作诗歌四万多首，成为古今创作诗歌作品最多的诗人，远多于作诗第二多的陆游的九千多首。乾隆帝为何要以这样夸张的勤奋程度创作四万多首诗歌？其竞争性目标是显而易见的，就是想要压倒前代诗人。嘉庆四年正月初三乾隆帝逝世当天，嘉庆帝下谕给乾隆帝上庙号，评价乾隆帝一生成就说："圣哲多能，聪明天纵，文阐六经之奥旨，诗开百代之正宗，巨制鸿篇，以及几余游览，莫不原本经训，系念民生。圣制诗文全集之富，尤为度越百家。"❶ 嘉庆帝圣谕中的这段话看起来像是对乾隆文化功业的吹嘘，但其实说得很客观，说乾隆帝的文章创作，只是"文阐六经之奥旨"，这句评价是虚的，并没有任何过人之处。但是一说到乾隆帝的诗歌创作，就毫不遮掩地称其"诗开百代之正宗""圣制诗文全集之富，尤为度越百家"。这都强调了乾隆帝诗歌从数量到艺术水准上都压倒前人。这恐怕是嘉庆帝及身边御用文人对乾隆帝平时真实心理，乃至乾隆帝平时一些口头自许的表述。

乾隆帝少年聪颖，成年以后开始以诗歌创作自许，对当代文人一般看不上，乾隆帝在《御制诗初集·序》等中多次强调自己"不欲与文人学士争长"❷。乾隆帝的话真实意思并不是他本人不愿与当代文人争胜，而是当代文人没有资格跟乾隆帝争胜。在乾隆帝这种心理的推动下，乾隆帝也需要"压倒前人""压倒前朝"。这就是为什么《四库全书总目提要》中大量对前人"略其大美而责其小疵"（姚椿语）的找茬式的批判，引起当时姚鼐等人极大愤慨，但乾隆帝却认为写得很好，"颇为详核"，表示要嘉奖纪昀。因为纪昀这种"贬低前人"的文风，迎合了乾隆帝"千古一帝""压倒前朝，彰显本朝"的真实心理。换言之，如果没有乾隆帝的支持，纪昀等人编订的《四库全书总目提要》，是得不到学界认可的。实际上直到清末，也不能说，《四库全书总目提要》就得到了学界认可，毕竟激烈批判纪昀的姚鼐、

---

❶ 《清仁宗实录》，卷37，第10页.
❷ 乾隆帝.御制诗初集.清代诗文集汇编(第319册)[M].上海：上海古籍出版社，2010：1.

姚莹、姚椿、姚永概等桐城派文人，已经是晚清学界的主流之一。如果桐城派文人普遍不认可《四库全书总目提要》，且没有乾隆帝用国家公信力的支持，该书怎么可能立得住？

要之，纪昀评点的批判性太强，很多时候都已经脱离了正确的轨道，步入了荒诞、荒谬。思维中正平和的人接受不了纪昀的批判性，只有乾隆帝这样本身就具有极大批判锋芒的人才会"欣赏"纪昀，但乾隆帝心中无疑是洞若观火的，他只是任用纪昀来进行大批判，但实则并未对纪昀进行更多提拔，只是将纪昀任命为《四库全书》"总纂官"，但不把他提拔为《四库全书》正副总裁。乾隆帝的真实态度已经很清楚了。乾隆帝明显感受到了纪昀"批判文风"是在投自己之所好，用心其实不良，因此只是任用纪昀来做事，但不给予更大提拔。纪昀《四库全书总目提要》"作者之名"，主要都是乾隆帝逝世后，他自己借《四库全书总目提要》作为官方作品的权威性，进行多方面宣扬、吹嘘得来的。乾隆帝在世时，对纪昀有一定的压制。按照古代通例，朝廷开史馆、编书馆，总裁官、副总裁官才是负责人，纪昀的"总纂官"只相当于现代报社中总编、副总编之下的编辑部主任，虽有一定职权，但并不是稿件的总负责人，一般都是只"干活"，但不能"得名"的。历代史书编撰皆如此，不可能到纪昀这里就有很大变化！

（三）纪昀个人诗歌创作水平并非乾隆朝顶尖，中庸、保守的诗歌观，影响了他对前人作品的感悟

纪昀在清代并不是以诗人著称，纪昀的诗歌创作水平在乾隆朝算不上顶尖，而且纪昀的诗歌创作也没有那么多，现存只有16卷诗，其中与乾隆帝的唱和诗就有8卷，试帖诗2卷，比较自由的属于个人吟咏性情之作只有6卷，这并不多。虽然纪昀诗集中也有不少好作品，如《曹慕堂光禄席上赠张白莼，即以送别》其一："不料吾曹饮，斯人肯见寻。须眉留古色，天地入孤吟。牢落尘中迹，苍茫物外心。寒暄都未及，先自话登临。"就写得较好。

不过，笔者在研读纪昀《纪文达公诗集》中所收录的纪昀诗作过程中注意到，纪昀有少部分个人诗歌创作水平并不太高。纪昀诗中有一些诗句，一眼就能看出是从前人某些较知名诗句化出，这显示出纪昀少部分诗歌创作的炼句水平不太高，纪昀似乎没有完全理解：宋人诗的"生僻""瘦硬"往往是为了避免唐人的"熟句"，而用一些冷僻、瘦硬的字眼来实现诗句的陌生化。我们研读宋人乃至清代宗宋诗人的诗作，能明显感觉到诗人们为了写出跟唐人不一样诗作的良苦用心。而纪昀似乎不太愿意理解与接受这一点，故而纪昀对《瀛奎律髓》乃至苏轼诗集中一些本来为得意之作的生僻用字用句，反而评价较低，往往在批语中建议用一些较常见字眼替换。给人感觉：纪昀在诗歌评点中，常常是以低水平来评价别人的高水平，往往反过来说别人高水平的作品有这样那样的毛病。实则纪昀个人的绝大部分诗作，在艺术水平与文学史影响上都比不上《瀛奎律髓》《苏轼诗集》中大部分的低水平作品。纪昀"酷评"《瀛奎律髓》《苏轼诗集》中一些经受了历史检验的名作，显得很不得体。

虽然纪昀在理论主张上从未说要模拟唐诗，但纪昀的不少作品都有着较为拙劣的模拟痕迹。或者很多诗句的句法较为拙劣。可举一些例子。纪昀的五律《卢沟桥》的颔联："万里通南北，双轮转古今。"这一对句就较为拙劣。再如，七律《任丘晤高近亭，因怀边征君随园》："草草荒鸡夜未央，挑灯话旧一回肠。故人踪迹言难尽，行子关河路正长。敢道功名由命数，且凭科第论文章。劳君问讯岩中桂，秋雨秋风好在香。"这首诗看起来像刚刚学诗的人写的，就是把一些连当今中学生都知道的"成语"给堆积起来，如夜未央、挑灯夜话、一言难尽、秋风秋雨愁煞人之类。从此诗的诗意来看，应是纪昀31岁中进士之前的作品。从这首诗来看，纪昀的很多诗作，其水平确实达不到清代顶尖诗人的水平。

再看纪昀45岁后在乌鲁木齐所作《乌鲁木齐杂诗》，这是纪昀成熟期的作品，总体上水平较高，在清代乾隆时期较优秀的前一百位诗人中，应可以排在四五十名左右。但这些《乌鲁木齐杂诗》中也有大量使用熟语、成语组合成的诗句，同那些善于炼句的诗人其实差得很远。纪昀的一些较为俗套的诗句，如"云满西山雨便来，田家占候不须猜""月黑风高迅似飞，秋田熟处野猪肥""界画棋枰绿几层，一年一度换新塍""赠与桃花时颊面，筵前何处不春风""逢场作戏又何妨？红粉青蛾闹扫妆"等，这些诗句都有明显用常见诗句、常见成语改写而来的痕迹。这显示出在写《乌鲁木齐杂诗》时，纪昀的诗歌创作水平并不见得有多高，与同时代一些擅长炼字炼句的顶尖诗人差距较大。

而纪昀乾隆三十六年（1771年）撰写《瀛奎律髓刊误》《纪昀评点〈苏文忠公诗集〉》之时，正是从乌鲁木齐回到京师不久。纪昀以这样在诗坛属于中等水平的炼字炼句水平，还去评点唐宋名诗人的作品，这本身就不太合理。事实上，纪昀在评点前人诗作时常常将前人辛苦炼字炼句得来的较为冷僻、新颖的词句，进行多方面否定。这可能就是纪昀较为中庸、保守的诗歌认识水平与创作水平导致的。总之，纪昀在诗歌评点中，由于自身诗歌观念的保守，忽视了前人的创新性，而经常有对唐宋名诗人的各类作品，有着匪夷所思的批判、贬损。

纪昀因其较为中庸、保守的诗歌观念，他的诗歌创作并未获得诗坛的认可。事实上，纪昀在世时与逝世后，他的诗就一直传播不广。桐城派诗人郭麐（1767—1831）在《灵芬馆诗话》中就说："纪文达公以文章名一世，所定四库书，著语殆无一字不当，独恨诗不多见，近始得其全集，和平尔雅，真金华殿中人语。"以当时郭麐的视野，纪昀的诗是不多见的，"独恨诗不多见"，说明纪昀个人诗歌创作流传并不广，并未成为当时诗坛上的代表诗人，由此可见诗坛诗人们对纪昀诗歌创作的真实看法。

（四）纪昀在用试帖诗的标准来评判真正的文学创作

纪昀对唐宋诗人作品普遍持批判、挑错态度的一个重要原因，很可能是他在用科举考试中试帖诗的标准来看待文学创作。乾隆二十一年（1756年）乾隆帝下诏在科举考试中恢复诗歌创作，文化界逐渐形成了一些关于试帖诗的规则。纪昀本人在科考中并未考过试帖诗，但他后来多次担任科考考官，如乾隆二十七年（1762年）任福建学政，这都需要对考生的试帖诗进行评判，因此自己也需要创作一些试帖诗。今存纪昀《纪文达公诗集》中有一卷就是《馆课存稿》，是纪昀所写的试帖诗。纪昀在试帖诗上很有心得，据他在《题从侄虞惇试帖》一诗的自注中说："试帖多尚典赡。余始变为意格运题，馆阁诸公每呼此体为'纪家诗'。"❶可见纪昀在试帖诗创作上逐渐形成了自己的套路。这可能导致了纪昀把试帖诗当成了诗歌的正宗，反而忽略了"文人诗歌"的价值与意义。

---

❶ 纪昀.纪晓岚全集(第二册)[M].郑州:大象出版社,2020:83.

更值得注意的是，纪昀在乾隆二十四年（1759年）撰写，于第二年刊刻的《唐人试律说》，该书是对七十多首唐代试帖诗的评点。纪昀在自序中说："持论颇刻核，欲初学知所别择，非与古人为难也。"❶ 但看纪昀对这些诗的评点，几乎每一首都有指瑕或贬低之处。如郑谷《奉试涨曲江池》，纪昀有一句评语说："'桂华'句太率。唐人试律，结句多不留心，不可为训。"不但批评了郑谷，连唐代各试帖诗都给一笔抹倒。再如杜荀鹤《御沟新柳》，纪昀有评语："'律到'二字欠通，'天低'二字亦不稳，'宫女'句太纤弱。"对该诗的大部分诗句、句眼都进行了挑错，仿佛批改考生习作。在全书最后，纪昀又说："试律体卑，作者率不屑留意。摩诘之'秋日悬清光，清如玉壶冰'，文昌之《夏日可畏》《行不由径》《反舌无声》，茂政之《东郊迎春》，昌黎之《精卫衔石填海》，柳州之《观庆云图》，大抵疵累横生，不足为训。"这是把一批名诗人的试帖作品都给否定了。这样一种"批改考生习作式批评方式"因其教师口吻的严厉、对阅卷官神态模拟的逼真，也许可以说服正在准备应试、心态诚惶诚恐的考生，但对成熟的诗人显然并无说服力。

《唐人试律说》出版于乾隆二十五年（1760年），因科举考试刚恢复考试帖诗不几年，所以图书市场上出现了大量用于指导考生进行试帖诗创作的考试用书，其中一部分销量很好。诚如纪昀在自序中所说："迩来选本至夥，大抵笺注故实，供初学者之剽窃。初学乐于剽窃，亦遂纷然争购之。"事实上，据蒋寅先生在《清代诗学史（第二卷）》中的研究，康熙五十四年（1715年），康熙帝曾下诏科举二场要加试五言六韵唐诗，此规定虽未执行，但随即导致康熙末期，书坊间出现大量试帖诗著作。如康熙五十四年刊刻的鲁之裕《唐人试帖细论》、赵冬阳《唐人应试》、毛张健《试体唐诗》等有十多种。在此前刊刻的也有臧岳辑《应试唐诗类释》、毛奇龄《唐人试帖》、王锡侯《唐诗试帖课蒙详解》、陈訏《唐省试诗》等。可见，在乾隆朝之前出版的试帖诗著作就有近二十种，这些都比纪昀的作品要早。又据蒋寅先生研究，在乾隆二十一年（1756年），乾隆帝下诏在科举考试中恢复诗歌创作的当年，起码就刊行了七种试帖诗著作，包括：张尹《唐人试帖诗钞》、朱琰《唐

---

❶ 纪昀.纪晓岚全集(第三册)[M].郑州:大象出版社,2020:271.

试律笺》等。乾隆二十三年（1758年）至少又新刊行了15种❶，包括：赵曦明《唐人试帖雕云集》、秦锡淳《唐试帖笺林》、杜定基《国朝试帖鸣盛》等。这些都比纪昀的《唐人试律说》早一两年。其中，王锡侯《唐诗试帖课蒙详解》连续再版，销量很好，王锡侯应是积累了大量财富，从此又编刻了《国朝诗观》《字贯》等多种书籍。毛奇龄、王锡侯等人在试帖诗领域的影响与贡献都比纪昀要大。

纪昀的这部《唐人试律说》由于出版较早，相比于书坊中普通的考试用书，水平要略高一些，故而可能在此后几年，市场反响较好，销量较多（但纪昀作诗水平并不高，他只是遇到了刚刚恢复试帖诗的"风口"，肯定还有不少别人的教写诗的书，比他的书销量要好）。但随着后续各书坊相继请有水平的诗人撰写针对性考试用书，又随着中进士者的考场作品逐渐流传出来并汇编成册，形成了一批模板之作，类似于当今的《高考满分作文》，恐怕纪昀这部《唐人试律说》就逐渐不为市场接受了。但纪昀毕竟在试帖诗领域成功过，一时的成功，也足以给纪昀极大的自信，毕竟这是真正的成功，并不包含造假或吹嘘。故而这部《唐人试律诗》通过"批判前人，抬高自己"的成功经验，被纪昀深入体悟，终生模仿，形成了自己的"毕生绝学"。

实则《唐人试律说》这样的书都是给诗歌初学者与科举考试考生看的，恰如纪昀在自序中所说："诗至试律而体卑，虽极工，论者弗尚也。"纪昀在《唐人试律说》中的很多评语，只能是给初学者看，给那些成名诗人看，别人可能会哑然失笑。然而纪昀却沉浸在《唐人试律说》的短暂成功中，出现了"路径依赖"，此后他在对苏轼等著名诗人的评语中，也出现了大量只能吓阻初学者的批判性评语，最终走向了荒谬。

本来试帖诗，是无法与真正的诗歌创作相比较的，但纪昀出现了"路径依赖"，对试帖诗情有独钟，故而发生了某种"理解混乱"，纪昀试图用试帖诗的标准来衡量文学创作。纪昀在批点《瀛奎律髓》《苏轼诗集》过程中的很多批语，明显是在用试帖诗的标准衡量名家作品。纪昀似乎想把自己在"试帖诗批评"领域的成功，复制到"纯文学诗歌"领域。纪昀似乎有一种让"纯文学诗歌"的创作参考试帖诗

---

❶ 蒋寅.清代诗学史(第二卷)[M].北京:中国社会科学出版社,2019:175-179.

创作规则的心理动因，这样他自己在"试帖诗批评"领域的成功，也就可以真正扩大到诗坛。实则从纪昀个人诗歌作品流传较少来看，诗坛的诗人们并不认可纪昀的诗学批评与诗歌创作，但纪昀则有进一步扩大自己在诗坛影响的愿望。诚如当时知名的诗论家王昶在《湖海诗传·蒲褐山房诗话》中评价纪昀："故其应制之作虽为词苑所宗，而于寻常所著，不复珍惜成编。兹于馆刻偶存中录存梗概，已无愧于燕许杨刘。而试帖体乃国家所以取士，大小试无不用之，故所录特多，俾为士林准则也。"可见，纪昀对自己别的作品并不重视，唯重视自己的试帖诗，因为有可能成为"士林准则"。这里所谓的"士林"主要是参加科举考试的考生。但试帖诗毕竟被限制在了科举考试领域，社会上的诗人们并不认可试帖诗的诸多规则。

纪昀的《馆课存稿》，收录纪昀所写的中正平和的试帖诗。试帖诗作为科举考试中所作诗，往往不能过于透露个人真情实感，在当时与现当代都受到文学理论界的否定。但在纪昀看来这种试帖诗，反而很有价值，他似乎在用试帖诗的标准来评判《瀛奎律髓》与《苏轼诗集》，这才出现很多匪夷所思的评语。换言之，纪昀评点《瀛奎律髓》与《苏轼诗集》没有按照"文学标准"，而是按照科举考试的试帖诗标准。但科举考试中的考生很多都是"诗歌初学者"，且在心态上对考官有种诚惶诚恐的迎合，故而应举的士子们往往对一些生硬的作诗方法与条条框框，亦步亦趋，奉若神明。纪昀在《瀛奎律髓刊误》《纪昀评点〈苏文忠公诗集〉》中展现出来的与文学创作背道而驰的"呆板"与"保守"正是由此而来的。

（五）缺乏"历史演化的观点"，脱离诗学发展史来看待诗学问题

纪昀在进行诗歌批评时缺乏"历史演化的观点"，往往用后人的观点来看待前人作品，导致发生误判。《瀛奎律髓》中毕竟选的是唐宋诗，其中很多好的句子，经过明清时的人反复模拟、反复化用，有时就不那么新颖，不那么优异了。纪昀在不熟悉各种诗歌细节的发展史的情况下，贸然批评方回对一些诗歌问题的看法，是很容易出现错误的。在笔者看来，由于方回身处宋末诗歌现场，方回对诸多唐宋诗问题的看法，显然准确性会远大于隔了五百年后的纪昀。故此，纪昀对方回评语的各类挑错，很难让懂诗者信服。

例如，在卷十陆游《小舟游西泾渡西江而归》："小雨重三后，余寒百五前。聊

乘瓜蔓水，闲泛木兰船。雪暗梨千树，烟迷柳一川。西冈夕阳路，不到又经年。"方回评曰："三、四极新。"纪昀则针对方回的评语评价说："不足言新。"在方回的时代，陆游的"聊乘瓜蔓水，闲泛木兰船"肯定是很新颖的，毕竟方回读诗较多，不可能会发生如此大的偏差。而纪昀所谓"不足言新"，恐怕是在陆游这联诗产生较大影响，有较多模仿之作后的看法，换言之，纪昀的这一看法是失实的。

卷二十四欧阳修《送沈待制陕西都运》，其前两句是"几岁疮痍近息兵，经营方喜得时英"，查慎行对整首诗的评价是"名臣之言"，这符合事实。而纪昀的评价是："第二句颇凡庸，后六句精神饱满"。在欧阳修的时代，这种"任贤"恐怕还是比较有针对性的[1]，即使在现当代也并不过时，而纪昀对此句的评价是"第二句颇凡庸"，这样的评价明显没有考虑到在欧阳修之后这样"任贤"的思想进一步推广，欧阳修在文坛一向以"善举贤"著称，后人很多都是学习欧阳修的"举贤"思想，等于纪昀由于缺乏历史演化的观点，把这种"举贤"思想的重要推动者欧阳修的较为原创的话，当成了"凡庸"——因为元明清人都学着欧阳修的话说"举贤"，这就让欧阳修作为原创者反而被遮蔽了。纪昀发生这样的错误绝不是偶然的，根本原因是他急于挑前人毛病。所以纪昀在《四库全书总目提要》中评价宋元人诗学观点时常会发生错误，就在于没有意识到前人往往都是从一点点创新开始的。若从"负面"的角度来看，前人的那点创新相比于后人有时会显得"稚嫩"，而纪昀往往根据这种在后代看起来的"稚嫩"，否定前人。

四、纪昀评点的一些可圈可点之处

综合来看，纪昀《瀛奎律髓刊误》中的评点是"瑕瑜参半"，虽有不少谬评，但也有大量值得肯定之处。对纪昀评点的优点，学界已有一定的认识[2]，这里笔者进行少量补充。

---

[1] 李昌舒.论欧阳修的"好贤"及其对北宋政治的影响[J].江西社会科学,2019(1).
[2] 詹杭伦.纪昀《瀛奎律髓刊误》的得与失[J].北京化工大学学报(社会科学版),2004(6);徐美秋.纪昀评点诗歌研究[D].上海:复旦大学,2009.

首先，纪昀的批判有些也很有参考价值。如卷一朱熹《登定王台》中，方回盛赞了朱熹与陈师道，将朱熹、陈师道与杜甫并称，说这首诗"杂老杜、后山集中可也"。纪昀吸收了冯舒、冯班的见解，但不同意过于吹捧朱熹在诗学上的造诣。纪晓岚说："以大儒故有意推尊，论诗不当如此。诗法、道统，截然二事，不必援引，借以为重。"❶ 这一评论相对较为客观，符合清代诗坛宗宋诗派崇尚苏轼诗，而不崇尚朱熹诗的状况。客观来说，朱熹诗虽然也很有特点，在宋代诗人中或许能排到十名左右，但朱熹诗的影响毕竟没那么大，朱熹诗并不像苏轼、黄庭坚、陆游诗那样引领诗坛风潮。

其次，纪昀《瀛奎律髓刊误》也有一些颇有理论价值的文字，虽然这些文字在乾隆后期也都是诗坛的一些较常见的论述，但毕竟是出于纪昀之手，能看出纪昀一些闪光之处。在卷二十三评述杜甫《狂夫》一诗时说："亦是宋派之先声，非杜之佳处。"这里提出了"宋派"的概念。纪昀在这里用"宋派"指的是苏轼、黄庭坚等宋代诗人，但这一概念此前此后被很多论者使用，逐渐成为了一个专有名词，用于指称宋元明清的宗宋诗人们。

纪昀指出了"江西派"瘦硬的特点。这一点虽然也是承方回等而来，纪昀亦只是学前人之语，但毕竟也有少量理论价值。卷二十二陈师道《十五夜月》，方回评价说："老硬"，这是描述该诗的风格特点。纪昀加点评说："'江西派'病处为着此二字于胸中，生出流弊。"卷二十三陈师道《放怀》诗，纪昀评说："后山风格本高，惟沾染'江西'习气，有粗硬太甚处耳。"这都是指出了江西诗派"瘦硬"的特点。这一点在清中叶后的诗坛已属常识，但纪昀的论述依然有一定文献价值。

《纪昀评点〈苏文忠公诗集〉》中纪昀有大量对苏轼诗的批评性评语，很多评语并无道理，有很强的"借批判他人彰显自己"的嫌疑。而在《瀛奎律髓刊误》中纪昀则对唐宋时期的诸多经典律诗，都进行了批评性点评，将批判的矛头从苏轼一人扩大到了唐宋二代的大部分优秀诗人。换言之，唐宋时期的绝大部分优秀诗人的优秀作品，在纪昀的点评中都被以各种理由找到了"缺陷"。这除了"借批判他人彰显自己"不会有别的解释。毕竟如果唐宋二代的大量优秀律诗，都被认为包含大量

---

❶ 方回.瀛奎律髓[M].上海:上海古籍出版社,2020:22.

缺陷，那么诗歌的标准在哪里？难道就在纪昀的掌握中吗？实则纪昀自己写的诗，都水平一般。纪昀在清中期的优秀诗人中，其诗歌艺术水平与综合排名只能是中等偏上的。

最后，或许可以说，纪昀是中国古代一位很有才华，且"特立独行"的文人，他从冯舒、冯班兄弟身上学到了"批判"的宝诀，同时也模仿了乾隆帝在《唐宋诗醇》中对前人的贬斥。在他经手的各种著作中，他都通过对前人的"大加批判""挑毛病"来"贬低前人"。而且他的批判并不是只针对特定的人，如程朱理学、江西诗派，而是一视同仁，只要出现在他笔下的任何人，他都通过"挑毛病"的方式予以贬低，其最终的结果便是"借贬低他人来抬高自己"。这种"手法"现在看来没有什么，甚至看起来有些"卑鄙"，又或者这是纪昀在投乾隆帝"贬低前朝，彰显本朝"的隐秘心理之所好，但是在中国古代"遵从权威"的学术氛围下，还是很有社会意义与价值的。因为通过"批判"，学术才得以前进。虽然说纪昀的批判，往往是根据不足，且往往带有主观臆断，但"批判"毕竟起到了一定"反权威"的作用。纪昀这种"任意臧否古人"的批判风格，对于清末以来的"疑古"风气的形成，也许有一定积极影响。

反过来说，桐城派诸人对纪昀的攻击与批判也不无道理。姚鼐在《与胡雒君》中说："去秋始得《四库全书目》一部，阅之，其持论大不公平。鼐在京时，尚未见纪晓岚猖獗若此之甚。今观此，则略无忌惮矣。"❶ 姚莹说："《提要》皆纪氏一人核定，专以邪说害正……凭借圣世，以四库总裁之权，愚欺天下之人……其恶焰所煽，一至如此，每见使人愤叹不已。"❷ 姚椿说："纪氏之《总目》，特致不满于宋儒，略其大美而责其小疵。其于朱子，特以圣祖尊崇之故，不敢显相龃龉，然其阳奉而阴诋之者，不可胜数矣。"❸ 姚永概说："晓岚尚书生平所为，诞妄邪淫……其

---

❶ 姚鼐.惜抱轩尺牍[M].合肥:安徽大学出版社,2014:44.
❷ 转引自:周积明.纪昀与《四库全书总目》关系再检讨[J].中国四库学(第四辑),2019.
❸ 姚椿.晚学斋文集(卷2).清代诗文集汇编(第522册)[M].上海:上海古籍出版社,2010:398.

于宋明诸儒,大者语含讥谤,小者妄肆诋排,为名教罪人,乃少正卯之流也。"❶ 这些评语都包含着对纪昀《四库全书总目提要》的极大不满与愤慨。桐城派诸人的批评恐怕都是符合事实的。参读本章内容以及第八章中关于《纪昀评点〈苏文忠公诗集〉》的内容,读者必会同意桐城派诸人给纪晓岚扣上的"猖獗""诞妄邪淫"的帽子。但在清代社会中,纪昀这种"批判"是有正面意义的。只是纪昀有可能并不是发自内心地批判,而是在投乾隆帝"贬低前朝,独尊本朝"心理之所好。如果这种分析"成立",那么对于纪昀的这种"批判"就必须更多看到他的缺点,这实际上是在乾隆帝"暗示"下或威权下对各种古人的刻意挑刺、贬损。诚如著有《纪晓岚年谱》的学者何香久所指出的:"君王的不测淫威让饱读诗书的纪昀变得曲身危行,自屈自卑。青年时代的昂昂意气不复存在,校勘《四库全书》时,他甚至有意在书中醒目处留下破绽,等着乾隆皇帝校出指斥,以示人君之圣明。"❷ 纪昀在乾隆帝手下修《四库全书》的难处可想而知。当然,这些推测只是笔者的一己之言。我们最稳妥的结论还应该是:纪昀的这种"无差别批判",是古代环境下很有意义的一种"反权威"学术活动,很有学术史价值。我们甚至可以予以一定升华:纪昀的"无差别批判",已有了18、19世纪德国"批判哲学"的意味❸,从批判中寻觅到一条文化发展的道路。

---

❶ 姚永概.慎宜轩日记[M].合肥:黄山书社,2010:78.
❷ 何香久.解密学问大师纪晓岚[M].北京:中国言实出版社,2008:3.
❸ 谢地坤.德国否定哲学的起源、发展和意义[J].北京大学学报(哲社版),2023(3).

第五章
清代著名宋诗选本的出版与传播

在清代诗坛宗宋思潮发展的各个阶段，都有一些重要的宋诗选本被编撰出版，并且深刻影响了宗宋思潮的发展。如康熙十年（1671年），吕留良、吴之振等人编的《宋诗钞》是清代诗坛宗宋思潮发起阶段的重要作品。《宋诗钞》的传播，对于当时京师、江浙等地"宋诗风"的兴起都起过很大作用。再如康熙中期，王士禛的《古诗选》大量选录了宋诗，王士禛作为清代诗坛的领袖之一，其诗学倾向亦深刻影响了有清一代的诗人们，故而《古诗选》中的"宋诗倾向"对清代诗坛的作用是巨大的。厉鹗编撰的《宋诗纪事》是乾隆朝初期，宗宋思潮低谷期的一部宋诗选本，在当时及之后的上百年，都有很大的影响，推动了"宋诗热"的持续产生。再如乾隆帝御选《唐宋诗醇》在清代诗坛的影响亦具有决定作用，该书毕竟是清政府官方发布的诗学典范，对于全社会"宗宋倾向"的产生是有着根本作用的。姚鼐《五七言今体诗钞》对于桐城派后学有很大的影响，可以认为该书深刻影响了清代中后期的宗宋诗人们。张景星等编的《宋诗别裁集》被书坊广泛刊刻，是清中期后图书市场中常见的宋诗选本之一，其对诗坛的影响不大，但其"知名度"是很高的，可以代表清代宋诗选本的基本面貌。曾国藩《十八家诗钞》的影响没有那么大，但依靠曾国藩的影响，该书还是可以跻身清代最重要的若干种宋诗选本之一。

以上这些宋诗选本，往往都是清代诗坛宗宋思潮发展历程中的标志性作品。每一部书都在有清一代的某一个特殊时段，风靡一时，起到过很重要的作用，有过重大的影响，都一度引领诗学潮流。把这些重要宋诗选本的编撰过程、文本内容、影响情况梳理清楚了，我们对清代诗坛宗宋思潮的发展史，对清代宋诗学的发展面貌，就会有提纲挈领的认识。当然，以上宋诗选本的编者往往都是清代诗坛的著名人物，关于他们的人生经历、诗学影响，都不是较短篇幅可以探讨清楚的，需要进行多方面拓展性的探讨，本书集中在这些宋诗选本的出版历程、选本内容、诗选观念、诗学影响等内容上，至于这些著名诗人的生平经历、师承与交游情况、诗歌创作情况等，则大体简单描述，并不进行太过深入、详尽地考辨与阐发。

第一节　吕留良、吴之振《宋诗钞》对宗宋诗潮的触发作用

《宋诗钞》是清代一部非常重要的宋诗选本，由吕留良、吴之振等人于康熙二年（1663年）开始编撰，刊刻于康熙十年（1671年）。该书出版后在诗坛引起很大反响，与王士禛一起推动了清代"宗宋诗风"的发展，甚至被一些论者视为清代宋诗风兴起的重要标志之一。❶ 如张仲谋先生认为："《宋诗钞》的刊行传播，不仅标志着清初宋诗派的形成，而且对康熙前期诗坛祧唐宗宋的风会丕变，产生了关键性的推动作用。"❷ 这一评价是很有道理的。

从结构上看，《宋诗钞》共有106卷，共收入了84位诗人的作品，绝大部分诗人都是一人一卷，欧阳修、王安石、黄庭坚等少数几人是一人2卷，苏轼、范成大一人3卷，陆游一人6卷，杨万里最多一人占了9卷。每卷卷首有所录诗人的小传。由于其收录较为完备，且明中叶至清初宋诗出版状况不佳，除欧阳修、王安石、苏轼等少数几人外，绝大部分宋代知名诗人的诗集都较难找到，所以该书在康熙十年（1671年）出版后，有一段时期风行天下，非常流行。后来宋荦在《漫堂说诗》中

---

❶ 赵娜.《宋诗钞》与清初宋诗风的兴起[J].内蒙古大学学报（哲社版），2009（3）.
❷ 张仲谋.清代文化与浙派诗[M].北京：东方出版社，1997：29.

说:"明自嘉、隆以后,称诗家皆讳言宋,至举以相訾謷,故宋人诗集,庋阁不行。近二十年来,乃专尚宋诗。至吾友孟举《宋诗钞》出,几于家有其书矣。"宋荦说的"家有其书"应是指诗人与知识分子"家有其书"。《宋诗钞》的流行程度与《千家诗》等不可比,但无论如何都已经是清代宋诗选本中较为流行的选本之一了。

从清代宋诗选本的出版与传播状况来看,《宋诗钞》对清代宋诗传播起到了关键作用,但其作用是"触发式"的,《宋诗钞》只是在刊布的那几十年产生了很大影响,随着时间推移这种影响逐步衰减,越来越小。到乾隆时期,随着几部重要的宋诗选集,如《唐宋诗醇》《宋诗别裁集》等的编选刊布,基本就取代了《宋诗钞》。尤其是随着康熙朝以后各种宋诗别集的出版,以及清代宗宋思潮被逐渐凝聚到苏轼、黄庭坚等人身上,《宋诗钞》的价值就大打折扣了。但从清代宗宋思潮发展史的角度来看,吕留良、吴之振《宋诗钞》占有标志性的历史地位。❶

一、《宋诗钞》的编选者、编选结构与特点

《宋诗钞》的多数版本署名"吴孟举、吕留良、吴自牧同选"。吕留良(1629—1683),字用晦,号晚村。浙江崇德县(今浙江省桐乡市)人。顺治十年为诸生,后隐居著述。暮年拒应康熙十八年(1679年)的博学鸿词科之征,削发为僧。吕留良著述颇多,有大量诗文、时文、史论。死后,其思想对湖南人曾静影响巨大,引发"曾静文字狱"。也因此案的影响,吕留良之名遍布华夏。

吴之振(1640—1717),字孟举,号橙斋,别号竹洲居士,晚年又号黄叶老人,浙江桐乡人。与吕留良、黄宗羲等人为至交。有《黄叶村庄诗集》。吴之振于17岁左右结识吕留良,逐步转向宗宋。在学宋标的上,吴之振主要是学苏黄二家,这一点与吕留良有很大不同。吕留良则独辟蹊径,更为推崇杨万里。

据《宋诗钞·凡例》所述该书的编撰过程❷,康熙二年(1663年)夏,吕留良与吴之振、吴自牧发起了编选,正好黄宗羲、高旦中来会,几人就分头开始编选。

---

❶ 关于这方面的详细论述,见笔者几年后要出版的《清代诗坛宗宋思潮发展史》一书。
❷ 王辉斌.《宋诗钞》的诗选学特征[J].华夏文化论坛,2010(2).

但康熙五年（1666年），黄宗羲与吕留良因事产生了矛盾，黄宗羲逐渐退出了《宋诗钞》的编选工作。与此同时，吕留良开始隐居，也慢慢淡出了编选，所以自康熙六年（1667年）之后，吴之振就成了《宋诗钞》的主要编选者，直到康熙十年（1671年）该书刊刻出版。他们在编选时有一定分工，《宋诗钞》所收84位诗人中有82位诗人的小传为吕留良所撰。吴之振更多的是完成了选诗工作，但其中一部分选诗的倾向更接近吕留良的诗学趣味，所以选诗的部分确是由诸人共同完成，只是最后的汇总稿件，由吴之振完成。

《宋诗钞》绝大部分诗人都是一人一卷，欧阳修、王安石、黄庭坚、苏舜钦、张耒、陈与义、周必大、刘克庄、戴复古、谢翱等少数诗人是一人2卷，苏轼、范成大一人3卷，陆游一人6卷，杨万里最多，一人占了9卷。原拟选录100家，但因规模庞大，有刘弇、邓肃、黄幹、魏了翁、方逢辰、宋伯仁、冯时行、岳珂、严羽、吕定、郑思肖、王柏、葛长庚（即白玉蟾）、朱淑真等十六家是有目而无诗。《宋诗钞》收录已经较为完备了，加上后来乾隆六年（1741年），曹庭栋再选另外一百家编成的《宋百家诗存》，两相结合就更为完善。故而后来四库馆臣评价这两部书"与廷栋之书互相补苴，相辅而行，固未可偏废其一矣"。

《宋诗钞》所收宋代84家诗人诗集，分别是：卷一王禹偁《小畜集钞》，卷二徐铉《骑省集钞》，卷三韩琦《安阳集钞》，卷四卷五苏舜钦《沧浪集钞》，卷六张咏《乖崖诗钞》，卷七赵抃《清献诗钞》，卷八卷九梅尧臣《宛陵诗钞》，卷十余靖《武溪诗钞》，卷十一、十二是欧阳修《欧阳文忠诗钞》，卷十三林逋《和靖诗钞》，卷十四石介《徂徕诗钞》，卷十五、十六分别为孔武仲、孔平仲兄弟的《清江集钞》，卷十七韩维《南阳集钞》，卷十八、卷十九王安石《临川诗钞》，卷二十至二十二是苏轼《东坡诗钞》，卷二十三郑侠《西塘诗钞》，卷二十四王令《广陵诗钞》，卷二十五陈师道《后山诗钞》，卷二十六文同《丹渊集钞》，卷二十七米芾《襄阳诗钞》，卷二十八、二十九黄庭坚《山谷诗钞》，卷三十、三十一张耒《宛丘诗钞》，卷三十二晁冲之《具茨集钞》，卷三十三韩驹《陵阳诗钞》，卷三十四晁补之《鸡肋集钞》，卷三十五邹浩《道乡诗钞》，卷三十六秦观《淮海集钞》，卷三十七陈造《江湖长翁诗钞》，卷三十八沈辽《云巢诗钞》，卷三十九沈遘《西溪集钞》，卷四十沈与求《龟溪集钞》，卷四十一徐积《节孝诗钞》，卷四十二、四十三陈与义《简斋诗钞》，卷四十四李觏《盱江集钞》，卷四十五王炎《双溪诗钞》，卷四十六唐庚《眉山诗钞》，卷四十七孙觌《鸿庆集钞》，卷四十八张元干《芦川归来集钞》，卷四十九叶梦得《建康集钞》，卷五十张九成《横浦诗钞》，卷五十一汪藻《浮溪集钞》，卷五十二范浚《香溪集钞》，卷五十三刘子翚《屏山集钞》，卷五十四朱松《韦斋诗钞》，卷五十五朱槔《玉澜诗钞》，卷五十六程俱《北山小集钞》，卷五十七吴儆《竹洲诗钞》，卷五十八、五十九为周必大《省斋藁钞》《平园续集钞》，卷六十为朱熹《文公集钞》，卷六十一、六十二、六十三范成大《石湖诗钞》，卷六十四至卷六十九为陆游《剑南诗钞》，卷七十陈傅良《止斋诗钞》，卷七十一至卷七十九是九卷杨万里的诗，且来自杨万里不同的作品集，分别是《诚斋诗钞》《荆溪集钞》《西归集钞》《南海集钞》《朝天集钞》《江西道院集钞》《朝天续集钞》《江东集钞》《退休集钞》。卷八十薛季宣《浪语诗钞》，卷八十一叶适《水心诗钞》，卷八十二林光朝《艾轩诗钞》，卷八十三楼钥《攻媿集钞》，卷八十四赵师秀《清苑斋诗钞》，卷八十五翁卷《苇碧轩诗钞》，卷八十六徐照《芳兰轩诗钞》，卷八十七徐玑《二薇亭诗钞》，卷八十八黄公度《知稼翁集钞》，卷八十九、九十为刘克庄《后村集》，卷九十一王庭珪《卢溪集钞》，卷九十二刘宰《漫塘诗钞》，卷九十三王阮《义丰集钞》，卷九十四戴敏《东皋诗钞》，卷九十五、九十六戴复古《石屏诗钞》，卷九十七戴昺《农歌集钞》，卷九十八郑震《清隽集钞》，卷九十九、一百谢翱《曦发集钞》，卷一百零一文天祥《文山诗钞》，卷一百零二许月卿《先天集钞》，卷一百零三林景熙《白石樵唱钞》，卷一百零四《山民诗钞》，卷一百零五汪元量《水云诗钞》，卷一百零六梁栋《隆吉诗钞》）。

除编选诗人的作品外，在每卷卷首，都有对该诗人的简短介绍，短的一两行话，长的也有一大段。如卷八十九介绍刘克庄的内容：

> 刘克庄，字潜夫，莆阳人，后村其号。学于真西山，以荫入仕，除潮倅。迁建阳令，移仙都。尝咏落梅有："东君谬掌花权柄，却忌孤高不主张"，谗者笺其诗以示柄臣，由此闲废十载。因有《病后访梅绝句》云："梦得因桃却左迁，长源为柳忤当权。幸然不识桃并柳，也被梅花累十年。"后起至将作簿兼参议。端平初为玉牒所主簿，奉祠起知袁州，累迁广东运判，又奉祠起江东提

刑。召对以将作监直华文阁赐同进士出身，专史事，寻入经筵直纶省。无何以留黄不奉诏用秘阁修撰出为福建提刑。初赵紫芝、徐道晖诸人摆落近世诗律，敛情约性，因狭出奇，合于唐人，时谓"四灵体格"，后村年甚少，刻琢精丽与之并驱，已而厌之，谓诸人极力驰骤才望见贾岛姚合之藩而已，欲息唐律专造古体。赵南塘曰："不然。言意深浅，存人胸怀，不系体格。若气象广大，虽唐律不害为黄钟大吕，否则手操云和而惊飙骇电，犹隐隐弦拨间也。"后村感其言而止，然自是思益新，句愈工，涉历老练，布置阔远，论者谓："江西苦于丽而冗，莆阳得其法，而能瘦，能淡，能不拘对，又能变化而活动。盖虽会众作而自为一宗者也。"❶

在这些介绍语中，吴之振既介绍了刘克庄的生平经历，又探讨了刘克庄诗歌的艺术特色，引用了很多前人观点，但也有一些自己的看法，大体形成了一个对宋诗的系统看法。

《宋诗钞》给大部分入选诗人一人一卷，但每一卷的篇幅并不完全统一，有的诗人留存作品多，其所在的一卷就略多些；有的诗人留存作品少，其所在的一卷就略少些，最终就体现在每一卷的页数不一样。按照文渊阁《四库全书》本《宋诗钞》的书页来统计，其抄写装帧格式是每半页 8 行，每页 16 行，此外中间还有一行写明书名、卷数与页码数，每行 20 个字。全书 106 卷，约有 3632 个页码，平均 1 卷是 34.2 个书页。但仔细核对各卷所占书页数，有的多，有的少。如第一卷王禹偁《小畜集钞》占了 78 个书页，如卷二十五陈师道《后山诗钞》有 54 个书页，这显然就远超了平均数。因此很多较冷僻或存诗不多的诗人所占的页码，实则远低于平均数。如卷五十一汪藻《浮溪集钞》只有寥寥 8 个书页，卷五十二范浚《香溪集钞》只有 10 个书页，卷四十八张元干《芦川归来集钞》只有 13 个书页，卷八十四赵师秀《清苑斋诗钞》有 25 个书页。卷九十七戴昺《农歌集钞》只有不到 15 个书页，卷一百零一文天祥《文山诗钞》有 12 个书页，最少的是卷一百零六梁栋《隆

---

❶ 吴之振等.宋诗钞[M]//永瑢等.景印文渊阁四库全书(第 1462 册)[M].台北:台湾商务印书馆,1986:644.

吉诗钞》，只有 6 个书页。

由于各卷的页面样式是统一的，页码数量不同则所包含的诗歌数量当然就不同。据统计，《宋诗钞》所入选的 84 位诗人 106 卷诗，共有 12000 余首诗，杨万里入选了 9 卷，有 1359 首，占比诗歌数量的 11.3%，其次则入选陆游诗占 6 卷共 971 首，再次入选苏轼诗 3 卷共 461 首。而大多数占据一卷篇幅的诗人们平均也就是入选近百首。实则考虑到很多诗人存诗不多，故而入选的数量很多都在几十首上下。如张元干《芦川归来集钞》只有 48 首诗。文天祥《文山诗钞》有 12 个书页，介绍文天祥生平的就有 2 个多书页，所入选的诗歌只有 33 首。再如，卷五十一汪藻《浮溪集钞》只占 8 个书页，其中一整个书页是关于汪藻的生平履历介绍，而汪藻入选诗歌只有 19 首。

再如《宋诗钞》所收录的永嘉四灵诗的情况。《宋诗钞》卷八十四为赵师秀《清苑斋诗钞》，有诗 111 首。卷八十五为翁卷《苇碧轩诗钞》，有诗 93 首。卷八十六为徐照《芳兰轩诗钞》，有诗 85 首。卷八十七为徐玑《二薇亭诗钞》，有诗 77 首。《宋诗钞》所选四人诗合计约 370 首，而据当代学者搜集整理，现存四灵诗约 730 首，据此来看，四灵存诗的 50% 都被收入了《宋诗钞》。可见，《宋诗钞》在收录一些小诗人时，其所收的篇幅往往能占到该诗人存诗篇幅的较大比例。故此，《宋诗钞》还是有很强文献意义的。

结合各卷的页数与入选诗歌数量的清点，在笔者看来，《宋诗钞》所选的 84 位宋代诗人中的大部分都已经算是较为冷僻的诗人了。实则以当代学者（非当代普通读者）的视角，这 84 人中也只有 30 多人的诗集有较大研读与研究价值。至于普通的诗人，实则很难引起当代读者与研究者的兴趣。《宋诗钞》所选诗人在清代的传播也是如此，也只有苏轼、黄庭坚、陆游、王安石、欧阳修、杨万里、范成大、梅尧臣等十多位诗人能够较多进入清代读者的视野中。而真正被清代诗坛广泛重点关注的不过苏轼、黄庭坚、陆游等寥寥数人而已。

《宋诗钞》在编选上一个很重要特点是"注重全面挖掘整理宋诗"。由于明代前后七子"诗必盛唐，大历以后书勿读"的影响，明代"宋诗学"不够发达，大量的宋人诗集整理不够，到清初时，很多宋人诗集都遗失了。后来四库馆臣就从《永乐大典》中辑佚出了《江湖小集》95 卷、《江湖后集》24 卷。而吕留良、吴之振等人编《宋诗钞》的时期比四库馆臣编《四库全书》的时间要早近百年，故而能够看到的宋诗资料又多了一些。吴之振等人很注重搜集材料的完备性，《宋诗钞》所收84位宋代诗人中有近50位诗人的作品都是较少见的，且他们留存的作品也不多，一人为之收录一卷，已经较为可观了。其规模虽比不上当代学者所编的收录9800多位宋代诗人共20多万首诗作的《全宋诗》，但在清代来说《宋诗钞》所收作品已很多了。故而《宋诗钞》对于清代宋诗选本来说，已是一种较为完备的版本了。

二、《宋诗钞》中体现的宋诗观

《宋诗钞》中最重要的诗学文献是《宋诗钞序》。《宋诗钞序》署名吴之振，但该序被收录于吕留良诗文集，一些研究者认为应为吕留良所作，冠以吴之振的名[1]，从序文内容看，其中提到："余与晚村、自牧所选盖反是"。大体可以用《宋诗钞序》来代表吕留良、吴之振的宗宋诗歌观。序文云：

> 自嘉、隆以还，言诗家尊唐而黜宋，宋人集覆瓿糊壁，弃之若不克尽，故今于搜购最难得。黜宋诗者曰"腐"，此未见宋诗也。宋人之诗，变化于唐，而出其所自得，皮毛落尽，精神独存。不知者或以为"腐"，后人无识，倦于讲求，喜其说之省事，而地位高也，则群奉"腐"之一字，以废全宋之诗。故今之黜宋者，皆未见宋诗者也。虽见之而不能辨其源流，则见与不见等。此病不在黜宋，而在尊唐，盖所尊者嘉、隆后之所谓唐，而非唐宋人之唐也。唐非其唐，宋非其宋，以为"腐"也固宜。宋之去唐也近，而宋人之用力于唐也尤精以专，今欲以卤莽剽窃之说，凌古人而上之，是犹逐父而称其祖，固不直宋人之轩渠，亦唐之所吐而不飨其非类也。[2]

说明在清初，诗歌界普遍认为宋诗的缺点是"腐"。此"腐"自然是陈腐之腐。

---

[1] 吕留良.吕留良诗笺释[M].俞国林,笺释.北京:中华书局,2015:472.
[2] 吴之振,吕留良,吴自牧,选编.宋诗钞[M].北京:中华书局,1986:3.

应是认为宋诗掉书袋、用典过多，不如唐诗生新、活泼。正是为了破除人们对宋诗"腐"的误解，吴之振、吕留良入选了大量杨万里诗歌，想用杨万里诗的生新、活泼，来破除时人对宋诗的误解。

另一方面吴之振、吕留良又尽量将宋调与唐调区别开来，注重选择宋诗中不同于唐诗风格的作品，还宋诗的本来面目。吴之振在《宋诗钞序》中解释说：

> 万历间，李蓘选宋诗，取其离远于宋而近附乎唐者。曹学佺亦云："选始莱公，以其近唐调也。"以此义选宋诗，其所谓唐终不可近也，而宋人之诗则已亡矣。余与晚村、自牧所选盖反是，尽宋人之长，使各极其致，故门户甚博，不以一说蔽古人。非尊宋于唐也。欲天下黜宋者得见宋之为宋如此。❶

正是为了还原宋诗的真面目，选出宋诗与唐诗不同的面貌，吴之振等人才会选择近百家宋诗，以展现宋诗丰富多彩的面貌，这也使得《宋诗钞》的篇幅非常大，宋代主要的诗人，甚至一些不太知名的诗人都入选了大量作品。而从传播效果来看，正是因为《宋诗钞》选出了不为人知的宋诗面貌，把宋诗区别于唐诗的独特精神选出来了，才会在清初诗歌界获得广泛认可。

关于吕留良、吴之振宗宋的具体取法门径，可以在吕留良所撰的《宋诗钞列传》中看出。这些小传一般先述诗人的官职、履历，后半则述其诗的特点与影响。把这些小传综合起来看，基本上就可以当成一个简明的"宋代诗歌发展史"。从这些小传以及相关选诗情况，再参考吕留良、吴之振其他的一些论述可以看出吕留良、吴之振提倡宋诗的一些取法门径❷，包括：

第一，提倡广泛取法宋诗各家。

吕留良的宗宋并不像其他人那样只宗法宋人之一家两家，而是对整个宋诗各个流派的综合取法。他撰写的小传里，涉及宋初的徐铉、苏舜钦、王禹偁，也包括一般被视为宋诗典型代表的苏轼、黄庭坚，更包括南宋的杨万里、江湖诗人、永嘉四

---

❶ 吴之振,吕留良,吴自牧.宋诗钞[M].北京:中华书局,1986:3.
❷ 吴戬.试论《宋诗钞》的编选宗旨与诗学祈向[J].中国韵文学刊,2011(1).

灵，还有宋代诗僧惠洪等，甚至还有一位女诗人花蕊夫人。《宋诗钞》把这些不同宋代诗人的作品编成一集，自然表明编选者有意存一代之诗。换言之，在编选者看来，各家皆有留存的必要性。此即《宋诗钞序》所言："余与晚村、自牧所选盖反是，尽宋人之长，使各极其致，故门户甚博，不以一说蔽古人。"序称"门户甚博"即是强调取径宽泛，博采宋诗诸家。

第二，综选各家的同时，最重杨万里诗。

从卷数上看，《宋诗钞》共106卷，其中苏轼占3卷，黄庭坚占2卷，陈师道仅1卷。陆游占得多点，有6卷，而杨万里一个人就占了9卷，也明显篇幅过大。从这种数量上的统计来看，编选者非常推崇杨万里。《宋诗钞·凡例》中说："曹能始《十二代诗选》所载，有百数十家，中如陆务观、杨诚斋，宋之大家也，集又最富，然存者甚少，诚斋尤寥寥，他可知矣。"为杨万里诗入选过少鸣不平。

但客观来说，学杨万里之风，很快就消退了，并没有在清代宗宋思潮后续发展历程中留下明显的痕迹。真正经久不息的宗宋取径，是学苏轼、黄庭坚，有时也包括陆游。因此可以说，学杨万里的这种宗宋取径，并非清代宗宋思潮的主流特征。

第三，高度评价黄庭坚诗。

吕留良在《山谷诗钞小传》中高度评价黄庭坚，认为宋诗至黄庭坚才形成区别于唐人的特色："宋初诗承唐余，至苏、梅、欧阳变以大雅，然各极其天才笔力，非必锻炼勘苦而成也。庭坚出而会萃百家句律之长，究极历代体制之变，自成一家，虽只字半句不轻出，为宋诗家宗祖，江西诗派皆师承之。史称自黔州以后，句法犹高，实天下之奇作。自宋兴以来，一人而已，非规模唐调者，所能梦见也。"❶

这"史称"之后，称黄庭坚"一人而已"的话，是引述，来自胡仔《苕溪渔隐丛话》："山谷自黔州以后，句法尤高，笔势放纵，实天下之奇作。自宋兴以来，一人而已矣。"虽是引述，但已可以看出，吕留良对黄庭坚评价之高，推到宋诗"一人而已"的高度。此一观点，后成为清代宗宋思潮中的主流观点。

第四，对苏轼诗评价也高，但略有微词。

吕留良《东坡集小传》中评价苏轼："子瞻诗，气象洪阔，铺叙宛转，子美之

---

❶ 吕留良.吕留良诗文集[M].徐正,点校.杭州:浙江古籍出版社,2011:229.

后一人而已。然用事太多，不免失之丰缛，虽其学问所溢，要亦洗削之功未尽也。而世之訾宋诗者，独以子瞻不敢轻议，以其胸中有万卷书耳。不知子瞻所重，不在此也。加之梅溪之注，斗钉其间，则子瞻之精神反为所掩。故读苏诗者，汰梅溪之注，并汰其过于丰缛者，然后有真苏诗也。"❶ 所谓"梅溪之注"即南宋人王十朋为苏诗所作的注。王十朋（1112—1171），号梅溪，著有《王状元集百家注分类东坡先生诗》。吕留良的这段评价，一方面认为苏轼在气象宏阔方面直追杜甫，但又认为用典用事太多，导致繁缛。认为需要删除王十朋所作注解，同时要删除苏轼诗中一些"丰缛"的部分。这已经略有微词了。

第五，重视对宋代遗民诗学的挖掘。

吕留良、吴之振与黄宗羲等大量明遗民过从甚密，有很强的遗民诗学倾向。他们在宋诗的选取上，很注重宋遗民诗的选入。如入选文天祥的诗，入选谢皋羽的诗，事实上后来在清中叶以后，宋遗民的诗基本就不为清代诗坛所关注了。而吴之振等人很注重对宋代遗民诗人作品的挖掘整理，如他对宋末遗民诗人谢皋羽的作品极为欣赏，他在《宋诗钞》卷一百中谈及自己对谢皋羽作品多方搜集的过程："从子愚忠自苕上潘氏抄得《曦发近稿》一帙，为发狂喜，原集古诗大半，此多作近体，屈蟠沉郁，吐茹奇艳，皆世所未睹"。在《宋诗钞》中吴之振特意补充了收有文天祥等人作品的《天地间集》，以示对宋末遗民诗人的敬仰。

第二节 王士禛编《古诗选》的持续影响

王士禛（1634—1711），字贻上，山东新城（今山东省淄博市桓台县）人，为清代诗坛领袖之一，既倡"神韵说"，又推动"宗宋思潮"发展，对于清一代的诗学发展有重要影响。王士禛自号阮亭，又号渔洋山人，世称王渔洋。清顺治十五年（1658年）进士，顺治十六年起任职扬州。康熙三年（1664年）起，回京任职，初

---

❶ 吕留良,著.吕留良诗文集[M].徐正,点校.杭州:浙江古籍出版社,2011:226.

任礼部主客司主事。康熙十九年（1680年），任国子监祭酒，直至康熙二十三年（1684年）冬，后相继任要职于兵部、户部、刑部等处。康熙四十三年（1704年）在刑部尚书任上，因事致仕回乡，居老而终。王士禛以诗著称，生前出版有《阮亭诗选》《渔洋诗集》《蚕尾诗集》等诗集。共有诗3000多首，在当时产生巨大影响。王士禛虽以"神韵说"较大影响了清代诗坛，但他对宋诗的提倡亦深刻影响了清代诗坛。王士禛实则是清代绵延二百余年的宗宋思潮的实际推动者之一。

《古诗选》是王士禛在康熙二十二年（1683年）编的一部五言、七言古体诗选，共二十八卷。一直未出版，后来在康熙三十六年（1697年）由王士禛的门人蒋景祁等人在江南刊刻，发表后产生较大影响。至乾隆年间，江南文人闻人倓对该书进行笺注，于乾隆三十一年（1766年）出版了《古诗笺》三十二卷。王士禛编的《古诗选》是清代很有影响的一种诗选，一度流传很广，其影响持续到了清末，屡屡被各诗人学者谈起。乾隆四十六年（1781年），纪昀等四库馆臣在"纂校"乾隆帝御选《唐宋诗醇》加一段按语认为："考国朝诸家选本，惟王士禛书最为学者所传，其《古诗选》，五言不录杜甫、白居易、韩愈、苏轼、陆游，七言不录白居易，已自为一家之言。"强调了王士禛《古诗选》最为学者称颂。乾隆朝后期，翁方纲根据王士禛《古诗选》先后编选了《七言律诗钞》《小石帆亭五言诗续钞》等诗歌选本，以进一步补充王士禛的诗学思想。姚鼐编选的《五七言今体诗钞》明显也是继承王士禛《古诗选》体例而来，只不过王士禛选的是古体诗，而姚鼐选的是近体诗。但姚鼐也仿效王士禛，在五言诗部分都未入选宋人五言诗。曾国藩在同治七年至同治九年校订自己早年编的《十八家诗钞》时即多方面参阅过王士禛《古诗选》，对王士禛《古诗选》中入选的篇目都进行了一定的思索，在参考王士禛选诗篇目的基础上，形成了自己与王士禛选篇的不同。

不过，乾隆后期编选《四库全书》时，该书并没有受到很大的重视，只被收入了"存目类"。据四库馆臣："此编凡五言诗十七卷，七言诗十五卷。五言自汉、魏、六朝以下，唐代惟载陈子昂、张九龄、李白、韦应物、柳宗元五人。七言古逸一卷，汉、魏、六朝一卷，唐则李峤、宋之问、张说、王翰四人为一卷，王维、李颀、高适、岑参、李白为一卷。而王昌龄、崔颢二人则称附录。五卷以下则唐杜甫、韩愈，宋欧阳修、王安石、苏轼、黄庭坚、晁说之、晁补之、陆游，金元好问，元虞集、吴莱十三人之诗。"可见其中包含大量的宋人诗。王士禛本就有很强宗宋倾向，故而他编选的诗，包含了多方面的宋诗。

从《古诗选》的选目来看，王士禛在入选各诗人时并没有严格把握尺度。五言古体诗部分，未入选宋人诗，唐人中只入选了陈子昂、张九龄、李白、韦应物、柳宗元五人，杜甫、王维、白居易等大诗人都未入选。而七言部分，则大量入选了宋诗。对于这种选诗的随意性，王士禛在《古诗选·凡例》中进行了解释，认为是"钞不求备"：

> 愚钞诸家七言长句，大旨以杜甫为宗。唐宋以来善学杜者则取之，非谓古今七言之变尽于此钞。观唐人元白张王诸公悉不录，正以钞不求备故也。举一隅以三隅反，其在同志之君子。❶

王士禛说自己选七言古体诗是以杜甫为宗，唐宋诗人中善于学杜的就较多入选。同时，王士禛强调自己这部《古诗选》只是选取了七言古体诗的几种风格，并未穷尽其他风格，故而有些作者的独特风格的作品并未入选。王士禛希望读者能够举一反三，从自己的选诗中得到启发，但不必拘泥于自己的选诗。

虽然王士禛强调了唐诗，强调了杜甫，但现在来看这部《古诗选》更值得注意的是它对宋诗的重视。《古诗选》的五言部分有十七卷，从先秦一直选到了唐代，但未入选宋代的五言古诗，显示出对宋代五言诗成就的不甚认可。这一点颇接近王相《五言千家诗》的态度。但后来康熙三十二年（1693年），周之鳞、柴升编的《宋四名家诗钞》又大量入选了宋人的五古，其中，入选了苏轼五古55首，黄庭坚五古84首，范成大五古25首，陆游五古35首。王士禛很欣赏苏轼诗，但不入选苏轼五古，说明还是从根本上不甚欣赏苏轼的五古。

《古诗选》的七言部分则大量选入宋诗。七言部分共十五卷，其中宋诗的篇幅超过三分之一，又显示出对宋诗的高度重视。具体来看，卷一是先秦古歌28首，卷

---

❶ 四库全书存目丛书补编编纂委员会.四库全书存目丛书补编(42册)[M].济南：齐鲁书社，2001：327.

二是汉魏六朝古诗约60首，卷三初唐诗4首，其中李峤、宋之问、张说、王翰各一首。卷四是盛唐李白、王维、王昌龄等人诗近70首（其中李白诗26首，王维诗7首，高适诗7首，岑参诗8首）。卷五是杜甫诗67首，卷六是韩愈诗35首。卷七是欧阳修诗40首。卷八是王安石诗35首。卷九是苏轼诗105首，附有苏辙诗12首。卷十是黄庭坚诗54首。卷十一是晁冲之诗10首、晁补之诗21首。卷十二是陆游诗78首，卷十三是元好问诗26首，另附有刘无党诗6首。卷十四是虞集诗27首，另附刘因诗9首，卷十五是吴渊颖诗28首。

可见在一共15卷七言古体诗中，宋诗占了6卷，占七言诗总卷数的40%。从入选诗歌的数量来看，宋诗入选的数目远大于其他朝代。统计来看，七言部分共有诗约715首，其中宋诗约355首，占比49.7%，接近总入选七言古诗的一半。光从入选宋诗与其他朝代诗的数量对比来看，王士禛《古诗选》很接近谢枋得、王相定本的《千家诗》，显示出共同的特点：在五言部分《古诗选》与《千家诗》都未选宋诗，但在七言部分，宋诗则都占了一半。据此来看，整部《古诗选》是一部为宋诗张本的诗选，当时的读者略翻阅该书，就能明显看出该书对宋诗的重视。

再分别来看，《古诗选》所入选的宋代诗人的情况：《古诗选》中入选了宋代8位诗人的诗。其中苏轼入选最多，有105首。其次则是陆游诗有78首。黄庭坚诗排第三，有54首。王士禛最看重苏轼诗，其次是黄庭坚诗。而陆游诗，虽然也入选较多，但从王士禛一生诗学历程来看，王士禛对陆游诗的学习是有限度的。在《古诗选》中大量入选陆游诗，应主要还是考虑了当时诗坛上其他诗人对陆游的赞赏。要之，从《古诗选》中苏轼、黄庭坚诗的入选数量较多，显示出王士禛对"苏、黄"诗的重视。笔者在《王士禛中晚期诗风"亦唐亦宋"特征新论》等论文中已详细探讨过王士禛崇尚苏轼、黄庭坚的情况。❶ 王士禛早年学唐诗，中年则"越三唐而事两宋"开始提倡宋诗，在宋诗中，王士禛实则最重"苏、黄"二家诗。当然，王士禛也关注到了其他的宋代诗人，尤其是二晁兄弟的作品，王士禛较为欣赏，收录了较多篇目。

王士禛作为清代极为重要的诗人、诗论家，在《古诗选·凡例》中系统谈到了

---

❶ 刘畅,郑祥琥.王士禛中晚期诗风"亦唐亦宋"特征新论[J].贵州社会科学,2017(7).又:刘畅,郑祥琥.王士禛诗歌学宋历程详考[J].文学与文化,2017(4).

对所入选历代诗人的看法，有褒有贬，有理有据，是一篇很值得今人研究的系统性论诗文字。其中，多方面探讨了自己对宋诗的看法，并解释了选入各家宋诗的理由。谈苏轼诗时说：

> 欧阳公见苏文忠公自谓："老夫当放此人出一头地。"盖非独古文也，唯诗亦然。文忠公七言长句之妙，自子美、退之后一人而已。钞苏诗一卷。文定视邦莒矣，今略采十余篇附之，以备眉山之派。❶

王士禛对苏轼七言古体诗评价非常高，认为是仅次于杜甫、韩愈，"自子美、退之后一人而已"。

王士禛在《古诗选·凡例》谈黄庭坚时说：

> 苏文忠公凌踔千古，独心折山谷之诗，数效其体。前人之虚怀如此，后世腐儒乃谓："山谷与东坡争名。"何其陋耶！山谷虽脱胎于杜，顾其天姿之高，笔力之雄，自辟庭户。宋人作《江西宗派图》，极尊之，配食子美，要亦非山谷意也。钞黄诗一卷。❷

这是认为黄庭坚诗开辟了独特的面貌。王士禛非常欣赏黄庭坚诗，王士禛后来的个人诗选取名为《渔洋山人精华录》，便是模仿黄庭坚的诗选《山谷精华录》。

《古诗选》中虽选入大量陆游诗，但王士禛对陆游的看法与其他宗宋诗人不同，王士禛认为陆游诗不如黄庭坚诗。这在清初是比较独特的看法。一直到乾隆帝御选《唐宋诗醇》都认为陆游诗好于黄庭坚。但王士禛的这一看法，在乾隆中后期，开始受到诗坛的热烈响应，蒋士铨、翁方纲等人都很推崇黄庭坚诗。以至于乾嘉以后

---

❶ 四库全书存目丛书补编编纂委员会.四库全书存目丛书补编(42册)[M].济南:齐鲁书社，2001:325.

❷ 四库全书存目丛书补编编纂委员会.四库全书存目丛书补编(42册)[M].济南:齐鲁书社，2001:325.

诗坛形成了"崇尚苏、黄"的主流趋势。王士禛在《古诗选·凡例》中评价陆游诗说：

> 南渡气格下东都远甚。唯陆务观为大宗，七言逊杜、韩、苏、黄诸大家，正坐沉郁顿挫少耳。要非余人所及。钞陆诗一卷。❶

王士禛认为陆游诗的缺点是缺少沉郁顿挫之气。这一点反映出王士禛个人的诗学趣味。实则陆游诗慷慨激昂，到老不衰，这是陆游诗产生重要影响的根本原因之一。然而王士禛并不喜欢这种慷慨激昂的诗，而更欣赏那些沉郁悲凉的诗。这本质上是因为王士禛没有陆游那样的激情。后来乾隆帝欣赏陆游诗，恐怕也是因为乾隆帝更为有激情，更能体悟到陆游诗中独特的激情。

除大量收录苏轼、黄庭坚诗外，王士禛对其他宋代诗人也有着独特理解。其中对欧阳修、王安石、陆游诗的欣赏，在清代诗选家中较为常见，但比较独特的是对"二晁诗"的欣赏，《古诗选》卷十一单列"二晁诗"为一卷。其中晁冲之诗10首，晁补之诗21首。王士禛在《古诗选·凡例》中高度赞扬了"二晁诗"：

> 元祐文章之盛，推"苏门六君子"。黄尝自负其诗在晁张之上。顾无咎七言佳处，颇得文忠之逸。叔用《具茨集》，寥寥无多，一鳞片甲，殆高出无咎之上。议者以为惟陆务观，能仿佛之。非过论也。钞二晁诗一卷。❷

后来在清代诗坛上没有人再像王士禛这样大力推崇二晁诗。此中可见王士禛对宋诗的独特理解。

最后需要指出，王士禛《古诗选》只选了五七言的古体诗，但并未选律诗绝

---

❶ 四库全书存目丛书补编编纂委员会.四库全书存目丛书补编(42册)[M].济南：齐鲁书社，2001：326.

❷ 四库全书存目丛书补编编纂委员会.四库全书存目丛书补编(42册)[M].济南：齐鲁书社，2001：326.

句。在这些问题上，王士禛是有独特思考的。王士禛在律诗绝句上更欣赏唐诗，他先后编有《十种唐诗选》《唐贤三昧集》，集中编选了唐人的律诗绝句，其中根本不涉及宋诗。可见，在王士禛看来，宋诗的佳处正在于古体诗。或者说，宋诗打动王士禛的正是宋诗的"以文为诗""以议论为诗"，而这正是不被格律约束的古体诗所更擅长表达的。也正是基于这一点，王士禛《古诗选》中以宋诗为主要部分。这对于我们理解王士禛的"宗宋诗学思想"是很有参考价值的。

第三节　厉鹗《宋诗纪事》特点及其所收宋代僧诗

厉鹗（1692—1752），字太鸿，号樊榭，浙江钱塘（今杭州）人。为康熙五十九年（1720年）举人，乾隆元年（1736年）举博学鸿词，未能中式。著有《宋诗纪事》《樊榭山房集》《南宋院画录》《南宋杂事诗》等。厉鹗是乾隆初期一位重要的宗宋诗人，在诗坛有广泛影响。厉鹗在雍正三年（1725年）开始编撰《宋诗纪事》，期间有几十人参与过编辑事宜，直至乾隆十一年（1746年）刊行，经历了近二十年的努力。该书问世后，给诗坛很大的启发。因为康熙朝后期，曹寅等人刊刻了《全唐诗》，但《全宋诗》始终未能成形，厉鹗的努力是在向《全宋诗》看齐。厉鹗所编《宋诗纪事》共100卷，收录宋诗人3812家，每位诗人收录多则几十首，少则一两首，且每人都有小传。《宋诗纪事》的收诗规模与《全宋诗》虽然还有很大差距，但以个人之力能编出如此大的宋诗总集，已是很大成绩。从该书书名与编撰体例来看，厉鹗《宋诗纪事》有着鲜明的"以诗存史"意图，这一点可能受到陈焯《宋元诗会》的影响。全书在体例上是"以人系诗"，每一位诗人的作品放在一起，不作体裁区分，但会有较详细的诗人小传，同时也把相关诗话材料予以收录。书名"宋诗纪事"，并非单纯强调入选的诗，而是将"诗"与"事"并举，强调通过诗歌来记录宋代的史事。考虑到该书入选了3812位宋代诗人，每位诗人都有一个小传，这实则已有一个"宋史列传"的效果，可以从很大的广度上反映宋代社会状况。

《宋诗纪事》问世后，在文化界产生了较大影响，虽然《宋诗纪事》并不标榜某一流派或艺术取向，但依然对诗坛的"唐宋诗之争"产生较多积极影响。近现代以来，学界对《宋诗纪事》有大量的研究。其中钱锺书先生出版有《宋诗纪事补正》，孔凡礼先生出版有《宋诗纪事续补》，二书最为显著。同时，还有大量论文探讨了《宋诗纪事》的文献来源，以及厉鹗的生平、交游与诗学思想。笔者对厉鹗与《宋诗纪事》的研究有限。在此，结合清代各宋诗选本的情况，探讨《宋诗纪事》的体例与有关特点，以进一步凸显该书在几十种较重要清代宋诗选本中的地位与作用。从笔者的个人感受来看，《宋诗纪事》所收录文人作家的诗作，往往有其他宋诗选本可以替代，反而是所收的三卷宋代僧诗有着独立的文化价值。厉鹗个人诗风也受到宋代僧诗的影响。

一、《宋诗纪事》总体概况及收诗特点

厉鹗所编《宋诗纪事》共 100 卷，收录宋诗作者 3812 家，每位诗人所收作品并非他的全集，往往是精选了十几首，有时甚至才一两首。从这个意义上，《宋诗纪事》称不上是太好的"宋诗作品选"，因为它所收每位诗人的作品数量都不够。但是《宋诗纪事》收的诗人多，且对所收的诗人都撰写了一个小传，描述该诗人的生平与诗歌风格。同时，也搜集了历代诗话中关于该诗人的诗话材料。这些方面都构成了《宋诗纪事》的主要特点。

《宋诗纪事》的一大特点是所收诗人数量多，达到 3812 家，虽然每人选录的诗歌少则一两首，多则四五十首，每个人选录的作品不算多，但选录诗人的总人数是非常多的。此前吴之振《宋诗钞》不过录取了 84 人。陈焯《宋元诗会》入选了 496 位宋代诗人的 6266 首诗。顾贞观《积书岩宋诗删》共选录了宋代 315 位诗人的 2500 首诗。康熙帝《御选宋金元明四朝诗》规模算很大了，共 312 卷，其中宋诗 78 卷，也只收录宋 882 位诗人作品。仅从数量上，厉鹗《宋诗纪事》就远超前人。

《宋诗纪事》的第二大特点是加入了大量诗话材料，这一点也是此前各类宋诗选本所不具备的。如该书卷二十一苏轼部分收有苏轼诗约 40 首，很多诗后面都附录有诗话材料，不光是关于苏轼这个诗人的诗话材料，很多也是关于苏轼各具体作品

的诗话材料。此前如吕留良吴之振《宋诗钞》、陈焯《宋元诗会》等其他各类宋诗选本经常都有作者介绍，但没有相关诗话材料，读者只能读到诗歌内容，读到少量关于诗人的介绍，但读不到有关作品的历代评价。而离开了诗话材料，普通读者很难对一位诗人或一首诗歌的艺术价值与诗歌史地位进行定位。《宋诗纪事》就是针对这一缺点进行了重新编撰，以形成一部更为全面、更有阅读价值的宋诗选本。这样一项将历代诗话中关于宋诗的材料重新进行分门别类整理与编排的工作量是非常大的，需要耗费大量的精力，也需要编者对诗话材料非常熟悉。这使得《宋诗纪事》的编撰难度，远超普通的宋诗选本。

《宋诗纪事》的第三大特点是在收录诗人上还进行了分类。如卷八十五是宗室诗人，卷八十七是女性诗人，卷九十是仙道诗人，卷九十一至九十三是诗僧。厉鹗对宋代的诗人进行了分类编辑，以见出宋代诗人的多方面特点。

由于对所收录诗人进行了分类，《宋诗纪事》在诗歌的编排上也是别出心裁的。如关于"永嘉四灵"诗的收录，卷六十三收有徐照诗 5 首，徐玑诗 3 首，翁卷诗 6 首，这些诗都放在了一起，这一卷没有赵师秀诗，但在这卷中四灵诗的末尾有厉鹗的按语"鹗按四灵诗派中赵紫芝师秀，号灵秀，入宗室"。即赵师秀的诗被放在了宗室诗人的卷目中。考《宋诗纪事》卷八十五是宗室诗人。这一卷中收有宗室诗人71 人作品，包括赵令畤、赵师秀、赵汝愚、赵潜夫等人。赵师秀的诗收有 10 首，并对赵师秀进行介绍："师秀，字紫芝，号灵秀，永嘉人。太祖八世孙。绍熙庚戌进士。浮沉州县，改秩而卒。有《天乐堂集》《清苑斋集》。四灵之四。"❶再如关于赵令畤的内容，"令畤，字德麟，太祖次子，燕王德昭元孙。元祐中，签书颍州公事，坐与苏轼交通，罚金。入党籍。绍兴初，袭封安定郡王，同知行在大宗正事。薨，赠开府仪同三司。有《侯鲭录》。"并收有赵令畤诗 6 首。收诗虽不多，但也可以让读者大致了解赵令畤的情况。

以上这些特点，就让《宋诗纪事》更像是一部"宋诗研究著作"或者"宋诗诗话"，而不是单纯的宋诗总集。比如，以所收永嘉四灵诗的情况来看，康熙二十二

---

❶ 厉鹗.宋诗纪事[M]//永瑢等.景印文渊阁四库全书(第 1485 册).台北:台湾商务印书馆,1986:625.

年（1683年），陈焯刻《宋元诗会》卷四十三收录了永嘉四灵诗，其中收赵师秀诗39首，翁卷诗28首，徐照诗23首，徐玑诗15首，且对每位诗人都有一定介绍，其所收内容不算多。但对比厉鹗《宋诗纪事》收徐照诗5首，徐玑诗3首，翁卷诗6首，赵师秀诗10首，可见，厉鹗《宋诗纪事》中所收永嘉四灵的诗明显比陈焯《宋元诗会》中要少。这使得，单纯以诗歌选本而论，厉鹗《宋诗纪事》并不算出彩。关键是厉鹗《宋诗纪事》中有大量诗话材料，这一点是陈焯《宋元诗会》等此前的宋诗选本所不具备的。

四库馆臣早已敏锐地觉察到这一点，所以在《四库全书总目提要》中很奇怪地将《宋诗纪事》归入"诗文评"类，而没有将之归入"宋诗总集"中。这就是因为该书记录一位诗人的诗作，一般会把各类诗话中涉及该诗的诗话材料附录在诗后，以方便读者进一步了解诗人诗作的诗学史影响。这一编撰过程需要花费大量精力，需要对宋诗的诗话材料相当熟悉。这已接近于"研究著作"，而非单纯的宋诗选本。也正是因为《宋诗纪事》已属于对宋诗的"研究成果"，故而《宋诗纪事》编成后，对清中叶以来的宋诗研究者、宗宋诗人们都有很大参考价值。所以虽然纪昀在《四库全书总目提要》中挑了《宋诗纪事》十几条细节错误（实则一部百卷大书，有一些小错误是在所难免的，但纪昀习惯于抓住前人的小错误，予以贬低），但纪昀也不得不承认该书的重大参考价值："考有宋一代之诗话者，终以是书为渊海，非胡仔诸家所能比较长短也。"

二、《宋诗纪事》中所收僧诗

《宋诗纪事》卷九十一至九十三关于诗僧的作品也是可圈可点的，是该书的出彩之处。厉鹗个人的诗歌创作，受历代诗僧作品很大的影响，故而他对于僧诗是有较多研究的，他在《宋诗纪事》中专门用三卷的篇幅收录了宋代约240位诗僧的作品，数量之多，已足够形成一个诗僧诗作系列。关键是他收录该诗僧时还有少量对该诗僧的介绍，使得我们能够大体了解该诗僧的生平，这对我们了解宋代佛教史也是有一定助益的。《宋诗纪事》中所收诗僧的作品，一般都是一人一两首，有的甚至只有一个对句。

据当代学者李舜臣《历代释家别集叙录》❶，宋代僧人至今存有个人诗文集的不多，仅有20家，分别是：智圆《闲居编》51卷、契嵩《镡津文集》22卷、道潜《参寥子诗集》12卷、惠洪《石门文字禅》30卷、行海《雪岑和尚续集》2卷、文珦《潜山集》12卷、绍嵩《江浙纪行集句诗》7卷，等等。而厉鹗《宋诗纪事》中收录的宋代诗僧约有240位。可见，大量宋代诗僧的诗文集都佚失了。故此，很多时候，我们只能在厉鹗《宋诗纪事》中一睹这些诗僧的作品。由此，厉鹗《宋诗纪事》的价值亦更加凸显。

例如，宋初著名诗僧流派"九僧诗"诗人群体的作品，其个人作品集今天几乎都不留存了，只能在各种总集、诗话中才能看到部分内容。厉鹗《宋诗纪事》中便收录了"九僧诗"诗人群作品。据司马光《温公续诗话》："所谓九诗僧者：剑南希昼，金华保暹，南越文兆，天台行肇，沃州简长，青城惟凤，淮南惠崇，江南宇昭，峨眉怀古也。"大概在当时有人编刻了《九僧诗集》，但诗集本身流传不广，连欧阳修都没看到，不过"九僧诗"的名号从此流传开来了。

南宋末年，杭州著名书商陈起编行《增广圣宋高僧诗选》，其"前集"即《九僧诗集》。其中收希昼诗18首，保暹诗25首，文兆诗13首，行肇诗16首，简长诗17首。但这一《九僧诗集》在元明时期并未再版，极为稀见。清初，毛氏《汲古阁珍藏秘本书目》著录"《九僧集》一本，影宋板精抄"。据研究，这应是从宋本《增广圣宋高僧诗选》中誊抄出来的。

厉鹗下了很大一番功夫，方得到有关资料。厉鹗《宋诗纪事》中所收僧诗，很多都来自所谓《宋高僧诗选》。这部《宋高僧诗选》就是南宋陈起编的宋诗僧诗总集《增广圣宋高僧诗选》，共五卷收有宋代诗僧61人的337首诗，但元明时期一直未再版，后来清代嘉庆时期顾修编刻《南宋群贤小集》将之收入第25册。厉鹗拿到的《宋高僧诗选》应是一个宋代刊本或者元明抄本。

《宋诗纪事》卷九十一收有希昼诗五首，并有一段关于他的介绍：

> 欧公《诗话》：九僧诗集今不传。当时有进士许洞俊逸士也，尝会诸僧分

---

❶ 李舜臣.历代释家别集叙录[M].北京:中华书局,2021:2.

题出一纸，约曰：不得犯此一字。其字乃"山、水、风、云、竹、石、花、草、雪、霜、星、日、禽、鸟"之类，诸僧阁笔。郑樵《通志·艺文略》"九僧选句图"一卷。❶

厉鹗等于是在欧阳修《六一诗话》基础上增补了希昼的作品，让诗坛能够更准确地了解希昼等诗僧的创作风格，同时也让诗坛更准确地了解欧阳修这段描述的内涵与外延。又如九僧诗中的惠崇。惠崇因苏轼诗《惠崇春江晚景》（"春江水暖鸭先知"）而名垂文学史。厉鹗《宋诗纪事》中收有惠崇诗四首，并有关于惠崇的介绍："惠崇，淮南人，一作建阳人。九僧之七。有集。钱易'序'云：步骤高下去古人不远，释子之诗可相等者不易得。《清波杂志》：'崇非但能诗，画亦有名，世谓惠崇小景者是也。'"较详细地介绍了惠崇的情况。这些材料在清代都是很有参考价值的。

再如宋初著名诗僧秘演。欧阳修庆历二年作《释秘演诗集序》，称："浮屠秘演者，与曼卿交最久，亦能遗外世俗，以气节相高……夫曼卿诗辞清绝，尤称秘演之作，以为雅健有诗人之意。秘演状貌雄杰，其胸中浩然。既习于佛，无所用，独其诗可行于世。而懒不自惜，已老，胠其橐，尚得三、四百篇，皆可喜者。"❷ 但后来这些作品并未完全保存下来。厉鹗《宋诗纪事》卷九十一收有秘演作品三首，但没有对秘演的更多介绍，只说秘演是"山东僧"，并引用了欧阳修《释秘演诗集序》中说秘演"雅健有诗人之意"的几句话。所收的三首诗，其中《淮上》《书光化军寺壁》注明来自《宋高僧诗选》。第三首《山中》注明来自《瀛奎律髓》。可以看出，厉鹗多方面搜罗了诗僧秘演的作品。

总体来看，厉鹗《宋诗纪事》收诗范围是很广的，涵盖了宋代各个阶层的作品，在清中叶是有很大创新性，很大参考价值的。而如今来看，其中所收宋代僧诗是非常值得注意的。

---

❶ 厉鹗.宋诗纪事[M]//永瑢等.景印文渊阁四库全书(第1485册).台北:台湾商务印书馆，1986:706.

❷ 欧阳修.欧阳修全集[M].李逸安,点校.北京:中华书局,2001:610.

第四节　乾隆帝御选《唐宋诗醇》
对清代诗坛的重大影响

乾隆帝名为爱新觉罗·弘历（1711—1799），在位六十年，自幼聪颖，是清代一位重要的帝王。以任职清廷的西方传教士为中介，乾隆帝一定程度上了解了西方科技、社会、文化状况，但未能意识到西方正处于科技革命与经济爆发阶段。在其统治后期，乾隆帝采纳了"闭关禁海"政策，未能及时追踪西方科技发展，间接造成了工业革命以来中国的巨大落后。当然，这一重大历史失误，也不能完全归咎于乾隆帝个人。考虑到清政府"祖制"与相关政策的原因，清代知识分子基本接触不到西方知识与器物，即使清廷有若干西方传教士任职，也无法改变整个中国社会对西方的认知。

虽然乾隆帝对世界科技发展趋势的判断有一定失误，但他个人是有很深思考与分析能力的。乾隆帝个人也有极高的文化修养，表现之一便是酷爱作诗，未继位时即有《御制乐善堂全集》，即位后又有部头巨大的《御制诗初集》《御制诗二集》《御制诗三集》《御制诗四集》《御制诗五集》，据近人统计"高宗御制诗五集，都四百三十四卷，四万一千八百首"❶，可谓"宏富"。所以《四库全书总目提要》在评述乾隆帝"御制诗前四集"时说："统合三万三千九百五十余首……自古吟咏之富，未有过于我皇上者。"❷ 平均来看，乾隆帝几乎每日都要作诗。且乾隆帝作诗一方面喜欢与群臣"唱和"，其近臣钱陈群、纪昀、金德瑛、彭元瑞等人的诗集中都有大量对乾隆帝诗歌的"恭和"之作。另一方面乾隆帝又"好与词臣商榷"，所以他有些诗应是经过身边文臣删改。

由于乾隆帝喜好"作诗"，在他身边就客观存在一个"台阁文人诗歌创作圈

---

❶ 钱仲联.清诗纪事[M].南京:江苏古籍出版社,1989:4593.
❷ 永瑢等撰.四库全书总目提要[M].北京:中华书局,1965:1520.

子"，乾隆帝通过这个"台阁文人诗歌创作圈子"来影响诗坛的发展。总之，因乾隆帝酷爱作诗，他不可避免要参与诗坛发展，他的诗学观点不可避免要对诗坛产生较大影响。乾隆帝即位之初，便起用宗唐诗学名家沈德潜，共同促进了乾隆朝中前期宗唐诗风的大发展。但是乾隆帝个人的诗学观，与沈德潜"崇唐贬宋"还是有所异同的。共同之处在于，二人都"崇尚唐音"。不同之处在于，沈德潜贬低宋诗，而乾隆帝并不贬低宋诗。纵观乾隆帝个人的诗歌创作，乾隆帝为人聪颖、性格傲岸独特，且好发议论，这都是很贴近于宋人的人格特点，因此他的诗歌作品有着浓郁的"以文为诗""以学为诗""以议论为诗"的宗宋诗风特点。❶也正是基于这一点，乾隆帝才提倡"唐宋兼宗"。

也许是出于对诗坛上沈德潜等人片面"崇唐"的不认同，且恰逢沈德潜在乾隆十四年"致仕还乡"，乾隆十五年（1750年）六月，乾隆帝御选了《唐宋诗醇》。该书为御选，卷首有序，序末署名是"乾隆十五年庚午夏六月既望四日御笔"，至第二年五月才完成刊刻出版。此后该书流传甚广，各地书坊均有翻刻，成为了一种常见书。仅从题目来看，乾隆帝的诗学观是呼之欲出的。这就是要将唐宋诗予以并列，力图促进形成"唐宋兼宗"的诗学风气。所以这部乾隆帝御选《唐宋诗醇》在清代唐宋诗之争的发展历程中，是占有重要历史地位的，是对清代定鼎以来，近百年宗唐宗宋诗学发展的一个权威理论总结。等于是从清廷官方的政治高度，确立了"唐宋诗并列""唐宋诗并宗"的理念。这就为乾隆朝后期宗宋诗学思想的进一步发展，乃至在道咸以后形成席卷全国的宋诗运动开辟了道路。

一、《唐宋诗醇》的主要内容

关于《唐宋诗醇》，有很多问题值得研究。这里仅举其要。《唐宋诗醇》虽名"御选"，但据乾隆帝自序："兹《诗醇》之选，则以二代风华，此六家为最。时于几暇，偶一涉猎。而去取评品，皆出于梁诗正等数儒臣之手。"❷则虽然乾隆帝也亲

---

❶ 宁夏江.论乾隆"高宗体"以文为诗[J].大庆师范学院学报,2021(5).
❷ 乾隆等.御选唐宋诗醇[M].扬州:广陵书社,2015:1.

自参与了部分篇章的选评，但主要的工作应是书中题名为"校对"的梁诗正、钱陈群等人完成的。可见，《唐宋诗醇》是出于乾隆帝的"授意"，其编选是带有某种目的的。其目的，如前所述，便是对诗坛片面崇唐风气的某种"纠偏"。当然也要看到，乾隆帝本人"唐宋兼宗"理念的形成，虽然主要是他个人诗学学习、个人诗学兴趣的反映，但他亦不是生活在"真空"中，他某种程度上也受到康熙中后期以来席卷京师的"宋诗风"的影响，同时也受到他身边文臣、词臣的宗宋倾向的潜移默化影响，如包括梁诗正、钱陈群在内的"广义的浙派"的宗宋倾向可能就对他"唐宋兼宗"诗学倾向的形成有一定积极影响。

梁诗正（1697—1763），字养仲，号芗林，又号文濂子，钱塘（今浙江杭州）人。与宗宋诗人杭世骏等交往密切。雍正四年（1726年）中举，雍正八年（1730年）会试得一甲三名进士（探花）。乾隆初年为南书房行走，迁户部侍郎。乾隆十年（1745年）擢户部尚书。乾隆十三年（1748年），调兵部尚书。乾隆十四年（1749年），为刑部尚书兼翰林院掌院学士，协办大学士。其时恰逢乾隆帝拟编《唐宋诗醇》，交由翰林院办理，梁诗正为翰林院掌院学士，故整件事由梁诗正牵头。虽然乾隆帝在序言中说："而去取评品，皆出于梁诗正等数儒臣之手"，已指出是梁诗正等人所选，但其时梁诗正已在户部、兵部、刑部等任职过，属于实干型人才，日常工作很忙碌，似乎具体的"选诗"工作并不一定是梁诗正亲自选的，有可能是交由翰林院其他的侍讲、编修、检讨等人来修订的。梁诗正作为翰林院掌院学士，也只是挂名。

当然，考虑到乾隆帝对诗歌有种狂热喜爱，他常与身边大臣探讨诗歌以至于请大臣修改作品，如在早年的《乐善堂全集》序言中乾隆帝说自己的一些诗是身边近臣代笔。会不会这些诗选本身，主体也是乾隆帝亲自选定的？这一点是有可能的。

纵观这部《唐宋诗醇》，最明显的就是其"唐宋兼宗"的诗学理念。仅从表面来看，在序中乾隆帝有一定的"崇唐贬宋"倾向，乾隆帝说：

> 文有唐宋大家之目，而诗无称焉者，宋之文足可匹唐，而诗则实不足以匹唐也。既不足以匹，而必为是选者，则以《唐宋文醇》之例，有文醇不可无诗

醇，且以见二代盛衰之大凡，示千秋风雅之正则也。❶

其实严格来说，乾隆帝认为"（宋）诗则实不足以匹唐也"，并不就是"崇唐贬宋"。这只是对唐宋二代诗歌水平的一个评价，而这个评价，现在来看，是较为客观的。宋诗虽然有较高成就，但总体上是不如唐诗的。所以乾隆帝认为"（宋）诗则实不足以匹唐也"，并不是贬低宋诗。毕竟，宋诗成就不如唐诗，这是客观的，谁也不可能强行说"宋诗成就高于唐诗"。需要争论之处在于：宋诗虽不如唐诗，但宋诗的成就亦值得充分重视。乾隆帝正是持此观点。《唐宋诗醇》盛赞了苏轼、陆游等宋代大诗人的诗，并批评了诗坛一些人否定宋诗、否定陆游诗的见解。其中说：

《三百篇》之后，自楚骚、汉魏、六朝以至于唐，而诗之变尽矣。变有必极，则所就亦以时异，故宋人继唐之后，不规规模拟前人，要以自成一家而止。然其体制虽殊，而波澜未尝二也。耳食之流，未窥古人门户。于一代大家横生訾议；而不善学者，又徒袭其声貌，亦两失之矣。宋自南渡以后，必以陆游为冠。❷

考虑到诗坛上唐宋诗之争日趋激烈，乾隆帝特意把唐宋诗放在一起，编成《唐宋诗醇》，正是要对诗坛上盛行的"唐宋诗之争"，发表一个官方看法。乾隆帝毕竟是"专业的诗人"，即使不从"意识形态管控"角度来考虑，即使单纯是为了显示自己在诗学上的"专业性"，乾隆帝也希望参与诗坛的争论。他需要对这些诗坛热点问题，有一些较权威的结论。

在乾隆帝御选《唐宋诗醇》所宣示的这个官方意见中，包含两层意思：第一，宋诗不如唐诗。第二，虽然宋诗不如唐诗，但可以并列在一起进行讨论。因此，这部《唐宋诗醇》明显是唐宋兼宗。这应是乾隆时期，官方对"唐宋诗之争"这一诗学热点问题的标准看法，甚至可以上升到"意识形态"的高度，具有很强的"全国

---

❶ 乾隆等.御选唐宋诗醇[M].扬州：广陵书社，2015：1.
❷ 乾隆御定.唐宋诗醇[M].乔继堂，整理.上海：上海科学技术文献出版社，2020：993.

性示范效应"。

具体来看，《唐宋诗醇》选了唐代李白、杜甫、白居易、韩愈，宋代苏轼、陆游，共六家的诗，并在相应诗歌之后进行了一定评点，有时也摘编了历代诗论家的精彩评语。从数量统计来看，所入选的诗中有李白诗 8 卷，375 首；杜甫诗 10 卷，722 首；白居易诗 8 卷，363 首；韩愈诗 5 卷，103 首；苏轼诗 10 卷，541 首；陆游诗 6 卷，561 首。至于为什么要选择六家，乾隆中期，四库馆臣（可能是纪昀）在《四库全书总目提要》卷一百九十的《唐宋诗醇》条目中有一个解释：

> 盛极或伏其衰，变极或失其正。亦惟两代之诗最为总杂，于其中通评甲乙，要当以此六家为大宗。盖李白源出《离骚》，而才华超妙，为唐人第一；杜甫源出于《国风》、二雅，而性情真挚，亦为唐人第一。自是以外，平易而最近乎情者，无过白居易；奇创而不诡于理者，无过韩愈。录此四集，已足包括众长。至于北宋之诗，苏、黄并骛；南宋之诗，范、陆齐名。然江西宗派，实变化于韩、杜之间。既录杜、韩，可无庸复见。《石湖集》篇什无多，才力识解亦均不能出《剑南集》上，既举白以概元，自当存陆而删范。权衡至当，洵千古之定评矣……兹逢我皇上圣学高深，精研六义，以孔门删定之旨，品评作者，定此六家，乃共识风雅之正轨。臣等循环雒诵，实深为诗教幸，不但为六家幸也。❶

这段话主要解释了为什么选"苏、陆"，而不选"黄、范"。显而易见，乾隆帝很欣赏陆游的诗。陆游诗中本多"王师北定中原日"之类的抗金话语，但乾隆帝并不认为不妥，反而对陆游诗加以表彰。陆游诗中有一种慷慨激昂的斗争激情，而乾隆帝本人也非常有激情，他虽是帝王，但并未沉迷享乐，而是非常注重"为维护统治而发动各种斗争"。在这种性格下，乾隆帝对同样富于斗争激情的陆游诗极为欣赏。而对于与唐诗风格差距甚大的黄庭坚诗，乾隆帝应是不喜，未入选。

乾隆帝这种"扬陆抑黄"倾向，对诗坛是有很大影响的。表现之一就是陆游的

---

❶ 永瑢等撰.四库全书总目提要[M].北京：中华书局，1965：1728.

影响上升，黄庭坚的影响下降。当然诗坛毕竟有自身的发展规律，至乾隆朝后期，在蒋士铨、翁方纲等人的提倡下，黄庭坚影响再度上升，陆游的影响大幅下降。乃至道咸以后，诗坛形成"宗黄"的主流风气，这就非乾隆帝个人的诗学好尚所可左右的了。

二、乾隆帝御选《唐宋诗醇》中的宋诗评点

御选《唐宋诗醇》模仿了沈德潜《唐诗别裁集》，在很多诗后面都加入了评语。这些评语分两类：一类是前人的评语、注释；另一类是编者自作的。《唐宋诗醇》中评语有很多搜集自前代著作，如采纳了宋荦刊本《施注苏诗》中苏诗注释、苏诗编年等材料，仇兆鳌《杜诗详注》中的诸多阐述，又搜集了一些宋代诗话的材料。搜集了清人的评语，如王士禛等人的评语，沈德潜《唐诗别裁集》中的评语，又如在陆游诗歌评点部分采纳了十多条清人潘问奇、祖应世所编《宋诗啜醨集》中的评语。这些评语一般都可见于他书，较为常见，并不会引起读者的太多关注，实则都属于装点门面、可有可无的评语。

最引人注目的是，《唐宋诗醇》中加入了编者的大量评语。这些评语大体上应是儒臣们代表乾隆帝"自作"的，甚至不排除有些评语就是乾隆帝亲笔所写。乾隆帝在御选《唐宋诗醇》中说："而去取评品，皆出于梁诗正等数儒臣之手"，已指出了御选《唐宋诗醇》中的评语是出自梁诗正等人之手。但考虑到乾隆帝是狂热的诗歌爱好者，他常常掩饰自己对诗歌的热爱，故此这里称评语是梁诗正等人所写，不一定符合事实，有可能其中很多评语是乾隆帝亲自撰写的。不过逐一考察这些评语，其中几乎没有以乾隆帝口吻的评语，没有以"朕"打头的评语，但其中一些评语还是可以看作代表了乾隆帝本人的意见。

由此，《唐宋诗醇》中的评语，就超出了一般文学评点的范畴，而带有了"圣谕"的倾向。这一点对普通读者倒无所谓，普通读者不用把乾隆帝的诗歌观点看得太重。但乾隆帝身边的一些文臣，如纪昀等人，则必须要对这些评语引起极大重视，甚至要唯乾隆帝诗学观点"马首是瞻"。这恰恰是乾隆帝希望看到的，乾隆帝正是希望通过《唐宋诗醇》的编选与评点来影响诗坛，或者说乾隆帝影响诗坛的方式是

通过编撰《唐宋诗醇》影响身边的台阁文臣，进而对全社会的诗学观念产生很大影响乃至某种决定性作用。

首先我们来看《唐宋诗醇》中对所入选六位诗人的"诗前小序"。在这六篇小序中，乾隆帝等人阐发了多方面观点。但如仔细琢磨这六篇小序的共性，就能发现它们都具有鲜明的批判性，乃至激烈的斗争性。或者说，这些小序都是"圣谕"，带有居高临下、"口含天宪"的特点。对纪昀等文臣而言，乾隆帝的这些"圣谕"式诗学观点只能接受，不容反驳。更要命的是，纪昀等人为了让乾隆帝满意，甚至要充当《唐宋诗醇》的"义务宣传员"，以至于在《四库全书总目提要》等官方著作中，都要按照乾隆帝的观点来评价唐宋诗。

在第一篇谈李白的小序中，乾隆帝等人反对在李白与杜甫之间区分高下：

> 两人又何以异哉？论者不察，漫置轩轾于其间。是犹焦明已翔于寥廓，而罗者犹视夫薮泽也。善乎韩愈之言曰"李杜文章在，光焰万丈长。不知群儿愚，那用故谤伤。蚍蜉撼大树，可笑不自量。"彼元稹、苏辙、王安石之流，得无愧此言乎？❶

元稹、苏辙、王安石等人都发表过"杜甫高于李白"的看法。在此，乾隆帝等人将他们一并贬斥，这实则是一种帝王的口气。普通的文人，并没有这么大口气，可以一次贬斥元稹、苏辙、王安石等人。所以后来纪昀学着乾隆帝的口气，在《瀛奎律髓刊误》卷二十四欧阳修《送王平甫下第》中评价方回诗论说："诗是论诗，每遇元祐名人、洛闽道学，必有诗外推尊评论，以为依草附木之计，亦是一种习气。"将元祐名人、洛闽道学家贬喻为速朽之"草木"，这实则也是在"向乾隆帝看齐"。因为在《唐宋诗醇》这篇谈李白的小序中，乾隆帝已经贬斥了"元祐名人"中的苏辙、王安石了。为了彰显乾隆帝的正确，纪昀也得不断批判"元祐名人"。

在《唐宋诗醇》谈白居易的小序中，乾隆帝等人又说："而杜牧讥其纤艳淫媟。非庄人雅士所为。夫居易之庄雅。孰与牧。牧诗乃纤艳淫媟之尤者。而反唇以訾居

---

❶ 乾隆御定.唐宋诗醇[M].乔继堂,整理.上海：上海科学技术文献出版社,2020:2.

易乎。宋祁据以立论。抑亦惑之甚者。"这是把杜牧、宋祁等人都给贬斥了。这也是鲜明的乾隆帝的口吻。在《唐宋诗醇》谈韩愈的小序中，乾隆帝等人把贬低韩愈诗的前代与当代论者，斥责为"群儿之愚"。从这些诗前小序来看，乾隆帝的诗学观念有很强的批判性甚至斗争性。

在《唐宋诗醇》谈苏轼的小序中，乾隆帝贬斥了陈师道："雄视百代者，必也其苏轼乎？……前之曹、刘、陶、谢，后之李、杜、韩、白，无所不学，亦无所不工；同时欧阳、王、黄，犹俱逊谢焉。洵乎独立千古，非一代一人之诗也！而陈师道顾谓其初学刘禹锡，晚学李太白，毋乃一知半解欤？"就因为陈师道说苏轼早期诗歌学刘禹锡，晚期学李白，乾隆帝对此有不同意见，便指责陈师道"一知半解"。陈师道是宋代名诗人，他对诗的理解显然有独到之处，但乾隆帝硬是指责陈师道一知半解。这跟乾隆帝平时贬斥群臣的口气几乎是一模一样的。后来纪昀在诸多评点作品中就学到了这种口气。

再来看各首诗的具体评语。在评语中，儒臣们试图突破乾隆帝对"苏、陆"的限定，而对宋诗大家的人选，有多方面拓展。如在陆游《听琴》一诗的评语中说："于韩、欧、苏、黄诸家之外，自树一帜，泠泠清音，欲满人耳，视诸子正未肯作邾莒。"就是认为宋诗中欧阳修、苏轼、黄庭坚都是大家。《唐宋诗醇》评语中还多次提到了范成大等宋代诗人。这都是从一个侧面补充了乾隆帝关于"苏、陆"为宋诗大家的限定，让全书的观点显得更全面、公允。

苏轼诗前人评价较多，留给儒臣们重新评点的空间并不多，故而儒臣们对《唐宋诗醇》中苏轼的评语的创新性不是那么强。在对苏轼的评语中，儒臣们从宋荦《施注苏诗》中摘编了一些评语，亦从《东坡先生年谱》《乌台诗案》等中摘录了大量材料。但儒臣们也自作了大量对苏轼诗的评语，具体来看，《唐宋诗醇》所入选的541首苏轼诗，儒臣们绝大部分都撰写了评语，且几乎都是赞扬性的评语，主要都是赏析苏诗的佳处，对苏诗进行赞赏。如卷三十五《雨中过舒教授》的评语："一种逸趣闲情，锻炼而出，自具无上妙谛。"卷三十六《百步洪并引（二首）》其二的评语："叠韵愈出愈奇，百炼刚化为绕指柔，古今无敌手。此篇与前篇合看，益见其才大而肆。"卷三十七《豆粥》诗，评语是"起伏开阖，气伟采奇，青莲无以过"。这样的评语其实针对性没有那么强，有的赞扬属于大而无当的赞扬。将这些赞扬性评语，同纪昀在《纪昀评点〈苏文忠公诗集〉》中对苏轼诗的批判性评语进行比较，能看出纪昀评语的一定价值。虽然纪昀总是倾向于批判，但有时过度的赞扬也并无太多益处。

《唐宋诗醇》中对陆游诗的评语更中肯些。入选陆游诗有多方面考虑，其中一方面是对陆游忠君爱国情怀的提倡与激赏。在陆游诗的卷首序言中，即谈到了这一点，"观游之生平，有与杜甫类者：少历兵间，晚栖农亩，中间浮沉中外，在蜀之日颇多。其感激悲愤、忠君爱国之诚，一寓于诗，酒酣耳热，跌荡淋漓。"在所入选的陆游的评语中，也有多处称赞陆游忠君爱国之处。如《送七兄赴扬州帅幕》中的评语："五句承上，但觉忠愤填胸，不复论其造句之警。此子美嫡嗣，他人不能到也。"如《曳策》的评语："触绪即来，自是此翁忠悃与杜陵无二，赏其气之苍老。"又如《寓怀》的评语："国耻未雪，此老终身大恨，固其忠义所结；然言之频数，亦为笔墨之累。此乃别有波澜，言尽而意不尽。"❶ 都是强调了陆游之"忠愤""忠悃""忠义"，以之为陆游诗的核心价值。

由于诗选与评点出于"数儒臣"之手，所以《唐宋诗醇》在很多方面都注重"儒学"在诗学中的作用。在陆游诗的卷首序言中，即引用朱熹的话："朱子与徐赓载书：'放翁诗读之爽然，近代惟见此人为有诗人风致。'"在所选陆游作品中，入选了很多涉及朱熹的诗。如卷四十四入选《寄朱元晦提举》有评语："恻然仁者之言，四十字不愧古人。罗大经谓：'文公于诗，独取放翁，以其气质浑厚。'殆未足以尽之。"朱熹论诗推崇陶渊明，于宋代诗人中推崇王安石、陆游等人。再如卷四十五入选《寄题朱元晦武彝精舍》有评语："惟朱子称此诗，惟此诗可寄朱子，所云'诗中有人'者。"这些入选的关于朱熹的诗，表明陆游与朱熹有一定交往。编选评点《唐宋诗醇》的儒臣们，试图通过这种方式，将"诗教"与"程朱理学"结合起来。

三、乾隆帝御选《唐宋诗醇》对前人的训斥与批判

如前所述，乾隆帝御选《唐宋诗醇》有一定的批判性。但必须注意的是，这种

---

❶ 乾隆等.御选唐宋诗醇[M].扬州：广陵书社,2015:1101.

批判性并非单纯是一种学术上的批判性，而从根本上是乾隆帝"个人性格""个人作风"的体现。或者说，这是乾隆帝在各类"圣谕"中一贯的"口含天宪"、居高临下的言语模式。

也许是皇权因素的影响，乾隆帝平时对身边人，包括皇后妃子、皇子皇孙、群臣等都是采用了居高临下的严厉训斥态度。❶据《清高宗实录》，乾隆十三年（1748年）六月，孝贤皇后逝世，皇长子永璜、皇三子永璋，在丧礼上不够哀痛，乾隆帝便下旨训斥："若不自量，各怀异意，日后必至弟兄相杀而后止。与其令伊等弟兄相杀，不如朕为父杀之。伊等若敢于朕前微露端倪，朕必照今日之旨，显揭其不孝之罪，即行正法。"等同于对皇长子进行处死的威胁，皇长子永璜受到惊吓，第二年便在忧惧中病逝了。再如，乾隆四十五年（1780年），山西巡抚喀宁阿给负责《四库全书》修撰的六皇子永瑢等人送去了请安信与几条鱼，这违反了皇子不得交通外官的禁令，永瑢毕竟博览群书，知晓"兹事体大"，便很快给乾隆帝上疏请罪，但也被乾隆帝进行了一番训斥。

乾隆帝平日里对群臣更是采用了随时训斥的态度。例如在修撰《四库全书》过程中，总纂官、总校官纪昀、陆锡熊、陆费墀等多次被乾隆帝贬斥、处罚。在书修好后，乾隆帝竟然会一本本认真去阅读这些"抄本"的"四库书"。这其实大出群臣意外，一部分与乾隆帝接触较少的大臣对乾隆帝在文化与诗学上的"狂热"认识不足，以为乾隆帝不会去看这些四库抄本。然而乾隆帝本人具备一个较优秀学者的水平与耐心，会仔仔细细研读这些四库抄本，故而发现了大量的抄写错误。如据《清高宗实录》，乾隆五十二年（1787年）六月，乾隆帝有谕旨："前因热河文津阁所贮四库全书，朕偶加披阅，其中讹谬甚多，因派扈从之阿哥及军机大臣等覆加详阅。"又如乾隆五十六年（1791年）七月，乾隆帝有谕旨："今朕偶阅文津阁四库全书内《扬子法言》一书，其卷一首篇有空白二行，因检查是书次卷核对，竟系将晋、唐及宋人注释名氏脱写。书中篇首空至两行，显而易见，开卷即可了然，乃详校官即漫不经心，而纪昀系总司校阅之事，亦未全寓目，可见重加校雠，竟属虚饰故事。朕每日余披览其书，内有一、二错落，令军机大臣随时改正者，不一而足，

---

❶ 清史研究界对此关注颇多。可参看：向敬之.清史不忍细读[M].北京：华文出版社，2019.

因尚系寻常讹脱，不加责备。"❶ 乾隆帝很"奇怪"，有书不看，要看这些名为《四库全书》的抄本。这些抄本由于工作不认真，或为尽快完成抄写任务，当然会有大量抄写错误。而乾隆帝却持续几年，自己去研读这些"抄本"，对外说是"偶阅"，实则很可能是经常翻阅。这些翻阅恐怕有时要拿着原书去对照才能看出错误之所在，而乾隆帝却乐此不疲，因为他可以借此持续呵斥群臣。

很多参与《四库全书》编撰的文臣受到处分。其中副总裁、总校官陆费墀（？—1790）原是乾隆三十一年（1766年）进士第四名，后参与修撰《四库全书》。因《四库全书》错讹较多，被乾隆帝严肃处分。乾隆帝仿佛是在跟参修《四库全书》的群臣打"心理战"，屡屡亲自验读各书，且读得非常仔细，从而发现了大量抄写错误，由此乾隆帝责怪身为总校官的陆费墀不用心。据《清高宗实录》，乾隆帝在乾隆五十二年（1787年）六月下圣谕指责陆费墀不用心，"至陆费墀，本系武英殿提调。复充总校。所有四库全书。伊一人实始终其事。而其溆升侍郎。受恩尤重。较之纪昀、陆锡熊其咎亦更重……所有面页、装订、木匣、刻字等项。俱著陆费墀自出已赀。仿照文渊等三阁式样罚赔。妥协办理。就近陈设。以示惩儆而服众心。"❷ 一方面要将陆费墀革职问责，另一方面又要陆费墀自己赔钱重新装订。结果几年后陆费墀郁闷而死。陆费墀死后，乾隆帝还不放过他，责令将陆费墀原籍家产抄出，作为修改、重装《四库全书》之用。可见，乾隆帝对群臣长期是一副训斥、指责的口吻。

还不光是借机训斥、指责群臣的问题，乾隆帝有时还试图通过与众不同的观点来体现自己的"圣明"，又或者刻意让自己的观点与群臣不同，进而压服群臣，以体现自己的"高明"。事实上，如果我们抛开一般的文学评论问题，来认真审视乾隆帝在诸多文字狱中的表现，我们会发现乾隆帝对文学有着极为独特的认识。乾隆帝亲自发起过多起文字狱，乾隆帝对文字的理解，往往不同于一般大臣。如在胡中藻"《坚磨生诗钞》案"中，大臣们几乎都不认为胡中藻的诗有问题，但乾隆帝就认为有问题，认为其中有"依附""结党"的问题，这实则被后来纪昀在《瀛奎律髓刊误》中作为了诗歌评论的标准。所以乾隆帝在各类文字中，往往要发表与众不

---

❶ 见《清高宗实录》，乾隆五十六年七月条目。
❷ 见《清高宗实录》，乾隆五十二年六月条目。

同的观点。这显示出乾隆帝有极强的个性。

这种训斥的口吻、好发与众不同议论的习惯转移到文学评论上，那就是通过指出前代诗人、当代评论家的各种错误、失误、不足来贬斥、贬低前人。如前所述，乾隆帝在《唐宋诗醇》中指责、批判了诸多前代诗人。这里可再摘录一些。以见出乾隆帝在《唐宋诗醇》的评语中，是如何对前代诗人进行批评、贬斥、贬低的。如在《唐宋诗醇》陆游诗卷首小序即批评了陆游的不足：

> 诗至万首，瑕瑜互见，评者以为"譬之深山大泽，包含者多，不暇剪除荡涤；非如守半亩之宫，一草一石，可屈指计数"，可谓知言矣。若捐疵类、存英华，略纤巧可喜之词而发其闳深微妙之指，何尝不与李、杜、韩、白诸家异曲同工，可以配东坡而无愧者哉？兹所存者，仅逾二十之一，直使天青木响，水落石出，其有以破拘士之见而守剑南门户者，亦知所取则也夫。❶

这是认为陆游诗中有不少瑕疵，并试图对迷信陆游诗的学诗者进行某种"指导"（这种口吻很像是后来纪昀在《瀛奎律髓刊误》中的口吻）。又如在韩愈诗卷首中批评别的评论家：

> 韩愈文起八代之衰，而其诗亦卓绝千古。论者常以文掩其诗，甚或谓于诗本无可解处。夫唐人以诗名家者多，以文名家者少。谓韩文重于韩诗可也，直斥其诗为不工，则群儿之愚也。

这是把贬低韩愈诗的前代与当代论者，斥责为"群儿之愚"。这实则已经不是一般的文学批评了，因为这是以皇帝的口吻对批判韩愈的风气进行了一个"官方认定"，已经可以上升到"政治高度"了，这对清代贬低韩愈的诗论家们而言无异于是一种来自朝廷的"圣旨"。

由于以上评语都是经过乾隆帝许可而发表，代表乾隆帝意见，这显示出乾隆帝

---

❶ 乾隆等.御选唐宋诗醇[M].扬州:广陵书社,2015:993.

亦试图寻找前代大家或同时代批评家的不足。换言之，乾隆帝试图通过找出前人不足，而更多彰显自己的专业性。当然，乾隆帝在《唐宋诗醇》中的这些批评都是在合理范围内。毕竟是公开发表的作品，乾隆帝对前人的贬斥、指责不能太过分。对乾隆帝来说，对前人保持适度的批判以体现出自己的"高明"就可以了。

后来纪昀就是充分体察到了乾隆帝这种"批判前代大家"的心理，而在《瀛奎律髓刊误》《纪昀评点〈苏文忠公诗集〉》乃至《四库全书总目提要》等著作中模仿乾隆帝的口气，全方面、无差别地批判、贬损前代大家。更有甚者，纪昀在《瀛奎律髓刊误》卷二十四欧阳修《送王平甫下第》中评价方回诗论说："诗是论诗，每遇元祐名人、洛闽道学，必有诗外推尊评论，以为依草附木之计，亦是一种习气。"这是模仿乾隆帝称胡中藻依附鄂尔泰为"依草附木"，把元祐名人、洛闽道学家贬喻为速朽之"草木"。根本原因是纪昀体察到乾隆帝的隐秘心理，而"上有所好，下必甚焉"。由此亦可以看出，《四库全书总目提要》中俯拾即是的贬低、贬损前代文人的文字，从根本上都是代表了乾隆帝的观点。

四、乾隆帝御选《唐宋诗醇》的深刻影响

乾隆帝御选《唐宋诗醇》对清代诗坛的发展有着深刻影响。这种影响包括两个方面：一方面，乾隆帝御选《唐宋诗醇》出版后，在官场与社会上产生很大影响，乾隆帝的权威性导致很多官方诗人的诗学观念向乾隆帝靠拢。另一方面，《唐宋诗醇》的影响也不完全依靠乾隆帝的政治权威，因为它依靠内容的专业、精湛，逐渐成为了一种常见书。清中期后，该书流传甚广，包括江西金溪浒湾、福建四堡等在内的各地书坊均有翻刻，成了一种较为畅销的诗歌选本，这势必对清中后期诗坛的发展产生潜移默化的影响。

虽然乾隆帝试图用"儒臣所编"来掩饰，但《唐宋诗醇》实际上是一部乾隆帝关于诗歌的"圣谕集"，其中阐发了乾隆帝多方面的诗歌思想。乾隆帝当然希望这些诗歌思想在全国得到推广。如果说，对于普通的下层文人、布衣诗人，因为看不到这部书，他们可以不把乾隆帝御选《唐宋诗醇》中的诗歌观念当回事。但乾隆帝身边的诸多文臣，包括各类进士、翰林，则必须对乾隆帝御选《唐宋诗醇》高度重

视。因此，乾隆帝御选《唐宋诗醇》必然对诗坛产生深刻影响。

虽然乾隆帝总是试图掩饰自己对诗歌的热爱，试图掩饰自己"领导诗坛"的心理，但很多事情显然并不能完全掩饰。乾隆皇帝有着对诗歌的狂热热爱，一生创作诗歌四万多首，成为古今作品第一多的诗人。关键是乾隆帝是一个非常有主见，非常注意让自己的见解与众不同的人。乾隆帝好发议论，好发高论，他之所以喜欢宋诗，也是因为宋诗有"以议论为诗"的特点。乾隆帝自己的诗歌作品中，有着浓厚的宋诗特点，经常都是"以文为诗""以议论为诗"，所以也有很多当代研究者认为乾隆帝的诗写得不好。但如果按照"宗宋诗风"的标准来评判，乾隆帝《御制诗集》中的诸多作品都很有特点，在当时的宗宋诗潮中属于上乘之作。这一点也正是乾隆帝非常自负之处。乾隆帝个人作诗四万多首，明显是想做古今诗人第一人。而这正是其他人对乾隆帝的核心评价。嘉庆四年（1799年）正月初三乾隆帝逝世当天，嘉庆帝下谕给乾隆帝上庙号，评价乾隆帝一生成就："圣哲多能，聪明天纵，文阐六经之奥旨，诗开百代之正宗，巨制鸿篇，以及几余游览，莫不原本经训，系念民生。圣制诗文全集之富，尤为度越百家。"❶ 这一评语强调了乾隆帝在诗歌上取得成就是"诗开百代之正宗"，这虽然有所吹捧，但如果从清代诗坛宗宋思潮发展史的角度，从推动"宗宋诗风"推动"唐宋兼宗"的角度来看，这句评语恰恰客观评价了乾隆帝在推动"宗宋诗风"上的历史贡献。换言之，正是乾隆帝个人的喜好宋诗，推动了清代中后期"宗宋诗风"的深入发展。晚清道咸宋诗派、同光体等"宋诗运动"的高涨，跟乾隆帝在御选《唐宋诗醇》中对宋诗的推扬是有重要关联的。

乾隆帝性格独特，很注重发表特立独行的见解，很注重表现自己的与众不同。典型如胡中藻"《坚磨生诗钞》案"，群臣都不觉得胡中藻的诗有问题，就乾隆帝一个人从中找到大量问题，然后借此贬斥群臣。乾隆帝作为"一朝天子"，习惯于居高临下贬斥众人，习惯于"口含天宪""一语定臣民生死"。这种心理运用到文学评论上，就必定是贬斥前代文人。所以纪昀在《四库全书总目提要》中不断吹毛求疵，不断挑前人作品毛病，本质上都是迎合乾隆帝的口吻，或者说是在"代乾隆帝立言"。而乾隆帝显然也看出了纪昀在《四库全书总目提要》中的诸多评语是在模

---

❶ 《清仁宗实录》，卷37，第10页.

仿自己的口气，对此，乾隆帝当然是感到很高兴，但为了表现自己的"超出群伦"，乾隆帝依然要反复贬低、贬斥、处罚纪昀。如乾隆帝多次当众或在圣谕中称纪晓岚为"本系无用之腐儒，原不足具数"，这都是要向群臣与国人宣示，纪昀没什么了不起，不过是自己的"传声筒"与"应声虫"。乾隆帝实际上还是要向群臣与国人宣示，《唐宋诗醇》《四库全书总目提要》等诸多官方著作中的观点都是自己的观点，参与编写的纪昀等人不过是听自己安排、替自己传声的腐儒。这显然就是乾隆帝的真实心态与实际做法。

虽然乾隆帝总是表面上说自己不参与文坛事件，"不欲与文人学士争长"（《御制诗二集·太子少保东阁大学士户部尚书蒋溥奏表》），❶ 但这只是乾隆帝的自谦之语，他对参与论坛争论实则非常有兴趣，并且经常发表"一锤定音"式的评论。乾隆皇帝通过出版御选《唐宋诗醇》的方式介入诗坛，《唐宋诗醇》中关于李白、白居易、韩愈、陆游等的几篇小序，都是在反对某些观点，又树立另一些观点，具有很强的批判性，甚至斗争性。又由于其的政治权威性，乾隆帝在《唐宋诗醇》中呈现出的诗歌理念，在诗坛也就具有了"政治正确"的地位。因此，乾隆帝的宗宋诗歌理念，对清代诗坛宗宋思潮的发展恐怕有着笼罩性影响。

事实上，乾隆帝非常注重让群臣随时关注自己关于文化的论述。他经常会研读《四库全书》中的各抄本，就书本身或抄写质量发表上谕，同时要求四库馆臣把他关于该书的上谕放在该书四库抄本的卷首。如在集部《回文类聚》一书四库抄本的卷首，有乾隆四十六年十一月初六日，乾隆帝的上谕："昨阅四库馆进呈书，有朱存孝编辑《回文类聚补遗》一种，内载《美人八咏诗》，词意媟狎，有乖雅正。夫诗以温柔敦厚为教，孔子不删郑卫所以示刺示戒也。故三百篇一言蔽以'无邪'，即美人香草以喻君子，亦当原本风雅，归诸丽则。所谓'托兴遥深'，'语在此而意在彼'也。自《玉台新咏》以后，唐人韩偓辈务作绮丽之词，号'香奁体'渐入浮靡，尤而效之者诗格更为卑下。今《美人八咏》内所列《丽华发》等诗，毫无寄托，辄取俗传鄙亵之语，曲为描写，无论诗固不工，即其编造题目，不知何所证据。

---

❶ 此语本为乾隆帝《御制诗初集·序》中的自谦之语，后被反复引用。见：乾隆帝.御制诗二集.清代诗文集汇编（第 320 册）[M].上海：上海古籍出版社，2010:1.

朕辑四库全书,当采诗文之有关世道人心者。若此等诗句,岂可以体近香奁,概行采录?所有《美人八咏诗》著即行撤出。至此外各种诗集内,有似此者,亦著该总裁,督同总校、分校等详细检查一并撤去。以示朕厘正诗体,崇尚雅醇之至意。钦此!"这是要求四库馆臣在抄录各诗集时,把一些诗集中偏于艳体的诗歌进行删除。这不仅是针对《回文类聚》发表意见,实则是发布了一条对古今诗歌的系统性编选意见。

再如,据《清高宗实录》,乾隆五十六年(1791年)七月,乾隆帝有一段谕旨,指出群臣在誊抄《四库全书》中《扬子法言》一书时未将自己近年来所写的一篇关于《扬子法言》文章收录在卷首。乾隆帝指出:"况朕曾有《御制书〈扬雄法言〉》一篇,虽系近年之作,亦应缮录,弁于是书之首。纪昀并未留心补入,更属疏忽。纪昀及详校官庄通敏,俱著交部分别议处。"这是指责纪昀没有关注到自己近年来关于《扬雄法言》一书的论述。可见,乾隆帝会想各种办法,迫使纪昀等各大臣随时注意自己的各种论述,要求把自己的论述贯彻在《四库全书》的撰修过程中。可见,乾隆帝御选《唐宋诗醇》中的诸多观念,必定会被纪昀等台阁大臣以多种形式进行贯彻。可以说,《四库全书总目提要》中的诸多论述,虽然是纪昀等四库馆臣所撰写,但归根结底很多都属于对乾隆帝意见的贯彻。

从诗学理论上来说,《唐宋诗醇》是从官方角度确立了李白、杜甫、白居易、韩愈、苏轼、陆游,这六人的"大家"地位。这样一种"政治确认"就导致随后的乾隆朝诗坛,学此六家的风气,步步趋盛。有大量的诗人"响应"这种官方诗学号召,以这六家中某几家为"诗学取径"。尤其有大量的诗人,将白居易与陆游联系在一起,作为自己学诗的取径,这明显是受《唐宋诗醇》的影响。因为在乾隆帝之前的宗宋诗人中,虽也有人在学"白、陆",但其影响还是有限。而至乾隆朝时期,学"白、陆"的风气,已然成为一种较为显著的诗坛现象。

从一些具体的例子来看,诗人多在向乾隆帝的诗学观靠拢。比如,乾隆十九年(1754年)同中进士的纪晓岚、王鸣盛、钱大昕、王昶等人诗歌虽主要宗唐,但都有不同程度兼取宋诗的一面。再如乾隆二年进士,后历官福建布政使的钱琦,其诗学取径是"在三唐两宋间,古体力追杜、韩,近体则香山、眉山"(符葆森《国朝正雅集》）❶；乾隆二十六年（1761年）进士，历官侍讲学士的曹仁虎"诗初宗四杰，后乃出入杜、韩、苏、陆诸大家"（徐世昌《晚晴簃诗话》），等等。这些有官方身份的诗人，其诗学观明显在向乾隆帝《唐宋诗醇》靠拢。

再如，同为乾隆二十六年（1761年）进士的冯应榴（1741—1800），爱好苏轼诗，作有《苏文忠公诗合注》五十卷。冯应榴的爱好苏轼诗，明显受到了时代风气的影响，因为其父其弟在诗学取向上都偏于宗唐。冯应榴之父冯浩（1719—1801）雅好李商隐诗及杜牧诗文，乾隆二十八年（1763年）出版有《玉溪生诗笺注》三卷，为清代李商隐诗的重要注本。冯应榴之弟冯集梧，继承乃父的宗唐倾向，亦雅好杜牧诗，著有《樊川诗集注》，为杜牧诗的权威注本。然而冯应榴却不像其父其弟那样雅好唐诗，而是爱好苏轼诗。这是颇为耐人寻味的。这虽然有个人性格气质因素，有翁方纲等友人宗宋倾向影响的因素，但很重要一方面也在于他受到了诗坛主流风气的影响，其中乾隆帝《唐宋诗醇》诗学观念的影响也是必然存在的。冯应榴曾任内阁中书、入值军机处等职，得以接近乾隆帝及其近臣，必然要受到乾隆帝诗歌观念的影响。

实际上，即使是以"宗唐"相号召的沈德潜，其诗学观晚期亦向宋诗有所回归。乾隆二十五年（1760年），沈德潜在《清诗别裁集》凡例中自称"愚未尝贬斥宋诗"。后又选苏轼、陆游、元好问诗为《宋金三家诗选》，明显亦是在响应乾隆帝"唐宋兼宗"的诗学观。

这种种"崇白、陆"，"学苏、陆"的现象都表明，乾隆十五年（1750年），乾隆帝御选的《唐宋诗醇》问世后，对乾隆朝诗坛的诗歌宗向发展，有着很大的影响。乾隆朝诗坛上形成了"崇白、陆"，"学苏、陆"的一个高峰期。这与此前此后诗坛的学宋路径，是有很大不同的。清代诗坛主流的学宋路径是"学苏、黄"。乾隆朝时期的这种风气，并没能延续下去。

总之，乾隆帝御选《唐宋诗醇》对诗坛的最核心影响还在于，它以官方诗选的形式确定了"唐宋兼宗"成为诗坛的官方标准。一方面导致大量的宗唐诗人不得不

---

❶ 钱仲联.清诗纪事[M].南京:江苏古籍出版社,1989:5003.

向宗宋诗风妥协；另一方面也导致宗宋诗人大受鼓舞，进一步拓展宗宋诗风。而一些官方诗人也频频以"唐宋兼宗"作为诗歌标准，最典型的体现就是以纪昀为代表的四库馆臣在《四库全书总目提要》中以"唐宋兼宗"为诗歌评价的标准。纪昀等四库馆臣在《四库全书总目提要》中屡屡批评一些诗人偏于唐，偏于宋，存在门户之见，标榜自己较为"客观"。但这并不是单纯在诗学观念的上的"客观"，归根结底都是为了响应乾隆帝在《唐宋诗醇》中的号召。亦可以说，以纪昀为代表的四库馆臣实则是把乾隆帝"唐宋兼宗"的诗学观念作为基本的批评标准，用于指点江山。

反过来也可以说，四库馆臣在《四库全书总目提要》中的"诗学批评"上没有什么新东西，不过是挥舞着乾隆帝御选《唐宋诗醇》"唐宋兼宗"的"诗学大棒"，将之作为审视前代诗人与评判清代诗人的基本标准。纪昀等四库馆臣在《四库全书总目提要》中不断发表诗学观点，实则都不过是乾隆帝在御选《唐宋诗醇》中诗学观念的注脚而已。

乾隆帝御选《唐宋诗醇》对诗坛的影响不仅在于其官方性、权威性，也在于该书后来进入了"书坊出版体系"，获得了很高的出版频率与宽广的出版范围，这是一般宋诗选本所不可比拟的。《唐宋诗醇》在乾隆十五年（1750年）刊行后，第二年有内府刊本、武英殿刊本。此后几年可能也有刊刻，在乾隆二十五年（1760年）就有遗安堂刻本、善成堂刻本、紫阳书院重刻本、两仪堂翻刻本等，这说明至少在乾隆二十五年，《唐宋诗醇》已经在全国流传开来。按照一般出版规律，该书在流行后，一般隔几年就有重印本（清代很多书坊是随卖随印，刊刻一次后可以印刷销售多年）。从现存版本与出版信息来看，在光绪年间，《唐宋诗醇》几乎每年都有刊刻，如光绪七年（1881年）有浙江书局刻本、江苏书局刻本等。这一刊刻频率与广度，是一般宋诗选本所无法比拟的。可以说，《唐宋诗醇》获得了图书市场的广泛认可，成为市场上比较常见的宋诗读本之一，其对诗坛的影响亦在情理之中了。

第五节　张景星《宋诗别裁集》跻身清代著名宋诗选本

　　《宋诗别裁集》在清代诗坛宗宋思潮发展史当中的作用不大，未曾实际影响过清代"宗宋思潮"的走向，但它在清代是一部非常流行的宋诗选本，与沈德潜《唐诗别裁集》等合成一套，书坊翻刻较多，对一般文人读者或青年读者有较大影响。

　　《宋诗别裁集》实则是后来书商给取的名字，仅仅是为了与沈德潜《唐诗别裁集》等形成配套。《宋诗别裁集》原名《宋诗百一钞》，共八卷。最初的版本是乾隆二十六年（1761年）诵芬楼刻本。编选者是张景星、姚培谦、王永祺。

　　主要编选者张景星，字二铭，一说字行之。约活动于雍正乾隆时期。有学者认为张景星是江西奉新人，为乾隆十年进士。曾官河南鲁山知县，后寓居河南南阳，于衍畴书院教授生徒。但此说法似乎不对，不排除是重名。❶张景星应为云间（今上海）人，可能并未考取功名。另一位编者姚培谦（1693—1766），字平山，华亭金山（今上海金山区）人。未有科名，但热衷文化，颇有才名。姚培谦编选刊刻有大量唐宋诗集，现存有康熙五十九年姚培谦遂安堂刊本《后村居士诗》20卷，康熙六十年姚培谦刊本的《东坡诗抄》18卷，雍正五年姚培谦遂安堂刻本《唐宋八家诗钞》44卷。可见，在编刻《宋诗百一钞》时，姚培谦已出版过多部宋诗作品，已深有经验。这就决定了《宋诗百一钞》会是一部较为成熟的宋诗选本，而非一般的仓促之作。

　　《宋诗百一钞》刊刻后，很长一段时间影响并不大，未能对诗坛产生实际影响。直到后来的书商将此书与沈德潜编选的《唐诗别裁集》《明诗别裁集》《清诗别裁

---

❶ 谢先模.《宋诗别裁集》和《元诗别裁集》的主编张景星是奉新人吗？[J].江西师范大学学报,1984(5).

集》合刻，题为《五朝诗别裁集》。这部《五朝诗别裁集》有着沈德潜的光环效应，且确实能够见出唐以后诗坛的发展，所以后来大为流行。有大量书坊翻刻，如务本堂刻本、三让堂刻本、小酉山房刻本、令德堂本、道光十九年（1839年）巾箱本等。

"宋诗百一钞"之含义，是从海量的宋诗中选取百分之一让读者来品鉴，即傅王露在该书序言中所说的"钞名百一，盖谓尝鼎一脔，窥豹一斑，亦可见宋诗宗派云尔"❶。也正是因为这部诗选是"百中取一"，所以入选的作品并不多。据统计，该书共选录了137位宋代诗人的645首诗，平均一人入选了5首。实则由于欧阳修、苏轼、陆游、朱熹等人入选较多，大量诗人都只是入选了一两首。看起来数量不够多，但是它篇幅适中，适合读者研读。此前《宋诗钞》等书的一大缺陷就是篇幅太大，不便于读者在较短时间内把握宋诗面貌。

在具体编选上，《宋诗别裁集》采用了类似《千家诗》的分体编排，分为五言古、七言古、五言律、七言律、五言排律、五言绝、七言绝等不同体裁，但没有七言排律，应是宋人这方面作品不够多。《宋诗别裁集》除了有一篇序文外，并没有给所入选的诗人加入生平简介，亦未给所入选的诗加入评语。这是该书的一点缺憾。

在各诗人作品的编选上，苏轼入选作品最多，有58首，但没有入选苏轼的五绝。陆游入选了54首，为第二多且各体均有。王安石入选了39首。欧阳修入选了37首，但没有入选欧阳修的五古。杨万里诗入选了29首，但没有入选杨万里的五绝。朱熹入选了20首，未入选他的七古。黄庭坚入选了14首，但没有入选黄庭坚的五绝、七绝。范成大入选了18首，未入选他的五绝。陈与义入选了19首，未入选他的五律和五绝。张耒入选了13首。贺铸入选了12首。刘敞入选了11首，其中五律9首。杨亿入选了9首，其中五言排律5首。梅尧臣只入选了9首。司马光入选了9首。陈师道入选了8首。谢翱入选了7首。晁补之入选了7首。

以此来计算，除去苏轼（58首）、陆游（54首）、王安石（39首）、欧阳修（37首）、杨万里（29首）、朱熹（20首）、陈与义（19首）、范成大（18首）、黄

---

❶ 张景星,姚培谦,王永祺.宋诗别裁集[M].上海：上海古籍出版社,2013：1.

庭坚（14首）等入选作品较多的诗人，剩余诗人平均每人入选了不到三首。

关于《宋诗别裁集》中入选的主要诗人与作品数量，按入选作品数量由多到少排列，具体见表5-1。

表5-1 《宋诗别裁集》诗人与作品数量 单位：首

诗人	五古	七古	五律	七律	五绝	七绝	五排	总数
苏轼	9	12	4	20	0	13	0	58
陆游	4	10	3	14	5	15	3	54
王安石	0	1	5	9	9	13	2	39
欧阳修	0	4	5	6	6	7	9	37
杨万里	4	6	8	9	0	2	0	29
朱熹	7	0	2	8	1	2	0	20
陈与义	4	1	0	10	0	2	2	19
范成大	2	3	3	5	0	5	0	18
黄庭坚	3	4	1	4	0	0	2	14
张耒	2	4	1	5	0	1	0	13
贺铸	3	1	3	5	0	0	0	12
刘敞	1	0	9	0	1	0	0	11
杨亿	0	0	0	4	0	0	5	9
梅尧臣	1	5	3	0	0	0	0	9
司马光	0	1	4	2	1	1	0	9
陈师道	0	0	3	4	0	1	0	8
谢翱	1	6	0	0	0	0	0	7
晁补之	5	0	0	1	0	1	0	7
王十朋	0	1	2	1	0	0	0	4

结合表5-1，对各诗人的入选作品数量进行分析，张景星等人对宋诗的理解与诗坛既有一定趋同，也有一定差异。

趋同之处首先在于，他们重视"苏、黄、范、陆"等人的诗。苏轼入选最多，其次陆游，对范成大也非常欣赏。在康熙后期至乾隆前期，吴中诗坛非常注重陆游、范成大的诗，据沈德潜描述，他年轻时面对的吴中诗坛的状况就是"家致能而户放翁"。同时，杨万里诗入选的也非常多，这一点应是受到吴之振《宋诗钞》的影响。吴之振《宋诗钞》入选了九卷杨万里诗，陆游入选了六卷，苏轼占了三卷，而普通诗人只有一卷，优秀诗人也不过二卷。不过，张景星调低了杨万里诗入选数量，排在苏轼、陆游的后面。

可见至张景星编《宋诗别裁集》时，苏轼已成为毫无争议的"宋代第一诗人"，陆游跻身第二。这与乾隆帝御选《唐宋诗醇》中入选苏轼、陆游二家是大体趋同的。不过，到乾隆朝中后期之后，黄庭坚的影响开始显著上升。"崇尚苏、黄"的格局逐渐取代了"崇尚苏、陆"的格局。可见，无论如何，张景星《宋诗别裁集》是按照主流诗坛的"宋诗趣味"进行编撰的。这是《宋诗别裁集》能够被诗坛与图书市场认可的重要原因之一。

与此同时，张景星在编选时也注重突出自己的特色，与主流诗坛形成一定的差异。这种"差异"，更能显示出"选家"的匠心独运。

这种"差异"首先表现在，张景星等人对欧阳修诗评价很高，入选了37首，入选数量排全部诗人的第四。欧阳修虽然被视为"北宋文坛宗主"，但欧阳修的诗并不被清代主流诗坛所热烈欣赏。吴之振《宋诗钞》中入选了欧阳修两卷诗，不算少，但也不算特别多。关键是清代诗坛的诗人们崇尚欧阳修诗的并不多。欧阳修诗歌对清代诗坛的实际影响，远逊于苏轼、黄庭坚、陆游、王安石、范成大、杨万里等人。但张景星却较为别致地入选了较多欧阳修作品。由于该书并没有加入诗人简介与诗歌评语，我们难以确知张景星入选这么多欧阳修诗的理由与依据。

《宋诗别裁集》与主流诗坛"差异"的另一点是，张景星对朱熹诗评价很高，入选了20首，排在前列。这一点与清代主流诗坛差异极大。一般而言，朱熹是程朱理学的主要人物，被称为"朱子"，在哲学领域有笼罩性影响，清代文人几乎人人熟读朱熹作品，但颇为奇怪的是，清代诗坛很少有诗人重视朱熹的诗。时至今日，学术界在撰写《宋代文学史》时对于朱熹的诗学成就也一般评价不高。

从这些方面来看，《宋诗别裁集》的编选思路有些接近《千家诗》，都非常注重"理学诗人"的作品。这一点与清代诗坛的主流取向是不同的。且不说清代的宗唐诗人毫不重视理学诗人的作品，即使那些以"宗宋"相标榜的宗宋诗人们也极少重视朱熹等理学诗人。宗宋诗人们往往以苏轼、黄庭坚、陆游、王安石、范成大、杨万里、梅尧臣等人相标榜，极少有人以朱熹的诗相标榜。或者说，清代诗坛显示出较为崇尚朱熹诗歌趋向的，主要就是这部《宋诗别裁集》了。

在具体诗歌篇目的选择上，《宋诗别裁集》也很注重编选的独特性。比如《千家诗》中选有52位宋代诗人近90首诗，这90首诗大多属于脍炙人口的名作，但其中只有几首重复出现在《宋诗别裁集》中。如《宋诗别裁集》有苏轼诗58首，《千家诗》有署名苏轼诗7首（除去错误署名，实6首），其中只有《海棠》（只恐夜深花睡去）、《饮湖上初晴后雨》（欲把西湖比西子）二诗重复了。《宋诗别裁集》有朱熹诗20首，《千家诗》有朱熹诗5首（除去错误署名，实4首），一首重复的都没有。《宋诗别裁集》特意避开了《千家诗》中所选的朱熹《观书有感》《春日》等名作。《宋诗别裁集》中有王安石诗39首，《千家诗》有王安石诗5首（除去错误署名，实4首），重复的只有《北山》（细数落花因坐久）、《书湖阴先生壁》（一水护田将绿绕）二首。可见，《宋诗别裁集》参考了《千家诗》，但并没有将《千家诗》中脍炙人口的名作照单全收，而是只选取了极少数，注重形成与《千家诗》的差异性。

再如，《宋诗别裁集》与此前《积书岩宋诗删》等类似"分体编诗"的宋诗选本在选诗上也有很大差异。《积书岩宋诗删》收录了31位诗人的41首五言排律，又收录了7位诗人的8首七言排律。但《宋诗别裁集》只收了16位诗人的40首五言排律，未收七言排律。在五言排律的入选上，《宋诗别裁集》与《积书岩宋诗删》很不一样。甚至可以说二书是"差异"远大于"共性"。《宋诗别裁集》中欧阳修入选了9首，杨亿入选了5首，苏轼入选了5首，陆游入选了3首，宋祁入选了3首，秦观入选2首，陈与义入选2首，黄庭坚入选2首，曾巩入选了1首，陆游入选了1首，范成大一首都没入选，梅尧臣一首都未入选。《积书岩宋诗删》中范成大入选了3首，范仲淹、欧阳修、苏轼、王安石、梅尧臣、陈与义、谢翱各入选2首，杨亿入选了1首，秦观入选了1首，陆游入选了1首，黄庭坚一首都未入选，曾巩一首都未入选，宋祁一首都没入选。二书在五言排律上的入选状况见表5-2。

表 5-2　五言排律入选情况　　　　　　　　　　　　　　　　　　　单位：首

五言排律入选情况	欧阳修	杨亿	苏轼	宋祁	陆游	秦观	陈与义	黄庭坚	范成大	王禹偁	钱惟演	范仲淹	刘颁	曾巩	梅尧臣	谢翱
《宋诗别裁集》	9	5	5	3	3	2	2	2	0	1	1	1	1	1	0	0
《积书岩宋诗删》	2	1	2	0	1	1	2	0	3	0	0	2	0	0	2	2

　　仅从这一对比来看，《宋诗别裁集》选入的五言排律与《积书岩宋诗删》差异很大。《宋诗别裁集》选入了 16 位诗人的五言排律，《积书岩宋诗删》选入了 31 位，这本身就有一大半的差异。再逐一比对，可发现，很多《积书岩宋诗删》选入的诗人如范成大、梅尧臣、谢翱，《宋诗别裁集》中未选入。尤其是《积书岩宋诗删》中范成大的五言排律入选最多，但《宋诗别裁集》中一首范成大的五言排律都未入选。而《积书岩宋诗删》中一首五言排律都未入选的宋祁、黄庭坚、钱惟演、王禹偁等人，《宋诗别裁集》中却都入选了，尤其是宋祁还入选了 3 首，算比较多了。

　　再扩大到别的体裁的入选诗歌上，《宋诗别裁集》与《积书岩宋诗删》亦有很大的差异。可以看出，《宋诗别裁集》几乎没有参考《积书岩宋诗删》，《宋诗别裁集》在编撰时有较强的独立性，着重从自己的角度来选诗，选的诗与别的选家不一样，注重与别的选家形成差异。

　　结合以上分析，张景星在选诗时，应是参考过《宋诗钞》《千家诗》等宋诗选本。但并没有对前代选家亦步亦趋，而是注重选出自己的特色。这种特色就是在兼容乾隆初期主流诗坛对"苏、黄、范、陆"等人较为推崇的情况下，增加了对欧阳修的欣赏，同时增加了对朱熹作品的欣赏。

　　作为一部乾隆中期出版的宋诗选本，《宋诗别裁集》不像更早期的《宋诗钞》《宋诗纪事》《唐宋诗醇》等那样在清代诗坛宗宋思潮发展历程中起到过重要作用。当《宋诗别裁集》问世时，清代诗坛的宗宋思潮已大体成形。而且《宋诗别裁集》在乾嘉时期的宗宋思潮发展上也没有起到太多作用。所以从"思想史"角度，这部《宋诗别裁集》不能算是一部有极大影响的作品。但是，《宋诗别裁集》虽然在思想史上意义不大，但它在清代出版史、清代宋诗出版史上的地位却较高。或者说，这部书本就是为图书市场而应运而生的。何以如此？这本书最初的名字是《宋诗百一钞》，出版后的影响并不是那么大。但后来随着沈德潜《唐诗别裁集》《明诗别裁集》《清诗别裁集》等相继出版，并获得图书市场认可。图书市场需要一系列的"别裁集"。而沈德潜及其弟子由于对宋诗不是那么喜爱，研读不是那么深，所以一直没有一部《宋诗别裁集》问世。图书市场的书坊经营者们，只能是在清代已经出版的各类宋诗选本中寻觅一部与沈德潜《唐诗别裁集》《明诗别裁集》《清诗别裁集》等架构大体相近，放在一起能够"成系列"的宋诗选本。最终这部《宋诗百一钞》脱颖而出，被书坊改名为《宋诗别裁集》（现有材料难以判断到底是哪家书坊最早将《宋诗百一钞》改为《宋诗别裁集》出版。相关问题待考）。此后，不少书坊都翻刻了这一整套书。据吴世灯《清代四堡书坊刻书》，清末福建四堡的一些书坊就刊刻销售这套包括《宋诗别裁集》在内的"唐宋元明清诗别裁集"。这套"唐宋元明清诗别裁集"系列，由于较为简洁地呈现了我国唐以后的诗坛面貌，且一位位诗人接续排列具有了"诗歌史"意义，故而在清中期以来，获得了诗坛与图书市场的双重认可。

第六节　姚鼐《五七言今体诗钞》对桐城派宗宋倾向的影响

姚鼐（1731—1815），字姬传，室名惜抱轩，世称惜抱先生，安徽桐城人。乾隆二十八年（1763年）中进士，后曾任山东、湖南乡试副主考等职。乾隆三十八年（1773年）入《四库全书》馆充纂修官，与翁方纲交好。晚年主讲于扬州梅花书院、南京钟山书院等处，门人弟子满天下。姚鼐在宋诗选本领域的代表作是《五七言今体诗钞》，该诗钞虽然唐宋诗兼选，但为宋诗张本的意图也很明显，显示出很强的宗宋倾向，对后来桐城派宗宋倾向的形成与壮大，有很强方向性指引。

《五七言今体诗钞》最初于嘉庆三年（1798年）在南京刊刻，嘉庆十三年

（1808年）再次刊刻。嘉庆十三年重刊时，姚鼐进行了一定删订，姚鼐的门徒程邦瑞在跋语中说："先生复加删订，邮寄示瑞。瑞谓是编虽与王文简公《古诗钞》意趣稍殊，而其足以维持诗教，启迪后学，则一也。"程邦瑞强调了这部《五七言今体诗钞》可以像王士禛《古诗选》一样"维持诗教，启迪后学"，这虽然是对姚鼐《五七言今体诗钞》的夸奖，但揆诸道光以后桐城派宗宋诗学的持续发展，这一评价应是符合事实的。因此，姚鼐《五七言今体诗钞》堪称清中叶一部很有影响的宋诗选本。

一、《五七言今体诗钞》的出版与体例

姚鼐在古文上是宗宋的，但姚鼐的个人诗歌特点则以宗唐为主。至晚年，姚鼐在诗歌思想上有了更多的"宗宋"因素。嘉庆三年（1798年），姚鼐参考王士禛《古诗选》编成了《五七言今体诗钞》，于南京刊刻。根据姚鼐的自序，这部《五七言今体诗钞》受王士禛很大影响：

> 论诗如渔洋之《古诗钞》，可谓当人心之公者也。吾惜其论止古体，而不及今体。至今日而为今体者，纷纭歧出，多趋讹谬。风雅之道日衰，从吾游者，或请为补渔洋之阙编。因取唐以来诗人之作，采录论之。❶

明确提到了自己选诗是为了"补渔洋之阙编"。因为王士禛《古诗选》只选了古体，没有选律诗绝句等"今体"，这让一些爱好诗歌的青年学子无所适从。所以姚鼐的一些友人、门生请姚鼐仿效王士禛《古诗选》编一部关于"今体"的诗选。必须指出的是，在姚鼐等人编刻《五七言今体诗钞》之前两年，翁方纲于嘉庆元年（1796年）编刻了《小石帆亭五言诗续钞》，且翁方纲的选本也是继王士禛《古诗选》而来。可见，姚鼐受到翁方纲的一定影响，也开始注重传承王士禛的诗学遗产。

---

❶ 姚鼐.今体诗钞[M].上海：上海古籍出版社，1986：1.

王士禛《古诗选》共32卷，五言与七言各成一部，"凡五言诗十七卷，七言诗十五卷"，其中五言古体诗部分未入选宋人诗，而七言古体诗部分则入选了大量宋诗。姚鼐认真揣摩了王士禛《古诗选》的体例，进而编成了《五七言今体诗钞》共18卷。前半部分为《五言今体诗钞》，共9卷，选了唐代87位诗人的560首五律，也像王士禛《古诗选》一样在五言诗部分未入选宋诗。后半部分为《七言今体诗钞》，亦为9卷，共有68位唐宋诗人的411首七律，其中有唐人七律6卷，宋人七律3卷。

在《五七言今体诗钞·序目》中，姚鼐解释了这三卷宋诗编选的理由与宗旨：

> 西昆诸公之拟玉溪，但学其隶事耳。殊滞于句下，都成死语。其余宋初诸贤，亦皆域于许浑、韦庄辈境内。欧公诗学昌黎，故于七律不甚留意。荆公则颇留意矣，然亦未造殊妙。今自宋初至荆公兄弟共为一卷。
>
> 东坡天才，有不可思议处。其七律只用梦得、香山格调，其妙处岂刘、白所能望哉。山谷刻意少陵，虽不能到。然其兀傲磊落之气，足与古今作俗诗者澡濯胸胃，导启性灵。钞苏黄诗一卷，苏门诸贤附焉，
>
> 放翁激发忠愤，横极才力，上法子美，下揽子瞻，裁制既富，变境亦多。其七律固为南渡后一人。其余如简斋、茶山、诚斋诸贤，虽有盛名，实无超诣。今为略采一二，逮于宋末，并附放翁之后，钞南宋诗一卷。❶

姚鼐在"序目"中着重谈到了欧阳修、王安石、苏轼、黄庭坚、陆游等人。其中对欧阳修的律诗评价并不高，认为欧阳修"于七律不甚留意"。与对欧阳修的评价相比较，姚鼐对王安石的评价则更低，认为"荆公则颇留意矣，然亦未造殊妙"。否定了王安石在七律上的造诣。姚鼐高度赞扬了苏轼，"东坡天才，有不可思议处"，这符合诗坛上的主流评价。值得注意的是，姚鼐高度评价了黄庭坚，直接将"苏黄"并称。这一点被后来崇尚黄庭坚的诗人们，引为知己。

当然，《五七言今体诗钞》并非只着意于宋代大诗人，也入选了大量宋代小诗

---

❶ 姚鼐.今体诗钞[M].上海：上海古籍出版社,1986：2.

人的作品。具体来看,《五七言今体诗钞》中的《五言今体诗钞》未入选宋诗,而《七言今体诗钞》的卷七入选了杨徽之2首,杨亿5首,刘子仪3首,胡武平4首,林逋4首,宋公序1首,宋子京2首,文宽夫1首,王安石诗5首,王仲甫1首。卷八选入了苏轼七律31首,黄庭坚七律25首,陈师道4首,秦观1首,晁补之1首,晁说之2首,米芾1首,刘景文1首,杨公济1首。卷九选入陆游七律87首,陈与义1首,曾几2首,杨万里1首。综合来看,《五七言今体诗钞》选了23位宋代诗人的186首七律。可见,《五七言今体诗钞》选择面是比较宽的,主要的诗人苏轼选了31首,黄庭坚25首,陆游87首,其他次要的诗人也入选了一部分作品。显示出"有主有次,主次并重"的特点,并没有完全忽略一些小诗人。

从这些入选情况来看,姚鼐的宗宋倾向并非特别强烈,只是有"兼取宋诗"的一面。这从根本上是乾隆帝御选《唐宋诗醇》中所展现的"唐宋兼宗"诗学取向。乾隆帝毕竟是帝王,帝王的观点虽会影响文人,但帝王并非普通文人效仿的对象。而姚鼐作为桐城派领袖,在士林中有很大影响,很多青年文人都要学习效仿姚鼐的文章与诗学。姚鼐《五七言今体诗钞》中所展示的宗宋倾向,对后来的文人尤其是桐城派后学是有深刻影响的。

二、姚鼐《五七言今体诗钞》中的诗学观念及其影响

从《五七言今体诗钞》刊刻时间来看,这部诗选应是姚鼐于南京钟山书院任职期间刊刻的作品,有一定的教育教学目的。故此,这部诗选在秀才举人群体中会有很大影响,后来更进一步影响了桐城派的诗学观念。这也是这部诗选真正影响诗坛的途径之所在。而更重要的是,这部《五七言今体诗钞》所明确发出的"宗宋"或者说"唐宋兼宗"的诗学取向信号。

从个人诗歌创作风格来看,姚鼐在诗学上主要还是宗唐,后期在翁方纲、蒋士铨等人影响下,有了兼取宋诗的一面,形成了"唐宋兼宗,以唐为主,兼取宋诗"的特点。但"兼取"归"兼取",具体到姚鼐的诗本身,还是有比较明显的宗唐风

格的。❶ 跟乾嘉时期，典型的宗宋诗人的风格，尤其是学问诗风格，还是明显不同的。但姚鼐在《五七言今体诗钞》中展现了对宋诗的"兼取"一面，等于是向其学生与诗坛友人，发出了清晰的"唐宋兼宗"信号。

后来姚莹在《识小录》谈及姚鼐学习唐宋诸诗人时说："（姚鼐）诗以五古为最，高处直是盛唐诸公三昧，非肤袭貌取者可比。七古用唐调者，时有王、李之响。学宋人处，时入妙境，尤不易得。七律工力甚深，兼盛唐、苏公之胜。七绝神俊高远，直是天人说法，无一凡近语矣。"所以从根本上来说，姚鼐晚年有学宋的一面，但他一生的主导风格是宗唐。❷ 亦可以说是"以唐为本，兼取宋诗"。诚如徐世昌《晚晴簃诗汇·诗话》中所说："晚年虽学玉局而不失唐人格韵。"这种特点实则是整个乾隆朝的一种主流风气。

有一点需要特别指出，宗宋诗人一般都有大量崇尚宋诗的言论、诗序文字与诗歌作品，呈现出无可争辩的宗宋倾向，但姚鼐个人诗序、诗作中的宗宋倾向并不那么明显，很多关于姚鼐"宗宋崇黄"的话语都来自桐城后学的追述，其准确性与客观性难以保证。目前可见的一些姚鼐对宋人，尤其是对黄庭坚的推崇言论，集中见于他所编选的《五七言今体诗钞》中。但《五七言今体诗钞》精选了唐宋诗人近百人的作品，本质上是一个"综合性的诗歌点评"，并不是单独赞扬某一个诗人，而是广泛赞扬了近百位诗人。我们其实很难根据《五七言今体诗钞》中的言论，来得出具体的结论。

姚鼐在《五七言今体诗钞·序目》中谈到黄庭坚，认为"山谷刻意少陵，虽不能到，然其兀傲磊落之气，足与古今作俗诗者澡濯胸胃，导启性灵"。对黄庭坚评价极高。所以后来一些桐城派后学，认为姚鼐推崇黄庭坚。虽然这种"观念性的内容"很难坐实，但既然一些桐城后学这么认为，那也可以当作是客观存在的。这或许反映出桐城后学在道咸时期的宗宋氛围中的一种对于"宗宋"的选择与趋向构建。这一点对桐城派诗学的后续发展，产生了一定影响。甚至有论者认为，曾国藩宗黄亦受过姚鼐影响。笔者并不认同"曾国藩宗黄是受姚鼐影响"，但不可否认，

---

❶ 柳春蕊.熔铸唐宋:姚鼐诗学理论及其实践[J].文艺理论研究,2010(5).

❷ 王小舒.姚鼐及其桐城诗派非宗宋派[J].河北学刊,2010(3).

桐城派的一些人及后来的一些研究者一般都是这么看的。这只把握了部分事实，但无形中夸大了桐城派的诗学影响。

对清末以来的文论史稍作梳理，会发现，此种"标举桐城派对晚清宗宋诗学的影响"的观点在清代是一种非主流的看法。成长于清末的文学史家钱基博（1887—1957）于1936年在《现代中国文学史·四版增订识语》中说："此次增订，有郑重申叙而为原书所未及者三事：……三，诗之同光体，实自桐城古文家之姚鼐嬗衍而来。则是桐城之文，在清末虽久王而厌，而桐城之诗，在民初颇极盛难继也。此三事，自来未经人道，特拈出之。"❶可见，标举桐城派对晚清宗宋诗学的影响的观点最早是钱基博提出来的。钱基博先生的看法当然有少量依据，但揆诸晚清诗坛实际发展状况，则是不符合事实的：姚鼐在晚清有一定影响，但曾国藩、张之洞等人的宗宋诗学理念有其明确的来源，并非单纯来源于桐城派。

第七节 曾国藩《十八家诗钞》的重要影响

曾国藩（1811—1872），字伯涵，号涤生，湖南湘乡人。曾国藩为湘军领袖，对中国近代史有重大影响。同时，曾国藩亦被诗坛视为道咸宋诗派的后期领袖，其"宗宋"诗歌思想亦对诗坛有很大影响。《十八家诗钞》为曾国藩所编的一部诗选。该书在曾国藩逝世后才出版，出版时离清亡只有半个世纪，其传播的时间和广度相对有限，其对于清代诗坛的实际影响没有那么大。但考虑到曾国藩在当时与后世的巨大影响——实则清代文人的作品，除学术界还有较多学者阅读研究外，在普通读者层面至今几乎全部失去了传播力与影响力，至今成为畅销书的除《红楼梦》《儒林外史》等少数几部小说之外，较少有清代文学作品对后世产生巨大影响。考虑到这一点，考虑到清代末期以来，曾国藩作品在社会上产生的持久而重要的影响，故而其《十八家诗钞》亦不能被等闲视之。在笔者看来，曾国藩《十八家诗钞》带有

---

❶ 钱基博.现代中国文学史[M].长沙：岳麓书社，2010：3.

了某种诗学上的"经典性"。这部诗选堪称"清人选唐宋诗"的代表作之一。随着时间推移，曾国藩《十八家诗钞》的影响很可能会超过清代其他诗选。故此，在本书中必须深入探讨《十八家诗钞》的诸问题。

一、曾国藩《十八家诗钞》的编撰过程

咸丰元年（1851年），曾国藩开始酝酿一部"曾氏读诗钞"，这部诗钞便是后来《十八家诗钞》的雏形。在咸丰二年正月初二的日记中，他说："是日，思诗既选十八家矣，古文当选百篇，抄置案头，以为揣摩。因自为之记曰：为政十四门，为学十五书，抄文一百首，抄诗十八家。"则此时《十八家诗钞》的构思基本成形。考曾国藩咸丰二年的日记，他这一年选了多家诗，五月十六日，"夜，选遗山七律"。五月二十日，"是日，选陆放翁律诗"，至六月初三日"选放翁诗，是日选毕"。

咸丰二年的曾国藩日记不全，无法详细考知他的抄诗情况。但应该是大体完成了《十八家诗钞》的初稿。后来他曾在同治六年（1867年）十二月的日记中说：

> 余在京抄成《十八家诗》，阅今十有六年，虽常携行箧，不时温习，然未能校对错误，略加批识。其中有各家自注及必须有注而其义乃明者，亦宜补抄小注。兹将细阅一遍，以作定本。❶

可见，曾国藩在咸丰二年（1852年）离京之前，《十八家诗钞》基本完成，只是没有加上点评、批语。点评、批语是同治六年后加的。咸丰二年时，《十八家诗钞》虽已大体完成，但正是在这一年，他因丁母忧，离京，选十八家诗钞的事逐渐被放下，此后几年没有再涉及。

至咸丰十年（1860年），曾国藩开始考虑补钞、修订完成《十八家诗钞》。咸丰十年十二月初二日的日记说："夜，拟以苏诗七绝倩人抄出，盖余往年在京所抄

---

❶ 曾国藩.曾国藩日记(第三册)[M].唐浩明，编.长沙:岳麓书社,2015:475.

诗，未抄绝句也。"十二月十三日日记说："中饭后将东坡七言绝句圈出发抄，盖余在京时所选《十八家诗钞》，未选绝句，将补抄之也。"❶

同治年间，曾国藩开始为《十八家诗钞》加入批注。同治六年（1867年）十二月二十九日，时值年末，曾国藩有了将《十八家诗钞》加入批注并形成定本的念头。据十二月二十九日《曾国藩日记》载："午刻阅苏诗七古，酌加圈批。余在京抄成《十八家诗》，阅今十有六年，虽常携行箧，不时温习，然未能校对错误，略加批识。其中有各家自注及必须有注而其义乃明者，亦宜补抄小注。兹将细阅一遍，以作定本。"故此，从同治七年（1868年）开始，曾国藩用约半年时间，对《十八家诗钞》进行了认真校对、批注，形成了后来的定本，直到他逝世两年后，《十八家诗钞》正式刊刻出版。

曾国藩最先开始校订批注的是苏轼诗，然后是杜甫诗。据同治七年正月二十七日日记："苏诗看毕，又看杜诗。余在京所抄十八家诗，惟杜、苏二家最多，故先校核此二家，余亦将次第校阅也。"可见正月里，曾国藩一直在校看苏轼诗。据《曾国藩日记》，正月初一曾国藩"阅苏诗七古十余叶"，初二日"校对苏诗七古十六叶"，初七日"阅苏诗七古，陆续看十五叶，申刻毕"。初八日"阅苏诗七古数叶"，初十日"阅苏诗七古六叶"，十三日"阅《东坡年谱》，将其生平出处分为五节，以便读诗。中饭后阅本日文件，又阅《东坡年谱》并七律"。十四日，"阅苏诗七律二十叶"。十五日"阅苏诗七律十叶。"十六日"阅苏诗七律十叶"，十七日"阅苏诗七律十二叶"，十八日"阅苏诗七律十三叶"，十九日"阅苏诗七律十八叶"，二十日"阅苏诗七律十四叶毕，又阅七绝七叶。"二十一日"阅苏诗七律三十四叶"。❷

此前的《十八家诗钞》稿本中，并未选苏轼诗五古。这次一并选上。故《曾国藩日记》同治七年正月二十五日载"选苏诗五古"，二十六日载"选苏诗五古毕，不过四十余首耳"。但我们现在看到的传忠堂刻本《十八家诗钞》中并无苏轼的五古。不知是传忠堂所用版本并非曾国藩此版本，还是曾国藩经过思考删去了苏轼五古。

---

❶ 曾国藩.曾国藩日记（第二册）[M].唐浩明，编.长沙：岳麓书社，2015：115.

❷ 曾国藩.曾国藩日记（第四册）[M].唐浩明，编.长沙：岳麓书社，2015：1-200.

选校完苏轼诗，开始校注杜甫诗。《曾国藩日记》同治七年正月二十八日载"阅杜诗五、七古，用钱笺本、玉句草堂本、卢刻五家评本校余抄本，至未正止，仅校十叶"。二月初一日"校读诗五七古，至未正止，抄本十二叶，钱笺则二十三叶"，二月初二日"已正阅校杜诗五、七古，陆续至申刻止，校十六叶"。二月初三日"阅校杜诗五、七古十叶"，二月初四日"批校五、七古，至未正止，共二十叶"，二月初五日"午刻批校杜诗至未正止，共十三叶"，此后每天校对，直到二月十二日"阅杜诗，批校五、七古毕"。随后开始批阅杜律。

二月十三日"批校杜诗五律，至未正止，仅校十一叶"，二月十六日"批校杜诗四叶"，二月二十日"批校杜诗七叶"，二月二十二日"批校杜诗十二叶"，二月二十三日"批校杜诗五律十一叶"。二月二十六"批校杜诗十三叶"，二月二十八日"批校杜诗六叶"，二月三十日完成了杜诗的批校，"批校杜诗七律七绝，至申刻止，杜诗校毕。惟五排、五绝，在京时本未抄此二种，遂未校也"。

校完杜诗，这年三月又校韩诗。三月十一日校完，"批校《韩诗》，五、七古及联句校毕，律句则本未抄也。"随后开始校李白诗，三月十二日"阅太白诗五叶"。三月十三日核对了《乐府诗集》中所选李白乐府诗，"太白之诗见于郭茂倩《乐府诗集》者凡百有八篇。余将批校太白诗，因将目录抄一遍。"三月十四日"批校《太白乐府》"。三月十六日"批校《太白乐府》……又批校《太白集》……二更后，将缪刻《太白乐府》与郭茂倩集一对。"三月十八日，"批校《太白乐府》，每日仅校二十首或十余首。盖余于乐府向未用功，兹稍一措意，全无入处也。"三月十九日，"批校《太白乐府》毕"。三月二十日，"批校太白诗十叶"，三月二十一日"批校太白诗十叶"，三月二十三日"批校太白诗七叶"，到四月一日终于批完了李白诗"又阅李诗四叶，《太白集》批校一过毕"。

这期间穿插了研读校阅白居易诗，正月二十二日，"二更后阅《唐宋诗醇》中之白香山诗。"二月初四"二更后阅白香山闲适诗"，二月初五日"阅白香山诗"。四月二日"校白太傅《新乐府》……再校《白香山乐府》"，四月初三"校白太傅《新乐府》毕"。四月初五"阅白香山诗四叶"，四月初六日"阅校白香山七古"，四月初八"午刻校白香山七古"。

白居易诗基本校完，四月初九曾国藩开始校对他最爱的黄庭坚诗，曾国藩"校阅黄山谷诗七古七律二种，将任、史两谱一阅，批校三叶许"。四月初十，曾国藩"午刻阅黄山谷七古、七律，批点仅及三叶。"四月十三日，"批校山谷诗甫一叶许"。四月十九日，"批校山谷诗二叶"。四月二十一日，"批校山谷诗三叶，《内集》校毕。"四月二十二日，"批校山谷《外集》诗。"四月二十三日，"批校《山谷诗集》"。四月二十四日，"酉刻在船阅山谷诗"。四月二十五日"阅校山谷诗，……又校批山谷诗。中饭后批校半时许。……申正归。再校黄诗。"四月二十七日，"批校山谷诗"，四月二十八日，"批校山谷诗……阅缉香堂所刻《山谷集》"，四月二十九日，"批校《山谷集》三叶"。闰四月初一，曾国藩"在船批校山谷诗十八叶，又将《外集》、《别集》中未抄之七古、七律粗阅一过。黄诗校对已毕，草草读过，不能细也"。

正是在批阅黄庭坚诗的最后几天，曾国藩关于《十八家诗钞》的编撰有了一些新的想法。四月二十九日日记载：

> 余昔年抄古文，分气势、识度、情韵、趣味为四属，拟再抄古近诗，亦分为四属，而别增一机神之属。机者，无心遇之，偶然触之。姚惜抱谓文王、周公"系易""象辞""爻辞"，其取象亦偶触于其机。假令《易》一日而为之，其机之所触少变，则其辞之取象亦少异矣。余尝叹为知言。神者，人功与天机相凑泊，如卜筮之有繇辞，如《左传》诸史之有童谣，如佛书之有偈语，其义在于可解与不可解之间。古人有所托讽，如阮嗣宗之类，或故作神语，以乱其辞。唐人如太白之豪，少陵之雄，龙标之逸，昌谷之奇，及元、白、张、王之乐府，亦往往多神到、机到之语。即宋世名家之诗，亦皆人巧极而天工错，径路绝而风云通。盖必可与言机，可与用神，而后极诗之能事。余抄诗拟增此一种，与古文微有异同。❶

可见经过了四个多月，对《十八家诗钞》的批点校对，曾国藩于诗歌赏析有了一些新的看法。

---

❶ 曾国藩.曾国藩日记(第四册)[M].唐浩明,编.长沙:岳麓书社,2015:42.

但此时批点尚未完成。曾国藩继续批点其他诗人，闰四月初二日，"是日将所抄五古曹、阮、陶、谢、鲍、谢六家，用《文选》本校对，约校三叶许"。闰四月初三日，"在舟中校批阮嗣宗诗四十首"。闰四月初九日"未初将阮诗校毕"，闰四月初十日，"批校五言古诗陶、谢诸家"，闰四月十一日，"阅《文选·乐府》，批校鲍、谢等诗"。

此后一两个月，又批校杜牧诗、孟浩然诗。五月开始校陆游诗。五月十九日，"批校陆放翁诗十二叶……将放翁生平踪迹略开一纸，以代年谱。"五月二十日"批校放翁七律、七绝七叶"，五月二十一日，"批校陆诗七律、七绝凡九叶"，二十二日"阅校放翁七律、七绝七叶"，二十三日"阅校放翁诗抄十二叶、刻本三卷"，二十四日"阅校放翁七律、七绝，至申刻止，抄本校十二叶、刻本四卷"，二十五日"批校放翁诗至未正，抄本阅九叶、刻本阅二卷，亦仅七律、七绝二种，余未悉阅也。"二十六日"巳正批校陆放翁七律七绝，抄本校七叶，刻本阅三卷"。二十七日"校陆诗七律七绝，抄本校十一叶，刻本则校四卷"。二十八日"阅校放翁诗七律七绝抄本六叶，刻本已阅廿六、七、八、九四卷"。

到六月十二日接近完工，曾国藩回顾了自己研读陆游诗的历程：

> 阅放翁七律七绝抄本四叶，刻八十三、四、五卷，《放翁全集》阅毕。余于咸丰元年在京粗阅《放翁集》一过，仅抄七律。同治元年在安庆粗阅一过，仅抄七绝。其于五古、七古、五律、五绝等体，不过涉猎一二而已。此次校七律、七绝两体，于各体仍未细阅，殊以为愧。中饭后，将《陆集》略数每卷每体若干首。❶

可见，曾国藩对于陆游诗研读是不够深入的。咸丰元年只抄了陆游诗中的七律，同治元年抄了七绝，此次则增加了二十多首，"将放翁诗中应行补抄者逐注于上，凡二十四首，《陆集》粗治一过毕"（六月十五日日记）。经过后续几次补充，至此次完工"余所抄者，七律五百三十四首、七绝六百四十三首，约八分之一耳"（六

---

❶ 曾国藩.曾国藩日记(第四册)[M].唐浩明,编.长沙:岳麓书社,2015:66.

月十四日日记)。

至此《十八家诗钞》的批校大体完成。随即曾国藩开始按照前此五月间的想法,把入选的诗分为五个类别。据六月二十日日记:

> 夜,分"气势""识度""情韵""机趣""工律"五者,选抄各体诗,将曹、阮二家选毕。❶

这实则是在《十八家诗钞》初稿基础上进行了一个新的"分类",此后又进行了几日,此后就停了。这项工作似乎并没有完工,今天我们所看到的曾国藩逝世后门人、家人编刻的《十八家诗钞》并没有这些分"气势""机趣"的内容。可能当时曾国藩并没有按照这一新的思路完成稿件。

至同治七年(1868年)六月底,曾国藩批校《十八家诗钞》的工作就大体完成了。七月还做一些收尾工作。如七月初七,"二更后温诵东坡七古",七月十四日"背诵义山、东坡七律",七月十五日"二更后背诵杜诗七律十余首"。此后几个月日记中关于诗歌的内容就不多了。

同年九月,曾国藩接到圣旨,调任直隶总督。十一月初,曾国藩由南京北上任职。一开始《十八家诗钞》的稿件,并没有带在身边,这让曾国藩很惦记,生怕刚刚做好的稿件被弄丢。十一月十八日日记"二更闻簽箱未到,内有余批圈之《十八家诗钞》,殊为惦念"。为此曾国藩特意停留了一天,等装有稿件的行李,十九日记载"饭后,因簽篓未到,在店久候,因将《奏策》题识五卷。已正,簽篓到,始起行"。可见,《十八家诗钞》被曾国藩随身携带到了北方。但即使在北上的路途中,曾国藩研读《十八家诗钞》的时间也不多了。可见,《十八家诗钞》是在这年上半年圈点批校完成的。

同治十一年(1872年)曾国藩逝世,逝世后其门生、家人开始筹划出版《曾国藩全集》。同治十三年(1874年)传忠书局刻《曾文正公全集》有《十八家诗钞》28卷,世人得以看到《十八家诗钞》的全貌。该书有详细目录,标明了每卷入选诗

---

❶ 曾国藩.曾国藩日记(第四册)[M].唐浩明,编.长沙:岳麓书社,2015:67.

人作品的数量。

　　卷一是曹植五古 55 首、阮籍五古 82 首，卷二是陶渊明五古 114 首、谢灵运五古 64 首，卷三是鲍照 131 首、谢朓五古 118 首，卷四至卷六是李白五古共 551 首，卷七、卷八是杜甫五古共 263 首，卷九是韩愈五古 142 首，卷十是李白七古 157 首，卷十一是杜甫七古 146 首，卷十二是韩愈七古 78 首、白居易七古 50 首，卷十三是白居易七古 64 首、苏轼七古 74 首，卷十四是苏轼七古 134 首，卷十五是苏轼七古 120 首，这三卷的苏轼七古共有 328 首。卷十六是黄庭坚七古 165 首，卷十七是王维、孟浩然、李白五律，卷十八是杜甫五律 297 首，卷十九是杜甫五律 304 首，卷二十是杜甫、李商隐、杜牧七律。卷二十一、二十二是苏轼七律，共 540 首。卷二十三是黄庭坚七律 286 首，卷二十四是陆游七律 362 首，卷二十五是陆游七律 192 首、元好问七律 162 首。卷二十六是李白七绝 79 首、杜甫七绝 500 首、苏轼七绝 203 首。卷二十七是苏轼七绝 235 首、陆游七绝 170 首，卷二十八是陆游七绝 482 首。共选诗 6599 首。

　　这样选诗的状况，一定程度上参考了王士禛《古诗选》与姚鼐的《五七言近体诗钞》。曾国藩在同治年间曾派人重刊了《古诗选》。据曾国藩日记，他在同治九年三月二十九日，曾"夜阅《渔洋古诗选》《姚氏近体诗选》，略一涉猎"。在这年的四月十七日，又"夜阅《渔洋七言古诗选》"。这应是根据王士禛《古诗选》与姚鼐的《五七言近体诗钞》来调整核对自己的《十八家诗钞》。实则王士禛《古诗选》选有苏轼七古 105 首，黄庭坚七古 54 首，但未选苏轼、黄庭坚等宋人五古。曾国藩亦采取了此策略。《十八家诗钞》五古部分也没有选宋人作品，但七古部分选了苏轼七古 328 首，黄庭坚七古 165 首，数量是王士禛《古诗选》所选苏轼、黄庭坚诗的三倍。仔细核对两书入选诗篇的名单，王士禛《古诗选》入选的苏轼、黄庭坚七古，曾国藩《十八家诗钞》绝大部分都入选了，但也有少量未入选，可见曾国藩对王士禛《古诗选》进行了认真的参考，在充分尊重王士禛入选意见的基础上，也进行了一定的规避。

二、《十八家诗钞》中体现了曾国藩的宗诗接受

《十八家诗钞》历经二十多年才编成，在曾国藩生前并未出版。但要注意的是，曾国藩并不是没有资源出版这部书。归根结底还是一方面觉得这部书并没有太多原创性，另一方面也是觉得这部书并不能完全代表他的诗歌思想。毕竟在道光末期诗坛，曾国藩以"崇尚黄庭坚"为标榜，从此登上诗坛。"崇尚黄庭坚"是他个人的"标签"，是诗坛众人对他的基本认识，他也一直在强化这方面认识。而《十八家诗钞》明显有"唐宋兼宗"的倾向，这实则就打破了曾国藩自己非常珍视的"崇尚黄庭坚"标签。故此，在曾国藩生前，《十八家诗钞》一直未出版。

曾国藩逝世后，他的门生、家人整理出版"曾国藩全集"，因这部《十八家诗钞》书稿一直放在曾国藩身边，是曾国藩非常重视的"作品"，故而曾国藩的门生、家人不一定取得了曾国藩的同意，而出版《十八家诗钞》。换言之，曾国藩不一定"同意"《十八家诗钞》的出版。对曾国藩而言，《十八家诗钞》更多的是个人"读诗"的"读本"，而并不是用于出版，用于"取得诗名"的诗选。

《十八家诗钞》选入了魏晋六朝曹植、阮籍、陶渊明、谢灵运、鲍照、谢朓，唐人李白、杜甫、孟浩然、王维、韩愈、白居易、李商隐、杜牧，宋代苏轼、黄庭坚、陆游，金元时期元好问等十八位诗人的作品。单纯从选入诗人的人数来看，唐人选入了八人，宋人只选入了三人。从这一点来看，称《十八家诗钞》是"唐宋兼宗"都显得有些勉强，表面来看《十八家诗钞》的"宗唐倾向"强于其"宗宋倾向"。但这只是问题的"表面"。

实则从选入的作品数量，尤其是曾国藩在编选中所花的"精力"来看。这部《十八家诗钞》无疑从根本上是"宗宋"的。《十八家诗钞》共28卷，有七卷涉及杜甫诗，七卷涉及苏轼诗，有六卷涉及李白诗，四卷涉及陆游诗，两卷单独为黄庭坚诗，两卷涉及白居易诗，别的诗人都是一卷或与他人合为一卷，从所占据的卷数来看，是"李杜苏黄"为主。也诚如曾国藩所自述的，《十八家诗钞》所选作品以杜甫、苏轼为最多。

而从选入诗人诗作所花精力来看，似有明显宗宋倾向。首先这部诗钞是从宋诗

人苏轼、黄庭坚开始选的。同治七年最后一次校对批注也是从苏轼开始的。其次一些诗人的入选，曾国藩其实并未花太多精力。如所入选的陆游诗，曾国藩只是在咸丰初年，粗粗读过一遍，进行了编选。后来一直没有进行多方面精读、精研。而《十八家诗钞》中的苏轼、黄庭坚的诗都是经过了曾国藩近二十年研读、温习过的。这自然不可同日而语。再次在《十八家诗钞》中所选入的六朝诗人，除李白、杜甫外的唐诗人，曾国藩所花精力更少。

同时，《十八家诗钞》也可以看出曾国藩在宋诗接受上的一些状况。可以看出，曾国藩对宋诗的接受主要是苏轼、黄庭坚的诗，其中又以黄庭坚的诗为主，苏轼的诗为辅。至陆游则基本是顺带的。

而更需要指出的是，除苏轼、黄庭坚、陆游之外，其他的宋诗人就已经不入曾国藩的法眼了。根据《曾国藩日记》所记载的曾国藩二十多年的"读诗生涯""温诗生涯"来看，苏、黄、陆之外的其他宋诗人，曾国藩几乎没有涉及。最多偶尔涉及欧阳修诗，其他的如王安石诗、陈师道诗、梅尧臣诗，乃至朱熹的诗，曾国藩几乎从不涉及。

曾国藩对于宋诗采取的是一种"精读"的态度，主要就是学习黄庭坚的诗。作为"诗歌选家"，这就显得有些"狭隘"了。事实上，清代诸多的"宋诗选家"都注重比较宽泛地入选各类宋诗人的作品。

亦可以说，曾国藩《十八家诗钞》相对于前人的"创新点"，不在于它的"宽度"，而更多是《十八家诗钞》的"分体选诗"，按照五古、七古、五律、七律、七绝的分类来选诗。其中李白、杜甫的各体诗歌都有入选。其他诗人都有所选取，其中黄庭坚的诗中曾国藩重视的是七古和七律，换言之，黄庭坚的五古、五律、七绝就不被曾国藩看好。而苏轼入选的是七古、七律、七绝，则苏轼的五古、五律亦不被曾国藩所欣赏。

考虑到，《十八家诗钞》虽然是曾国藩逝世两年后才刊刻出版的，但《十八家诗钞》在同治七年经过了曾国藩长达半年多的精校、精修，已经接近定稿。故而这样的选诗是代表曾国藩看法的。他在同治元年（1862年）三月十七日的日记中曾解释过这样选诗的原因："余既抄选十八家之诗，虽存他乐不请之怀，未免足己自封之陋。乃近日意思尤为简约，五古拟专读陶潜、谢眺（朓）两家，七古拟专读韩愈、苏轼两家，五律专读杜甫，七律专读黄庭坚，七绝专读陆游。以一二家为主，而他家则参观互证，庶几用志不纷。"这一说法，比后来呈现的《十八家诗钞》还要精简。七古除了韩愈、苏轼外，还有李白、杜甫、黄庭坚。而七律并不是专读黄庭坚。

这种"分体选诗"的思想，在清代逐渐发展起来。其中姚鼐的《五七言今体诗钞》可能对曾国藩的《十八家诗钞》有一定影响。曾国藩在清代选家的基础上，进一步发展了"分体选诗"的思想。他以"崇尚黄庭坚诗"相标榜，长期研究黄庭坚诗，但并不是对黄庭坚诗全盘接受。他主要是欣赏黄庭坚的七言诗，对黄庭坚的五言诗就没那么欣赏了。这实则是在黄庭坚诗歌接受史上提出了新的问题，也就是认为"黄庭坚的七言诗好于五言诗"，这一问题曾国藩并没有明确提出来，但他的《十八家诗钞》就体现了这个意思。

不过考虑到，《十八家诗钞》虽然经过了曾国藩的精选精校，但曾国藩生前并未将之出版。曾国藩逝世后其门人、家属将之出版，有可能并不是曾国藩的本意。所以《十八家诗钞》中反映出的曾国藩对唐宋诗的一些看法，恐怕不能代表曾国藩的"公开看法"。曾国藩对唐宋诗，尤其是黄庭坚诗的"正式看法"，还应以曾国藩生前发表的各类公开文字中的表达为准。

第六章
清代较知名宋诗选本的出版与传播

据申屠青松、谢海林、高磊、王友胜等当代学者研究，清代先后诞生过近170种不同的宋诗选本，其中刊刻过且产生一定影响的也有五六十种。在上一章，我们探讨了诸多在清代诗坛宗宋思潮发展历程中起过很大作用的著名宋诗选本。与此同时，清代还有几十种宋诗选本，虽有一定影响，但还算不上影响巨大，并未能深刻影响、改变清代诗坛的宗宋思潮。对这些不同的宋诗选本，我们不可能一一进行详尽个案研究，只能是按照一定标准，选取一部分有代表性、较知名的宋诗选本进行具体研究。

从其他学者的诸多个案研究来看，不同学者对不同选本有不同的接触途径与研究偏好，也因此会产生不同的个案选取，这导致目前学界对几十种较知名的清代宋诗选本，依然没有做到"全覆盖"，有的宋诗选本依然无人涉及，有的则有多人进行研究。从申屠青松、谢海林、高磊、王友胜等学者的相关著作与论文来看，大家集中探讨了《宋诗钞》《宋诗纪事》《宋百家诗存》《宋元诗会》《宋诗啜醨集》《宋诗三百首》等不到十种宋诗选本，其他的几十种宋诗选本则往往论述较少。这就使得其他的一些作品，亟待被多方研究。对其他一二十种研究较少的宋诗选本的较多研究，就成了本领域未来的重要创新点。

笔者在此领域介入较晚，研究积累较其他学者有不足，因此也难以对诸多知名宋诗选本进行案例研究，只能是在前人基础上进行一定拓展。但笔者试图把握更为严格、更为统一的个案选取标准，形成更为系统化的清代宋诗选本个案研究体系。因此本章中谈到的清代宋诗选本,都是较为符合清代宋诗出版、传播状况实际,尽量撇除了当代人为因素干扰,有一定的客观性。同时,注重形成一种"研究的系统性"。读者从上章与本章的多个个案研究中基本能较准确看出清代宋诗选本的发展与迭兴状况。

在这些有较大影响的清代宋诗选本中,其中很重要的一类是被四库馆臣探讨过,得以收入《四库全书》或收入四库"存目类"的作品。这些作品在当时就有过较大的影响,是清代文人们研读宋诗的重要凭据,一定程度上塑造、影响了清代"宋诗学"的发展。如吴绮《宋金元诗永》,陈焯《宋元诗会》,周之鳞、柴升《宋四名家诗钞》,陈訏《宋十五家诗选》,顾贞观《积书岩宋诗删》,康熙帝《御选宋金元明四朝诗》,曹庭栋《宋百家诗存》等。还有一类是没有入选"四库"或产生于乾隆末期以后的选本。如《宋元明诗合钞三百首》《宋诗三百首》、彭元瑞《南宋四家律选》等。

本章对这些较重要宋诗选本的研究,主要集中在描述其选本内容,阐发其诗学观念,至于这些选本的编者的个人生平履历、师承与交友情况、诗歌创作与理论情况,则一般未进行深入的阐发。毕竟除彭元瑞、翁方纲等人外,这些较重要的宋诗选本的编选者们,在清代诗坛的影响不是那么大,不属于"清诗史"上的重要人物。其生平经历、交友情况,在当时就往往不甚受人关注,我们现在再来探讨会有一定难度,且容易导致本书的论述过于细碎,且偏离主题。在本书中,我们还是应该集中就其选本构成、选本的诗学理念进行分析与梳理,以见出清代各个阶段宋诗选本的一般性发展状况。再结合我们在《清代诗坛宗宋思潮发展史》一书中梳理出的清代宗宋思潮与宋诗学的发展历程与面貌,我们对相关问题就会有更深入、清晰的认识,我们对"清诗史"也会有更为细腻、准确的认知。

第一节 吴绮《宋金元诗永》对宋诗特质的错误认识

吴绮编选的《宋金元诗永》刊刻于康熙十七年(1678年),是清代最早的几部宋诗选本之一。吴绮(1619—1694),字园次,一字丰南,号绮园,江都(今江苏扬州）人。为顺治十一年（1654年）拔贡生，后被推荐为弘文院中书舍人，升兵部主事等职，由此结识了宋荦等一批台阁文人。康熙五年（1666年），授湖州府知府，几年后被罢免，此后未再出仕，一直以诗文自娱。吴绮擅作骈文，为清初名家，著有《林蕙堂全集》26卷。

《宋金元诗永》虽主要由吴绮选编，但各卷由不同人来参订。如卷一的署名"延陵吴绮园次选 蒲吾崔华莲生订 济阳江闿辰六、江湘文江校"，卷三有署名"延陵吴绮园次选 宣城施闰章愚山订 济阳江闿辰六、江湘文江校"，卷八有署名"延陵吴绮园次选 昆山徐乾学健庵订 济阳江闿辰六、江湘文江校"，而卷十一的参订者为"洪都吴子缤秀崖订"，卷十二的参订者是"豫州宋荦牧仲订"，卷二十的参订者是"江都汪懋麟蛟门订"。可见，当时知名的诗人、诗论家施闰章、宋荦、徐乾学、汪懋麟等近十人都参与了该书的编选。故而该书凝聚了当时诗坛一批宗宋诗人的共同努力。该书的出版势必会在诗坛产生一定影响。这也是该书后来能被收入《四库全书》"存目类"的原因之一。

吴绮《宋金元诗永》虽然编选较早，也产生了一定影响，但并未成为清代最著名的宋诗选本之一。主要原因在于，该书对宋诗的编选，并未充分尊重宋诗"瘦硬"的特色，反而按照唐诗的特点来编选宋诗，这使得该书后来受到很大的批评，故后来流传不广。在序言中，吴绮批判了"唐以后无诗"的观点：

> 诗至三唐而盛，非至三唐而止。乃说者辄谓唐以后无诗焉。亦何其言之陋哉？夫唐以后无诗，是宋金元可以不作。宋金元尚可不作，至于明至于今又安用乎？撚髭摇膝敝敝于声音之数哉？故予是编于三唐之后，急援宋金元而出之。存宋金元所以存三唐，所以存宋金元之不为三唐者，所以存三唐于宋金元也。❶

可见，吴绮编撰这部《宋金元诗永》是为了"提倡宋诗"，是为了在唐诗之外，存宋诗之面貌。所以吴绮是有鲜明宗宋诗学理念的。此书刊刻于康熙十七年（1678

---

❶ 四库全书存目丛书编纂委员会.四库全书存目丛书(集部第393册)[M].济南:齐鲁书社，1997:578.

年），属于较早开始提倡宋诗的清代学人。可见，吴绮绝不是一般跟风性的文人，也是一位有自己独立主张的文学理论家。故而《宋金元诗永》不能被视为一般的跟风之作，而应该视作在清初诗坛树立"宗宋旗帜"的重要作品之一。

吴绮的这部书在当时的时间点上应该是产生了一定影响，可惜未能最终凸显出来。主要的缺点在于，该书未能把握住宋诗的特质，未能正视宋诗"瘦硬"的特点，反而规避宋诗"瘦硬"的特点，用唐诗的风格来选取宋诗。这虽然也是提倡宋诗，但最终在清代诗坛宗宋思潮的发展历程中被后起的诗选、后起的诗论家给淘汰了。吴绮在《宋金元诗永》的凡例中谈到了自己对宋诗的选篇标准：

> 是选人维两宋，时逮金元，而其诗之品骨气味，规圆矩方，要不与李唐丰格，致有天渊之别。惟读者以读三唐诗手眼读宋金元诗，而仍不失宋金元诗，则可知选者之选宋金元诗，犹选三唐诗也。❶

吴绮明确说自己是按照唐诗的风格来选取宋诗。这实际上是用唐诗的模子来"剪裁"宋诗。宋诗中当然有很多类似唐诗的作品，如苏轼作品中有大量清丽的内容，王安石的一些绝句亦很有唐人风格。按照唐诗的风格确实能够选取出大量宋诗。但这是宋诗的价值吗？吴绮这种选诗标准，实则是向"唐诗风格"妥协。他虽然表面上是编选宋诗，是宗宋，但归根结底是崇尚趋向于唐诗的宋诗。在吴绮这里，宋诗"瘦硬"的特点未被确认，亦未被从艺术风格的角度予以承认。即吴绮未能认识到宋诗"瘦硬"是宋诗价值的根本。

吴绮发出这些观点是在康熙十七年，此时是清代诗坛宗宋思潮的发展早期，吕留良吴之振等人的《宋诗钞》刚刚发表几年，王士禛刚刚在诗坛开始提倡宋诗。此时诗坛上开始有了"崇尚宋诗"的共识，但在这一"共识"之下，到底崇尚宋诗的哪些部分，诗坛还有很大争议。吴绮《宋金元诗永》就体现出了这种争议：吴绮崇尚的是宋诗中接近于唐诗风格的部分。

---

❶ 四库全书存目丛书编纂委员会.四库全书存目丛书（集部第393册）[M].济南：齐鲁书社，1997：579.

然而，随着时间的推移，随着叶燮、乾隆帝、蒋士铨、翁方纲等诸多宗宋诗论家的逐步发展，宋诗的"瘦硬"、宋诗的"盘空硬语"、宋诗的"善于用典"、宋诗的"以议论为诗"、宋诗的"以学为诗"被确认为宋诗的优点与艺术特色，诗坛逐渐形成了一种稳定的关于"宋诗优缺点"的看法。由此吴绮在《宋金元诗永》中的观点也就被淘汰了。后来四库馆臣在《四库全书总目提要》中对吴绮在《宋金元诗永》中的诗论提出了批判：

> 其凡例谓"所选诸篇，品骨气味，规矩方圆，要不与李唐丰格致有天渊之别"云云。故颇能刊除宋人生硬之病，与元人缛媚之失。然一朝之诗，各有体裁；一家之诗，各有面目。江淹所谓楚谣汉风既非一骨，魏制晋造固已二体。蛾眉讵同貌而俱动于魂，芳草宁共气而皆悦于魄者也。必以唐法律宋、金、元，而宋、金、元之本真隐矣。即如唐人之诗，又岂可以汉、魏六朝绳之，汉、魏、六朝又岂可以风骚绳之哉？是集之所以隘。❶

此批判是切中要害的。吴绮的诗论是在清代诗坛宗宋思潮发展初期阶段中的一种"宗宋主张"，这种主张实则是"宗唐思想"的变种，因为他们所崇尚的宋诗是唐诗风格的宋诗。这看起来从"宗唐"的角度接纳了宋诗，但从根本上抹去了宋诗的特点。后来的诗论家对此观点完全不能认同。后来的很多诗人、诗论家都习惯从"瘦硬"，从"以议论为诗"等角度看待诗歌。他们反而不欣赏唐诗风格。

《宋金元诗永》篇幅并不大，只有20卷，补遗2卷。而且它是把宋金元诗放在一起。具体编排上是分体排列，按五古、七古、五律、七律等分体排列。同一种诗体下宋金元诗依次排列，先宋后元后金。卷一卷二是宋五言古，卷四卷五是宋七言古，卷八是宋五言律，卷十、卷十一是宋七言律，卷十五是宋五言绝句，卷十六是宋六言绝句，卷十七是宋七言绝句。补遗卷一有宋五言古、七言古。补遗卷二有宋七律、七绝。

从这种选篇与排列情况来看，吴绮实则没有把宋诗与金元诗区别开来，也即他

---

❶ 永瑢等.四库全书总目提要[M].北京：中华书局，1965：1769.

没有认识到宋诗有远超元诗的价值。这也是这部诗选最终没有得到诗坛广泛认可的原因之一。在清代很多"宗宋论者"看来，宋诗有着不输于唐诗的价值。或者说，宋诗的价值也许比唐诗略低一些，但绝对远超元诗、金诗、明诗。而吴绮没有认识到这一点。换言之，他一定程度上认可了宋诗的价值，但还没有非常推崇宋诗。因为吴绮所喜好的宋诗，是具有唐诗风格的宋诗。宋诗"瘦硬""以议论为诗"等特点没有被吴绮接纳与欣赏。既然如此，有唐诗就够了，还要宋诗干什么？所以吴绮用唐诗的标准来看待宋诗，由此宋诗与元诗、金诗也就是一个层次的了——都是唐诗的附属品与模仿品。

我们再来看吴绮《宋金元诗永》的具体选篇。

卷一入选了北宋与南宋共61位诗人的作品，其中苏轼入选11首，司马光10首，欧阳修9首，王安石7首，黄庭坚4首，晁补之4首，贺铸3首，姜夔3首，苏辙2首等，其他钱惟演、范仲淹、魏了翁等近50位诗人都是入选了一两首。

卷二入选了36位南宋诗人的五言古体诗，其中，朱熹入选了11首，文天祥7首，范成大4首，林景熙4首，谢翱4首，陆游3首，王十朋3首，刘子翚3首，郑思肖2首，戴复古2首，严羽2首，刘克庄2首，洪适2首，李弥逊2首，其他陈傅良等22位诗人都只入选了1首。

卷四入选了59位宋代诗人的七言古体诗，其中苏轼入选了17首，欧阳修10首，张耒7首，黄庭坚5首，梅尧臣5首，赵汝燧5首，王安石4首，晁补之4首，曾巩4首，利登4首，秦观3首，其他苏辙、岳柯等其他40多位诗人都是只入选了一两首。

卷五入选了39位南宋诗人的七言古体诗，其中陆游入选了7首，范成大5首，文天祥5首，谢翱5首，刘克庄5首，戴昺5首，杨万里3首，王庭珪3首，王十朋3首，汪藻3首，其他诗人都是只入选了一两首。

卷八的宋代五言律诗部分，入选了124位宋代诗人的作品。其中陆游入选了11首，苏辙入选了7首，林逋6首，范成大6首，戴复古6首，王禹偁5首，翁卷5首，苏舜钦4首，晁补之4首，寇准4首，张耒4首，范仲淹3首，欧阳修3首，陈师道3首，杨时3首，余靖3首，岳柯3首，文天祥3首，谢翱3首等，其他包括苏轼、陈与义在内的上百位诗人几乎都只是入选了一两首。

卷十的宋七言律诗部分，入选宋代 81 位诗人的诗，分得比较散，很多诗人只入选了一首，入选多的也不过几首，如张耒 12 首，苏辙 9 首，苏轼 6 首，黄庭坚 5 首，韩驹 4 首，陈师道 5 首，欧阳修 2 首，周敦颐 1 首，米芾 1 首。

卷十一的宋七言律诗部分，入选了 45 位南宋诗人的诗，也分得较散。其中陆游入选最多，有 38 首。范成大有 10 首，王十朋有 5 首，刘克庄 7 首，杨万里 5 首，其余绝大部分诗人都是只入选 1 首。

卷十五的宋五言绝句部分入选了宋代 48 位诗人的五绝，一般都是一人入选一首。其中苏辙 4 首，黄庭坚 4 首，这是最多的。

卷十六的宋六言绝句部分入选宋代 9 位诗人的 16 首六言诗，其中范成大 4 首，周紫芝 2 首，慧洪 2 首，王安石 1 首，黄庭坚 1 首。

卷十七的宋七言绝句部分入选了宋代 88 位诗人的七绝，一般都是入选一两首，入选多的苏轼 10 首，苏辙 5 首，黄安石 7 首，黄庭坚 4 首，秦观 5 首，曾巩 4 首，邵雍 3 首，王十朋 6 首。

从《宋金元诗永》的选篇来看，可看出几点：

第一，很注重分体选诗的理念。全书按照五言古体诗、七言古体诗、五言律诗、七言律诗等来分类编选宋诗。而且对宋代五言诗评价并不低。如卷八中入选了 124 位宋代诗人的五言律诗，显示出对宋代五言诗的认可。

第二，虽然选诗面较广，但还是集中在了著名诗人，普通诗人只入选了一两首。苏轼、黄庭坚、范成大、陆游等宋代著名诗人入选作品较多，其他的诗人往往都在每一体裁中只入选一首。

纵观《宋金元诗永》，它的缺点也是很明显的，只是分体选诗，却没有关于所入选诗人的生平介绍。毕竟书中入选了近二百位宋代诗人的作品，大部分诗人都不太知名，如果不介绍诗人生平，读者很难做到"知人论世"。这一缺点后来被陈焯《宋元诗会》等选本弥补。

综合来看，吴绮《宋金元诗永》最大的特点是刊刻时间较早，是属于清代"宋诗学"开拓时期的宋诗选本，但客观来说，该选本还有很大不足，很容易被后起的宋诗选本淘汰。一方面是该书对宋诗特质有错误理解，未能把握住宋诗"瘦硬"特质，因此在选诗上与后来文坛潮流不相符，很容易被后起的宋诗选本淘汰。另一方面《宋金元诗永》涉及宋诗的面比较广,但也只有二百多位宋诗人,远不及后来厉鹗《宋诗纪事》中收录三千多位宋诗人。《宋金元诗永》也精选了苏轼、黄庭坚、陆游等人的作品,但显然不如吕留良、吴之振等人《宋诗钞》更为精选,再加上《宋金元诗永》没有关于入选诗人的生平介绍,使得该书的阅读价值不高,很快就在诗坛失去了影响。

第二节　陈焯《宋元诗会》"以诗存史"的编撰体例及其影响

《宋元诗会》作者陈焯(1631—1704),有康熙二十二年(1683年)程仕刻本,后在康熙二十七年(1688年)重刻。乾隆后期,该书被收入《四库全书》,属于在清代较有影响的一部宋诗选本,毕竟诸多清人所编宋诗选本,最多被收入"四库存目类",而这部《宋元诗会》却能够被收入《四库全书》正本,足见这部书一方面很有影响,另一方面也得到了四库馆臣的青睐。

在文渊阁《四库全书》本的《宋元诗会》署名是"兵部主事陈焯编"。陈焯,字默公,安徽桐城人。顺治九年(1652年)进士,任兵部主事。当代学者谢海林在《清代宋诗选本研究》中对陈焯生平进行了考证,找到康熙《安庆府志》中的一篇陈焯传。❶ 据此传,陈焯在晚年致仕回到了桐城,主导编写了《安庆府志》《江南通志》等书,为桐城派的先导之一,后来受到桐城派学者的关注。谢海林《清代宋诗选本研究》中对陈焯《宋元诗会》列有专章,有大量研究。笔者对陈焯《宋元诗会》并无太多独家见解,最多是因对王士禛研究较深❷,有一些与王士禛有关的思考。

《宋元诗会》能够被收入《四库全书》可能与王士禛有关。因为四库馆臣误以为该书经过了王士禛审定。据文渊阁《四库全书》本《宋元诗会》卷首四库馆臣在

---

❶　谢海林.清代宋诗选本研究[M].上海:上海古籍出版社,2011:138.
❷　刘畅,郑祥琥.王士禛中晚期诗风的"亦唐亦宋"特征新论[J].贵州社会科学,2017(7).

乾隆四十五年所写提要中说："是其卷帙本极繁富，而今刊行之本仅止此数，或经士禛鉴别之，后焯重加厘定"，但这一看法并不准确，后来在乾隆五十四年（1789年）的《四库全书总目提要》定本中予以删除（详见本书第二章中的分析）。因为王士禛看到该书时，该书可能已完成了刊刻。现存《宋元诗会》最早刻本是康熙二十二年（1683年）刻本，而陈焯找王士禛谈论此书是康熙二十三年底。考虑到古代刻书需要几个月的时间，有可能陈焯找王士禛谈论此书时，该书正在刊刻过程中，还可以进行一定修订。

康熙二十三年（1684年）十一月，王士禛奉命祭告南海，十二月底到达安徽桐城。陈焯带着刊刻好的《宋元诗会》书稿，请王士禛指正。据王士禛《香祖笔记》卷三：

> 予甲子冬奉使祭告南海之神，岁杪次桐城，大雪中，陈默公（焯）初未相见，即过予客署，二从者背负巨囊。揖罢，即呼其案，顾从者取囊书数十大册，罗列案上，指示予曰："此吾二十年来所辑《宋元诗会》若干卷，闻公奉使当过此，喜甚，将待公决择之。然后出问世耳。"已过其涤岑，雪中远眺龙眠诸山，纵观是书，竟日宾主谈谐，无一言及世事，此亦冠盖交游中所少。默公顺治壬辰进士，二甲胪传第一，以耳聋，不仕终。

从王士禛的回忆来看，此前陈焯与王士禛并不相识。康熙二十三年（1684年）冬天，陈焯听闻王士禛"祭告南海"途经桐城，便携带书稿找到王士禛，让王士禛提出一些意见。

考二人生平，陈焯是顺治九年（1652年）进士，比王士禛顺治十二年（1655年）中进士早一科，王士禛中进士后很快就到扬州去任职五年。这前后，陈焯因耳聋而回乡，故此陈焯与王士禛早年并无交集。而陈焯毕竟曾在京师任职，对京师文坛的动向有所了解，故此特意找到王士禛探讨宋诗。可见，在康熙二十三年前后，王士禛"宗宋"的"诗名"已广泛传播了，要不然陈焯不可能拿着一部宋元诗选本请王士禛品评。

陈焯自称，这部书经过了自己长达二十年的搜罗。可见，康熙初年时，陈焯已

有了很强的宗宋倾向。

《宋元诗会》共100卷，收有宋金元三代近900位诗人的上万首诗。但具体数目各学者统计有差异。有论者认为是"其书前六十卷为宋，得四百八十多人，录诗三千一百五十多首；卷六十一至六十五录金人一百三十多人，诗四百五十多首；后三十五卷为元，得作者二百六十多人，录诗三千七百首"。但此数据明显有问题。而据王友胜先生统计，该书收录宋金元时期899位诗人的10403首诗。其中前60卷是宋人诗，入选了496位宋代诗人的6266首诗。卷61至65是金人诗，收录了128位金代诗人的447首诗。卷66之后为元诗，收录了275位元代诗人的3690首诗。❶

在编撰结构上，未采用分体编排的形式，而是"以人为纲"，每个人的诗都放在一起，并作有"小传"，有该诗人的较详细介绍。各不同作者大体按照年份先后进行排列。这一点是模仿了元好问《中州集》。陈焯在《宋元诗会·选例》中明确说："以诗系人，其昉于《中州集》乎?"强调了自己的编选体例模仿元好问《中州集》。据此来看，这部《宋元诗会》确实是属于清代诗坛宗宋思潮发展初期的选本，并未单纯从诗歌本身着眼，而是注重通过诗歌编选来记述历史，具有鲜明的"以诗存史"的编撰意图，这跟清中期以后分体选诗的宋诗选本不一样，清中期以后的很多宋诗选本往往都只标诗人姓名，连对作者的简单介绍都没有。而如吕留良、吴之振《宋诗钞》等宋诗选本虽然也有关于所选诗人的生平介绍，但由于所选诗人不够多，被狭隘地限制在知名诗人，其对宋代社会的代表性不够充分，不能够展现出宋代宏阔的历史。而《宋元诗会》中所收宋诗人有近五百人。除苏轼、黄庭坚、陆游等耳熟能详的大诗人外，也收录了大量宋代名臣、名士的作品，还收录了一些宋代普通读书人的作品，主要的诗人几乎都入选了。且该书并未将收诗范围局限在"纯诗人"，亦选入了朱熹、吕祖谦、张栻、魏了翁等大量理学家作品。这使得该书的收诗范围非常广泛，具有很强的全社会代表性，具有很强的"以诗存史"价值。要之，从其编撰体例来看，陈焯《宋元诗会》中包含着鲜明的"以诗存史"观念，试图通过"以人系诗"与撰写诗人小传的方式全面展示宋代社会的历史与风貌，这一点对后来厉鹗《宋诗纪事》一书的编撰体例有很大影响。

---

❶ 王友胜.历代宋诗总集研究[M].北京:北京大学出版社,2021:115.

《宋元诗会》选入了 496 位宋代诗人的 6266 首诗，平均每人入选了 12.6 首，但这只是平均值，实则各入选诗人之间差距很大。据谢海林等人的统计，在《宋元诗会》所入选的 496 位诗人中，"入选 20 首以上的诗人有 83 家"，其中苏轼入选作品最多，有 199 首。卷二十入选苏轼诗 63 首，卷二十一入选苏轼诗 136 首，合计 199 首。卷十三收梅尧臣诗 165 首，为第二多。汪元量诗入选 127 首，为第三多。卷二十三、二十四合计收黄庭坚诗 121 首，为第四多。卷三十九收陆游诗 116 首，为第五多。卷四十五收谢翱诗 116 首，为第六多。卷四十一收杨万里诗 112 首，为第七多。卷十一收欧阳修诗 109 首。卷三十八收范成大诗 88 首。卷二十八收王安石诗 87 首。卷四十收朱熹诗 74 首。卷二十二收苏辙诗 63 首。卷二十收录了曾巩的诗 40 首。卷四十三收录了永嘉四灵诗，其中收赵师秀诗 39 首，收翁卷诗 28 首，收徐照诗 23 首，收徐玑诗 15 首。

除了 83 位诗人入选了 20 首以上，剩下大部分诗人都是入选了几首，其中"单是入选一二首的诗人，就高达 180 人"，对这些只入选一两首诗的诗人，因入选诗歌过少，其诗歌作品的参考价值就有限了。但陈焯有自己独特的考虑，他给每一位诗人都作了小传，很多诗人的诗虽不多，但小传内容并不少，以至于诗人小传成了《宋元诗会》的一大看点。这一编撰体例实则对后来厉鹗《宋诗纪事》有很大影响。后来，厉鹗《宋诗纪事》中所收的 3812 位宋代诗人中，也有大量诗人是只入选了一两首、两三首，虽然收诗不多，但《宋诗纪事》中一般都有该诗人的较详细生平介绍与相关诗话材料。这使得《宋诗纪事》的"史学价值""诗学批评史价值"远高于其"诗学审美价值"。

在诗人介绍部分，陈焯下了很大功夫，对一些诗人的生平履历进行了一定的考订。陈焯自称"余于是小传中虽未能尽括全史之品流，而名臣大儒，其行藏关乎国故，从前为曲笔所诬者辨正不少。"❶ 考虑到《宋元诗会》中收宋金元时诗人近 900 人，其中很多都有较详细的小传，可见陈焯的这项工作是非常需要功力的。后来随着时间推移，清代诗坛对宋诗的关注被逐渐聚焦到了苏轼、黄庭坚、陆游、王安石、

---

❶ 陈焯.宋元诗会[M]//永瑢.景印文渊阁四库全书（第 1463 册）.台北：台湾商务印书馆，1986：2.

范成大等人身上，清代诗坛关于这些宋代大诗人的生平事迹考订越来越详细，而其他各小诗人则关注者越来越少，对其生平事迹的考订亦往往不够详细了。可见，该书中所附各诗人小传，是该书的重要价值之一。恐怕这也是该书能够入四库馆臣"法眼"，被收入《四库全书》的核心原因之一了。在《四库全书总目提要》中，四库馆臣肯定了该书的搜罗之功，认为搜集到九百余家宋元诗人，是很不容易的。但也批评了该书采录各诗未能注明出处，相关材料可信度存疑，"不载诸诗之出处，犹明人著书旧格，其间网罗既富，亦不免于疏漏芜杂"。不过综合来看，该书毕竟经过了认真选择，比一些泛泛而选的宋诗选本要好很多，能够入选《四库全书》应是书的水平较高所致。

第三节 周之鳞、柴升《宋四名家诗钞》之标举"苏、黄、范、陆"

康熙三十二年（1693年），周之鳞、柴升编刻了《宋四名家诗钞》。据柴望为该书撰写的总序："婿周子暨儿升独欣然有是选"，则编者周之鳞为柴望的女婿，另一位编者柴升为柴望之子。柴望，字秩于，杭州仁和人，顺治四年（1647年）丁亥科进士。曾任河南淇县知县、山东莱州知府等职，后任广东布政使。柴升为柴望之子，据《两浙輶轩录续录》补遗卷一："柴升，字舜闻，号锦川，仁和诸生，著有《锦川集》。"柴升虽为柴望之子，但未能考取功名，故试图在诗学上有所建树，便与内兄周之鳞共同编选了这部《宋四名家诗钞》。

在《宋四名家诗钞》中，周之鳞、柴升编选苏轼、黄庭坚、范成大、陆游四位宋代诗人的诗，推为"宋四名家"。这一"提法"在清代诗坛是有一定标志作用的。毕竟此前的《宋诗钞》《宋金元诗永》《宋元诗会》等宋诗选本都是选取了大量宋代诗人的作品，但并不告诉读者哪些宋代诗人属于名家，而该书则直接标举"苏、黄、范、陆"为宋代诗人之翘楚。这一提法虽不是清代诗坛最早对"苏、黄、范、陆"的标举，此前很多文人都不同程度提到了"苏、黄、范、陆"，但《宋四名家诗钞》依然是最早用"苏、黄、范、陆"单独成书的选家，其在诗坛的影响与意义与一般性的提倡不可等量齐观。此提法虽然不一定得到清代全部文人的认可，但确实是一种很主流的提法。要之，该书融合了清代诗坛对苏轼、黄庭坚、范成大、陆游等不同层面的赞赏，将之融为一体，对后来的论诗者有很强的借鉴意义。因此，该书在清代诗坛宗宋思潮发展历程中是有不可忽视地位的。

当然，清代诗坛很多诗人、学者对"苏、黄、范、陆"的提法也有一定的不同意见。有些学者对黄庭坚的诗评价不高，而有些学人对范成大的诗评价一般。所以后来的一些选本于这"宋四名家"有所选取。乾隆帝御选《唐宋诗醇》只选取了苏轼、陆游，未选取黄庭坚和范成大。曾国藩《十八家诗钞》只选取了苏轼、黄庭坚、陆游，未选取范成大。这都代表了诗坛对"哪些诗人是宋诗名家"的争论。

结合清代中后期诗坛的发展来看，《宋四名家诗钞》的一大贡献，就是在清代诗坛较早地标举了"苏、黄"作为宋诗典范。这一提法在清中期后，逐渐成为了诗坛的共识。清代诗坛宗宋思潮发展史，其核心线索就是"苏、黄"作为宋诗典范的逐步确立、定型与演化的过程。对此，王士禛、翁方纲等诸多理论家都有贡献，而周之鳞、柴升编《宋四名家诗钞》因其出版较早，也是做出了一定贡献的。因此，该书被收入四库"存目类"。这是乾隆后期，四库馆臣对该书的认可。据《四库全书总目提要》：

> 《宋四名家诗》（无卷数，内府藏本） 国朝周之鳞、柴升同编。之鳞字雪苍，海宁人。升字锦川，仁和人。是编选苏轼、黄庭坚、范成大、陆游之诗，分体排次。《东坡集》选六百首，《山谷集》选三百首，《石湖集》选四百首，《剑南集》选九百首。较吴之振《宋诗钞》所录较多，而去取未能悉当也。❶

从这段评语来看，四库馆臣对该书几乎没有太多评价，谈到了该书所选苏轼、陆游等诗人作品的数量，给人感觉四库馆臣认真清点了各诗人所入选作品。实则在《宋四名家诗钞》的卷首目录处已清楚标明了各诗人各体诗歌的数量，只要简单相

---

❶ 永瑢等.四库全书总目提要[M].北京:中华书局,1965:1770.

加即可得出总数，但似乎四库馆臣并未认真进行清点。根据该书目录，苏轼诗入选了 722 首，黄庭坚诗入选了 402 首，范成大诗入选了 471 首，陆游诗入选了 986 首。但四库馆臣则说："《东坡集》选六百首，《山谷集》选三百首，《石湖集》选四百首，《剑南集》选九百首。"这明显是不对的。《四库全书总目提要》又着重谈到了该书标举苏轼、黄庭坚、范成大、陆游的情况，实则是对该书"首次以宋诗选本的形式提倡'苏、黄、范、陆'为宋诗典范"这一历史性贡献的认可。

一、《宋四名家诗钞》中各序言的理论价值

《宋四名家诗钞》有一篇总序，在所选取的每一位诗人的诗卷之前，都有编选者周之鳞、柴升分别撰写的两篇序言，序中详细谈到了所选这位诗人的地位与价值。这些诗序，对于认识这四位诗人在清初的影响，具有较高的理论价值。

周之鳞在苏轼诗序言部分高度评价苏轼诗，认为："东坡之于诗也，才力不减少陵……呜呼！此其与少陵异世颉颃欤？"❶ 同时，周之鳞又借刘克庄之语高度评价宋诗，认为："后村谓宋诗非特比唐，殆将过矣。此其说微袒而左。若谓宋必不逮唐，则无以服有宋诸公。"在该诗钞正式出版的康熙三十二年（1693 年），这些言论无疑是一种极为推崇宋诗的言论。柴升在苏轼诗序言部分亦高度赞扬苏诗："故宋诗行，而苏诗尤盛行……今观其沉郁豪迈之音，实能逼真李杜，何论其他？"称之为"逼真李杜"，这亦是很高的评价。

周之鳞既高度评价了苏轼，在黄庭坚诗序言部分又强调"苏黄"并称，借此高度评价黄庭坚，"世之称苏黄，旧矣。不徒词翰之谓，惟诗亦然。然苏之诗，丽而该；黄之诗，遒而则"❷。柴升对黄庭坚诗所撰写的序更值得注意，很有文献价值。柴升结合自己出版黄庭坚诗集的经过，"余家所藏豫章黄文节集止有正集一书，已

---

❶ 四库全书存目丛书编纂委员会.四库全书存目丛书(集部第 394 册)[M].济南:齐鲁书社，1997:586.

❷ 四库全书存目丛书编纂委员会.四库全书存目丛书(集部第 394 册)[M].济南:齐鲁书社，1997:670.

次其诗刻之矣",详细谈到了黄庭坚诗歌版本的源流,很有学术价值。柴升这篇谈"黄诗三集"出版历程的序文,极有学术含量,全文如下:

> 余家所藏豫章黄文节集止有正集一书,已次其诗刻之矣。而一二脍炙者不与窃疑其未竟也。既乃得其全书,乃知公在陈留时自编《退听堂诗》初无意尽去少作也。而洪氏所编唯以退听为断,前此者不录焉。李彤谓《豫章外集》虽先生晚年删去,后学安敢弃遗?而多循洪氏定次,犹为未全。其诸孙黄督奋然念先生平生得意之诗及尝手写者都不及载,遂撰为年谱,而以"外集""别集"附之。明嘉靖间,御史徐公岱既序其书,而侍郎周公季凤又序之,谓求之琼山丘公得"豫章集"三十有六卷,讹脱未慊也。最后钞之内阁得"正集""外集""别集""词""简""年谱"诸集凡九十七卷乃宋蜀人所献者。庶几全而无遗。呜呼!山散得聚,盖其难哉!先生罹史祸,茧涪徙戎,为两川多士表帅。则出自蜀者应为全书无疑。因于各体之后,赘以外集、别集诸诗。按其年,若相颠越,而得有后先师以为永。公听退堂手编遗意亦无不可。《伐檀集》为其父亚夫公诗。史氏谈迁也。附见未安,故不登之梓。❶

此序比《四库全书总目提要》中黄庭坚诗集的相关提要早近百年。柴升先是刊刻出版了"黄诗三集"中的《山谷内集》,开始时柴升并未发现《山谷内集》并不全,直到后来找到了李彤所编《山谷外集》等不同版本,才注意到自己所出版的《山谷内集》是不全的。柴升的这篇序是依托了自己对黄庭坚诗的长期搜寻。由于柴升亲自出版过黄庭坚的《山谷内集》,故而柴升对"黄诗三集"在宋明时期出版历程的认识是很有学术价值的,非四库馆臣的"纸上谈兵"可比。四库馆臣(应就是纪昀)在《四库全书总目提要》中对周之鳞、柴升《宋四名家诗钞》"故意贬低"的话:"较吴之振《宋诗钞》所录较多,而去取未能悉当也。"是极为不得体的。纪昀对黄庭坚诗集的认识,不可能超过柴升。后来纪昀等四库馆臣撰写黄庭坚

---

❶ 四库全书存目丛书编纂委员会.四库全书存目丛书(集部第 394 册)[M].济南:齐鲁书社,1997:671.

诗集的"提要",应就参考了柴升的这篇序。

在范成大诗集部分,周之鳞、柴升亦分别高度评价了范成大诗。由于范成大诗在诗坛的地位不像苏轼、黄庭坚、陆游等人的诗那样傲然挺立,所以周之鳞、柴升的评价相对要委婉一些。柴升说:"南宋诗人众矣,而后人独佞渭南不置,不知石湖先生实负时誉。诚斋、白石各输心推让。"❶ 这是在好评有限的情况下,强行推扬范成大诗。

周之鳞高度评价陆游诗,认为"古来诗人富于诗者莫如渭南",这是一语双关,一方面认为陆游诗多,另一方面又认为陆游诗很好。柴升亦高度评价陆游:"越自宋室渡江,骚坛角立,放翁先生实以诗为绍兴后冠冕。当孝皇时问当代谁为李太白者,廷臣以先生对。"❷ 借用宋人的评价,以陆游比李白。

以上这些序言都是从总论的角度,纲举目张,标举了这四位诗人的优点与价值,使读者一目了然。

二、《宋四名家诗钞》的体例与贡献

《宋四名家诗钞》很重要的一个思想是"分体选诗"。具体到每一位诗人都按照五古、七古、五绝、七绝、五律、七律、六言诗等不同体裁入选作品。具体来看,苏轼诗入选了五古55首,七古119首,五律35首,外加五言排律14首,七律220首,外加七言排律1首,五绝42首,七绝229首,六言诗7首,共选苏轼诗722首。

黄庭坚诗入选了五古84首,七古71首,五律27首,外加五言排律5首,七律63首,无七言排律,五绝11首,七绝122首,六言诗19首,共选黄庭坚诗402首。

范成大诗入选了五古25首,七古42首,五律25首,无五言排律,七律136首,七言排律1首,五绝75首,七绝167首,无六言诗。共选范成大诗471首。

---

❶ 四库全书存目丛书编纂委员会.四库全书存目丛书(集部第394册)[M].济南:齐鲁书社,1997:715.

❷ 四库全书存目丛书编纂委员会.四库全书存目丛书(集部第394册)[M].济南:齐鲁书社,1997:757.

陆游诗入选了五古35首，七古97首，五律146首，外加排律4首，七律437首，未入选七言排律，五绝21首，七绝235首，六言诗11首。共选陆游诗986首。

从这一分体选诗的情况来看，周之鳞、柴升大量选取了苏轼、黄庭坚、陆游的五古、五律、五绝，这与王士禛《古诗选》未选宋人五古、曾国藩《十八家诗钞》未选宋人五言诗形成鲜明对比。这说明清代选家对宋诗人的五言诗的评价有一定分歧。

此外，《宋四名家诗钞》中还选入了苏轼等人的六言诗，这一点可能对后来康熙帝《御选宋金元明四朝诗》也大量选入六言诗有一定影响。

这部《宋四名家诗钞》标举"苏、黄、范、陆"对康熙诗坛的宋诗接受是有一定影响的。如前所述，《宋四名家诗钞》的一大贡献，就是在清代诗坛较早地标举了"苏、黄"作为宋诗典范。结合清代中后期诗坛的发展来看，提倡"苏、黄"作为宋诗典范，并非《宋四名家诗钞》一家的贡献，王士禛、翁方纲、蒋士铨、姚鼐、曾国藩等人都有不同程度的贡献。

此外，这部《宋四名家诗钞》的另一个重要贡献是提倡"范、陆"。或者说，这部《宋四名家诗钞》很重要一个贡献是推崇范成大。范成大（1126—1193），字至能，晚号石湖居士，吴县（今苏州市）人，为南宋著名诗人，与杨万里、陆游、尤袤合称南宋"中兴四大诗人"。范成大今存诗约1900首，有《石湖集》。明清时期，范成大在其家乡江南吴中地区有广泛的影响。清初较早开始推崇范成大的是吴中诗人汪琬。汪琬（1624—1690），字苕文，号钝庵，晚号尧峰，学者称之为尧峰先生，江苏苏州人。汪琬于顺治十二年（1655年）中进士，历任官户部主事、刑部郎中等职。康熙九年冬，汪琬辞官隐居，回到苏州，筑室尧峰，开始聚徒讲学，产生很大影响。汪琬以古文著称，著有《尧峰诗文钞》《钝翁前后类稿、续稿》，与侯方域、魏禧，合称"清初散文三大家"。汪琬在诗坛亦有一定影响。沈德潜《清诗别裁集》中评价他说："钝翁官部曹后，与王西樵昆弟诸人称诗都下，风格原近唐人，中年后以剑南、石湖为宗，后则颓然降格矣。"❶ 可见，汪琬回到苏州讲学后，开始大力提倡范成大诗，这直接导致了吴中地区崇尚范成大的风气。

汪琬逝世于康熙二十九年（1690年），此后很长一段时间，吴中诗风都受到他

---

❶ 沈德潜.清诗别裁集[M].北京:中华书局,2009:143.

的影响。周之鳞、柴升编选的《宋四名家诗钞》，刊刻于康熙三十二年（1693年），显然也受到汪琬的一定影响，同时该诗选在范成大诗风的推广上也起到了一定作用。此后几十年，吴中地区都有浓厚的崇尚范成大的风气。沈德潜在《李客山遗诗序》中回忆青年时期吴中诗风时说："李子客山，年二十余即偕予游横山叶先生门……时论诗者，家石湖而户放翁。"在《许竹素诗序》中又说："时吴中诗学祖宋祧唐，几于家至能而户务观。"沈德潜生于1673年，他青年时代正好是汪琬逝世前后，也就是《宋四名家诗钞》出版后的岁月中。可见，《宋四名家诗钞》的出版，对诗坛"推崇范、陆"风气的形成与扩散，是有很大贡献的。

不过可惜的是，"崇尚范成大"的风气，在乾隆朝并未推广下去，范成大的影响在清中叶后逐渐变得比较小了。而"推崇陆游"的风气，虽然经过乾隆帝《唐宋诗醇》的进一步阐扬有所扩大，但嘉庆朝以后，随着"崇尚黄庭坚"风气的逐渐扩大，晚清诗坛上"崇尚陆游"的风气逐渐有所衰歇。而且康熙朝以后，《宋四名家诗钞》也逐渐被诗坛所淡忘了。至晚清时期，被诗坛所长久记住的，只剩下王士禛、沈德潜、翁方纲、纪昀、袁枚、蒋士铨等寥寥数人了，但这并不等于说，康熙时期类似于周之鳞、柴升编刻《宋四名家诗钞》是无意义的，这些书籍毕竟在某一个时段，在某一个特定历史时期起过较大作用。只要在某一时期起过作用，无论后来是否被淡忘，我们在相关"历史记载"中都应该提到它们，都应该充分肯定它们的历史作用与文化史地位！

总的来说，周之鳞、柴升《宋四名家诗钞》因其推崇范成大，因其标举"苏、黄、范、陆"在清代诗坛宗宋思潮的发展历程中是留下了重要印记的。故而，该书在出版界亦获得重要反响，相对于大部分宋诗选本只出版一两次，该书后续再版算较多了。该书在康熙年间刊刻后，此后亦有一定刊刻，如嘉庆二十二年（1817年）有博古堂刻本，光绪六年（1880年）有湘西章氏刻本。这说明该书在清代各宋诗选本中是较为市场接受的一种。

第四节 陈訏《宋十五家诗选》对自己祖先作品的刻意揄扬

刊刻于康熙三十三年（1694 年）的陈訏《宋十五家诗选》，也是一部值得注意的清代前期宋诗选本。此书被收入四库"存目类"。《文渊阁四库全书》本《宋百家诗存》卷首四库馆臣在乾隆四十四年写的提要中曾谈及《宋十五家诗钞》："初，潘讱叔有《宋元诗》、陈言扬有《宋十五家诗》，皆不甚行，吴之振《宋诗钞》虽盛行于世，而阙略尚多。"这说明该书在乾隆中后期确曾引起四库馆臣的注意。

据学界对陈訏生平与家世的研究❶，陈訏（1649—约1733），字言扬，号宋斋，浙江海宁人。陈訏在康熙年间曾是岁贡，后曾任淳安教谕、温州训导等职。陈訏早年求学于黄宗羲之门，受到黄宗羲的多方面影响。陈訏对算学有一定研究，著有《勾股述》《勾股引蒙》。在诗学方面，陈訏对杜甫诗有很深研究，作有《批〈杜诗详注〉》《读杜随笔》，又编刻有《宋十五家诗选》，像黄宗羲一样显示出一定的宗宋倾向。不过，陈訏在诗歌理念上更趋近"唐宋兼宗"。

虽然这部《宋十五家诗选》所打旗号是"宋十五家"，似乎是精选了宋代十五位重要诗人，但"宋十五家"的提法是陈訏个人提出的。他提出这个说法，并非单纯是为了标举宋诗，而是有着自己独特的策划。《宋十五家诗选》共 16 卷，收入了宋代梅尧臣、欧阳修、曾巩、王安石、苏轼、苏辙、黄庭坚、范成大、陆游、杨万里、王十朋、朱熹、高翥、方岳、文天祥等 15 位诗人的作品。在编选体例上，《宋十五家诗选》将每一位诗人单独编为一卷，在每位诗人的卷目之前都有该诗人的小传及前人诗话，最后又加上了一段自己的评论。从所入选的 15 位诗人来看，这些诗人绝大部分都是宋代的著名诗人，入选"宋十五家"并无争议，但也有王十朋、高

---

❶ 李靓.清人陈訏《读杜随笔》研究[D].湖南师范大学,2021. 又：王玉超.陈訏《读杜随笔》研究[D].山东大学,2020.

鬻、方岳等几人不那么知名。其中王十朋虽不是大诗人,但毕竟是南宋状元,且有一定知名度,亦无争议。有争议的主要是高鬻、方岳二人。

而根据书中陈訏自述,高鬻是陈訏的祖先,陈訏是高鬻的 17 世孙。高鬻(1170—1241),初名公弼,后改名鬻,字九万,号菊磵,浙江余姚人,为江湖诗派的诗人之一。纵观宋元明清的宋诗接受史,高鬻的影响是较为有限的,称不上是"宋十五家"。在陈訏给出的这个"宋十五家"名单中,没有江湖派代表诗人刘克庄、戴复古等人,却有高鬻,这显然难以服众。究其原因,是这部《宋十五家诗选》的编选者陈訏是高鬻的第 17 世孙。据研究,陈訏出自海宁陈氏,海宁陈氏原本姓高,高鬻确为陈訏祖先。另据学者研究,与陈訏同时略前的诗坛名家、高官高士奇,亦为高鬻子孙。由此,陈訏与高士奇有了同族关系。

高士奇(1645—1703),字澹人,号江村,浙江余姚人。康熙十年(1671 年),因书法获康熙青睐,以国子监生供奉翰林院。康熙二十二年(1683 年),充日讲官起居注,几年后转翰林院侍讲学士,又被升为詹事府少詹事。康熙二十八年(1689 年),高士奇归里。康熙三十三年(1694 年),因康熙帝召见,再次赴京。三年后又归里。高士奇为康熙帝很欣赏的文臣,长年跟随在康熙帝左右,在康熙诗坛很有影响。❶高士奇个人诗歌取向有很强的宗唐倾向,曾在康熙诗坛的唐宋诗之争中,批评过王士禛等人的过分宗宋倾向。

在《宋十五家诗选》中陈訏提及了高士奇,"今少詹事士奇表扬先世,遗泽于五峰",所说事情是,康熙二十六年(1687 年),高士奇多方搜集整理了高鬻残存诗篇 187 首,将之以《信天巢遗稿》之名付梓出版。几年后,陈訏又创为"宋十五家诗"之名,编选《宋十五家诗选》,堂而皇之将高鬻存世的 187 篇诗选入。可见,陈訏在《宋十五家诗选》中大力表彰高鬻,亦有与高士奇同声相和之意。甚至不排除,陈訏有打着"传播祖先作品"的名号,投高士奇之所好的意图。

《宋十五家诗选》收录了高鬻诗 187 首,这有不公平之嫌,毕竟高鬻的诗学影响还不能跟"苏、黄、范、陆"相比,即使比梅尧臣、曾巩也差距太大。仅仅因为

---

❶ 张兵、汤静.康熙与高士奇的君臣际遇及其相互影响[J].甘肃社会科学,2021(5).

高士奇刊刻了高翥诗集，便对之无限推扬，将之升格为"宋十五家诗"，这无论如何是难以服众的。《宋十五家诗选》不但收录了高翥187首诗，还在"高翥诗选"卷首用3个书页（古籍版本学上的半叶，为今人所认为的一个书页）的篇幅详细谈论了高翥生平与诗学。这在篇幅上是超过其他诗人的，梅尧臣等只有2个书页，王十朋、朱熹都只有1个书页。可见，陈訏对自己的祖先高翥深有感情。

在这篇长达3页的介绍中，陈訏先是全文引用了元人姚燧为高翥诗集所作的序，序中提到高翥诗集大部分散佚，"痛其文章外遗，十亡八九，残编缀之，断简拾之，仅存者百七十章"❶。可见，《宋十五家诗选》中收录的高翥诗187首为高翥存世的全部诗篇。显然这并不妥当。毕竟《宋十五家诗选》中别的诗人都是选集，精选了部分诗，而独独高翥用了全集，这属于标准不统一。而且该书号称"宋十五家诗"，所选除高翥外基本都经得住考验，入选高翥属于明显的放松标准，很不妥当。四库馆臣在编写《四库全书总目提要》时因对《宋十五家诗选》研究不深入，未发现这一点。否则，以纪昀的挑剔性格，若发现了这一点，一定会在"提要"中对陈訏进行批判。

我们现在仔细地考量陈訏编撰这部《宋十五家诗选》的真实目的，恐怕就是用其他大诗人为"引子"，来传播自己祖先高翥的诗。仔细研读陈訏在"高翥诗选"卷首中的有关评语，能看到其中详细阐释了整理出版高翥作品的过程与缘由：

> 同时刘后村、戴石屏集中酬赠俱有诗人之目。原集湮逸已久，今少詹事士奇表扬先世，遗泽于五峰。徐健庵司寇所藏宋集中得诗一百有九首。于秀水朱竹垞太史所藏宋刻《江湖集》中得诗四十七首，合他集所录四十余首，去其重出，凡五七言近体诗一百八十七首。汇订授梓。得恭辑重锓，师王荆公先大夫集序之例，不敢赘也。然复幸于世有传矣。至子孙景仰而慕之，于忘姚承旨弁

---

❶ 四库全书存目丛书编纂委员会.四库全书存目丛书(集部第410册)[M].济南：齐鲁书社，1997：628.

言之旨乎？第十七世孙玕谨识。❶

可见，陈玕是步高士奇之后，对《高翥诗集》进行了很大的褒扬。此前高士奇对《高翥诗集》进行了认真的搜集，从时人藏书中搜集了一些，从《江湖集》中搜集了一些，最终汇集了187首，比元代姚燧为《高翥诗集》作序时还多出了十多首。但高士奇的做法是有分寸的，高士奇只是在康熙二十六年（1687），整理出版了高翥的《信天巢遗稿》，这只是一般性的文献整理，高士奇并未将高翥作品推扬到宋代经典作品的行列。但陈玕走得比高士奇远，陈玕干脆将高翥诗作推为"宋十五家诗"之一。

高士奇、陈玕作为高翥的子孙，认真整理、推扬自己祖先的作品，这可以称得上清初诗坛上的一件"美事"了！子孙整理祖先的作品集，越十七世而不断绝，真有可感人之处也！这里我们不妨插一段题外话。当代的古籍整理，有很多学者提出要整理知名文人的作品，意谓不知名文人的作品就不用整理了，毕竟出版资源有限。可是，参考高士奇、陈玕的做法，我们就应该感到惭愧。如果那些不知名的文人，是你的祖先，你是否还会说"不知名文人的作品不需要整理出版"？明清时期至今不过三四百年，当时很多文人都有子孙存世，笔者在外出参加学术会议时，也遇到过子孙给祖先整理出版作品的事情。我们能从中感受中国文化传承万载的真实动因。故而，笔者认为，未来我们的古籍整理工作，其目标应该是把每一部存世古籍都整理出版。我们也许不能做到像高士奇、陈玕一样，把自己祖先高翥的作品精心搜集、整理，并且搭配别的宋诗名家，以"宋十五家诗"之名号大为传播。但我们似乎应该学习高士奇、陈玕的精神。这是中华文化"慎终追远"精神的真实写照！

抛开《宋十五家诗选》中陈玕对自己祖先作品的刻意揄扬，我们再来看该书的体例与特点。《宋十五家诗选》在每位诗人的卷目之前都有该诗人的小传及前人诗话，最后又加上了自己的评论。很多评论是很精到的，显示出陈玕深厚的诗学功底。如陈玕在"朱熹诗选"卷前评价朱熹：

---

❶ 四库全书存目丛书编纂委员会.四库全书存目丛书（集部第410册）[M].济南：齐鲁书社，1997：629.

> 朱子诗高秀绝伦，如峨眉天半，不可攀跻。至其英艺发外，又觉光风霁月，粹然有道之言，千载下可想其胸次也。❶

陈訏对朱熹作品的赞赏，并将之选入"宋十五家诗"，这无疑是对以朱熹为代表的理学家诗人的认可。这无疑是受黄宗羲等理学家的影响，与单纯的诗人诗选有所不同。同时，《宋十五家诗选》选入文天祥的诗，亦显示出一定的遗民诗学倾向，这无疑也是受黄宗羲的一定影响。

参考吴之振《宋诗钞》来看，《宋十五家诗钞》所选的 15 位诗人中有苏辙、曾巩、王十朋、高翥、方岳等五位诗人的作品不见于《宋诗钞》。可见该书在编选时，特意注重与《宋诗钞》形成一定的差异化。某种程度上来说，苏轼、欧阳修、王安石、黄庭坚、陆游、杨万里等人的诗在图书市场上是比较容易看到的，该书更有价值的是所收录的梅尧臣、曾巩、王十朋、文天祥、高翥、方岳等较冷僻诗人的作品。

最后，从诗学观念来看，陈訏虽然编选了这部《宋十五家诗选》，但陈訏个人的诗歌观念，在宗宋上并不坚决。他对杜甫诗深有研究，这让他更倾向于"唐宋兼宗"，故而陈訏在这部《宋十五家诗选》的自序中就谈到了自己"唐宋兼宗"的理念：

> 诗道之由来久矣。昔敝于举世皆唐，而今敝于举世皆宋。举世皆唐，犹不失辞华声调堂皇绚烂之观。至举世皆宋，而空疏率易，不复知规矩绳墨与陶铸洗伐为何等事。❷

自序一开篇，陈訏就批判了宗宋倾向，这与高士奇对宗宋的批判是很接近的。由此可以看出，虽然编选了一部《宋十五家诗选》，但陈訏的个人诗歌观念是在向高士奇靠拢。亦可以说，陈訏编选这部《宋十五家诗选》并不是单纯为了推广自己

---

❶ 四库全书存目丛书编纂委员会.四库全书存目丛书(集部第 410 册)[M].济南:齐鲁书社，1997:615.

❷ 四库全书存目丛书编纂委员会.四库全书存目丛书(集部第 410 册)[M].济南:齐鲁书社，1997:285.

的宗宋理念（陈訏在诗学理念上，并非单纯"宗宋"，更多的还是"唐宋兼宗"）。正如上文所说，他更多的还是为了与高士奇相呼应，揄扬自己祖先高翥，将自己祖先的诗编入"宋十五家诗"，以使自己祖先可以代表有宋一代之诗。为了进一步突显自己祖先，陈訏在序言末尾，更是高声赞扬道："今十五家之诗具在，皆宋之圣于诗，神于诗者也。有志之士熟读而深思之，其以斯编为津梁也夫。"意思是自己祖先高翥也是"圣于诗，神于诗"，这实在是过于"溢美"。其"揄扬祖先"的目的极为明显，很难得到诗坛的广泛认可。故而，《宋十五家诗选》虽出版较早，但在诗坛产生的影响并不大，"宋十五家诗"的提法最终并未在清代诗论界获得认可。

第五节 顾贞观《积书岩宋诗删》之承续晚明宗宋思想

顾贞观（1637—1714），字远平、华峰，号梁汾，江苏无锡人，为明末东林党领袖顾宪成四世孙。因其为晚明世家子弟，受清廷一定的重视。康熙五年（1666年）中举，任国史院典籍等职，后曾扈从康熙帝南巡。康熙十五年（1676年）经人推荐，入内阁大学士明珠府中为塾师，与纳兰性德等人交好。康熙二十三年（1684年）顾贞观致仕，回乡隐居，修建三楹书屋，取名"积书岩"。顾贞观在家乡日日著书，因此"身隐而名益彰"。这其中，顾贞观在康熙三十五年（1696年）刊刻的《积书岩宋诗删》（25卷）一书，便在当时产生了一定影响。

据张纯修在为该书作的序言中说，晚明顾宪成有过搜罗宋诗的想法"念宋元诗少善本，又方事讲学，不暇蒐采。时浙孝廉胡君元瑞，称词坛老宿，网罗剞劂，实殚厥勤，乃移书，出箧中所藏，属为评骘"❶。张纯修引述了顾宪成信中的一些内容，胡元瑞受命编撰不久，便病逝了，此事便搁置。后来经历明末清初的大变，顾

---

❶ 四库全书存目丛书补编编纂委员会.四库全书存目丛书补编(41 册)[M].济南:齐鲁书社,2001:311.

宪成的孙子顾枢（1602—1668）开始编撰宋诗的书籍，但稿件最终未能出版，散佚殆尽。作为顾枢之子，顾贞观继承了父祖的遗愿，弃官归乡后，认真搜集宋诗，经多年努力，于康熙三十五年撰成了宋诗选本25卷，定名为《积书岩宋诗删》。

魏裔介之子魏勷在序言中对该书评价极高，认为："出此选相视，余见而击节叹其搜罗裒集，空苍浑脱，特出近时诸选上，洵善本也。"❶ 魏勷将《积书岩宋诗删》与之前出版的一些宋诗选本进行比较，认为该书强于这些选本。这一评价并非虚言。考其出版发行的历程，《积书岩宋诗删》最初刊刻于康熙三十五年（1696年），此后在康熙三十八年左右有宝翰楼刊本，又有康熙年间春草堂刻本，再后来又有乾隆年间春草堂李谏臣重刻本。可见该书在康乾时期的图书市场上是有一定影响的，故而后来被收入了四库"存目类"（也许是因为该书涉及顾宪成，故未能收入《四库全书》正编，仅入"存目类"）。此外，四库馆臣在《四库全书总目提要》中对该书的疵议："然采摭既富，颇不能自守其例。"只能是一般性地指出事实，这恐怕并不能算是该书的缺点。毕竟诗歌选入作品要考虑的因素有很多，并非单纯是考虑诗歌的艺术水平高低，也要考虑诗人与诗作的时代性、地域性、平衡性等多方面因素。

从收诗数量来看，《积书岩宋诗删》共选录了宋代315位诗人的2500首诗。按照"分体编诗"的原则进行排列，所收诗人无小传，每卷有目录标明每位诗人名下所录该体诗歌的数量，所录诗歌无评语。无诗人生平介绍与诗歌评点，这是该书的不足。从这一点看，该书不如陈焯《宋元诗会》。但该书收诗较多较全，对读者又有较大阅读价值。该书采用了当时通行的"分体编诗"的形式。卷一至卷六收五古454首，卷七至卷十一收七古318首，卷十二至卷十五收五律500首，卷十六至卷二十收七律580首，卷二十一收五排41首、七排8首，卷二十二收五绝94首、六绝22首，卷二十三至二十五收七绝443首。

在作品入选上，一些大诗人入选较多，最多的是陆游，入选了133首，其次是王安石102首，刘克庄100首，苏轼92首，范成大87首，欧阳修85首，梅尧臣入

---

❶ 四库全书存目丛书补编编纂委员会.四库全书存目丛书补编(41册)[M].济南:齐鲁书社，2001:310.

选 64 首，林景熙 59 首，朱熹 57 首，陈与义 46 首，张耒入选 44 首，杨万里入选 41 首，谢翱入选 37 首。综合统计来看，入选诗歌数量排前 15 位的陆游、王安石、刘克庄、苏轼、范成大等大诗人入选的作品总共约 1000 首。除去这 15 位大诗人之外，剩余 300 位诗人共入选了 1500 首，平均每人只入选了 5 首，很多较冷僻诗人只入选了一两首、两三首的样子。可见该书在入选诗歌的分布上还是不够均匀的。排名前 15 位的诗人（占全部诗人数量的 4.5%）入选的 1000 首，占到全部诗歌的 40%，少数诗人占据了入选数量的一半以上。无论是唐代诗坛，还是宋代诗坛，真正有较大诗歌史影响力的诗人，只是排在前列的十几位诗人而已，尤其是前五位，如唐之李、杜、王、韩、白，如宋之苏、黄、陆、范、杨等。

关于《积书岩宋诗钞》中入选的主要诗人与作品数量，笔者进行了较详细的统计。按入选作品数量由多到少排列，具体见表 6-1。

表 6-1 《积书岩宋诗钞》作品数量　　　　　　　　　单位：首

诗人	五古	七古	五律	七律	五绝（六绝）	七绝	五排（七排）	总数
陆游	21	19	14	41	4 (4)	29	1	133
王安石	20	17	9	27	4 (3)	19	2 (1)	102
刘克庄	5	11	13	46	2	25	0	102
苏轼	16	24	9	17	4 (1)	18	2 (1)	92
范成大	12	13	7	19	2 (4)	27	3	87
欧阳修	18	24	14	14	4	8	2 (1)	85
梅尧臣	13	12	25	6	6	0	2	64
林景熙	9	3	17	15	0	15	0	59
朱熹	21	2	7	11	6 (1)	8	1	57
陈与义	13	3	11	10	3	4	2	46
张耒	10	9	9	6	0	10	0	44
杨万里	7	7	4	12	0	11	0	41
谢翱	3	6	17	0	3	6	2	37
黄庭坚	10	6	2	6	0 (2)	6	0	32
秦观	14	3	1	8	0 (2)	3	0	32
韩维	12	2	4	5	2	6	0	31

续表

诗人	五古	七古	五律	七律	五绝（六绝）	七绝	五排（七排）	总数
惠洪	7	7	2	10	0（1）	3	0	30
晁冲之	2	4	10	7	2	5	0	30
文天祥	6	5	10	5	0	3	0	29
道潜	12	0	2	2	0	8	0	24
陈师道	5	2	9	3	0	5	0	24
司马光	9	2	7	4	0	1	0	23
苏舜钦	5	6	6	5	0	2	0	24
徐铉	1	1	7	7	2	3	1	22
王十朋	5	4	5	3	1	4	0	22
戴复古	3	1	7	6	0	4	0	21
汪元量	2	1	3	11	0	3	0（1）	21
林逋	0	0	10	6	0	4	0	20
陈傅良	11	0	2	5	0	0	1	19
范仲淹	3	0	8	5	0	3	0	19
晁补之	3	4	4	3	1	4	0	19
贺铸	8	2	3	4	0	1	1	19
赵师秀	1	0	8	6	0	1	0	16
严羽	7	1	2	2	1	2	1	16
苏辙	3	4	3	4	1	0	0	15
寇准	2	1	3	1	2	5	0	14
张元干	0	0	9	4	0	0	0	13
曾巩	7	2	0	3	0	1	0	13
徐照	0	1	5	1	2	3	0	12
叶适	2	5	5	0	0	0	0	12
王禹偁	2	0	2	5	0	2	0	11
杨亿	0	1	1	6	0	0	1（2）	11
杨时	2	3	3	1	0	1	0	10
唐庚	1	2	0	3	0	3	1	10
邵雍	3	0	2	1	0	2	0	8
周必大	1	1	1	3	0	2	0	8

续表

诗人	五古	七古	五律	七律	五绝（六绝）	七绝	五排（七排）	总数
花蕊夫人	0	1	0	0	0	7	0	8
谢枋得	0	1	1	3	0	1	0	6
程颢	0	0	1	2	0	2	0	5
周敦颐	0	0	2	0	0	2	0	4
朱淑真	0	0	0	1	0	3	0	4
曾几	0	0	1	0	0	0	1	2
李清照	0	1	0	0	0	1	0	2

从各重要诗人的收诗数量差异来看。陆游收诗最多，有133首，王安石和刘克庄入选102首排第二，范成大排第四，苏轼排第五，欧阳修排第六，黄庭坚只入选了32首排第十四。从此排列来看，顾贞观的宋诗观是较为崇尚"陆、范"，对苏轼的评价虽然也高，但未将苏轼列为"宋诗第一人"，顾贞观对苏轼的评价低于对王安石的评价。最值得注意的是，顾贞观对黄庭坚的评价不算太高，黄庭坚诗的入选数量低于陈与义、杨万里。这种视陆游、范成大高于黄庭坚的诗歌观，直到乾隆朝中期，乾隆帝御选《唐宋诗醇》时都是较为主流的宋诗观。但乾隆中期后，随着诗坛上崇尚黄庭坚的风气开始起来，士大夫们在黄庭坚"奇崛""瘦硬"的诗风中感受到一种士大夫需要发扬的傲岸不屈、不从流俗的人格。由此，黄庭坚诗风逐渐成为了乾隆中期后，受士大夫们高度认可的一种诗风，翁方纲、蒋士铨、姚鼐、曾国藩、陈三立等人都很崇尚黄庭坚诗，显示出士大夫们对四平八稳、处处顺从的人格有所反思，意识到一定的奇崛、傲岸人格对士大夫是极其必要的。

《积书岩宋诗钞》收有宋诗2500首，比《宋诗别裁集》收宋诗645首要多很多，因此在统计上更有参考价值。《宋诗别裁集》相对来说更简明，根据其入选的作品多少，哪些是大诗人，一目了然。但由于《宋诗别裁集》总体收诗较少，除去近十位大诗人后，别的诗人收的诗就不够多了，故而《宋诗别裁集》对普通诗人收诗的参考意义并不那么强。《宋诗别裁集》中具体到那些"宋代第二流诗人"所收作品都有三五首，难以看出这些"宋代第二流诗人"之间的收诗数量差异。而《积书岩宋诗钞》收诗较多，第一流诗人占比并未过大，而第二流诗人的收诗也有二三十首，因此根据《积书岩宋诗钞》收诗数量，更能看出各二流诗人之间的差距，尤其是能看出在编者顾贞观眼中各二流诗人的重要性的差异。

此外，很值得注意的是，《积书岩宋诗钞》还收有一些女性诗人的作品，如朱淑真、李清照、花蕊夫人、陆游妾等。这说明在江南地区，"重男轻女"现象有所变化，女性诗人的涌现是社会变化的大趋势，一些官宦人家也开始注重女眷的教育，《积书岩宋诗钞》只是较早地对这种现象予以承认。后来，曹雪芹在乾隆朝中期创作《红楼梦》，书中林黛玉、薛宝钗等女性都能诗歌创作的现象已经是大势所趋。

从所收诗的体裁来看，《积书岩宋诗钞》也有一些值得注意之处：

第一，《积书岩宋诗钞》收五绝只有 94 首，而收别的体裁诗都是四五百首。这说明宋代人作的五绝并不是那么多，且宋人的五绝并没有那么好。苏轼的五绝一首都没收。这一点对我们认识宋代的五言诗有一定参考价值。事实上，清代包括王士禛《古诗选》、曾国藩《十八家诗钞》在内的好几种宋诗选本中都未收录宋代五言诗，这说明清代很多诗论家对宋代五言诗都持保留态度。

第二，《积书岩宋诗钞》还收录了少量的五言排律、七言排律，只是收录的不多，两体合在一卷。五言排律收录了 31 位诗人的 41 首，大部分都是收一首，范仲淹、欧阳修、苏轼等人收了两首，只有范成大收了三首。七言排律收了杨亿、欧阳修、苏轼、宋祁、文彦博、王安石、汪元量等 7 位诗人的 8 首诗。可见，宋代诗人创作的排律已经不多了，故而后来乾隆年间张景星等人编《宋诗别裁集》只收了少量五言排律，未收七言排律。

第三，《积书岩宋诗删》还收录了一些六言绝句，但数量不多，只有 11 位诗人的 22 首。范成大 4 首，陆游 4 首，王安石 3 首，黄庭坚、秦观、孙觌各入选 2 首，苏轼、朱熹、惠洪等人各 1 首。六言诗到宋代有了一定发展，故而《积书岩宋诗删》给六言诗留了一定空间。此后康熙帝《御选宋金元明四朝诗》也收录有六言诗一卷，包括 57 位诗人的近三百首六言诗，入选较多的分别是：邵雍 1 首，司马光 3 首，王安石 2 首，文同入选 9 首，苏轼入选 16 首，贺铸 3 首，黄庭坚 6 首，陈与义 3 首，范成大 30 首，陆游 14 首，等等。从这一点来看，我们今天的诗学理论中，似乎对六言诗的评价过低了。六言诗或许称得上是一种较成熟的诗歌体裁吧。

第六节　康熙帝《御选宋金元明四朝诗》代表的官方诗学

《御选宋金元明四朝诗》为康熙朝文化工程的一种。康熙四十二年（1703年），曹寅在江宁刊刻有《御定全唐诗》共900卷，收唐诗近50000首。几年后，康熙帝下令由翰林院编选《宋金元明四朝诗》，康熙四十八年（1709年）在武英殿刻书处完成了刊刻。该书编选得总体较好，但传播没那么广，在诗坛的影响并不大。不过这部《御选宋金元明四朝诗》也从国家角度确认了宋诗的价值。这是对康熙朝发生的"唐宋诗之争"的一种官方回应，体现了"唐宋兼宗"的诗学理念。后来这种理念经乾隆帝在御选《唐宋诗醇》中进一步弘扬后，成为了清代的官方诗学。

《御选宋金元明四朝诗》规模很大，共312卷，其中宋诗78卷，卷数少于元诗与明诗。78卷宋诗的数量未有明确统计，据笔者粗略统计有近万首。据四库馆臣："《御定四朝诗》·三百一十二卷　康熙四十八年，圣祖仁皇帝御定，右庶子张豫章等奉敕编次。凡宋诗七十八卷，作者八百八十二人。金诗二十五卷，作者三百二十一人。元诗八十一卷，作者一千一百九十七人。明诗一百二十八卷，作者三千四百人。每代之前，各详叙作者之爵里。其诗则首帝制，次四言，次乐府歌行，次古体，次律诗，次绝句，次六言，次杂言。以体分编。"

这部诗选题名"康熙帝御选"，但康熙帝只是下令编撰，实际工作参与不多。一般署名"张豫章等选"。但这部诗选内容繁多，规模浩大，实则并不是张豫章一人所选，有一个几十人的编选班子。其中纂选官有六人：原任右春坊右庶子兼翰林院修撰张豫章、左春坊左谕德兼翰林院修撰魏学诚、原任翰林院侍讲吴暠、翰林院编修陈至言、日讲官起居注翰林院编修陈璋、日讲官起居注翰林院检讨王景曾。录选官近二十人：翰林院编修吴士玉、翰林院检讨钱荣世、翰林院庶吉士钱大受、苏州府知府陈鹏年、举人陈王谟、顾嗣立，另有国子监监生十人。此外还有校勘官九人，其中有翰林院侍读钱名世、翰林院检讨张廷玉、翰林院编修查慎行等。可见，这部康熙帝《御选宋金元明诗》是康熙帝下令，由翰林院官员集体编撰而成。从书页来看，没有说"总撰"是张豫章。用的是"纂选官"，张豫章排第一，魏学诚排第二，吴昺排第三。所谓"纂选官"其职责应是指出哪些诗需要入选。而"录选官"则是要把拟入选的诗誊录汇总在一起。"校勘官"则是负责校对，修订错别字。

至于在编撰过程中具体如何分工的，现在已难以测知。因为参与人员都是翰林官，都是专门从事文史研究与著述的官员，不是那些挂名的官员。故而，张豫章、魏学诚、吴昺等人都应该是全面领导、承担了编撰工作，并非单纯挂名。而从其他参与人员来看，举人顾嗣立于元诗深有研究，翰林院编修查慎行于苏轼诗深有研究。他们应该也承担了不少工作。后来事态表明，此时仅是举人的顾嗣立就是因为参与编这部《御选宋金元明四朝诗》而受到赏识，几年后被赐为进士。

顾嗣立（1665—1722），字侠君，号闾丘，江苏长洲（今常熟）人。于康熙三十八年（1699年）中举，这前后受到江苏巡抚宋荦的赏识，参与了宋荦组织的一些宗宋诗歌活动。康熙三十二年（1693年），顾嗣立编成《元百家诗》，后在康熙四十一年（1702年）编成《元诗选》二集，收元人诗107家。康熙四十一年，康熙帝南巡，在宋荦等人鼓励下顾嗣立进献所撰《元诗选》，受康熙帝嘉奖。但此后几年依然未能考取进士。康熙四十四年（1705年），康熙帝第四次南巡，在宋荦推荐下，康熙帝召试顾嗣立，令他至北京参与编选宋金元明诗选。经过几年努力，《御选宋金元明四朝诗》在康熙四十八年（1709年）刊刻出版。康熙帝对该书很满意。参与编撰的顾嗣立于康熙五十一年（1712年），特赐进士。故此可见，顾嗣立于《御选宋金元明四朝诗》是做了很大贡献的，他虽然只是"录选官"，但该书的元诗部分，顾嗣立应做了很大贡献。

当然，该书的六名纂选官也应做了很大贡献。张豫章，字寄庭，号寄亭，原名张翼，江南青浦（今上海青浦）人。康熙二十七年（1688年）戊辰科进士第三人（探花），授翰林院编修。康熙三十年（1691年），出任会试同考官。康熙四十一年，任河南乡试主考官。升为洗马。后以翰林院修撰官参与此部诗选的编选。魏学诚为名臣魏象枢之子，字无伪，河北蔚县人。康熙二十一年（1682年）进士，官内阁中书。吴昺，字永年，安徽全椒人，为吴敬梓的叔祖。康熙三十年（1691年）榜眼，后长期任职翰林院，康熙四十九年前后，吴昺提督湖广通省院。

据《清史稿·职官志二》，清代康熙时期翰林院的体制，翰林院侍读学士、侍讲学士均为从四品，翰林院侍读为从五品，翰林院修撰为从六品，翰林院编修为正七品，翰林院检讨为从七品。张豫章的官职"右春坊右庶子"为正五品，魏学诚的官职"左春坊左谕德"也是正五品，张豫章的官职与魏学诚平级。"翰林院侍讲"为从五品，故而吴昺的官职比张豫章、魏学诚略低。但吴昺在翰林院的官职比张豫章、魏学诚高。而另外的陈至言、陈璋、王景曾都是七品官，比张豫章等三人官职都要低两级。故而单从官职来看，这部书的作者署名，恐怕署张豫章、魏学诚、吴昺三人之名比较合适，单署张豫章不妥。尤其不能漏了吴昺之名，因为这部书主要由翰林官编成，吴昺是翰林官中官职最高的，而张豫章、魏学诚只是带了翰林修撰的官衔。

《御选宋金元明四朝诗》有宋诗78卷，包含作者882人。书前单列两卷，列出了作者的"姓名爵里"，先列姓名，再用一行或两行小字简要介绍该诗人的生平与官职。不过要注意的是，《御选宋金元明四朝诗》选诗并不是以作者为纲，并没有把一位作者的诗放在一起，而是采用了类似《千家诗》等多种前代选本"分类选诗"的架构，按照五言古诗、七言古诗、五言律诗、七言律诗、五言长律、七言长律等分类，同一作者不同体裁的诗分在了不同类别中。

具体来看各卷的选诗情况。卷一是帝制诗，为宋代帝王作品。卷二、卷三是四言诗，共2卷。卷三至卷九是乐府歌行，共6卷。卷十至卷二十四是五言古诗，共15卷。卷二十五至卷三十四是七言古诗，共10卷。卷三十五至卷四十四是五言律诗，共10卷。卷四十五至卷五十六是七言律诗，共12卷。卷五十七至卷五十九是五言长律，共3卷。卷六十是七言长律，仅1卷。卷六十一至卷六十三是五言绝句，仅3卷。卷六十四至卷七十五是七言绝句，有12卷。卷七十六是六言诗，仅1卷。卷七十七至七十八是杂言诗，共2卷。

从其目录来看，这部诗选有一些很值得注意的独特之处。

第一，它把宋代帝王的诗单列一卷。这就不是单纯从文人角度来编诗选，而是注重反映时代诗歌创作的全貌。

第二，它入选了四言诗。这一点很独特。本来元明时期的各种唐宋诗选都不再入选四言诗，一般默认唐宋时期没有了较好的四言诗，而这部《御选宋金元明四朝诗》却单列"四言诗"一体，这显示出它跟通常的诗选在体例上有很大不同。

第三，类似的，它也入选了六言诗一卷。一般而言，宋人诗集中会收录自己创作的六言诗，但各种元明清人编的宋诗选本一般都没有六言诗。这说明该书的编者还是别具心裁，试图反映宋代诗歌创作全貌。

具体来看，该书选入57位诗人的近300首六言诗，入选较多的或较知名的诗人有：邵雍1首，司马光3首，王安石2首，文同入选9首，苏轼入选16首，贺铸3首，黄庭坚6首，陈与义3首，范成大30首，陆游14首，惠洪7首，白玉蟾4首，等等。从中已大体能看出宋代诗人在六言诗创作方面的成就。

第四，各体诗歌入选篇幅不同。其中五言古诗有15卷，七言古诗10卷，五言律诗10卷，七言律诗12卷，七言绝句12卷，但五言绝句只有3卷。这说明宋代诗人善于创作五古、七古、五律、七律并七绝，但不善于创作五绝。据此来看，宋人的五言绝句已经处于衰落期了。实际上这种不同题材入选作品数量差异较大的现象，在后来各类宋诗选本中都有体现。如王相编的《五言千家诗》未入选一首宋诗。后来曾国藩编《十八家诗钞》在五古、五绝、五律部分都没有入选宋人诗。这都说明，诗坛对宋代五言诗的成就有一定争议。故此可以认为，宋诗取得较高成就的是其七言部分。

这部康熙帝《御选宋金元明四朝诗》虽然在具体操作上不是康熙帝亲自选取，但显然是反映了康熙帝本人的诗学观。这种诗学观不是传统上"文人诗学观"，而是从统治的角度、从程朱理学与"诗教"的角度来看待文学。这集中体现在康熙为本书撰写的序言中：

> 生民之始，禀二仪之精，含五常之性，而其理具于一心。人心之灵日出而不穷。《诗大序》谓："在心为志，发言为诗"，其阐明虞廷言志之义而归本于心者其意深矣。盖时运推移质文屡变，其言之所发虽殊而心之所存无异。则诗之为道，安可谓古今人不相及哉？观于宋金元明之诗而其义尤着焉。世之论诗者谓："唐以诗赋取士，故唐之诗为独盛。"夫唐之诗诚盛矣，若夫宋之取士始以诗赋，熙宁专主经义而罢诗赋。元祐初复诗赋，至绍圣而又罢之。其后又复与经义并行。金大略如宋制，元自仁宗罢诗而存赋，明则诗赋皆罢之。士于其

时以其余力兼习有韵之言，专之则易美，兼之则难工，而其至者亦往往媲北宋而追三唐。岂非人心之灵日出而不穷者欤？此又可见古今人不甚相远也。朕夙兴夜寐，永图治安，念养士育才，国家盛典考言询事，曩代良规亦既试之制艺，使通经术兼以论表判防俾达古今，而于科目之外时以诗赋取人。每当省方观民之会，士之所进诗赋古文，止辇受观，停舟延问，亲试而拔其尤者亦多矣。盖举斯世而措之礼陶乐淑之中，被以温柔敦厚之教。故所以奖劝之者靡弗至焉。近得《全唐诗》，已命儒臣校订刊布海内。由唐以来，千有余年之久，流传自昔未见之书，亦可谓斯文之厚幸矣，遂又命博采宋金元明之诗，每代分体各编，自名篇钜集以及断简残章罔有阙遗，稍择而录之，付之剞劂，用以标诗人之极致，扩后进之见闻。譬犹六代递奏八音之律，无爽九流，并溯一致之理同归。然则唐以后之诗又自今而传矣。夫诗之日远而日新如此，而皆本于人之一心。孔子云："《诗三百》一言以蔽之，曰：思无邪。"子之言诗法也，即心法也。子夏味绚素之章，子贡悟琢磨之句，二子者，一以文学列于四科，一以多识得闻一贯。朕于是有以见夫天之所以异于人者。此心此理随在流通。愿学者谨其所存而审其所发，将以上达夫大本大原而充广乎万事万物。岂惟诗之为道也哉？康熙四十八年五月。❶

康熙帝在序文中先是回顾了各朝代取士标准的变化，唐代以诗赋取士，宋代则是诗赋与经义交替取士，元代"罢诗而存赋"，明代彻底取消诗赋而采用八股。随后康熙帝话锋一转，谈到自己的取士的策略，以八股文为主，但在八股文的取士之外，也有时录取一些诗赋出众的士人为官，"于科目之外时以诗赋取人"。康熙帝经常根据各地士人进献的诗赋古文，从中选拔出有才华的士人，如高士奇就是以书法与诗文受到康熙帝赏识。正是因为有时要以诗赋取士，才有了编这部《御选宋金元明四朝诗》的想法，康熙帝要把这部《御选宋金元明四朝诗》立为各地士子写诗的标准。故而在编《御选宋金元明四朝诗》时，康熙帝并非单纯从诗歌角度来看待诗

---

❶ 张豫章等.御选宋金元明四朝诗[M]//永瑢等.景印文渊阁四库全书(第1437册).台北：台湾商务印书馆,1986:2.

选，而是要注重诗歌的教化功能、注重诗歌陶冶士子情操的功能。论及"诗教"，这必然会向"理学家诗论"方向靠拢。在这篇序中，康熙帝有很强的理学家论诗的特点，序言开篇就用理学家的口吻说道："生民之始，禀二仪之精，含五常之性，而其理具于一心"，序言结尾处又有"此心此理随在流通"等明显属于理学的说法。

可见，康熙帝并非单纯从诗歌艺术的角度来看待宋金元明诗。他一方面是从政治治理，从"诗教"角度来看待诗歌。另一方面是从理学角度，从"文以载道"的角度来看待诗歌。这实则并不是诗坛的理念。过于注重"诗教"，过于从理学家角度来论诗，这使得康熙帝对诗歌的看法，与诗坛的诗人们对诗歌的看法有较大的差异。因此，康熙帝在这部诗选中对宋诗的看法，与诗坛的宗宋诗人们的看法还是隔了一层。有此隔阂，康熙帝这部《御选宋金元明四朝诗》在诗坛产生的影响并不大，并不能像乾隆帝御选《唐宋诗醇》以诗坛所关心的方式切入宋诗，反而在诗坛产生很大影响。当然，从根本上说，康熙帝对于诗歌并不那么关心。他更关心的是诗歌的"统治价值"，乃至"统战价值"。康熙帝在多年的政治军事斗争中，意识到了"争夺知识分子""争夺人心向背"的价值。例如康熙十八年（1679年），在与吴三桂"三藩之变"斗争的关键时刻，康熙帝举行了"博学鸿词科"征召各地有知名度的文人来应举，就是出于与吴三桂争夺知识分子的目的，其实质就是对各地有名的知识分子进行统战。

而在这篇序中，康熙帝也提到自己非常关注知识分子，只要有人向他进献作品，他就会亲自研读，"每当省方观民之会，士之所进诗赋古文，止辇受观，停舟延问，亲试而拔其尤者亦多矣。"这部诗选的编者之一顾嗣立即向康熙帝进献《元诗选》而受康熙帝赏识。康熙帝很重视诗歌的这种"统战价值"。他在这篇序中实则是进一步向全国知识分子"示好"。反过来说，康熙帝对诗歌的文学价值反而并不那么关心。所以在这篇序中，康熙帝几乎未谈到宋诗的艺术特点与艺术价值。

清朝能维护住统治，与康熙帝这种汲汲求治的理念与努力是有根本关联的。清人常称康熙帝为一代明君，有"康乾盛世"的说法，并非完全虚言也！当然，在中国传统治国理念中又强调"黄老之治""垂拱无为而天下治"，康熙帝、乾隆帝恰恰也是因为太过勤政，事事过问，事必躬亲，反而未能处理好很多事。试想连诗坛的事情都要多方面过问，甚至亲自编选颁布诗选，来让天下读书人效仿，这固然是好，问题是这也从多方面约束了读书人的主观能动性。从更负面的角度来看，康熙帝、乾隆帝先后介入诗坛的"唐宋诗之争"，这固然引导了诗坛的发展，但何尝不是从国家权力角度，更高维度地对诗坛"降维打击"，看似引导了诗坛发展，实则也干扰了诗坛发展。

当然，"诗教"只是社会教化的一种，"诗教"本身并不能决定社会的发展程度。过于倚重"诗教"，反而容易引发弊端。实则康熙帝已熟知同时期的西方数学，已能演算微积分题，并曾撰写过数学论文❶，乾隆帝已与法国国王有多方面联系，但是他们对这些方面都未能"真正重视"，并不主张让知识分子接触西方知识，反而多方面提倡"八股"，提倡"诗教"，这是清中期中国迅速落后于世界的原因之一。这不能不说是康乾时期的一大遗憾。

诚如康熙帝在《御选宋金元明四朝诗》序言的末尾所说："岂惟诗之为道也哉？"康熙帝已认识到很多知识比诗要精微，世上与"大道"相通的知识领域很多，并不是只有诗歌能与"大道"相通。显而易见，康熙帝的这些理念，比一般诗人的认识要高了一个层次。一般诗人通常只是沉溺于唐宋诗的技法与艺术特色，而康熙帝则能够跳出"诗艺"的狭隘范畴，从"大道"与"国家治理"的角度看待诗歌。这不得不说是领先时代的。因此，康熙帝个人的知识水平，实际上领先于当时中国绝大部分顶尖知识分子。换言之，康熙帝便是他那个时代中国最顶尖的知识分子之一。只是康熙帝是从维护清朝统治的角度来使用自己的聪明才智。

第七节　张伯行《濂洛风雅》标举宋明理学家诗歌

张伯行（1651—1725），字孝先，号恕斋，河南仪封（今兰考）人，康熙二十

---

❶　1697 年著名哲学家莱布尼茨在法国出版的《中国近事》一书中，已谈到康熙帝很喜欢跟身边的西方传教士一起研讨数学。见：莱布尼兹. 中国近事[M]. 郑州：大象出版社，2005.

四年（1685年）进士。历官内阁中书、江苏按察使、福建巡抚、江苏巡抚、户部右侍郎、礼部尚书等职。张伯行也是一位理学家，著有《道学源流》《道统录》等，并编选有理学家诗选《濂洛风雅》。《濂洛风雅》对清代诗坛的影响不是那么大，但该书是一部很有特色的宋诗选本，具有不可忽视的诗学史意义。

康熙四十七年（1708年），张伯行在福建巡抚任上编宋代理学家诗歌为《濂洛风雅》。该书光是参校人的名单就有整整两页，共有83人，均为福建各地的进士、举人、秀才等，至少在福建地区，一时之间很有影响。其中，郑亦邹、薛士玑、余祖训等为康熙四十五年（1706年）进士，蔡世远、林缙等为康熙四十八年（1709年）进士，郑三才、张炜、李光型等几年后也相继中进士。不过该书在清代全国诗坛的影响不算太大，在修《四库全书》时，只入选了"存目类"。这可能是因为该书对明代理学评价较高，故此得不到清廷的认可。

一、张伯行《濂洛风雅》与金履祥《濂洛风雅》之异同

《濂洛风雅》是张伯行在福建巡抚任上刊刻，据其受业门人蔡世远（1682—1733）在该书序言中所说："仪封张夫子以人传其诗者也。生平读书明道及所以修己抚民者一以濂洛诸君子为宗，自濂洛下讫罗整庵既订其文集，若语录，刊而行之矣。兹又汇其诗订为一集以行世。"❶ 可见，张伯行先是刊印了宋儒周敦颐至明儒罗钦顺等人文集，再将他们的诗作汇集在一起刊刻。

不过，《濂洛风雅》之名并非张伯行首创。此前，宋末元初理学家金履祥所编《濂洛风雅》专选理学家诗歌，收录周敦颐、邵雍、程颢、杨时、朱熹等48位理学家诗作453首。张伯行此书是效仿金履祥而作，书名一仍金履祥，但内容有较大差异。金履祥所编《濂洛风雅》反映了宋末元初对理学的认识。据王友胜先生研究❷，周敦颐现存诗29首，而金履祥《濂洛风雅》选录7首；邵雍存诗1583首，金履祥

---

❶ 四库全书存目丛书编纂委员会.四库全书存目丛书(403册)[M].济南:齐鲁书社,1997:730.

❷ 王友胜.论《濂洛风雅》的编选宗旨与文学史意义[J].第四届宋代文学国际研讨会论文集，2005.

选录 23 首；张载存诗 80 首，金履祥选录 41 首；程颢存诗 67 首，金履祥选录 20 首；程颐存诗 6 首，金履祥选录 1 首。朱熹诗入选最多，达 78 首，占金履祥《濂洛风雅》选诗总数 463 首的 17.6%。此外还选理学家黄幹诗 6 首、何基诗 23 首、王柏诗 42 首、王侃诗 8 首。

而张伯行《濂洛风雅》虽然是继承金履祥《濂洛风雅》而来，但张伯行《濂洛风雅》所选诗人状况与金履祥《濂洛风雅》完全不同，这显示出到清初，学术界对理学的传承与发展有了不一样的看法。张伯行《濂洛风雅》共九卷，选有周敦颐、朱熹等 17 家诗，其中卷一是周敦颐诗，卷二是程颐、程颢诗，卷三是张载、邵雍、游酢、尹焞诗。卷四是杨时、罗见素、李侗诗，卷五是朱熹诗，卷六是朱熹诗与张栻诗。卷七是真德秀、许衡诗，卷八是薛瑄、胡居仁诗，卷九是罗钦顺诗。从这一目录来看，张伯行作为康熙时人，对理学发展史的认识与金履祥很不一样，张伯行把元明理学家的诗作，亦放入其中，这显然是在理学传承上承认了元明理学家的重要贡献。不过，到底谁应该入选，还是会有争议的。比如，元代大儒吴澄的诗并未入选，而许衡的诗入选了。明儒薛瑄、胡居仁、罗钦顺的诗入选了。尤其是明儒薛瑄的诗入选非常多，全书显示出对明儒薛瑄等人的推崇。

薛瑄（1389—1464），字德温，号敬轩。山西运城人。为永乐十九年（1421 年）进士，官至通议大夫、礼部左侍郎兼翰林院学士。薛瑄开创了"河东之学"，在山西、关陇等北方地区很有影响。且去世后其影响还在扩大，隆庆五年（1571 年），薛瑄得以从祀孔庙。明末清初的学者认为薛瑄为"明初理学之冠"，张伯行显然就是持这种观点，故而在《濂洛风雅》中大量选入了薛瑄诗，有 126 首之多，仅次于宋儒朱熹的 401 首。

再如所选入的罗钦顺（1465—1547），字允升，号整庵，江西泰和人。弘治六年（1493 年）进士科探花，官至南京吏部尚书，著有《困知记》《整庵存稿》等。罗钦顺与王阳明有过学术争论，王阳明弟子所编《传习录》中收有王阳明《答罗整庵少宰书》，罗钦顺由此一度知名度很高。不知张伯行出于何种理由，在《濂洛风雅》中选入罗钦顺的诗。而且很奇怪的是，张伯行并没有严格遵循"理学家的谱系"，而是比较突兀地在卷九单独选入了罗钦顺一人之诗，共有 41 首，包括五言古体诗 6 首，七言古体诗 6 首，五言律诗 8 首，七言律诗 13 首，绝句 5 首等。

宋明理学家甚多，为何在《濂洛风雅》中要选入这17位理学家诗人呢？张伯行在该书"凡例"中进行了简短的解释："宋元明诸儒多矣，独周子讫罗整庵诸先生，何也？其师友渊源之所自乎？是一脉之传也。"认为这17人是理学的正脉，等于是认为明儒薛瑄、胡居仁、罗钦顺的诗是明代理学的正脉。问题是，张伯行在序言与凡例中只谈到了罗钦顺，并未谈及大量被收录作品的薛瑄，这说明张伯行还是在一定程度上回避了大量选入明代理学家诗歌的问题。

总体而言，张伯行在《濂洛风雅》中大量选入明儒薛瑄、罗钦顺等人的诗作，这显示出对明代诗学、明代儒学的极大认可，甚至包括对阳明心学的某种认可。这一点显然很难得到四库馆臣的同意。因为到清中叶时，清人对明代儒学、诗学等都评价不高。尤其是阳明心学因其过于思想解放，而被清代思想界所警惕。或许就是因为张伯行《濂洛风雅》中不恰当地选入了明代理学家作品，引发了四库全书馆中总裁或副总裁对该书不满，使得该书并未入选《四库全书》正编，只入选了"存目类"。

二、张伯行《濂洛风雅》中的诗学思想

《濂洛风雅》所收并非"诗人之诗"，而是"理学家之诗"。张伯行在序中多方面探讨了他所理解的诗歌。张伯行的诗歌观与一般的"纯诗人"对诗的理解有根本差异，可以看成是"理学家之诗"的重要代表。

> 诗也者，性情之事也。治古之世，道德一而风俗同。自匹夫匹妇施于君公卿尹莫不有诗。自交游赠酬至于照享盟会莫不得诗之意。其大小虽殊，而发乎情止乎礼义，其意未尝异也。古之君子盖尝事于斯矣。其德高明纯一，其气温柔敦厚，故作而为诗也，言可以足志；文可以足言声韵之闲逸，寄托之微渺，精神之感，心术之示，有优柔平中之美，无偏倚驳杂之虞，冲融布而乖珍不生。道德之一，风俗之同，固其所也。后之学者淫昏鄙俗嗜欲声色之悦，乱其中，浮诞情缛悲愉欣戚之私，感于外，其德未劭，其气难驯也。则夫所以感物造端，性情之地固已浅矣。而隋唐之世又制为诗赋之科以引导之，格律之工，声调之

巧,适以漓性而背道。求之愈切,治之愈精,乃所溺深而去远。于是乎,无益之言,曼靡之音,流溢而不可止。彼其视儒先礼义之谈,犹轻尘之栖弱叶,惟恐弃之不速也。呜呼!今之所连篇累牍,流而不返者,非必有古诗人之意,而仁义道德之书反以生其厌而召之侮,宜乎?有志之士以妨功陷溺,深病而欲逃之也夫。今之所谓儒先礼义之书,无过廉洛关闽元明诸子。然幸能诗之具在,其体制不一,工拙亦殊,而卒归于雅正。有前代作者之风,无鄙殆不宜之气,淫滥诋谪冶游闲放之习,不奸于中,盖其所存者正,所发者顺,故能广大清明,各造其极。而岂后世之士知所及哉。余生也晚,方有志于学文。窃窃焉有今之忧。公余之暇,乃辑诸儒之诗,自濂溪周子讫罗整庵先生,都为一集。世之君子苟移所好,以从事于诸子之诗,知其体源意匠无异于古之诗人,而大返其淫昏鄙俗、浮诞惰纵,以笃于礼而精于义。而有志之士无所用于病而逃之也。康熙戊子夏季仪封后学张伯行题于榕城正谊堂。❶

张伯行首先秉承了程颐等人"作文害道"的观点,认为频繁作诗会有害于"道"。同时,又强调作诗必须要"发乎情,此乎礼仪",强调作诗要有助于伦理教化。这与乾隆帝在乾隆四十六年十一月为《回文类聚》所写上谕中反对艳诗颇为相近,显示出乾隆帝的很多观点属于理学家论诗的观点。理学家论诗往往反对过分强调诗歌的艺术价值,而总是强调诗歌在正人伦、敦教化等方面的作用。张伯行的这些论述明显就属于"理学家诗学观"的范畴。

在文末,张伯行呼吁文坛关注理学家的诗歌,"世之君子苟移所好,以从事于诸子之诗"。可见在清初,理学家的诗并未得到诗坛太大的认可。虽然诸多宋诗选本中也往往会选入周敦颐、朱熹、程颢等理学家的诗歌,但一般都是混杂在各类诗人中,并未单独成册。而张伯行《濂洛风雅》的价值就在于单独标举理学家诗歌。仅从这一点来看,张伯行《濂洛风雅》的编选非常具有创新性,也能够弥补诗坛的一定弊病。虽然此后,张伯行的呼吁并未得到主流诗坛的认可与响应,清代主流诗坛一直聚焦在苏轼、黄庭坚、陆游等极少数宋代顶尖诗人身上,对朱熹等理学家诗

---

❶ 四库全书存目丛书编纂委员会.四库全书存目丛书(403册)[M].济南:齐鲁书社,1997:728.

人关注并不多，但张伯行的呼吁无疑是具有一定诗学史意义的。

再来看具体入选的各理学家诗作的情况。卷一选有周敦颐诗15首。卷二有程颢诗32首，程颐诗3首。卷三选了张载、邵雍、游酢、尹焞四位理学家作品，其中有张载诗5首。张伯行在"凡例"中解释说："周、程、张诗甚鲜，意为采录其雅驯者，或十数首，或一二首，是片羽吉光也。宁严无滥。"❶

卷三中选入邵雍诗较多，有109首，包括：五言古体诗12首，七言古体诗2首，五言律诗18首，五言排律6首，七言律诗23首，七言排律2首，五言绝句6首，七言绝句40首。卷三还收有游酢诗8首。尹焞诗4首。卷四杨时作品较多，有106首，包括五言古体诗21首，七言古体诗10首，五言律诗15首，七言律诗18首，七言绝句41首等。罗见素诗只入选了5首。李侗诗只有1首。以上这些都是北宋理学家诗作。

张伯行《濂洛风雅》中朱熹作品收录较多，有两卷，选朱熹各类作品401首。其中，卷五有朱熹五言古诗59首，七言古诗8首，五言律诗89首，五言排律4首。卷六有朱熹七言律诗59首，五言绝句89首，七言绝句91首。词二首。这显示出全书鲜明的"程朱理学"立场，以朱熹诗为全书的核心。张伯行对朱熹诗评价很高，在"凡例"中说："朱子冲融高朗，几于陶、杜矣。"认为朱熹诗的艺术水准与陶渊明、杜甫诗相当，这显然是极高的评价。一般而言，在清代主流诗坛，虽然很多人也认为朱熹诗艺术水准较高，但一般都不认为朱熹诗可以比肩陶渊明、杜甫。这一点显示出理学家诗歌观与主流诗坛的差异。

卷七选有真德秀的诗14首，许衡的诗25首。元儒诗入选不多，尤其是元儒吴澄诗未入选，总体来看张伯行对元代理学评价并不高。

张伯行对明代理学评价很高。卷八中明儒薛瑄的诗入选很多，合计有126首之多，包括：五言古体诗35首，七言古体诗5首，五言律诗17首，七言律诗32首，五言绝句2首，七言绝句2首，七言绝句35首。胡居仁的诗入选不多，只有16首。卷九有罗钦顺诗41首，其中五言古体诗6首，七言古体诗6首，五言律诗8首，七言律诗13首，绝句5首等。

---

❶ 四库全书存目丛书编纂委员会.四库全书存目丛书(403册)[M].济南:齐鲁书社,1997:733.

综合来看，张伯行《濂洛风雅》所选的 17 位宋元明理学家中，入选诗作最多的是朱熹有 401 首，其次是明儒薛瑄有 126 首，再次是邵雍有 109 首，杨时有 106 首，然后是明儒罗钦顺诗 41 首。可见，张伯行对薛瑄、罗钦顺等明儒评价较高。考虑到，《濂洛风雅》并不是单纯的宋明理学史著作，而是一部理学家诗选，归根结底是在评价理学家的诗歌艺术水平，而不是单纯评价理学家的理学影响。故而，《濂洛风雅》中薛瑄入选诗 126 首、罗钦顺诗 41 首，这表明张伯行对明儒诗歌评价很高，也间接表明张伯行对明代诗歌评价很高。这与清代诗坛对明代诗歌评价不高是有所不同的。

除对明儒诗歌评价较高外，张伯行《濂洛风雅》中对宋儒诗歌的评价总体上中规中矩。与清代诗坛各宋诗选本中适量选入朱熹、周敦颐、程颢、杨时等人诗歌并无太大差异。最多是说，张伯行单独把朱熹等理学家的诗歌编为一书，这显示出张伯行认为宋明理学家的诗歌有单独流传的能力。这与《千家诗》中较多选入了朱熹、程颢等人诗歌其实是一脉相承的。这在清代主流诗坛属于一个"异类"，但对于除诗坛之外的清代文化界实则是另一种"主流"。或者说，张伯行《濂洛风雅》属于清代以程朱理学为中心的主流意识形态在诗学领域的反映。这在诗坛虽不是主流，但在文化界是主流。因其如此，张伯行才能够在《濂洛风雅》的书前列出一份长长的参与校订者的名单，其人皆为福建地区一时之俊彦，其中蔡世选等多人后来考取了进士。

第八节　曹庭栋《宋百家诗存》对宋代中小诗人面貌的展示

曹庭栋（1699—1785），一作廷栋，字楷人，号六圃，又号慈山居士。浙江嘉善人。为乾隆六年（1741 年）举人。曹庭栋搜集有大量宋人诗，乾隆六年，曹庭栋编刻了《宋百家诗存》，该书因其搜集较全，后被收入《四库全书》，受到四库馆臣的赞赏（但四库馆臣在该书的提要稿中对该书也有少量疵议，认为"别裁未必尽当"）。当代学者谢海林在《清代宋诗选本研究》一书中，为曹庭栋《宋百家诗存》专列了一章，详细考订了曹庭栋的生平、该书编选过程与意图、该书的文献来源、编选中的讹误等多方面问题❶，材料收集较全面，论述较深入，很值得参考。笔者对曹庭栋《宋百家诗存》并无太深入的研究，独家观点、独家材料不多，这里就结合清代诗坛宗宋思潮的发展历程，结合本书中各章节论述的体例与相关线索，进行一些简要的介绍，以使读者看出清代宋诗选本的大体发展状况，尤其是各宋诗选本之间的前后因革与互相影响关系。

在《宋百家诗存·序》中，曹庭栋讲述了自己编撰宋诗选本的原因与过程：

> 谭诗者大都侈口三唐，间有旁猎两宋。仅举一二选本，辄自为宋人之诗在是。纵或好事者广购遗僻，囊铄、签牙密置书椟，终年不一展卷，且秘不示人。于是宋人之诗虽传世尚多，势必日晦日仄，渐就沦灭，而莫可考。余高祖宗伯峨雪先生当明季值史馆，诸书备具，曾纂宋人集，欲汇选行世，不果，书遂散佚。秀水司农倦圃先生，余宗大父行也，亦尝裒集宋诗，遍采山经地志得一二首即汇钞，不下二千余家，未及梓，今亦散佚略尽。夫以先宗伯及司农之宏揽博综，方为两宋诗人表幽发潜，乃犹终归散佚，未竟厥绪。余何人？斯辄欲掇拾残编，谬加甄录，将谓古人得我而传，抑我附古人以传耶？良自诬矣。顾余束发时即好声韵之学，津津乎殆三十年。

> 窃考唐人诗集则钦定《全唐诗》至精至备，元则秀埜顾氏之选，明则朱竹垞辈先后撰辑，亦云盛矣。独有宋一代之诗，诸选本所采寥寥并不获媲美元明。岂见闻俭陋亦侈口三唐者，附颓逐响莫为两宋一揭尘翳也。且宋人何尝不学唐？骑省学元和；庐陵学昌黎；宛邱学香山；和靖学韦孟；陈、黄为西江宗祖，亦学少陵；四灵为江湖领袖，亦学姚贾。特风防渐移，同一门户途径自别，外此标新立异不知凡几。若任其散佚，勿为搜辑以传，非风雅遗憾乎？岁庚申，余园居多暇敢承先志选刻两宋诗人遗集，以广诸选本。所未及适同里友人陈希冯雅有书癖，藏本甚夥，倒篋畀余。余复驰书四方朋好，曲折罗致，一时荟萃。

---

❶ 谢海林.清代宋诗选本研究[M].上海：上海古籍出版社，2011：175-223.

因加决择次第分编刻。既竣,题曰《宋百家诗存》,盖取存什一于千百之意,并以竟我先人未竟之事。虽然作诗难,传诗亦难。《宋史·艺文志》所载别集类不知作名者十六人,即《石湖文集》亦书卷反,其流传乃别集与大全集耳。然则两宋诗人之声销迹灭,自《揭阳》《灵仙》《溢江》等集而外又何可指数?余之是选敢谓搜辑遗僻,足补三百余年间风雅之未备哉?倘识者以挂漏讥焉,余又奚辞。乾隆六年岁次辛酉三月既望曹庭栋书于二六书堂。❶

据曹庭栋的自序,曹庭栋的高祖曹勋在明末即有过编宋诗的行动,但未编成。曹勋,字允大,号峨雪,晚号东干钓叟,颖昌阳翟(今河南禹州)人。崇祯元年(1628年)会试"会元",曾任礼部右侍郎,与东林党高攀龙等人有密切联系,顺治十年(1653年),被清廷诏征至京,后退隐于里。曹庭栋的这一说法,与东林党人顾宪成的曾孙顾贞观在康熙时期编撰《积书岩宋诗删》时的说法有类似性。这说明,东林党人在明末的时候曾有过编撰宋诗总集的计划,但因明末政局动荡未获完成。在曹勋之后,同宗的曹溶亦曾编过宋诗,但也未能刻成。曹溶(1613—1685),字秋岳,号倦圃,浙江秀水(今嘉兴)人。明崇祯十年进士,明亡后仕清任顺天学政。曹溶的诗学活动在清初有一定影响,钱谦益、王士禛等人常谈及曹溶。据曹庭栋所言,曹溶亦试图进行宋诗总集编撰,但也未能出版。

由此,曹庭栋感到自己家族于宋诗文献有未竟之业,曹庭栋渴望在自己手中完成编撰,"以竟我先人未竟之事"。恰好在乾隆五年(1740年),曹庭栋闲居无事,恰好同里好友陈唐(字希冯,应童试后未第,悠游终身,著有《青芝山人集》)家中藏书很多,其中有不少是宋人诗文集。同时,曹庭栋又致信各地朋友搜集各类宋人诗文集,所以手边很快汇集了大量宋人诗集。同时,他又参考了明末潘是仁《宋元诗》(有宋诗人诗集26家)、清初吴之振《宋诗钞》(有宋诗人诗集近百家)、陈訏《宋十五家诗选》,与之形成一定差异。正是因为曹庭栋有这种"家族使命感"与"文化使命感",他才能用心投入这项"为宋人诗集传世"的事业。

---

❶ 曹庭栋.宋百家诗存[M]//永瑢等.景印文渊阁四库全书(第1477册).台北:台湾商务印书馆,1986:2.

曹庭栋多方面参考了当时能够找到的诸多宋诗人别集、总集，尤其是参考了宋元时期陈思的《两宋名贤小集》，最终编成《宋百家诗存》。《宋百家诗存》选取了宋代100位较为冷僻的诗人的诗集进行抄存、刊刻。这100位冷僻诗人及其诗集分别是：卷一是贺铸《庆湖集》，卷二是魏野《东观集》，卷三是穆修《穆参军集》、宋祁《景文集》，卷四是黄庶《伐檀集》、刘敞《公是集》、陈洎《陈副使遗稿》，卷五为司马光《传家集》，卷六文彦博《文潞公集》与杨杰《无为集》，卷七彭汝砺《鄱阳集》，卷八是李昭玘《乐静居士集》、李之仪《姑溪集》，卷九为郭祥正《青山集》，卷十饶节《倚松老人集》，卷十一刘弇《龙云集》，卷十二吕本中《紫薇集》、谢薖《竹友集》、杨甲《棣华馆小集》，卷十三为洪炎《西渡诗集》、李弥逊《竹溪集》，卷十四曹勋《松隐集》，卷十五王琮《雅林小稿》、姚孝锡《醉轩集》、傅察《傅忠肃集》、张纲《华阳集》，卷十六为刘一止《苕溪集》、邓肃《栟榈集》，卷十七王铚《雪溪集》、林亦之《网山月鱼集》，卷十八周紫芝《太仓稊米集》、程珌《洺水集》、俞桂《渔溪诗稿》，卷十九陈藻《乐轩集》、葛立方《归愚集》，卷二十为陈渊《默堂集》、柴望《秋堂遗稿》、张孝祥《于湖集》、刘翰《小山集》，卷二十一为周孚《蠹斋铅刀编》、张良臣《雪窗小稿》、敖陶孙《臞翁集》，卷二十二危稹《巽斋小集》、刘过《龙洲道人集》、邹登龙《梅屋吟稿》，卷二十三刘仙伦《招山小集》、邓林《皇荂曲》、叶茵《顺适堂吟稿》，卷二十四岳珂《玉楮集》，卷二十五赵汝𬭨《野谷诗集》，卷二十六姜夔《白石道人集》、朱继芳《静佳诗集》，卷二十七华岳《翠微南征录》、张弋《秋江烟草》、吕声之《沃州雁山吟》，卷二十八何应龙《橘潭诗稿》、杜范《杜清献集》、陈起《芸居乙稿》、陈必复《山居存稿》，卷二十九周文璞《方泉集》、汪莘《方壶集》，卷三十收入张至能《雪林删余》、周弼《端平集》、黄大受《露香拾稿》，卷三十一姚镛《雪篷诗稿》、陈鉴之《东斋小集》、胡仲参《竹庄小稿》、利登《骳稿》，卷三十二施枢《芸隐诗集》、林希逸《竹溪诗集》，卷三十三葛天民《无怀小集》、赵希檽《抱拙小稿》、严粲《华谷集》、薛师石《瓜庐集》，卷三十四为毛珝《吾竹小稿》、罗与之《雪坡小稿》、薛嵎《云泉诗集》，卷三十五叶绍翁《靖逸小稿》、张蕴《斗野友稿》林尚仁《端隐吟稿》、张道洽《实斋咏梅集》，三十六许棐《梅屋集卷》、乐雷发《雪矶丛稿》，卷三十七李曾伯《可斋诗稿》、朱南杰《学吟》、徐集孙《竹所吟稿》，卷三十八俞德邻《佩韦斋集》、陈允平《西麓诗稿》，卷三十九吴惟信《菊潭诗集》、吴龙翰《古梅吟稿》、王镃《月洞吟》，卷四十罗公升《沧洲集》、僧道璨《柳塘外集》、僧斯植《采芝集》。

从以上一百家的目录来看，所收诗人除贺铸、司马光、陈起、刘过、岳珂、饶节、吕本中、谢薖、洪炎等不多的十几人外，其余诗人都较冷僻，很多诗人连一般治"宋代诗学史"的学者都极少涉及。这显示出曹庭栋于宋诗是深有研究的。客观来说，曹庭栋等"宋诗选本"的出版者是极有水平的，他们的很多观点都能代表清代的宋诗接受状况。

关于为什么入选这一百家，以及编选的体例，曹庭栋在该书的"凡例"部分有详细介绍：

> 宋人各家诗分选汇刻宋时已有之。如吕居仁《江西诗派二十五家》，陈思《名贤小集六十四家》，原本惜不可得，家石仓《十二代诗选》采宋代百数十家，有仅得五六首者存诗至少。潘讱叔《宋元诗》、吴孟举《宋诗钞》、陈言扬《十五家诗》虽所采互见、存诗较多。兹依分选例各仍其集名。潘、吴及陈已采者，不复入选，仅得十首以下者亦不附入。
>
> 是编俱采僻集，若近时坊刻已有专集行世者，虽未经前人选辑。好古之士自能别出手眼。兹限卷帙不备载。
>
> 潘讱叔选本乃未成之书，故其原序云：有目列姓氏而无其诗者。吴孟举《诗钞》计选百家亦失镌十余家，兹就潘、吴已采未刻者，亦收入数种。❶

可见，曹庭栋认真参考了明末潘是仁《宋元诗》、清初吴之振《宋诗钞》、陈訏《宋十五家诗选》，其中已选的并不选入，与其他宋诗选本相区分。而潘是仁、吴之振书中有名目但未刻的也选取部分予以刊刻，以形成一定的补充。此外，一些有专集在书坊间刊刻的，也不选入。

在各家的编排上是："各家诗以时代先后为次"，其中又以贺铸诗集打头。对此

---

❶ 曹庭栋.宋百家诗存[M]//永瑢等.景印文渊阁四库全书(第1477册).台北:台湾商务印书馆,1986:4.

曹庭栋的解释是："余少时最爱贺方回诗，手钞一编，时时雒诵。兹汇刻宋集因取《庆湖集》为百家之冠，从所好也。"可见，曹庭栋对贺铸的《庆湖集》极为欣赏。不过，这在清代诗坛属于个人的偶发行为。清代诗坛宗宋倾向的主流还是苏轼、黄庭坚、陆游三人，此外亦有一些人欣赏范成大、王安石、杨万里等人诗。宣称欣赏贺铸的清代文人是极少数。

这部《宋百家诗存》还给入选的诗人作了小传。据谢海林等学者研究，将《宋百家诗存》与陈思《两宋名贤小集》中的诗人小传进行比对，两者完全相同或部分相同的有72种。可见，曹庭栋《宋百家诗存》中的各诗人小传绝大部分都源自前人作品，但曹庭栋也增加了对诗人的一些评价。如严羽之弟严粲的小传：

> 严粲，字坦叔，一字明卿，邵武人，羽之族弟也。登进士，授清湘令。尝著《诗辑》，与朱晦庵《诗传》相表里。学者宗之。其诗清迥，脱去季宋缛腻之习。戴石屏赠句云："粲也苦吟身，束之以簪组。遍参百家体，终乃师杜甫。"其相许如此。❶

据谢海林比对，这段小传的后半部分（"学者宗之"之后的文字）是《宋百家诗存》所独有的，应是曹庭栋自己搜罗撰写的。这段评语搜集了戴复古对严粲的评价，提到了严粲学习杜甫。这些曹庭栋自己增加的文字，虽然也不算特别多，但显示出曹庭栋也试图别出心裁。

孔凡礼先生认为，曹庭栋的编辑工作，主要是在朋友藏书基础上进行，所以征引并不广。❷ 此说是有道理的。根据曹庭栋的自序，他编撰《宋百家诗存》的材料搜集工作虽持续多年，但真正的编撰工作只有不到一年的时间。大体是在短时间内高强度地完成了编撰工作，会有一些匆忙，一些编辑错误如错收、误收、错字、错句等是在所难免的。当代学者对《宋百家诗存》中的一些错误已进行了指正。❸ 这

---

❶ 曹庭栋.宋百家诗存[M]//永瑢等.景印文渊阁四库全书(第1477册).台北:台湾商务印书馆,1986:822.

❷ 孔凡礼.评《宋百家诗存》[J].古典文学知识,1990(2).

❸ 房日晰.《宋百家诗存》正误[J].江海学刊,2000(6).

些补遗与指正，都是很好的，毕竟在清代环境下，能编成这么一部宋代百位小诗人的作品集是很不容易的。即使当代人编的《全宋诗》，至今依然不断有补遗与指瑕之作。

最后，也要看到清代的宋诗传播，始终围绕着苏轼、黄庭坚、陆游等少数诗人，始终围绕着《宋诗别裁集》等少数宋诗选本，其他各种宋代小诗人，各种一般性宋诗选本的传播范围都不大，很难读到。而这部《宋百家诗存》收录了一百位宋代冷僻诗人的诗集，这些诗集在宋代的影响本就不大，故此《宋百家诗存》的实际传播与影响也是很有限的。但这部书能够被收入《四库全书》也正是因为它收录了百位宋代小诗人的作品，可以"备观览"，对于全面展示宋诗面貌，是很有价值的。

事实上，结合本书后面章节中对各宋代诗人的诗集在清代的出版状况的梳理来看，在整个清代，只有苏轼、黄庭坚、欧阳修、王安石等少数几人的诗集有反复刊刻，再加上其他几十位宋代知名诗人一般都因各种途径有过几次刊刻，如梅尧臣、杨万里等也一般只单独出版过几次，而除此之外其他成百上千位普通诗人的诗集单行本几乎未再出版过。这就导致宋代普通诗人的诗集极难寻觅。除去江浙地区的藏书家，普通读书人家很难看到宋代普通诗人的诗集。因此，曹庭栋《宋百家诗存》刊刻出版了100位宋代冷僻诗人的诗集，这在清代出版界是极其可贵的，堪称清代出版界的盛事。这也可以反衬出乾隆帝编选《四库全书》的"极大不足"——动用国家力量收集到大量宋元明古籍，却以出版经费不够为借口，不进行再版，只是抄出几个抄本（除收入《四库全书》的3462种之外的6793种"存目书"连抄本都没有），进而束之高阁。

第九节　翁方纲《小石帆亭五言诗续钞》对王士禛诗学的接续

翁方纲是清代诗坛宗宋思潮发展历程中的一位重要人物，笔者在2018年的博士论文《清代诗坛宗宋现象研究》中就以翁方纲为核心研究对象。在本书的很多章中都有关于翁方纲的小节。因为在涉及清代宋诗出版、传播与接受的各个方面，都有翁方纲的身影。不过在本书的撰写过程中，翁方纲反而退居次要地位，因为本书的很多内容，最终都围绕着乾隆帝与纪昀的诗学理论与批评。笔者把乾隆帝、纪昀的诗学理论与批评作为切入清代文化的一条主线，关于翁方纲的内容自然会有所取舍，不那么显眼了。读者可参考笔者正在酝酿的《清代诗坛宗宋思潮发展史》一书中关于翁方纲的全面论述。在《清代诗坛宗宋思潮发展史》中，笔者会将更多突显翁方纲在有清一代诗学发展历程中"承上启下"上承王士禛、下启道咸宋诗派的重要作用。翁方纲实为清代诗学发展历程中继王士禛、沈德潜之后的又一位关键人物，翁方纲对嘉庆朝以来诗学史的实际影响要大大超过袁枚等人。也许袁枚因其"性灵说"，在知名度上要超过翁方纲；纪昀因其作为《四库全书总目提要》的"总纂官"身份，在当代学者的"认知"中各方面影响要超过翁方纲，但若论"对嘉道以来晚清诗坛走向的真实影响"，翁方纲堪称第一。

翁方纲出版过大量关于宋诗的书籍。如他两度刊印《黄庭坚诗集》，刊印《苏诗补注》等。翁方纲刊印过两种宋诗选本，一个是乾隆四十六年（1781年）成书的《七言律诗钞》。另一个是嘉庆元年（1796年）成书的《小石帆亭五言诗续钞》。这两种宋诗选本在诗坛的影响不算很大，但依然值得多方面探讨。

一、翁方纲《七言律诗钞》崇尚"苏、黄"

翁方纲的《七言律诗钞》共18卷，于乾隆四十六年（1781年）成书，第二年刊刻出版，该书收录唐宋金元109家诗人的七律760多首。全书18卷中，有唐诗8卷、宋诗6卷、金诗2卷、元诗2卷。其中，选唐诗人40家，290首；宋诗人56家，347首；金诗人7家、55首；元诗6家、75首。从入选诗人人数与作品数量来看，宋诗入选比重要多于唐诗。

再从各诗人入选数量来看，卷二王维、高适、岑参等8人，有诗32首。其中，王维14首，岑参3首，高适3首。卷三杜甫单独成一卷，有诗78首。卷四是刘禹锡、柳宗元等13人，共有诗31首。卷五是白居易与元稹组成一卷，有白居易诗47首，元稹诗3首。卷六杜牧单独一卷，有诗22首。卷七李商隐单独一卷，有诗46首。卷八有温庭筠等8人诗，共20首。

宋诗部分从第9卷开始，卷九是王安石单独一卷，有诗42首。卷十是苏轼单独一卷，有诗94首。卷十一是黄庭坚单独一卷，有诗38首。卷十二是欧阳修等28人，有诗43首，其中米芾8首，苏过6首，晏殊2首，欧阳修2首，其余晁冲之等各1首。卷十三为陆游单独一卷，有诗89首。卷十四是陈与义、范成大、杨万里等近30人组成一卷，其中曾几11首，陈与义有诗4首，范成大有诗3首，杨万里有诗2首。

翁方纲论诗崇尚苏轼、黄庭坚，因此苏轼、黄庭坚各占了一卷，其中苏轼诗入选了94首，黄庭坚诗入选了38首。在《七言律诗钞》"凡例"中翁方纲高度赞扬了苏轼诗，称之为："屈注天潢，倒连沧海。空山无人，水流花开。七律至此，直以仙笔行之。大矣哉！未之有也。"实则将苏轼律诗推为宋人第一。有意思的是，《七言律诗钞》中陆游诗也单独列了一卷，入选了89首，入选数量不如苏轼。在评价陆游七律时，翁方纲只是引用了王士禛的看法"新城司寇论七律……于宋则数放翁"。在这里，翁方纲并没有自己出面把陆游评得高于苏轼，只是引用了王士禛的说法。应该说，在翁方纲看来，他自己更赞赏苏轼诗。

翁方纲对范成大、杨万里等人并不欣赏，范成大、杨万里诗入选数量极少，只有两三首。翁方纲在该书"凡例"中谈及了自己如此选诗的原因，其中：

> 宋之南渡，得一陆放翁，洋洋挥洒，平生万篇，择其尤者，钞为一卷……新城司寇论七律，于唐则数右丞、东川、少陵、义山。于宋则数放翁……南渡作家，以尤、杨、范、陆并称，又以萧、杨、范、陆并称。尤、萧、杨、范皆非陆敌。南宋诸家格高韵远，可上接香山，下开放翁者，其惟茶山乎？❶

翁方纲在苏轼黄庭坚诗之外，很赞赏陆游诗，入选了89首。但翁方纲不认可范成大、杨万里的诗，认为二人诗不可与陆游相提并论。同时，翁方纲亦高度评价了曾几的诗。翁方纲这种否定范成大诗的做法，与各种清代宋诗选本中大量入选范成大诗形成了鲜明对比。这显示出翁方纲对一些过于推崇范成大诗的做法的不认可。

---

❶ 翁方纲.七言律诗钞[M].乾隆四十七年复初斋刻本.

二、翁方纲《小石帆亭五言诗续钞》续王士禛《古诗选》而编

似乎是看到了《古诗选》等宋诗选本不入选宋代五言诗，等同于对宋代五言诗的否定，嘉庆元年（1796年），翁方纲特意编选了《小石帆亭五言诗续钞》着重推扬宋代五言诗。翁方纲在"例言"中解释本书书名的"续钞"并非对自己早前选本的续抄，而是对王士禛《古诗选》的续钞：

> 《五言诗续钞》者，续渔洋先生《五言诗钞》也。先生钞五言诗，自汉至唐，凡十七卷，八百十五首，以接踵风骚，有余师矣。顾于杜韩以下，竟略焉。岂果以为后来作者，皆比于变体耶？愚于七言尚引申而补缀之，况五言乎？用敢窃取先生论诗大意。续钞诸家之作，庶几仍不乖于先生前钞之旨。观者幸勿以形似闲别之。❶

这里明确说自己这部诗选是"续渔洋先生《五言诗钞》"。翁方纲所说"渔洋先生《五言诗钞》"就是王士禛《古诗选》的五言部分。《古诗选》是王士禛在康熙二十二年（1683年）编纂，康熙三十六年（1697年）由其门人蒋景祁等刊刻的一部五言、七言古体诗选，又名《五七言古诗选》，共二十八卷。书中，五言诗与七言诗分开编排，其中有五言诗17卷，书页上单独命名为《五言诗选》，有单独一篇"五言诗凡例"。王士禛在选入各诗人时，很给人意外，五言古体诗部分，未选入宋人诗，唐人中只选入了陈子昂、张九龄、李白、韦应物、柳宗元五人，杜甫、王维、白居易等人的诗都未入选。而七言部分，则大量选入了宋诗。

翁方纲为王士禛的再传弟子，长年揣摩王士禛诗学的意蕴，应是感悟到王士禛《古诗选》有所偏重，比如五言部分不仅未选入宋诗，连杜甫诗亦未入选。翁方纲怕王士禛《古诗选》误导后学，遂非常严肃地编纂了这部《小石帆亭五言诗续钞》，

---

❶ 翁方纲.小石帆亭五言诗续钞[M].丛书集成初编.北京:中华书局,1985:1.

以续王士禛《古诗选》。

翁方纲《小石帆亭五言诗续钞》在编选意图上是专门针对王士禛《古诗选》的不足，所以在入选诗歌上向王士禛《古诗选》未入选的诗人们大为倾斜。从《小石帆亭五言诗续钞》的目录来看，该书入选了魏征五言诗1首，王维五言诗20首，孟浩然诗18首，常建诗11首，王昌龄诗12首，李白诗10首，杜甫诗26首，韩愈诗6首，白居易诗3首，杜牧诗4首，欧阳修诗5首，梅尧臣诗2首，王安石诗7首，苏轼诗73首，黄庭坚诗10首，陈与义诗1首，陆游诗37首，曾几诗1首，姜夔诗2首，元好问诗7首，虞集诗16首，等等。

从其选入的诗来看，翁方纲在宋诗中最重苏轼诗，选入了73首，远超宋代其他诗人，比李白、杜甫入选的诗也要多很多。这显示出翁方纲有很强的"崇苏倾向"。另外，翁方纲对陆游诗收录也很多，有37首。而黄庭坚诗虽然只入选了10首，但从数量对比来看，多于除苏、陆之外的其他宋代诗人。

《小石帆亭五言诗续钞》中所选的诗，翁方纲用行间夹注的方式对少部分诗作了少量校对与注释。但这些校对与注释并不是那么精彩，值得探讨的地方不多。翁方纲不像纪昀那样善于发表引起争议的观点。从《小石帆亭五言诗续钞》来看，翁方纲立论很平实，不易出彩。

这部《小石帆亭五言诗续钞》最大特色还是继王士禛《五七言古诗选》而来，以补充王士禛《五七言古诗选》未选宋人五言诗的缺点。不过单纯从《小石帆亭五言诗续钞》对宋诗人的选目来看，其实特色并不是那么鲜明。在乾嘉之际，清代诗坛上已涌现了几十种宋诗选本，翁方纲所选的诗很多也都是前代或同时代选家已经收录了。翁方纲并未像纪昀那样加入大量引起争议的评点，亦没有如冯应榴等人加入大量注释，所以严格来说，翁方纲《小石帆亭五言诗续钞》没有太多属于翁方纲个人的东西。故而，《小石帆亭五言诗续钞》在诗坛的影响并不大。

总体而言，翁方纲是乾隆朝的一位学术大家、诗学理论大家，但并不是一位如沈德潜、袁枚、蒋士铨、纪昀那样的"畅销书作家"，翁方纲出过很多书，但在当时文坛上传播并不广，翁方纲出的书未能像沈德潜、袁枚、蒋士铨、纪昀等人那样为各地书坊所反复翻刻。故此，翁方纲的《七言律诗钞》《小石帆亭五言诗续钞》传播并不广，并不能为当时大部分文人所读到。且这些诗选出版时间靠后，与同类宋诗选本相比特色也不鲜明，并没有引起文坛很大的关注，在清代宋诗传播史上起的作用不是那么大，并非如吴之振《宋诗钞》、乾隆帝御选《唐宋诗醇》那样扭转风气的宋诗选本，也不是如王士禛《古诗选》、姚鼐《五七言今体诗钞》对后学有很大影响的选本。但考虑到翁方纲及其"肌理说"在清代诗学史上的重要地位，翁方纲《七言律诗钞》《小石帆亭五言诗续钞》等选本依然是非常值得注意的，可以划入在清代有较大影响的宋诗选本行列。

第十节 彭元瑞《南宋四家律选》对南宋诗的认识

彭元瑞（1731—1803），字掌仍，一字辑五，号芸楣，江西南昌人。彭元瑞出生在一个科举世家，其父彭廷训、弟彭元珫、子彭翼蒙，一家三代四人皆为翰林，堪称"一门四进士"。彭元瑞本人于乾隆二十二年（1757年）中进士，时年26岁，称得上是"少年高中"，后任翰林院编修，四库全书馆开设后一直在其中任职，最初任副总纂，职位比纪昀低。乾隆四十六年（1781年）十二月，第一份《四库全书》抄本抄成，藏于皇宫的文渊阁。此时乾隆帝还未细读《四库全书》抄本，满以为抄写质量会很好，遂于乾隆四十七年（1782年）二月，召开四库馆的宴会，并赏赐了相关正副总裁、总纂、分校等参与人员，此时的乾隆帝对《四库全书》抄本还是很满意的。但此后几个月，随着第二份、第三份《四库全书》抄本的抄成，乾隆帝经常研读，很快发现诸多抄写与编辑问题，多次勃然大怒。乾隆帝陆续对后续几部《四库全书》抄本的抄写与编辑工作，提出了更多要求。这前后，乾隆帝大概是感觉到彭元瑞在诸多参与人员中，工作较为勤勉、认真，遂在乾隆四十八年（1783年），于修《四库全书》工程的后期，将彭元瑞提拔为四库全书馆副总裁，综合负责各项收尾事务，职权已高于纪昀。在仕途上，彭元瑞先后官至兵部侍郎、工部尚书、协办大学士等，赠太子太保，谥"文勤"，从其谥号来看，应是勤奋工作，努力撰稿，获得清廷满意。彭元瑞著有《恩余堂稿》。乾隆四十年（1775年）乾隆帝命于敏中、彭元瑞等编出《天禄琳琅书目》10卷，嘉庆二年（1797年）乾隆帝又命彭元瑞等编《天禄琳琅书目后编》20卷，将宫内自宋元以来精刻精抄的善本藏书予以编目，其中彭元瑞主编的《天禄琳琅书目后编》著录善本图书663部，其规模已接近《四库全书》正编的五分之一。

可见，彭元瑞为乾隆帝较为信任的一位"词臣"。在笔者看来，乾隆帝善用"帝王之术"，"用人"很有技巧，乾隆帝出于"独尊自己""独尊本朝"的目的，需要对前代作品进行"无差别大批判"，故而选中了纪昀，但因"无差别大批判"属于离经叛道，在古代社会太过惹众怒，又不便表明自己与纪昀"观点一致"，于是只能一边任用纪昀主管定稿《四库全书总目提要》，对各类前人作品予以大批判、大贬损，一边又不断贬低纪昀，称纪昀为"无用之腐儒"，以划清自己与纪昀的界限，使朝臣都认为《四库全书总目提要》中对前人作品无差别的批判、贬损都主要出自纪昀之手，但谁不知道，若没有乾隆帝的许可与鼓励，纪昀岂敢随意信笔直书？

乾隆三十七年（1772年）开四库全书馆后，彭元瑞在四库馆中任副总纂，位置比纪昀要低，但做了很多工作。此后，乾隆四十八年（1783年）十一月，"命兵部右侍郎彭元瑞，充四库全书馆副总裁"。此时纪昀仍然为四库馆总纂，彭元瑞的职位已高于纪昀。笔者认为，彭元瑞被由副总纂擢升为四库馆副总裁后，对《四库全书总目提要》稿件进行了一定的修改。何以见得？乾隆五十二年（1787年）六月，乾隆帝下旨命四库馆副总裁彭元瑞会同总纂纪昀删改阎若璩《古文尚书疏证》一书中所涉钱谦益等人的材料，纪昀的奏稿说："谨遵旨与臣彭元瑞将阎若璩《古文尚书疏证》底本内所引李清、钱谦益诸说，详加删削。"彭元瑞的奏稿说："臣彭元瑞会同臣纪昀谨就各条文义，分别或删数字，或删全条，务使两人邪说不污卷帙，尽行削去。"❶ 说明彭元瑞等人在后期是参与了《四库全书》多方面修订工作的，《四库全书总目提要》他也应该是参与了最后的定稿。要知道，乾隆帝在乾隆四十六年（1781年）读到《四库全书总目提要》的成稿，对纪昀等撰稿人表示了嘉奖，而该书直到乾隆五十五年（1790年）才在武英殿刊刻出版。这将近十年的时间，必定会有多方面修改。毕竟纪昀在四库全书馆的职位并非最高，他上面还有正副总裁官近

---

❶ 张书才.纂修四库全书档案[M].上海古籍出版社,1997:1533.

二十人，其中彭元瑞是副总裁，按理来说，彭元瑞在乾隆四十八年（1783年）后职权高于纪昀，因此，《四库全书总目提要》在纪昀之后，应还经过彭元瑞等正副总裁官的多方商榷定稿。此外，甚至不排除《四库全书总目提要》中的有些改动，是乾隆帝亲笔所改。毕竟乾隆帝心高气傲，对各种事情都非常挑剔，乾隆帝需要对前代文人进行各种各样的贬低、贬斥。

彭元瑞为乾隆帝近臣，其个人诗文集《恩余堂稿》等中，有大量对乾隆帝诗歌的唱和之作，因此，彭元瑞的诗学观亦受到乾隆帝的很大影响，亦有很强宗宋倾向。彭元瑞编有《南宋四家律选》，有知圣道斋刊本。在这部诗选中，彭元瑞提出了"南宋四家"的概念。本来，诗坛上已较为公认"南宋中兴四大家"概念，推陆游、范成大、杨万里、尤袤四人。而彭元瑞则编陆游、范成大、杨万里、刘克庄诗为《南宋四家律选》，提出了"南宋四家"的概念，用刘克庄取代了尤袤。彭元瑞的提法有一定道理，毕竟现在尤袤的存诗很少，而刘克庄则为南宋末期的一位很有影响的大诗人。

清代诗坛的诗歌选家们，每编一部诗选都有一定的目的。如吴之振等人编《宋诗钞》是为了推崇宋诗。周之鳞、柴升编《宋四名家诗钞》是为了标举"苏、黄、范、陆"。陈訏编《宋十五家诗选》是为了推自己的祖先高翥。彭元瑞编这部《南宋四家律选》，有可能是为了阐发自己关于南宋诗坛的某些观念吧。不过，这一点并不明确。因为在这部《南宋四家律选》中彭元瑞并不像通常的诗歌选家那样作一篇"自序"与"凡例"，详尽提出自己的诗歌观点。彭元瑞只写了一段简短的跋语，但并未提出自己的诗歌观。笔者推测，也许彭元瑞编这部《南宋四家律选》并非着眼于诗坛，而是有现实教学作用。《南宋四家律选》部分版本每卷卷首有"知圣道斋课本"字样，这表明该书一度被用于童蒙教学。不排除彭元瑞为家中子侄教学而编撰的可能。该书刊刻后，一度流传较广。民国时期，著名学者黄侃（1886—1935）认真研究过这部诗选，进行了批点，著有《黄侃批点南宋四家律选》，有批语一百多条。1985年湖北图书馆将黄侃评点本《南宋四家律选》影印出版。

《南宋四家律选》收南宋陆游、范成大、杨万里、刘克庄四家的五七言律诗，共400首。全书篇幅不大，共5卷，收陆游律诗2卷，160首。又收范成大、杨万里、刘克庄律诗各1卷，各80首诗。在部分诗后，彭元瑞会进行少量点评。全书无序言，只在卷首有一段彭元瑞的跋语。各卷直接题"南宋四家律选卷一 陆放翁诗八十首""南宋四家律选卷二 陆放翁诗八十首""南宋四家律选卷三 范石湖诗八十首""南宋四家律选卷四 杨诚斋诗八十首""南宋四家律选卷五 刘后村诗八十首"。各卷并无所选诗人的介绍，亦无编选凡例。不过在卷首跋语中，彭元瑞说了一段话，对为何选入这四家进行了解释：

> 五七言律非诗家高格，四家非宋极品，特以砭饾饤晦涩，躐复重腽之病而已。陆取其生者，范取其壮者，杨取其细者，刘取其新者，各视乎其人。南州彭元瑞评且藏。❶

彭元瑞认为，陆、范、杨、刘四家并非宋诗"极品"，但这四家律诗能够医治当今诗坛"饾饤晦涩"的诗病。而在选诗标准上，陆游诗选其生新的作品，范成大诗选其雄壮的，杨万里诗选其细腻的，刘克庄诗选其文辞新颖的。彭元瑞的这一说法，略有些模糊，但他没有进一步解释如此选诗的原因，尤其是未解释为何选这四家，而不是选另外四家。

彭元瑞在卷首跋语中所说的："五七言律非诗家高格。"否定了五七言律诗在各种诗体中的核心地位。这一认识与当代人认为"七律是古诗经典体裁"的观点截然相反。这说明彭元瑞对五七言律诗过于注重格律、平仄是有所不满的。彭元瑞已意识到过于严格的平仄格律会束缚诗人的思维与表达。这显示出彭元瑞更倾向于把不严格平仄押韵的古体诗作为诗家的"高格"。后来，黄侃对彭元瑞的观点提出批评："二语非也，律体不得云非高格。"

有意思的是，虽然《南宋四家律选》所收诗有五律、七律两种体裁，但彭元瑞并未对五七律分开排列，而是不考虑五律、七律的体裁差异，将之混杂在一起。如卷二陆游部分，《明日复理梦中意作》是七律，下一首《江亭》是五律，接下来的《书喜》《自开岁阴雨连日未止》《游近村》都是七律，但是接下来一首《梅市道中》则是五律。再如卷五刘克庄诗的部分，《瑞峰寺》是五律，紧接着的《送叶知

---

❶ 彭元瑞.南宋四家律选[M].武汉:湖北图书馆,1985:1.

郡禾》是七律，下一首《真止堂一首》是七律，再下一首《夹漈草堂》是五律，后面的《耕仕》《感昔二首》等又是七律。可见，彭元瑞在这些五律、七律的编排上并无规律，大概是根据编年对诗进行了编排，并不考虑五律、七律的差异。

《南宋四家律选》不仅是选诗，在诗后彭元瑞也会进行少量点评。但并不是每一首诗都有彭元瑞评语，大约三分之一的作品有彭元瑞评语。这些评语一般寥寥数字，主要是指出作品的艺术特色，并不涉及诗人生平与作品背景的考据。如卷一陆游《自云门之陶山肩舆者失道，行乱山中，有茅舍小塘，极幽邃，求见主人不可，意其隐者也》第三四句作："小鸭怯波时聚散，病蔬伤蠹半青黄。"彭元瑞在诗尾评点说："三四写怀，莫认作写景。"这是提醒读者不要把这一联诗认作写景。彭元瑞作为清代学问大家、四库全书馆副总裁，虽不以诗歌创作见长，但他对诗歌的认识也必然是清代知名文人中至少中上等水平的，他对诗句的点评必有其过人之处。从此句点评来看，其评语的阅读对象更像是诗歌初学者。这似乎印证了《南宋四家律选》的刊刻是用于家塾的童蒙教学。

书中，彭元瑞的绝大部分评语都较为平淡，并无对他人观点的反驳与辨析。如卷三范成大《湘阴桥口市别游子明》，末尾有彭元瑞评语："直致格调绝高"，用了"格调"二字。卷四杨万里《苦日登多稼亭》，末尾有彭元瑞评语："诚斋每于对句著力，进退转换备尽变化"，这是讲述了杨万里在对句上的用心雕琢，杨万里注重变化。这些评语都只是简单地谈及了诗歌艺术特点，没有压倒他人凸显自己的意图。不像是要面向社会读者的评点文字。

彭元瑞的评语总体上中正平和、温柔敦厚，不像乾隆帝与纪昀的评语充满批判性，乃至火药味，彭元瑞虽然也在乾隆帝身边任职很多年，但并没有在"个性"上向乾隆帝靠拢。然而，诗坛也是一个大社会，不具有批判性、争议性的言论，很难引起全社会的关注。杜甫所谓"语不惊人死不休"，诗坛上的人们总是习惯于惊人之语。"语带锋芒""语带争议"，这是一个诗人与诗论家脱颖而出的基本条件之一。即使以"神韵""宗唐"著称的王士禛，一度也因"中岁越三唐而事两宋"而在诗坛获得很大的关注。彭元瑞虽然也是台阁文人，但似乎不善于"引发争议"，故而他虽然有《南宋四家律选》，但在诗坛引起的反响并没有那么大。

第十一节 《宋元明诗合钞三百首》在晚清书坊间的影响

《宋元明诗三百首》也是一部值得注意的晚清宋诗选本。该书最早是道光二十一年（1841年）南京李光明庄刻本，此后有多种翻印本，至清末出现了近十种翻刻本，有的版本又称《宋元明诗合钞三百首》《宋元明诗约钞三百首》。在1980年代以来，该书涌现出了浙江人民出版社、浙江文艺出版社、华夏出版社等出版的多种现代整理本，乃至现代注释本。可见，该书在晚清以来的图书市场确有一定反响。

该书编者是朱梓、冷昌言。朱梓，字梅溪，生平不详，应是一位落第秀才。冷昌言，字谏庵，江苏丹徒人，生平不详。朱梓在冷昌言家坐馆，受《唐诗三百首》启发，编撰该书用于童蒙教学。据该书卷首道光二十一年（1841年）冷昌言之侄冷鹏所作序，是冷鹏请朱梓"检宋、元、明诗，……汇作一编"，可见冷鹏为该书策划者：

> 诗至有唐称极盛。唐诗传稿殆亿万首，唐诗选本殆千百种。而童子时读唐人诗者，多由蘅塘退士所编《三百首》入门，取其约也。鹏少从朱梅溪师游，课余日授一诗，于《三百首》外又增钞唐诗一册授读之；唐以后，若宋、若元、若明，又各钞一册授读之。鹏于此事虽茫无一得，然披读之下，心窃好焉，弗敢忘越。庚子秋，得于复斋先生《续选唐诗三百首》刻本，与昔日钞读之册十符八九，欣然展诵，实获我心。因复请朱梅溪师、家谏庵叔检宋、元、明诗，删辑校订，仍仿《三百首》之例，汇作一编。编成，家兄竹亭怂恿付梓，为弟侄辈读本计，并不敢借之问世云。道光辛丑上元日，冷鹏识于华峰书屋。❶

---

❶ 朱梓,冷昌言.宋元明诗三百首[M].徐元,校注.杭州:浙江文艺出版社,1983:10.

这部《宋元明诗三百首》不光是聚焦于宋诗，也选入了元诗、明诗，这成为该书的一大特色。从不同朝代作品入选情况来看，《宋元明诗三百首》选有宋代38位诗人的122首诗，选入金元37位诗人的76首诗，选入明代70位诗人的112首诗，合计选录宋金元明时期诗人145家310首。具体到宋代，选入的38位宋代诗人的122首诗包括：北宋17位诗人的60首诗与南宋21位诗人的62首诗。但其中苏轼入选32首，陆游入选28首，苏轼与陆游诗加起来就有60首，占到了一半。其他的诗人入选的不多，范成大入选了6首，杨万里入选了5首，王安石入选5首，欧阳修入选3首，林逋3首，陈与义2首，方岳2首，贺铸1首，李昉1首，曾巩1首，朱熹1首，林景熙1首，文天祥1首，谢翱1首，其他一些不甚知名的诗人也有诗入选，如邹登龙、家铉翁、朱继芳等。值得注意的是，黄庭坚一首都未入选。

可见，《宋元明诗三百首》选宋诗的范围不是很广，主要聚焦在了苏轼、陆游，对其他宋诗人关注并不多。尤其明显的是，较为排斥黄庭坚。这说明道光时期，排斥黄庭坚的诗学思想还是继续存在的。这也说明，编者朱梓、冷昌言对诗坛上主流的思想接触不多，并未与诗坛主流倾向形成共振。

据研究，《宋元明诗三百首》深入参考了《宋诗别裁集》《元诗别裁集》《明诗别裁集》。❶ 其中，在宋诗部分，《宋元明诗三百首》所选宋诗有84首与《宋诗别裁集》相同。考虑到道光时期，书坊上刊行的各宋诗选本与苏轼、陆游等诗集都还是比较多的。编者朱梓、冷昌言应是还参考了苏轼与陆游的诗集或其他有关诗选。《宋元明诗三百首》如此重视苏轼、陆游诗，苏轼入选32首，陆游入选28首，却无视黄庭坚诗，这很像是乾隆帝御选《唐宋诗醇》中未入选黄庭坚诗的状况。考虑到，清中叶后，各地书坊都大量翻刻了《唐宋诗醇》。笔者推测，朱梓、冷昌言应是多方面参考了《唐宋诗醇》。

《宋元明诗三百首》参考了《唐诗三百首》的体例，是按照五言古诗、七言古诗、五言律诗、七言律诗、五言绝句、七言绝句的体裁来分体选诗。在每一种体裁下面分别按照宋、元、明来编选。例如五言古诗部分，宋代五言古诗有11首，接下来是元代五言古诗16首，最后是明代五言古诗11首，合计有五言古38首。类似的，有七言古

---

❶ 朱梓,冷昌言.宋元明诗三百首[M].徐元,校注.杭州：浙江文艺出版社,1983：2.

诗 42 首，其中宋代 18 首，元代 6 首，明代 18 首。有五言律诗 62 首，其中宋代 25 首，元代 15 首，明代 22 首。有七言律诗 83 首，其中宋代 31 首，元代 21 首，明代 30 首。有五言绝句 27 首，其中宋代 10 首，元代 6 首，明代 11 首。有七言绝句 58 首，其中宋代 26 首，元代 12 首，明代 20 首。分体来看，每种体裁，都是入选的宋诗比明诗略多。这种"分体选诗"加"分代选诗"的独特编撰思路，让这部《宋元明诗三百首》展现了一定的独特性，最终获得了读者与图书市场的认可。

《宋元明诗三百首》出版后，在图书市场获得了一定反响，至清末出现了近十种翻刻本。例如扬州大学图书馆所藏咸丰年间刻本。如光绪元年（1875 年）抱芳阁刻本，该书封面有"光绪元年孟春虞山鲍氏抱芳阁刊"，此"虞山鲍氏"即刊刻《后知不足斋丛书》的鲍廷爵，鲍廷爵自称与鲍廷博同族，在晚清有一定影响。又如光绪七年（1881 年）敦元堂刻本。再如上海孙中山故居纪念馆藏有一册清末民国所编《宋元明诗三百首》，应为孙中山、宋庆龄所使用。清末民国时诸多书坊都刊刻此书，其销量与传播度极为可观。

较多版本的出现，说明该书在图书市场是取得了一定成功的。仅从出版传播情况来看，《宋元明诗三百首》在清代的"传播热度"，次于《宋诗别裁集》，但高于其他绝大部分宋诗选本。只是由于该书出现得比较晚，编成于道光时期，由于时间比较靠后，该书对清代诗坛宗宋思潮发展史所起的作用就比较小了。毕竟到了道光年间，各类宋诗选本、各宋诗人诗集都已经大量涌现。《宋元明诗三百首》中关于宋诗的各种选取与认识，已经缺乏足够的"稀缺性"。严格来说，这部《宋元明诗三百首》只能是一部"跟风之作"，一方面是跟《唐诗三百首》的风，另一方面是跟《宋诗别裁集》等诸多宋诗选本的风。至少从所选宋诗的情况来看，该书不是一部独立潮头、独树一帜的作品。

但这一说法仅限于宋诗，该书在"元诗选本""明诗选本"上还是很有价值与独特性的。这也是该书能够被不断翻刻，取得图书市场认可的关键原因。换言之，该书能够取得这样的成功，主要原因恐怕并不是其中所选的宋诗部分。事实上，晚该书四年出版的《宋诗三百首》就并未获得市场认可。《宋诗三百首》对宋诗的选编还要比《宋元明诗三百首》水平高一些。《宋元明诗三百首》能够获得成功，主要还是该书中包含了元诗、明诗的部分。其所收录的金元 37 人 76 首，明代 70 人 112 首。尤其是所选的明代诗歌，在清代诗坛的环境中还是很有价值的。一部分清代文人秉承"明无诗"的观点贬低明代诗歌。而该书却把明诗与宋诗放在一起。这无疑提升了明诗的地位。因此，该书对明诗的选取也是有一定参考价值的。当然，反过来说，该书编者朱梓作为一般的塾师，水平是有限的，连该书中的宋诗部分都编选水平有限，其元明诗部分的编选恐怕也很难说是高水平的。只能说，该书将宋、元、明三代之诗放在一起编选的策划是非常有水平的，抓到了诗坛的某种"要点"。

要之，这部《宋元明诗三百首》能够被当代诸多出版社整理出版，更多的还是该书所收录的元明诗。毕竟该书中所收的宋诗，并无特色（也许黄庭坚诗一首未选算是该书的"特色"），对当代读者的启发与参考价值并不那么大。但该书中所选的元明诗，尤其是明诗，还是很有价值的。当代学者对该书的整理校注，如徐元的注本，增加了对该书中所选明代诗人的生平介绍，这些内容对当代读者是很有参考价值的。因此，这部《宋元明诗三百首》未来还有可能持续流传下去，其在当代社会的文化影响比其他绝大部分清代宋诗选本，无疑是要强多了。

第十二节　许耀《宋诗三百首》对"唐诗三百首"理念的效仿

另外一部值得探讨的宋诗选本是许耀编选的《宋诗三百首》。该书出版后在清代其实影响并不大，只有过两种刻本。但由于它在《唐诗三百首》之后，首次使用了"宋诗三百首"之名，在文学史上还是有一定影响的。在它之后，清末时还出现了另外一部佚名编的《宋诗三百首》。民国时，《宋词三百首》的编者朱孝臧在1924年编了一部《宋诗三百首》，不过朱孝臧的《宋词三百首》成功获得了文坛的认可，但其《宋诗三百首》未能获得认可。而中华人民共和国成立后，各学者又陆续编了多种《宋诗三百首》，如金性尧《宋诗三百首》、李梦生《宋诗三百首全解》。出现如此多的名为"宋诗三百首"的选本，既说明"宋诗三百首"的提法很有号召力，屡屡为后来选家所效仿，亦说明许耀《宋诗三百首》的编选有问题，权威性不够，未能获得诗坛与文化界的认可，所以才涌现出一批《宋诗三百首》同名之作，意图后出转精、取而代之，获得因"唐诗三百首"而衍生出的"宋诗三百首"这一极具号召力的诗选品牌。

许耀（？—1866），字抵渔，号味薑，室名颐典斋、绛雪轩。江苏娄县（今上海）人。道光十九年（1839年）乡试举人。咸丰十年（1860年）参与过镇压太平天国，后因功加中书衔。著有《颐典斋课吟》《颐典斋赋钞》《绛雪轩会艺》等。其编选的时间点很值得注意，为道光二十四年（1844年）五月。而在道光二十四年的十二月，桐城派文人姚莹曾为才女陈婉俊的《唐诗三百首补注》作序。故此不排除，许耀的《宋诗三百首》是陈婉俊《唐诗三百首补注》出版后市场反响很好，而启发许耀，或者书商聘请许耀编撰的一部"跟风之作"。毕竟道光二十四年时，许耀尚为举人，已连续四科会试不中（道光二十年会试、道光二十一年恩科、道光二十三会试、道光二十四年恩科），经济压力是很大的。据许耀在该书的序中谈道：

> 诗以言情，唐宋一也，而世之学者率尊唐抑宋，谓其腐也、纤也，不知此特宋诗之流弊，非宋诗之真也。宋诗自王黄州后风气方开，迨苏、黄辈出，而骎骎日上，直至《晞发集》，奇奥独辟，称后劲焉。夫人莫不限于质，全集不能读，必取选本读之，选本之繁者，亦不易读，必取选本之简者读之。宋诗之选，昉于东莱《文鉴》，嗣是王半山、曾端伯、李于田、曹石仓、潘切庵、吴园次、吴以巽、王子任代有辑录，而吴孟举之《宋诗钞》、曹六圃之《宋诗存》、厉樊榭之《宋诗纪事》、汪青、姚和伯之《宋诗略》，几于家置一编，然而犹苦其繁也。苦其繁，必置乏不读，而读宋诗者愈少矣。甲辰夏，索居无俚，爰取两宋各家之诗，采其易于诵习者，简之又简，得三百首，作家塾课本，不特近于腐且纤者不敢阑入，即典重奇丽之作亦概就阙如。盖为初学计也。若欲览一代之源流升降，则自有前人之名选及专集在，予何敢置一词哉？道光二十四年五月十七日，娄县许耀序。❶

---

❶ 许耀.宋诗三百首[M].道光二十五年春水堂刻本.

据此，许耀是在甲辰年即道光二十四年（1844 年）夏天开始编撰这部诗选的，其时应该是刚刚从北京参加恩科会试，落第归乡。许耀很快完成了编选，半年多后，该书就在道光二十五年（1845 年）由春水堂刊刻出版。在序中，许耀未提到《唐诗三百首》，但提到了"作家塾课本"。而该书这么快就能在第二年出版，说明还是有书商在其中协调。由此，许耀《宋诗三百首》一书，很可能是由书商策划，许耀编撰而成的。但为了"快速推向市场"，该书的编选时间其实很短，估计只有几个月，所以所选篇目并不精湛。

在序中，许耀提到了曹学佺《石仓历代诗选》、吴之振《宋诗钞》、吴绮《宋金元诗永》、曹庭栋《宋百家诗存》、厉鹗《宋诗纪事》、汪景龙、姚壎《宋诗略》等诸多宋诗选本。许耀毕竟是举人出身，有较高水平，对各宋诗选本下过一番材料搜集工夫，他应是多方面参考了这些宋诗选本，从中选取了一些作品。据研究，《宋诗三百首》的很多篇目，与张景星的《宋诗别裁集》有重合，共 46 位诗人的 101 首诗❶，这已占到了《宋诗三百首》的三分之一。这证明许耀《宋诗三百首》应是深入参考了张景星《宋诗别裁集》。但许耀并没有提到张景星。考虑到张景星也是上海人，应是对许耀有一定影响。许耀提到的诗钞包括"吴孟举之《宋诗钞》、曹六圃之《宋诗存》、厉樊榭之《宋诗纪事》、汪青、姚和伯之《宋诗略》"，许耀在序中说宋诗"腐且纤者"，明显是从吴之振《宋诗钞》的序言中摘引来的"话头"。实则到道光年间，主流诗坛对宋诗的看法，已经与吴之振的时代有了很大的不同。这也说明，许耀对乾嘉以来"宗宋思潮"的发展不甚了解，由此也让他的诗选在诸多问题上并未能引领诗坛的步伐。如他在该书中大量编入范成大的作品，明显是康熙后期吴中诗坛的状况，到此时这种理念已明显不被主流诗坛接受了。

总之，许耀虽然有较高水平，但他编选宋诗的观念还是较为传统的，不够创新，并未站立在他所处时代的思想潮头，甚至他也并没有完全受到他所处时代诗坛"宗宋思潮的新动向"很大影响。这使得许耀《宋诗三百首》在学术水平上就不足以自成一家。但许耀也绝非对宋诗毫无研究，他应该是大量研读了那些已经成书几十上百年的宋诗选本，而受其影响进行编选，故而他的编选思想较为传统。如吴之振

 谢海林.《宋诗三百首》沉寂原因探论[J].古代文学理论研究,2011(2).

《宋诗钞》刊刻于康熙十年（1671年），至道光二十四年（1844年），已经有170年了，即使离他的时代比较近的张景星于乾隆二十六年（1761年）编的《宋诗别裁集》，也已经有八十年了。许耀对清代主流诗坛的宗宋思潮的最新发展并未深入接触（实则曾国藩也就是在道光二十四年前后，开始以"崇尚黄庭坚"在诗坛获得了最初的知名度）。但为了编撰这部《宋诗三百首》，他从《宋诗别裁集》这些诗选中加急进行再选择，加急完成了《宋诗三百首》。可惜由于太过仓促，思考不深入，对诗坛宗宋思潮的最新发展把握不精准，篇目选择不甚恰当，又且未提出新的诗学观念，所以《宋诗三百首》出版后并未获得图书市场认可，很快就沉寂了。

因此可以说，由于未接触到清诗坛宗宋思潮的最新发展，而主要是受康熙时期、乾隆中期一些宋诗选本的影响，许耀对"宋诗"的理解，明显不足以引领所处时代诗歌潮流了，甚至已经跟不上时代了。鸦片战争后，华夏大地上的时代主题已经变了。诗坛虽然较为滞后，但变革已经在酝酿中。许耀对时代潮流的把握，比在道光二十四年前后开始以"宗宋崇黄"相标榜的曾国藩要差远了。故而，许耀的《宋诗三百首》虽编于道光二十四年，但其实是一部属于"过去年代"的宋诗选本。质言之，其实许耀的《宋诗三百首》是属于康熙后期诗坛宗宋思想的产物，对鸦片战争后的道光诗坛而言，无疑是过时、落伍了。当然，也正是因为这种过时、落伍，许耀《宋诗三百首》还是具有一定的"文坛化石"作用，对于我们从文学理论角度思考诸多问题，是有不可忽略的参考意义的。

许耀《宋诗三百首》选79位宋代诗人的诗作300首，其中五言古诗26首、七言古诗48首、五言律诗52首、七言律诗76首、五言绝句18首、七言绝句80首。具体到各诗人，苏轼入选62首，为最多。陆游入选60首，为第二多。黄庭坚入选22首排第三，范成大21首为第四名。王安石入选7首，欧阳修7首，杨万里5首，范仲淹4首，姜夔4首，梅尧臣3首，秦观3首，陈与义3首，朱熹1首，其余诗人多数1首，少数2首，呈现很不均匀的分布状态。

《宋诗三百首》模仿蘅塘退士《唐诗三百首》而作，也恰好赶上了清代中后期诗坛的宗宋氛围，又立意是"童蒙诗选"，照理来说《宋诗三百首》应该广受欢迎，被书坊大量翻刻。但实则并没有，该书在经过春水堂一次刊刻后，很快就沉寂了。谢海林在《〈宋诗三百首〉沉寂原因探论》一文中进行了多方面的分析，其中观点很值得参考，但也有可增补之处。从笔者角度来看，《宋诗三百首》主要的不足有三处：

第一，特色不鲜明，且"苏陆范黄"的选诗取向，不符合清中叶以后诗坛以"苏黄"为尊的主流取向。

许耀作为举人，确实有较高水平，但他这部《宋诗三百首》特色不鲜明，未能提出有传播力的文学观念，未能就宋诗问题提出新颖的看法，该选本的创新性也不足，不足以在文坛自立一家，最终必然是难以获得较大推广。

许耀选诗的观念还是较为传统的，大体上四平八稳，不足以引发社会关注。从入选数量来看，苏轼第一，陆游第二，黄庭坚第三，范成大第四。这很符合一百多年前吴中地区的宋诗接受情况。据沈德潜，当青年沈德潜登上诗坛时，他看到的吴中诗坛的宋诗接受就是"家石湖而户放翁"，文人学士家中主要是接受陆游与范成大诗。但是从乾隆中期以后，范成大在清诗坛的影响已经越来越低了。陆游的影响也逐渐在降低，取而代之的是黄庭坚的影响逐渐增大，乾隆后期以来诗坛逐渐形成了"苏、黄"并称的格局。这一格局一直维持到清末，而许耀虽然也入选了大量黄庭坚诗，但毕竟入选数量排在陆游之后，也谈不上太崇尚黄庭坚。因此，仅仅从选目来看，许耀的《宋诗三百首》就没什么特色，不足以引发诗坛与社会关注。由此《宋诗三百首》被诗坛冷落已属必然。

第二，编选结构失衡，难以看出普通宋代诗人的状况。

该书在编选结构上也有所失衡。一共只入选了 79 位宋代诗人，这并没有完全覆盖到宋代一些该提到的诗人。同时，也有比重失衡的问题。苏轼入选 62 首，陆游入选 60 首，这就占了整体的三分之一多。其余 60 多位诗人都是一人一首。这已显得不伦不类。

所谓"宋诗三百首"必然要反映出有宋一代诗坛的状况。许耀给大量诗人只入选一首诗，这怎么能反映出宋代诗坛状况？而且许耀往往从前人选本中选取作品，这更没什么创新性，不足以在图书市场引发关注。

第三，未出现效仿《千家诗》大量入选理学家诗的状况。

许耀编《宋诗三百首》在"选诗观念"上其实是"两不靠"的。一方面他虽然秉持诗坛的诗选理念，但并没有采纳当时诗坛"以苏黄为尊"的观念，而是大量入选了"苏、陆、范、黄"的作品。陆游的影响已经在消退,而范成大在吴中地区之外,影响很小。《宋诗三百首》中大量入选范成大诗,已经让读者不能接受了。另一方面,许耀又没有向《千家诗》的"理学家诗选"的理念靠拢。《千家诗》以理学家程颢作品《春日偶成》打头,理学家朱熹作品《春日》列第二。最终入选了朱熹诗5首(其中一首误署名朱熹)、程颢诗3首、邵雍诗1首。这使得《千家诗》有很强的理学色彩。这一点恰恰是《千家诗》能够在文化界屹立不倒的根本原因。许耀就是在这一点的理解上出现了问题。

许耀把《宋诗三百首》定位为"童蒙读物"。许耀理解的"童蒙"大概是"儿童读书识字"。那么"儿童读书识字"是为了什么?并不是像现在这样的中小学普及教育,一般都有着"未来参加科举"的意图在内。明清科举以八股文为主要考试形式,以程朱理学为宗。而《千家诗》就是以程颢、朱熹的诗开篇的,这显示出很强的理学色彩。这也显示出书坊在刊刻《千家诗》时是经过了对图书市场与教育市场的深入调研的。《千家诗》围绕程朱理学来展开诗选,其目的显然是帮助未来要参加科举考试的青少年更好理解程朱理学。而许耀《宋诗三百首》却程颢作品一首未选,朱熹作品只入选一首。这从根本上就否定了"理学家诗选"。在缺乏了这一功能后,《宋诗三百首》其实很难得到"童蒙读物"市场的认可。

不过,许耀《宋诗三百首》作为最早采用"宋诗三百首"这一由《唐诗三百首》衍生而来"名号"的诗选,由于开"三百首"风气之先,在清代文坛还是有一席之地的。

第十三节 《唐宋八家诗钞》《江西诗征》等其他较重要宋诗选本

据学界爬梳,清代有近170种宋诗选本。限于篇幅与研究精力,笔者不可能对这近170种宋诗选本都进行一一探讨。我们在本书中已详细讨论了20多种有代表性的宋诗选本,对其编者、编选思路与诗学影响等都有较多论述,已足够我们较大程度了解清代宋诗选本的发展状况。这里，我们再对一些有一定影响力的宋诗选本进行少量探讨。

一、潘问奇、祖应世编《宋诗啜醨集》

康熙三十一年（1692年）冬，潘问奇与祖应世开始合编《宋诗啜醨集》一书，第二年夏编成，于康熙三十三年（1694年）刊刻，共四卷。该书出版较早，但其作者潘问奇与祖应世在诗坛影响不够大。其中潘问奇（1632—1695）钱塘人，为明遗民，入清不仕。祖应世为奉天宁远人，在康熙中期担任了天津武清县知县，后又担任北京通州知州等职。据此来看，潘问奇可能是祖应世的幕僚。潘问奇、祖应世与当时文坛上曹寅、宋荦、林佶（王士禛弟子）等有一定交往，他们可能想进一步扩大自己在诗坛的影响，故而编了这部四卷本的《宋诗啜醨集》，但可惜该书在诗坛并未产生很大影响。

在具体的编选上，《宋诗啜醨集》共选了65位宋代诗人的423首诗。卷一选了12人的诗，共56首，其中王禹偁8首，欧阳修11首，梅尧臣7首，苏轼16首。卷二选了26人，共100首，其中黄庭坚6首，陈师道2首，陈与义12首，朱熹2首。卷三选了7人，共117首，其中范成大27首，陆游56首，杨万里30首。卷四选了20位诗人，共150首，其中赵师秀28首，徐照11首，谢翱8首。可以看出该诗选的篇幅并不大，属于宋代诗人精选集。

《宋诗啜醨集》在宋诗观上持"唐宋兼宗"态度，书中反对强分唐宋："而今之操觚家，祢宋黜唐，中风狂走，弃其瑜而收其疵，风雅由此日替……附影希声，滔滔不返，莫如今日之学宋者为甚矣。仆与梦岩大令是役也，不徇众嗜，不以臆裁。词则归我诸雅训，义必原于兴比。宗唐矣，而斥其优孟于唐。祢宋矣，而芟其堕落于宋。"也正是因为该书持"唐宋兼宗"的态度，后来乾隆帝御选《唐宋诗醇》在陆游的评点部分，采纳了十多条《宋诗啜醨集》中的评语。如《唐宋诗醇》卷四十三陆游《游修觉寺》，便采纳了潘问奇与祖应世的评语各一条。这说明在乾隆时期，乾隆帝身边的翰林官员还能看到《宋诗啜醨集》，但该书在社会上流传并不广，乾隆朝以后几乎未有流传。到近现代，钱锺书在《宋诗选注》中才较多引用该书。

二、姚培谦《唐宋八家诗钞》

姚培谦（1693—1766），字平山，华亭金山（今上海金山区）人。未有科名，但热衷文化，颇有才名。姚培谦编选刊刻有大量唐宋诗集，现存有康熙五十九年姚培谦遂安堂刊《后村居士诗》20卷，康熙六十年姚培谦刊本的《东坡诗抄》18卷。

"唐宋八大家"为明代文人确立的概念，指唐代韩愈、柳宗元，宋代欧阳修、苏轼、王安石、苏洵、苏辙、曾巩这八位散文大家。但文坛一般聚焦在唐宋八大家的散文，很少聚焦这八位散文家的诗歌。虽然"唐宋八大家"中的韩愈、苏轼、欧阳修、王安石的诗作在诗坛也有很大影响，但一般不用"唐宋八大家"来描述他们的诗歌，而是单独采用"韩、苏""欧、苏"等概念来描述他们诗歌的影响。

姚培谦独辟蹊径，在雍正五年（1727年）编撰刊刻《唐宋八家诗钞》，聚焦在"唐宋八大家"的诗歌。该书52卷，包括：《昌黎诗钞》8卷，《河东诗钞》4卷，《庐陵诗钞》8卷，《老泉诗钞》1卷，《东坡诗钞》18卷，《栾城诗钞》4卷，《半山诗钞》6卷，《南丰诗钞》3卷。这一选本聚焦在"唐宋八大家"的诗，虽然这一观念在清代诗坛并未流传开来，但这一观念本身有一定创新性，为关注"唐宋八家古文"的古今学者所认可。

三、严长明《千首宋人绝句》

严长明（1731—1787），字冬友，号道甫，江宁（今南京）人。严长明11岁时，李绂典试江南，嘱咐严长明从方苞学。可惜此后十多年，严长明未能考取，乾隆二十七年（1762年），高宗南巡，严长明以诸生献诗，受到乾隆帝欣赏，召试赐举人，并授内阁中书职位。受到乾隆帝赏识，入直军机处。据毕沅所作序，乾隆二十八年（1763年），严长明任职京师时，与毕沅同住在京师宣武门，有一次严长明在朋友书架上看到洪迈《万首唐人绝句》很有感触，便开始模仿宋人洪迈《万首唐人绝句》而编选《千首宋人绝句》，几年后编成，于乾隆三十五年（1770年）刊刻。从其受南宋人洪迈《万首唐人绝句》一书的影响来看，严长明有很强的宗宋倾向。

《千首宋人绝句》共 10 卷，其中，七言绝句 7 卷、五言绝句 2 卷、六言绝句 1 卷。共选宋代诗人 365 家，绝句 1000 首。其中，七绝 686 首，五绝 216 首，六绝 98 首。在具体编排时，按照帝王、宗室、宋臣等进行分类。其中入选比较多的，苏轼 46 首，王安石 28 首，范成大 24 首，刘克庄 24 首，姜夔 22 首，陆游 21 首，黄庭坚 21 首，杨万里 21 首，秦观 16 首，陈与义 11 首。

四、曾燠《江西诗征》

曾燠（1759—1831），字庶蕃，一字宾谷，晚号西溪渔隐，江西南城人。乾隆四十六年（1781 年）进士。曾燠在乾嘉时期有一定影响，著有《赏雨茅屋诗集》22 卷、《骈体文》2 卷，其骈体文被誉为清代骈文八大家之一。又编刻有《江西诗征》一书，有较大影响。

曾燠成长于京城，但作为江西文人他自小即关心江西诗歌，走到各处都会收集有关江西诗歌的材料，中年后逐渐积累了大量关于江西诗歌的材料，遂在嘉庆初期编刻了《江西诗征》一书。《江西诗征》共 94 卷，收录东晋至清乾隆年间历代 2000 多位江西诗人的诗作，诗前一般都有该诗人的小传。其中卷五至卷二十收录了约 470 位宋代江西诗人的作品。据曾燠在《江西诗征·凡例》中对编选规则的介绍，入选的各诗人按照时间顺序进行编排。而对于"江西诗人"的定义，也采用了广义，一般较长时间住在江西，或祖籍江西的诗人都予以收录，只是祖籍年代过远的不予收入，"江西历代诗人土著而外有迁来者，有徙去者，概行收入。徙去而年代过远及流寓不终者不录。"❶ 故而在卷十四中收录有辛弃疾作品 5 首，并在辛弃疾小传中明确说他是"历城人……遂留居铅山"，这是解释了入选辛弃疾诗的原因。

为了尽量彰显诗人的风格，《江西诗征》对入选诗人的作品一般都选入较多，曾燠在该书"凡例"中说："是编惟陶诗全录，余如宋之欧王黄，元之虞范揭，篇什繁富，限于卷帙，未能尽收，谨择其精者，以百首左右为率。其他，诗可成家，

---

❶ 曾燠.江西诗征·续修四库全书（第 1689 册）[M].上海：上海古籍出版社，1995：4.

未经传刻及传刻未广者，抑或多至百首，庶几阐幽之义。"❶ 比较著名的诗人，一般都是百首左右。如卷十三的曾几诗就有 70 多首。但一般的诗人就只入选几首。同在卷十三的洪皓只有 9 首。再如卷十五的杨万里入选了约 90 首，而同卷杨万里的叔叔杨辅世，虽然"与兄子万里齐名"，但只入选了 1 首。

在关于宋代江西领袖性诗人的选取上，曾燠强调"宋则庐陵树帜，而王、黄张其军"。把欧阳修、王安石、黄庭坚作为江西诗人领袖。但在《江西诗征》的具体编排上，曾燠对这些诗人的入选还是有所取舍。在卷五，欧阳修与另外 23 位诗人共同组成一卷，其中欧阳修入选了 80 多首，其他 23 位诗人很多都是两三首而已。卷六中王安石与另外 11 位诗人组成一卷，其中入选王安石诗近 120 首。而在卷九中黄庭坚一个人组成一卷，选入黄庭坚诗约 110 首。从卷数配比来看，这显然更凸显黄庭坚诗。这显示出曾燠对以黄庭坚为首的江西诗派的高度认可。

五、顾修《南宋群贤小集》

《南宋群贤小集》为一部由清人吴焯、顾修等人根据前代版本补充刊刻的南宋诗总集，共 135 卷，附《江湖后集》24 卷，收录有 70 多位南宋诗人的作品。

顾修，字仲欧，号绿崖，浙江桐乡人，是一位活动于乾嘉之际的庠生，曾在嘉庆四年（1799 年）汇刻有《读画斋丛书》8 集 46 种。这之后，在嘉庆六年（1801 年）刊刻了《南宋群贤小集》一书。

关于《南宋群贤小集》的编撰历程，学界已有一定研究。❷ 大体来说，《南宋群贤小集》最初的稿本渊源于南宋陈起刊刻的江湖集，但中间散佚过，在元明清时期逐渐被好事者收集，其中清中期的吴焯进行了编订。吴焯（1676—1733），字尺凫，号绣谷，晚号绣谷老人，杭州人，与厉鹗有交往，进行过诸多刻书活动，乾隆帝修《四库全书》时，其子吴玉墀进献古书上百种。吴焯对《南宋群贤小集》进行了初步编订，据彭元瑞："近钱塘吴尺凫汇为六十四家，尽汰北宋人，定名《南宋群贤

---

❶ 曾燠.江西诗征·续修四库全书（第 1689 册）[M].上海：上海古籍出版社,1995:7.
❷ 费君清.《南宋群贤小集》汇集流传经过揭秘[J].绍兴文理学院学报,1999(4).

小集》。"此后，顾修便是以吴焯本为基础，再增补了几家后进行了刊刻，形成了我们现在看到的规模。

六、陆心源《宋诗纪事补遗》

陆心源（1838—1894），字刚甫、刚父，号存斋，晚号潜园老人。浙江归安（今吴兴县）人。咸丰九年（1859年）恩科中举，以知县分发广东，后参与镇压太平军。同治十一年（1872年）官至福建盐运使，两年后因公务纠纷，去职归里。光绪九年（1883年）因李鸿章保荐，得以复职。陆心源为清末四大藏书家之一，有藏书15万卷以上，其中最引人称道的是，收藏有珍贵的宋版书200多种，遂名自己的藏书楼为"皕宋楼"。

陆心源不光是单纯藏书，他也根据自己的藏书进行多方面学术研究。他先是根据自己的藏书，编出书目，著有《皕宋楼藏书志》《十万卷楼藏书书目》。后又根据自己藏书，搜罗编撰了《宋诗纪事补遗》100卷，于光绪十九年（1893年）刊刻。陆心源逝世前即刊刻有个人作品集《潜园总集》，收有个人作品17种。今人编有《陆心源全集》全七十册。

《宋诗纪事补遗》的出版，堪称近代宋诗研究领域的一大盛事。陆心源有大量藏书，故而能够看到很多前人搜罗不到的材料，他对宋诗的认识也远超普通学者。乾隆初期，厉鹗刊刻《宋诗纪事》100卷，收宋代诗人3812家，并收录了大量的诗话材料。厉鹗对宋诗人的收录数量已经很客观了，但陆心源在厉鹗的收录之外，在诸多友人的帮助与参与下，又找到了3000多家，收诗8000多首，编成《宋诗纪事补遗》100卷。

陆心源《宋诗纪事补遗》从历代方志、总集等中搜集了大量的材料，对很多细节问题都有深入考证。该书还附录有《小传补遗》4卷，对厉鹗《宋诗纪事》中各诗人小传中有误或缺失的内容进行了补充、订正。单从其学术性来看，陆心源《宋诗纪事补遗》显然是一部极为宏富、精深的著作。

第七章
清代宋诗人别集出版状况

学界对清代宋诗出版已有较多研究，如四川大学古籍所1990年版《现存宋人别集版本目录》，通过对全国主要图书馆的调查，详细著录了741位宋代文人诗文集的留存状况。尤其是该书详细著录了这741位宋代文人的个人别集的清代刊本、抄本在各图书馆的留存、馆藏情况。这省去了我们从头爬梳的烦琐，使得我们可以更精准地进行总体状况的总结。

考察有清一代的宋诗别集的出版，能注意到鲜明的"二八分布"。只有苏轼、黄庭坚、欧阳修、王安石、陆游等五六人的诗集进入了书坊出版体系很容易看到，至于其他知名宋代诗人的诗集就较难看到了。其中，苏轼、黄庭坚、陆游都是单纯以诗集进入书坊出版系统，被广泛出版传播。雍正八年（1730年），赵骏烈在为所刊刻的《后山集》所作的序中说："独念涪翁全集，板行于世，所在皆有。"此外，欧阳修、王安石等人由于综合知名度较高，其诗集往往附着在"全集"中得到较多出版，亦较容易看到。在这几人之外的其他知名诗人如范成大、陈师道等，亦受诗坛一定关注，其诗集的出版虽不那么频繁，但一般每隔几十年都能有一次出版。至于其他几十位宋代知名诗人的诗集出版就比较艰难了，往往在整个清代就出版过一两次，甚至一次都未出版过。如"永嘉四灵"的诗集在清代只出版过一两次，想找到他们的诗集并不容易。

综合来看，除苏轼、黄庭坚、陆游、欧阳修、王安石等人的诗集出版很热闹外，其他诗人别集的出版，都是较为困难的。这是清代宋诗人别集出版与传播的基本态势。

第一节 清代宋诗人别集出版概况

明清时期我国的图书出版销售已较为发达。据文革红《清代前期通俗小说刊刻考论》《乾嘉时期小说书坊与通俗小说》等著作研究，清代各地有近千家书坊，形成了一个图书出版与销售的网络。❶ 进入书坊出版体系的书，很容易在各地买到，如《千家诗》《西游记》《红楼梦》之类。但很多宋代普通文人的诗文集因其不够畅销，是很难进入书坊的出版与销售网络的。严格来说，在清代，只有苏轼、黄庭坚、陆游、欧阳修、王安石等少数诗人的诗集进入了各书坊的出版体系，剩下大量诗人的诗集是很难进入全国销售网络的。

故而，清代宋诗人诗集的实际出版状况就是，除了苏轼、黄庭坚、欧阳修、王安石、陆游等少数几位著名诗人外，其他几十位较知名宋代诗人的诗集都在清代难见出版。至于其他更不知名的宋代诗人，就更难寻觅了，其诗集与生平往往只能在吕留良、吴之振《宋诗钞》、曹庭栋《宋百家诗存》、厉鹗《宋诗纪事》等宋诗选本中才能看到了。而根据《现存宋人别集版本目录》一书对宋代741位文人的个人别集出版状况的调查来看，除近百位知名宋代诗人、文人、名臣、理学家等有个人诗文集在清代正式出版外，其他600多位不甚知名的诗人、文人的诗文集几乎从未在清代单独出版过，最多是存世一些清代抄本。亦可以说，吴之振《宋诗钞》、曹庭栋《宋百家诗存》等宋诗选本几乎就是这些不知名诗人的诗集在清代的全部出版状况了。

故而清代宋诗出版是严重的"二八分布"，只有苏轼、黄庭坚、陆游等极个别诗人才能获得80%以上的出版资源，其余诗人往往都很难看到诗集出版，最多是有

---

❶ 文革红.清代前期通俗小说刊刻考论[M].南昌：江西人民出版社，2008.

些特殊的因缘，让他们的诗集能够出版一两次，但这些也难以撼动清代社会对普通宋代诗人作品集出版传播较少的状况。

比如梅尧臣算是宋代的大诗人，当代一些研究者认为，宋诗"古淡"的风格，与梅尧臣诗风有很大关联。在各种清代宋诗选本中，梅尧臣的入选数量往往靠前。如在《瀛奎律髓》中梅尧臣入选了127首诗，在宋代诗人中排第二，仅次于陆游，强于方回所推崇的陈师道、王安石等人。在陈焯《宋元诗会》中梅尧臣收诗165首，排第二，仅次于苏轼。在顾贞观《积书岩宋诗删》中梅尧臣诗入选64首，排第七。在张景星等人编的《宋诗别裁集》中梅尧臣入选了9首诗，入选数量排第十三位，也不算很靠后。从各种宋诗选本来看，梅尧臣不能说是"无名诗人"了，但即使是梅尧臣这样比较著名的诗人，他的诗集在清代也只是刊刻了四五次。顺治时，在梅尧臣家乡刊刻了一次。康熙时刊刻了两次，其中宋荦刻本比较精良。道光时在梅尧臣家乡宣城又刊刻了一次。别看前前后后刊刻了四五次，但清代从顺治时期到道光时期，有将近二百年。平均每一次刊刻都隔了几十年，而且很多时候在梅尧臣家乡刊刻的《宛陵先生文集》很难流传到全国。除了在北京、南京等文化发达的城市，普通文人想买到梅尧臣诗集是很难的。清代几次刊刻的《宛陵先生文集》基本没有进入清代的书坊刻书体系。

这还不是买不到梅尧臣诗集的问题。实际上即使专门去找梅尧臣诗集也很难找到。本章第三节的材料显示，道光年间，梁中孚出任梅尧臣家乡宣城知县，一到任就开始寻觅梅尧臣诗集，但找了一年才找到。梁中孚时任宣城知县，他寻觅梅尧臣诗集已经属于"政府行为"，他为寻找梅尧臣诗集而调动的人脉，不是普通文人可以比拟的，但也找了一年才找到。可见，当时普通文人想找到梅尧臣诗集又谈何容易？

我们可以看到，在清代，想要找到除苏轼、黄庭坚、陆游等最著名的几位诗人之外的其他诗人的诗集都不是这么容易。除非是在诗集出版后不久，偶然买到。否则是比较难找到的。毕竟清代的藏书制度不完善，虽有一些私人藏书家，但并没有公共图书馆。普通人想找到一部十几年、几十年前出版的作品是非常难的。对普通人而言，时过境迁，很多书几乎看不到。

即使如陈师道这样被誉为江西诗派"一祖三宗"的大诗人，虽然其诗在《瀛奎律髓》中入选很多，较容易看到，但其诗集在清代出版得也不算多，在清代也只出版了近十次。据雍正八年（1730年），赵骏烈在为所刊刻的《后山集》所作的序中说："余平日读宋诗，深有意乎后山之为人，以其善学涪翁也。独念涪翁全集，板行于世，所在皆有。而后山全集，人每束之高阁，即行世者亦无善本。"可见，至少在雍正年间，黄庭坚诗集在各地都能买到，而陈师道诗集则较难买到。

在这种较难的出版状况中，具体宋诗人的诗文集能否出版，要有一定机缘，存在很大偶然性。如王十朋作为南宋状元，尤其是署名"王十朋"的《王状元集百家注分类东坡先生诗》在清代流传很广，故而王十朋的诗文集在清代刊刻过多次。王十朋的《王文忠公文集》50卷，有雍正七年刻本、同治十年刻本、光绪二年温州梅溪书院重刊本。这就算在清代刊刻较多了。

再如，高翥的诗集也因特殊的机缘得以出版。高翥（1170—1241），初名公弼，后改名翥，字九万，号菊磵，浙江余姚人，为江湖诗派的诗人之一，其诗集在南宋末有一定影响，但影响并不是那么大。正常情况下，高翥的诗集应该就佚失了。然而在清代，他的子孙出版了他的诗集。清初诗坛名家、高官高士奇，为高翥子孙。另一位文人陈訏出自海宁陈氏，海宁陈氏原本姓高，陈訏亦为高翥子孙。康熙二十六年（1687年），高士奇多方搜集整理了高翥残存诗篇187首，将之以《信天巢遗稿》之名付梓出版。几年后，陈訏又创为"宋十五家诗"之名，编选《宋十五家诗选》，将高翥存世的187篇诗选入。由此，高翥诗在康熙朝中后期得到了较大范围传播。这在宋代普通诗人中是极为罕见的。

至于既不著名，又无机缘的普通诗人，甚至普通宋诗人，其诗集出版就没这么幸运了，往往终清一代，都未能有一次单独刊刻出版。四川大学古籍所1990年出版的《现存宋人别集版本目录》一书，详细著录了现存各宋代诗人各种诗文集版本的清代刊本、抄本的状况。根据该书，我们能看到各宋诗人的诗文集在清代的出版情况。

如曾几的《茶山集》在民间就一直没有刻本，直到乾隆帝修《四库全书》，四库馆臣才将《茶山集》放入武英殿聚珍版丛书，此后江西书局也刊刻了一次。可见，在乾隆朝末期之前，曾几《茶山集》从未出版过，读者想读曾几的诗只能是在《宋诗别裁集》等各种宋诗选本中。

晁补之诗集在明末崇祯时期刊刻过一次，这一版本流传较广，现在各图书馆中存有20多部。但清代时，晁补之诗集从未刊刻过。可见，清代读者除非有明末刻本，或偶然拿到一个抄本，根本就无从看到晁补之诗集的全貌。

晁说之的诗集还不如其兄那么幸运，并未在明末有刊刻，清代也长期未能刊刻，直到道光十二年（1832年）六安晁氏才刊刻了晁说之的《嵩山景迂生集》20卷，这应该也是后世子孙刊刻祖先诗文集。

张耒的诗集在清代也主要以抄本流传，直到乾隆帝修《四库全书》，四库馆臣才将张耒《柯山集》50卷放入武英殿聚珍版丛书予以出版。直到清末才又有一个刻本。

戴复古亦算是南宋著名诗人了，但戴复古《石屏诗集》10卷只在嘉庆二十二年（1817年）刊刻过一次。可见，在清中前期，除非拿到明刻本或清初的《宋诗钞》，否则根本就看不到戴复古诗集。

刘克庄是南宋末江湖诗派的著名诗人，明清时期流行的《千家诗》最早就是根据刘克庄做的童蒙诗选重编的。但编者是南宋末人谢枋得，全书并未署刘克庄之名，由此刘克庄在清代社会中的知名度就大大降低了。在清代，刘克庄诗只有一个刻本，即康熙五十九年（1720年）姚培谦遂安堂刊《后村居士诗》20卷。剩下的都是一些抄本，普通文人想找到一个抄本，是有一定偶然性的，这都限制了刘克庄诗在清代的传播。

总体来看，即使是宋代知名诗人的诗集在清代都难有一两次刊刻。只有苏轼、黄庭坚、欧阳修、王安石、陆游等大名鼎鼎的诗人或文人的诗集才较多出版。这是清代宋诗出版的基本态势。这对我们理解"清人眼中的宋诗"很有帮助，试想连某位宋诗人的诗集都看不到，谈何对该诗人有所认识。也正是基于苏轼、黄庭坚、陆游等人的诗集在清代传播较广，清人才对苏轼、黄庭坚、陆游等有较多较深入的接受，其他的宋代诗人不是说清人就完全不想有所接受与学习，关键是连诗集都看不到，又谈何接受？

第二节 清代欧阳修诗出版状况

欧阳修作为"唐宋八大家"之一，其诗文集流传较广，尤其是欧阳修散文版本众多。欧阳修诗名为文名掩盖，清代诗坛崇尚欧阳修的诗人不多，但各宋诗选本中都有较多入选欧阳修诗，故而欧阳修诗在清代也是有较大影响的。

欧阳修诗的内容，主要见于南宋周必大编《欧阳文忠公集》153卷与欧阳修自编《居士集》50卷，其中《欧阳文忠公集》包含《居士集》。《居士集》卷一至卷九是古体诗，卷十至卷十四是律诗。具体来看，卷一有诗38首，卷二20首，卷三31首，卷四24首，卷五18首，卷六25首，卷七22首，卷八21首，卷九30首，卷十60首，卷十一57首，卷十二56首，卷十三55首，卷十四65首，合计有诗522首。但这并非欧阳修全部的诗。在《欧阳文忠公集》中包含的《居士外集》等还有一些诗。卷五十一有古体诗40首，卷五十二有古体诗27首，卷五十三有古体诗30首，卷五十四有古体诗38首，卷五十五有律诗58首，卷五十六有律诗73首，卷五十七有律诗70首，有诗336首。合计《居士集》《居士外集》中有诗858首。

由于欧阳修诗在清代的综合影响远不如苏轼、黄庭坚、陆游，比范成大、王安石等人也要差一些，故而欧阳修诗在清代几乎没有单行本，都是主要依附在《欧阳文忠公集》与《居士集》中传播。现存欧阳修诗文集版本的源头主要是南宋周必大编的《欧阳文忠公集》153卷。据周必大在该书跋语中说：

> 《欧阳文忠公集》，自汴京、江、浙、闽、蜀皆有之。前辈尝言公作文揭之壁间，朝夕改定。今观手写《秋声赋》凡数本，刘原父手帖亦至再三，而用字往往不同，故别本尤多。后世传录既广，又或以意轻改，殆至讹谬不可读，庐陵所刊抑又甚焉。卷帙丛脞，略无统纪，私窃病之，久欲订正，而患寡陋未能也。
>
> 会郡人孙谦益老于儒学，刻意斯文；承直郎丁朝佐博览群书，尤长考证。于是遍搜旧本，傍采先贤文集，与乡贡进士曾三异等互加编校。起绍熙辛亥春，迄庆元丙辰夏，成一百五十三卷，别为《附录》五卷，可缮写模印。惟《居士集》经公决择，篇目素定，而参校众本，有增损其辞至百字者，有移易后章为前章者，皆已附注其下。[1]

---

[1] 欧阳修.欧阳修全集[M].李逸安,点校.北京:中华书局,2001:2759.

从这篇跋语中可看出几点：其一，在周必大之前，各地皆有《欧阳文忠公集》，文字版本会有一定差异。其二，《欧阳文忠公集》中的《居士集》部分是欧阳修手订的，各本并无差异。其三，该书的编撰起于南宋绍熙辛亥（1191年）春，至庆元丙辰（1196年）夏，其时欧阳修已逝世了一百多年。

宋元明时期，《欧阳文忠公集》被大量翻刻。其中，国家图书馆收藏有庆元二年（1196年）周必大刻本，此本曾为徐乾学、傅增湘等人收藏，现已影印出版，有三十册之多。❶ 清宫收藏有元代版本的《欧阳文忠公集》。彭元瑞编《钦定天禄琳琅书目后编》卷十一有该集，题"元板欧阳文忠公集"，但只是一个残本，仅存卷一百五十至一百五十一，装为一册。此外，民国时期涵芬楼印行《四部丛刊》，据所藏元代版本印行了《欧阳文忠公集》，其版本上"有果亲王府印记"，但涵芬楼并未给出该书为元代版本的证据，只是引用了《钦定天禄琳琅书目后编》中关于该书元代版本的评述❷，然而清宫藏本的《元板欧阳文忠公集》是一个残本，只有两卷，何以果亲王府就能有完整版本？据《红楼梦》研究领域对清末民国图书市场作伪的各种实证研究来看，并无证据证明涵芬楼所藏《欧阳文忠公集》为元代刊刻。

至清代，《欧阳文忠公集》翻刻程度进一步加深，很多书坊有刊刻。现存《欧阳文忠公集》清代版本有十多种。《现存宋人别集版本目录》一书有详细著录，如康熙十一年（1672年）焉文堂本，康熙十二年曾弘白露书院刻本。再如乾隆十一年（1746年）孝思堂本，此本分装为48册，国家图书馆有馆藏，至今在古籍市场依然能购得。再如，乾隆五十七年（1792年）惇叙堂本、光绪十九年（1893年）澹雅书局本、光绪二十八年（1902年）周氏慕濂山房本等。另外，还有嘉庆二十四年（1819年），欧阳修裔孙欧阳衡刻本。

欧阳修诗集在清代的出版最大的不足就是未像苏轼诗集、黄庭坚诗集那样出现清人注本。这与欧阳修诗未能像苏轼、黄庭坚诗那样成为清代诗坛瞩目的焦点有关。

---

❶ 欧阳修.宋本欧阳文忠公集[M].北京:国家图书馆出版社,2019.

❷ 见民国刻本《四部丛刊书录》。

第三节　清代梅尧臣诗出版状况

在著名学者朱东润先生所作《梅尧臣集编年校注》一书"叙论"的第三部分专谈"梅尧臣集的版本",已大体为我们梳理清楚了梅尧臣诗集在宋元明清的出版状况。此后有诸多论著已梳理过梅尧臣诗集的出版传播与接受状况。❶ 笔者对梅尧臣诗集未有精深研究,在此参考前人论著予以总结。

梅尧臣生前没有出版过诗集。北宋时,欧阳修搜集整理出了15卷本梅尧臣诗集,据欧阳修所作《梅圣俞诗集序》:"予尝嗜圣俞诗,而患不能尽得之,遽喜谢氏之能类次也,辄序而藏之。其后十五年,圣俞以疾卒于京师。余既哭而铭之,因索于其家,得其遗稿千余篇,并旧所藏,掇其尤者六百七十七篇,为一十五卷。"可见,梅尧臣逝世后,欧阳修作为好友从其家中搜集整理到了一千多篇梅尧臣作品,欧阳修对之进行了选择,选择其中较好的677篇,分为15卷予以出版。此后又陆续有其家人编的40卷本,后来又有人编了一个《梅圣俞别集》。但这些版本都没有流传下来。

现在流传下来的梅尧臣诗集是《宛陵先生文集》60卷本,这个版本最早出于南宋绍兴十年(1140年),此时距梅尧臣逝世已有80年了。故而这个版本实则是根据此前几个版本汇总而来的。应该说是较为权威的。此后在南宋,《宛陵先生文集》多次翻刻,绍兴十年的版本已失传,现在残存南宋嘉定十六年(1223年)的翻刻本。该版本保存于日本,是一个残本,只存在其中30卷。民国学人张元济1928年得以在日本看到该版本,并于1940年在《四部丛刊》中以此本为基础进行了出版,世人得以目睹宋版梅尧臣诗集的状况。

清末民国时期,同光体诗人陈衍、夏敬观、冒广生等人喜谈梅尧臣诗。夏敬观

---

❶ 杨素霞.梅尧臣诗歌在清代的接受研究[D].南昌:南昌大学,2013.

（1875—1959）开始搜集整理校注梅尧臣诗集，他根据手头的一些版本，开始对梅尧臣诗进行编年校注，该书于 1940 年在商务印书馆正式出版。据夏敬观分析，60 卷本《宛陵先生文集》的前 23 卷为欧阳修、谢景初等人整理的版本，后 36 卷为当时有关书坊汇总各种梅尧臣作品而来。朱东润先生大体同意夏敬观的分析，在出版《梅尧臣集编年校注》时深度参考了夏敬观《梅宛陵集校注》。

明代人根据宋本梅尧臣诗集进行过多次翻刻，延续在清代，清代顺治年间进行过一次翻刻。据梅尧臣的十八世裔孙梅枝凤记载：

> 本朝顺治间楼圮版折，移之府库，其损坏者十之四，朽滥者十之三，颠倒重复者十之一。将数百年遗书，听其若存若亡已耶！盖版藏府治，旋修旋缺，曷若归诸先公会庆堂之为得耶。乡邦之信从，不若子孙之世守；府库之珍藏，不若祠庙之奉为宗器也。将请于执事不果，丙寅秋，幸阁学李文江先生视学江南，蒐集文献，檄征《梅尧臣诗集》，而刷印无版，但以家藏古本遗儿历来献皖江。丁卯春，檄付行学颁族重修世守，诚盛典也……窃有异者，梅尧臣诗鸣于宋，得庐陵推重，而声施到今，历五百年岁，复得文江公而蠹简重光，二公井里同，德望同，共爵位勋业，将无不同，非然而何以旷世相感若是其同耶？❶

可见，顺治年间，"阁学李文江先生视学江南，集文献，檄征《梅尧臣诗集》"，梅尧臣十八世裔孙梅枝凤将自己家藏的古本梅尧臣诗集进献。这可能是一个明代刊本。李文江请梅枝凤为之作序，将之隆重再版。

康熙四十一年（1702 年），吴中徐氏刊刻了《宛陵先生文集》，并请时任江苏巡抚宋荦作序。此前的康熙三十八年（1699 年）冬，宋荦刊刻了《施注苏诗》，在诗坛引起很大反响，故而徐氏特意邀请宋荦为梅尧臣诗文集作序。据宋荦序言："宋梅圣俞先生工于诗，吴趋徐七来氏重刻其所为《宛陵集》者以广其传，请序于予，至五六而不已，可为勤矣。予迟久未有以应。"可见，一开始宋荦并未参加出

---

❶ 周义敢,周雷.梅尧臣资料汇编[M].北京:中华书局,2007:212.

版梅尧臣诗文集的工作，只是最后作了序。此版本后来被称为"宋荦序本"。宋荦序本共60卷，总体较为精良，推出后成为清代梅尧臣诗文集的一个善本，为清代文人所激赏。莫友芝、夏敬观等人都赞同宋荦序本。不过《梅尧臣集编年校注》的作者朱东润先生对此有一定不同意见，认为参考宋版《宛陵先生文集》，明代版本比宋荦序本要好，宋荦序本对梅尧臣诗集的很多编校与改动并不恰当。

道光初年又有梁中孚刊本的《宛陵先生诗集》。梁中孚为山西灵石人，嘉庆十八年（1813年）举人，为嘉庆六年进士梁中靖（1765—1833）之弟。梁中孚于道光三年（1823年）任安徽宁国县知县。道光五年（1825年），梁中孚编撰了《宁国县志》。道光八年（1828年）冬，梁中孚调任安徽宣城知县。宣城是梅尧臣的家乡，这无形之中激发了梁中孚对梅尧臣的崇尚，这使得梁中孚像清初李文江一到任就开始谋划出版梅尧臣诗集。但当时，即使在梅尧臣的家乡，梅尧臣的诗集也不好找，找了一年才找到，随后梁中孚开始请人刊刻，到道光十年（1830年）才完成刊刻。据梁中孚志语：

> 《宛陵先生诗集》旧板残缺，字迹间有脱落，久欲重刊。戊子冬来宰是邑，访求原本，阅年始得，急付剞劂，延江宁茂才汪子经、邑士童广文砚樵、李生少微共校之，凡三月工竣……诸书均未获睹，当速求之，期与诗集并传。其《续金针诗格》、《年谱》、本传，原本不载，今并镂板附入。道光庚寅中元节，知宣城事、山右后学梁中孚谨志。❶

从梁中孚的志语来看，道光年间想找到梅尧臣的诗集已经很不容易了。即使在梅尧臣的家乡都经过了一年才找到。可见，清代普通文人想要研读梅尧臣诗集并不是一件容易的事。这对我们理解清代宋诗出版是很有参考意义的，在清代只有苏轼、黄庭坚、陆游、欧阳修、王安石等不多几位宋诗人的诗集在各书坊都有刊刻，较易获得，剩余连梅尧臣、杨万里这样大诗人的诗集都是较难找到的。

---

❶ 周义敢,周雷.梅尧臣资料汇编[M].北京:中华书局,2007:252.

第四节 清代王安石诗出版状况

高克勤点校《王荆文公诗笺注》、董岑仕点校《王安石诗笺注》、刘成国点校《王安石文集》等的"前言"中都有关于王安石诗文集版本情况的梳理。笔者对王安石诗文版本无专门研究，在此参考有关学者的论述，予以一定总结梳理，以便呈现出清代王安石诗的出版状况。

王安石诗文集在明清时期进入了书坊系统，得以大量翻刻，各地都能较易买到。王安石诗文集主要有三个版本系统：浙刻百卷本《临川先生文集》、百卷本《王文公文集》、李壁注《王荆文公诗》。但只有《临川先生文集》进入了书坊系统，其余版本刊刻也并不多。

据高克勤先生研究，最初王安石的诗文集是由朝廷予以刊刻的。宋徽宗重和元年（1118年），薛昂奉诏编王安石遗文，此后王安石文集有大量流传。绍兴十年（1140年），江西抚州知州詹大和刻《临川先生文集》100卷。绍兴二十一年（1151年），王安石曾孙王珏在杭州刻《临川王先生文集》。❶ 此后宋末至明中期都有一定翻刻。

明嘉靖二十五（1546年），江西临川知县应云鸑再次翻刻《临川先生文集》，从此王安石诗文集广泛流行。考察明嘉靖时期，《临川先生文集》的大量流行，与"唐宋派"对王安石散文的推崇有关，尤其是明人茅坤将王安石散文列入"唐宋八大家"影响巨大。明嘉靖以后，王安石散文集成为全社会通行的读本。现存《临川先生文集》的明代翻刻本包括：嘉靖十年（1531年）苏州刊本、刘氏安正堂嘉靖十三年（1534年）建阳刻本、临川知县应云鸑嘉靖二十五年（1546年）抚州刻本、何迁嘉靖三十九年（1560）抚州翻刻本。高克勤认为临川知县应云鸑刊本为明清两代通行刊本。董岑仕认为，何迁刊本从明末至清代影响深远。

---

❶ 王安石.王荆文公诗笺注[M].高克勤,点校.上海：上海古籍出版社,2010:8.

应该说，清代很多书坊都刊刻有《临川先生文集》，以至于当时人即称该版本为"通行本"或"俗本"。如乾隆六年（1741年），张宗松在重刊李壁笺注的王安石诗序言中说自己在刊刻该书时认为该书"可正俗本之纰缪"，在出版时他"间取通行《临川集》勘之"。从"俗本"一语可以看出当时《临川先生文集》流传很广，但也有不少错谬。

在《临川先生文集》的100卷中有37卷是诗，其中第1卷至第13卷是古体诗，卷14至卷16是五言律诗，卷17至卷25是七言律诗，卷26是五言绝句，卷27至卷34是七言绝句，卷35是挽诗，卷36与卷37是集句诗，后续卷目是王安石的散文。全书编排较好，读者拿到一套《临川先生文集》就可以大体通读王安石诗，能充分了解王安石诗歌状况。而且王安石诗与苏轼、黄庭坚等人大量"以学为诗"不一样，王安石诗总体上较为通俗易懂。可以说，王安石诗在清代的出版传播状况是较好的。清代读者一般都能较易读到王安石诗。这一点远非苏轼、黄庭坚、欧阳修、陆游等之外的宋代诗人可比。有清一代，绝大部分宋代知名诗人的诗集都是较难寻觅的。相较而言，王安石诗文集就算是畅销书了。

除通行本《临川先生文集》外，还有百卷本《王文公文集》和宋人李壁笺注的《王荆文公诗》50卷。但二书长期流传不广。其中宋人李壁笺注的《王荆文公诗》到清乾隆时期才广泛流传开来。

据高克勤点校《王荆文公诗笺注》中王水照先生所作"前言"。清乾隆六年（1741年），浙江海盐国学生张宗松在自己的清绮斋，刊刻了李壁笺注本《王荆文公诗》50卷、《补遗》1卷，从此李壁注广泛流行。李壁（1159—1222），字季章，号雁湖居士，又号石林，四川眉州丹棱人，南宋光宗绍熙元年（1190年）进士。为《续资治通鉴长编》的作者、著名史学家李焘之子。李壁在被贬谪江西抚州时，与人一起完成了笺注王安石诗。出版后在宋元明时期有一定流传，入清后已很难看到，直到乾隆六年（1741年），张宗松将之刊刻，才再次流行开来。

据董岑仕点校《王安石诗笺注》的"前言"部分对王安石诗文有关版本情况的梳理，乾隆六年（1741年），张宗松据毋逢辰本李壁注《王荆文公诗》翻刻出版，是清绮斋本初印本。据张宗松为该书所作序："王荆公诗五十卷，雁湖先生李壁季章笺注。予十年前，购得华山马氏所藏元刻本。间取通行《临川集》勘之。"可见，张宗松对王安石诗与李壁注有深入研究。张宗松所得的元刻本，无序言，无年谱，卷三十、五十末尾各残损了一页，有宋末知名文人刘辰翁的评点，但缺少了魏了翁序。在刊刻时，张宗松删去了刘辰翁评点，但遍访魏了翁序不得。

从今存版本来看，张宗松清绮斋本有过多次刊刻，有乾隆六年初印本以及第一次补叶本、第二次补叶本两种晚刻本。清代书籍刊刻，刊刻时间不等于印刷时间，后续可以持续印刷，可见张宗松清绮斋本《王荆文公诗》在乾隆时期销量很好，以至于后来出现了两次补充刊刻。据研究，第一次补叶本刊刻时张宗松还在世。于卷二七、二八、四七等六卷后插补增叶。增补的内容一是对诗集的校勘，二是被张宗松删除的刘辰翁注释与少量评点。❶此版本日本曾有翻刻。第二次补叶本约于乾隆四十一年（1776年）增刻印行。此时张宗松已逝世，但其子孙从"长塘鲍氏"即藏书家鲍廷博抄录到了魏了翁序，为了弥补先人缺憾，张宗松子孙补刻了之前印本所无的魏了翁序言，以及其他人的一些识语。古人刻书的"补刻"并不是完全重刻，而是在原有印版的基础上增加一些页码的印版，工作量并不大。可见，张宗松清绮斋本在乾隆朝一直在反复印刷。

张宗松家族以刊刻李壁注王安石诗集，在文化界引起很大关注，刻书事业成为张家家学。民国时期，张宗松六世孙张元济继承家学主持刊印《四部丛刊》，为民国之文化盛事。张元济（1867—1959），字筱斋，号菊生，浙江海盐人，清光绪十八年（1892年）进士。戊戌政变后被革职。光绪二十八年（1902年），入职商务印书馆，主持刊印了《四部丛刊》，在近现代有很大影响。《四部丛刊》中分20册影印了元明时期的《临川先生文集》100卷，该书扉页有"上海涵芬楼藏明嘉靖三十九年抚州刊本"字样，可见是刊刻了何迁刻本。同时，张元济在1922年据季振宜旧藏明初刊本（张元济认为是元大德本）影印了李壁注《王荆文公诗》。

可见，王安石诗文集的刊刻与近代出版事业有很大关联。张元济家族自六世祖张宗松起，即以刊刻王安石诗引起诗坛关注。毕竟张宗松未能考取功名，只是国学生。刊刻李壁注《王荆文公诗》，让张宗松在乾隆诗坛有一定知名度，甚至有可能有一定经济收益。后来张元济在1922年影印元明刻本《王荆文公诗》所写的《影

---

❶ 王安石.王安石诗笺注[M].董岑仕,点校.北京:中华书局,2021:10.

印大德本跋》中特意谈到了自己六世祖张宗宋刊刻王安石诗的往事，其中说："四库著录，亦吾家刻本"，自豪之情，溢于言表。张宗松书在第 30 卷、50 卷处有残损，张元济影印时寻觅日本版本予以补全。为此，张元济特意发布了一些感言："夫以一书之微，阅数百年，将就淹没，乃有人起而绵续之，而又故留其缺憾；待百数十年后，仍假其子孙之手，使其先代所引为缺憾者，而一一弥之，其书欲亡而卒不亡，是岂得谓造物之无意耶！"❶ 足见，张宗松、张元济家族在王安石诗及古籍刊刻上确有功劳。反过来说，乾隆帝修《四库全书》动用国家力量搜罗大量珍贵古籍，却不进行刊刻，这真是很大的败笔。从本书梳理来看，宋人诗文集在清代的刊刻是很难的，往往几十上百年才刻印一次。经历几百年历史，尤其是战乱，宋人诗文集往往存世极少，"文化保存"真不易也。

第五节　清代黄庭坚诗出版状况

清代黄庭坚诗集的出版传播远比除欧、苏等之外的其他宋代知名诗人的诗集出版要幸运。在清初，黄庭坚诗集因进入了书坊出版体系，而较多出版，各地都能买到。其版本应是康熙年间某些书坊对明代刊本的翻刻本，是"无注本"。而在乾隆朝以后，随着诗坛"黄庭坚热"的兴起，黄庭坚诗集得以由各种途径大量刊刻，更易看到。其中翁方纲对黄庭坚诗集注本的两次搜集、研究、刊刻，有着特殊意义。此外，陈宝箴、陈三立父子对黄庭坚诗集的刊刻亦值得注意。

一、清代黄庭坚诗集出版概况

清代黄庭坚诗集的出版，没有像苏轼诗文集的出版那样频繁，但也出版较多，出版频次与传播范围都远大于除苏轼、欧阳修、王安石等人之外的其他宋代文人。

---

❶ 王安石.王荆文公诗笺注[M].高克勤，点校.上海：上海古籍出版社，2010：1384.

雍正八年（1730年），赵骏烈在为所刊刻的《后山集》所作的序中说："独念涪翁全集，板行于世，所在皆有。"这说明康熙年间，黄庭坚诗集在书坊间已经较易看到。这是其他绝大部分宋代知名诗人所不能比拟的。其中，在康熙中期，浙江文人柴升刊刻了《山谷内集》，不排除赵骏烈看到的主要是柴升刻本。

四库馆臣在《四库全书总目提要》的"《山谷内集》·三十卷、《外集》·十四卷、《别集》·二十卷、《词》一卷、《简尺》·二卷、《年谱》·三卷（安徽巡抚采进本）""《山谷内集注》·二十七卷、《外集注》·十七卷（两淮盐政采进本）、《别集注》·二卷（编修翁方纲家藏本）"这两个条目中已经较详细梳理了清代之前的黄庭坚诗集出版状况。其具体内容，读者可参看本书第二章第二节中笔者对相关内容的全文转引。这里，我们根据《四库全书总目提要》中的梳理，以及当代学者的研究对清代之前以及清代的黄庭坚诗集出版状况进行梳理。

据《四库全书总目提要》的相关梳理，黄庭坚的诗集传下来的有三个，一个是他的外甥洪炎所编的《山谷内集》有30卷，这个集子是黄庭坚亲手编订的。一个是李彤所编的《山谷外集》14卷。再一个是《山谷别集》20卷是蜀人所编。这三个集子的内容几乎不重复。此后黄庭坚的孙子又编了《山谷年谱》2卷。据四库馆臣"《内集》编于建炎二年。《别集》编于淳熙九年。《年谱》则编于庆元五年。盖《外集》继《内集》而编，《别集》继内、外两集而编，《年谱》继《别集》而编。"这三个集子在南宋中叶后就分别流传开来，后来任渊、史容、史季温又分别给这三个集子做了注。"任渊所注者《内集》，史容所注者《外集》，其《别集》则容之孙季温所补，以成完书。"这就是清人所谓的"黄诗三集""黄诗三注"。

明代嘉靖年间，书商对"黄诗三集"进行了编刻出版，此后一直到清初，清人看到的黄庭坚诗集，都是明代版本或明版的翻刻本。

康熙中期，浙江文人柴升刊刻出版了"黄诗三集"中的《山谷内集》，开始时柴升并未发现《山谷内集》并不全，以为自己出版的是黄诗的全集。直到后来找到了李彤所编《山谷外集》等不同版本，才注意到自己所出版的《山谷内集》是不全的。康熙三十二年（1693年），周之鳞、柴升编刻出版了《宋四名家诗钞》，在其中的《山谷诗钞》部分，柴升有一篇序，谈及了在自己刊刻出版《山谷内集》之前黄庭坚诗集的出版状况："余家所藏豫章黄文节集止有正集一书，已次其诗刻之矣。

而一二脍炙者不与窃疑其未竟也。既乃得其全书，乃知公在陈留时自编《退听堂诗》初无意尽去少作也。而洪氏所编唯以退听为断，前此者不录焉。李彤谓《豫章外集》虽先生晚年删去，后学安敢弃遗？而多循洪氏定次，犹为未全。其诸孙黄瞥奋然念先生平生得意之诗及尝手写者都不及载，遂撰为年谱，而以'外集''别集'附之。明嘉靖间，御史徐公岱既序其书，而侍郎周公季凤又序之，谓求之琼山丘公得'豫章集'三十有六卷，讹脱未慊也。最后钞之内阁得'正集''外集''别集''词''简''年谱'诸集凡九十七卷乃宋蜀人所献者。庶几全而无遗。"❶此序比《四库全书总目提要》中黄庭坚诗集的相关提要要早近百年。柴升有《山谷内集》的出版经历，对黄庭坚诗的认识是很深的。柴升所刻的《山谷内集》在康熙时期应是有广泛传播。

四川大学古籍所1990年版《现存宋人别集版本目录》对现存黄庭坚诗集有深入爬梳。其中现存的清代版本主要有：清代振邺堂翻刻的明代《重刻黄文节山谷先生文集》，乾隆三十年（1765年）辑香堂刻本《宋黄文节公文集》，乾隆后期武英殿聚珍版丛书中的《山谷内集诗注二十卷·山谷外集诗注十七卷·山谷别集诗注二卷》，乾隆五十四年（1789年）江西南康谢启昆树经堂刻本《黄诗全集》，黍川陈氏集思堂刊本《宋黄文节公诗正集十一卷·外集十一卷·别集一卷》，同治七年（1868年）江西义宁冲和堂刊本《宋黄文节公文集》，光绪二年叙府山谷祠刻本《黄诗全集》，光绪二十年陈宝箴本翻刻的是清乾隆年间缉香堂《重刻黄文节公文集》，光绪二十六年陈三立用日本覆宋本影刊的黄庭坚诗集❷，等等。可见，乾隆中期以后，黄庭坚诗集的刻本非常多。

二、翁方纲刊刻黄庭坚诗文集

清代黄庭坚诗集出版中很值得注意的是，翁方纲曾两次刊刻黄庭坚诗文集。第

---

❶ 四库全书存目丛书编纂委员会.四库全书存目丛书(集部第394册)[M].济南：齐鲁书社，1997：671.

❷ 四川大学古籍所编.现存宋人别集版本目录[M].成都：巴蜀书社，1990：109-113.

一次是乾隆后期武英殿聚珍版丛书中的《山谷内集诗注二十卷·山谷外集诗注十七卷·山谷别集诗注二卷》，这一版本的刊刻是由翁方纲力主，才得以收入武英殿聚珍版丛书。乾隆五十二年丁未（1787年）翁方纲作于南昌的《六月十二日，山谷先生生日拜像赋诗，用乙未题正集韵》，诗中翁方纲自注回顾了三年前梦到黄庭坚的旧事曰："甲辰六月十二日，自热河归，于密云旅舍梦先生，其时正三集注本殿板告成也。"甲辰为乾隆四十九年（1784年），则这一年，翁方纲校订完成了黄庭坚诗集，进呈给乾隆帝，乾隆帝下诏将之收入武英殿聚珍版活字印刷的丛书，该版本至今可见，为黄诗的一个重要版本。这是翁方纲第一次校订出版黄庭坚诗集。

第二次是乾隆五十三年（1788年）任江西学政时，翁方纲校订出版黄庭坚诗集。乾隆五十二年（1787年），翁方纲有《校黄诗重有述四首》，说明他这一年认真校对了黄庭坚的诗，来到江西后翁方纲开始组织黄庭坚诗集出版事宜。乾隆五十四年（1789年），翁方纲作有《黄诗三集注本刻成，集同学诸子于南昌使院谷园书屋文节像前，荐笋脯赋诗》，这里所谓的"三集注本"，即宋人任渊注的《山谷内集诗注》二十卷，史容注的《山谷外集诗注》十七卷，史季温注的《山谷别集诗注》二卷，共为"三集"。因为是宋人注本，接近黄庭坚的时代，故其注较为权威。翁方纲对之很重视，视为黄庭坚诗的权威版本，进行了反复的研读、校对，故而任江西学政后便在南昌对该书进行了刊刻。乾隆五十四年（1789年），翁方纲作有《黄诗三集注本刻成，集同学诸子于南昌使院谷园书屋文节像前，荐笋脯赋诗》，谢启昆为此作诗《黄诗三集注本刻成，覃溪师集同人于南昌使院谷园书屋荐笋脯》，说明谢启昆也参与了这次黄庭坚诗集的刊刻。翁方纲刊刻的"黄诗三集注本"在江西地区应是有较大流传。

三、陈三立父子刊刻黄庭坚诗

清末时，陈宝箴、陈三立父子也曾分别刊刻过黄庭坚诗集。现存陈宝箴刊刻的《重刻黄文节公遗集》，据陈宝箴后序，该书刊刻于"光绪二十年仲冬月既望"即1894年。陈宝箴本翻刻的是清乾隆年间缉香堂《重刻黄文节公文集》。陈宝箴在序中盛赞黄庭坚：

江右人文，自东晋陶靖节而外，于北宋号称极盛。庐陵临川二公，首以文章道术倡导天下，声名位望，皆足以相副。文节公僻处分宁万山中，与眉山苏氏踵起，与相颉颃。各以其亮节高怀穷极文章之变化，天下号苏黄，旷百世而无异词，固命世之豪杰哉！……独其文采照耀千古，虽寸楮只字，益久而人益加贵爱。有谓读公诗如见鲁仲连李太白，不敢复论鄙事。其感发人心可谓至矣。❶

陈宝箴长期在湘军将领席宝田幕府，后为曾国藩所举荐。因此，陈宝箴的诗学观念，受曾国藩的影响较大。曾国藩崇尚黄庭坚诗，陈宝箴也受曾国藩影响"嗜山谷诗"。陈宝箴的这种"嗜山谷诗"，最终也对陈三立形成了很大的影响，形成了陈三立诗宗黄学黄的特点。后来陈三立也重新刊刻了《山谷诗集注》。陈三立有《山谷诗集注题辞》一文谈及事情原委：

> 光绪十九年，方侍余父官湖北提刑，其秋携友游黄州诸山，遂过杨惺吾广文书楼，遍览所藏金石秘籍，中有日本所得宋椠黄山谷内外集，为任渊、史容注。据称不独中国未经见，于日本亦孤行本也。念余与山谷同里闬，余父又嗜山谷诗，尝憾无精刻，颇欲广其流传，显于世。当是时，广文意亦良厚，以为然。乃从假至江夏，解资授刊人。广文复曰："吾其任督校。"越七载而工讫，至其渊源识别，略具于广文昔年所为跋语云。光绪二十六年二月，义宁陈三立题。❷

据此以及相关史料可知，陈三立本《山谷诗》刻成于光绪二十六年（1900年），比陈宝箴刻本要晚6年。陈三立刊刻黄庭坚诗的起因是光绪十九年（1893年）陈三立游黄山时，他见到杨守敬从日本所购的《山谷诗集注》20卷，该本为南宋绍定年间福建延平黄埻根所刊刻，后为日本人所翻刻，在中国早已不流传，在日本也很罕见。于是陈三立便出资，配以朝鲜活字本史容撰的《山谷外集注》17卷，以及

---

❶ 黄庭坚.重刻黄文节公遗集[M].光绪二十年陈宝箴刻本.
❷ 陈三立,著.散原精舍诗文集[M].李开军,点校.上海：上海古籍出版社,2014:1126.

史季温撰的《山谷别集注》二卷，合计为三十九卷，由杨守敬校勘，请著名刻工陶子麟重新刊刻而成。陈三立在题词中提到其父陈宝箴亦嗜好读山谷诗，曾感叹没有找到好的山谷诗版本，"余父又嗜山谷诗，尝憾无精刻，颇欲广其流传，显于世。"可见，陈三立刊刻黄庭坚诗集，是受其父亲陈宝箴的影响。

第六节　清代陈师道诗出版状况

当代较流行的中华书局版《后山诗补笺》，是由清末同光体文人冒广生（1873—1959）根据宋人任渊注本的《后山诗注》所补笺，于1936年在商务印书馆出版。此后，冒广生虽有进一步研究，但未再出版，其孙冒怀辛进一步整理，在1986年再次出版。在该书的前言部分，冒怀辛详述了陈师道诗集的出版状况。在此我们引述冒广生、冒怀辛的有关论述。

据陈师道门人魏衍《彭城陈先生集记》，宋徽宗建中靖国元年（1101年）陈师道逝世后，陈师道之子陈丰、陈登将陈师道遗稿交由魏衍整理。十多年后，魏衍将之出版，共有20卷，其中文章14卷共140篇，诗6卷共465首。南宋初，四川文人任渊分别给黄庭坚、陈师道诗集作了注，成《山谷诗集注》和《后山诗注》。在宋元明时期，陈师道诗集已分有注本与无注本。其中，明代弘治时期，山西潞安守马暾刻本《后山集》，一度流传较广。

清代康熙年间，未有人刊印过陈师道诗文集。只是吕留良、吴之振刊刻《宋诗钞》中有一卷陈师道诗。可见，在康熙时期，陈师道诗主要以《宋诗钞》为途径进行传播。《宋诗钞》一度在很多文人士大夫家中都有，故而一度陈师道诗也还算传播较广。

雍正三年（1725年），嘉善陈唐刻有无注本的《后山诗集》，共12卷。据《四库全书总目提要》："《后山诗集》·十二卷（江苏巡抚采进本）　宋陈师道撰。师道有全集已著录。此本为雍正乙巳嘉善陈唐所刊。《正集》六卷，仍魏衍所编之旧。逸诗五卷、诗余一卷则唐蒐辑诸书，补所未备者也。《正集》旧有《任渊注》，今皆削去。别本各行，未为不可。唐同里吴谆为作序，乃极论其注当削，则谬之甚矣。"❶ 这部 12 卷本《后山诗集》是雍正时期浙江嘉善文人陈唐所刊。陈唐的同乡吴谆在该书序言中对任渊的注评价不高，认为："任注即不至穿凿如注杜诸家，然世有善读者，当自能得之，可无事郑笺为耳。"吴谆认为任渊的注影响了读者对陈师道诗的接受，高明的读者可以从陈师道诗中读出自己的心得，不需要任渊注。故而吴谆提出要删除《后山诗集》所附的任渊注。陈唐在刊刻时同意了吴谆的意见。对此，纪昀等四库馆臣很不同意。纪昀等人注重"以学为诗"，注重阐发诗中的学问，其实吴谆删除任渊注的意见也并不是没有道理。关键还是要让读者能够从陈师道诗中读出一些有共鸣的东西。纪昀青年时期就深入研读过陈师道诗，纪昀的这些评语应该说是比较专业的，但还是有明显对前人吴谆等人的贬低。这是纪昀一贯的笔法。

雍正八年（1730 年），云间赵骏烈刻有《后山集》，其诗的部分亦无注。赵骏烈根据明代马暾刻本《后山集》的一个抄本进行了重编。赵骏烈将诗部分的 12 卷编为 8 卷，另有文 9 卷，"谈丛" 4 卷等，总计 24 卷。据该书王原序中所言："今所传马暾刻本，比魏本诗多二百一十四首，文多二十九首……马氏刻版久已亡失。吾郡赵子润川素爱其诗，从姚太史听岩公家借得钞藏马氏本，中间颇多讹字，余悉为改正，疑者阙焉。润川好古工诗文，将谋雕版以广其传，属余引其端。"❷ 可见，赵骏烈欣赏陈师道诗，但一直找不到版本，从友人家中找到了一个明代马暾刻本的抄本，为了更好传播陈师道诗文，而将该抄本请王原进行校改后进行了出版。后来纪昀在乾隆年间看到的陈师道《后山集》有可能就是赵骏烈刻本。

光绪十一年（1885 年），番禺陶福祥对赵骏烈刻无注本《后山集》进行了翻刻。据研究，这一版本后来流传较广。1914 年，乌程张氏出版《适园丛书》，包含《陈后山集》，该版本以陶福祥本为底本。

乾隆帝修《四库全书》时，浙江巡抚进献了 12 卷本的任渊注《后山诗注》。当时正值诗坛宗宋思潮大为流行，四库馆臣考虑到该版本极为罕见，遂将该书放入武

---

❶ 永瑢等撰.四库全书总目提要[M].北京：中华书局,1965:1329.
❷ 陈师道.后山诗注补笺[M].冒广生,冒怀辛,校笺.北京：中华书局,1995:620.

英殿聚珍版丛书中予以出版。由此，我们更能理解为何《四库全书总目提要》中会批评雍正三年陈唐刻本删除任渊注。这是任渊注本《后山诗集》真正流行开来的原因。此后在同治时期，江西和福建的官刻书局，都将武英殿聚珍版《后山诗集》重刊过一次。光绪二十五年（1899年），广东广雅书局又重刻了一次。

此外，纪昀编的《镜烟堂十种》中有《后山集钞》，有陈师道诗148首，文40篇，并作了序与少量评点。纪昀因早年从研读《瀛奎律髓》开始学诗，而《瀛奎律髓》崇尚江西诗派，对陈师道诗评价很高，这让纪昀对陈师道诗也有一定好感。但由于清代书籍流通状况不佳，虽然在雍正三年、雍正八年，陈师道诗集被两次刊刻，但到纪昀青年时期，也很难买到陈师道诗集。乾隆二十七年（1762年），纪昀在老师家中借阅到了陈师道诗集，遂请人做一个抄本，"壬午六月，从座师钱茶山先生借阅，令院吏循钞之。循本士人，所钞不甚误。"❶然后又根据这个抄本，做了一个《后山集钞》。这部《后山集钞》几年后被收入《镜烟堂十种》。其时纪昀任福建学政，该书得以出版。

综合来看，在宋代诗人中除去苏轼、黄庭坚、陆游之外，陈师道诗集在清代出版次数较多。虽然也只有寥寥10次，但无疑是比范成大、杨万里等知名诗人的诗集出版要多不少了。客观来说，陈师道《后山诗集》虽然出版较多，但也不是随处可见，连当时在京城史馆任职多年的纪昀想买到该书的印本都买不到，足见清代普通文人寻觅陈师道诗集也是极难的。至少在清末之前，除非出身文化世家、藏书世家的世家子弟，普通文人很难在市场上买到包括《后山诗集》在内的绝大部分宋代知名诗人诗集。这是清代宋诗出版的真实状况。

第七节　清代陆游诗出版状况

陆游存诗有9200多首，数量非常多，所以陆游诗的出版与校注在古代都是有一

---

❶ 纪昀.纪晓岚全集(第七册)[M].刘金柱,杨钧,主编.郑州:大象出版社,2020:285.

定困难的，相比于苏轼、黄庭坚的2000多首诗，其工程量都非常大，这导致陆游诗的出版没有苏轼、黄庭坚诗出版那么方便。

陆游晚年以诗著称，且寿命很长，故而他晚年于淳熙十四年（1187年）就自定、刊行了《剑南诗稿》20卷。陆游时年62岁，在古代已算高龄。这部《剑南诗稿》很快流传开来，但陆游得享高寿，此后二十多年持续写诗。陆游逝世后，其幼子编成了《剑南诗续稿》67卷。此后，陆游长子又将二稿合一编成《剑南诗稿》85卷，且按照编年顺序进行编排。此后历代的《剑南诗稿》都以此为基础。因此，陆游诗不像苏轼诗、黄庭坚诗那样有一定版本分歧，历代的陆游诗版本都较为固定。

历代书坊翻刻的《剑南诗稿》主要都是这个85卷本，同时也先后出现了一些选本，如南宋人罗椅编的《涧谷精选陆放翁诗集前集》10卷、南宋末刘辰翁编《须溪精选陆放翁诗集后集》8卷。等于是从陆游的85卷诗中精选了十多卷用于传播。到清代，各书坊刊刻陆游诗集都大体遵循全集、选集两种模式。

明末清初毛晋（1599—1659）汲古阁将陆游的诗、文、词、笔记等各种著作合刊为《陆放翁全集》共167卷，含《剑南诗稿》85卷、《渭南文集》50卷等。此版本在康熙年间有多次刊刻。后来，编选过陆游诗选本的杨大鹤说，"六十年前，宋人诗无论全集、选本，行世者绝少。陆放翁诗尤少，以余目所睹记，澄江许伯清前辈有手录宋人诗集三十家，今已不可复得；刻本惟曹能始《十二代诗选》，然陆放翁诗俱寥寥无几。自汲古阁得翁子子虞所编《剑南诗稿》授梓，于是放翁之诗无一篇遗漏者矣。"❶ 可见，明末时陆游诗很难看见，直到毛晋将《陆放翁全集》翻刻出来，才让陆游诗在清初有较大传播。

清代多个书坊翻刻了毛晋版本的《陆放翁全集》。据四川大学编《现存宋人别集版本目录》，现存森宝斋仿汲古阁刊本《陆放翁全集》，又存有康熙时期爱莲山房刻本《剑南诗钞》85卷本。该书的传播还是较广的。

由于陆游全集包含诗歌近万首，部头太大，传播不便，这使得陆游诗的传播很大程度上靠"陆游诗歌选"。清代出现了多种很有影响的"陆游诗歌选"，精选出陆游的部分代表作，更便于陆游诗歌的传播。包括：

---

❶ 转引自蒋寅《钱谦益的诗学理论及其批评实践》一文。

(1) 杨大鹤刻本《剑南诗钞》。清康熙二十四年（1685年）常州文人杨大鹤刻有《剑南诗钞》，该书共8册，每卷卷首有"宋山阴陆游务观著　毗陵杨大鹤芝田选侄楷端木校"。杨大鹤，字芝田，为江苏常州人，为康熙十八年（1679年）进士，有《香山诗钞》二十卷。杨大鹤在康熙二十四年所作的序言中说："架上有《剑南诗稿》，取而遍读之，钞其十之二三，自携而已。犹子楷读而好之，请付剞劂。因命儿子祖荣稍为雠对。"杨大鹤在编选时，按五言古、五律、七律、五绝、七绝等对陆游诗进行分类编选。据该书目录，编选有五言古诗315首，七言古诗209首，五言律诗269首，七言律诗708首，五言绝句115首，七言绝句426首，合起来有约2000首，把陆游较好的诗都囊括在内。

杨大鹤编刻的《剑南诗钞》此后为各书坊所广泛翻刻。据《现存宋人别集版本目录》现存有道光二年、同治六年、同治八年、光绪八年等近十种版本。其中就包含光绪五年（1879年），江西金溪浒湾善成堂刻本杨大鹤编《剑南诗钞》。❶ 可以看出，杨大鹤编的《剑南诗钞》极为流行，有大量翻刻本，几乎取代了85卷全集本的《剑南诗稿》。事实上，从川大编《现存宋人别集版本目录》对中华人民共和国成立后各图书馆所存有的陆游诗文集古籍来看，85卷本《剑南诗稿》的流传并没有杨大鹤编《剑南诗钞》广。杨大鹤编《剑南诗钞》称得上是一部经典版本的"陆游诗精选集"。

(2) 朱陵刊《陆放翁剑南诗选》。康熙二十五年（1686年），朱陵刊刻了《陆放翁剑南诗选》，收有陆游诗912首。这一版本未见翻刻，应只刊刻了这一次，但当时流传较广，至今存留近10个复本，说明该书持续印刷、销售了多年。

(3) 王复礼刊《放翁诗选》。康熙三十九年（1700年），王复礼刊刻了《放翁诗选》，收有陆游诗618首。这一版本只刊刻了这一次。

(4)《宋诗剑南诗集摘选》。清中期，有书坊刊刻了《宋诗剑南诗集摘选》，收陆游诗251首。

(5)《剑南七律读本》。大约在嘉庆道光时期，葆筠堂刻有《剑南七律读本》。现存一种莫友芝题跋的版本。

---

❶ 毛静.藻丽娜嫘：浒湾书坊版刻图录[M].南昌：江西高等教育出版社，2018：295.

以上这些陆游诗选本，各有特点，但最终还是杨大鹤编的《剑南诗钞》流传最广。这可能与杨大鹤编《剑南诗钞》入选2000首，篇幅适中，既对陆游诗进行了一定精选，剔除了陆游诗中一些较次的作品，又具有较大篇幅，能够较全面展现陆游诗歌特点。而其他的陆游诗选往往篇幅较小，王复礼刊《放翁诗选》入选了618首，《宋诗剑南诗集摘选》更只入选了251首，都篇幅太小，不能够展现陆游诗的全貌。

另外，清代未出现陆游诗的注本。据钱仲联先生研究，陆游诗向来未有注本。宋代史温曾有《陆诗选注》十卷，但很快就亡佚了。清人许美曾有《陆诗选注》，但并没有刊行。最多是乾隆帝御选《唐宋诗醇》中所选陆游诗部分有一些评点与注释。中华人民共和国成立后钱仲联先生作有《剑南诗稿校注》❶，完成了陆游诗的校注，是当今所见之善本。

第八节 清代范成大诗出版状况

王昕《范成大〈石湖集〉版本源流考》一文，对范成大诗文集在历代的出版传播情况有深入研究。范成大逝世后，周必大撰《资政殿大学士赠银青光禄大夫范公成大神道碑》谈到了范成大作品的情况："文章瞻丽清逸，自成一家。尤工诗，大篇短章，传播四方。初效王筠一官一集，后自衷次为《石湖集》一百三十六卷。别著《吴门志》五十卷。使北有《揽辔录》，入粤有《骖鸾录》《桂海虞衡志》，出蜀有《吴船录》，各一卷。"谈到范成大《石湖集》有136卷。嘉泰三年（1203年），范成大之子范莘刊印《石湖集》时作跋："诗文凡百有三十卷，求序于杨先生诚斋，求校于龚编修芥隐，而刊于家之寿栎堂。"此说法与周必大略有差异，应是范莘进行了一定编辑。

《石湖集》130卷出版后，有较大流传，但在元明之际，《石湖集》中所收文章的部分基本亡佚了，到明代仅存《石湖居士诗集》34卷。据王昕推测，这是因为在

---

❶ 陆游.剑南诗稿校注[M].钱仲联,校注.上海：上海古籍出版社,2005.

宋元时，有人只选取了《石湖集》中的诗歌部分进行抄录或刊刻❶，导致最终流传开来的只有《石湖居士诗集》34卷。

明代弘治十六年（1503年）有金兰馆铜活字本，该版本每半页10行21字，原本至今尚存，收录于四川大学所编《宋集珍本丛刊》。但在清初范成大诗集一直未能出版。在清代宗宋诗潮中，汪琬（1624—1690）在吴中地区大力提倡范成大诗。这使得一些出版家着重注意到了范成大诗。

康熙二十七年（1688年），顾嗣立兄弟刊刻了《石湖居士诗集》34卷。这是范成大诗在清代的首次刊刻，是范成大诗在清代的重要刻本。民国时，张元济影印出版《四部丛刊》，就用了顾嗣立刊本的《石湖居士集》。

该书署名是顾嗣协、顾嗣皋、顾嗣立三兄弟。据依园主人顾嗣协康熙二十七年（1688年）在卷首所作的跋语：

> 《石湖诗集》三十三卷，凡古今各体诗一千九百一十六首，范文穆公手自编定。宋嘉泰间其子莘等刻以行世，合诗文凡百有三十卷。明时曾已重刻，而流传颇少，又有活板印本，残阙甚多。今藏书家多有抄本，而讹舛异同鲁鱼错出。吾友金子亦陶所藏从宋板抄得。更为广集诸家，校勘精密，可称善本。兹先刻其诗集，以公诸同好。卷帙前后悉依原本所编。

顾嗣协（1663—1711），字迁客，号依园，江苏长洲（今常熟）人。康熙四十六年（1707年），由岁贡生授任为新会县令。顾嗣立（1665—1722），字侠君，号闾丘，江苏长洲人。康熙三十八年（1699年）举人，康熙五十一年（1712年）进士。刊刻《石湖居士集》时，顾嗣立只有23岁，这成为顾嗣立学术生涯早期的一项重要锻炼。据顾嗣协跋语，他们刊印的《石湖居士集》是以友人所藏抄本（一部根据宋版《石湖居士集》进行抄写的抄本）再结合其他一些版本校勘而来，改正了大量的版本错误。顾氏兄弟的这一刊本，校勘精良，获得了一定认可，此后应是长期销售，故而流传极广。据四川大学古籍所编《现存宋人别集版本目录》，顾氏兄

---

❶ 王昕.范成大《石湖集》版本源流考[J].中国语言文学研究(辑刊),2017(1).

弟版《范石湖集》今存 47 部，各省图书馆古籍部几乎均有馆藏。足见，顾氏兄弟版的《石湖居士集》成为了清代的权威版本。

就是在顾嗣立刊刻《石湖居士诗集》的同一年，徽州人黄昌衢藜照楼亦刻《范石湖诗集》20 卷。但黄昌衢刻本不如顾嗣立刻本精善。王士禛《居易录》云："婺源黄昌衢刻宋《范石湖诗集》二十卷，中多阙文。吴郡门人顾嗣协迂客亦刻《石湖集》，摹宋版最工。"王士禛指出了黄昌衢刻本有很多阙文。

此外，也是在康熙二十七年（1688 年），江西吉水文人李振裕亦刻有《范石湖集》20 卷。但据《现存宋人别集版本目录》中查考，黄昌衢刻本《范石湖诗集》今存 16 部，而李振裕刻本《范石湖集》今一本都不见。

在此之后，《范石湖集》并未再版过，这说明从乾隆朝以后，范成大诗的热度是有所消退的，否则范成大诗集不可能得不到出版。此后直到道光年间，沈钦韩为范成大诗作注，成《范石湖诗注》三卷。沈钦韩（1775—1832），字文起，号小宛，又号织廉居士，浙江吴兴（今湖州）人，后迁居江苏吴县。嘉庆十二年（1807 年）举人。道光年间，曾官至安徽宁国县训导。沈钦韩是乾嘉时期重要的考据学家，撰有《两汉书疏证》《水经注疏证》《左传补注》，同时对唐宋诗深有研究，撰有《韩昌黎集补注》《王荆公文集注》《王荆公诗补注》《苏诗查注补正》和《范石湖诗注》等。沈钦韩在世时，《范石湖诗注》并未能够出版，直到光绪年间才在吴县潘氏刻本的《功顺堂丛书》中得以出版。

第九节　清代杨万里诗出版状况

与很多古代诗人生前未能大规模刊印自己诗集不同，杨万里很注重对自己诗集的刊刻出版。杨万里几乎每在一地做官，就会把自己在该地的作品刊刻出来。故而后来方回在《瀛奎律髓》中说："杨诚斋诗一官一集，每一集必一变"。杨万里先后刊刻有九种单行本诗集，包括：《江湖集》14 卷、《荆溪集》10 卷、《西归集》8 卷、《南海集》8 卷、《朝天集》11 卷、《江西道院集》3 卷、《朝天续集》8 卷、

《江东集》10卷、《退休集》14卷,共86卷。这9种宋代刊刻的杨万里诗集单行本,目前有7种有宋刻存世。在杨万里逝世后,其子杨长孺编辑刊刻了《诚斋集》,有133卷,其中包括杨万里诗歌4200多首。此后宋元明时期流传的杨万里诗文集,基本都是从杨长孺刻本的《诚斋集》翻刻而来。

学界诸多学者对杨万里诗在清代的出版问题已进行了多方面梳理❶,总体来看,杨万里诗集在清代的刊刻并不理想,刊刻数量极少,在图书市场上很难看到。

杨万里毕竟不是如苏轼、欧阳修、王安石、陆游那样的最顶尖文人,故而在清代各书坊几乎未刊刻过杨万里诗集。梳理有清一代的杨万里诗集出版,不能不说,康熙十年(1671年)吕留良、吴之振刊刻的《宋诗钞》是杨万里诗集在清代的最重要一次出版。《宋诗钞》在编选时非常重视对杨万里作品的编选。吴之振在《宋诗钞·凡例》中说:"曹能始《十二代诗选》所载,有百数十家,中如陆务观、杨诚斋,宋之大家也,集又最富,然存者甚少,诚斋尤寥寥,他可知矣。"为杨万里诗入选过少鸣不平,因此,《宋诗钞》大量入选了杨万里诗歌。

吕留良吴之振刊刻《宋诗钞》106卷,其中杨万里作品收录最多,收录了9卷,占到整个篇幅的近十分之一,而且是按照杨万里的九种单行本诗集,分别进行编撰,分别是《荆溪集钞》《西归集钞》《南海集钞》《退休集钞》等一集成一卷,共收录杨万里作品1359首。这已经占到杨万里全部存世诗歌的三分之一。因此,《宋诗钞》中的杨万里诗已经可以等同于三分之一的《杨万里诗集》了。或者说,读者拿到了《宋诗钞》基本上相当于拿到了杨万里的诗歌集。故而《宋诗钞》对杨万里诗歌的出版与传播是起了很大作用的。

但吕留良、吴之振对杨万里诗的推崇,很快受到诗坛的反对,由此杨万里诗在诗坛的声誉一落千丈。杨万里虽然仍然被诗坛视为大诗人,但并非如苏轼、黄庭坚、陆游那样引领清代诗坛的大诗人,故而康熙朝以至乾隆朝,竟然未出现一种杨万里全集的刊本。这实在是一件很让人吃惊的事实!杨万里诗集尚且如此,其他影响力不如杨万里的诗人的诗集,就更难出版了!

在清代流传的杨万里全集,以抄本为主。以至于民国时期,张元济等刊刻《四

---

❶ 李玮.论杨万里及其作品在清代的传播与接受[D].福州:福建师范大学,2010.

部丛刊》中的《诚斋集》133卷的底本用的是来自日本的"影宋抄本"："宋刻在日本。此出日本人影钞。每叶二十行，行十九字。为《诚斋集》最足之本，自宋以后绝未刻过。"可见，杨万里全集善本在明清时之难寻觅。

乾隆后期，杨万里二十世孙杨振鳞开始编刻杨万里全集，这次编刻将杨万里的诗文分开编刻，其中乾隆六十年（1795年）刊刻出版了《杨文节公文集》42卷，几年后又编刻了《杨文节公诗集》42卷。实则这次刊刻杨万里全集所用的底本，也都是抄本，其中错讹之处是很多的。据杨振鳞自叙：

> 但全集一百三十三卷，惧艰于费，因将诗文两种分为二集，初刊文集，费足则另刊诗集。又原两处所藏皆抄本，其中散佚者固多，即现存而错讹难辨者亦复不少，兹暂存原稿，伺再觅善本补阙订讹，而续为一集。❶

作为杨万里二十世孙，杨振鳞对杨万里诗文集的刊刻，与康熙年间，高士奇对其祖先宋人高翥诗集的刊刻并无本质差异，都是家族后人对祖先的崇敬。事实上，宋代诗人中，没有明确后代的，其诗集往往也就难以再刊刻了。可见，刊刻祖先作品，也是中国的一种文化传统。

除这部由杨万里子孙编刻的《杨文节公诗集》42卷，据《现存宋人别集版本目录》，在嘉庆时期，有书坊刊刻了《诚斋诗集》16卷本，这是对杨万里诗的一个精选集。该刻本一度流传较广，现在十多个图书馆有馆藏。

杨万里诗在清代极少出版，倒是杨万里的文选在清代有较多出版。清代书坊根据明万历刊本《诚斋杨万里先生锦绣策》翻刻有多种杨万里文选。如雍正七年东山惠迪堂刻本《宋庐陵诚斋杨先生锦绣策一卷》、乾隆五十九年忠节堂刻本《诚斋文节先生锦绣策二卷》。该书可能是杨万里根据南宋策问编写的策问文集，在明清时期有一定影响，但其内容并不包括杨万里的诗歌。

杨万里诗在清代的出版状况，是宋代诗人诗集在清代出版传播中具有典型性的。杨万里为"南宋中兴四大诗人"之一，且其诗在清代也受到较大关注，然而其诗集

---

❶ 杨万里. 杨文节公文集[M]. 乾隆六十年杨振鳞刻本.

版本的出版已严重不足，其全集出版较少，版本质量不佳。或者说，清代宋诗出版中，只有苏轼、黄庭坚、欧阳修、王安石、陆游等少数几人有较好的出版状况，其他如杨万里等人都难以寻得较好版本。至于其他几十位宋代较知名诗人的诗集版本就更难寻觅了。

因此可以看出，清代普通宋诗人的作品传播，主要依靠宋诗选本。由此我们更能理解《千家诗》《瀛奎律髓》《唐宋诗醇》《宋诗别裁集》等流行宋诗选本在清代宋诗传播与接受中的重要作用了。

第十节　清代永嘉四灵诗集出版状况

"永嘉四灵"指南宋中期四位浙江永嘉地区的诗人，包括：徐照（字灵晖）、徐玑（号灵渊）、翁卷（字灵舒）、赵师秀（号灵秀，为宋太祖八世孙），因他们四人字号中都有一个"灵"字，故被时人称为"永嘉四灵"。这四位永嘉诗人的诗集可能有过单行本，但并未能流传下来，书商陈起将他们的诗集编刻在一起成《四灵诗选》，传播较广，在南宋末期诗坛有一定影响。据研究，现存"永嘉四灵"诗有 730 首左右。其中徐照有《芳兰轩集》三卷，存诗 259 首；徐玑有《二薇亭集》二卷，存诗 164 首；翁卷有《苇碧轩集》一卷，存诗 138 首；赵师秀有《清苑斋集》一卷，诗 141 首。在这些较确定是四灵诗的作品外，另有通过各类途径搜集的补遗诗几十首。

永嘉四灵诗歌采用了晚唐姚合、贾岛的创作方法，对"江西诗派"的诗歌创作方法有一定纠偏作用。当然，永嘉四灵与江西诗人也有一定渊源，他们的很多诗歌都创作于江西筠州、信州等地。永嘉四灵诗在明清时期的影响远不如苏轼、黄庭坚、陆游、王安石、欧阳修、范成大、杨万里等人，但他们作为"宋代诗坛生态"的重要组成部分，还是受到了明清学者的一定关注。

据青年学者吴娟《永嘉四灵诗集编刻流传考》一文的考订，目前可考的宋刻永嘉四灵的诗选有两种，一种是南宋诗人叶适编选、商人陈起刊刻的《四灵诗选》，该书共四卷，四灵一人一卷，共含四灵诗约五百首。另一种是南宋人刻《永嘉四灵诗》，该书 8 卷。明末毛氏汲古阁曾藏宋刊《永嘉四灵诗》残本 4 卷。

明万历四十三年（1615 年）潘是仁编刻《宋元诗》（又名《宋元名家诗集》）42 种 208 卷，包括了永嘉四灵诗。其中，徐照《芳兰轩诗集》五卷，有诗 105 篇；徐玑《二薇亭诗集》四卷，有诗 104 篇；翁卷《苇碧轩诗集》四卷，有诗 121 篇；赵师秀《清苑斋诗集》四卷，有诗 133 篇。四家诗合计 463 篇。从入选数量来看，潘是仁刊刻的四灵诗是一个诗选，并非四灵诗的全集。一般认为，潘是仁是根据叶适、陈起《四灵诗选》编刻了该书。而另一个宋本《永嘉四灵诗》所收诗数量比叶适、陈起《四灵诗选》或晚明潘是仁本的要多

要注意的是永嘉四灵诗在元明清的影响并不大，故而在清中叶之前，他们诗集的刻本只有以上所述寥寥数种。不过由于清代"宋诗学"的大发展，清人很注重搜集、选录各宋人诗，因此在清代的各类宋诗选本中，一般都选录有永嘉四灵诗。如吴之振《宋诗钞》收有四灵诗各一卷，其中卷八十四为赵师秀《清苑斋诗钞》，有诗 111 首。卷八十五为翁卷《苇碧轩诗钞》，有诗 93 首。卷八十六为徐照《芳兰轩诗钞》，有诗 85 首。卷八十七为徐玑《二薇亭诗钞》，有诗 77 首。《宋诗钞》所选四人诗合计约 370 首，而据当代学者统计，四灵存诗不过 700 多首，据此来看，四灵存诗的 50% 都被收入了《宋诗钞》。再如，康熙三十三年（1694 年）出版的《宋诗啜醨集》收有 65 位宋代诗人的 423 首诗，其中收有赵师秀 28 首，徐照 11 首，翁卷 2 首，徐玑 2 首，所收四灵作品不算少，占全部作品的 10%。再如，顾贞观编的《积书岩宋诗钞》收有赵师秀诗 16 首，徐照诗 12 首。厉鹗《宋诗纪事》卷六十三收有徐照诗 5 首，徐玑诗 3 首，翁卷诗 6 首，卷八十五有赵师秀诗 10 首。

但是在清代嘉庆朝之前，永嘉四灵诗单行本并没有再刊刻过。以至于乾隆帝修《四库全书》时，都找不到合适的永嘉四灵诗版本。最后只能用江南文人鲍廷博所做的抄本为底本。据《四库全书总目提要》的记载，四库本四灵诗集底本均是"浙江鲍士恭家藏本"。所谓的"浙江鲍士恭家藏本"，很可能就是鲍廷博编辑的《南宋八家集》中四灵诗部分。该书只有抄本，未能在鲍廷博的《知不足斋丛书》中刊刻。民国四年（1915 年）冒广生刊《永嘉诗人祠堂丛刻》，其中《四灵诗集》4 卷与鲍廷博抄本有很大关联。据研究，《南宋八家集》可能是鲍氏据宋本影写。而经过学者比勘，《南宋八家集》所收四灵诗集与明潘是仁本高度相似，《南宋八家集》

本四灵诗集较潘本仅少三首，均是潘本重收之诗，其余诗作篇题篇次基本一致。❶

到嘉庆六年（1801年），顾修重刊《南宋群贤小集》时据明潘是仁本收录"四灵"诗。在编刻时，顾修在潘是仁本之外，也有一定补遗，应是根据鲍廷博《南宋八家集》中四灵诗的补遗进行增补的。顾修本算是四灵诗集在清代的首次较完整刊刻出版。

清代时永嘉四灵诗主要以"抄本"的形式，在一些文人中流传。如清嘉庆七年（1802年）焦循抄《永嘉四灵诗》本，清人孙诒让藏有一部影宋抄本《永嘉四灵诗》，该抄本为同治八年（1869年）购于苏州的书店，这说明当时一些书店抄写了《永嘉四灵诗》进行售卖，其抄本应不止一部。另外，康熙四十年（1701年），何焯也收藏有一部《永嘉四灵诗》抄本。清人黄丕烈亦曾藏有一部影宋抄本《永嘉四灵诗》。

总体来看，永嘉四灵诗在清代的刊本只有以上一两种，其传播较多依靠了抄本。《永嘉四灵诗》收诗不过五百首，一些书店可以请抄手进行大量抄写后售卖。据此推测，很多古籍在清代都是靠抄本流传。但抄本的传播广度，始终是有限的，不能与印本相比。清代古籍抄本的传播问题需要进行更深入的专题研究，就非本书可以详述了。

---

❶ 吴娟.永嘉四灵诗集编刻流传考[J].中国典籍与文化论丛,2023(2).

第八章
清代苏轼诗的出版状况

苏轼诗文集在清代的出版，属于宋人诗文集出版的一个特例，因为苏轼诗文集在清代的刊刻传播之广，不是其他宋代知名诗人可以相比的。其中欧阳修、王安石、黄庭坚、陆游等人的诗文集也有广泛刊刻，但流行程度还不能与苏轼诗文集的刊刻传播相比。至于其他宋代诗人的诗集的刊刻则更稀少，更是不可等量齐观。总体而言，苏轼诗文集的刊刻在清代主要有两类途径，一种是各书坊对 112 卷或 115 卷本《东坡全集》的广泛翻刻。另一种是宋荦等人对南宋《施注苏诗》的补刻，以及此后查慎行、冯应榴、王文诰等人的各类补注、集注。总之，苏轼诗文集在清代的广泛刊刻传播，既是清人对苏轼诗文重视的体现，亦可以看出苏轼诗文在清代的重要影响力。

第一节　苏轼诗各版本在清代的流传与再版

苏轼逝世后，苏辙在为他撰写的《墓志铭》中谈到苏轼的作品情况"有《东坡集》四十卷、《后集》二十卷、《奏议》十五卷、《内制》十卷、《外制》三卷。公诗本似李、杜，晚喜陶渊明，追和之者几遍，凡四卷"。这就是"东坡六集"。后来南宋晁公武《郡斋读书志》中提到的版本，增加了《应诏集》十卷，这就是所谓的"东坡七集"。据刘尚荣《苏轼著作版本论丛》对苏轼著作版本情况的考证，明代成化年间，有一个"东坡七集"的刻本，这成为明清《苏轼全集》的一个主要来源。明中叶有《苏文忠公集》112卷本，万历间有茅维编刻《苏文忠公全集》75卷本，焦竑《重编东坡先生外集》86卷本等。❶

以上是《苏轼全集》的出版情况，具体到苏轼诗集的出版又与《苏轼全集》的出版有较大差异。清代苏轼诗的出版传播主要有两种类型：一种是包含苏轼诗集的《苏轼全集》的出版与传播。另一种是单纯的苏轼诗集的出版与传播。这两种苏轼作品的出版与传播情况其实有很大差异。

苏轼毕竟是"唐宋八大家"之一，即使在明代"文必秦汉，诗必盛唐"的前后七子时期，苏轼的诗集不一定单独流传，但苏轼的文集或全集都是流传较广的。准确来说，《苏轼全集》在明清时期属于一种"常见书"，各书坊都有翻刻。各书坊对《苏轼全集》的翻刻虽有不一致之处，但大体来说都是一种传自宋代的112卷本的《苏文忠公集》。根据江枰《112卷本〈苏文忠公集〉考论》、曾祥波《宋刊东坡集源流与价值发覆》等论文的研究，宋代书坊根据苏轼的"七集"本出版了一种苏轼"大全集"。后来明代的书坊，就根据宋刊苏轼"大全集"，增加了一些内容，出版了新的"大全集"，明清时期各书坊进行了大量翻刻。如清康熙时期，蔡士英刊《东坡全集》115卷本。蔡士英（1605—1675），字伯彦，号魁吾，辽宁锦州人。明末时随祖大寿降清。顺治元年入关，顺治六年（1649年），任正白旗汉军副都统。顺治九年（1652年），授江西巡抚。顺治十二年（1655年），升漕运总督。蔡士英刊本是根据一种明刊本《东坡全集》进行刊刻。可见在清初，《东坡全集》便已广泛流行，这不是其他宋代知名诗人可以相比的。再如，康熙后期，江西抚州浒湾文盛堂刻《苏文忠公全集》（含诗五十卷，文二十八卷，附录二卷）❷也广泛流传，后来被各书坊广泛翻刻。在这些为书坊广泛翻印的《苏文忠公集》中是包含苏轼诗集的，只是其诗集部分并不包含注文，很多地方会比较难懂。但普通读者依然可以

---

❶ 刘尚荣.苏轼著作版本论丛[M].成都：巴蜀书社，1998：5.
❷ 毛静.藻丽娜嫒：浒湾书坊版刻图录[M].南昌：江西高等教育出版社，2018：107.

通过《苏文忠公集》了解苏轼诗集的情况。

除《苏轼全集》外，在明清时期，苏轼诗集是单独流传的。主要的版本是南宋时出现的署名状元"王十朋"编的《百家注分类东坡诗集》。刘尚荣《苏轼著作版本论丛》中有专文对该版本进行了考证。《四库全书总目提要》认为该书是南宋书坊编刻，但伪托了"王十朋"。但冯应榴、王文诰等清代苏诗研究者，傅增湘等现当代研究者反对此观点。王十朋（1112—1171），字龟龄，号梅溪。温州乐清人，为绍兴二十七年（1157年）状元。而这部《百家注分类东坡诗集》在南宋时已出现，如果该书不是王十朋编注，必定会引起王十朋后代反对。正如本书中的诸多分析所揭示的，《四库全书总目提要》中纪昀等人的很多见解，都很武断，有时甚至是故意的否定、故意的批判，《四库全书总目提要》中的观点往往不能为凭。即使《四库全书总目提要》中一些看起来"对的"观点，也往往是从前人那里参考、阐发而来的。

清代时，有很多书坊翻刻这部《百家注分类东坡诗集》。其中最早的是，康熙三十七年（1698年）四月，新安文人朱从延根据明末茅维刊本重新编刻了王十朋《东坡先生分类诗注》。朱从延对该本的错误，进行了勘定，但由于重编时间只有8个月，问题也有不少。朱从延重刻本王十朋《东坡先生分类诗注》，比宋荦《施注苏诗》于康熙三十八年（1699年）冬，出版早约一年。邵长蘅在《施注苏诗》例言中批评了"王注本"的三大缺陷。虽然并不是针对朱从延，但"王注本"的问题客观上是存在的。据《现存宋人别集版本目录》，在朱从延之后，乾隆四十七年（1782年）乐全堂有翻刻本，同治十年志实堂亦有刊本。这些不同书坊的翻刻本，有的取名为《王状元集百家注分类东坡先生诗》。

除苏诗诗文全集外，还有苏轼诗选集的单行本也较多刊行。据《现存宋人别集版本目录》的调查❶，现存康熙六十年（1721年）华亭姚培谦刊本的《东坡诗抄》18卷。清代书坊翻印的明代文盛堂刻本《东坡诗选》12卷。乾隆年间，赵古浓编选的《苏文忠公诗集择粹》18卷。乾隆三十四年（1769年），沈德潜编选的亦园刊本《东坡诗选》2卷。乾隆年间，万廷兰编选刊刻的《苏诗选》2卷。嘉庆十二年

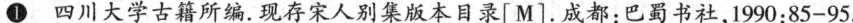

❶ 四川大学古籍所编.现存宋人别集版本目录[M].成都：巴蜀书社,1990:85-95.

（1807年），温汝能纂笺的听松阁刊本《东坡和陶合笺》4卷。咸丰二年丹徒赵氏刊本的《角山楼苏诗评注汇抄》20卷。这些选本之多，远超其他各宋代诗人，显示出苏轼诗在清代的广受欢迎。

但在清代，真正广泛流行的一种苏轼诗注本，是南宋施元之、顾禧《注东坡先生诗》，即南宋嘉定六年（1213年），由吴兴施元之、顾禧所注，施元之儿子施宿进行补注，并撰有苏轼年谱，随即刊刻的一部编年体苏轼诗注本，题名《注东坡先生诗》，共42卷，卷前有陆游的序。书成之后，因是编年体，对于当时流传的分类注东坡诗有很大的补充，一度影响较大。至景定二年（1261年），有郑羽补刊本。但此后，历经元明时代，从未再刊，书也就慢慢地流传不广了。元明书目中，只有马端临《文献通考》中有著录。到清代时，施元之、顾禧《注东坡先生诗》几乎只剩下几个藏本，后被宋荦发现，予以重新编刻，从此广泛流行，成为清代最流行的苏轼版本。清代的几种苏轼版本都以施元之、顾禧《注东坡先生诗》为基础。

施元之、顾禧《注东坡先生诗》之所以能因宋荦的重刊而在清代流行，主要是因为它有几个优点。第一个优点，它是"编年体"，把苏轼绝大部分诗都进行了较准确的编年，虽然也有少数苏轼早年诗歌未收入或编年不准确，但总体是较好的。第二个优点是施元之、顾禧是南宋人虽然距离苏轼的年代也有近百年，但毕竟两宋的制度没变，又且有故老口耳相传，故而该书对苏轼时代的制度的注释是较准确的。

但此两个优点并不能保证《注东坡先生诗》得以流传。因为南宋以来书籍市场上涌现了一大批同类作品，足以构成强大竞争。首先是署名王十朋的《王状元分类注东坡诗》也是南宋人注本，且是集注本。其注显然比施元之、顾禧注本要全面，足以替代施元之、顾禧注本。其次所谓的苏诗编年也并不是独此一家。因为南宋以来涌现过多种《苏轼年谱》，足够弥补图书市场上对苏轼诗编年的需求。

故而施元之、顾禧《注东坡先生诗》在南宋景定二年（1261年）郑羽补刊本之后，至清康熙三十九年（1700年）有近440年未再刊刻出版过。所以到清代时，由于战乱与不断残损，施元之、顾禧《注东坡先生诗》已存世极少。清朝人已很难看到该书。

以原本而论，据研究，到清代时大概还存有五种施元之、顾禧《注东坡先生诗》的南宋版本。第一种是钱谦益旧藏的全本，但后来毁于火灾。第二种是毛晋旧藏，后辗转由宋荦收藏，正文内容全部42卷中只存30卷，宋荦据此刊刻了《施注苏诗》。宋荦逝世后，由翁方纲收藏，翁方纲据此作了《苏诗补注》。翁方纲逝世后，由对翁方纲执弟子礼的吴荣光收藏。至晚清由袁伯葵收藏，又遭火灾，仅存19卷。此本今藏中国台湾地区。第三种为缪荃孙旧藏残本，为第十一、十二、二十五、二十六共四卷，今藏国家图书馆。其影写本为傅增湘所得。考虑到缪荃孙曾伪造过古籍，此书真伪不好判断。第四种是一部四十一、四十二卷的残本。今藏于国家图书馆。第五种是景定郑羽补刊本一部，存三十四卷。今藏于上海图书馆。

好在康熙后期，宋荦找到了一种施元之、顾禧《注东坡先生诗》残本，进行了重新编订、刊刻。此后查慎行又根据宋荦的《施注苏诗》出版了自己的《苏诗补注》。由此，清代出现了冯应榴《苏诗合注》、王文诰《苏文忠公诗编注集成》等多种苏诗集注本、评点本。此外，纪晓岚也出版了自己批点苏轼诗的著作。本章后续的小节，会对清代这些主要的苏诗版本进行深入的探讨。

其中，翁方纲《苏诗补注》一书需要在此进行一定介绍。事情缘起是乾隆三十八年（1773年）翁方纲购得宋荦所藏宋椠《苏东坡诗施顾注》，经深入研读，他发现此前查慎行的《苏诗补注》亦有不足，遂有了自己注释苏轼诗的想法，最终在乾隆四十八年（1783年）翁方纲正式刊刻出版了自己的《苏诗补注》八卷。《苏诗补注》增加了369条针对苏轼诗的各类注释❶，是翁方纲在"苏轼诗歌研究"领域的代表作。翁方纲《苏诗补注》对几年后友人冯应榴开始撰写《苏文忠公诗合注》亦有一定影响。后来，王文诰撰写《苏文忠公诗编注集成》也部分采纳了翁方纲的注解，且以赞同为主。

翁方纲《苏诗补注》今存民国时期《丛书集成》本，篇幅不大。该书的体例是，先书苏轼诗的标题，无诗篇的具体内容，在标题下则是翁方纲对这篇苏诗的补充注释。据此来看，严格来说翁方纲《苏诗补注》不能算是一个"苏诗注本"，并不包含苏轼诗歌的具体作品，而应该算是一部关于苏诗的研究著作。故而，我们不给翁方纲《苏诗补注》列专节，仅在本小节对之进行少量介绍。

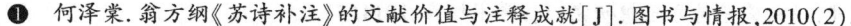

❶ 何泽棠.翁方纲《苏诗补注》的文献价值与注释成就[J].图书与情报,2010(2).

第二节　宋荦、邵长蘅与《施注苏诗》之刊刻

宋荦（1634—1714），字牧仲，号漫堂、西陂、绵津山人，晚号西陂老人、西陂放鸭翁，河南商丘人。宋荦14岁应诏为顺治帝侍卫，后曾任湖广黄州通判、理藩院院判、刑部郎中、江苏布政使、江西巡抚、吏部尚书等职。康熙南巡，宋荦多次接驾。由于身居高位，宋荦在诗坛很有影响，一度主导了康熙末期诗坛宗尚的演变。❶宋荦晚年在江宁巡抚任上刊刻《施注苏诗》一书，在清代苏轼诗出版传播史上起到了重要作用。

一、宋荦刊本《施注苏诗》参与人员与编刻过程

《施注苏诗》原本是南宋人施元之、顾禧等人编注的编年体苏诗，一直流传不广，至清代已濒临绝灭，只存有几个残本。宋荦在江宁巡抚任上寻得此书，极为重视，遂令幕僚邵长蘅、李百药等人编辑改订，予以出版，全书正编42卷，补遗2卷，共收苏轼诗作2600多首。宋荦刊本《施注苏诗》刊刻于康熙三十八年（1699年）冬，一经刊刻便引起很大关注，成为清代苏轼诗的主要版本之一。

邵长蘅（1637—1704），字子湘，号青门山人，江苏武进（今江苏省常州市武进区）人。因受科举案牵涉，以布衣终。邵长蘅早年诗学唐人，后改学宋人。邵长蘅以参与宋荦《施注苏诗》的刊刻而在诗坛有一定影响。

所谓的《施注苏诗》是针对南宋施、顾所注的苏轼诗而言的。施、顾注的苏诗，即南宋嘉定六年（1213年），由吴兴施元之、顾禧所注，施元之儿子施宿进行补注，并撰有苏轼年谱，随即刊刻的一部编年体苏轼诗注本，题名《注东坡先生诗》，共42卷，卷前有陆游的序。书成之后，因是编年体，对于当时流传的分类注

---

❶ 刘万华.清初宋荦诗学思想研究[J].学术探索，2014(5).

东坡诗，有很大的补充，一度影响较大。至景定二年（1261年），有郑羽补刊本。但此后，历经元明时代，从未再刊，书也就慢慢流传不广了。元明书目中，只有马端临《文献通考》中有著录。

不过陆游《渭南文集》卷十五有《施司谏注东坡诗序》一文。由于陆游的广泛影响，至清初，学人多通过陆游文集，知有《施注苏诗》，但几乎都见不到。在清初的崇苏氛围中，这无疑是一大缺憾。后宋荦任江宁巡抚，在藏书广泛的江南地区广泛搜求，终于购得明末毛晋所藏的宋嘉定刊本，但也只是一个残本。原书42卷，此外还有年谱、目录各一卷。宋荦只购得了30卷，缺第一、二、五、六、八、九、二十三、二十六、三十五、三十六、三十九、四十卷共十二卷。

此外，年谱与目录的两卷，也购得了，但情况略复杂。宋荦、邵长蘅在前言中明确指出"按二书，则施氏当别有年谱，今所传年谱乃五羊王宗稷编，纪年录乃迁豁傅编，施氏谱无考"。则宋荦买到时，原书就是用王宗稷的《苏轼年谱》代替了施元之等人的苏轼年谱。此外，宋荦应是购得了该书所编苏轼诗目录的一卷。毕竟原书缺失的卷数如果没有所载诗歌目录，显然无法恢复原书面貌。而将宋荦版的《施注苏诗》与今存其他施元之原书对勘，则确实卷次的目录是一致的。

虽然缺失不少，但已有的部分，因是编年体，各诗依年编排，注释翔实，对未见苏诗编年本的清人而言，极有价值。故宋荦想要将之刊刻出来，以饷同好。

由于缺少十二卷，宋荦觉得直接重刻不妥，便没有采用重刻的方法，而是邀请幕僚邵长蘅对之进行修补、修订。邵长蘅主要的工作在于对缺失的12卷包含哪些诗，某些诗放在哪一卷中进行考订。此工作需要对苏轼诗与苏轼事迹有较深入、准确的认识。最终邵长蘅大体完成了这项工作。他在该书"例言"中说："是书于阙卷则参酌王注，征引群书以补之。"则邵长蘅参照王十朋"分类注苏诗"并结合各类古籍，对宋版《施注苏诗》残本中缺少的12卷进行了编订。此一工作无疑是贡献很大的，为后来查慎行在《苏诗补注》中进一步编订打下了良好基础。

在该书注解的部分，邵长蘅参以己意，对完好的30卷的施顾注进行了一定删节，没有完全照搬施顾注（此一点后来被查慎行视为缺陷）。同时邵长蘅对自己编

---

❶ 苏轼,著.施注苏诗[M].施元之、顾禧,注.杭州:浙江大学出版社,2019:10.

订的缺失的12卷也进行了注解。❶但快要完工时，邵长蘅因病还乡，剩下的四卷，即第三十五、三十六、三十九、四十卷，由宋荦的另一位幕僚李必恒作了补注。此外，宋荦与邵长蘅还辑得苏轼佚诗四百余首，编成"续补遗"附于书后，"续补遗"由宋荦幕僚冯景作注。全书的撰写编订工作于康熙三十八年（1699年）五月开始，至康熙三十八年（1699年）年底，修订、补注的工作完成，用时仅半年，时间是非常紧凑的，由此在编订过程中出现一些问题亦在所难免。最终，该书被宋荦等人定名为《施注苏诗》刊刻出版，随后在诗坛引起很大反响。对于整理、补注的过程与分工，邵长蘅在该书的"例言"中有过详细介绍：

> 是书编纂，开于五月，蒇事于腊月。发凡起例，商丘公实总其成。其间缀残葺旧，则顾子侠君（嗣立）经其始，校疑订伪，则宋子山言（至）襄其终。至于补者补、删者删，长蘅于此不无小补，所愧闻见浅鲜，时日趣迫，宁免误漏，请俟后贤。是冬长蘅适以病归里，未恔阙注四卷（三十五、三十六、三十九、四十），则属高邮李子百药（必恒）代笺，劳不可没也，乃附著之。❷

可见从署名权上，该书的整理，宋荦本人作了一些总览性的定调，顾嗣立、宋荦之子宋至都有参与，但主要部分还是邵长蘅完成的，其后虽有李必恒、冯景补注，但《施注苏诗》一般都被归于宋荦、邵长蘅二人名下。

晚清诗人莫友芝保存有一套宋荦原刻本的《施注苏诗》，2023年广西师范大学将之影印出版。据研究者，原书高26.5厘米，宽17.8厘米。版框高19.1厘米，宽14.5厘米。四周单边，上下黑口，单鱼尾，每半叶十行，行二十一字，小字双行，行三十一字。❸内封题"施注苏诗"。卷端题"施注苏诗卷之一"，下署"漫堂先生宋荦、朴园先生张榕端阅定，毗陵邵长蘅、长洲顾嗣立、商丘宋至删补"。版心镌"施注苏诗"、卷数、叶数。原书共装订为十册。每册封面题写内容概要或创作时间

---

❶ 何泽棠.论《施注苏诗》的邵长蘅补注[J].南京航空航天大学学报(社科版),2012(3).
❷ 苏轼,著.施注苏诗[M].施元之,顾禧,注.杭州:浙江大学出版社,2019:14.
❸ 苏轼.莫友芝批施注苏诗[M].莫友芝,批点.桂林:广西师范大学出版社,2023:1-10.

起止。第一册包括宋荦、张榕端序以及邵长蘅《题旧本施注苏诗》《注苏姓氏》《注苏例言》《王注正讹》，还有署名"五羊王宗稷编，毗陵后学邵长蘅重订"的《东坡先生年谱》。第二册为全书目录，共三卷，包括"施注苏诗总目"上下卷和"苏诗续补遗总目"一卷。第三至第九册为施元之、顾禧所注苏诗的正文四十二卷，每卷卷首标明本卷收录多少首苏轼诗，如卷五收 69 首，卷九收 65 首，卷三十有 57 首，卷四十有 29 首。全部 42 卷合计约有 2200 首。第十册是《苏诗续补遗》上下卷，上卷有诗 144 首，下卷有诗 293 首。卷端题"苏诗续补遗卷之上"，下署"漫堂先生宋荦、朴园先生张榕端阅定，钱塘冯景补注"。从这些署名上能看到相关参与人员。其中张榕端（1639—1714）应只是写了一篇序，虽研读过该书，但并未参与编辑出版工作。

二、宋荦刊本《施注苏诗》的结构与内容

康熙三十八年（1699 年）冬，宋荦在江宁巡抚任上主持了《施注苏诗》的刊刻。从此该书就流行开来，成为苏轼诗的重要版本之一，此后查慎行《苏诗补注》、冯应榴《苏文忠诗合注》等都以该书为基本框架。现在可以看到多种宋荦刻本及翻刻本，如广西师范大学 2023 年影印出版的《莫友芝批施注苏诗》即宋荦原刻本，全书在装帧上分十册，第一册是各种序言与苏轼年谱，第二册是各卷目录，第三至第九册是正文四十二卷，第十册是冯景等人所作"补遗"，能大体看出该书的结构。不过由于各卷厚薄不一，页数会略有差异，我们以浙江大学出版社 2019 年的影印版来仔细比较各卷页数，会看得更准确些。浙江大学出版社 2019 年的影印版全书分八册（出版社进行了重新排列，并非宋荦刻本的原貌），其中第一册主要是各类序言、苏轼年谱，包括"宋荦序""张榕端序""邵长蘅序""苏轼本传""东坡先生年谱""东坡先生墓志铭"等，整整占了一册，有 202 个影印书页（每页影印了线装古籍的半个书页）。第二册为目录与部分正文，包括"施注苏诗总目"，有 170 个影印书页，以及"施注苏诗"正文的卷一至卷四，有 156 个影印书页，其中卷一有 48 个影印书页，卷二有 30 个影印书页，卷三有 35 个影印书页。第三至第七册为"施注苏诗"正文的卷五至卷四十二，有 1441 个影印书页，平均每册约为 290 个影印书

页，各卷在40个影印书页上下，如卷五有44个影印书页，卷九有42个影印书页，卷十七有38个影印书页，卷二十九有38个书页，卷三十五有40个影印书页，卷四十二有38个影印书页。第八册为邵长蘅等人为苏轼诗作的"补遗"，分上下两卷，有272个影印书页。可见，宋荦本《施注苏诗》约八分之一是各类序言、苏轼年谱，约八分之六是正文，另有八分之一是"补遗"。从这一统计可以大体看出宋荦本《施注苏诗》的基本结构。

再具体来看各卷的注释。

1. 宋版《施注苏诗》残本30卷中部分的注释

对于宋版《施注苏诗》残本30卷中部分，宋荦、邵长蘅等人并未采用"一字不改"的方式，而是进行了一定的截长补短，进行了一定删改。这存在的30卷由于是残卷，有些部分也可能有缺页或漫漶不清。对此，邵长蘅也进行了一定的补充、删订。如卷十《庐山五咏》之四的《三泉》，有注释："王注：传曰：'明星之多，不如一月之光。'"施注并无参考王注，则此"王注"是邵长蘅等人增补的。

2. 宋版《施注苏诗》残本残缺的12卷中的由邵长蘅注释的8卷

宋版《施注苏诗》原书42卷，此外还有年谱、目录各一卷。宋荦购的是残本，只购得了30卷，缺第一、二、五、六、八、九、二十三、二十六、三十五、三十六、三十九、四十卷共12卷。而且在30卷中的内容，有的也可能是残缺的。

对于残缺的12卷，宋荦、邵长蘅、李百药等人参照王十朋注本进行了注释，其中有8卷是出自邵长蘅手笔。

3. 宋版《施注苏诗》残本残缺的12卷中的由李百药注释的4卷

据邵长蘅所说最后的四卷是李百药注释的，"末帙阙注四卷（三十五、三十六、三十九、四十），则属高邮李子百药（必恒）代笺，"仔细看这四卷的注释，能看到注释风格与邵长蘅注本有少许不同。

再看具体的内容，尤其是宋荦刻本《施注苏诗》与南宋《施顾注东坡先生诗》原书的比较来看，宋荦刻本对原书进行了少量的删改、删减。我们现在将宋荦刻本《施注苏诗》与南宋《施顾注东坡先生诗》残本的当代影印本进行比对，能看到一些宋荦、邵长蘅将施元之、顾禧较长注文进行了删改、截断、几句话概括大意之处。

宋荦刻本《施注苏诗》在有些地方，确实是不符合南宋《施顾注东坡先生诗》的原貌了，但这都是为了便于传播，不能算是大的缺点。

三、宋荦刊本《施注苏诗》的影响

康熙三十八年（1699年）冬，宋荦在江宁巡抚任上主持了《施注苏诗》的刊刻。同年年底十二月十九日，《施注苏诗》刊刻完成。这一天恰好是苏轼生日。宋荦觉得冥冥之中，自有天意，便率领冯景、吴士玉、顾嗣立、儿子宋至以及众多府学诸生在府邸进行了祭祀苏轼的仪式。

应该说，宋荦邵长蘅的求购、整理、刊刻《施注苏诗》，以及随后的祭拜苏轼等系统的文化行为，产生了很大的影响。这一系列文化行为与《施注苏诗》一起，构成了一个"文化品牌"，深入推动了清代宗宋诗潮的发展。❶ 这种影响可从三个方面来看：

第一，《施注苏诗》以极高的学术含量，推动了清代苏轼诗研究的发展。宋荦、邵长蘅的《施注苏诗》出版后，随即被分赠各地名流，产生了很大的影响，成为清代苏诗注本的权威注本之一。但必须看到，虽然施元之、顾禧的《注东坡先生诗》，因是南宋时所作，接近苏轼的年代，注释起来更得心应手，取得的学术成就很高，但毕竟元明时传播不广，至宋荦邵长蘅的补注本，才让这部书流传开来。从这个意义上，宋荦邵长蘅的整理、补注功劳甚大。

宋荦本出版后，激发了一波整理注释苏诗的热潮。查慎行即在第二年拿到了宋至所赠的一套注本。阅读之后，发现《施注苏诗》存在删改施顾原注的问题，觉得并不妥当，便参考《施注苏诗》，出版了自己的编年体《苏诗补注》。后来翁方纲、冯应榴等人均有注苏诗问世。后来莫友芝还为《施注苏诗》加了批注。

第二，宋荦所购毛晋所藏施顾《注东坡先生诗》，为珍贵的宋版书，成为了清代宗宋风气的一大传承"信物"。

宋荦所购的30卷的施顾《注东坡先生诗》残本，在1699年《施注苏诗》问世

---

❶ 王友胜.《施注苏诗》得失论[J].中国典籍与文化,2000(2).

后，其阅读意义已经不大了。但这个30卷的施顾《注东坡先生诗》残本，为明末毛晋所藏，是一部珍贵的宋版书，典藏意义极大。宋荦死后，该书流落文物市场，乾隆三十八年（1773年）为翁方纲所得，此书的再次出现，激发了翁方纲"苏轼崇拜"。翁方纲死后，此书为翁方纲的学生吴荣光所得，吴荣光将之视为至宝，经常邀请士人参观，道咸宋诗派的程恩泽、祁寯藻、何绍基等人均有观览此书。因此，这一残本就具有了清代宗宋诗潮发展传承的"信物"意义。

第三，宋荦刊刻《苏诗补注》完成后的"拜苏"行为，开启了清代影响很大的"拜苏"传统。

"拜苏"仪式，是清代宗宋诗潮中的一项重要活动。往往是在每年十二月十九日苏轼生日这天，崇苏的诗人们聚集在一起，作诗怀念苏轼。据不完全统计，翁方纲、杭世骏、毕沅、吴嵩梁、吴荣光、曾燠、程恩泽、林则徐、陈三立、沈曾植等人都发起或作为主要参与人，参与过"拜苏"仪式。这种蔓延不绝的"祭苏""拜苏"活动，是由宋荦开启的。这是宋荦的一个重要历史影响。

第四，还需就宋荦刻本《施注苏诗》的缺点进行一定的解释与说明。从宋荦刻本《施注苏诗》与南宋《施顾注东坡先生诗》原书的比较来看，宋荦刻本对原书进行了少量的删改、删减。包括查慎行等一些学者对此进行过责难，其责难有一定道理，但也是情有可原的。这些问题不构成大的缺陷。

毕竟，通过宋荦刻本《施注苏诗》，这部南宋时编撰的《施顾注东坡先生诗》，才得以真正流行。此前这部《施顾注东坡先生诗》虽然出版了，但只是小范围流传，至清初已接近完全消失，只在江南地区存在几个残本，是宋荦刻本《施注苏诗》让这部书真正流传开来，获得了清代诗坛的广泛关注。因此，宋荦刻本的优点是很多的，它使得这部书流行开来，功莫大焉。《施注苏诗》刊刻时对原书的一定的"删改""删减"，也不能说是很大的错误。因为归根结底这部书是一个"注本"，以解释、阐释为主，"其原貌"并非问题的关键。

但反过来也可以说，由于清人对"苏轼诗集"关注的密集，讨论的深入，在一些清代注家有争议的地方，清代学人希望看到更早的版本、更原始版本。故而清代的文人们更希望看到这部南宋的《施顾注东坡先生诗》的原貌，而不是宋荦、邵长蘅等人的删改。从这个意义上，宋荦刻本《施注苏诗》是有缺点的，因为它改动了原貌。但其实这也是限于当时的出版技术条件，如果用今天的扫描影印技术，当然可以复制出符合南宋版本《施顾注东坡先生诗》原貌的影印本，但在宋荦、邵长蘅刊刻《施注苏诗》的年代，原样复制古籍，是有很大技术难度的。故而宋荦刻本《施注苏诗》虽有所改变原书的原始面貌，但因其刻本的巨大传播贡献，该书是白璧微瑕，功莫大焉的。

第三节　查慎行《苏诗补注》成书与影响

　　查慎行（1650—1727），初名嗣琏，字夏重，号查田，后改名慎行，字悔余，号他山，又号初白，浙江海宁人。初从黄宗羲学，29岁时入邑人杨以斋幕出游贵州，康熙二十三年（1684年）入京师国子监，求学于王士禛。在国子监求学期间，查慎行结识洪升等人，后又在时相纳兰明珠家坐馆，教明珠的儿子揆叙。康熙二十八年（1689年），因与洪升、赵执信在国丧期间共同观看《长生殿》，查慎行也受到牵连。至康熙三十二年（1693年），方才中举人，康熙四十二年中进士，后为翰林院编修，与揆叙等人交好，一度为康熙帝所赏识。但任职仅七年，便辞官归乡。至雍正即位，查慎行被牵连进其弟查嗣庭的"维民所止"案。幸得雍正帝网开一面，未将查慎行收监，他才躲过了灭门惨祸。

　　查慎行在清代诗坛很有影响，除第四章所讨论的评点《瀛奎律髓》的《查初白十二种诗评》之外，查慎行最重要的成果是他注释苏轼诗的《苏诗补注》，该书是清人注苏诗的代表作之一，奠定了查慎行在清代文坛的重要地位。该书至今有着广泛影响。

一、查慎行《苏诗补注》在清代的影响

　　查慎行在诗学思想上，有明显的宗宋倾向，而且其宗宋倾向主要体现为推崇苏轼。查慎行的"崇苏"，一方面体现在他对苏轼诗歌、事迹的大量引用、化用上。

如查慎行的号"初白",便与苏轼诗有关。查慎行晚年筑初白庵,取东坡"身行万里半天下,僧卧一庵初白头"之意,号"初白",人称查初白。又如查慎行为康熙帝所激赏的诗句"臣本烟波一钓徒",便是从苏轼诗句"我本西湖一钓舟"化出。诸如此类者甚多。另一方面,他的崇苏倾向也体现在他积三十年所成之《苏诗补注》上,为清代最重要的几种苏诗注本之一。后来沈德潜在《清诗别裁集》中谈到查慎行崇苏时便说:"施注苏诗,行世久矣,敬业补所未及,兼多驳正。所为诗,得力于苏,意无勿申,辞无勿达。"❶即提到了查慎行注苏、学苏这两个主要的方面。查慎行在诗歌创作以及他在注解苏诗上的成就,让他成为清代中前期宗宋诗潮中的一个重要代表人物。

查慎行《苏诗补注》在清代乃至整个古代的苏诗注本中,都占有重要地位。据乾嘉学者钱大昕《苏文忠公诗合注序》,清代流行的苏诗注本主要有三种:"注东坡诗者,无虑百数家,其行于世者,唯永嘉王氏、吴兴施氏及近时海宁查氏本。"❷钱大昕所说的三种苏诗注本,即南宋王十朋《王状元集百家注分类东坡先生诗》、南宋施元之、顾禧注,施宿补注,清人宋荦、邵长蘅重新编订补充刊刻的《施注苏诗》以及查慎行的《苏诗补注》。这无疑就是对查慎行《苏诗补注》历史地位的高度认可。

查慎行《苏诗补注》的影响亦得到四库馆臣的认可。该书被编入《四库全书》,四库馆臣在《四库全书总目提要》中对该书有很高的评价:"《补注东坡编年诗》·五十卷(通行本)国朝查慎行撰……其他讹漏之处,为近时冯应榴合注本所校补者,亦复不少。然考核地理,订正年月,引据时事,元元本本,无不具有条理。非惟邵注新本所不及,即施注原本亦出其下。现行苏诗之注,以此本居最。区区小失,固不足为之累矣。"四库馆臣指出了查慎行《苏诗补注》中一些具体的错误与不足,包括几方面:一是一些收诗的错误,如李白《山中日夕忽然有怀》诗被录为苏轼作品;二是一些诗的编年错误,如苏轼和苏辙《辛丑除日寄轼》诗编年不对。三是对一些诗主题的解释的错误,如苏轼《怪石》诗的主题解释不对。四是对一些

---

❶ 沈德潜.清诗别裁集[M].北京:中华书局,2009:785.
❷ 苏轼,著.苏轼诗集合注[M].冯应榴,注.上海:上海古籍出版社,2003:2635.

诗中词句的注释不对。综合来看，四库馆臣认为该书很有价值，"现行苏诗之注，以此本居最"，认为直到乾隆后期查慎行的这部《苏诗补注》也是最好的。此评价无疑是符合事实的，直到后来冯应榴的集注本《苏诗合注》亦不能完全取代该书。

二、《苏诗补注》的成书过程

查慎行《苏诗补注》能取得如此高的成就，与他三十年如一日，对苏轼诗的品读、涵咏、钻研是分不开的。查慎行《苏诗补注》的成书过程，本身就是一段学术佳话。古人云"十年磨一剑"，而查慎行则是"三十年磨一剑"。这一积三十年而成学术精品的案例，值得今人思索。

在《补注东坡先生编年诗例略》中，查慎行简述了《苏诗补注》的成书过程。

> 余于苏诗，性有笃好，向不满于王氏注，为之驳正瑕璺，零丁件系，收弃箧中，积久渐成卷帙。后读《渭南集》，乃知有《施注苏诗》。旧本苦不易购，庚辰春与商丘宋山言并客辇下，忽出新刻本见贻。检阅终卷，于鄙怀颇有未惬者，因复补辑旧闻，自忘芜陋，将出以问世……补注之役，权舆于癸丑，迄己未、庚申后，往还黔、楚，每以一编自随。己卯冬，渡淮北上，冰触舟裂，从泥沙中检得残本，淹浥破烂，重加缀葺。辛巳夏，自都南还，夜泊吴门，遇盗，探囊胠箧之余，此书独无恙。自念头童齿豁，半生著述，不登作者之堂，庶几托公诗以传后，因闭门戢影，毕力于斯。追维始事迄今，盖三十年矣。虽蠡测管窥，何足仰佐万一。顾视世之开局于五月，蒇事于腊月，半年勒限，草促成书，浅深得失，必有能辨之者。康熙壬午仲春，初白庵主人查慎行识。

据查慎行的题署，该"例略"写于康熙壬午仲春，即 1702 年春。查慎行在"例略"中回顾了《苏诗补注》的成书过程。他在癸丑年（1673 年）即开始着手对苏轼的注解，此时查慎行只有 23 岁。己未年（1679 年）、庚申年（1680 年），他往

---

❶ 苏轼.苏诗补注[M].查慎行,补注;王友胜,校点.南京:凤凰出版社,2013:1.

来贵州等地时，往往带着一部分书稿。己卯年（1699年）他渡淮北上，遭遇船裂，此书的书稿淹没于水中，他找到残稿后，进行了补充修订。

带着这个苏诗注释的稿子，查慎行来到京师。庚辰春（1700年），他在京师遇到宋荦之子宋至（即宋山言），宋至赠送了查慎行一套新出的《施注苏诗》。据宋荦的相关材料可知，康熙三十八年（1699年），宋荦在江宁巡抚任上刊刻《施注苏诗》。年底十二月十九日，宋荦刊补《施注苏诗》完成，宋荦为此举行了盛大的"拜苏仪式"，宋荦作有《刊补施注苏诗竟于腊月十九坡公生日，率诸生致祭》一诗。而这次在江宁的"拜苏"活动，宋荦之子宋至也有参加，并作有诗一首。几个月后，宋至达到北京，应该是随身携带了若干部其父宋荦新出的《施注苏诗》，赠给了查慎行一部。王友胜先生在校点的《苏诗补注》中认为是"友人宋荦以'新刻本见贻'"，把查慎行所说"商丘宋山言"误以为是宋荦，不确，应为宋荦之子宋至。查慎行阅读之后，觉得大受启发，同时还觉得有些地方还没有完全注解到位。

辛巳年夏（1701年），查慎行从北京回乡，夜泊吴门，遇到盗贼，遭到抢劫，这部书稿安然无恙，冥冥之中若有神助。可能是这次在吴中期间，查慎行又接触到了一个《施注苏诗》抄本，他发现跟宋荦版本有很大不同。查慎行在"例略"里说："施氏本又多残脱，近从吴中借抄一本，每首视新刻或多一二行，乃知新刻复经增删，大都掇拾王氏旧说，失施氏面目矣。今于施注原本所有而新刻所删者，辄补录以存其旧，漫不可辨者则缺之。"宋荦、邵长蘅的《施注苏诗》对原注有一些删改，查慎行在比对之后，认为一些被宋荦、邵长蘅删掉的原注，其实反而有很大的价值。由此，查慎行坚定了出版自己的《苏诗补注》的信念。

当然，查慎行也有"名利"方面的考虑。正如他在"例言"中所说："自念头童齿豁，半生著述，不登作者之堂，庶几托公诗以传后，因闭门载影，毕力于斯。"查慎行自少年时期，投身科举考试，至1702年52岁时，依然只是举人身份，屡次进京会试，都名落孙山。而此时，在王士禛、宋荦等人的推动下，京师诗歌界的宗宋运动深入发展，对苏轼的推崇逐渐成为诗坛的主流。宋荦、邵长蘅《施注苏诗》的出版，正是这股"宗宋崇苏"诗潮中的一个热点事件。

而由于多年之前，即与王士禛、宋荦等人交往，查慎行也受到了一定影响，对苏轼诗歌有很浓厚的兴趣，对苏轼诗的注解有着几十年的研究，而恰好宋荦出版的

《施注苏诗》又有不足之处，这让查慎行有机会出一本新的注本，引起京师学术界的关注。事情果然向这个方向发展。1702年，《苏诗补注》出版后，查慎行的人生迎来了转变！

康熙四十一年（1702年），《苏诗补注》出版后仅仅几个月，康熙帝东巡，大学士陈廷敬、张玉书等荐举查慎行，诏随入都。十月底，康熙帝召试查慎行于南书房。第二年三月，查慎行会试中式，殿试二甲第二，授翰林院庶吉士，从此开始了十年的翰林生涯。总体看，查慎行的仕途峰回路转，与《苏诗补注》的出版有很大关系。这本书的注释翔实、准确，见功力，让人服气。书出版后，京师学术界的一些人对查慎行刮目相看。这才可能被荐举，并最终被康熙帝赏识。

三、查慎行《苏诗补注》与宋荦《施注苏诗》的异同

诚如查慎行在《补注东坡先生编年诗例略》中所自述《苏诗补注》的成书过程，其关键节点之一是庚辰春（1700年），他在京师遇到宋荦之子宋至，宋至赠送了查慎行一套新出的《施注苏诗》。之后一两年，查慎行又接触了一个《施注苏诗》抄本，发现与宋荦本有一定不同。故而在最后的修订时，查慎行《苏诗补注》是以宋荦《施注苏诗》为基本框架的。这体现在大部分卷目的苏诗排列情况，查慎行《苏诗补注》与宋荦《施注苏诗》相同或相近，只是在最后几卷有较大变化。

具体来说，宋荦《施注苏诗》是42卷，并增加了2卷他们自己搜集到的苏轼诗。而查慎行《苏诗补注》对宋荦《施注苏诗》的卷数有一定打乱。宋荦《施注苏诗》卷四十一、四十二是和陶诗，而查慎行《苏诗补注》并没有把和陶诗单独成卷，而是打乱了与其他同一时期写的诗排在一起，组成了卷四十、四十一、四十二，这三卷中包含了大量和陶诗。

查慎行《苏诗补注》的卷四十三是元符三年的作品，卷四十四是元符三年下半年作品，卷四十五是建中靖国元年作品。卷四十六是把原残本《施注苏诗》卷四十中存有目录但在宋荦《施注苏诗》中删除的《翰林帖子词》与一些相关诗放在一起成为一卷。

查慎行《苏诗补注》卷四十七、四十八是查慎行根据宋荦、邵长蘅《施注苏

诗》在书末附录他们所搜集的两卷苏轼佚诗,再加上自己搜集的一些苏轼诗。查慎行在按语中说:"新刻本增《续补》上下二卷,《南行集》错杂其间,真赝相半。余既取《南行集》以冠全诗,又依《外集》,于《续补》卷中排次分编。其漫不可考者凡十九首,无从附录,仍置此卷首。此外一百十三首,皆慎别行搜采,汇分两卷,各疏出处,俾览者有考焉。"可见,查慎行新找到了苏轼佚诗113首。根据查慎行自己注明的出处,有的来自《苏轼大全集》,有的来自《苏轼外集》,有的来自《武林梵志》,有的来自《苕溪渔隐丛话》,有的来自《春渚纪闻》,有的来自《诗人玉屑》。

查慎行《苏诗补注》卷四十九、五十是一些见于其他诗人诗集,但可能是被误传为苏轼诗的作品,有些作品查慎行也不能判断是不是苏轼诗,故而列为两卷,收在书末。有的诗见于《欧阳修诗集》,有的见于张耒《宛丘集》,有的见于秦观《淮海集》,有的见于陈师道诗集,有的见于王安石诗集,也有的见于黄庭坚诗集。

当然,也要看到查慎行《苏诗补注》题名一个"补"字,从根本上还是对宋荦《施注苏诗》的补充,所以查慎行《苏诗补注》要配合宋荦《施注苏诗》来阅读才能有很好效果,单纯阅读查慎行《苏诗补注》有时候会略过大量有用信息。

如苏轼元丰七年所作《初入庐山三首》,查慎行《苏诗补注》仅仅是注释了一些关于庐山地理的东西。而没有关于该三诗创作的缘起。而《施注苏诗》中则选取了《东坡诗话》中的一则材料,表明了这三首诗的创作缘起,原来是苏轼进入庐山后,当地人都传言苏轼来了庐山,这激发了苏轼的创作灵感。但问题在于,这不是单纯创作灵感的问题,而是对诗歌本身也有一定影响,故而读者需要了解这段材料才能对苏轼该诗有更深入理解。

四、查慎行《苏诗补注》的特点

总体来看,查慎行《苏诗补注》取得了很高的学术成就。对于这一点,王友胜先生在《〈苏诗补注〉的文献诠释与历史价值》一文中❶,已经作了详尽的总结与

---

❶ 王友胜.《苏诗补注》的文献诠释与历史价值[J].文学评论,2008(3).

评判。笔者在王文的基础上，结合自己的认识，作一些简要的阐述。笔者认为，查慎行《苏诗补注》的价值，主要体现在以下几点：

第一，在《施注苏诗》的基础上，增补了苏轼早期的诗。

南宋施元之、顾禧《注东坡先生诗》并没有收入苏轼早期的诗，而是从苏轼考取进士后的诗开始的。宋荦刊本《施注苏诗》延续了这一状况。为此，查慎行增加了苏轼早年的诗两卷。《苏诗补注》卷一收诗42首，为"仁宗嘉祐十年己亥冬，侍老苏公自蜀至荆州作"。卷二收诗39首，为"嘉祐五年庚子春，自荆州陆行赴京师作"。查慎行在《苏诗补注》卷一开篇指出："施氏原本以《辛丑十一月初赴凤翔》诗为冠，而己亥、庚子所作，概弃弗录，开卷便错，何取乎编年？吾不解也。"

第二，对苏诗的版本进行了详细的校对考订，纠正了各版本的差错，且增补了一些苏轼诗。

无论是王本，其他刻本，还是宋荦版的《施注苏诗》，都有不足，查慎行在充分收集不同版本的基础上，对材料竭泽而渔，能够比对出各版本的问题，从而得出一个优异的版本。比如他用《施注苏诗》校其他版本，发现《子由生日，以檀香观音像及新合印香银篆盘为寿，一首》其他刻本脱误了一句"慎案：诸刻本中'缭绕无穷合复分'之下直接'东坡持是寿卯君，'云云，脱去'绵绵浮空散氤氲。'一句。今从施氏原本补入"❶。

第三，对苏诗进行重新编年排列，订正了一些前人的错误。然后用诗史互证的方法，核对苏轼生平，考订苏轼生平的一些经历。在这方面取得了很高的成就。

王本苏诗是分类本，不编年。而南宋施、顾注本则是对苏诗进行了编年，这是该注本的一大贡献。然而在编年时，还是会产生一些错误。查慎行就是在施、顾注本的基础上，对苏诗编年有进一步的发展，对施、顾注本中诗以及一些未收入的诗，进行重新编排，订正了不少讹误。

在对苏诗进行详细编年的基础上，查慎行又以诗证史，考订苏轼的一些生平问题。这样的条目非常多。如《苏诗补注》卷四十四，有一段查慎行案语："《年谱》谓先生于庚辰岁度岭，然考之《全集》，有《九成台铭》及《南华长老题名》，乃

---

❶ 苏轼.苏诗补注[M].查慎行,补注,王友胜,校点.南京:凤凰出版社,2013:1136.

建中靖国元年正月一日所作,则在韶州度岁可知。"❶ 则是订正了苏轼晚年出岭南的时间。

第四,查注非常渊博,高效,举凡苏诗涉及的地理、职官、人物、史事等均有详细的考证,引用了多达几百种著作。很多问题,经查慎行注释后都让人疑惑顿解。

查慎行在涉及苏诗的地理问题时,则引《九域志》《元和郡县志》《太平寰宇记》《水经注》《舆地广记》。涉及苏轼相关时代的社会政治状况,则引《东都事略》《东京梦华录》《梦溪笔谈》《咸淳临安志》。涉及苏轼的一些诗话、故事,则引《苕溪渔隐丛话》《诗话总龟》《冷斋夜话》,等等。

总体来看,查慎行的注释都很有必要,能够解读者之疑,补前人之失。比如苏轼有一首《少年时,尝过一村院,见壁上有诗,云:"夜凉疑有雨,院静似无僧。"不知何人诗也。宿黄州禅智寺,寺僧皆不在,夜半雨作,偶记此诗,故作一绝》,苏轼说不知"夜凉疑有雨,院静似无僧"为何人诗句,而查慎行则从《宋文鉴》中找出,原作为潘阆《夏日宿西禅寺》。

第五,以苏诗为中心,辑录了与苏诗作品相关的其他人如苏辙、黄庭坚、陈师道、秦观、王安石等的相关唱和作品,呈现出对宋诗的总体化研究。

苏轼的很多诗,都是唱和之作,都有同时人的相关作品。之前的很多苏诗注本,一般都不附着其他人的诗,这样就不能显示出苏轼作品的相关前因后果。查慎行在《苏诗补注》中弥补了这一缺点,辑录了与苏诗作品相关的其他人如苏辙、黄庭坚、陈师道、秦观、王安石等的相关唱和作品。让读者能够更好地理解,苏轼作品的创作背景,同时也便于读者比较、欣赏。

在辑录其他人作品时,如果说苏辙、黄庭坚等人都有本集存世,查找唱和诗较为容易。但还有一些作品则不容易找到。查慎行在这方面下了不小的功夫,一些不易找到的唱和诗被查慎行找到。比如查慎行从《西湖游览志》中找出辩才与苏轼唱和诗的原作。

---

❶ 苏轼.苏诗补注[M].查慎行,补注,王友胜,校点.南京:凤凰出版社,2013:1322.

第四节 《纪昀评点〈苏文忠公诗集〉》中对苏诗的批评贬损

纪昀（1724—1805），字晓岚，直隶献县（今河北献县）人。24岁中举，乾隆十九年（1754年）31岁时中进士。乾隆三十三年（1768年），因事谪戍乌鲁木齐。乾隆三十六年（1771年）六月，纪昀回京任翰林，这年八月他在早年初稿基础上，完成了《纪昀评点〈苏文忠公诗集〉》，这年冬十二月他又完成了《瀛奎律髓刊误》。随后在乾隆三十八年（1773年）二月，乾隆帝命开《四库全书》馆，时任翰林的纪昀入四库馆为纂修。这年闰三月，刘统勋等人推荐纪昀为总纂。❶ 可见，《纪昀评点〈苏文忠公诗集〉》《瀛奎律髓刊误》二书稿的完成，与纪昀被推荐为《四库全书》总纂官是有一定联系的。乾隆三十八年（1773年），纪昀受命任《四库全书》总纂官，后累官至礼部尚书。嘉庆年间82岁时卒于京师。纪昀为清代很有影响的文人之一，他参与主编的《四库全书总目提要》汇集了清代文献学的精华，产生很大影响。不过，纪昀显然不能拥有《四库全书总目提要》的署名权，因为该书是集体成果，纪昀只是三位总纂官之一，在总纂官之上还先后有28位正副总裁官，在三位总纂官之下有各类纂修官近百人。纪昀只是《四库全书总目提要》的主要定稿人之一❷，很多内容都是别的纂修官手笔，但纪昀靠此书获得很大声名。而从纪昀对苏轼诗的点评来看，纪昀的学识与学术能力，恐怕不如四库馆中翁方纲等诸多总裁官与纂修官。如晚清名士李慈铭即指出："今言四库者，尽归功文达。然文达名博览，而于经史之学实疏，集部尤非当家。"❸

---

❶ 张晓芝.笺证.四库全书馆密函：于敏中致陆锡熊手札笺证[M].北京：中华书局，2023：12.

❷ 司马朝军等学者反对将《四库全书总目提要》的署名权给纪昀。见：司马朝军.纪昀与《四库全书总目》[J].图书馆杂志，2007(2).

❸ 蒋寅.清代诗学史(第二卷)[M].北京：中国社会科学出版社，2019：188.

纪昀在评点《瀛奎律髓》等之外，还有对苏轼诗的评点，即《纪昀评点〈苏文忠公诗集〉》一书，据乾隆辛卯年即乾隆三十六年（1771年）八月的纪昀自序"余点论是集，始于丙戌之五月……今岁六月，自乌鲁木齐归。长昼多暇，因缮此净本，以便省览。盖至是凡五阅矣"❶，则该书从乾隆三十一年（1766年）开始点评，至乾隆三十六年（1771年）八月完稿，经历了五次大的审阅、修订补充，与《瀛奎律髓刊误》属于同一时期但略早半年的作品。可见该书虽然比《瀛奎律髓刊误》早定稿半年，但亦是纪昀较深入研究苏诗后的作品，定稿时纪昀已48岁，已属思想成熟期。不过，随后因《四库全书》的修撰，该书出版事宜被搁置，一直未能出版。❷道光年间，卢坤曾转述纪昀的话"昔公尝谓生平学力尽于《四库提要》一书，余集可废"❸，则纪昀自己便不重视《纪昀评点〈苏文忠公诗集〉》，故直到纪昀逝世，该书都未能出版。但纪昀逝世后该书逐渐在社会上以抄本的形式流传，其中王文诰道光二年（1822年）出版的《苏文忠公诗编注集成》中采纳了纪昀的部分评语，但对纪昀的评语有大量批判。纪昀逝世后又过了近30年，该书才在道光十四年（1834年）得以出版，故而该书恐怕并不是纪昀自己较满意的作品。可推测，正是因其有大量对苏轼诗的贬损，纪昀才一直不愿出版此书。不过，该书在道光十四年出版后，也逐渐产生了一定的影响，晚清很多文人都读到过该书。其中，曾国藩的幕僚李鸿裔（1831—1885）于同治初年在曾国藩幕府任职期间，于戎马倥偬之中，在所购该书书页上进一步评点苏轼诗，其稿件留存至今。❹ 2007年四川大学出版社将之影印出版，形成《李香岩手批纪评苏诗》一书。此外，王文诰在撰写《苏文忠公诗编注集成》时大量参考引用了《纪昀评点〈苏文忠公诗集〉》，且王文诰对纪昀的看法多有驳斥（详见下两节王文诰部分）。

《纪昀评点〈苏文忠公诗集〉》注重文学性赏析，也注重对"纪昀自认为的诗

---

❶ 纪昀.纪晓岚全集(第六册)[M].刘金柱,杨钧,主编.郑州:大象出版社,2020:3.

❷ 颇可玩味的是,《纪昀评点〈苏文忠公诗集〉》《瀛奎律髓刊误》都定稿于乾隆三十六年(1771年),而乾隆三十八年(1773年)闰三月,刘统勋推荐任《四库全书》纂修的纪昀担任"总纂"的职务。可以推测,《纪昀评点〈苏文忠公诗集〉》《瀛奎律髓刊误》是纪昀获得刘统勋等人认可的原因之一。

❸ 纪昀.纪晓岚全集(第六册)[M].刘金柱,杨钧,主编.郑州:大象出版社,2020:4.

❹ 曾枣庄.孤本李香岩手批纪评苏诗[J].长江学术,2008(1).

法"的阐发，有凌空蹈虚的倾向。而且纪昀对苏轼生平与宋代史事的挖掘并不重视，有时并不能做到"知人论世"，故而纪昀对苏轼诗的很多解释其实都不一定对。再加上纪昀在书中有大量对苏轼的批判、贬损的评论，该书的价值是有一定争议的。不过，贬损归贬损，从《纪昀评点〈苏文忠公诗集〉》的主体内容来看，纪昀依然是有较强"崇苏"倾向（纪昀对古代几乎所有文人都有批判，相比而言，对苏轼的批判算轻的）。

纪昀对苏轼诗的态度，其实也受到乾隆帝御选《唐宋诗醇》的影响。通过大量对苏轼诗指出缺点、寻觅不足的批判性评语，纪昀形成一种不同于清代"以赞扬为主"的文学批评形式，因此，纪昀的点评苏轼诗也取得了一定成就，很多晚清学人亦肯定了纪昀的苏轼诗评点，如赵克宜（1806—1861）《角山楼苏诗评注汇钞》谓"说苏诗者不一家，唯纪评为最备"。又如张佩纶（1848—1903）《涧于日记》中说"文达评苏诗，虽蹈明人批点习气，然足以药貌学坡诗之病"。所谓的"明人批点习气"，就是以自我为中心的随意点评。事实上，纪昀在诸多的诗歌评点中，都有"苛责前人"的习惯，纪昀的很多观点都是值得商榷的。当代研究者早已注意到，纪昀在评点中常常会指出苏轼诗的很多问题，比如苏轼诗中"一些传诵千古的佳作名篇在他（纪昀）眼里都评价不高"❶。不过总体来说，纪昀对苏轼诗还是相对很欣赏的，其评点优缺点并存，优点显著，缺点亦显著。诚如《李香岩手批纪评苏诗》一书的编者所指出的纪昀评点苏轼诗："其主要优点在于对苏诗与前代诗歌艺术之渊源的揭示、对苏诗艺术特色的评判、对苏诗某些文本的校勘等方面均甚见功力；其缺点在于以其比较保守的诗学观念来批评苏诗的创新之处，故不无谬评。"❷

笔者认为，综合清代苏轼诗出版、传播与接受史来看，虽然纪昀的评点苏轼诗有大量指责、批判之语，很多批评属于"吹毛求疵"，甚至"借批判他人，彰显自己"，并不客观。但在清代一片赞扬苏轼诗的氛围中，"批判性评语"是较为稀缺的，具有了一定"不可或缺"的价值。因此，《纪昀评点〈苏文忠公诗集〉》中对苏诗的大量"批判性言论"也算是"独树一帜"了，在清代"崇苏"氛围中或许有

---

❶ 王友胜.论纪昀的苏诗评点[J].中国韵文学刊,1999(2).
❷ 李香岩.李香岩手批纪评苏诗[M].成都:四川大学出版社,2007:1.

一定"矫正的作用",此即张佩伦所说的"然足以药貌学坡诗之病"。当然,客观来说,清代崇尚苏轼诗的诗人们并不需要阅读《纪昀评点〈苏文忠公诗集〉》来提升对苏轼诗的认识。如果清代诗论家们都像纪昀这样"酷评"苏诗,恐怕苏诗在清代的影响力就会急剧衰退了。故而《纪昀评点〈苏文忠公诗集〉》虽有一定影响,但传播并不广,在晚清诗坛的实际影响是很有限的。在当时的宗宋氛围中,占诗坛主流的道咸宋诗派诗人们、同光体诗人们并不认可纪昀的诸多论点。

一、对苏轼诗有大量批判性评语

从《纪昀评点〈苏文忠公诗集〉》的结构来看,该书批点在查慎行《苏诗补注》书上,查慎行将苏轼2600多首诗分为了49卷。纪昀在90%的诗作上都加了评语,总评语数有近3000条(该书不同抄本与刻本上,评语条数会略有少量差异),平均每首诗都有一两条评语,一部分诗评语较多有三四条,极少数的诗有五六条评语。总体来看,各卷的评语数在20条至90条不等,平均每卷有约50条评语,如卷一有83条评语,卷二有49条评语,卷八有76条评语,卷九有55条评语,卷十八有68条评语,卷二十六有49条评语,卷二十九有38条评语,卷三十三有41条评语,卷三十七有58条评语,卷四十有51条评语,卷四十五有20条评语。这些评语中有少量是赞扬的,但一半以上都是批判、贬损苏轼诗的(可参看下两节,王文诰对纪昀评点的反驳与批判)。

纪昀在《纪昀评点〈苏文忠公诗集〉》中有大量苛责苏轼之处。有的批判有一定道理,但也有很多批判纯粹是"为批判而批判"。所以社会上会传言纪昀诋毁宋诗,这给纪昀很大压力。在《二樟诗钞序》中,纪昀提到有人曾批评他诋毁江西诗派,"有场屋为余驳放者,谓余诋諆江西派,意在煽构。闻者或惑焉。及余所编《四库全书总目》出,始知所传为蜚语,群疑乃释。"实则纪昀并不是诋毁宋诗,而是纪昀有通过"批判性评语"在诗坛独树一帜的意图,然而诗坛经历了历代诗人、诗论家的层层分析、加固,又岂是这么容易独树一帜的?故而纪昀的诗歌创作与诗论在清代诗坛上最终未能获得广泛认可,这不得不说跟纪昀对宋诗人过于频繁的批判有关。

检视《纪昀评点〈苏文忠公诗集〉》,我们能看到大量批判苏轼之处,笔者粗略统计，在《纪昀评点〈苏文忠公诗集〉》中一半左右的评语都是批评、指出苏诗的不足，仿佛纪昀是在批改"学生习作"，仿佛苏轼需要纪昀帮自己指出诗中各类缺点。这对崇尚苏诗的清代诗人们委实是较难接受的。后来，王文诰在《苏文忠公诗编注集成》中对纪昀的很多评语都进行了反驳与批判，且往往分析详尽，有理有据，对我们认识纪昀评点苏诗的不足与缺陷，有很大的参考作用。详情可参看本章后几节。这里我们先对纪昀批判与贬损苏诗的情况进行一些罗列。

纪昀有的评语批评苏轼整首诗不好。如卷三十九《和陶神释》眉批："此首不佳，嫌有颓唐之气。"卷十六《〈虔州八境图〉八首》为苏诗名作，其中第七首更是名作中的名作："烟云缥缈郁孤台，积翠浮空雨半开。想见芝罘观海市，绛宫明灭是蓬莱。"但纪昀对这首诗的评语则是："此首字句鲜华，而中无一物，所谓'金玉其外而败絮其中'者。"这样的评语明显不客观。卷十六《和子由送将官梁左藏仲通》有眉批："语自疏爽，然究是应酬之作，毫无意义。"此评语令人费解，称应酬之作"毫无意义"，这实则是否定了诗歌的社会功能。历代诗人的诗集中哪一部不是包含大量应酬之作，包括纪昀自己的诗集中亦有大量应酬之作，何来"毫无意义"之有？这一评语给人故作高深之感。

纪昀有的评语全局地性指出苏诗缺陷、批判苏轼其人其诗。如卷十九《予以事系御史台狱，狱吏稍见侵，自度不能堪，死狱中不得一别子由，故作二诗授狱卒梁成，以遗子由》本是苏诗名作，历代评论者都从中看出苏轼的风骨，亦感动、同情于苏轼的遭遇。但纪昀对此诗的评语则是："讥刺太多，自是东坡大病。然但多排诋权幸之言，而无一毫怨谤君父之意，是其根本不坏处，所以能传于后世也。"❶ 纪昀对知识分子的风骨似乎并不崇尚。纪昀的这种态度与清代王士禛、翁方纲、张之洞等众多崇尚苏轼的诗人们有着很大的不同。再如，卷十六的《读孟郊诗二首》的评语："二首即作东野体，如昌黎、樊宗师诸例。意谓东野体，我固能为之，但不为耳。然东坡以雄视百代之才，而往往伤率、伤慢、伤放、伤露者，正坐不肯为孟郊一番苦吟功夫耳。读者不可不知。"❷ 这段评语中，纪昀对苏诗进行了全局性批

---

❶ 纪昀.纪晓岚全集(第六册)[M].刘金柱,杨钧,主编.郑州:大象出版社,2020:223.
❷ 纪昀.纪晓岚全集(第六册)[M].刘金柱,杨钧,主编.郑州:大象出版社,2020:175.

判,仿佛苏诗有巨大的缺陷,并指责苏轼不肯下"苦吟功夫"。这就有些"厚诬古人"了。这种批评方式应是受到冯舒、冯班宋诗批判的影响。

纪昀有的评语批评苏诗中部分诗句写得不好。卷一《新滩阻风》有眉批:"第三句欠精切。"卷十一《常、润道中有怀钱塘,寄述古五首》其二的颔联有眉批:"二句太滑,遂令通篇削色。"卷十三《次韵刘贡父、李公择见寄二首》其一的颔联有眉批:"三、四宋调之不佳者。"卷十四《立春日,病中邀安国……》第一首的颈联有眉批:"五句滞笨,六句鄙俚。"卷十七《李思训画〈长江绝岛图〉》眉批:"绰有兴致,惟末二句佻而无味,遂似市井恶少语,殊非大雅所宜。"卷三十四《次韵赵景贶〈春思〉,且怀吴越山水》眉批:"可惜不成结语"。卷三十六《次天字韵答岑岩起》眉批:"次句拙而腐,末句亦牵强。"

纪昀有的评语是从诗歌情感、情韵角度,批评苏轼的部分诗略带轻佻,格调不正,或批评部分苏轼诗不够雅正,不符合儒家"温柔敦厚"的诗教,又或者批评诗作浅薄、庸俗。卷六《送曾子固倅越得燕字》的眉批:"愤激太甚,宜其招尤。即以诗品论,亦殊乖温厚之旨。"卷十七《鹿鸣宴》眉批:"何忽庸俗至此。"卷十九《送渊师归径山》眉批:"不免浅率。"又如卷二十一《次韵回文三首》中苏轼模拟了前代带有闺怨色彩的回文诗,但纪晓岚则批评说:"东坡何以堕此恶趣!"此批评显得过于苛刻。再如卷二十六《杨康功有石,状如醉道士,为赋此诗》有眉批"终是野调,不入正格,不得循声赞叹。"卷三十九《辨道歌》眉批:"题鄙甚,此种原不以诗论,不宜入集。"

纪昀有的评语是批评部分苏轼诗的用韵不到位,有牵强拉杂之嫌。如卷十二《雪后书北台壁二首》,此二诗很知名,前人多有和作,但纪晓岚批评道:"二诗徒以窄韵得名,实非佳作。"卷三十一《次韵毛滂法曹感雨》的眉批"为韵所牵,不免支凑"。卷三十二《叶教授和溽字韵诗,复次韵为戏,记龙井之游》的眉批"多为韵脚所牵,支凑拉杂,不为佳作"。

有的评语是批评部分苏轼诗沿袭古人,创新性不够。如卷三十九《送惠州押监》的眉批说:"此陈陈相因之窠臼。以为盛唐之高调,则失之。"这里认为这首诗是"陈陈相因",这批评就很不客气,进而又批评了盛赞这首诗的评论者们"失之"。

有的评语则根据部分诗篇的特殊性或个别诗句写得不太典雅,而认为该诗是伪作或被误收。如卷五《大老寺竹间阁子》有眉批"太不成语，恐非真本。编诗者搜辑以炫博，转为古人之累"。卷二十七《用定国韵赠二十侄震》有眉批"此非东坡诗，续补者误采耳"。卷三十《题李伯时〈渊明东篱图〉》有眉批："二诗非惟不似东坡，并不似能诗者所为。后来书画贾人伪作伯时之画，因伪作东坡之诗，编诗者不能辨，而误收耳。"❶ 卷三十二《秋兴三首》眉批"此三首亦不似东坡笔墨，东坡不如此甜熟"。卷四十七《寒食诗》有眉批"此不似东坡笔墨，有甜熟之气故也"。卷四十七《绝句二首》有眉批"二首可观，然不必定是东坡笔"。这些怀疑某些诗作并非苏轼作品的看法，很多也不一定正确，只能是纪昀的个人之见。

有的则批评前代诗论家的观点错误，或指出前代诗论家的不足（往往有强词夺理、刻意贬低他人之嫌）。如卷七《送岑著作》有眉批："以文为诗，始元次山，或以为宋调，非也。"这是批评清代广为流行的"宋人以文为诗"的观点，纪昀这一批评实则理由并不充分。再如卷一《舟中听大人弹琴》的批语："通篇不脱旧人习径，句法亦多浅弱。渔洋《古诗选》取之，是所未喻。"纪昀认为这首诗写得比较差，但王士禛《古诗选》入选了这首诗，纪昀便批评王士禛未完全理解这首诗。这显然无法服众。王士禛是清诗名家，王士禛对诗歌的认识，岂会不如纪昀？此外，纪昀还有大量批评苏轼诗研究专家查慎行之处，亦往往偏颇。

纪昀的这些对苏轼诗的批评性评语，在《纪昀评点〈苏文忠公诗集〉》中俯拾即是，有的当然有一定道理，但也有很多批评，毫无道理。笔者作为后学，学识与公信力都有限，反而不便一条条反驳纪昀对苏诗的诸多批判、贬损，本书后几节中王文诰、李香岩等人对纪昀的反驳与批判会更有说服力。要之，纪昀这些批评性评语，也许对于一些诗歌初学者有迷惑性，但对于很多精研苏诗的古代乃至现当代学者而言，是无法同意的，王文诰在《苏文忠公诗编注集成》中对纪昀的不满已溢于言表（详见本章后几节）。桐城派姚鼐、姚莹、姚永概等人指责纪昀"猖獗""诞妄邪淫"，绝非无根据的污蔑（详见第四章第四节）。

---

❶ 纪昀.纪晓岚全集(第七册)[M].刘金柱,杨钧,主编.郑州:大象出版社,2020:45.

二、存在"贬低他人，彰显自己"的缺点

虽然纪昀对苏轼诗的一部分批评是有一定客观依据的，但不得不说，纪昀有一种不好的倾向，就是通过批判、贬低他人来彰显自己❶。《纪昀评点〈苏文忠公诗集〉》指出的苏轼诗的诸多不足与缺点，即有此意图。苏轼现存约 2800 首诗（宋荦《施注苏诗》中收苏诗 2600 首），经典作品最多近百首，不可能每首都好。即使是李白杜甫也只有近百首是特别优秀的作品，剩余作品也往往不那么经典。实则没必要抓住苏轼一些不那么好的作品反复指出其缺点。以这种"批评方法"，任何诗人都可以被找出一大堆问题。这除彰显批评者自己的"高水平"外，其实并无太多意义。当然，如果真能够较为确切地指出前人诗作缺陷，也是有价值的。问题在于，关于诗歌优劣并无客观标准，有时会"言人人殊"。正常而言，苏轼的诗歌创作水平，必定显著高于纪昀。纪昀对苏轼诗的批评，不可能得到诗坛的广泛认可。

《纪昀评点〈苏文忠公诗集〉》中还有很多贬低同时代诗论家、诗选家的文字。如卷三十二《安州老人食蜜歌》有眉批"纯是晚唐下调，初白先生极赏之，殆非末学所知"。纪昀对查慎行欣赏这首《安州老人食蜜歌》提出不同意见，认为并不好，自称"末学"，这是要表明自己有独特的欣赏趣味。卷八中《和陈述古拒霜花》有眉批："用意颇为深曲。初白以浅讥之，似未喻其旨。"这是自设前提，批评查慎行水平有限，连一些诗的"深曲"都体会不出。然则这首诗真的很高深吗？这是一首七绝：

千林扫作一番黄，只有芙蓉独自芳。唤作拒霜知未称，细思却是最宜霜。❷

---

❶ 纪昀为了迎合乾隆帝"贬低前朝"的心理，对前代名贤往往有一种令人难以置信的贬损口吻。《瀛奎律髓》卷二十四，纪昀评说："诗是论诗，每遇元祐名人、洛闽道学，必有诗外推尊评论，以为依草附木之计，亦是一种习气。"纪昀学着乾隆帝的口气把元祐名人、洛闽道学家贬低为"草木"，由此可见纪昀的文化心态。

❷ 纪昀.纪晓岚全集(第六册)[M].郑州:大象出版社,2020:85.

很明显这就是我们现在极为常见的隐喻、象征，用植物的迎霜来比喻人的坚毅，此为古典文学中常见的修辞手法，就算称之为"深曲"，查慎行怎么可能"未喻其旨"？纪晓岚的评语明显是贬低查慎行，从而彰显自己。然而这一类的"贬低他人，彰显自己"显然无法服众。再如卷三十七《次韵子由书清汶老所传〈秦湘二女图〉》眉批："起四句有吃力之痕。初白先生以为清脱，是所未喻。"也是批评查慎行未完全理解诗意。

再如卷三十的《次韵黄鲁直效进士作二首》中纪晓岚有眉批："此格非东坡所长，故二诗皆不佳。迩来选长律者必录之，震于名尔。"很多诗选家在选宋诗时，都选取了苏轼这首诗，应该说这组诗的第一首写得是不错的，入选也是很有眼光的：

龙蛰虽高卧，鸡鸣不废时。炎凉徒自变，茂悦两相知。已负栋梁质，肯为儿女姿。那忧霜贸贸，未喜日迟迟。难与夏虫语，永无秋实悲。谁知此植物，亦解秉天彝。❶

这首诗写得其实很好，各选家将之入选也是很有鉴赏力的。但纪昀非要利用"文无第一""言人人殊"的特性，指出这首诗写得"不佳"，进而批评那些在诗选中入选这首诗的诗选家是"震于名尔"，这显然是狡辩。即使是诗选家震于苏轼诗名，那为何入选这首，而不入选别的？难道不正是因为这首诗好吗？如果这首诗不好，何以在苏轼两千多首诗中会入选这首诗？纪昀此处的逻辑不通，主要还是试图贬低其他的诗选家，来彰显自己。或者说，是刻意为了让自己的评论与众不同，"鹤立鸡群"。这是纪晓岚各类文艺评论中的一大通病。实则各诗选家毕竟在当时出版了各类作品，对当时诗坛有直接作用。但纪晓岚的诗歌创作与诗论在当时并未得到主流诗坛的认可。

纪昀获得较多认可，主要是因为他任总纂官的《四库全书总目提要》出版后，学界反响较好，由此让纪晓岚获得了很大认可。但这部书是集体成果，按照《四库全书》办理流程，每一部书在编撰时，一般由分纂官写好提要，"每当一部书籍校

---

❶ 纪昀.纪晓岚全集(第七册)[M].郑州：大象出版社,2020:53.

订完成，就由馆臣拟写一篇提要，放在书的前面。"❶最多是说这些提要最终被收集在一起正式出版时，由纪昀、陆锡熊等总纂官在最后时期进行了一定删改，但总裁官也会对提要进行删改，正如研究者所指出的"经纪昀改正之稿也并不等于定稿，通常又经人修改方才定稿"❷，应是经过比总纂官职位高的于敏中、彭元瑞等人修改。纪昀可被称为是定稿作者之一，但这都远非纪昀一人之成果。以纪昀在《纪昀评点〈苏文忠公诗集〉》中表现出来的较为"特立独行"的做法，《四库全书总目提要》的稿件恐怕难以获得社会认可的。

而且这部书在乾隆五十四年（1789年）由武英殿刻书处正式出版时，署名作者是乾隆帝的第六子"永瑢"❸。既然该书是集体成果，就由皇子来署第一作者，反而是最公平最恰当的。以纪昀所自称的情况以及一些事后不了解情况的人对纪昀的吹捧文字来看，纪昀最多算是"第二作者"。但恐怕"第二作者"都是不成立的。❹根据《四库全书》的"进表"，在四库馆中最高职位是"总裁官"，有永瑢、刘统勋、和珅、于敏中、裘曰修等16人，其中并无纪昀名字。四库馆中第二高的职位是"副总裁官"，有梁国治、刘墉、彭元瑞等12人，亦无纪昀名字。近现代一些研究者认为，正副总裁官多为虚职，但近几十年来更多的材料表明，正副总裁官都深度参与了修书工作，即使是明显挂名的第六皇子永瑢，也直接参与决定诸多事务。❺乾隆四十二年（1777年）七月，因《四库全书》中错误太多，乾隆帝下诏处罚总裁官："总裁，议以罚俸半年。总校、分校、覆校、议以罚俸一年。"此诏书说明总裁官不是虚职，一定是仔细审核了各书书稿的，否则不会被罚俸半年。乾隆四十八年（1783年）十一月，"命兵部右侍郎彭元瑞，充四库全书馆副总裁"。笔者怀疑，

---

❶ 永瑢等撰.四库全书总目提要[M].北京：中华书局,1965:1.

❷ 张升.四库全书馆研究[M].北京：北京师范大学出版社,2012:212.

❸ 永瑢,等.四库全书总目[M].北京：中华书局,1965:1.

❹ 1994年出版过《纪昀评传》一书的湖北大学周积明教授，坚持认为纪昀拥有《四库全书总目提要》的著作权。但既然清代乾隆嘉庆时期就未把《四库全书总目提要》的"署名权"给纪昀，现代学者的"追认"又怎么可能符合事实呢？现代学者难道会比当时的学者更了解情况？参见：周积明.纪昀与《四库全书总目》关系再检讨[J].中国四库学（第四辑）,2019.

❺ 张升.四库全书馆研究[M].北京：北京师范大学出版社,2012:56.

彭元瑞被由副总纂擢升为四库馆副总裁后,对《四库全书总目提要》稿件进行了一定的修改。毕竟乾隆帝提拔彭元瑞当副总裁,而不提拔纪昀,这本身就说明了一定问题。现存军机处档案有,乾隆五十二年(1787年)六月,彭元瑞会同纪昀删改阎若璩《尚书古文疏证》一书的材料,"臣彭元瑞会同臣纪昀谨就各条文义,分别或删数字,或删全条,务使两人邪说不污卷帙,尽行削去。"❶说明彭元瑞等人在后期是参与了多方面修订工作的(甚至不排除有些改动,是乾隆帝亲笔所改)。

四库馆中第三高的职位是"总纂官",有纪昀、陆锡熊、孙士毅三人。很多普通读者看到"总纂官"三字就会以为纪昀是负责《四库全书》修撰的最高官员,实则在四库馆中职位比总纂官高的先后有28人,虽然也有部分是挂名,但其中有多位当时的饱学之士,出版的作品远多于纪昀。故此,《四库全书总目提要》在出版时,其署名只能是"永瑢等",纪昀在作者排名里是很靠后的。当然,《四库全书总目提要》的很多工作应是纪昀所做,因此,纪昀内心认为自己应该有一定署名权,故此纪昀对获得该书的署名权有很大兴趣。乾隆帝逝世于嘉庆四年(1799年)正月,但嘉庆二三年间,乾隆帝已出现了严重的健忘症。据《朝鲜李朝实录》中朝鲜使臣描述,乾隆帝晚年"太上皇容貌气力,不甚衰耄,而但善忘比剧。昨日之事,今日则忘;早间所行,晚或不省"。纪昀趁着乾隆帝老迈的机会,开始宣称对《四库全书总目提要》拥有著作权。尤其是在乾隆帝逝世后第二年即嘉庆五年(1800年),纪昀在出版的《阅微草堂笔记》等著作中十多次宣称《四库全书总目提要》是自己编的(出版时间在乾隆帝逝世第二年,恐怕有趁当事人逐渐逝世,而争夺《四库全书总目提要》著作权的意图),后来有些不了解情况的人如朱珪、杨芳灿等人也盛赞纪昀的作用,这恐怕都有"吹嘘"之嫌。以《纪昀评点〈苏文忠公诗集〉》中纪昀的各种"故作高深",恐怕少不了对自己功绩的"吹嘘"。毕竟很多书的提要内容,经历多位编者的几易其稿,其内容往往是不同编者深入研究的结果,纪昀对一些学术问题的认识恐怕并不能达到于敏中、彭元瑞等正副总裁官,甚至翁方纲、姚鼐、戴震等一般纂修官的水平。晚清名士李慈铭否定纪昀的学识,认为纪昀"于经史之学实疏,集部尤非当家",绝非刻意攻击。从纪昀各类著作反映的情况来看,纪昀

---

❶ 张书才.纂修四库全书档案[M].上海:上海古籍出版社,1997:1533.

研究最深的是唐宋诗领域。但正如本书中所揭示的，即使在纪昀所擅长的唐宋诗领域，纪昀的学养也是令人生疑的。乾隆帝多次公开贬斥纪昀，称纪昀"本系无用之腐儒，原不足具数"，很可能并不单纯是为了贬低纪昀，也是为了平息当时朝中一些饱学之士对纪昀学养不够的不满。以二百年后的笔者都能看出的诗学问题，乾嘉之际的学者岂会看不出？

当然，反过来也可以说，《纪昀评点〈苏文忠公诗集〉》中对苏轼诗的批判性评论，在古代文艺批评"盛行赞扬"的氛围中，确实也颇为独特。因为纪昀不像别的评论家那样一味赞扬，反而加入了很多批判，这确实对诗歌创作会有一定"针砭时弊"的作用。参照18、19世纪，德国批判哲学的发展历程来看，"批判"本身也成为了一种值得肯定的思想流派，而纪昀在批判上无疑是很有心得的。故此，《纪昀评点〈苏文忠公诗集〉》的这种批判式点评，或许有其独特的价值吧！

三、《纪昀评点〈苏文忠公诗集〉》的优点与价值

《纪昀评点〈苏文忠公诗集〉》有近3000条评语，其中一半以上都在刻意贬低、贬损苏轼诗（纪昀并不是单纯对苏轼诗不满，纪昀笔下的任何前代文人都会被纪昀大加挑剔，是一种无差别的批判），但其中少部分评语还是较为精练，有的也属于诗坛较为主流的批评话语，还是有一定参考价值的。

正如上一小节所指出的，《纪昀评点〈苏文忠公诗集〉》评点苏轼诗时不局限在一个方面，而是从句法、篇章、格调、本事、辨伪、前人评价等多个方面进行评价，形成了多层次的评价体系。再加上一些较为苛刻的负面性评语，整体上《纪昀评点〈苏文忠公诗集〉》还是形成了较为严整的体系。

虽然以"较成熟文学批评著作"的标准来看，《纪昀评点〈苏文忠公诗集〉》的评语过于琐碎，并未提出自己的诗论观点，不足以引领诗学潮流，对诗坛的发展并无直接促进与引领作用，但是对于初学诗者还是有一定参考价值的（但也有可能对初学者产生较大的误导）。

《纪昀评点〈苏文忠公诗集〉》也有很多赞扬苏轼诗的评论，也有很多说得非常中肯的评论，都很值得参考。本来在文学评点中存在大量赞扬性的评语，是古代通

例。但过多的赞扬性评语，有时就流于泛泛而谈，不一定是"赞到实处"。《纪昀评点〈苏文忠公诗集〉》中纪昀的评语实则是有贬有赞。纪昀的一些批评性意见，会有失实之处，然而当批评性意见与赞扬性意见混杂在一起，互相比较，互相衬托，有时更能看出一些赞扬性评语的价值。故此《纪昀评点〈苏文忠公诗集〉》中一些纪昀对苏轼诗的赞叹之处，反而有更大的理论价值。这里可摘录一些，以见一斑。

卷十三《谢郡人田、贺二生献花》眉批："本色语，极老健。此老境不易效，无其火候而效之，便入香山门户。"

卷十七《京师哭任遵圣》眉批："先写情怀，次入任遵圣，倍加凄惘。笔笔作起落之势，无一率句。中有真情，故语语深至。"

卷十八《赠钱道人》眉批："纯为介甫辈发，全用宋格，然自是一种不可磨灭文字。"

卷三十《书艾宣画四首》眉批："跳出题外作烘染，用笔灵妙。画意于言外见之。"

卷三十一的《文登蓬莱阁下石壁千丈……》纪昀有眉批："笔笔奇警，不觉题之琐碎。"虽然这句评语，还有批评苏轼此诗"琐碎"的意图，但"笔笔奇警"已经是很大的赞扬了。

卷三十四《聚星堂雪》眉批："句句恰是小雪，体物神妙，不愧名篇。"

纪昀为了彰显自己，在苏轼诗点评中，一些苏诗名作他经常会挑毛病，进行贬低、贬损，但不可能全部进行贬低，否则点评苏轼诗就没有意义了。也是为了彰显自己的独家观点，一些前人所未注意到的苏诗作品，纪昀又会予以大加赞赏，这虽然有明显的"逆反心理"，有时不足为训。但毕竟纪昀在点评中多方发现了苏轼诗的佳处，他的一些观点对苏诗研究者还是有一定参考价值的。而且通过大量批评性评语的衬托，一些赞扬性评语反而就显得难能可贵，更有价值了。换言之，既然纪昀对苏轼诗这么"挑剔"，那么纪昀对苏轼诗的一些赞扬性评语，就更显出价值了。

在《纪昀评点〈苏文忠公诗集〉》的近3000条评语中，赞扬性的评语不足四分之一。但也正是因为有批判性评语的衬托，才能够披沙拣金，更显现出一些纪昀赞扬性评语的价值。这一点结合下两节中王文诰《苏文忠公诗编注集成》对《纪昀评点〈苏文忠公诗集〉》中纪昀评语的采纳、批评与反驳会看得更清楚，王文诰只采纳了纪昀评语中小部分赞扬性的，约占纪昀全部评语的五分之一，而对于纪昀大量批判、贬损苏轼诗的评语则要么不予采纳，要么视而不见。对纪昀一些说得过分、离谱的地方则会进行反驳，有时甚至会上升到对纪昀的很大程度的否定。有时王文诰甚至会质疑纪昀的鉴赏能力。王文诰的这些质疑，很可能都是对的，因为纪昀的无差别批判有时太过离谱，实在无法自圆其说。但正是这些批判性评语的衬托，纪昀那些赞扬苏轼诗的评语反而更有价值。王文诰予以了精心的整理。

四、纪昀不同作品中对苏轼诗的评点

根据纪昀的多处自述，乾隆三十六年（1771年）八月，纪昀完成了《纪昀评点〈苏文忠公诗集〉》一书，随后在这年冬季，开始评点《瀛奎律髓》。因此，《瀛奎律髓刊误》作于《纪昀评点〈苏文忠公诗集〉》定稿后半年多，二书互相之间会有一定的影响。

在《瀛奎律髓刊误》中，纪昀对原书所收的41首苏轼诗都有点评，该点评作于乾隆三十六年的《纪昀评点〈苏文忠公诗集〉》之后，因此增加了很多《纪昀评点〈苏文忠公诗集〉》中所没有的评语。详细比对这41首既见于稍早的《纪昀评点〈苏文忠公诗集〉》，又见于稍后所作的《瀛奎律髓刊误》中苏轼的纪晓岚评语，能看出多方面问题。

如《初到黄州》一诗在《纪昀评点〈苏文忠公诗集〉》中只有一句眉批"此却和平"，而在《瀛奎律髓刊误》中则有一段评语："东坡诗多伤激切。此虽不免兀傲，而尚不甚碍和平之音。"❶ 同时又参考查慎行的评语"结据元注自不可删，语在苏集，观者自考之"，而进一步批评了方回选取这首诗时没有加入苏轼原有的自注，纪昀说"末句本集自有注，不载则此句不明"。

如《十月二日初到惠州》一诗在《纪昀评点〈苏文忠公诗集〉》中只在五六句处有一句眉批"二事俱不切"，而在《瀛奎律髓刊误》中则有一段评语："三句太

---

❶ 方回.瀛奎律髓[M].上海：上海古籍出版社，2020：1670.

浅，五六不切。不得以东坡之故为之词。"❶ 据此来看，纪昀在撰写《瀛奎律髓刊误》时还曾参考了此前的点评苏轼诗，在此前点评基础上是有一些拓展的。

《六月二十日夜渡海》一诗《纪昀评点〈苏文忠公诗集〉》中只在首联处有"比也"二字批语，但在《瀛奎律髓刊误》中增加了一处针对方回评语的批语，对全诗的评语则说："前半纯是比体，如此措辞，自无痕迹。"

《过岭二首》在《纪昀评点〈苏文忠公诗集〉》中第一首的五六句处有眉批："五六自好，然不宜自况。"在《瀛奎律髓刊误》则增加了批语："'不到头'三字有病。五六极典切，然出之他人则可，东坡自道则不可。"明显是进一步拓展了此前在《纪昀评点〈苏文忠公诗集〉》中的"不宜自况"之说。

《庚辰岁人日作（二首）》在《纪昀评点〈苏文忠公诗集〉》中指出标题中的部分文字应该为苏轼自注，"'时闻'以下十九字应注在'三策'句下。若标于题中，则似为此事而作，题与诗不相应矣。"❷ 这是发现了苏轼诗集中对这行小注的处理错误，将小注写成了标题。而在《瀛奎律髓刊误》中，纪晓岚参看《瀛奎律髓》版本，证明自己早年对"小注误为标题"的认识是正确的，因此在批语中进一步说："题下之注，宜在'三策'句下。本集误连为题目，大书之，更误。"纪昀此说有一定道理，但也不能完全确定此观点为正确。考查慎行《苏诗补注》此诗题为《庚辰岁人日作，时闻黄河已复北流，老臣旧数论此，今斯言乃验，二首》但查慎行并没有认为这段标题是"小注误为标题"。纪昀所言小注误为标题后"题与诗不相应"并不准确，小注写为标题后，长标题与全诗还是较为吻合的。冯应榴《苏轼诗集合注》在这首诗处有大量注释，但也没有提到这首诗的标题是"小注误为标题"。纪昀应是根据《瀛奎律髓》版本中此诗把标题的一部分设为小注，而有此见解，此见解或有道理，但并不为苏轼诗集的注家们所采纳。

综合来看，纪昀在撰写《瀛奎律髓刊误》时参考了自己此前在《纪昀评点〈苏文忠公诗集〉》中对41首苏轼诗的评语。《瀛奎律髓刊误》中的很多评语是对此前《纪昀评点〈苏文忠公诗集〉》中评语的拓展，但也有少量地方是对此前评语的挪用或纠正。

---

❶ 方回.瀛奎律髓[M].上海：上海古籍出版社，2020：1671.
❷ 纪昀，著.纪晓岚全集（第七册）[M].刘金柱，杨钧，主编.郑州：大象出版社，2020：205.

由于清代以来，各论者对苏轼诗的评价较多，留给后来者重新评点的空间并不多，想要找到评点苏轼诗的较大创新空间并不容易。而纪昀独辟蹊径，找到了批判性看待苏轼诗的"创新点"，由此形成了在清代独树一帜的"苏轼诗指瑕与批判"的模式。虽然说纪昀在《纪昀评点〈苏文忠公诗集〉》中对苏轼诗的很多批判性评语，或过于主观，或较为牵强，或有明显问题，难以得到苏轼诗研究专家的认可[1]，但从形式上是较为创新的。

也正如第四章中所说，纪昀通过揣摩乾隆帝在御选《唐宋诗醇》等中对前人的批评，把握住了乾隆帝"批判前朝"的心理，从而大量地、无差别地批判前代文人，乃至于模仿乾隆帝贬斥鄂尔泰的口吻，把元祐名人、洛闽道学家贬喻为无根之"草木"，而对苏轼诗他也是吹毛求疵，挑了大量毛病，确实有些做过了头，难以得到诗坛的认可。但纪昀对苏轼诗的批评、批判在形式上很新颖，很多地方也能给人以耳目一新之感，甚至能给人以一定启发。故而，在清代苏轼诗接受史上，纪昀的评点苏诗也应占有一席之地的。

第五节　冯应榴《苏诗合注》对历代苏轼诗注的汇集

冯应榴（1741—1800），字诒曾，号星实，浙江桐乡人，乾隆二十六年（1761年）进士。其父冯浩（1719—1801）出版有《玉溪生诗笺注》三卷，为清代李商隐诗的重要注本。冯应榴爱好苏轼诗。乾隆五十二年（1787年），人到中年的冯应榴开始作苏轼诗注，最终于乾隆六十年（1795年）刊刻出版了《苏文忠公诗合注》五十卷。据冯应榴在《〈苏文忠诗合注〉序》中说，他是乾隆五十二年（1787年）夏开始注苏诗，"朝夕不辍者凡七年而粗就"，经过七年努力而书成，中途还梦到过

---

[1] 如《苏文忠公诗编注集成》的编者王文诰，对纪昀的批评性评语极为不满，有大量的反驳。详见后几节。

苏轼一次，即"己酉嘉平，忽梦与文忠相见，曾倩人绘《梦苏图》，并自为文记之"❶。则冯应榴对苏轼亦有很深"崇拜"，以至像宋荦一样形之梦寐。该书名为"合注"，主要是把前代几种主要的注合并在一起，如书中标明的"王注""赵次公注""施注""查注"等，并参以己意，提出自己的观点。《苏文忠诗合注》由于是"合注本"，便于读者阅读，故清中叶以来成为苏轼诗的主要注本之一，在清代诗坛很有影响。

一、冯应榴《苏文忠诗合注》的特点

冯应榴《苏文忠诗合注》作为一种"合注本"，是把前人各种不同的苏轼诗注本集合在一起，这首先就需要对苏诗版本下一番搜罗功夫。冯应榴在"苏文忠诗合注凡例十二则"中谈到了自己所搜集到的不同苏诗版本：

> 余所见者，一为宋刊五家注不全本，七卷。五家者，赵云（即次公）、李云（即厚）、程云（即缜）、宋云（即援）、新添云（即林子仁）。其编次一如七集本，惜止见后集而未见前集也。一为元刊王状元集百家注分类本，共二十五卷，分纪行、述怀、咏史、怀古……杂赋七十八类……一为宋刊施顾注本四十二卷……一为查慎行补注本，五十卷。❷

他大概搜罗了近十个不同的苏诗版本。然后才加以汇总。综合来看，冯应榴《苏文忠诗合注》主要是把署名王十朋的《王状元集百家注分类本》、宋荦编刻的《施顾注苏诗》、查慎行《苏诗补注》等几种不同注本的注汇集在一起了。所以冯应榴《苏文忠诗合注》的创新性其实并没有那么强。虽然冯应榴也加了一些自己的"案语""补注""纠正"，但该书的主体还是前人的注释，冯应榴有创造性的地方不是特别多。可以说，前人留给冯应榴的创新空间也不是那么大。

❶ 苏轼,著.苏轼诗集合注[M].冯应榴,注.上海：上海古籍出版社,2003：2634.
❷ 苏轼,著.苏轼诗集合注[M].冯应榴,注.上海：上海古籍出版社,2003：2639.

不过冯应榴还是试图有一些创新性的内容。在"苏文忠诗合注凡例十二则"中，他指出了前人苏诗注本的一些问题，如"王注固蹈改窜旧文之病，即施、查二注亦间有之，大抵未经详校原书"，认为前人的苏诗注本在引用典籍时，往往不抄录原文，而是概括大意，这很容易引发误解，故冯应榴进行了校正。又如"查注所引地志，失之太繁，然其例略中颇自矜许，且足见前辈考据之详，是以仍悉载之。但舛误甚多，复加订正，重复者则并删"❶。评判了查慎行《苏诗补注》中对苏轼诗地名的注释，认为"失之太繁"，又有不少错误，冯应榴对之进行了订正。冯应榴的《苏文忠诗合注》以查慎行《苏诗补注》的"编年本"为基础，并进行了一定的修正与增补，"编年胜于分类，查本似更密于施顾本"。

冯应榴单独作了一篇《苏文忠诗旧注辨订》，一一列举了各卷哪首诗前人的注释是有问题的。这部分内容篇幅较大，以现代书籍排版有40多页。可引其中部分内容，以见其格式：

《菡萏亭》诗"巢向田田乱叶中"句，师注引李义山诗，讹作杜牧之。《寒芦港》诗"芦笋生时柳絮飞"句，缜注引梅圣俞诗，讹作欧阳修。（皆卷十四）……

《金山妙高台》诗，改《神仙传》"三千里"为"三万里"。（卷二十六）《次韵朱光庭初夏》诗，隋乐承业讹作《南史》李承业。（卷二十七）《送李友谅》诗"姥岭行开新"句，误以为天姥山。（卷三十六）❷

这样一条条开列的纠正前人注释中问题的有200多条。这说明冯应榴在汇集前人注释过程中，也对一些问题进行了多方面研究，形成了一些自己的看法。在此，可结合具体作品来看冯应榴的注释。比如卷十七的《百步洪二首（并叙）》此诗清人多有和作。在该诗"小序"的部分，冯应榴加了多处按语"榴案"，引用了《宋诗纪事》《乌台诗案》中说法，而在诗歌正文的注释中，除照搬"查注""王注"

---

❶ 苏轼. 苏轼诗集合注[M]. 冯应榴，注. 上海：上海古籍出版社，2003：2646.
❷ 苏轼. 苏轼诗集合注[M]. 冯应榴，注. 上海：上海古籍出版社，2003：2686.

"施注"外，冯应榴有多处"榴案"，引用古人诗文，以解释苏轼诗句的来源与出处。类似的在卷二十三的《岐亭韵五首（并叙）》，冯应榴也是"一延旧注"，但是没有增补太多自己的见解。《岐亭韵五首（并叙）》清人多有和韵，蒋士铨、郭麐等人感触尤深，但看冯应榴对该诗的注释，并无太多"自己的感悟"。这就说明冯应榴《苏文忠诗合注》有一部分就是采纳前人注释，不一定每首诗都有冯应榴的独家看法。

当然，冯应榴的创新也是有一些的，冯应榴出身于"宗唐诗学世家"，他对唐人诗非常熟稔，所以他在注释苏轼诗时，对于苏轼诗句袭用唐人诗、六朝诗歌的例子，很多都找到了来源。比如卷十一苏轼诗《常润道中有怀钱塘寄述古五首》："细雨晴时一百六"，冯应榴加注释："元微之《连昌宫词》：初过寒食一百六。"苏轼《寄黎眉州》："应在孤云落照边"，冯应榴加注释："梁简文帝诗：落照度窗边。"卷十六苏轼诗《和鲜于子骏郓州新堂月夜二首》："明月入华池"，冯应榴加注释："梁简文帝诗：欲待华池上，明月吐清光。"卷二十六苏轼诗《次韵周邠》："淡烟疏雨暗渔蓑"，冯应榴加注释："白乐天诗：淡烟疏雨间斜阳。"这一类找出苏轼诗因袭前人诗句的例子，非常需要功力，要求注释者非常熟悉六朝与唐人诗。事实上，一般的宗宋诗人对唐人诗并没有那么了解。冯应榴出生在"宗唐诗学世家"，有一定家学渊源，故而可以找出前代苏诗注家所不能找出的因袭案例。

冯应榴将历代苏轼诗注汇集在一起的"想法"是很有价值的。因为王注、施注、查注是各有优缺点的，单看一种注往往不能把握住苏轼诗的精髓，有时一种注解把一个问题解释透了，另一种注却未谈及。这就很不好。冯应榴的"合注"等于是集合了诸家的优点。这对我们理解苏轼诗很有帮助。如苏轼晚年在岭南食荔枝的名作《食荔枝二首》其二：

> 罗浮山下四时春，卢橘杨梅次第新。日啖荔枝三百颗，不辞长作岭南人。

其名句"日啖荔枝三百颗"，施注、查注都没有注出这句诗的来历。而王注，注出来了。据宋人注，韦应物有诗《答郑骑曹青橘绝句》："怜君卧病思新橘，试摘犹酸亦未黄。书后欲题三百颗，洞庭须待满林霜。"很明显，苏轼诗句深度参考了韦应物诗句。苏轼的诗也谈到了"橘"，如果不联系韦应物的诗，就会对苏轼诗中

"橘"的出处感到费解，但联系韦应物诗，则可以认为，苏轼诗中的"橘"是从韦应物此诗中带来的文字基因。这就需要我们多方面参考诸家注本，而冯应榴的"合注"就起到了这一作用。类似需要多种苏诗注本一起参看的例子非常多。故而冯应榴把各种苏诗注汇集在一起，确实是有功于读者。

略显不足之处是，冯应榴《苏文忠诗合注》因篇幅过大，在涉及"重出"的注时，不能多次重复注出，只说"见前"，未说具体在多少卷。这让读者翻阅时，反而很麻烦。因为想要找到该诗，并不容易。而苏轼诗中大量用典与注释是需要重复的，冯应榴只说"见前"，这其实很难翻阅，不便于读者仔细研读苏轼诗。

二、冯应榴《苏文忠诗合注》与查慎行《苏诗补注》的异同

冯应榴《苏文忠诗合注》在撰写时，是以查慎行《苏诗补注》为基本框架的，在具体编排上也会有一定改动。从卷一至卷四十六，二书关于苏轼诗的编排大体一致。后面部分有一定差异。

查慎行《苏诗补注》卷四十九、五十是一些见于其他诗人诗集但可能是被误传为苏轼诗的作品。冯应榴《苏文忠诗合注》将之列为卷四十七、四十八，并题名为"他集互见诗"。

冯应榴《苏文忠诗合注》卷四十九、卷五十题名为"补编诗"，大体是根据查慎行《苏诗补注》卷四十七、四十八进行的编排。这原是查慎行根据宋荦、邵长衡《施注苏诗》在书末附录的他们所搜集的两卷苏轼佚诗，再加上自己搜集的一些苏轼诗。冯应榴增加了一大段按语："今考此二卷诗，查氏刻于'他集互见'之前，为卷四十七、四十八。但其所采亦有互见他集，不能确定为先生诗者，因改附全集之末，兼寓存疑之意也。又案：十九首已为诸本所有，查氏概称作'补编诗'，亦非。又十九首中亦尚有可编年而不编者，且既有不入编年之诗，则凡前此之不能定为何时者亦可归入此卷，而又强为附编，此皆查本之可议者。今不更立异而附识于此。其余所见各诗虽未敢竟定为先生作，亦附载'补编'卷末，以资考证。"则在这一卷中冯应榴针对哪些是苏轼作品有一些自己的补充与删订。

在卷末，冯应榴删除了查慎行所作的"苏轼年表"，而是根据宋荦、邵长蘅《施注苏诗》中的宋人王宗稷所作《苏轼年谱》，略加改订，附录了《王宗稷编苏文忠公年谱》。据冯应榴的按语："施武子所为'年谱'已不传，五羊王宗稷'年谱'见于《宋史·艺文志》者，今尚存，邵长蘅重加订正，补以傅深《纪年录》。并据长蘅曰：''年谱'综其大端，'纪年'核于日月，要亦互有得失。今以'年谱'为主，而'纪年'之可取者，节钞分注，以备参考。'"

在具体行文中，冯应榴也对查慎行的一些注释进行了一定的截取，有时也进行了一定的评判。如在《郁孤台》一诗，冯应榴解释"章贡"时，只部分摘录了查慎行的注释。冯应榴还对查慎行的说法，进行了评判，认为"查说'非始'二字似误"。这一类对查慎行注释进行辨析的文字，在书中是大量存在的。

第六节 王文诰《苏文忠公诗编注集成》对纪昀的批判

王文诰（1764—1830左右），字纯生，号见大，浙江仁和（今杭州）人，早年居乡读书，28岁后旅居岭南，在一些幕府任职，应是后来所谓"绍兴师爷"中的一员，曾与阮元相识。王文诰与当时一些文人有交往，但他晚年经历不甚详细，其确切卒年不详。由于王文诰在撰写《苏文忠公诗编注集成》时大量参考引用了《纪昀评点〈苏文忠公诗集〉》，而《纪昀评点〈苏文忠公诗集〉》在道光十四年（1834年）才首次得以出版（但之前就以抄本的形式在社会上流传），则王文诰道光二年（1822年）出版《苏文忠公诗编注集成》，应是参考了《纪昀评点〈苏文忠公诗集〉》的抄本，故其卒年应该在道光二年（1822年）后的几年。另据近几十年来新

---

❶ 苏轼,著.苏轼诗集合注[M].冯应榴,注.上海：上海古籍出版社,2003：2504.

发现的《任和王氏茔录》,王文诰之子王霖圻在道光二十八年(1848 年)为其立碑❶,则王文诰的卒年应在此之前若干年,将之定在 1830 年左右较为合理。

关于王文诰的生平,据赵超《义理与考据之间:清代王文诰苏诗整理与注释研究》一书勾稽,王文诰在 28 岁后一直寓居岭南,作有《韵山堂诗集》七卷,收录他乾隆朝末期至嘉庆朝初期共五年的诗。在广州各幕府任职期间,他曾多次到苏轼贬谪之地惠州考察探访,积累了一些苏轼在岭南的资料。据王文诰自述,他早在看到冯应榴注本之前就开始了注释苏轼诗,看到冯应榴注本后有很多不同意见,加快了工作进度,嘉庆十一年(1806 年)完成了一部分,至嘉庆十六年(1811 年)完成了初稿。此后又进行了一定的补充、修订,嘉庆二十三年(1818 年)开始刊刻,道光二年(1822 年)刊刻完成。此书出版后,产生一定影响,受到诸多苏轼研究者的关注与认可。

一、王文诰《苏文忠公诗编注集成》水平如何

关于王文诰《苏文忠公诗编注集成》有一段公案。王文诰《苏文忠公诗编注集成》由阮元作序,阮元在序中称赞王文诰的书"涉历诸家,精校博考,然后能集诸家之成,而发其所未及"❷。阮元有很强"崇苏倾向",对苏轼诗深有研究,阮元对王文诰书有较多好评,应该符合事实。但王文诰在行文中像纪昀一样有贬低他人,抬高自己之处(有少量,但没有纪昀那样俯拾即是),王文诰抓住冯应榴《苏文忠诗合注》主要采纳前人注释,冯应榴自己论述不多的"小不足"(其实并不是不足),进而批评冯应榴书多为"抄录前人"。这一批评明显不恰当,故后来引发了冯应榴子孙的不满。

同治九年(1870 年),冯应榴之孙冯宝圻《新刻苏文忠公诗合注》在卷首序言中进行了反驳,说王文诰剽窃冯应榴的成果。此事有一定争议。事实上,冯应榴的

---

❶ 赵超.义理与考据之间:清代王文诰苏诗整理与注释研究[M].北京:社会科学文献出版社,2023:14.

❷ 阮元.研经室集[M].邓经元,点校.北京:中华书局,2016:705.

《苏文忠诗合注》主要是把前代苏诗注家的注释集成在一起，冯应榴创新之处虽有，但并未能盖过前代注家。当王文诰编撰《苏文忠公诗编注集成》，应是参考了冯应榴《苏文忠诗合注》，有时为了图省力，王文诰可能直接从冯应榴书中摘录了一些内容。这些"被摘录"的内容，本就是前代注家撰写的，只是被冯应榴放在同一页中，省去了王文诰翻书之劳。严格来说，王文诰也不能算是抄袭冯应榴作品。

此事本应该早就平息，但在当代学界依然引起了较大争论。复旦大学顾易生教授在 2001 年于上海古籍出版社出版的冯应榴《苏轼诗集合注》的前言中全面批判、指责了王文诰书，对王文诰其人其书都评价很低，认为王文诰"极端狂妄"❶。顾先生认为，冯应榴书优于王文诰书，王文诰书中绝大部分内容来自冯应榴书。此观点可参考。但曾任中学教师的苏轼研究专家孔凡礼先生则对王文诰书很青睐。1979 年孔凡礼先生在中华书局出版的《苏轼诗集》用道光二年（1822 年）武林韵山堂王文诰原刊本《苏文忠公诗编注集成》为底本。这显然是充分肯定了该书的价值。青年学者赵超深入研究了王文诰《苏文忠公诗编注集成》，2023 年出版有《义理与考据之间：清代王文诰苏诗整理与注释研究》，书中对王文诰有褒有贬，总体评价较高，认为"王文诰对前注的成果进行了较为全面的甄别、取舍，大部分有较为合理的依据，不少还作了辨析，将苏诗注释向前推进了一步"❷。应该说青年学者赵超对王文诰及苏诗注释问题进行了很深入的研究，书中很多考证都较为扎实，均可参考，笔者大体同意赵超书中的绝大部分见解。但赵超书的不足之处是受学界流行观念误导，对纪昀评点苏诗的错谬性、偏颇性未予以重视，未能认识到问题的根本在于纪昀的诸多见解过于偏激、极端、荒诞，以至于让较为"严谨"的王文诰显得有问题了。赵超在书中虽然为王文诰"鸣不平"，但也无可奈何，只能自称是对王文诰"了解之同情"。

笔者只是初步研究了王文诰《苏文忠公诗编注集成》（但笔者对苏轼诗、苏轼生平的很多问题，也不算吃得特别透），由于材料限制，我们对王文诰的生平经历、

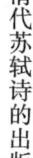

---

❶ 苏轼.苏轼诗集合注[M].冯应榴,注.上海:上海古籍出版社,2003:35.
❷ 赵超.义理与考据之间:清代王文诰苏诗整理与注释研究[M].北京:社会科学文献出版社,2023:117.

行事风格了解并不透彻,单纯从《苏文忠公诗编注集成》一书来看,肯定是有一定创新的,王文诰并非一无是处。冯应榴之孙冯宝圻在同治九年(1870年)对王文诰进行指责。但同治时期,离冯应榴、王文诰出版作品的年代,已过去了半个世纪,很多事情已时过境迁、物是人非,尤其是这中间经历了太平天国的战乱,冯宝圻对一些问题的看法恐怕不一定对。但正如顾易生先生指责王文诰时所说:"书中攻击他人,抬高自己的话,随处可见"❶,而这正是纪昀的作风,纪昀在各类作品中都很善于攻击他人,抬高自己。王文诰在撰写《苏文忠公诗编注集成》时参考过纪昀的作品,潜移默化中受纪昀批判作风的影响,学会了纪昀的这种"借批判他人,彰显自己"的手法。由此可以看出,纪昀在嘉庆以后,确实有一定影响,但由于纪昀的"浮夸作风",纪昀对文坛的影响偏于负面。真正推动文坛发展的人,如姚鼐、姚莹等,对纪昀是持保留与批判态度的。

要注意:王文诰对纪昀的评点也并未全盘接受,实则绝大部分纪昀评点,王文诰都不同意。据青年学者赵超《清代王文诰苏诗整理与注释研究》一书,"王文诰在注释中大量引用纪晓岚的苏诗评语,因为诗学观念、身份地位等不同,王文诰对纪评苏诗多有辩驳,并非全盘接受,本书对此予以梳理和阐发。"从笔者的研究来看,王文诰并没有被纪昀"迷惑",王文诰只是选取了纪昀少量赞扬苏轼的评语,至于纪昀大量批判、贬损苏轼诗的评语,王文诰并未引用,很多时候王文诰还进行反驳,有时甚至对纪昀有一定攻击与批判。复旦大学顾易生教授对王文诰的指责"书中攻击他人,抬高自己的话,随处可见",其中很多就发生在对纪昀的批判上。根据本书中,我们对纪昀的诸多分析,显然王文诰对纪昀的批判甚至攻击,很可能都是较为客观,较为克制的。但凡深入研究过诗学尤其是苏轼诗学,且较全面阅读过纪昀诸多文字的学者,对纪昀的诸多评点文字都会非常不满。

当然正如顾易生教授所言,王文诰可能也抄录了冯应榴注本,然后反过来指责冯应榴,以此来抬高自己。因为其中有一些"不可知论"存在的空间,一些涉及苏轼生平、苏诗编年的内容,由于材料限制,会出现"公说公有理,婆说婆有理"的局面,有些细节问题很可能是既不能证真,亦不能证伪。有可能出现查慎行、冯应

---

❶ 苏轼,著.苏轼诗集合注[M].冯应榴,注.上海:上海古籍出版社,2003:35.

榴、王文诰各执一端，互相无法说服，又互相无法完全驳倒的复杂局面。时至今日，我们依然可以在各学术刊物上读到关于苏轼生平与苏轼诗文编年的商榷文章即是明证。如杨松冀的《苏轼进士科省试第二还是省试被落？——与费习宽先生商榷》、李艾国和陈友兴的《读〈苏轼年谱〉献疑——地名篇之地理与沿革考证》、莫砺锋的《读〈苏轼文集校注〉献疑》、施建平的《苏轼"六次过苏"考——兼与姜光斗教授商榷》，等等。这些关于苏轼生平与诗文编年的笔墨官司恐怕要长期打下去，因为它们本身就包含了"不可知论"的空间。同样的，王文诰对查慎行、冯应榴等人一些可能的"错误"的指责，也很可能是在这些"不可知论空间"中发生的，如果查慎行、冯应榴等人能看到王文诰的指瑕与献疑，有可能也是无法反驳或反驳不力的。

在这种"不可知论空间"的作用下，王文诰就有了"发出自己观点"的更大空间。再加上王文诰可能受到纪昀的负面影响，学会了纪昀所擅长的"贬低他人，抬高自己"的伎俩。不过，相对来说，王文诰没有纪昀做得那么出格，王文诰的诸多批判还是有理有据，较为克制的。故此才能得到苏轼研究专家孔凡礼先生的认可。笔者也暂时未发现王文诰明显不客观、明显狂妄之处。

比较而言，纪昀更出格。纪昀在《四库全书总目提要》中指责前人时，除了抓住前人本来就有争议之处进一步攻击，很多时候都是找到前人确凿的小错误、小瑕疵，也算相对客观（然而从一部古人作品中，找出若干小问题，难道不是很容易的事吗？），但纪昀在诗歌评点中经常会"自设标准"，把一些自己认定的空口无凭、言人人殊的关于诗歌鉴赏的东西作为标准来指责前代诗人。这虽然很荒谬，但由于纪昀在乾隆朝后期、嘉庆朝时期政治地位较高，所以也是有一定说服力的，尤其是对水平不高的文人很有欺骗性。但诚如嘉庆帝所说："纪昀读书虽多而不明理"❶，这就是看出了纪昀的思维很混乱。思维中正平和的人接受不了纪昀的批判性，只有乾隆帝这样本身就具有极大批判锋芒的人才会"欣赏"纪昀，但乾隆帝心中无疑是洞若观火的，他只是任用纪昀来进行大批判，但实则并未对纪昀进行更多提拔，只是将纪昀任命为《四库全书》"总纂官"，但不把他提拔为《四库全书》正副总裁。

❶ 姚永概.慎宜轩日记[M].合肥:黄山书社,2010:78.

乾隆帝的真实态度已经很清楚了。据研究，乾隆帝曾不止一次在大庭广众之下或颁布的圣谕中称纪晓岚为"本系无用之腐儒，原不足具数"❶。这恐怕是乾隆帝对纪昀的真实看法，乾隆帝对纪昀的学术水平恐怕并不认可。

王文诰在《苏文忠公诗编注集成》中对纪昀是有很深入研究的，王文诰只是选取了纪昀少部分赞扬苏轼诗的评语，同时对纪昀有大量的批判甚至攻击。在批判性研读纪昀的诸多评点文字过程中，王文诰对纪昀评点苏诗的诸多手法有大量"心得"，可谓"心如明镜"。因此可能在不经意之间，王文诰也学会了纪昀的一些"借批判他人，彰显自己"的不好手法，书中对其他诗论家也有一定批判，但由于王文诰自身社会地位较低，故而王文诰的诸多看法不容易服众。不过笔者认为，单看王文诰对纪昀的批判与攻击，王文诰是很客观的，算不得"狂妄"，真正"狂妄"的恐怕是纪昀。纪昀本质上是在模仿乾隆帝的"口含天宪""一语定臣民生死"❷，在乾隆帝不算什么，但在纪昀则是"狂妄至极"。

王文诰自序中称自己七岁就开始读苏轼诗，与苏轼诗有某种生命之缘，"乾隆庚寅，诰七龄矣，方从塾师章句读，会有求贷于先君者，已而以文忠公诗文集为报。先君举以授诰，且诏曰：'异日汝与经史相发明也。'诰谨受而藏之，由是行役之暇，手订是编，未尝一日去左右，旁搜注义，凡百十余家，诗旨会通，足与李、杜、韩集并重。"序中称自己这部书稿一直放在身边。这段告白的话，应该是可信的。从王文诰对纪昀的批判来看，他基本做到了深入研读、精心剪裁、有引有论、有理有据、有贬有赞，对纪昀既有极大不满，但又无奈地保持了克制，在温和中揭示纪昀苏诗评点的硬伤，在理性中解释多方疑惑。要之，在笔者看来，王文诰《苏文忠公诗编注集成》是很有水平的。

---

❶ 何香久.解密学问大师纪晓岚[M].北京：中国言实出版社，2008：78.

❷ 乾隆帝亲自发起过多起文字狱，乾隆帝对文字的理解，往往不同于一般大臣。如在胡中藻"《坚磨生诗钞》案"中，大臣们几乎都不认为胡中藻的诗有问题，但乾隆帝就认为有问题，认为其中有"依附""结党"的问题，这实则就被后来纪昀在《瀛奎律髓刊误》中作为了诗歌评论的标准。

二、王文诰《苏文忠公诗编注集成》的内容与特点

王文诰《苏文忠公诗编注集成》认真参考了查慎行《苏诗补注》与冯应榴《苏文忠公诗合注》,对苏诗的编年有很多自己的看法,王文诰在保持苏轼诗卷数与排列大体不变的情况下,对少量诗的放置位置进行了改动。因此,王文诰书中各卷的诗作数量与查慎行书会有少量差异。如卷三十七,王文诰书中是51首,查慎行书中是49首。卷六,王文诰书是56首,查慎行书是50首。

差异较大的再如卷四。查慎行《苏诗补注》这卷是38首,冯应榴《苏文忠诗合注》也是38首,且二书的入选篇目与编排顺序并无差异。而王文诰《苏文忠公诗编注集成》卷四则是46首,比查慎行书多出了8首。且很多诗的编排顺序有很大变化。如《太白词》查慎行书放在本卷卷末附近,而王文诰放在本卷卷首附近。

王文诰《苏文忠公诗编注集成》有几个新特点:一是自己作了一个"总案",对苏轼生平进行了探讨;二是对前代施元之、顾禧注本、王次公注本、王十朋注本、查慎行注本存在的问题都进行了剖析与梳理,其分析有对有错,总体较客观,即使批评得不对,一般也都在正常的学术争论范围内。王文诰在自己有见解的地方都加了"诰案"二字,然后加入自己的见解,其见解很多都很精彩。三是用当时以抄本形式流传的《纪昀评点〈苏文忠公诗集〉》摘录了一些纪昀的评点,并针对纪昀的评点进行了多方面剖析,对纪昀有问题的评语也进行了较多的反驳。

王文诰摘录纪昀评语有一个很奇怪的地方,他摘录王十朋、查慎行等人评语时都是直接摘录,但摘录纪昀评语时都要加上"诰案"二字。其原因似乎是,当时《纪昀评点〈苏文忠公诗集〉》并未出版,知晓者不多,王文诰不知从何处得到了一个抄本,故而有点"独得之秘"的感觉。所以他从中摘录了一些纪昀评语(平均每卷十多条的样子),但又对纪昀评语进行了大量的反驳,这反而成了王文诰《苏文忠公诗编注集成》的一大创新点。笔者是在写完本书中几万字关于纪昀的批判后,才买到了王文诰《苏文忠公诗编注集成》。略作阅读,笔者就对王文诰有"引为知己"之感。王文诰说纪昀的很多内容,都契合笔者的看法。笔者毕竟不是苏轼诗研究专家,本来笔者还担心学界朋友对笔者的一些批判纪昀处有不同意见。而王文诰

是专门做苏轼诗集注的,他对苏轼诗的理解绝不是一般学者可以相比的。故而王文诰对纪昀的评点,可以作为本书中笔者对纪昀批判的"同道"!

客观来说,在《苏文忠公诗编注集成》对前代注家王次公、查慎行等人的见解也都有驳斥,但由于王次公、查慎行都功底深厚,他们的错误都是比较少见的,有时王文诰即使说他们错了,也不一定能服众,故而王文诰对王次公、查慎行等人的驳斥都还很难获得较大成功,且有时会夹杂一些不准确或武断之处。因为这些引发各注家争论的问题往往不好判断,不作深入研究一般发现不了,也解答不了。对这些问题,非苏轼研究专家是很难判断谁对谁错,笔者对这些不同注家的争论也一般难以判断谁对谁错。但纪昀对苏诗的评点与此不同,纪昀对苏轼诗的研究没那么深入,贸然去大量批判、贬斥苏诗,这就留下了大量可疵议之处。但凡对苏轼诗有一定研究者,对这些问题都不可能看不出来,故而王文诰有大量对纪昀的反驳、批判乃至攻击,这反而成了王文诰此书的一大特点。有些迷信纪昀的论者,就会觉得王文诰"狂妄",竟然大量指出纪昀的问题。可是稍微想一想就能知道:王文诰精研了苏轼诗,连公认的前代顶尖注家王次公、查慎行等人的不足都能找出来,纪昀的问题又岂会看不出来?

总体而言,虽然王文诰找到了《纪昀评点〈苏文忠公诗集〉》的大量错误,但王文诰对纪昀其人其评还是较为克制的,并没有根据这些错误全盘否定纪昀的评语,还是采用了约六百条纪昀对苏轼诗的赞扬性评语。其中还包含了几十条王文诰对纪昀的反驳、批判甚至攻击的案语。除此之外,还有上百条涉及纪昀,但未加引用纪昀原文的条目。也许,王文诰试图通过反驳纪昀评语来形成自己书的创新点。故而王文诰对纪昀是"又爱又恨"。"爱"之处在于,纪昀毕竟是清代"名家",自己能够找到大量纪昀评点的错误,无疑有助于自己知名度的获得,所谓"批判名人"是也;"恨"之处在于,纪昀对苏轼诗的贬斥、贬损之语随处可见,很多评语令人难以卒读。这对于喜爱苏轼诗的学人,无疑是一种很大的煎熬。王文诰需要在纪昀大量贬斥、贬损苏诗的评语中,一条条梳理、辨证,寻觅证据,这本身就是一项较难的工作。因为纪昀的贬斥苏轼的评语,都是"凌空蹈虚"的,难以让人抓住实在的证据。但王文诰经过精心梳理,还是找到了大量扎实的证据,对纪昀评点进行了有理有据的反驳。有时,实在是对纪昀的评语忍无可忍,王文诰会在扎实证据的基础上,对纪昀进行批判、指责乃至攻击。这让不了解情况的论者,会觉得王文诰"狂妄",实则王文诰对纪昀的指责、攻击,恐怕都是合理的,且是克制的。如果比照晚清学人姚永概(1866—1923)对纪昀的评语:"晓岚尚书生平所为,诞妄邪淫",则王文诰已经算是纪昀的同情者、支持者了。

三、王文诰对《纪昀评点〈苏文忠公诗集〉》的反驳与批判

除本节文字外,本书中批判纪昀的文字绝大部分都写于笔者看到王文诰的评点之前。❶ 然而当读到王文诰对纪昀的批判,我们不得不对王文诰刮目相看,他没有慑于纪昀《四库全书总目提要》"总纂"之名,而对纪昀的评点胡乱赞扬一气,而是有理有据,只采纳了纪昀少量赞扬苏轼诗的评语,同时指出了纪昀评点的大量问题,有时甚至对纪昀进行批判与攻击。顾易生先生指责王文诰:"书中攻击他人,抬高自己的话,随处可见。"恐怕就同王文诰对纪昀的批判与攻击有关。但笔者反而认为,王文诰对纪昀的批判与攻击,都是经过了深入分析思考,深入比对的结果,绝大部分都是合理的。《纪昀评点〈苏文忠公诗集〉》的近3000条评语中,近一半都是批判、贬损苏轼诗,有的评语问题很大。王文诰对这些评语都进行了深入的甄别。

这里,我们先看看王文诰《苏文忠公诗编注集成》对《纪昀评点〈苏文忠公诗集〉》的评语的采纳情况。由于王文诰对苏轼诗的编年与查慎行有少量区别,故而王文诰《苏文忠公诗编注集成》与《纪昀评点〈苏文忠公诗集〉》在卷数与编排大体一致情况下,偶尔各卷中诗的数目与排列会有两三首不同,差异较大的如卷四,王文诰书是46首,查慎行书是38首。各卷中所列诗歌数量的不同,其所采纳的纪昀评语也必然有实质差异。因此,这里我们关于各卷中两书批语情况的统计会有一定

---

❶ 笔者在2015年撰写关于范梈《木天禁语》两篇论文时,研读了《四库全书总目提要》对《木天禁语》的评价,从此对纪昀的个人思想与水平有了兴趣。2023年9月初开始撰写批判纪昀的内容,到10月下旬大体写完了关于《瀛奎律髓刊误》与《纪昀评点〈苏文忠公诗集〉》的三万多字内容。在11月初先购买了王文诰《苏文忠公诗编注集成》,11月下旬再购买赵超《义理与考据之间:清代王文诰苏诗整理与注释研究》,根据赵超的研究,进行了少量补充。

出入，但总体差异依然可控，统计结果是可信的。总体来看，王文诰《苏文忠公诗编注集成》直接采纳了纪昀约六百条赞扬性的评语。除此之外，还有上百条涉及纪昀，但未加引用纪昀原文的条目。❶ 这里我们对各卷的情况作一些抽样统计。

《纪昀评点〈苏文忠公诗集〉》卷一有83条评语，王文诰《苏文忠公诗编注集成》只采纳了19条，占比不到四分之一。绝大部分都是采纳了纪昀赞扬性的评论，但也有多条是王文诰反驳、批判纪昀的观点。由于本卷是苏诗的首卷，王文诰很注重"开宗明义"，在这一卷中就亮明对纪昀的批判，在《舟中听大人弹琴》《神女庙》等诗中王文诰直接就指责纪昀"不懂琴""所论皆谬""全不知作者意"，对纪昀的不满已溢于言表。

《纪昀评点〈苏文忠公诗集〉》卷二有49条评语，但王文诰《苏文忠公诗编注集成》只采纳了23条。且全为赞扬性评语，一条批判性评语都未采纳。实则在这一卷中，纪昀约一半的评语都是在批判、贬损苏轼诗。如《息壤诗》纪昀评说："四言诗可以不作"，《双凫观》批语"结太浅直"，《朱亥墓》诗中纪昀评说："东坡何忽钝拙乃尔。"纪昀这一类贬损苏轼诗的评语，王文诰都未采纳，但也没辩驳，直接视而不见。

王文诰《苏文忠公诗编注集成》卷八中只采用了三条纪昀评语，而且都是赞的。《吴中田妇叹》有"诰案：纪昀曰：常景写成奇句"，《莘老葺天庆观小园……》有"诰案：纪昀曰：风调自佳"，《秀州报本禅院乡僧文长老方丈》有"诰案：纪昀曰：三四写来警动"。但这一卷中纪昀有约76条评语，其中一大半都是批判、贬损苏轼诗。

《苏文忠公诗编注集成》卷九中王文诰引用了纪昀13处评语，但《纪昀评点〈苏文忠公诗集〉》这卷中纪昀有55条评语，可见王文诰在这卷只采纳了约四分之一的评语。翻看这13条评语，其中12条都是赞的，其中一条是纪昀批判苏轼诗，王文诰进行引用后进行了反驳。

《纪昀评点〈苏文忠公诗集〉》卷十八中纪昀有68条评语，王文诰书中这一卷多

---

❶ 赵超统计认为，王文诰书中引用或涉及纪昀的有730多条，此统计与笔者的统计很接近。见：赵超. 义理与考据之间：清代王文诰苏诗整理与注释研究[M]. 北京：社会科学文献出版社，2023：120.

出了一首诗，整卷采纳了19条纪昀评语，全部都是赞扬苏轼诗的，占比略多于四分之一。

《纪昀评点〈苏文忠公诗集〉》卷二十九中纪昀有38条评语，王文诰书中这一卷只采纳了5条，且都是赞扬性评语。本卷中纪昀十多条批判性评语，王文诰都视而不见，未作引用与反驳。

《纪昀评点〈苏文忠公诗集〉》卷三十七中纪昀有58条评语，王文诰书中这一卷采纳了21条。其中有几处是反驳纪昀评语，或截取纪昀批判性评语中不涉批评的部分。

可以看出，王文诰对纪昀评语是选择性采纳，大概只选取了纪昀评语的五分之一，主要是采纳了纪昀少部分赞扬苏轼诗的评语。至于纪昀大量批判苏轼诗的部分，王文诰几乎都未采纳，严格来说，一条都未采纳。少量的引用、谈及纪昀的批判性评语，也主要是为了对纪昀进行反驳与批判。❶ 一般而言，王文诰未采纳纪昀对苏轼诗的批判，就表明他对该处纪昀批语是不太认可的。只是很多时候，王文诰在未采纳纪昀批判性评语时未发表更多评析。这些王文诰未明确表态的地方，我们不能说王文诰就百分之百不同意纪昀观点，也不能说王文诰默认了纪昀的批判，恐怕"王文诰不引用纪昀这些批判性评语"已经是一种否定态度了。可以说，王文诰不采纳纪昀对苏诗的批判性评语，这就表示一方面王文诰不同意纪昀的批判，但另一方面又感到反驳的证据不够充分、全面或者虽然对纪昀的评语不满，但"还不是强烈不满"。只有当王文诰发现纪昀评语的错谬太甚时，王文诰才会进行反驳。而纵览全书，很多时候王文诰都会直接反驳纪昀的各种评语，有时甚至会直接对纪昀进行批判乃至攻击。可具体来看。

有时同一首诗中纪昀好几处评语，王文诰只采纳其中一句是赞扬的，至于纪昀

---

❶ 赵超《义理与考据之间：清代王文诰苏诗整理与注释研究》书中对王文诰反驳、批判纪昀的情况进行了一定的研究，有近20页篇幅，举了大量例证。笔者本节初稿的撰写，虽是在看到赵超书的目录后，但却是在看到赵超书具体内容之前完成的。但写完初稿后，将笔者撰写的内容与赵超书中的内容相互比对，只有几条例证是重合的，故此读者可将本书与赵超书相互对照，或许对王文诰批驳纪昀会看得更清楚。

贬损苏轼诗的则不予采纳。如卷一中的第一首诗《郭纶》，纪昀有两处批语，一处说："首二句写出英雄失路之概"，第二处说："颇作意态而不免浅弱。病在五句接落少力，而五句之少力，则病在'因言'二字之板滞也"。纪昀很不客气，对苏轼诗集开篇第一首作品就进行了劈头盖脸的贬斥。而王文诰只采纳了纪昀第一处评语。对纪昀第二处贬斥苏诗的评语，王文诰则视而不见，既未赞同，亦未反驳，根据全书中的情况来看，王文诰应是不赞同纪昀几乎全部贬斥苏诗的评语。再如卷九《相符寺九曲观灯》纪昀有两处评语，一处说"三、四刻画九字小样"，另一处说："何其鄙陋乃尔"。王文诰只采纳了赞扬的这处。这样的情况非常多见，几乎每卷都有几处，因为纪昀对苏轼一半的诗有贬斥之语，王文诰对这些贬斥之语几乎都未采纳，只采纳了纪昀少部分赞扬的评语。而纪昀很多赞扬的评语，是混杂在贬斥评语中的，故而王文诰对纪昀的评语进行了认真研读、筛选，从很多贬斥评语中把赞扬的评语精心挑选出来。

有时纪昀的一句评语中前半句是赞扬的，但后半句则对苏诗予以贬斥。王文诰在引用时，往往截取引用前半句赞扬的，至于后半句贬斥的则直接忽略。如卷一《牛口见月》纪昀有批语："起八句极佳，以下殊乏熔炼"，王文诰只采纳了前半句，这实则割裂了纪昀整体的意思，因为纪昀的评点文字往往落脚在"贬低"，王文诰这样截头去尾的引用，几乎是改变了纪昀评点的重心。又如卷二《次韵水官诗》，纪昀有评语："起四句透脱，以下语多率易。"王文诰只采纳了前半句，未采纳"以下语多率易"，且未就这句批判的评语发表看法，难以测知王文诰的真实态度，但根据全书来看，王文诰对纪昀批判苏诗的话一般都是不同意的。再如卷四《太白词》，纪昀评语是："欲仿汉郊祀诸歌，殊无佳处。"纪昀这里带有"诛心之论"的意图，揭示出苏轼试图模仿汉郊庙歌词，但模仿得并不好。这里纪昀对苏轼是"双重指责"，一方面指责苏轼的诗是模仿前人（本来模仿前人没什么，但纪昀这里的语气带有指责之意），另一方面又进一步指责苏轼模仿得不好。纪昀对苏轼诗的指责常常是在贬斥的语气中传达对苏轼的指责。而王文诰在此处，则把"殊无佳处"四字删除。"诰案：此五章，从《有駜》化出，晓岚谓仿汉郊祀诸歌之作。"如此一改，纪昀原批语中贬斥的语气就没有了。

卷十八《游惠山》，纪昀有评语："中四句自在流出，肃肃穆穆不减原作。惟起结八句，未免作意耳。"王文诰引了前半句，对后半句未予采纳，但也没有进行更多的评析。看起来王文诰并不同意纪昀的批判。类似的在卷三十七《中山松醪寄雄州守王引进》中诗句"流芳不待龟巢叶"，有苏轼自注："唐人以荷叶为酒杯，谓之碧筒酒"，纪昀评语："事出《酉阳杂俎》，虽唐人书而魏人事，自注误。"这里纪昀找到了一处苏轼"可能错误之处"，就迫不及待地写上"自注误"三字，指责苏轼。而王文诰在这首诗的注释中引用了纪昀的前半句，但"自注误"三字没有引用。显然王文诰并不认为苏轼这里发生了错误。此则典故见《酉阳杂俎》卷七："历城北有使君林。魏正始中，郑公悫三伏之际，每率宾僚避暑于此。取大莲叶置砚格上，盛酒二升，以簪刺叶，令与柄通，屈茎上轮菌如象鼻，传吸之，名为碧筒杯。历下学之，言酒味杂莲气，香冷胜于水。"此事最早是魏晋时人发起，但唐人仍有传承，现在有些学者认为，此事正是唐人发扬光大的。纪昀的指责，抓住了文献记载，但显然并不足以判断苏轼自注有误。可见，王文诰对这段评语的处理是较为客观的。

对于纪昀大量对苏轼进行贬损的评语，王文诰一般视而不见，或者刻意屏蔽、不引用。如卷九《韩子华石淙庄》纪昀的评语是：

> 此卷多率笔应酬之作。此诗特为深警，故知有物之言不同浮响。又见无所取义而作诗，虽东坡亦不能佳。此首与《广爱寺》诗同和子由洛下作。❶

纪昀的头一句"率笔应酬之作"，已语带批评。批语中又说"虽东坡亦不能佳"，进一步贬损。而王文诰的引用及评语是这样的：

> 诰案：纪昀曰："此诗特为深警，故知有物之言，不同浮响。"其说本之查注，未见有所发明也。❷

王文诰没有引用纪昀贬损苏轼诗的句子，但指出了纪昀的观点不过是来自查慎

---

❶ 纪昀.纪晓岚全集(第六册)[M].刘金柱,杨钧,主编.郑州：大象出版社,2020:103.
❷ 苏轼.苏轼诗集[M].王文诰辑注,孔凡礼点校.北京：中华书局,2022:464.

行,并进而说纪昀对这首诗的评点没什么新东西。王文诰对纪昀评点的不满已溢于言表。

王文诰仔细梳理了纪昀的苏诗评点,对纪昀一些错谬特甚之处,有时会在不引用纪昀评语的情况下,直接进行反驳。如卷九《往富阳新城,李节推先行三日,留风水洞见待》,纪昀一共两处评语,一处说:"磊磊落落,起法绝佳",一处在结尾说:"一结索然",这是纪昀认为苏轼这首诗的结尾很糟糕。但王文诰只引用了前一处,而在结尾处未引用纪昀这莫名其妙贬损苏轼诗的话,而是自己加了个评语"诰案:戛然便住,奇绝"。这显然是反对纪昀的见解,直接发表同纪昀相反的观点,也等于否定了此处纪昀对苏轼诗的认识。

再如卷九《山村五绝》纪昀评语是:"五首语多露骨,不为佳作",把苏轼诗贬了一通。王文诰未采纳纪昀的意见(未引用此处纪昀评语),反而在第一首末尾(其诗是:竹篱茅屋趁溪斜,春入山村处处花。无象太平还有象,孤烟起处是人家)发表跟纪昀唱对台戏的意见,并进而指责纪昀:

> 诰案:五绝并佳,而此篇第一。"还有象"亦带讽意,却以下句瞒过上句。如着意写炊烟,上句必不如是设想。晓岚评此一路诗,皆非是。

王文诰不但对这首诗发表了跟纪昀截然相反的意见,而且由此扩大到认为,纪昀评价这一类的诗,都评价得不对。更有甚者,在有些评语中,王文诰甚至会对纪昀的鉴赏能力表示质疑。如卷十九《罢徐州,往南京,马上走笔寄子由五首》其二,诗作:"父老何自来,花枝袅长红。洗盏拜马前,请寿使君公。前年无使君,鱼鳖化儿童。举鞭谢父老,正坐使君穷。穷人命分恶,所向招灾凶。水来非吾过,去亦非吾功。"这首诗的场景是苏轼在徐州抵御水灾后离任,当地群众去送苏轼,群众为苏轼祝寿,苏轼进行了答谢,苏轼说自己命穷,来徐州任职,结果给徐州带来了水灾,但毕竟水灾不是自己的过错,因此抵御水灾亦不是自己的功劳。这首诗本来挺好,但纪昀进行了"酷评",一处在第一二句评说:"此从前首'而我本无恩'二句生出,然自表捍水之功,语意殊浅",这是批判苏轼表现自己抵御徐州水灾之功。第二处在第三四句评说:"叠得不妥"。第三处在第五六句处评说:"倒装不妥"。第四处全诗末尾批语说:"末二句与上不接。已曰招灾凶,则已引为己过矣。"这是故意找茬,实则苏轼诗意并无问题,试问谁会相信徐州水灾是因为苏轼的命穷导致的?这只是苏轼自谦、自责之语,其实也是苏轼发自内心的反问:"难道因为我苏轼命穷,我来徐州做官,就导致徐州人民遭遇水灾吗?"纪昀故意反着说,非常不严肃。对此王文诰也很不客气,几乎要痛斥纪昀:

> 诰案:二句代述父老语,乃父老请寿之辞也。晓岚误看以为倒装者,谬甚。
> 诰案:自此至终,皆答父老语也。晓岚并上二句,皆作公语,故又有"自表捍水之功,语意殊浅"之论。若如其说,不但语意殊浅,直是文理不通。❶

纪昀在诗句末的评语明显有问题,王文诰似乎本着为尊者讳的想法,没有直接引出纪昀这句很不妥当的评语。但通过加案语的方式对纪昀进行了多方面批评,最后就差说纪昀"文理不通"。纪昀当然不可能文理不通,要害在于,纪昀是本着找茬的思路去评点苏轼诗,这能评出个什么来?

对于纪昀大量对苏轼进行贬损的评语,王文诰一般视而不见,但有时也会指出纪昀的批评不对。如卷五《马融石室》,王文诰加案语说:"晓岚谓结句太直太露者,非也。"这是直接指出纪昀不对,但没给出详细理由。

针对纪昀一部分贬斥苏诗之语,王文诰除了简明扼要地指出纪昀批评得不对外,有时也会在少量引用后,进行全方面、有理有据的批判、反驳。如卷一《舟中听大人弹琴》,纪昀有批语:"'独激昂'三字不似听琴,且与下文不贯。"对此王文诰进行了直接的批判:

> 诰案:纪晓岚谓"独激昂"三字,不似听琴,此不懂琴者之言也。……晓岚又谓此三字与下文不贯,彼何由知《风松》《玉佩》诸曲必非激昂者乎。所论皆谬。❷

---

❶ 苏轼.苏轼诗集[M].王文诰辑注,孔凡礼,点校.北京:中华书局,2022:936.
❷ 苏轼.苏轼诗集[M].王文诰辑注,孔凡礼点校.北京:中华书局,2022:12.

在这段话中，王文诰写了一大段关于古琴的理论与分析，字数有二百多字（我们在此进行了省略），虽然笔者也不谙音律，难以判断王文诰对音律的分析是否高明，但能自己写二百多字的音律分析，至少说明王文诰是比较懂琴的。所以王文诰很不客气指责纪昀"不懂琴"，最后把纪昀的评语归结为"所论皆谬"。从王文诰这段评语来看，王文诰反驳纪昀时一般会做到有理有据。纪昀的很多评论，错谬得比较离谱，王文诰这样的苏轼研究专家显然都是很不满的。

王文诰对纪昀的详尽批判、反驳还有很多。如卷一《神女庙》，王文诰批评说：

> 诰案：此二句始叙入庙所见。晓岚谓"飘萧"四句可删，欲以"古妆"接"玉座"句，乃全不知作者意也。公乃特意下"幽闲"二字，又不欲着迹，故以"玉座"二字架空，乃叙事，非叙游也。"飘萧"四句，全包助禹在内，特蓄此气，纳入前此一节，删去，则格法乱矣。❶

纪昀像批改科考士子试卷一样，随意指出苏轼诗的问题。苏轼作诗岂会不如纪昀？王文诰直接指责纪昀"全不知作者意"。这一指责无疑是对的，纪昀一方面没用心去体会苏轼诗，另一方面急于在苏轼的每一首诗中找到可以用来批判、贬低、贬损苏轼诗之处，纪昀的评点出现各种问题是不足为奇的。而王文诰每一次反驳纪昀都大体做到了有理有据。可见，由于纪昀是《四库全书总目提要》"总纂官"，王文诰对纪昀进行批判是承受了一定压力的。为此王文诰必须做到有理有据，否则就是授人以柄，在乾隆朝完全可以被用"攻击朝廷"的罪名予以治罪。

再如卷四《七月二十四日，以久不雨，出祷磻溪……》，纪昀有评语："后四句自不相贯。'问姜叟'虽切'磻溪'，却与祷雨无涉。东坡诗往往有疏于律处，不得一概效之。"这无疑又是贬斥、贬损苏诗。王文诰实在忍无可忍，对纪昀进行了指责：

> "合注"本集有《祷雨磻溪文》。磻溪神，即太公也。诰案：晓岚不读全

---

❶ 苏轼.苏轼诗集[M].王文诰辑注,孔凡礼点校.北京:中华书局,2022:39.

集，故有疏于律法之讥。❶

在这里，王文诰指责纪昀没有研读过《苏轼全集》，对这首诗涉及的祷雨的背景不了解。本来纪昀是否较深入研读过《苏轼全集》，我们外人是很难判断的。但王文诰毕竟是苏轼研究专家，显然可以判断纪昀对一些涉及苏轼问题的知识储备，再加上《纪昀评点〈苏文忠公诗集〉》中纪昀极少添加关于苏轼生平、涉苏轼材料等实证性、材料性的内容，纪昀对苏诗评点主要是一些"凌空蹈虚"、可大可小的关于诗歌艺术鉴赏的话语，可以看出纪昀对苏轼生平、苏轼文集的内容掌握得并不熟练。因此，王文诰指责纪昀未深入研读过《苏轼全集》很可能是正确的。而反过来说，纪昀在没有深入研读《苏轼全集》的情况下，对很多问题的认识显然容易出问题。王文诰这里看似在指责纪昀，实则是在向读者解释为什么《纪昀评点〈苏文忠公诗集〉》中会出现这么多莫名其妙的评语。这本质上还是在较为严肃地维护纪昀。如果按照晚清学人姚永概等人对纪昀的评语："晓岚尚书生平所为，诞妄邪淫"，则哪里还需要这么多严肃且有理有据地对纪昀的驳斥？

除对纪昀批判苏诗的评语进行反驳之外，王文诰对纪昀某些不甚恰当的赞扬苏诗的评语，也会进行反驳。卷六《陪欧阳公燕西湖》纪昀评语："末四句有乐往哀来之感，桓、伊事亦用得蕴藉。"此评语并无贬义。但王文诰在引用此评语后进行了反驳，说："晓岚专取末四句，故有乐往哀来之误。"这是指出纪昀对诗意的理解不对。卷三十七苏轼名作《东府雨中别子由》："庭下梧桐树，三年三见汝。前年适汝阴，见汝鸣秋雨。去年秋雨时，我自广陵归。今年中山去，白首归无期。客去莫叹息，主人亦是客。对床定悠悠，夜雨空萧瑟。起折梧桐枝，赠汝千里行。重来知健否，莫忘此时情。"诗中"对床定悠悠，夜雨空萧瑟"之句，屡为清人称引。纪昀的评语也进行了赞扬："愈琐屑愈真至，愈曲折愈爽朗，此为兴到之作。清空如话，情味无穷，较前《初秋寄子由》一首，尤入神品。"此评语初看起来很好，高度赞扬了这首诗，但王文诰认为纪昀这段评语"浅"了。王文诰加的案语是：

---

❶ 苏轼.苏轼诗集[M].王文诰辑注,孔凡礼点校.北京:中华书局,2022:173.

> 诰案：纪昀曰："愈琐屑，愈真至，愈曲折，愈爽朗，故是兴到之作。"但此篇大有慷慨，故语亦激昂之甚，非兴到之谓也。不读《朝辞赴定州状》而欲论此诗，难矣。❶

笔者认为王文诰的分析更确切，此诗作于元祐八年（1093年），苏轼时年57岁，却依然要与弟弟经历这样的别离，不断在各地调来调去，鞍马劳顿，消损生命。苏轼当然会有所不满。纪昀评点苏轼诗，为图省事，一般不结合苏轼生平，故而纪昀对苏轼诗的很多解释其实都不一定对。王文诰这样的苏轼研究专家，自然能够看出来。

在对纪昀评点温和的反驳与批评中，王文诰有时也会忍不住指责纪昀的人品。该书卷八有一首：《朱寿昌郎中少不知母所在，刺血写经求之五十年，去岁得之蜀中，以诗贺之》："嗟君七岁知念母，怜君壮大心愈苦。羡君临老得相逢，喜极无言泪如雨。不羡白衣作三公，不爱白日升青天。爱君五十著彩服，儿啼却得偿当年。烹龙为炙玉为酒，鹤发初生千万寿。金花诏书锦作囊，白藤肩舆帘蹙绣。感君离合我酸辛，此事今无古或闻。长陵朅来见大姊，仲孺岂意逢将军。开皇苦桃空记面，建中天子终不见。西河郡守谁复讥，颍谷封人羞自荐。"诗本身写得很好，很感人。但纪昀的总评却是："格意俱鄙。初白先生极赏之，非末学所知。"在倒数第五句"仲孺岂意逢将军"处又有一句眉批："此事不佳"，质疑这个典故不雅。王文诰对此进行了多方面注释，并对纪昀的人品也产生了怀疑：

> 诰案：……大凡自三代以至于唐、宋，此等事皆不知忌讳，后自习伪者起，始务掩盖，至并经史所载亦讳讳之。如此二句，晓岚以为非佳事，率意乱扛，岂亦习伪之末流哉。❷

---

❶ 苏轼.苏轼诗集[M].王文诰辑注,孔凡礼点校.北京:中华书局,2022:1991.
❷ 苏轼.苏轼诗集[M].王文诰辑注,孔凡礼点校.北京:中华书局,2022:388.

本来很感人的一首写母亲的诗，纪昀却得出"格意俱鄙"的结论。王文诰忍无可忍，质疑纪昀虚伪。王文诰所谓的"末流"是对应纪昀所自称的"末学"。王文诰应是从纪昀所自谦的"末学"中看出了某种虚伪——纪昀一边肆无忌惮贬损苏轼，贬损苏诗的注家查慎行，另一边又自称末学。纪昀在各种评点文字中的流于纸面上的傲慢，不是源自虚伪，又是源自什么？正如笔者在前面章节中所说，纪昀对前人的各种批判、贬损，归根结底都是为了迎合乾隆帝，都是在模仿乾隆帝贬斥群臣的口吻。这不是一种虚伪又是什么？纪昀知道自己在干什么，方回在《瀛奎律髓》中对前人诗的一丁点批评，纪昀就称之为攻击、诋毁，又岂会不知道自己在干什么？但纪昀更知道依托于乾隆帝的威权，别人对他无可奈何！

纵观王文诰采纳的这些《纪昀评点〈苏文忠公诗集〉》中的评语，王文诰大体已认识到纪昀对苏轼诗的评点存在很大问题。但嘉庆道光时期，由于纪昀作为《四库全书总目提要》"总纂官"之名开始具有了很大权威性，王文诰对纪昀虽有不满，甚至怀疑纪昀存在"文理不通"，但也难以撼动纪昀掠美《四库全书总目提要》作者之名而带来的权威性。只能是将纪昀部分赞扬性评语，收入自己的《苏文忠公诗编注集成》中，并在适当的地方反驳乃至批判纪昀，进而提出自己的看法，以形成自己的创新点。王文诰能做的也就只有这些了。毕竟《四库全书总目提要》及其作者都属于清廷官方作品与官方人物，老百姓即使很不满，也无可奈何。由此来看，王文诰处理事情还是相对稳妥的。

综合以上论述来看，王文诰对苏轼诗的注释总体是比较好的，但确实有一定攻击他人之处（如王文诰对纪昀的攻击，虽然是合理且正确、及时的，但无疑会让不了解情况的学者对王文诰产生误解）。在笔者看来，王文诰之所以会让不了解情况的学者感到"狂妄至极"，从根本上就是因为他潜移默化受到纪昀的影响。客观来说，纪昀比王文诰更狂妄（纪晓岚把苏轼等元祐名人、朱熹等程朱理学家贬喻为速朽之"草木"，简直骇人听闻！）。但纪晓岚比王文诰"机灵"，且二人政治地位有天壤之别，纪昀的狂妄是演给乾隆帝看的，是在模仿乾隆帝，乾隆帝在《唐宋诗醇》中称一些贬低韩愈诗的批评家为"群儿之愚"，又岂不狂妄？贬斥陈师道"一知半解"，又岂不狂妄？只是因为乾隆帝是皇帝，可以这么说。皇帝是天子（上天之子），只要不逆天而行，其余对他人的批判甚至随意定罪，当然都是可以的。乾隆帝在"胡中藻《坚磨生诗钞》案"等诸多的文字狱事件中,都是逆群臣意见而动,且借机贬斥群臣。这种心理放到文学批评领域,又岂会不随意批判?纪昀写的诸多文学点评之作,从根本上都是在模仿乾隆帝的口气,以此顺应、迎合乾隆帝的心理。而文坛其他水平不高之人,则又模仿纪昀。

第九章
清代宋诗接受状况

近几十年来，学界关于"唐宋诗接受史"的研究有很大进展，出版了大量著作与论文，如南开大学张毅《唐诗接受史》、陈伟文《清代中前期黄庭坚接受史研究》等。这些研究往往从多方面梳理唐宋诗人在元明清时期的接受状况，可以多方面参考。但这些研究也有需要改进之处，例如，在研究中往往把"谈及某个唐宋诗人"当成对该诗人的接受。这就导致元明清诗话中大量谈及前代诗人的内容，被放入了接受史范畴。也导致某些文人偶尔谈及前代诗人也被当成对该前代诗人的接受而大书特书。这实则是一种"广义的接受史"。这会导致"唐宋诗接受史研究"被显著放大，因为在历代诗话中的每一部诗话几乎都会把唐宋诗人谈一个遍。同时，明清文人往往会多方面谈及前代诗人，如果放任论述的范围，这就会导致论述缺乏准确性。

我们应该注意到一种"狭义的接受史"，不能说"单纯谈及某个唐宋诗人"便可以被视作对该诗人的接受，而应该把握一定的门槛，不仅仅是单纯谈及，而应该有较大的崇尚，较深刻的心灵影响，这才能叫"狭义的接受"。循着这个思路我们对"清代宋诗接受史"会有一些不一样的看法。本书中讨论的"清代宋诗接受"并没有事无巨细地把清人对宋诗的广义接受都描述一遍，这样会远超本书的篇幅。笔者在本书中只是抓住重点与要点，对清代宋诗接受进行了提纲挈领、把握线索与要点的描述，论述篇幅虽然不长，但有助于读者从宏观上把握清代宋诗接受的总体状况。相反，如果事无巨细地描述清代上百位主要诗人对宋诗的广义接受，那么就有可能模糊焦点，难以概括出清代宋诗接受的全貌。

从狭义的角度来看，清代宋诗接受主要是两方面：一是对苏轼、黄庭坚、陆游、范成大等主要诗人的接受；二是对各宋诗选本的综合性接受。清代的文人们并不是对宋代诗人平均用力，而是主要聚焦在苏轼、黄庭坚、陆游、范成大等宋代诗人，宋代其他的著名诗人，如欧阳修、王安石、梅尧臣、杨万里等，虽也有少量清代诗人关注，但总体影响远不如苏轼、黄庭坚等人。这就使得清代宋诗接受呈现鲜明的"二八分布"，苏轼、黄庭坚、陆游等三四位诗人占据了大部分关注度。

在本章中，我们将多方面分析清人对宋诗人的学习效仿，其中苏轼诗、黄庭坚诗、陆游诗的接受由于内容很多各单独成一章，而欧阳修、王安石、范成大、杨万里等有一定影响的诗人各列一小节，其他一些稍微知名的宋诗人则合并在第一节"清代宋诗接受状况概述"中进行综合讨论。在这里，为避免过于细枝末节的探讨转移了视点，影响我们对各宋诗人在清代接受状况的总体认知，我们在探讨中尽量不对细节进行探讨，而主要集中概括各诗人在清代接受的重点与要点。至于某一位具体清代诗人对具体宋代诗人的崇尚与接受，则不作过多梳理。毕竟很多时候，清代诗人只是普遍性地就一些宋代诗人进行研读与学习，还谈不上对某一宋代诗人有专门的认识。我们在本书中所谓的"接受"一定是要有专门的研读、较重要的影响，一般性的研读、学习不在我们探讨的范畴之内。

要之，本书中对清代宋诗接受的探讨，虽然较简短，未过多涉及清代宋诗接受史上的细节，但往往能够提纲挈领，抓住主线，抓住重点，能够清晰地展示出清代宋诗接受的"全貌"。这一"全貌"对当代学者认识清代诗坛的诸多问题是会有很大助益的。相反，过于事无巨细地对清代宋诗接受问题进行探讨，则有可能模糊全貌、模糊焦点，反而不利于当代学者深刻认识清代诗坛的宋诗接受问题。

第一节　清代宋诗接受状况概述

在丁福保《清诗话》、郭绍虞《清诗话续编》、张寅彭《清诗话全编》等关于清代诗话的整理著作中，能看到清人有大量针对宋代诗人的评价。这些评价都可以算作"广义的清人对宋诗的接受"。如果要来梳理清诗话作者们对宋代诗人的不同看法，实则每一部清诗话，如王士禛《渔洋诗话》、沈德潜《说诗晬语》、翁方纲《石洲诗话》、袁枚《随园诗话》、陈衍《石遗室诗话》等，都可以单独列一小节，因为这些诗话中往往会谈及至少十几位宋代诗人。把他们对每一位宋代诗人的评价梳理出来，显然需要很大篇幅。

这里我们还是要遵循"狭义的接受"标准，不能说仅仅谈及某位宋代诗人就给予探讨，一定要有较多较专门的崇尚与论述，我们才能从接受史的角度予以探讨。

不同时代、不同人、不同人群、不同地域的宋诗接受状况是不同的，但综合起来构成了"宋诗接受"的面貌。清代关于宋诗接受的主要活跃群体，主要有三个：诗坛、出版界与读者群体。这三个群体因其出发点、目标与立场不同，所以他们对宋诗的接受并不完全相同，他们在清代宋诗接受历程中所起的作用也并不相同。

清代诗坛的诗人们主要的目标是从事诗歌创作，他们本意并不想单纯从事唐宋诗接受。但问题是，诗歌创作并不是无本之木，诗歌创作需要以研读与学习前人作品为基础。在这个过程中，就形成了一批以"宋代诗学"为诗歌创作导向、学习典范的宗宋诗人群体，形成了从清初蔓延至清末的"宗宋思潮"。正常来说，清代诗坛的宗宋思潮发展史与"清代诗歌史"本身应该有较大差异，但在整个清代，尤其是乾隆中期以后，诗坛上大部分重要诗人，都参与了宗宋思潮的发展历程。换言之，清代诗坛的宗宋思潮发展与清代诗歌史形成了交缠、交汇与共振。笔者在几年后将发表的《清代诗坛宗宋思潮发展史》中即是要探讨清代诗坛主要的诗人们、诗论家们在对宋诗研读、欣赏与学习基础上形成的诗歌创作的诸多问题。即是说，清代诗坛的诗人们对"宋诗的接受"不是"为了接受而接受"，而是"醉翁之意不在酒"，归根结底是为他们的诗歌创作服务的。而由于他们多数都是清代的重要诗人，所以他们的"宗宋诗歌接受与创作活动"，实则就成为了清代诗坛的核心部分，是"清代诗歌史"的主干之一。

清代诗歌出版界对宋诗的理解又与清代诗人们不一样。诗歌出版界主要目标是诗歌欣赏，同时也带有一定商业目的，哪些诗好卖，市场销量大，比较流行，他们就编刻出版哪些诗。而且他们不是为了诗歌创作服务的，更多的是为了诗歌欣赏服务，因此相对更为单纯。

至于清代的普通读者们，他们读诗很大程度是为了认字、学文化，也带有一定文学欣赏目的。因此，《千家诗》《宋诗别裁集》《瀛奎律髓》等这一类流行宋诗读物，对普通读者就大体够用了。普通读者对宋诗的欣赏与接受，属于"大众传播"的范畴，有时难以量化与个案化，在本书中只能进行一定的总览性论述。

关于以上三个方面的宋诗欣赏与接受问题，我们可分别来探讨。

一、清代诗人们对宋诗的欣赏与接受

在清代，不同人对宋诗的接受并不完全相同，甚至会有较大差异。在清代诗坛，至少呈现五种较为主流的宋诗接受路径。

第一种，是清初遗民诗人群体对宋遗民诗人作品的欣赏。明末清初的遗民诗人们普遍欣赏谢翱、郑思肖等遗民诗人的作品，欣赏宋末元初杜本所编《谷音》，有所谓"宋之亡也，其诗又盛"的说法。黄宗羲曾高度赞扬了宋末的谢翱："故文章之盛，莫盛于亡宋之日，而翱之尤也。然而世之知之者鲜矣。"❶ 清初诗人们对宋代遗民诗歌的接受欣赏，随着康熙朝中期，社会逐渐稳定，随着明遗民诗人逐渐逝去，而淡出了诗坛。

第二种，吴中地区在康熙中期到乾隆中期，形成了崇尚陆游、范成大的风气。诚如沈德潜所说："时吴中诗学祖宋祧唐，几于家至能而户务观。""家石湖而户放翁。"吴中诗人们普遍赞扬陆游与范成大诗，如"清初三大古文家"之一汪琬在苏州大力提倡范成大诗。这有一定地域因素的影响。

第三种，清初至乾隆中期，全国诗坛逐渐形成了崇尚"苏、陆"的风气。尤其是乾隆御选《唐宋诗醇》的出版，让全国诗坛形成了崇尚"苏、陆"的主流风气，但诗坛崇尚陆游的风气在乾隆末期以后便有所衰歇。

第四种，崇尚黄庭坚诗的风气。这一风气清初即有，但当时并没有压过崇尚陆游的风气，但乾隆朝中期后，崇尚黄庭坚的风气壮大，一直持续到清末，形成了

---

❶ 黄宗羲.黄梨洲文集[M].陈乃乾,编.北京:中华书局,2009:320.

"崇尚苏、黄"的诗坛主流风气。

第五种,诗坛崇尚苏轼的风气,从清初到清末一直非常繁盛。"崇苏倾向"是清代诗坛宗宋思潮的主流与核心。大部分清代宗宋诗人,都崇尚苏轼。清代诗坛长期存在着影响巨大的"宗宋思潮",其中对苏轼其人其诗的宗尚最为显著。清代宗宋诗人们普遍都推崇苏轼诗,有的诗人甚至"言必称苏轼"。清诗坛的这种"崇苏"倾向,表现在具体的诗学活动中又是多样化的,主要包括:次韵和韵乃至学习效仿苏轼诗、推动苏轼诗集的整理校注出版、举行"寿苏会"等苏轼纪念活动、在诗文中自述对苏轼其人其诗的崇尚乃至形成一种"苏轼情结"。

以上关于清代诗坛的诗人们对宋诗接受的总结是粗略的。在后续的章节中,我们还会对一些具体案例进行探讨。

二、清代宋诗出版界对宋诗的接受问题

由于清代宋诗出版状况并不是太理想,除了苏轼、黄庭坚、欧阳修、王安石、陆游等少数诗人的诗集出版较多外,连杨万里的诗集都较难出版。这导致普通读者很难读到除苏轼、黄庭坚、欧阳修、王安石、陆游等少数几人之外其他宋诗人的诗集。所以从阅读诗集角度来看,主要是苏轼、黄庭坚、陆游的诗在清代社会有较大影响,而其他诗人的诗主要是通过宋诗选本产生影响。因此,《千家诗》《瀛奎律髓》《唐宋诗醇》《宋诗别裁集》等宋诗选本有了在清代社会发生作用的重要空间。

清代诗歌出版界与清代诗坛的诗人们对宋诗的理解不完全一样。

第一,有的宋诗选本注重全面展示与欣赏、接受宋诗。

诗歌出版界注重"展示宋诗全貌"与"展示宋诗精华"。这就导致清代的诗歌出版界很注重收集较为全面的宋诗面貌,如康熙朝初期,吴之振《宋诗钞》搜集了84位重要宋代诗人的作品,普通诗人一人一卷,较重要诗人一人两卷或多卷,共106卷。乾隆朝初期,曹庭栋《宋百家诗存》搜罗了100位较冷僻诗人的作品,这些宋代诗人几乎都为《宋诗钞》所不载。类似的康熙帝《御选宋金元明四朝诗》亦大量收录了各类宋代诗人的作品。

很明显,这些清代宋诗选本很注重编刻的完备性,试图展示"有宋一代之诗"。

诗歌出版家们对"宋代不同诗人",有时候并没有很强烈的偏爱,带有一定"一视同仁"倾向。如《宋诗钞》只是偏爱了杨万里(占9卷)、陆游(占6卷)、苏轼(占3卷)、范成大(占3卷)等几人,剩余70多位宋代诗人都是按照"一人一卷"的规模进行编排。虽然在具体编选中,每一卷中各位诗人所占的篇幅与所收入作品数量都有较大差异,但"一人一卷"的编选模式还是彰显了"一视同仁"的态度。

第二,有的宋诗选本注重欣赏与接受宋诗名家的作品。

在这种"一视同仁"的态度之外,也有一些宋诗选本注重凸显某些诗人。如乾隆帝御选《唐宋诗醇》只选了苏轼、陆游二家的作品。陈訏《宋十五家诗选》选了苏轼、欧阳修、陆游、王十朋等15位宋代诗人的作品。《宋四名家诗钞》选了苏轼、黄庭坚、陆游、范成大四家的作品。曾国藩《十八家诗钞》只选了宋代苏轼、黄庭坚、陆游三家的作品。这就显示了很强的倾向性。

第三,有的宋诗选本注重凸显"理学诗人"的作品。

一般来说,清代诗坛的诗人们注重苏轼、黄庭坚、陆游等纯诗人。但也有一些宋诗选本中会刻意凸显程颢、朱熹等理学家的作品。如《千家诗》中入选朱熹诗5首(实4首,其中一首韩愈诗被误署名朱熹)、程颢诗3首,这在全书近90首宋诗中所占比例已经不小了,显示出很强的崇尚程朱理学的取向。张景星《宋诗别裁集》中入选了20首朱熹诗歌,入选数量在宋诗人中排第六。

每一个朝代对宋诗的理解与接受都会有一定区别,但即使同一个朝代的不同群体对宋诗的理解与接受也会与其他群体有一定差异。例如,当代学术界对宋诗的理解,就会与清代人不同。而具体到清代,清代出版的各种不同宋诗选本能够彰显出清代出版界对宋诗的理解与接受。这一点很有统计研究的价值。

福建师范大学李玮2010年的硕士论文《论杨万里及其作品在清代的传播与接受》提供了一个清代各宋诗选本中杨万里、陆游、范成大入选诗歌数量的统计。中国矿业大学吴宇婕2022年硕士论文《康乾时期宋诗选本对陆游诗歌的接受研究》对各宋诗选本中入选陆游诗歌数量进行了统计。这些统计结果都有一定参考价值。

笔者参考他们的统计,并重新统计,统计重心是各宋诗选本中哪些诗人入选较多,以见出清代宋诗选本对不同诗人的入选情况(见表9-1)。

表 9-1 宋诗选本中入选宋诗

宋诗选本	入选数量第一的诗人	入选数量第二的诗人	入选数量第三的诗人	入选数量第四的诗人	入选数量第五的诗人	入选数量第六的诗人	入选数量第七的诗人	入选数量第八的诗人	入选数量第九的诗人	入选数量第十的诗人
吕留良、吴之振《宋诗钞》	杨万里 9 卷	陆游 6 卷	苏轼 3 卷	范成大 3 卷	欧阳修 2 卷	王安石 2 卷	黄庭坚 2 卷	陈与义 2 卷	张耒 2 卷	刘克庄、谢翱等 2 卷
顾贞观《积书岩宋诗删》	陆游 133 首	王安石 102 首	刘克庄 100 首	苏轼 92 首	范成大 87 首	欧阳修 85 首	梅尧臣 64 首	林景熙 59 首	朱熹 57 首	陈与义 46 首
陈焯《宋元诗会》	苏轼 199 首	梅尧臣 165	汪元量 127 首	黄庭坚 121 首	陆游 116 首	谢翱 116 首	杨万里 113 首	林景熙 112 首	欧阳修 109 首	刘克庄 106 首
王士禛《古诗选》	苏轼 105 首	陆游 78 首	黄庭坚 54 首	欧阳修 40 首	王安石 35 首	晁补之 21 首	苏辙 12 首	晁冲之 10 首	无	无
张景星《宋诗别裁集》	苏轼 58 首	陆游 54 首	王安石 39 首	欧阳修 37 首	杨万里 29 首	朱熹 20 首	陈与义 19 首	范成大 18 首	黄庭坚 14 首	张耒 13 首
翁方纲《七言律诗钞》	苏轼 94 首	陆游 89 首	王安石 42 首	黄庭坚 38 首	米芾 8 首	苏过 6 首	陈与义 4 首	范成大 3 首	杨万里 2 首	欧阳修 2 首
翁方纲《小石帆亭五言诗续钞》	苏轼 73 首	陆游 37 首	黄庭坚 10 首	王安石 7 首	欧阳修 5 首	梅尧臣 2 首	姜夔 2 首	陈与义 1 首	曾几 1 首	无

续表

宋诗选本	入选数量第一的诗人	入选数量第二的诗人	入选数量第三的诗人	入选数量第四的诗人	入选数量第五的诗人	入选数量第六的诗人	入选数量第七的诗人	入选数量第八的诗人	入选数量第九的诗人	入选数量第十的诗人
姚鼐《五七言今体诗钞》	陆游87首	苏轼31首	黄庭坚25首	王安石5首	杨亿5首	陈师道4首	胡武平4首	林逋4首	刘子仪3首	晁说之、曾几等2首
严长明《千首宋人绝句》	苏轼46首	王安石28首	范成大24首	刘克庄24首	姜夔22首	陆游21首	黄庭坚21首	杨万里21首	秦观16首	陈与义11首
朱梓、冷昌言《宋元明诗三百首》	苏轼32首	陆游28首	范成大6首	杨万里5首	王安石5首	欧阳修3首	林逋3首	陈与义2首	方岳2首	贺铸等1首
许耀《宋诗三百首》	苏轼62首	陆游60首	黄庭坚22首	范成大21首	欧阳修7首	王安石7首	杨万里5首	范仲淹4首	姜夔4首	梅尧臣、陈与义等3首

这里笔者虽然只选取了 11 种宋诗选本，仅占清代 170 种宋诗选本的一小部分，但这 11 种宋诗选本跨越了清初、清中叶、晚清的不同时代，是很有代表性的，其统计结果有很强参考意义。从这一统计来看，在清代宋诗选本中，入选最多的诗人，一般都是"苏、黄、范、陆"，然后是欧阳修、王安石、梅尧臣、杨万里等人。这一统计能够彰显出清代人所理解的"宋代知名诗人"的排序，对我们探讨清代宋诗接受有重要基础意义。

三、各宋诗人在清代的接受状况

客观来说，除了苏轼、黄庭坚、陆游诗在清代的接受有巨大影响，范成大、欧阳修、王安石、陈师道、杨万里等人诗歌在清代的接受有较大影响，其他几十位知名宋代诗人在清代的影响都并不是那么大。

很多时候，清人在诗文中、在诗话中会谈及一些宋代诗人，但这都属于一般性的接受，还谈不上很推崇。

比如陈与义诗被推为江西诗派"一祖三宗"之一。方回在《瀛奎律髓》中也高度评价了陈与义诗："老杜诗为唐诗之冠。黄、陈诗为宋诗之冠。黄、陈学老杜者也。嗣黄、陈而恢张悲壮者，陈简斋也。"但陈与义诗在清代的影响始终是很有限的。

再如，梅尧臣在清代的影响比较小。在各种宋诗选本中当然都会有梅尧臣作品，在清末之前也有一些诗人会单独提到梅尧臣，但直到清末同光体的陈衍等人提倡学梅尧臣之前，梅尧臣诗未集中被诗坛关注过，这一点与苏轼、黄庭坚、陆游、王安石等人诗是不可同日而语的，连陈师道诗在清代的影响与接受都远大于梅尧臣诗。综合来看，梅尧臣在清代的影响始终是较小的，诚如夏敬观在《梅宛陵集校注序》中所说："夫宛陵诗在宋固已显矣，历元明至清，特趋沉寂。宋诗若半山、东坡、山谷、后山、简斋，莫不有为之诠注者，几于家诵户籀。独于宛陵诗，未尝有探索蕴积，阐其宗风，以告当时学人者。"已明确指出了梅尧臣诗在清代的接受非常"沉寂"。直到清末民国时期，同光体的陈衍、夏敬观等人提倡学梅尧臣。但这主要是发生在民国时期，如夏敬观出版《梅宛陵集校注》已经是 1940 年。所以在本书中，我们单列一小节论述梅尧臣诗集在清代的出版状况，但未单列一节讨论梅尧臣诗在清代的接受状况。因为有清一代对梅尧臣诗的接受始终都是一般意义的谈及，都算不上深刻的接受。

梅尧臣诗在清代的接受，未能在清代诗坛留下较深印记，还不足以单列一节。❶强行把所有谈及梅尧臣的材料收集起来，这也只能是一般性的接受，并非如苏轼、黄庭坚、陆游等人诗那样的聚焦式的接受。从这一点来看，"梅尧臣诗在清代的接受"是很有代表性的。梅尧臣代表了绝大部分宋代知名诗人在清代的接受状况——不温不火，几乎被遗忘！试想连梅尧臣诗都几乎被遗忘，其他别的知名宋代诗人，又会有什么样较大的影响？所以在本书中我们会单列苏轼、黄庭坚、陆游、欧阳修、王安石、范成大、杨万里等人的接受状况，因为他们对清代诗坛发展确实有实际影响。但其他宋代知名诗人在清代的接受则多是一般性谈及，还谈不上对清代诗坛的发展有实际影响。

第二节 清代欧阳修诗接受状况

欧阳修作为北宋文坛领袖，自然受到清人的很大关注。不过，由于欧阳修以散文著称，清代很多文人崇尚欧阳修主要都是从散文角度。如桐城派文人普遍发表过崇尚欧阳修的言论，但并未着重谈欧阳修的诗。梅曾亮、方东树等人对欧阳修诗的推崇，但并未形成诗坛上崇尚欧阳修诗的潮流。在这里我们主要聚焦在欧阳修诗的接受状况上，对涉及欧阳修古文的内容不作过多涉及。

从诗文集的出版来看，欧阳修诗文集在清代有大量出版，市场上较容易看到欧阳修诗文。同时，在各宋诗选本中，欧阳修入选诗歌数量一般都比较多。如在《宋

---

❶ 南昌大学邱美琼教授指导的硕士生杨素霞在硕士论文中对梅尧臣诗在清代的接受进行了梳理，有可参考之处，但所收材料多属于一般性谈及梅尧臣。见：杨素霞.梅尧臣诗歌在清代的接受研究[D].南昌：南昌大学,2013.

诗别裁集》中苏轼诗入选63首，排第一。陆游诗入选54首，排第二。王安石诗入选39首，排第三。欧阳修诗入选37首，排第四。在顾贞观《积书岩宋诗删》中欧阳修入选了85首诗，列第六，仅次于陆游、王安石、刘克庄、苏轼、范成大。在陈焯《宋元诗会》中欧阳修入选了109首，列第五，仅次于苏轼、梅尧臣、陆游、杨万里。

从各宋诗选本中入选欧阳修诗的情况来看。欧阳修诗在清代算影响较大的，次于苏轼、黄庭坚、陆游、范成大、王安石，但要显著强于其他宋代诗人。客观来说，欧阳修诗在清代理应是有较大影响的。然而，欧阳修诗并未引领清诗潮流。且不论苏轼、黄庭坚、陆游三人对清诗潮流的影响，即使王安石的"荆公体"对清诗坛风格的影响，杨万里对袁枚"性灵派"的影响，陈师道以列名江西诗派"一祖三宗"的标志性影响，都要超过欧阳修对诗坛的影响。究其原因，一方面是欧阳修诗的特点不那么鲜明，过于"温柔敦厚"。既不如苏轼、黄庭坚、陆游等人拥有超出一代诗人的主导性风格，亦不如王安石、杨万里等人有让人过目难忘的个人特色。欧阳修诗过于"平易"，这在散文领域可以增强文章的可读性，但在诗歌领域就会失去诗性特色。另一方面，欧阳修的"诗名"一直为其"文名"所掩盖，人们对欧阳修的崇尚主要从散文角度，其诗往往为其散文所遮蔽，难以在诗坛产生实质性影响。

清初，易堂九子之一彭士望为魏禧诗集所作的序中便谈到欧阳修"诗名"为"文名"所掩的问题：

> 吾江右诗盛于宋，有"江西诗派"，曾苍山辈起，宁都称诗国，而诗派则宗靖节，黄鲁直、陈无己辈为之继。予尝见欧阳永叔《答子华学士》、《送张洞推官诗》，序事婉挚，尤深切于国计民瘼，虽杜少陵、元道州不是过。故世不甚称之，殆为其文所掩。鲁直专门于杜，无大气以包举变化之，虽极规模，终未神肖。至《过虎诗》，乃用夔撞，得无泥古而讹乎？❶

在这里，彭士望就认为欧阳修诗可以直追杜甫，但"世不甚称之，殆为其文所

---

❶ 彭士望.魏叔子文集.魏叔子诗集叙[M].北京：中华书局，2003：1197.

掩"，就认为欧阳修的"文名"掩盖了他的"诗名"。彭士望发表这一看法是在清初，但整个清代，欧阳修诗都未能摆脱为"文名"所掩的状况。所以在清代，虽然在士大夫中也有大量纪念欧阳修的活动，但主要都是出于对欧阳修散文的认可，对欧阳修诗的认可并未成为清代诗坛的主流。或者说，有时清人对"欧阳修诗"的敬仰，是混杂在对"欧阳修古文"的敬仰之中的。

清人推崇欧阳修主要是从散文的角度，但也有一些诗人崇尚欧阳修诗。如清代著名诗人、诗歌活动家曾燠就很推崇欧阳修。曾燠多次发起或参与欧阳修的"生日纪念活动"，曾作有《醉翁吟（欧阳文忠公生日致祭，座客同作）》《六月廿一日小石商人招同诸公于平山堂为欧阳文忠公作生日，余以苦热不往》等诗。平山堂是欧阳修在扬州所建。曾燠在扬州任职时，友人发起纪念欧阳修诞辰的活动，曾燠为此作诗。后来曾燠在与法式善唱和的诗《酬法梧门祭酒西涯见寄三首》中自注说："念仆在广陵，岁以是月二十一日为欧阳公作生日"❶，说自己在扬州时每年都进行欧阳修生日纪念活动。足见，曾燠非常推崇欧阳修（虽然这种推崇程度，不如他对苏轼的推崇）。

曾燠对欧阳修的推崇不光是以欧阳修散文为基点，亦推崇欧阳修的诗歌。曾燠在为乐钧诗集作的序《乐元淑青芝山馆诗集序》中说：

> 余编辑《江西诗征》列名二千余家，缀论五十四首。于晋，高彭泽之风；于唐，妙新吴之唱；宋则庐陵树帜，而王、黄张其军；元则道园、震钧而揭、范赴其节。❷

强调自己在编撰《江西诗征》时，对于宋代的江西诗人，以欧阳修为旗帜，以王安石、黄庭坚为其次。可见，曾燠在宗宋思想上认为欧阳修诗歌的艺术水平超过黄庭坚。此论在清诗坛并非公论。虽然也有很多诗人不喜黄庭坚诗，但一般都不会

---

❶ 曾燠.赏雨茅屋诗集(卷三)[M].清刻本.
❷ 曾燠.赏雨茅屋外集(卷一).清代诗文集汇编(第456册)[M].上海：上海古籍出版社，2010：308.

认为欧阳修诗超过黄庭坚诗。毕竟黄庭坚诗有其峭拔的特点,在古今诗人中是别树一帜的。而欧阳修诗总体上中正平和,于诗坛未能独树一帜,不能够自成一家诗风。曾燠的推崇欧阳修诗,更多的也是从欧阳修"一代文宗"之名出发。这种推崇欧阳修诗的观点,在清代诗坛是不多见的。

再如黄爵滋亦很推崇欧阳修诗。道光十年(1830年),黄爵滋与林则徐、龚自珍、魏源、姚莹等人创设"宣南诗社","禁烟运动"即由该诗社发起。黄爵滋有很强的宗宋倾向。他曾仿照"作东坡生日"给欧阳修、黄庭坚举行生日会。他作有《己丑六月同仁约为欧阳文忠、黄文节二公作生日,遂于十六日招集后门外海子上看花,即修前约分韵得十二锡》。道光己丑年为道光九年(1829年)。诗题下有自注:"文忠生景德丁未六月二十一日,文节生庆历乙酉六月十二日",据此他们选择六月十六日在欧阳修、黄庭坚生日的中间为两位伟人"作生日"。黄爵滋在诗中说:

> 宋社沧桑七百年,二公隆隆若宝扃。昌黎才起八代衰,少陵气屈万人敌。呜呼!二公乃以文章传,天使群愚肆腾焱……二公生世尚不谋,茫茫千载渺何觌。小子曷敢桑梓私,诸君各仰典型锡。❶

黄爵滋盛赞了欧阳修、黄庭坚,同时又强调自己盛赞欧、黄二公并不是因为自己与他们是江西同乡,而是与同来举行"生日会"的其他人一样是崇尚二公,即"小子曷敢桑梓私,诸君各仰典型锡"。

总体而言,欧阳修诗在清代有一定影响,其影响低于苏轼、黄庭坚、陆游,与范成大、王安石、杨万里等人不相上下,且远高于其他的宋代知名诗人。但总览清代诗坛的流行风尚,引领清代诗坛风尚的主要是苏轼、黄庭坚、陆游这三位诗人,欧阳修的"诗名"为"文名"所掩。欧阳修诗并未像苏轼、黄庭坚、陆游三人诗一样,形成对清代诗坛的笼罩性影响。欧阳修诗对清代诗坛的影响始终是有限的。

---

❶ 黄爵滋.仙屏书屋初集(卷五)[M].清刻本.

第三节　清代王安石诗接受状况

王安石诗在清代的接受与其他诗人的接受很不一样。苏轼、黄庭坚、陆游等的接受，都是程度较高的专门性的接受，"崇苏""崇黄"都是清诗坛的潮流。

而王安石诗在清代的接受属于"一般性的接受"。但这种"一般性接受"又不是清人对普通宋代诗人的一般性接受。清代诗坛虽然未形成"崇尚王安石诗"的潮流，但王安石诗在清代的影响，显著高于一般的宋代知名诗人。形成这种矛盾现象的原因之一是王安石在清代是一位很有争议的人物，清代诗人们不便高举"崇尚王安石诗"的旗帜，只能对王安石诗进行一般性的欣赏与效仿。

王安石的"熙宁变法"引发了北宋的党争，蔡京等人一直高举"王安石新法"的旗帜，而蔡京的专权又导致了北宋灭亡，故而王安石被视为北宋灭亡的祸首。南宋以来对王安石的评价是很有争议的。但考虑到北宋灭亡时，王安石已经逝世40年，北宋灭亡的直接原因显然不能算在王安石头上，故而也有一些文人为王安石鸣不平。总体而言，明清文人们一般不愿谈及王安石的政治遗产，但奇怪之处在于，明清文人们普遍愿意谈及王安石的文章与诗歌。因为王安石散文与诗歌中有难以掩盖的"光芒"。

以王安石的诗来说，王安石的七律被称为"荆公体"，确有不减唐人的风采。故而清代各种宋诗选本中往往大量入选王安石作品。这一点可以彰显出王安石诗歌在清人心目中的地位。在清代各宋诗选本中一般都不会遗漏王安石诗，且王安石诗入选数量一般都比较多。❶ 例如，在吕留良《宋诗钞》中绝大部分诗人都是一人一卷，但也有一些诗人所占卷数较多。其中，杨万里入选最多，一人占了9卷。陆游一人6卷，排第二。苏轼、范成大一人3卷。紧随其后，欧阳修、王安石、黄庭坚、张耒、陈与义、周必大、刘克庄、戴复古、谢翱等少数几人是一人2卷。可见王安

---

❶ 张广才.清代宋诗选本对王安石诗歌的接受[J].牡丹江大学学报,2024(1).

石入选诗歌数量也较多。类似的，在顾贞观《积书岩宋诗删》中王安石入选了102首诗，仅次于陆游，排第二。在《宋诗别裁集》中，苏轼诗入选63首，排第一。陆游诗入选54首，排第二。王安石诗入选39首，排第三。欧阳修诗入选37首，排第四。在清人严长明所编《千首宋人绝句》中，收入诗歌最多的是苏轼、王安石、范成大。其中苏轼入选46首，排第一。王安石入选28首，排第二。范成大入选24首，排第三。陆游入选诗21首，排第四位。这样的入选排名，能证明王安石诗在清代文化界是有很大影响的。有时候其影响甚至不输于苏轼、黄庭坚、陆游等诗人。

但王安石诗在清代诗坛的影响还不能与苏轼、黄庭坚、陆游相提并论，因为苏轼、黄庭坚、陆游毕竟引领了清代诗坛的潮流。大量清代诗人有着"崇尚苏轼诗""崇尚黄庭坚诗""崇尚陆游诗"的标签，很多清代诗人往往以这一类标签，活动于诗坛。如王士禛、宋荦、查慎行、翁方纲等人以"崇尚苏轼诗"为诗坛所关注，蒋士铨、姚鼐、曾国藩等人则以"崇尚黄庭坚诗"为诗坛所瞩目，乾隆帝以推崇陆游诗的面貌出现在诗坛。但在清代诗坛几乎没有诗人以"崇尚王安石诗"的标签活跃于诗坛。这并非清代诗人们不关心王安石诗，主要还是因为对王安石有一定争议。在诗坛高举"王安石诗的旗帜"，容易让人联想到北宋奸臣蔡京"高举王安石新法的旗帜"，这对诗人的名誉不利，故而清代诗人们普遍只是学习效仿王安石诗，但不对王安石诗发表过于推崇的言论，有的诗人甚至会发表一些贬低王安石的言论。

要言之，清代诗人们普遍都深入研读过王安石诗，但一般都不会单独标举王安石诗。如翁方纲就精研过王安石诗，据研究，翁方纲家藏有两种《王荆文公诗注》，一种是乾隆二十四年（1759年）海盐朱佩莲所赠清绮斋初印本《王荆文公诗注》；另一种是乾隆四十七年（1782年）卢文弨邮寄给翁方纲的李壁注宋本残本17卷的抄本。❶ 翁方纲曾反复研读王安石诗，并曾作有一些诗文记述自己研读王安石诗的情况，如翁方纲《复初斋诗集》卷十七的《从芑堂借抄得魏鹤山〈荆公诗注序〉志喜二首》，卷二十四的《借抄宋本李雁湖注〈王荆文公诗〉足本喜而有赋六首》。在这些诗中，翁方纲加了一些自注，有助于我们了解有关情况，如翁方纲自注说："任注山谷诗，旧时抄本刻本皆无许郿阳序，予年前始抄得之。""刻山谷诗注者，

---

❶ 董岑仕.翁方纲旧藏《王荆文公诗注》二帙考[J].中国古典学,2023(4).

以不见鄱阳许尹序为憾，刻荆公诗注者，不见此序，今予皆得之。"可见，翁方纲一度对王安石诗评价很高，但翁方纲很少有推崇王安石及其诗的言论。这与翁方纲大量高度评价苏轼、黄庭坚的言论形成鲜明对比。

再如，袁枚、蒋士铨、赵翼这"乾隆三大家"对王安石诗的评价也并不高。❶袁枚在《随园诗话》中认为："王荆公诗无一句自在，故其为人拗强乖张。愚谓荆公古文，直逼昌黎，宋人不敢望其肩项。若论诗，则终身在门外。"袁枚反对王安石诗过于雕琢文字。赵翼在《瓯北诗话》中对王安石亦评价不高，也反对王安石诗过于雕琢。蒋士铨在《读〈荆公集〉》2首、《题〈荆公集〉后》3首中对王安石诗有一定好评，但依然没有单独标举王安石诗。

倒是乾嘉之际的曾燠对王安石诗评价较高。曾燠编《江西诗征》高度评价了王安石诗。曾燠在为乐钧诗集作的序《乐元淑青芝山馆诗集序》中说："余编辑《江西诗征》列名二千余家，缀论五十四首。于晋，高彭泽之风；于唐，妙新吴之唱；宋则庐陵树帜，而王、黄张其军。"把王安石作为了江西代表性的诗人。

总之，王安石诗在清代的接受状况较好，虽然相比苏轼、黄庭坚、陆游诗这样在清代受到巨大关注且引领清诗坛潮流的大诗人还有一定差距，但王安石在各宋诗人中已属于关注度靠前。

第四节 清代陈师道诗接受状况

清代康熙年间，未有人刊印过陈师道诗文集。所以当时普通文人想找到陈师道诗集进行研读，并不是这么容易的。吕留良、吴之振《宋诗钞》中有关于陈师道的诗一卷。由于陈师道存诗不多，仅600多首，所以《宋诗钞》入选一卷陈师道诗已能看出陈师道诗歌的大体状况。

但清代文人接触到陈师道诗，并不是主要通过"陈师道诗文集"，亦不是通过

---

❶ 张广才."乾隆三大家"对王安石诗歌的接受[J].南昌师范学院学报,2023(6).

《宋诗钞》《宋诗别裁集》等宋诗选本，而是通过宋末元初人方回所编《瀛奎律髓》。《瀛奎律髓》在清代一度流传较广，纪昀称"然其书行世有年，村塾既奉为典型"，说明自康熙中期起该书就被各书坊广泛刊刻，各地书塾都以该书为诗学教材。《瀛奎律髓》非常推崇黄庭坚、陈师道诗。该书卷一中方回评价说："老杜诗为唐诗之冠。黄、陈诗为宋诗之冠。"对陈师道诗的评价极高。这一评价忽略了苏轼、陆游诗的影响，而略拔高了陈师道诗的影响。但客观来说，在苏轼、黄庭坚、陆游三位诗人之外，陈师道与欧阳修、梅尧臣、王安石、范成大、杨万里等人的诗，大体不相上下。

因《瀛奎律髓》推崇陈师道诗，故而陈师道诗也一度较受清人关注。清人常常谈起陈师道，但清人对陈师道的崇尚远比不上苏轼、黄庭坚、陆游、范成大等人。总体来看，陈师道诗在清代的影响并没有那么大，虽比大部分知名宋诗人的影响要大，但还谈不上对清代诗坛有根本性影响。清人对陈师道诗的接受，属于一般性的文学接受，受《瀛奎律髓》推崇陈师道诗的影响，冯班、冯舒、何焯、纪昀等诸多文人都对陈师道诗有一定关注。

冯舒、冯班兄弟对陈师道诗持批判态度，有大量对陈师道的批评言论。针对方回所说："老杜诗为唐诗之冠。黄、陈诗为宋诗之冠。"冯舒反驳说："黄、陈为宋诗之冠，误尽一生，此老所娓娓者只是'江西'一派耳。"这是不同意以黄庭坚、陈师道诗为宋诗的代表。冯氏兄弟态度有可能影响了清人对陈师道诗的接受。此后整个清代，陈师道诗的影响都不算特别大。综合清代宋诗接受状况来看，陈师道诗的影响，被苏轼、黄庭坚、陆游所笼罩，与欧阳修、范成大、王安石、杨万里等人相比也略有不及，但总体而言，陈师道诗在清代的影响比其他普通宋代诗人是要大多了。毕竟《瀛奎律髓》的影响在清代是持续存在的。

何焯精研过《瀛奎律髓》，故而也很早就注意到了陈师道诗。何焯（1661—1722），字润千，号义门，江苏长洲（今苏州）人，寄籍崇明，为官后迁回长洲（今苏州）。康熙四十二年（1703年）进士。何焯著有《义门读书记》58卷，被收入《四库全书》。大概是在研读《瀛奎律髓》后，因《瀛奎律髓》高度推崇陈师道诗，何焯便也找来明代弘治马暾刻本的《后山集》认真研读，一读之下，发现马暾刻本有大量错误，何焯感叹："明人错本误人，真有不如不刻之叹也。"何焯便搜集了几个旧抄本，对马暾刻本《后山集》进行认真校对，撰写了一篇《后山集校记》。

该校记一度以抄本的形式流传，清末时蒋光煦辑《斠补隅录》即将该篇部分内容收录。据何焯《后山集校记》的跋语，他在康熙四十八年（1709 年）买到了一个五册的残抄本，又在康熙四十九年（1710 年）从汲古阁毛晋之子毛扆手中借到了一个万历间的抄本，何焯用这两个抄本来校弘治时的马暾刻本《后山集》。可见，何焯在清代陈师道诗接受史上是起过一定作用的。

雍正年间的赵骏烈亦非常欣赏陈师道诗，并专门搜集了一个抄本予以刊刻出版。赵骏烈在雍正八年（1730 年）为所刊刻的《后山集》所作的序中说："余平日读宋诗，深有意乎后山之为人，以其善学涪翁也。独念涪翁全集，板行于世，所在皆有。而后山全集，人每束之高阁，即行世者亦无善本。"❶ 序中，赵骏烈谈到了自己欣赏陈师道的为人。因赵骏烈对陈师道诗集的刊刻，使得陈师道诗集在清代得到了一定程度的传播，后来纪昀拿到的《后山集》版本很可能就是赵骏烈的刻本。

纪昀在清代陈师道诗的传播与接受历程中也起了一定作用。纪昀因早年从研读《瀛奎律髓》开始学诗，而《瀛奎律髓》对陈师道诗评价很高，这让纪昀对陈师道诗也有一定好感。但由于清代书籍流通状况不佳，虽然在雍正三年（1725 年）、雍正八年（1730 年），陈师道诗集被两次刊刻，但到纪昀青年时期，已很难买到陈师道诗集。乾隆二十七年（1762 年），纪昀在老师钱维城（1720—1772）家中借阅到了陈师道诗集。据纪昀《后山集钞·序》中所自述："壬午六月，从座师钱茶山先生借阅，令院吏循钞之。循本士人，所钞不甚误。"❷ 壬午为乾隆二十七年（1762 年），此时陈师道诗集已经有近 30 年未再刊刻过了，书坊间很难买到陈师道诗集。此时，连身处京师的纪昀都买不到陈师道诗集的印本，只能请人做一个抄本。考虑到《后山诗集》的稀缺性，纪昀根据这部抄本，做了一个《后山集钞》，"因杂取各书所录后山作钩稽考证，粗正十之六七，乃略可读"。可以想见，纪昀很欣赏陈师道诗，要不然不会专门做一个抄本，用于自己日常研读。

后来，纪昀在福建学政任上编的《镜烟堂十种》中收录了这部《后山集钞》，由此可见，当时"陈师道诗文集"一定很稀缺，否则纪昀不可能将之放在自己刻印

---

❶ 陈师道.后山诗注补笺[M].冒广生,冒怀辛,校笺.北京:中华书局,1995:621.
❷ 纪昀.纪晓岚全集(第七册)[M].刘金柱,杨钧,主编.郑州:大象出版社,2020:285.

的书中予以出版。纪昀制作的这个《后山集钞》有陈师道诗148首，文40篇，并作了序与少量评点。纪昀在乾隆二十九年（1764年）为《后山集钞》所作的序中多方面谈了陈师道诗的问题：

> 平心而论，其五言古劖削坚苦，出入于郊、岛之间。意所孤诣，殆不可攀；其生硬杻柅则不免江西恶习。七言古多效昌黎，而间杂以涪翁之格。语健而不免粗，气劲而不免直；喜以拗折为长，而不免少开合变动之妙。篇什特少，亦自知非所长耶！五言律苍坚瘦劲，实逼少陵……大抵绝不如古，古不如律，律又七言不如五言。弃短取长，要不失为北宋巨手。向来循声附和，誉者务掩其所短，毁者并没其所长，不亦慎耶？❶

纪昀对陈师道诗有一定批评，但总体评价较高。虽然这些评价都属于明清诗坛对陈师道诗的一般性评价，但也可以看出纪昀早年在文学评论上就不赞成"循声附和"，而注重阐发出自己的"独家声音"。后来纪昀将这种阐发对前人独家声音的习惯，演变成了对前人展开独家批判，这让纪昀在中国古代长期持续的墨守成规的文学批评氛围中有了很大凸显，最终形成了《四库全书总目提要》中对前人展开大批判的独特路径。

应该说，纪昀对陈师道诗集的研读是比较深入的。但纪昀最早做抄本的陈师道诗集很可能是无注本。故而纪昀对任渊注本评价很高。后来纪昀在《四库全书总目提要》中批判了吴谆删除任渊注："此本为雍正乙巳嘉善陈唐所刊……《正集》旧有《任渊注》，今皆削去。别本各行，未为不可。唐同里吴谆为作序，乃极论其注当削，则谬之甚矣。"❷ 对此，纪昀等四库馆臣很不同意。纪昀等人注重"以学为诗"，注重阐发诗中的学问。所以后来四库馆臣在武英殿聚珍版丛书中出版了任渊注的《后山集注》。

综合来看，清人对陈师道诗的接受，在清代诗坛留下了很深的印记。虽然陈师

---

❶ 纪昀.纪晓岚全集(第七册)[M].刘金柱,杨钧,主编.郑州：大象出版社,2020:285.
❷ 永瑢等撰.四库全书总目提要[M].北京：中华书局,1965:1329.

道诗风,并未能影响清代的总体诗风,亦未能影响清代诗坛宗宋思潮的走向,但冯舒、冯班、纪昀等人对陈师道诗的接受,一度深刻影响了"清代的学风"。可以说,纪昀的学术道路是从研读陈师道诗集开始的。

第五节 清代范成大诗接受状况

范成大(1126—1193),字至能,晚号石湖居士,吴县(今苏州)人。范成大在清代有很大的影响,这首先就体现在范成大对吴中地区的影响上。对于吴中地区的文人来说,范成大属于"吴中先贤",吴中文人一般都需要学习与继承先贤的文化基因。

沈德潜(1673—1769)在回忆青年时期吴中诗坛的状况时,曾反复提到了范成大的影响。在《李客山遗诗序》中沈德潜回忆青年时期吴中诗风时说:"李子客山,年二十余即偕予游横山叶先生门……时论诗者,家石湖而户放翁。"在《许竹素诗序》中又说:"时吴中诗学祖宋祧唐,几于家至能而户务观。"《张无夜诗序》则云:"前此四五十年,言诗者俱称范、陆。"可见,在康熙朝后期,吴中地区诗坛主要是崇尚范成大与陆游。不过后来,乾隆帝编选《唐宋诗醇》于宋人只入选了苏轼、陆游,从此崇尚陆游的风气在全国蔓延开来,而崇尚范成大的风气依然主要限于吴中,未形成全国性的潮流。故而在清中叶以后,"崇尚范成大"的风气,在诗坛基本消退了,诗坛形成了"崇尚苏、黄"的主流风气,而"崇尚范、陆"则退居其次了。

吴中地区崇尚范成大的风气,与诗人汪琬的提倡有很大关系。汪琬(1624—1690),字苕文,号钝庵,晚号尧峰,苏州人。顺治十二年(1655年)进士,历官户部主事、刑部郎中等职。康熙九年冬,汪琬辞官隐居,回到苏州,筑室尧峰,开始聚徒讲学,产生很大影响。汪琬在诗学上也有宗宋倾向,汪琬主要提倡"苏州先贤"范成大的诗风。沈德潜《清诗别裁集》中评价汪琬说:"钝翁官部曹后,与王西樵昆弟诸人称诗都下,风格原近唐人,中年后以剑南、石湖为宗,后则颓然降格矣。"❶ 正是

---

❶ 沈德潜.清诗别裁集[M].北京:中华书局,2009:143.

指出了汪琬崇尚范成大诗。

康熙十一年（1672年），汪琬作有《读宋人诗六首》，其中一首谈到范成大："唱得吴歈迥不同，石湖别自擅宗风。杨尤果与齐名否，如此论量恐未公。"❶ 在诗中，汪琬高度评价了范成大诗歌，提出杨万里、尤袤不能与范成大齐名。汪琬晚年一直在苏州讲学，门徒众多。据沈德潜《叶先生传》："时汪编修钝翁琬居尧峰教授学者，门徒数百人，比于郑众挚恂"❷，汪琬在尧峰教过的弟子达数百人。汪琬崇尚范成大诗，在吴中地区影响很大。

正是由于汪琬在吴中大力提倡范成大诗，范成大诗集得以出版。康熙二十七年（1688年），顾嗣立兄弟刊刻了《石湖居士诗集》34卷。这是清代首次正式出版范成大诗。顾嗣立（1665—1722），字侠君，号闾丘，江苏长洲（今常熟）人。康熙三十八年（1699年）举人，康熙五十一年（1712年）进士。康熙二十七年（1688年），刊刻《石湖居士集》时，顾嗣立只有23岁，应是作为参与人，帮助其兄顾嗣协编刻出版范成大诗集。康熙三十二年（1693年），顾嗣立又编成《元百家诗》。康熙三十八年（1699年），顾嗣立受宋荦赏识，参与了宋荦《施注苏诗》的编刻，是年亦中举。后来在康熙四十二年（1703年）宋荦刻《江左十五子诗选》，入选了顾嗣立的诗，顾嗣立由此声名大噪。总体来看，刊刻《石湖居士集》，是顾嗣立学术生涯早期的一项重要锻炼。可以认为对范成大诗歌的学习与接受，对顾嗣立后来成为重要诗学家，有重要基础作用。

由于吴中地区文化发达，南京、苏州、扬州，也包括杭州等地出版业发达，出版有大量宋诗选本，这些选本中往往大量入选了范成大诗歌。如吕留良、吴之振《宋诗钞》共有106卷，共收录了84位诗人的作品，绝大部分诗人都是一人一卷，欧阳修、王安石、黄庭坚、张耒、陈与义、周必大、刘克庄、戴复古、谢翱等少数几人是一人2卷，苏轼、范成大一人3卷，陆游一人6卷，杨万里最多一人占了9卷。可以看出，在《宋诗钞》的诗学视野中，范成大是与苏轼持平的诗人。此说虽仅仅是《宋诗钞》的一家之言，但无疑是很有影响的。再如，康熙三十二年（1693年），

---

❶ 汪琬.汪琬全集校笺[M].李圣华,笺校.北京:人民文学出版社,2010:254.
❷ 沈德潜.沈德潜诗文集[M].北京:人民文学出版社,2011:1399.

周之鳞、柴升编刻《宋四名家诗钞》，推苏轼、黄庭坚、陆游、范成大为宋代四大诗人。

这是显著推崇范成大的宋诗选本，而在其他各类宋诗选本中也大量入选了范成大的诗。或者说，范成大诗在清代的影响，很重要一个方面是清代各宋诗选本中对范成大诗的入选。

福建师范大学李玮2010年的硕士论文《论杨万里及其作品在清代的传播与接受》提供了一个对杨万里、陆游、范成大在清代各宋诗选本的统计。统计结果很有参考价值，引用见表9-2。

表9-2　宋诗选本中杨万里、陆游、范成大诗选　　　　　　单位：首

诗选	杨万里	陆游	范成大
宋十五家诗选	199	821	207
宋代五十六家诗集	无	68	23
宋诗精华录	55	54	12
宋诗钞（吴之振等选）	1449	929	562
宋诗略	15	26	37
宋诗类选	24	37	26
宋诗别裁集	29	49	18
宋诗删	18	34	10
宋诗啜醨集	30	56	27
宋诗善鸣集	37	64	6
宋四家律选	80	160	80
唐宋诗本	73	201	70
唐宋诗举要	无	25	无
宋元诗会	113	114	88
宋元明诗约抄三百首	5	28	6
御选宋金元明四朝诗	134	470	254
御定佩文斋咏物诗选	242	115	116
十八家诗选	无	1206	无
咏物诗选	4	13	5
五七言今体诗钞	1	87	无

高轩在《从康熙年间的宋诗选本看范成大诗歌的传播与接受》一文中亦深入探讨了各宋诗选本所入选的范成大诗情况。综合来看，范成大诗在各宋诗选本中入选较多，在南宋诗人中一般仅次于陆游，与杨万里不相上下。再与北宋欧阳修、苏轼、王安石等诗人作品的比较来看，范成大诗在各宋诗选本中入选数量一般都排在第七、第八，属于在清代很有影响的宋代诗人。

综合来看，范成大诗在吴中地区的文人群体中有很大影响，但在全国其他地方影响不算大。范成大诗在各宋诗选本中一般入选数量较多，但范成大个人诗集的传播接受不够广泛。范成大虽然是清人视野中的宋代大诗人之一，但范成大诗歌未能深刻影响清代诗风，亦未能深刻影响清代诗坛宗宋思潮的走向。

第六节　清代杨万里诗的接受状况

清初，吕留良吴之振刊刻《宋诗钞》106卷，收录了84位诗人的作品，绝大部分诗人都是一人一卷，欧阳修、王安石、黄庭坚、张耒、陈与义、周必大、刘克庄、戴复古、谢翱等少数几人是一人2卷，苏轼、范成大一人3卷，陆游一人6卷，杨万里最多一人占了9卷。可见，其中杨万里作品收录最多，收录了9卷，占到整个篇幅的近十分之一，收录杨万里作品1359首。这已经占到杨万里全部存世诗歌的三分之一。因此，《宋诗钞》中的杨万里诗已经可以等同于三分之一部《杨万里诗集》了。

从文学统计学的角度来分析，《宋诗钞》共入选84位诗人12000余首诗，但出人意料的是，其中入选的杨万里诗歌最多，有1359首，占比11.3%，超过九分之一。入选陆游诗971首，苏轼诗461首。杨万里入选的作品，比其他宋诗大家都多。从这种数量上的统计来看，编选者非常推崇杨万里。

近人邓之诚《清诗纪事初编》中评价吕留良的诗风，认为"学杨万里、陈师道，深情苦语，能令人感怆"[1]。这说明《宋诗钞》的这种凸显杨万里，主要反映了

---

[1] 邓之诚,编著.清诗纪事初编[M].上海:上海古籍出版社,2013:244.

吕留良的诗学趣味。当然，《宋诗钞》的推崇杨万里，也可以算是集体意见，是吕留良、吴之振等人的集体意见。吴之振撰写的《宋诗钞凡例》中说："曹能始《十二代诗选》所载，有百数十家，中如陆务观、杨诚斋，宋之大家也，集又最富，然存者甚少，诚斋尤寥寥，他可知矣。"为杨万里诗入选过少鸣不平。

客观来说，杨万里确实是宋代的一位重要诗人，是"南宋四大家"之一，但《宋诗钞》对于杨万里诗歌的推崇，还是显得异乎寻常。而且《宋诗钞》对于杨万里的推崇，在整个清代少有"同好"。后来一些人甚至批评《宋诗钞》过于推崇杨万里，造成诗坛流弊。吴之振曾在致宋荦的信中谈及，《宋诗钞》出版后，引起一些诗人学杨万里的"诚斋体"，反而招致了诗歌界的批评："不意近来学宋者，传染讹谬，滋弊更甚，街谈巷语，堆垛还絮。李老登诚斋之床，龙褒入山谷之室，遂令海内归咎于《诗钞》之滥觞。"即有人批评是《宋诗钞》导致一些诗人胡乱学杨万里。

《宋诗钞》的刊刻，无疑是杨万里诗在清代接受史上的一个高峰。换言之，进入清代，杨万里诗迎来了接受史的高峰期。但这一高峰期很短暂。吕留良、吴之振如此推崇杨万里诗，主要是用杨万里的生新、活泼来抵消外界对宋诗掉书袋、陈腐的印象。但《宋诗钞》中大量刊刻杨万里诗受到诗坛很多人的批判。从此杨万里诗在清诗坛就未能受到重视。

直到乾隆朝中后期，袁枚在诗坛的崛起。袁枚非常推崇杨万里诗。袁枚在《随园诗话》中说："蒋莙生与余互相推许，惟诗论不合，余不喜黄山谷而喜杨诚斋，蒋不喜杨而喜黄，可谓和而不同。"❶ 袁枚推崇杨万里诗不是没原因的，实则与当初吕留良、吴之振推崇杨万里诗是基于同样的理由，都是希望通过提倡生新、活泼的杨万里诗来抵消宋诗的掉书袋与陈腐之感。

应该说，袁枚从杨万里诗中吸取了很多的有益因子，才形成了自己的"性灵说"。甚至可以说，袁枚形成自己的"性灵说"依托了杨万里的诗学理论与实践。乾隆五十年（1785年），袁枚在为赵翼《瓯北集》所作的序中引用杨万里的言论来

---

❶ 袁枚.随园诗话.袁枚全集新编(第8册)[M].王英志,校点.杭州:浙江古籍出版社,2015:306.

阐发自己的诗学思想："谈格者,将奚从?善乎杨诚斋之言曰:'格调是空间架,拙人最易藉口。'周栎因之言曰:'吾非不能为何、李格调以悦世也。但多一分格调者,必损一分性情,故不为也。'玩此二公之言。益信。"此序放于赵翼诗集的卷首,被广泛传播,产生很大影响,这反映出袁枚有意引述杨万里观点来为自己的"性灵说"作支撑。几年后,袁枚又在《随园诗话》中进一步阐发杨万里的诗歌思想:

> 杨诚斋曰:"从来天分低拙之人,好谈格调,而不解风趣。何也?格调是空架子,有腔口易描;风趣专写性灵,非天才不办。"余深爱其言。须知有性情,便有格律;格律不在性情外。《三百篇》半是劳人思妇率意言情之事;谁为之格,谁为之律?而今之谈格调者,能出其范围否?况皋、禹之歌,不同乎《三百篇》;《国风》之格,不同乎《雅》、《颂》:格岂有一定哉?许浑云:"吟诗好似成仙骨,骨里无诗莫浪吟。"诗在骨不在格也。❶

在这里,袁枚引用杨万里的观点,反对了"格调说",进而提出了"性灵"的问题。袁枚旗帜鲜明地支持了杨万里诗歌观,明确说"余深爱其言"。可以说,袁枚"性灵说"正是杨万里诗学在清代的进一步发展。也正是因为袁枚"性灵说"在乾嘉之际的诗坛很有影响,故而杨万里诗受到清中期诗坛的很多关注。

据上一节所引福建师范大学李玮2010年硕士论文《论杨万里及其作品在清代的传播与接受》所统计的杨万里、陆游、范成大在各清代宋诗选本中入选情况来看,虽然杨万里在清代的影响不及陆游、范成大,但杨万里在清代各宋诗选本中入选的作品数量也不算少,杨万里在清代的影响也是很值得注意的。不过综合清代诗坛的全貌来看,虽然也有吕留良、吴之振、袁枚等重要诗人、诗论家推崇杨万里诗,但杨万里诗在清代的影响始终未能比肩苏轼、黄庭坚、陆游、范成大等人,甚至与陈师道的影响都还有一定差距。也许是因为杨万里诗太过活泼,与清代整体严肃、沉闷的社会氛围不甚融洽吧。

---

❶ 袁枚.随园诗话.袁枚全集新编(第8册)[M].王英志,校点.杭州:浙江古籍出版社,2015:2.

第十章
清代苏轼诗接受状况

在笔者《清代诗坛宗宋思潮发展史》一书中专门梳理了清代近百位主要诗人的宗宋倾向问题，这些诗人中有很大一部分都对苏轼诗极为崇尚。本章要探讨的清代苏轼诗接受状况，尤其是清代主要诗人对苏轼诗的接受状况。在这里，我们只作一些简要的综合性描述，以见出清代苏轼诗接受的总体状况。

"宗宋思潮"贯穿于清诗发展的始终，是推动清诗发展演变的一种重要观念性因素。尤当注意的是清中叶后，"宗宋思潮"已成清诗发展的主导思潮，深刻塑造了晚清诗坛的面貌。❶ 在清代的"宗宋"诗歌氛围中，清诗人们都很注重学习宋诗，注重吸收宋诗人的优长之处，对苏轼、黄庭坚、陆游、王安石等人的诗都有较多接受，其中对苏轼诗的接受与效仿乃是重中之重。翻看清代宗宋诗人们的个人诗文集或《苏轼资料汇编》等材料❷，能看到大量涉及苏轼的内容，有些清代诗人甚至达到了"言必称苏轼"的程度，如翁方纲诗集中每隔几页就能看到涉及苏轼的内容。可以说，清代诗坛在"宗宋"氛围中，对苏轼等人诗歌的"接受"已然超越了一般的文学接受范畴，而达到了某种较为极端的"推崇""崇尚"，有时甚至是一种对苏轼的"宗教性崇拜"。

---

❶ 王英志编.清代唐宋诗之争流变史[M].北京:人民文学出版社,2012:476.
❷ 川大中文系唐宋文学研究室编.苏轼资料汇编[M].北京:中华书局,2004:12-18.

可以说，在清代诗坛的"宗宋氛围"中形成了显著的崇尚苏轼的倾向，即"崇苏倾向"，清代诸多有影响的诗人都有一种"苏轼情结"。清诗人们常常谈及苏轼，以多种多样的方式怀念、凭吊苏轼，传播苏轼诗。清代宗宋诗人们或深入研读苏轼诗，或热衷次韵和韵苏轼诗，或至苏轼经行之地凭吊，或收藏苏轼画像用于纪念，或收集苏轼书画作品日夜揣摩，或整理出版苏轼诗集，或给自己书斋取与苏轼相关名号，又或者自述心迹在诗文中自述对苏轼的推崇，等等。以上各类纪念、致敬苏轼的仪式、活动与现象在清代诗坛是广泛存在的。而其所代表的对苏轼的推崇、接受程度，及其相关的文化意蕴并不完全相同，值得进行深入梳理、探究。

第一节 清代主要诗人对苏轼诗的接受概况

清代宗宋诗人普遍有着这种对苏轼其人其诗的发自内心的综合性崇尚，且往往用诗文的形式自述心迹，字里行间感情真挚，对苏轼的推崇溢于言表。梳理清代诗坛的各类材料，在一般性的次韵和韵苏诗、引用化用苏轼诗、举行"寿苏会"等之外，常常能看到这种以诗文形式呈现的对苏轼其人其诗的综合性崇尚，一种心灵上的情结。很多诗人会在诗文中自述对苏轼的推崇。事实上，清代崇尚苏轼的知名诗人有几十位，如叶燮、蒋士铨、何绍基、郑珍等人其实都有很强的崇尚苏轼倾向。

这里限于篇幅，我们不可能把每一位清代知名诗人对苏轼诗的接受状况都予以讲述。这里，只以王士禛、宋荦、查慎行、翁方纲、张之洞等人的苏轼诗接受情况为案例，其余更多的内容请读者参考几年后将出版的《清代诗坛宗宋思潮发展史》一书。

一、王士禛的苏轼接受

在清代诗坛，王士禛虽然以"宗唐"为人所知，但这并不是王士禛诗学的全部内涵。某种程度上甚至可以说，"王士禛宗唐"，实则是诗坛对王士禛诗学的一种误解。在清代，王士禛的诗文全集《带经堂集》92卷并没有流传开来，流传开来的是王士禛精选集《渔洋山人精华录》10卷，如《四库全书》中就入选了王士禛的《渔洋山人精华录》，而未入选王士禛的《带经堂集》。而《渔洋山人精华录》精选了王士禛诗中有很强宗唐倾向的作品，这导致了诗坛对王士禛诗风的误解。

实则王士禛有过"中岁越三唐而事两宋"的"学宋"经历。❶ 王士禛"学宋"的核心是学习苏轼诗。后来在《续禅智唱和集序》中，翁方纲曾说："苏诗，渔洋所最服膺。"❷ 翁方纲认为王士禛最欣赏的其实是苏轼诗。实际上，我们统计齐鲁书社版《王士禛全集》中所收录的王士禛作品，会发现王士禛大量谈及了苏轼。综合统计来看，王士禛谈及苏轼之处，比谈李白、杜甫、王维等唐人之处还要多。

应该说，王士禛"崇尚苏轼诗的倾向"是很强的，这一点深刻影响了其再传弟子翁方纲，对清中叶后诗坛的"崇苏倾向"的发展也有很大的间接影响。

二、宋荦的苏轼诗接受

宋荦对于苏轼有一种"宗教性的崇拜"。王士禛《池北偶谈》记宋荦早年曾绘苏轼像，进行拜祭，后谒选果然被授予黄州通判之职，黄州为苏轼为官之地。此事亦见于宋荦重编《施注苏诗》的自序。黄州是苏轼生命中一个重要地点，是他文艺创作的转折之地。据吴梅村《宋牧仲诗序》："夫黄人之所艳称者，莫过于苏子瞻氏。"❸ 宋荦任黄州通判之职，在黄州获得大量关于苏轼的知识，其"崇苏倾向"进一步增强。正是任职黄州后，宋荦长期把苏轼的画像挂在家里，苏轼对他的影响越来越大，他对苏轼的崇拜也越来越强烈，曾有过多次祭祀苏轼的活动。在《刊补施注苏诗竟于腊月十九坡公生日，率诸生致祭》中，宋荦说："文章气节眉山苏，高名岳岳惊凡夫。七百余年余欣慕，梦中恒接鬖鬖须。"宋荦经常在梦寐中与苏轼声

---

❶ 刘畅,郑祥琥.王士禛诗歌学宋历程详考[J].文学与文化,2017(4).

❷ 翁方纲.复初斋文集(卷三).清代诗文集汇编(第382册)[M].上海:上海古籍出版社,2010:37.

❸ 吴伟业.吴梅村全集[M].李学颖,集评.上海:上海古籍出版社,1990:682.

音相接,足见宋荦对苏轼崇拜之深,想念之烈。

宋荦在康熙三十八年(1699年)刊刻了南宋人施元之、顾禧等人编注的《施注苏诗》,这成为清代宗宋思潮历程中的标志性事件之一。经宋荦刊刻,《施注苏诗》从此流行开来,直接引发了清代诗坛对苏轼的崇尚。从这一点来说,宋荦在清代苏轼诗接受史上的作用与影响都是巨大的。

可以说,宋荦的一系列"和苏、祀苏、刊苏"的崇苏活动,在当时文坛与社会上产生了很大的影响。时人张尚瑗在《余和东坡石鼓诗,观察牧仲先生亦用其韵见投,再次奉赠兼柬令贻》高度评价了宋荦及其崇苏活动,说:"北宋以来古调稀,倔奇独数东坡叟……于今作手推商丘,……公于眉山真哲嗣。"❶ 认为宋荦继承了苏轼的诗歌事业。"公于眉山真哲嗣"一语,堪称对宋荦崇苏的定评。

不过,较为惋惜的是,宋荦自己的诗文集并未像王士禛、查慎行、翁方纲等人一样在社会上流传开来,清中叶以后,宋荦在诗坛的影响日趋减小。至清末时,"宋荦"之名已几乎不为诗坛所知。但回顾清代苏轼诗接受史,宋荦所起的重要作用是不能被遗忘的。

三、查慎行的苏轼接受

查慎行在诗学上,有很强的"崇尚苏轼倾向"。查慎行的"崇苏",一方面体现在他对苏轼诗歌、事迹的大量引用、化用。如查慎行为康熙帝所激赏的诗句"臣本烟波一钓徒",便是从苏轼诗句"我本西湖一钓舟"化出。查慎行被诗坛称为"查初白","初白"二字即来自苏轼诗。查慎行曾在一首诗中解释取"初白"之名的渊源,"出都时属禹司宾之鼎作初白庵图,取东坡'身行万里半天下,僧卧一庵初白头'诗意也,余自己未出游,计道里所经,视先生奚啻十倍,今白发且满头矣,所居园池之东,有闲地数亩,拟结茅其上,而资斧适乏,不溃于成,辄题数语以坚初志,览者勿笑道旁之筑也"❷。可见,查慎行给自己居所取名"初白庵"之意,强调

---

❶ 宋荦.西陂类稿[M].文渊阁四库全书.上海:上海古籍出版社,1987:卷9.
❷ 查慎行.敬业堂诗集[M].上海:上海古籍出版社,2015:738.

的是自己与东坡一样,行半天下,年华渐老,有着相似的人生感悟。"初白庵"之名,是从苏轼诗句而来,寄寓了查慎行以苏轼自比、以苏轼自励的情绪,这归根结底是一种对苏轼其人其诗的心灵情结,蕴含一种对苏轼的崇敬。

另一方面,查慎行的崇苏倾向也体现在他积三十年所成之《苏诗补注》上,该书为清代最重要的几种苏诗注本之一,至今也是我们研读苏轼诗的上好版本。关于查慎行《苏诗补注》的具体情况,请详见本书第八章的论述。

后来沈德潜在《清诗别裁集》中谈到查慎行崇苏时便说:"施注苏诗,行世久矣,敬业补所未及,兼多驳正。所为诗,得力于苏,意无勿申,辞无勿达。"❶ 即提到了查慎行在注释苏轼诗、效仿苏轼诗这两个方面的状况。要言之,一直到清末,查慎行都是被诗坛视为有清一代崇尚苏轼诗的主要代表人物。

四、翁方纲的苏轼接受

翁方纲有着深刻的"苏轼崇拜"。在翁方纲诗文中有大量的谈及苏轼之处,苏轼的著作、字画、拓本、故迹、言论等都在翁方纲题咏、探讨之列,基本上是"言必称苏轼"。在翁方纲诗文集中基本上隔几页就会看到有关苏轼的文字。仅次韵和韵苏轼诗之作,就达到近 40 题约 70 首。这使得翁方纲成为有清一代次韵和韵苏轼诗最多的几位诗人之一。

翁方纲"崇苏"的一个关键时间节点是乾隆三十八年(1773 年)。这一年因为参与编纂《四库全书》的关系,翁方纲经常到琉璃厂寻觅各类书籍。机缘巧合,他在这一年十二月十七日,购得此前宋荦所收藏的宋椠《苏东坡诗施顾注》(共 31 册)。这一机缘让翁方纲感到了冥冥中的"天意",从此他的"崇苏倾向"进一步加深,翁方纲遂将自己的书斋命名为"宝苏斋",不断拜苏祀苏,最终发展为每年逢十二月十九日东坡生日,则要举行"东坡生日纪念活动"。

翁方纲在大量诗文中谈到了对苏轼的崇敬之情。如在《苏文忠公三像》中说:"先生神在天地间,岂于斗室来偏悭。我夜梦之俨笑颜",说自己梦到苏轼。在《十

---

❶ 沈德潜.清诗别裁集[M].北京:中华书局,2009:785.

二月十九拜坡公生日题钱裴山所作〈李委吹笛图〉》中又说："年年我梦赤壁矶，掠舟缟鹤凌江飞"，谈到自己年年梦到苏轼在赤壁的场景。总之，翁方纲对苏轼非常崇敬，自称是"苏像筵前执役人"，要"年年腊月拜坡公"❶。

关于翁方纲崇尚苏轼的更多内容，笔者在博士论文《清代诗坛宗宋现象研究》中已大量谈及。请读者后续参考由博士论文修订而来的《清代诗坛宗宋思潮发展史》一书中关于翁方纲的章节。

五、张之洞的苏轼接受

晚清重臣张之洞也非常推崇苏轼。《张之洞诗文集》中大量谈及苏轼。他在《金山观东坡玉带歌》中感叹："我哀公遇诵公诗，八州遍到拜公祠。"诗句极富感情张力，仿佛是在向苏轼诉说着自己的崇敬之情。诗后张之洞自注："眉州、嘉州、杭州、黄州、登州、定州、琼州、廉州，皆余所到。"❷ 在这些地方，张之洞都带着崇敬之情参拜了东坡祠。与此同时，张之洞创作有大量瞻仰、咏叹苏轼祠堂、遗迹的诗作，如《刺赤壁东坡词》《登眉州三苏祠云屿楼》《住喜雨亭》《三贤祠桄榔》等。很明显，张之洞并不是单纯对苏轼诗的推崇，亦有对苏轼人格的推崇。有学者指出张之洞有"苏东坡情结"，"与苏东坡有着相似的思想主张，很容易产生共鸣。行为上崇敬苏东坡，行政上有时效仿苏东坡，诗词上学习苏东坡，书法上模仿苏东坡，甚至希望死后得到与苏东坡相同的谥号。"❸ 此概括把握住了问题的要点，张之洞显然存在一种心灵上对苏轼的深刻崇尚，存在一种"苏轼情结"。

当然也要注意的是，这种"苏轼情结"并不是只有张之洞一人具有，这其实是清代诗坛宗宋氛围中的一种较常见现象。对比来看，王士禛、查慎行、翁方纲、何

---

❶ 翁方纲.复初斋诗集(卷五十五)[M].清代诗文集汇编(第381册).上海：上海古籍出版社,2010：512.
❷ 张之洞.张之洞诗文集[M].上海：上海古籍出版社,2015：118.
❸ 秦进才.张之洞的苏东坡情结刍议[J].冯天瑜、陈锋.张之洞与中国近代化[M].北京：中国社会科学出版社,2010.

绍基、祁寯藻等人的"苏轼情结"并不低于张之洞，尤其是翁方纲几乎是"言必称苏轼"。可以说，清代诗坛的"苏轼情结"是一种诗学传统。

总之，关于清代诗坛各主要诗人对苏轼诗的接受情况，需要一部专门的著作才能完全予以呈现。这里笔者只是简单进行了描述。有兴趣的读者后续请参考笔者待出版的《清代诗坛宗宋思潮发展史》一书。

第二节 清人出版、研读苏诗并效仿苏轼诗风

清代苏轼诗的出版，是清代苏轼诗接受的基础。清代苏轼诗接受中一个标志性事件是宋荦等人把南宋施元之、顾禧所注苏轼诗补充、整理出版。如本书第八章中所论，清代时，苏轼诗集的校注、整理出版，往往与宗宋诗人有关。清代几种主要的苏轼诗整理本、注本，几乎都是出自宗宋诗人之手。除宋荦等人整理补注的《施注苏诗》之外，还有查慎行《苏诗补注》、翁方纲《苏诗补注》、纪昀《评点〈苏文忠公诗集〉》、冯应榴《苏文忠诗合注》等。推动苏轼诗集的校注、整理出版，是清代宗宋诗人们比较热衷的行为，这既扩大了苏轼诗的影响，亦表明了清诗人自身的"崇苏"倾向。这些都可以划入"清代苏轼诗接受"的范畴。此问题第八章已详细讨论了，这里不再赘述。这里我们再举两个案例，表明清人对不同苏诗版本的研读与接受情况。

曾国藩的幕僚李鸿裔于同治初年在曾国藩幕府任职期间，于戎马倥偬之间，在所购该书书页上进一步评点苏轼诗，其稿件留存至今❶。2007年四川大学出版社将之影印出版，形成《李香岩手批纪评苏诗》一书。李鸿裔（1830—1885），字眉生，别号香岩，晚号苏邻。四川中江人。咸丰元年（1851年），应顺天乡试中举。咸丰十年（1860年），入胡林翼幕。不久，胡林翼卒，又应邀入曾国藩幕，《曾国藩日

---

❶ 曾枣庄.孤本李香岩手批纪评苏诗[J].长江学术,2008(1).

记》中经常提到的"眉生"就是他,从名字来看,或许会误以为他是李鸿章的弟弟,其实不是。同治三年(1864年)湘军攻灭太平天国后,李鸿裔历任多种官职,又被授江苏按察使,但他于官场应酬并不擅长,曾国藩逝世后,李鸿裔失去政治上的依靠,逐渐淡出政坛,居于苏州。

据李鸿裔写在《纪昀评点〈苏文忠公诗集〉》书页上的按语,李鸿裔是在同治初年,在曾国藩幕府中开始在纪昀评点的基础上进一步评点苏轼诗。其时进入与太平天国斗争的末期,曾国藩心态焦躁,日常以读苏、黄等诗排解忧愁。这期间,大概曾国藩对苏轼诗的兴趣,感染了李鸿裔,李鸿裔遂有此《李香岩手批纪评苏诗》之作。

当然,必须注意的是所谓"李香岩手批纪评苏诗",在当时并不是一部正式出版的著作,而是李鸿裔在研读道光版《纪昀评点〈苏文忠公诗集〉》时作的一些笔记(只是今人将这些笔记影印出版了,问题是清人手批的各类读书笔记稿件,又何止千万?)。之所以会有这一笔记,很可能也是因为纪昀的评点有的太过"错谬",让人不吐不快,李鸿裔不得不在研读时于书页上写上自己的感受或直接对纪昀观点予以驳斥。因此"李香岩手批纪评苏诗"并不是一部严肃且正式的诗学评点著作。其中很多观点很可能只是李鸿裔信笔而写,未经正式审定,这与正式出版的诗歌评点著作不可等量齐观。

《李香岩手批纪评苏诗》中有很多对纪昀评语的商榷性评语。如《授经台》一诗,纪昀有批语:"前二句太吃力,后二句又太率易。"李鸿裔批评道:"晓岚不学道,乌能解此?"在《陪欧阳公燕西湖》中李鸿裔也批评道:"晓岚不阅道,故不解此诗之妙。"直接指出纪昀对一些佛道的东西了解太少。实则,在佛道问题上,纪昀明显是在投乾隆帝之所好。此前雍正帝好道,但乾隆帝厌恶道教,故而纪昀在评点苏轼诗、评点《瀛奎律髓》中关涉道教求仙的诗,都一律予以否定。

可见,《纪昀评点〈苏文忠公诗集〉》就是问题很大,他就像是"故意招骂",以至于连李鸿裔都不得不多次指责纪昀。笔者认为,但凡对苏轼诗有过较深入研究的人,研读《纪昀评点〈苏文忠公诗集〉》都会有不同程度的不满。

当然,也要注意:毕竟对苏轼诗的评点太过专业,很多问题需要对苏轼诗歌、苏轼生平、北宋史料等有很专业的研究才能下断语。而李鸿裔毕竟不是专业的苏轼研究者，他更多的是以一个较高水平的读者的身份去感悟苏轼诗，去体会纪昀评语的对错，他的很多观点有时并非专业研究者的观点。关于对苏轼诗的看法，以王文诰等专业研究者的观点为准是比较可信的。尤其是王文诰对《纪昀评点〈苏文忠公诗集〉》的反驳与批评，恐怕比李鸿裔的反驳与批评要更客观，更深入，更有公信力。

类似于《李香岩手批纪评苏诗》，还有莫友芝对《施注苏诗》批点。莫友芝（1811—1871），字子偲，自号郘亭，贵州独山人，后随父迁居遵义，是晚清重要的金石学家、目录版本学家。道光八年（1828年）考取秀才。道光十一年（1831年）中举，此后屡试不第，历经多次会试未能考取进士，一度困顿潦倒。太平天国运动爆发后，在贵州参与了镇压当地农民起义的活动。咸丰十一年（1861年），入早年友人曾国藩幕府，成为曾国藩的重要文学幕僚。此后在曾国藩幕府十年，主要从事访书著书的学术活动，直至逝世。

道光初年，莫友芝拿到了一套宋荦原刻本的《施注苏诗》❶，道光年间他用了几年时间断断续续研读了这部书。在研读这套《施注苏诗》时，莫友芝对几乎每首诗都进行了断句、圈点，同时对部分诗也作了一些批注（批注的时间有可能是道光年间，也有可能在后来的咸丰、同治年间），据统计，这些批注有一百多条，涉及纠正少量问题，补充注文，指出诗句出处，赞赏诗句气韵等方面。莫友芝逝世后，这套他批点的《施注苏诗》被友人黎庶諴等人所保存，2023年这些批语由广西师范大学出版社彩色影印出版，使得我们得以窥见莫友芝的一些观点。

莫友芝没有谈过《纪昀评点〈苏文忠公诗集〉》，但考虑到有段时间，莫友芝与李鸿裔同时在曾国藩幕府任职，两人互相多有交流，不排除莫友芝也研读过《纪昀批点〈苏文忠公诗集〉》，但莫友芝没有发表过对纪昀评点的看法。我们搜罗莫友芝的诸多评点，将之与纪昀评点相互对照，能看出在某些诗的评价上莫友芝与纪昀是针锋相对的。莫友芝的学养与诗学修养，恐怕都不低于纪昀，很多方面甚至要高于纪昀。

如该书卷五《朱寿昌郎中少不知母所在，刺血写经求之五十年，去岁得之蜀中，以诗贺之》，诗歌上方莫友芝有黄色眉批"全首音节亦有喜极而欲泣之，致结处旁引数人戛然而止，三复回环，其妙愈出"。该诗在《纪昀评点〈苏文忠公诗

---

❶ 苏轼.莫友芝批施注苏诗[M].莫友芝,批点.桂林:广西师范大学出版社,2023:1-10.

集)》中位于卷八，纪昀的总评是："格意俱鄙。初白先生极赏之，非末学所知。"在这句评语中，纪昀先把苏轼贬低了一顿，然后把注释苏轼诗的查慎行贬低了一顿（虽自谦为"末学"，但含义则是批评查慎行）。此诗末尾倒数第五句诗，纪昀的评语是："此事不佳"，指责苏轼在这里的用典不太典雅。将纪昀与莫友芝的评语两相对照，很明显，莫友芝对此诗的评价与纪昀截然相反。尤其是结尾处苏轼作了几处用典，纪昀认为不好，而莫友芝则说："致结处旁引数人戛然而止，三复回环，其妙愈出"，可见莫友芝体悟到了这首诗的佳处，而纪昀显然没有。考虑到莫友芝在清代诗歌史上的地位远高于纪昀，则我们显然应该相信莫友芝的观点，而不是纪昀这些莫名其妙的贬损。文学艺术可以言人人殊，但也有一定公论存在。莫友芝对这首诗的赞赏，显然是符合公论的。而纪昀对这首诗劈头盖脸的批判，则是"违背公论"的，但也正是因为它违背公论，纪昀反而可以借此"特立独行"，把自己凸显出来。虽然苏轼研究者如王文诰等人，会对纪昀极为不满，但对于普通读者，纪昀则具有了一定的欺骗性。

再进一步来看清人研读、效仿苏诗的情况。翻阅清代宗宋诗人的个人诗文集，往往有大量涉及苏轼的内容，其中又以"次韵和韵苏轼诗"的风尚最为显著。绝大部分清代重要诗人，其个人诗集中都有次韵和韵苏诗的作品，而在那些以"宗宋"相标榜的清代诗人诗集中次韵和韵苏诗之作则更多。在明代人的诗集中已出现"次韵和韵苏轼诗"的现象，但这一现象至清代而演变为诗坛一大风气。清代诗人们次韵和韵苏轼诗有两种情况。其一是诗人个人因处于与苏轼某些诗作相似相关的情境有感而发，而次苏轼某一诗作之韵。如翁方纲《飞泉亭观瀑，用苏诗庐山韵二首》便是因在岭南登山而想起苏轼游庐山诗，情境相似而次其韵。又如阮元《试院煎茶用苏公诗韵》则是因自己在试院煎茶，而苏轼亦有《试院煎茶》诗，情境相似。该诗末尾有阮元自注云："坡公煎茶诗意恼熙宁五年王安石新变试法，专试千言策也。"❶ 其二是在士人聚会时，参与士人用苏轼诗为韵，相与唱和。这一类的场景很多，以至形成了一大风尚：清诗人们常常在士人聚会中次韵和韵苏轼诗。例如，康熙十四年（1675年）王士禛结束"丁忧"后回京候职期间，常在与士人们的聚会

---

❶ 阮元.研经堂集[M].北京:中华书局,2016:873.

中次韵和韵苏轼诗。这一年王士禛作有《用东坡先生清虚堂韵，送黄无菴佥事归甘肃兼寄许天玉》《同李湘北、陈子端二学士，叶子吉侍读，登慈仁寺阁，再用清虚堂韵》等三诗，采用了苏轼的一首清虚堂诗的韵脚。

　　类似上两种情形的次韵和韵苏诗之作，在各宗宋诗人的诗集中都大量存在。据笔者统计，清代宗宋诗人中次韵和韵苏轼诗最多的是翁方纲、何绍基、祁寯藻等人，每人都有几十题（首）次韵和韵苏轼诗之作，如翁方纲有次韵和韵苏诗近40题70多首，如《彭城感旧用苏韵四首》《八镜台次苏韵八首》《坡公生日诸公同集苏斋和斜川韵五首》等。何绍基次韵和韵苏诗之作亦有近40题，如《宜阳舟中大雪，用坡公江上值雪韵》《辛巳初度，用坡公子由生日韵》《廿五日移入泺源书院作，七用坡韵》等。一般的清代宗宋诗人其诗集中次韵和韵苏轼诗的作品也都达到十几题，如在宋荦、查慎行、厉鹗、杭世骏、钱载、蒋士铨、郑珍、莫友芝等人诗集中，次韵和韵苏诗的作品都达到十几题。宋荦诗集中有次韵和韵苏轼诗12题，如《虔州杂诗用子瞻八镜台韵八首》《怀西湖次东坡原韵》。此外，在金德瑛、阮元、程恩泽、张之洞等存世诗歌不算多的清诗人诗集中也都能找到多首对苏轼诗的次韵和韵之作。

　　在偶尔次韵和韵苏诗的基础上，有的诗人发展到了对苏轼同一首诗的反复"叠韵"，即反复次韵和韵。蒋士铨在乾隆三十四年（1769年），作有《钟介伯秀才招游禹陵南镇，泛舟溯若耶溪樵风泾而返，叠用岐亭韵》，所谓的"岐亭韵"为苏轼的《岐亭五首》，五首诗押了同一组韵。在这一题诗中，蒋士铨是依韵作了两首，故自称"叠用岐亭韵"。半年后，他又想到了苏轼《岐亭五首》，便再作一首《十月四日雪叠前韵》。后来陆续叠韵，并与其他人就此唱和，作有《厚孙始生柬椿山太守叠前韵》《久不见刘豹君寄怀二首叠前韵》等❶。蒋士铨"叠苏轼《岐亭五首》诗韵"活动，前后持续两年，他自己作有叠韵诗12首，其他参与人士的叠韵诗有十多首。

　　这种频繁次韵和韵苏诗，显然离不开对苏轼诗歌文本的熟稔，这也表明清诗人普遍喜好研读苏轼诗集。基于对苏轼诗歌文本的熟悉，清诗人们常常会效仿苏轼诗

---

❶ 蒋士铨.忠雅堂集校笺[M].上海：上海古籍出版社,1993：1263-1272.

歌风格。如"神韵说"提出者王士禛,一般被认为有强烈宗唐倾向,但他其实也有"中岁越三唐而事两宋"的学宋经历,而王士禛的学宋,主要便是学习苏轼诗❶。长期研读苏轼诗,就让王士禛在诗歌创作上潜移默化向苏轼学习。康熙三十五年(1696年),王士禛奉命祭告西岳西镇西渎,此行作诗一百多篇,编成《雍益集》,事后王士禛谈及《雍益集》的题材分类:"再使秦蜀,往返万里,得诗才百余篇,皆寥寥短章……拟诸眉山集中所分纪行、游览、古迹、寓兴诸篇,殆兼而有之。"❷他所说的"眉山集"指苏轼诗集。他明显在以苏轼诗集中作品分类"纪行、游览、古迹、寓兴诸篇",来指导自己《雍益集》的题材分类。这说明,王士禛在诗歌题材上有意识地向苏轼看齐。

除王士禛外,其他大量宗宋诗人亦都深入学习苏轼诗,形成自己诗歌与苏轼诗接近的风格面貌。如宋荦中年后开始注重学习苏轼诗,对此沈德潜在《清诗别裁集》中评价说:"所作诗,古体主奔放,近体主生新,意在规仿东坡,时宗之者,非苏不学矣。"❸沈德潜已注意到很多受宋荦影响的诗人"非苏不学"。类似的,阮元有很强"崇苏"倾向,故其诗风亦接近苏轼诗。朱庭珍在《筱园诗话》中评价阮元诗:"芸台先生诗,长于古体,近体殊弱,五古似韦、柳,七古似苏、陆,佳作颇有可传,亦清才也。"❹认为阮元的七古在风格上接近苏轼诗。再如有较强"崇苏"倾向的程恩泽,其诗风亦接近苏轼。伍崇曜在《程侍郎遗集跋》中认为程恩泽"诗擅杜韩之胜,而豪宕似苏。"❺认为程恩泽诗歌在豪放上类似苏轼诗。以上认为某些同时代诗人风格类似苏轼的说法,在清代诗话中是普遍存在的。这显示出清代诗坛存在普遍的学习苏轼诗风的潮流。这都属于对苏轼诗的接受。

---

❶ 刘畅,郑祥琥.王士禛中晚期诗风"亦唐亦宋"特征新论[J].贵州社会科学,2017(7).
❷ 王士禛.王士禛全集[M].济南:齐鲁书社,2006:5096.
❸ 沈德潜.清诗别裁集[M].北京:中华书局,2009:529.
❹ 朱庭珍.筱园诗话[A].郭绍虞,编.清诗话续编[M].上海:上海古籍出版社,2016:2225.
❺ 程恩泽.程侍郎遗集[M].上海:商务印书馆,1935:215.

第三节　举行"寿苏会"等东坡纪念活动

　　清代诗人们对苏轼的崇尚，是因其诗而产生，但并未被限制在苏轼诗中，而是往往有着对苏轼其人其诗其经历的综合性崇尚。这种综合性崇尚，可能是由苏轼诗出发，而蔓延至苏轼人格，亦可能是因对苏轼人格的崇尚，而拓展至苏轼诗。也正是因为清诗人对苏轼的崇尚不限于诗，故清诗人们纪念、致敬苏轼的方式也是多种多样的，可以是次韵和韵苏诗，可以是整理出版苏轼诗集，亦可以举行"寿苏会"，还有的诗人会至苏轼为官地、苏轼旧游地纪念苏轼或至苏轼祠祭奠苏轼。质言之，清代诗人普遍具有一种"苏轼情结"。

　　清代诗坛"苏轼崇拜"的很重要一个方面是举行"寿苏会"，即每年腊月十九日苏轼生日那天举行的纪念苏轼的聚会，有时也被称为"作东坡生日""寿苏雅集"或"寿苏会"❶。这一纪念模式最初是宋荦开创，后续由翁方纲发扬光大，在翁方纲之后则成为清诗坛的一种流行仪式，引发诸多士人效仿，其影响延续到了清末民国。"寿苏会"在清代的流行，对于推动清代诗坛"崇苏"倾向的发展有着重大影响。在这种带有少量宗教意味的仪式性纪念活动中，与会者仿佛被带入了一个关于"苏轼"的精神场域中，被苏轼的种种事迹与思想所笼罩。通过现场"寿苏"仪式的洗礼，与会者对苏轼的认识与情感体悟都会得到极大提升，很容易引发与会者在诗歌观念上的"崇苏"倾向。可以说，清代诗坛的"崇苏"倾向很大程度上就是由持续不断的"寿苏会"所浇灌、孕育的。

　　清代"寿苏"传统，起于宋荦。康熙三十八年（1699年），宋荦在江宁巡抚任上刊刻《施注苏诗》。年底十二月十九日，宋荦刊补《施注苏诗》完成，恰值苏轼

---

❶ 孙敏强,霍东晓.试论清代诗人寿苏雅集及其文化心理[J].浙江大学学报(人文社会科学版),2017(2).

生日，宋荦率领冯景、吴士玉、顾嗣立、儿子宋至及众多府学诸生在小沧浪深净轩，悬挂东坡笠屐像，进行祭祀活动。参加祭祀的冯景在《祀东坡先生生日文》中描述说："腊月十九日为东坡先生降旦，商丘中丞率三吴诸生，再拜上觞，而祠以文，属景为之，立成，焚于几。"可见这是一次规模很大的祭祀苏轼活动，除知名文士之外，江宁府学诸生也参加了祭祀，估计有上百人规模。祭祀之后，宋荦倡议参与的人士作七言诗纪念。❶ 参与祭祀的宋荦、冯景、吴士玉、顾嗣立、宋至等人，以及因事未参会的人士相继作诗，这些唱和诗集成了《东坡先生生日唱和诗》，由未能参加的邵长蘅作序。宋荦还把其中一些作品选入《江左十五子诗选》中大力表彰。此外，宋荦还把这次祭祀苏轼活动的诗文邮寄给了在京师的王士禛。王士禛在回信中说："东坡先生生日集诸名士设祭，事佳诗亦可传，要当有一篇纪事。久不拈弄，恐不能如昔贤刻烛击钵耳。"则王士禛亦是支持祀苏活动的。通过多种途径的传播，宋荦发起的此次祀苏活动，影响巨大，直接引发了清代诗坛的"寿苏"传统。

受宋荦举办"寿苏会"影响，翁方纲也举办"寿苏会"，他称之为"作东坡生日"。现可考的翁方纲第一次发起苏轼生日纪念活动，是在他乾隆三十八年（1773年）腊月十七日购得宋荦所藏《苏东坡诗施顾注》残本后。两天后的腊月十九日苏轼诞辰日，翁方纲模仿宋荦，举行东坡诞辰纪念活动，"以合装《苏斋图》供苏轼像前，同人小集拜苏轼生日。"❷ 翁方纲这次的"拜苏活动"有一定偶发性，是由买到宋荦所藏"施顾注苏诗"引发的。此后几年因事务繁忙，翁方纲未再举行"东坡生日拜祭"活动，直到乾隆四十四年（1779年）再次举行"东坡生日拜祭"活动。从这次之后，翁方纲的"东坡生日会"一发不可收拾，除偶尔因事耽误外，他在绝大部分年份的腊月十九日这天，都要举行规模或大或小的"东坡生日"纪念活动。用他自己的话说是"年年腊月拜坡公"，且一般都要召集友人赋诗纪念。有大量士人参加过翁方纲举办的"寿苏会"，如蒋士铨、程晋芳、钱载、吴锡麒、桂馥、法

---

❶ 宋荦.西陂类稿[M].文渊阁四库全书本[C].上海：上海古籍出版社，1987.
❷ 沈津.翁方纲年谱[M].台北："中央研究院"中国文哲研究所出版社，2002：71.

式善、赵怀玉、张问陶、阮元、吴荣光等，其中很多都是清代有较大影响的诗人、文人。要之，翁方纲举办的"寿苏会"在清代有广泛影响，对推动清代苏轼诗的接受、推动清诗坛"崇苏倾向"的进一步升温有着深刻影响。

直接或间接受翁方纲影响，清中叶后大量诗人举办过"寿苏会"，如毕沅、吴嵩梁、吴荣光、李彦章、阮元、程恩泽、赵怀玉、吴锡麟、邓廷桢、林则徐、宋湘、陶季寿等人都召集举办过"寿苏会"。比如毕沅举办的"寿苏会"，毕沅为翁方纲友人，翁方纲诗集中多次提及毕沅。乾隆四十七年（1782年），毕沅第一次举行"东坡生日会"，后来又在乾隆四十八年（1783年）、乾隆五十年（1785年）、乾隆五十一年（1786年）相继举行。毕沅把这几次"东坡生日会"所作的诗整理刊刻为《苏文忠公生日设祀诗》❶。又如道光二十二年（1842年），林则徐、邓廷桢贬谪新疆伊犁后，也举行了一次东坡生日纪念活动。林则徐作有《壬寅腊月十九日，嶰筠前辈招诸同人集双砚斋作坡公生日。此会在伊江得未曾有，诗以纪之》。几年后的道光二十八年（1848年），林则徐又在云南官署中举行了一次"东坡生日会"，他作有《戊申腊月十九日滇中节署招同人作坡公生日》一诗。

再如，道光十六年（1836年），程恩泽、吴荣光召集举行的一次"东坡生日会"。此次"寿苏会"共五人参加，每人都作诗一首。程恩泽作有《东坡生日，吴荷屋中丞，潘芸阁、祁春浦两侍郎，徐廉峰侍御，集显处视月斋，拜笠展像，观荷屋中丞所藏宋椠施、顾注苏诗本，以"一曲鹤南飞"分韵，得"飞"字》一诗，见《程侍郎遗集》卷五。祁寯藻亦作有一首，见《馥㴋亭集》卷二十二。别看此次"寿苏会"仅五人参加，但祁寯藻后来在咸丰时期担任宰辅，人称"寿阳相国"，故此次"寿苏会"在晚清影响很大。后来陈三立在《题陶斋尚书京师无闷园东坡生日雅集图》中便致敬了此次"寿苏会"："东坡生日觞咏夸，都下盛集称乾嘉。祁（文端）曾（文章）嗣响道光季，补图述作犹满家。"❷ 陈三立指出了"寿苏会"对诗坛的重要影响。

---

❶ 朱则杰.毕沅"苏文忠公生日设祀"集会唱和考论[J].江南大学学报(人文社会科学版),2014(2).

❷ 陈三立.散原精舍诗文集[M].上海:上海古籍出版社,2014:314.

以上所举"寿苏会"案例，都属于典型的苏轼诗接受活动，具有很深的文化史意义。我们通常所理解的"诗歌接受"，主要是指研读前人诗作，而"寿苏会"显然远远超出了一般性文学接受范畴，而带有极大的深刻性，称得上是"诗歌接受"的最高形式之一。"寿苏会"这种在清代广泛流行的文化现象表明，清人对苏轼诗的接受，已经远超对李白、王维、黄庭坚、陆游等唐宋著名诗人的诗歌接受的广度与深度。这已称得上是古代文学接受史中最值得引起注意的案例了。

第十一章
清代黄庭坚诗接受状况

限于篇幅，本书不可能把每一位清代较重要诗人对黄庭坚的接受状况都讲述清楚，详细情况可参考笔者几年后将出版的《清代诗坛宗宋思潮发展史》一书，在本书中我们只要梳理出清代总体的"崇黄"思想发展历程，再把几位有代表性的崇尚黄庭坚的诗人、诗论家的"崇黄"历程大体讲清楚，梳理出一条清代"崇黄"思潮的主干历程即可。

第一节 清代黄庭坚诗接受状况概览

清代黄庭坚诗的接受，呈现"前低后高"的局面。黄庭坚作为"江西诗派"的中心诗人，在清初受到很大关注。在各类宋诗选本中都大量入选了黄庭坚作品，尤其是在清初广泛流行的《瀛奎律髓》中直接采用了"江西诗派"的观点来选诗，把黄庭坚列为"一祖三宗"。此观点在清代诗坛是有深刻影响的。

清初崇尚黄庭坚的诗人有很多，其中最有影响的是王士禛、黄宗羲、吴之振等人。王士禛多次发表崇尚黄庭坚诗的言论。王士禛晚年仿照黄庭坚的《山谷精华录》把自己的诗歌精选集定名为《渔洋精华录》。一直到清末，王士禛的全集都没有流传开来，在各书坊中流传的都是这部模仿黄庭坚的《渔洋精华录》。黄宗羲对黄庭坚诗亦很推崇，黄宗羲曾在《史滨若惠洮石砚》一诗中直白地说："吾家诗祖黄鲁直"，此诗句一语双关，一方面把黄庭坚称为自己的祖先，一方面把黄庭坚称为诗坛的老祖。

但在乾隆朝中前期诗坛崇尚黄庭坚的风气降低了，主要原因是乾隆帝御选《唐宋诗醇》入选了苏轼、陆游诗，却没有入选黄庭坚诗。这对诗坛上崇尚黄庭坚的风气是一个打击。从此，诗坛上崇尚陆游的风气，一度盖过了崇尚黄庭坚的风气。但是在乾隆朝中后期，随着蒋士铨、翁方纲、姚鼐等人开始崇尚黄庭坚诗，诗坛崇尚黄庭坚的风气又重新压过了崇尚陆游的风气。

其中，翁方纲对黄庭坚的崇尚是很有代表性的。翁方纲早年即很崇尚黄庭坚诗，至乾隆五十一年（1786年）九月，翁方纲奉旨任江西学政，从此翁方纲开始了一个极为崇尚黄庭坚诗的时期。翁方纲特意把任江西学政三年的诗，命名为《谷园集》，以纪念黄山谷与虞道园这两位江西诗人。同时，翁方纲也在江西出版了黄庭坚的诗集，至少在江西地区很大程度上推动了崇尚黄庭坚的风气。

由于翁方纲及其弟子的推动，至道咸同时期，宗宋诗歌思想领域很重要的一个方面就是"崇尚黄庭坚倾向"的逐步兴起，逐步取代了"崇尚陆游"的倾向，而逐渐与"崇尚苏轼"的倾向相抗衡，最终形成了所谓"崇尚苏黄"的诗坛主流风气。

此前的康熙诗坛、乾嘉诗坛大体是"崇尚苏轼"倾向远高于"崇尚黄庭坚"的倾向，并且在乾隆帝等人的提倡下，"崇尚陆游"的倾向也高于"崇尚黄庭坚"的倾向。从钱谦益、王士禛，到翁方纲等虽然也都少量崇尚黄庭坚，但都是更为崇尚苏轼。尤其是乾隆帝《御选唐宋诗醇》，入选了苏轼诗、陆游诗，未入选黄庭坚诗。这让诗坛"崇尚黄庭坚"的倾向更为低落。乾隆朝中后期，蒋士铨一度提倡黄庭坚诗，在诗坛产生一定影响，但并未扭转"崇尚黄庭坚"风气的劣势。到道光朝以后，诗坛"崇尚黄庭坚"的风气有了更进一步的发展，最终压过了"崇尚苏轼"的风气。

翁方纲晚年弟子李彦章很推崇黄庭坚，他曾说"彦章奉使江右时，慕山谷所题岚漪轩之胜，归乃自筑'岚漪诗屋'"。李彦章在各地任职，一般都把自己的书屋命名为"岚漪诗屋"。所以道光七年（1827年），他在广西思恩知府任上即举行了黄庭坚生日纪念活动。道光八年（1828年）六月，李彦章在黄庭坚的贬官地"广西宜州"举行了黄庭坚生日纪念活动。此后又连续不断地举行"寿黄会"，如道光十五年（1835年）六月十三日补做寿黄会，与会七人以黄诗"淮南二十四桥月"为韵各赋五古。李彦章的"崇黄"活动在道光诗坛产生了一定影响。

特别值得注意的是，广西宜州为黄庭坚的贬官之地，黄庭坚在该地生活了一年多，并最终病逝于该地❶。宜州人民为黄庭坚建立了山谷祠，历经宋元明时期，一直到清代还持续举行祭祀黄庭坚的活动。广西宜州地区人民对黄庭坚诗的接受是不应忽视的，这在清代黄庭坚诗接受史上是占有一定地位的。

道光年间，京城诗坛上崇尚黄庭坚的风气，开始成为主流。道光九年（1829年），黄爵滋等人在京城举行了一次"欧阳修与黄庭坚生日会"，黄爵滋作有《己丑六月同人约为欧阳文忠、黄文节二公作生日，遂于十六日招集后门外海子上看花，即修前约分韵得十二锡》。道光二十六年（1846年）六月十二日黄庭坚诞辰，邵懿辰主持了一次"山谷生日会"，曾国藩、梅曾亮、张穆等共十人参加。梅曾亮《柏枧山房诗集》卷八有诗《六月十二日山谷生日，邵蕙西舍人招吴子叙编修、张石舟大令、朱伯韩侍御、赵伯厚赞善、曾涤生学士、冯鲁川主政、龙翰臣修撰、刘蕉云学正及曾亮凡十人集于寓斋，舍人有诗属和》，诗中说："主人诗派江西续，喜借古欢招近局……我亦低首涪翁诗，最怜作吏折腰时。"此次"寿黄会"在京城诗坛产生了较大影响，曾国藩以此为契机开始登上了"诗学舞台"。

道光时期，诗坛崇尚黄庭坚的最重要代表人物则是曾国藩。道光二十七年（1847年）四月，时年36岁的曾国藩在《题彭旭诗集后即送其南归二首》中说："自仆宗涪公，时流颇忻向。女复扬其波，拓兹疆宇广。"曾国藩公开声称自己因为"标举黄庭坚诗学"而在诗坛获得一定的"号召力"。足见，曾国藩认为自己是依靠"标举黄庭坚"而在诗坛"成名"的。事实上，曾国藩的诗歌作品数量并不多，其诗歌的质量也并不高，很难在当时的诗坛产生"实际影响"。故而，曾国藩另辟蹊径，以"崇尚黄庭坚诗学"相标榜，果然在诗坛获得了一定知名度。此后在咸丰同治时期，由于曾国藩的大力提倡，"崇尚黄庭坚"成为了诗坛显学，一时之间，只

---

❶ 吴政,韦入予,蓝振榕.黄庭坚在宜州南楼病死原因考证[J].史志学刊,2014(2).

有崇尚李白、杜甫、苏轼的风气，才能与之相抗衡。

至光绪时期，诗坛崇尚黄庭坚的代表是陈三立。陈三立曾刊刻过《山谷诗集注》，积极推动诗坛崇尚黄庭坚的风气。陈三立曾说："吾生恨晚生千岁，不与苏黄数子游。"而在苏黄二人中陈三立有所侧重，主要是学黄庭坚，时人郑孝胥在《散原精舍诗序》中评价说："大抵伯严之作，至于辛丑以后，尤有不可一世之概。源虽出于鲁直，而莽苍排奡之意态，卓然大家，未可列之江西社里也。"认为陈三立诗主要就是学习黄庭坚，只是有所突破，形成了较独特的风格。

结合有清一代宗宋思潮发展历程来看，清初康熙诗坛崇尚黄庭坚的代表人物是王士禛、黄宗羲等人，乾嘉时期诗坛崇尚黄庭坚的代表人物是蒋士铨、翁方纲等人，至道咸同时期，诗坛"崇尚黄庭坚"的主要代表人物是李彦章、邵懿辰与曾国藩。再到光绪时期，诗坛上崇尚黄庭坚的代表诗人则是陈三立。总之，清代诗坛上崇尚黄庭坚的诗人代不乏人。每一个时代都有著名诗人高举"崇尚黄庭坚"的旗帜，而且只要上一代"崇尚黄庭坚"的"旗手"逝世，很快就会涌现下一代"旗手"。质言之，在清代诗坛，高举"崇尚黄庭坚"的"诗坛旗帜"几乎就是一种在诗坛成名的途径。这一点堪称清代宋诗接受中的一个特殊现象了。

第二节 乾隆朝中期蒋士铨对黄庭坚诗的接受

蒋士铨（1725—1785）为清代著名诗人，与袁枚、赵翼并称"乾隆三大家"。他在《学诗记》中自述学诗经历："予十五龄学诗，读李义山爱之，积之成四百首而病矣，十九付之一炬；改读少陵、昌黎，四十始兼取苏、黄而学之；五十弃去，惟直抒所见，不依傍古人，而为我之诗矣。"❶ 可见，蒋士铨在中年后开始"兼取苏、黄"，呈现出对苏轼诗、黄庭坚诗的深入接受。

蒋士铨虽是江西人，但他少年时期却并未受到江西地方上宗宋诗风的影响，反

---

❶ 蒋士铨.忠雅堂集校笺[M].邵海清,校,李梦生,笺.上海：上海古籍出版社,1993：2060.

而呈现显著的"宗唐倾向"。直到青年时期，蒋士铨才受到江西学政金德瑛、江西乡试考官钱陈群等人的影响，转而宗宋。金德瑛有着强烈的宗苏黄的诗学倾向，"出入杜、韩、苏、黄间"，钱陈群亦有很强的崇尚黄庭坚诗的倾向。因此，蒋士铨对黄庭坚的崇尚，虽然也有一定江西地域文化的作用，但归根结底是受到了金德瑛、钱陈群等秀水派诗人的很大影响。

从钱陈群身上，蒋士铨最早见识了宗黄庭坚的诗学观念。还是在乾隆十二年中举时，钱陈群见到士子落榜，有感而发作了《发榜后登明远楼，见百花洲上，有被放者徙倚水滨若不能归者，愀然有作，用涪翁咏李伯时韩干三马韵》，见《香树斋诗集》卷一二。这首诗用的是黄庭坚《咏李伯时摹韩干三马次子由韵简伯时兼寄李德》。对于钱陈群的诗，蒋士铨有和诗一首，即《座主钱香树先生登明远楼，见士有被放者，慨然作诗，用山谷题李伯时摹韩干三马韵奉和》。此时蒋士铨23岁，正是诗学观念的转型期，通过钱陈群，蒋士铨接触到了宗黄庭坚的宗宋思想。这为他后来彻底转向苏黄打下了牢固的基础。

蒋士铨在《学诗记》中自称的"四十始兼取苏、黄而学之。"看起来他在自己的诗歌创作中自觉学习苏黄，应是乾隆二十九年40岁辞官归隐以后的事。但是从他的诗学观念上，受到金德瑛等秀水派诗人影响之后，已经明显在理论上开始推崇苏黄。乾隆二十年，蒋士铨结识了由诗坛耆宿沈德潜所盛称的"七子诗派"之一的王鸣盛。在《寄答王凤喈同年（鸣盛）》中说："试看纷纷谈李杜，不知谁可见黄苏。"足见此时，蒋士铨已经在理论上思考关涉苏轼黄庭坚的诗歌问题，而乾隆二十年，他还只有31岁。乾隆二十一年六月，在南昌与王又曾的唱和之作《十八夜露坐柬谷原》中，蒋士铨又说："诗好近耽黄鲁直，夜凉重忆紫薇花。"这是明确开始在诗歌取径上倾向黄庭坚诗。当然，一个人喜欢某人的诗，与在自己的创作中学习某人的诗，还是有不同的。毕竟蒋士铨的诗与黄庭坚的诗，在特点上还是差别很大的。

不过此后，蒋士铨宗苏黄的倾向越来越明显，后来蒋士铨在诗坛，就是以推崇黄庭坚著称。不知因何原因，"宗黄"成为了蒋士铨在诗坛的一大标签。也许是因为蒋士铨不断地公开提倡"学黄庭坚诗"，再加上他"著名戏曲家""乾隆三大家之一"的光环，他的呼吁很容易被时人所重点关注，很容易在诗坛形成声势。

从一些记载来看，当时诗坛很多人都认为蒋士铨主要是"宗黄"。袁枚在《随园诗话》卷八说:"蒋苕生与余互相推许,惟诗论不合,余不喜黄山谷而喜杨成斋,蒋不喜杨而喜黄,可谓和而不同。"❶ 尚镕(1785—1835)《三家诗话》推崇蒋士铨诗,认为"苕生学黄山谷而参以韩、苏、竹垞"❷,又说:"苕生论诗,于西江阿其所好,稍乖公允。至极推北地、信阳,力抵初白、樊榭,尤为持论之偏。"❸ 这里的"西江",就是指江西诗派黄庭坚。丁绍仪(1815—1884)在《听秋声馆词话》说:"藏园以山谷为宗,而排奡过之"❹,亦指出蒋士铨崇尚黄庭坚诗。

从这些材料可以看出,蒋士铨宗黄庭坚,在乾隆中后期诗坛,产生了巨大的反响,形成了一种宗黄的风气。后来曾国藩曾引蒋士铨宗黄,为自己宗黄之声援。曾国藩道光二十六年(1846年)在《憩红诗课戏题一诗于后》开篇说:"铅山不作桐城逝,海内骚坛委寒灰。龙蛰虎潜断吟啸,坐令蚯蚓鸣惊雷。"❺ 铅山即蒋士铨。此时曾国藩已在公开宗尚黄庭坚,故引蒋士铨以为同调。说明蒋士铨的"宗黄"标签,对曾国藩公开宗黄是有一定心理上帮助的。

可见,蒋士铨的宗黄诗学,为嘉庆以后宗宋诗潮中宗黄庭坚一脉的最终壮大,开辟了路径。

第三节 乾隆朝末期翁方纲在江西推动黄庭坚诗的接受

在清代诗学史上,翁方纲以"崇苏倾向"著称,他中年后几乎年年举行"寿苏会"。与此同时,翁方纲也有很强的"崇尚黄庭坚"的倾向。有意思的是,在江西

---

❶ 袁枚.袁枚全集新编(第八册)[M].王英志,校点.杭州:浙江古籍出版社,2015:306.
❷ 郭绍虞.清诗话续编[M].上海:上海古籍出版社,1983:1920.
❸ 郭绍虞.清诗话续编[M].上海:上海古籍出版社,1983:1925.
❹ 丁绍仪.听秋声馆词话[M].上海:上海医学书局,1931.
❺ 曾国藩.曾国藩诗文集[M].王澧华,校点.上海:上海古籍出版社,2005:63.

任学政期间，翁方纲对苏轼黄庭坚二人的崇尚有一个"此消彼长"的关系，对苏轼的崇尚略有降低，但对黄庭坚的崇尚则空前高涨❶。

乾隆五十一年（1786年）九月，翁方纲奉旨任江西学政。学政，又称"督学"，其主要职责是负责一省岁、科二试，主要是主持该省各府同考秀才相关的考试。按要求，学政本人必须亲临各府主持考试并阅卷。翁方纲任江西学政的三年，他做了大量工作，其中很重要一个方面就是推动江西地方对黄庭坚的崇尚。

来江西之前，翁方纲就已有一定"崇尚黄庭坚"倾向，来江西后，翁方纲"崇尚黄庭坚"倾向进一步增强。乾隆五十二年（1787年），翁方纲有《校黄诗重有述四首》，其中说"拜像焚香十二年"，则自12年前以来，翁方纲就开始拜黄庭坚像。乾隆五十四年（1789年），翁方纲作《黄诗三集注本刻成，集同学诸子于南昌使院谷园书屋文节像前，荐笋脯赋诗》，诗中有自注回顾了自己对黄庭坚诗的接受过程："甲午得山谷先生像，奉于斋中。乙未得任注前序目，使成足本。丙申校上之。甲辰、乙巳皆有纪梦诗，皆在六月十二日也。"自注中所说"甲午"为乾隆三十九年（1774年），这一年翁方纲42岁，得到了黄庭坚画像。"乙未"为乾隆四十年（1775年），这一年翁方纲购得了任渊注本的黄庭坚诗，翁方纲作有《六月十二日有持旧抄山谷内集注本来者，鄱阳许尹序及目录题下注脚二叶皆在焉，亟录之赋此志喜》。要注意的是，六月十二日恰为黄庭坚的生日。这让翁方纲感到冥冥之中自有天意，应就是从这一年开始翁方纲年年要拜黄庭坚像。可以说，在乾隆四十年（1775年），翁方纲的"崇尚黄庭坚"倾向已达到了较高程度。

在江西的三年中，翁方纲"崇尚黄庭坚诗"的情结进一步加深，达到了一个高峰。他来到江西后，便把在江西创作的诗，定名为《谷园集》。取"谷园集"之名，正是为了纪念黄庭坚与虞集，"取夙昔瓣香山谷、道园二先生诗之义，以名是卷"，黄庭坚号"山谷老人"，虞集号"道园"，故以"谷园"为诗集之名。同时，初到南昌，翁方纲便开始寻觅黄庭坚诗集。乾隆五十一年（1786年），翁方纲作有《知宁州事王生为觅得山谷集新刊本，而小斋所摹公像适装成，敬题帧侧》，从诗题来

---

❶ 本小节已发表。见：郑祥琥.翁方纲在江西的诗学活动考论[J].江西科技师范大学学报，2022(5).

看，此时翁方纲装裱了黄庭坚像，并托人觅得新刊黄庭坚诗集。这为翁方纲接下来几年的校勘黄诗、拜黄庭坚像、"作山谷生日"奠定了基础。

果然，第二年翁方纲就开始"作山谷生日"。乾隆五十二年（1787年），翁方纲作有《六月十二日，山谷先生生日拜像赋诗，用乙未题正集韵》，诗中有自注回顾了三年前梦到黄庭坚的旧事，"甲辰六月十二日，自热河归，于密云旅舍梦先生，其时正三集注本殿板告成也。"在整理出版黄庭坚诗集时，翁方纲曾梦到黄庭坚，足见翁方纲对黄庭坚崇敬之深。乾隆五十二年（1787年），翁方纲有《校黄诗重有述四首》，说明他这一年认真校对了黄庭坚诗。事实也正是如此，这期间翁方纲正在准备刊刻任渊、史容注本的《黄庭坚诗集》，其对黄诗的校对，应是为刊刻作准备。乾隆五十三年（1788年），《黄庭坚诗集》刊刻完成，翁方纲作有《黄诗三集注本刻成，集同学诸子于南昌使院谷园书屋文节像前，荐笋脯赋诗》一诗，谈到了自己在刊刻黄诗后的喜悦之情。所谓的"黄诗三集"，即宋人任渊注的《山谷内集诗注》二十卷，史容注的《山谷外集诗注》十七卷，史季温注的《山谷别集诗注》二卷，共为"三集"。

江西三年，翁方纲不仅自己着力研究山谷诗，更是带动江西各地学子钻研黄庭坚诗。如乾隆五十三年（1788年）六月十二日，翁方纲在临江府（今樟树市）考查府学生学习情况，六月十二日是黄庭坚诞辰，遂出题《和黄文节食笋诗》，此为"六月十二日临江试士题"，要求府学生依韵和诗。测试之后，翁方纲应是与府学诸生有一番关于黄庭坚诗的讲说。在《〈渔洋精华录〉序》中，翁方纲自称："愚在江西三年，日与学人讲求山谷诗法之所以然，第于中得二语，曰：以古人为师，以质厚为本。"❶ 则翁方纲在精研黄庭坚诗后得出了"以古人为师，以质厚为本"的经验。"以古人为师"强调深入学习前人作品，即黄庭坚在《与洪驹父书》中所说的"无一字无来处……点铁成金"。"以质厚为本"则强调要有深厚学养，要"以学为诗"。从翁方纲的论述来看，翁方纲正是在精研黄庭坚诗的过程中，再次体悟了宋诗的法门。

从南昌时期开始，翁方纲对黄庭坚诗法持续进行研究。后来，他在此基础上，

---

❶ 惠栋,金荣,注.渔洋精华录集注[M].济南:齐鲁书社,2009:1360.

提出关于黄庭坚诗法的"逆笔"说。在《黄诗逆笔说》一文中，翁方纲将书法中的"逆笔"概念，转用到文学上，指出："逆笔者，即南唐后主作书拨镫法也。逆固顺之对，顺有何害，而必逆之？逆者，意未起而先迎之，势将伸而反蓄之。……逆笔者，戒其滑下也。滑下者，顺势也，故逆笔以制之。"翁方纲提出黄庭坚诗歌有"逆笔"的观点，目的显然是为了解释黄庭坚诗风瘦硬、奇崛的成因。而黄庭坚这种"逆笔"恰恰是翁方纲欣赏黄诗之处，也是翁方纲着力学习之处，由此也形成翁方纲自己的艰涩诗风。

综合来看，翁方纲在江西任学政期间，不光是自己个人的"崇尚黄庭坚"倾向增强，更重要的是他推动了江西地区"崇尚黄庭坚"风气的发展。翁方纲以一人推动了江西一地对黄庭坚诗的接受，这在清代黄庭坚诗接受史上是很值得注意的案例。

第四节　道光时期李彦章对黄庭坚的崇尚

李彦章（1794—1836），字兰卿，福建侯官（今闽侯）人。嘉庆十六年（1811年）进士，后曾任广西思恩知府、庆远知府、江苏按察使等职。李彦章是翁方纲生命末期所收门生，李彦章的诗学活动对翁方纲诗学思想在道光时期的传播有较大影响。李彦章有很强宗宋倾向，尤其是崇尚黄庭坚，对道光年间宗宋诗风的深入发展起到过重要作用。

李彦章对黄庭坚的纪念活动，常为研究者所忽视，但实则很值得注意❶。李彦章堪称"翁方纲之后，曾国藩之前"诗坛崇尚黄庭坚诗的旗手之一。主要体现是，李彦章曾在黄庭坚贬官之地"广西宜州"任职，当地历代均有祭祀黄庭坚的活动，李彦章到来后将之扩大化，形成了一时之盛况。这堪称清代黄庭坚接受史上的重要篇章。黄庭坚为江西修水人，但清代江西地区实则并无长期纪念黄庭坚的活动与场所。虽然江西地区的文人还时不时纪念黄庭坚，但江西的民间则几乎淡忘了黄庭坚，

---

❶ 谢海林."为宋人寿"：李彦章与嘉、道年间宋诗风的流衍[J].文艺研究,2021(9).

但广西宜州不一样，该地是黄庭坚贬官之地，且是黄庭坚病逝之地，当地人民历代传承有纪念、祭祀黄庭坚的活动。从这个意义上，李彦章在广西宜州参与祭祀黄庭坚，于诗坛而言，是很有象征意味的。

李彦章最初对黄庭坚的欣赏，可能是受其师翁方纲影响，但也有他自身经历的影响在内。他青年时期曾到过江西，故此受到了黄庭坚的一定影响。他曾说"彦章奉使江右时，慕山谷所题岚漪轩之胜，归乃自筑'岚漪诗屋'"❶。李彦章曾于"戊寅奉使江西"，即嘉庆二十三年（1818年），到江西"典乡试"，遂像翁方纲任职江西时把自己的书屋取名"谷园书屋"一样，也把自己的书屋取与黄庭坚有关的名字"岚漪诗屋"，以纪念黄庭坚。他后来又解释说："山谷题岚漪轩在江西落星寺，余奉使时向往之，因以为号。今作斯室，亦以志诗缘也。"李彦章在各地任职，一般都把自己的书斋名为"岚漪诗屋"。所以道光七年，他在广西思恩知府任上即在书斋"岚漪诗屋"举行了"黄庭坚生日会"。

道光八年（1828年），李彦章在广西宜州（庆远）举行了"黄庭坚生日会"。他自称"去年率思郡诸生，拜公生日于岚漪诗屋。今年率庆郡诸生，拜公生日于龙溪旧宅。"❷ 龙溪旧宅为黄庭坚贬谪广西时的住宅❸。此地还有山谷祠，为黄庭坚逝世后当地人民所建，该祠到清代已重修了十多次，为历代宜州人民纪念黄庭坚的场所。在李彦章牵头的这次黄庭坚纪念活动中，李彦章作有《道光戊子六月十二日，率庆郡宾僚、诸生集黄文节公祠下拜公生日。祠即古龙溪书堂，公谪居时故宅也。是日，携旧藏公像并公书戒石铭七佛偈跋尾诸刻为供，先赋长句》《既作山谷先生生日，大宴宾僚、诸生矣。郡人士继以次日设祀。会食者百筵，衣冠之盛，历年所未有也。喜赋二诗以示郡人知之》《山谷先生所据小南楼至今尚存，登楼吊之》等诗，又撰有《庆远府龙溪书堂祀山谷先生生日祝文》，另外还撰写了《龙溪黄文节公祠碑》，并刻石。这些与黄庭坚有关的诗文，都显示出对黄庭坚的极高推崇。

结合李彦章其他的诗歌活动可以看出，虽然李彦章在诗坛的影响不算特别大，

---

❶ 李彦章.榕园诗抄.清代诗文集汇编(第584册)[M].上海:上海古籍出版社,2010:414.
❷ 李彦章.榕园诗抄.清代诗文集汇编(第584册)[M].上海:上海古籍出版社,2010:415.
❸ 吴政,蓝振榕.黄庭坚在宜州住过的地点和游过的地方考证[J].史志学刊,2012(6).

即使与翁方纲其他的弟子吴嵩梁、乐钧相比，也不算太大，但是他的宗宋倾向远强于吴嵩梁等人。仅从"宗宋倾向"这一点来看，李彦章确实是继承了翁方纲的衣钵。只是因为李彦章"年寿不永"，未能在文坛更广泛地开展活动，如果他的文学活动能够持续到咸丰年间，那么他对诗坛的影响力便会更大，甚至有可能与曾国藩形成"诗坛共振"。

尤其需要特别指出的是，如果结合道光以后诗坛"崇尚黄庭坚"倾向的发展脉络来看，李彦章传承了翁方纲的"崇尚黄庭坚"倾向（翁方纲"崇尚黄庭坚"，但其弟子只有李彦章一人继承了这一点），将之进一步发展，在道光初期产生很大影响。李彦章道光十六年（1836年）逝世，未能结识道光十八年（1838年）中进士的曾国藩，但可以判断的是，李彦章毫无疑问属于曾国藩"提倡黄庭坚"之前，诗坛一位重要的"崇黄"人士。在清代黄庭坚诗接受史上，李彦章是一位不可忽略的承前启后的重要人物。故此，在本书中，我们为李彦章专列一小节，以引起学界的更多注意。

第五节　咸同时期曾国藩的崇尚黄庭坚

曾国藩自青年时期就开始崇尚黄庭坚诗。结合清代诗学史来看，曾国藩是继蒋士铨、翁方纲、姚鼐、李彦章之后在诗坛上崇尚黄庭坚的旗手，对清代诗坛有着重大的影响。

曾国藩中进士后，至京师，结识湖南同乡何绍基。由于何绍基属于宋诗派，作诗受苏轼、黄庭坚影响大，这一阶段曾国藩也开始了宗宋、宗黄庭坚的学宋路径。考《曾国藩日记》，曾国藩与何绍基在道光二十二年（1842年）十月间，有着频繁的诗歌交往。这一时期的多条材料表明，曾国藩此阶段受何绍基影响极大。而就在这一年十一月，曾国藩开始仔细阅读黄庭坚诗集。

查《曾国藩日记》，在道光二十二年十一月十八日与何绍基有过谈诗："更初，何子贞来，谈诗文甚知要得艺通于道之旨。子贞真能自树立者也。余言多夸诞。客去，再作诗二首。"❶ 现在无从知道，何绍基与曾国藩具体谈了些什么。但是第二天，曾国藩开始阅读黄庭坚诗歌。《曾国藩日记》在道光二十二年十一月十九日载："夜翻阅《黄山谷集》，涉猎，可耻。"这可能是曾国藩第一次或前几次翻看《黄山谷集》。此后，曾国藩开始频繁地读黄庭坚诗。《曾国藩日记》在道光二十二年（1842年）十一月至道光二十四年五月，有大量研读黄庭坚诗的记载。

至道光二十四年（1844年），曾国藩已经明确有了学黄庭坚的诗学观念。道光二十四年八月二十九日曾国藩在给诸弟的家书中说："余于诗亦有工夫，恨当世无韩昌黎及苏、黄一辈人可与发吾狂言者。但人事太多，故不常作诗。"❷ 道光二十五年（1845年）三月初五日给诸弟的家书中又说："吾于五七古学杜、韩，五七律学杜，此二家无一字不细看。外此则古诗学苏、黄，律诗学义山，此三家亦无一字不看。五家之外，则用功浅矣。"此时已经明确学韩、杜、苏、黄、义山五家，这五家达到了"无一字不看"的精细程度，五家之外的诗人，则用功不多了。可以说，至道光二十五年，曾国藩已经有明确而强烈的"学习黄庭坚古体诗"的诗学理念。此时，离他在诗坛上公开宗尚黄庭坚，已经为时不远了。

道光二十六年（1846年）六月十二日黄庭坚诞辰，邵懿辰召集、主持了一次"山谷生日会"，曾国藩、梅曾亮、张穆等共十人参加。这次"山谷生日会"，可以算作是曾国藩"宗黄"道路上的重要一站。因为在这前后，他开始公开在诗坛提倡学黄庭坚。此次"山谷生日会"十个月之后的道光二十七年（1847年）四月，曾国藩在《题彭旭诗集后即送其南归二首》中说：

  大雅沦正音，筝琶实繁响。杜、韩去千年，摇落吾安放。涪叟差可人，风骚通肸蚃。造意追无垠，琢辞辨伛强。伸文揉作缩，直气撅为枉。自仆宗涪公，时流颇忻向。女复扬其波，拓兹疆宇广。❸

---

❶ 曾国藩.曾国藩日记(第一册)[M].唐浩明,编.长沙:岳麓书社,2015:131.
❷ 曾国藩.曾国藩全集·家书(一)[M].长沙:岳麓书社,1985:92.
❸ 曾国藩.曾国藩诗文集[M].王澧华,校点.上海:上海古籍出版社,2005:80.

"自仆宗涪公，时流颇忻向"一联表明，此时的曾国藩已经在诗歌取法上公开宗黄庭坚了。归其源头，这显然是何绍基的影响。

在作于咸丰九年（1859年）的《圣哲画像记》中曾国藩谈及了他自己的"唐宋兼宗"理念，其中着重崇尚了黄庭坚：

> 余钞古今诗，自魏晋至国朝，得十九家，盖诗之为道广矣。嗜好趋向，各视其性之所近，犹庶羞百味，罗列鼎俎，但取适吾口者，唪之得饱而已。必穷尽天下之佳肴，辩尝而后供一馔，是大惑也；必强天下之舌，尽效吾之所嗜，是大愚也。庄子有言："大惑者，终身不解；大愚者，终身不灵。"余于十九家中，又笃守夫四人者焉：唐之李、杜，宋之苏、黄；好之者十有七八，非之者亦且有二三。余惧蹈庄子不解不灵之讥，则取足于是，终身焉已耳。❶

曾国藩把自己笃守的学诗楷模锁定在了十九家中的四家，即"唐之李、杜，宋之苏、黄"，这已是明显的调和唐宋，其中也有着对黄庭坚诗的高度崇尚。曾国藩在同治之后，对诗坛有着巨大的影响。于是乎曾国藩"宗宋崇黄"的宋诗派取向，也被诗坛所广泛传习。因曾国藩的提倡，诗坛"崇尚黄庭坚"的风气毫无争议地树立起来了。

---

❶ 曾国藩.曾国藩诗文集[M].王澧华,校点.上海:上海古籍出版社,2005:291.

第十二章
清代陆游诗接受状况

陆游诗在清代受到很大的推崇。综合清代各诗人对陆游诗的态度，各宋诗选本中对宋诗人的入选情况来看，在晚清之前，陆游的影响在宋代诗人中，一般仅次于苏轼，诗坛一般并称之为"苏、陆"，但乾隆朝中后期，随着诗坛崇尚黄庭坚倾向的兴起，陆游的影响逐渐低于黄庭坚，但一般也稳居宋诗人中的第三位。这使得陆游诗在清代的接受很有标志意义。

第一节 清代陆游诗接受概况

陆游诗在清代有广泛且深刻的影响，在康熙朝时期，陆游诗集在吴中地区已经有了"家石湖而户放翁"的广泛传播。到乾隆朝，因乾隆帝御选《唐宋诗醇》中大力提倡陆游诗，陆游更进一步成为"官方诗人"，代表了乾隆一朝的"宗向"。

此外，清代陆游诗的接受很重要一个方面就是各宋诗选本中陆游诗入选的非常多。由于以上这些因素的综合作用，陆游在清代一直居于宋诗人中前三的位置，从而被清代文坛、清代普通读者广泛研读。《红楼梦》中"香菱学诗"的情节，很能表明陆游诗在一般士人心中的重要影响。

一、清代陆游诗接受的基本状况

陆游诗在清初便受到诗坛的广泛关注。康熙十年（1671年），吕留良、吴之振等人编刻《宋诗钞》106卷，其中杨万里占了9卷，陆游占了6卷，苏轼、范成大各3卷，其余欧阳修、王安石、黄庭坚等近10位诗人一人两卷。可以看出，陆游诗在《宋诗钞》的编选体系中占有重要地位。康熙朝时期，诗坛对陆游的崇尚已广泛流布。康熙三十二年（1693年），周之鳞、柴升编刻《宋四名家诗钞》，标举"苏、黄、范、陆"为宋代四名家。

在康熙中后期，陆游诗在吴中诗坛已经占据了统治地位。沈德潜（1673—1769）在《李客山遗诗序》中回忆青年时期吴中诗风时说："李子客山，年二十余即偕予游横山叶先生门……时论诗者，家石湖而户放翁。"在《许竹素诗序》中又说："时吴中诗学祖宋祧唐，几于家至能而户务观。"

由于陆游诗的广泛影响，再加上乾隆帝本人对陆游的高度欣赏，于是乾隆十五年（1750年），乾隆帝御选《唐宋诗醇》刊刻，只入选了李白、杜甫、韩愈、白居易、苏轼、陆游六人诗，这无疑是对陆游诗坛地位的"官方定位"。此后乾隆诗坛对陆游的崇尚就广泛展开了。

乾隆帝御选《唐宋诗醇》中于宋诗入选了苏轼、陆游二人的诗，这导致此后很长时间，陆游诗都成为乾隆朝诗坛关注的焦点之一。大量的乾隆朝诗人对陆游诗都展现出很大的兴趣。如钱大昕编《陆放翁先生年谱》、赵翼亦编《陆放翁年谱》。尤其是赵翼对陆游评价非常高，赵翼晚年的一些行为方式，有模仿陆游之处。

关于陆游诗在清代的接受有一点要特别注意，由于《陆游诗集》太过庞大，绝大部分清代诗人都并没有完全通读陆游诗全集，往往只是读了一些陆游诗选本。但一般而言，清代诗坛的诗人们对"李、杜、苏、黄"的诗都进行了反复通读、精读，而陆游诗由于有9200多首，很难进行全方面较有深度的研读。曾国藩在同治七年（1868年）六月的日记中已谈及自己《十八家诗钞》虽然选了大量陆游诗，但《陆游全集》他也并没有完全精读。同治七年六月，曾国藩回顾了自己研读陆游诗的历程：

阅放翁七律七绝抄本四叶,刻本八十三、四、五卷,《放翁全集》阅毕。余于咸丰元年在京粗阅《放翁集》一过,仅抄七律。同治元年在安庆粗阅一过,仅抄七绝。其于五古、七古、五律、五绝等体,不过涉猎一二而已。此次校七律、七绝两体,于各体仍未细阅,殊以为愧。中饭后,将《陆集》略数每卷每体若干首。❶

　　可见,曾国藩对于陆游诗研读是不够深入的。咸丰元年只抄了陆游诗中的七律,同治元年抄了七绝,同治七年也只是粗略研读了陆游诗中的七律、七绝,其他陆游的诗体并未仔细研读。这实际是清代陆游诗接受中的常态,诸多研读陆游的诗人往往都是研读陆游诗选本,而并未深入研读陆游的全集,毕竟陆游诗全集数量太大,无力完全研读,这是清代陆游诗接受中的基本态势。

二、《红楼梦》对陆游诗的探讨

　　清代陆游诗接受史中一件重要事情是《红楼梦》中对陆游诗的探讨。乾隆五十六年(1791年),程伟元、高鹗等人将流传了近30年的前八十回本《石头记》抄本与自己搜集到的后四十回合并,改名《红楼梦》予以出版。《红楼梦》很快在社会上流行开来。在《红楼梦》第48回有一段"香菱学诗"的情节谈到了陆游:

　　香菱笑道:"我只爱陆放翁的诗'重帘不卷留香久,古砚微凹聚墨多',说的真有趣!"黛玉道:"断不可学这样的诗。你们因不知诗,所以见了这浅近的就爱,一入了这个格局,再学不出来的。你只听我说,你若真心要学,我这里有《王摩诘全集》你且把他的五言律读一百首,细心揣摩透熟了,然后再读一二百首老杜的七言律,次再李青莲的七言绝句读一二百首。肚子里先有了这三个人作了底子,然后再把陶渊明、应玚、谢、阮、庾、鲍等人的一看。你又是一个极聪敏伶俐的人,不用一年的工夫,不愁不是诗翁了!"

---

❶ 曾国藩.曾国藩日记(第四册)[M].唐浩明,编.长沙:岳麓书社,2015:66.

可以看出，由于陆游诗对仗工整，当时社会上普遍对陆游诗有一种热爱，一些初学者往往注重从陆游诗中学习作诗之法。在《红楼梦》小说中，林黛玉显然有宗唐倾向，对杜甫、李白、王维等唐人诗非常欣赏，而香菱则从宋人陆游窥见作诗法门。从小说内容来看，作者曹雪芹似乎也有很强宗唐倾向（曹雪芹的朋友敦诚敦敏都认为，曹雪芹个人诗歌风格有学李白、李贺之处，有"牛鬼遗文悲李贺"之句），借黛玉之口对陆游诗有所贬低。

但在小说中，林黛玉的性格高雅，对流俗总有不满。林黛玉对陆游诗的不满，"你们因不知诗，所以见了这浅近的就爱"，更多的是因为陆游诗的"浅近"，这反而说明了当时社会上一般文人、读者对陆游诗有着普遍的爱好。

或者可以说，终乾隆一朝，由于乾隆帝对陆游诗的提倡，陆游诗在诗坛上是很有影响的，一度凌驾于黄庭坚诗之上，而仅次于苏轼诗。但嘉庆朝以后，随着"崇尚黄庭坚诗"风气的广泛升温，诗坛对黄庭坚诗的崇尚就高于陆游诗了。

但总体而言，虽然从嘉庆朝以后，对陆游诗的崇尚让位于对黄庭坚诗的崇尚，但陆游诗在清代的影响依然居于宋代诗人中的第三位——仅次于苏轼、黄庭坚诗的影响，而远远高于欧阳修、王安石、范成大、杨万里、梅尧臣等人的影响。总之，在清代社会与清代诗坛的接受视野中，陆游诗始终是历代诗人中的标志人物之一，其影响略低于六朝之陶渊明、唐代之李白杜甫王维、宋代之苏轼黄庭坚，而高于其他的诗人。故此，在清代人的接受视野中，陆游始终是一位有着巨大影响的大诗人。

三、清代宋诗选本中对陆游诗的接受

清代陆游诗接受历程中很重要一个方面就是各宋诗选本都大量入选陆游诗。笔者在本书第九章第一节中制作了一个关于清代主要宋诗选本中各宋诗人作品入选状况的统计表格。据笔者统计，清代各宋诗选本中陆游诗入选数量一般都是第一、第二，最次也是第四、第五。如在顾贞观《积书岩宋诗删》中陆游入选了133首，在所有诗人中排第一。这是很有指标意义的。

中国矿业大学吴宇婕2022年硕士论文《康乾时期宋诗选本对陆游诗歌的接受研究》对各宋诗选本中入选陆游诗歌数量进行了统计，其统计结果如下：

序号	选家	选本	成书时间	陆诗数量
1	清吴之振、吕留良、吴自牧同辑	《宋诗钞初集》	康熙十年（1671年）	951首
2	吴绮	《宋金元诗永》	康熙十七年（1678年）	67首
3	陈焯	《宋元诗会》	康熙二十年（1681年）	不详
4	王士祯	《古诗选》	康熙二十二年（1683年）	78首
5	陆次云	《宋诗善鸣集》	康熙二十六年（1687年）	64首
6	吴曹直、储右文	《宋诗选》	康熙二十六年（1687年）	407首
7	周之鳞、柴升	《宋四名家诗》	康熙三十二年（1693年）	986首
8	陈訏	《宋十五家诗选》	康熙三十二年（1693年）	1012首
9	邵禺、柯弘祚	《宋诗删》	康熙三十三年（1694年）	34首
10	潘问奇、祖应世	《宋诗啜醨集》	康熙三十三年（1694年）	56首
11	顾贞观	《积书岩宋诗选》	康熙三十五年（1696年）	133首
12	张豫章等	《御选宋金元明四朝诗》	康熙四十八年（1709年）	390首
13	王史鉴	《宋诗类选》	康熙五十一年（1712年）	25首
14	郑钺	《宋诗选》	康熙年间	52首
15	曹庭栋	《宋百家诗存》	乾隆六年（1741年）	不详
16	厉鹗	《宋诗记事》	乾隆十一年（1746年）	48首
17	梁诗正、钱陈群等	《御选唐宋诗醇》	乾隆十五年（1750年）	561首
18	张景星、姚培谦、王永祺	《宋诗百一钞》（《宋诗别裁集》）	乾隆二十六年（1761年）	54首
19	严长明	《千首宋人绝句》	乾隆三十五年（1770年）	21首
20	汪景龙、姚壎辑	《宋诗略》	乾隆三十五年（1770年）	不详
21	彭元瑞	《宋四家律选》	乾隆年间	160首
22	侯延	《宋诗选粹》	嘉庆年间	22首
23	许耀	《宋诗三百首》	道光乙巳（1845年）	59首
24	朱梓、冷昌言	《宋元明诗三百首》	道光二十一年（1841年）	28首

吴宇婕的这项统计进行得较好，仔细统计了各主要宋诗选本中入选的陆游诗的数量，虽然有一部分统计结果有明显错误，笔者已进行修正。除部分统计错误外，该统计的不足是未能标明其他苏轼、王安石等诗人的入选数量，难以看出陆游诗歌入选排名。此表格可与笔者在第九章中的统计表相参看。从这些统计来看，清代各宋诗选本通过大量入选陆游诗而更进一步确立了陆游在清代的重大影响。毕竟，翻

开清代主要的宋诗选本，其中都大量入选了陆游诗，读者马上就会意识到陆游是一位值得重视的大诗人。这是陆游诗在清代接受状况的基本态势。

第二节 乾隆帝对陆游诗的欣赏及其影响

乾隆帝对陆游诗的欣赏有着复杂的原因，其中甚至包含了一定的政治考量。陆游诗"喜论恢复"，洋溢着强烈的爱国主义情怀，亦洋溢着浓烈的斗争激情。陆游诗中"铁马冰河入梦来"的斗争对象是金国、金人，而清朝最初的国号是"金国"或"后金"。据研究，清朝诸帝对金朝及金代女真人有较强的民族认同。乾隆帝命编《满洲源流考》一书，以官书的形式明确满洲人同古肃慎、金代女真人之间的历史渊源。❶ 由此，清政府崇尚金朝，与陆游诗敌视金朝之间，是存在很大矛盾的，但奇怪的是，陆游诗并没有因此被封禁。

如果说，康熙帝、雍正帝在位时对涉及古代宋金斗争的内容不甚介意，对相关内容容忍度较高，可以容忍陆游诗文，但乾隆帝却对这些内容非常警惕。如钱谦益的一些涉及遗民与时政的内容，康熙帝、雍正帝都不觉得有问题，但乾隆帝则非常愤慨，多次下令彭元瑞、纪昀等人彻查钱谦益等人作品中涉及遗民与时政的内容。而且乾隆帝对涉及"反清"的内容更为苛刻，发起了大量的"文字狱"。但很奇怪的是，乾隆帝对陆游诗中"反金"的内容似乎并不介意，并没有下令封禁陆游作品中涉及金朝的诗文，最多是把一些侮辱金朝的文字进行删改。

乾隆帝一反常态，非常欣赏陆游诗，并在御选《唐宋诗醇》中大量入选陆游诗，予以提倡。这一点其实是颇让人不解的。也许乾隆帝即位之初，想塑造自己"开明之君"的形象，刻意在《唐宋诗醇》中入选陆游诗。但乾隆帝统治中期逐渐收紧了对相关内容的管控。但无论如何，由于乾隆帝的提倡陆游诗，陆游诗在乾隆朝得到了广泛传播。

---

❶ 邓涛.清朝皇帝的"金朝观"[J].内蒙古大学学报(哲社版),2021(5).

乾隆十五年（1750年），乾隆帝御选《唐宋诗醇》刊刻，在诗坛引起了很大反响，从此确立了以"唐宋兼宗"为清代的官方诗学。乾隆帝在御选《唐宋诗醇》中入选了李白、杜甫、韩愈、白居易、苏轼、陆游六人诗，将这六人推为历代诗坛的"大家"。可以看出，乾隆帝很崇尚陆游诗。不过乾隆帝作为"九五之尊"，并未过多讲述为何如此推崇陆游诗。也许是欣赏陆游慷慨激昂的个性（乾隆帝实则也是一个每天慷慨激昂的人），也许是欣赏陆游诗中展露的忠君爱国之情，也许是欣赏陆游诗的对仗工稳，又或者单纯是试图平衡唐宋诗的格局。

《唐宋诗醇》"凡例"谈及编选陆游诗的标准时说：

> 六家诗集中，白、陆最大。别择较难。断以风人之义。多取其有为而作者录之。顾其忧深思远，随处感发寄兴之作，亦美不胜收。佳处领要，则又芟其复而拔其尤；探得骊珠。固不屑屑于一鳞片甲耳。

"凡例"说陆游诗部头太大，选择具体作品比较难。但是在选取时，是"取其有为而作者"，强调了"有为而作"。所谓"有为而作"，应是指陆游诗中谈及时事，关心民间疾苦等方面的作品。乾隆帝自己的诗中也往往有大量涉及时事，涉及民间疾苦的内容。乾隆帝欣赏陆游诗中"有为而作"的部分，这应是乾隆帝推崇陆游诗的主要原因之一。

同时，陆游也有忠君爱国的一面，这也是乾隆帝欣赏陆游诗的一个重要方面。《唐宋诗醇》中陆游诗选部分的小序中说：

> 观游之生平，有与杜甫类者。少历兵间，晚栖农亩，中间浮沉中外。在蜀之日颇多。其感激悲愤、忠君爱国之诚，一寓于诗，酒酣耳热，跌荡淋漓。至于渔舟樵径，茶碗炉熏，或雨或晴，一草一木，莫不著为咏歌，以寄其意。此与甫之诗，何以异哉。

强调了陆游与杜甫一样有"忠君爱国之诚"，这当然是乾隆帝需要大力提倡的。又强调了陆游诗中有"感激悲愤"的情感，这一点也是乾隆帝非常欣赏的，似乎乾隆帝自己的慷慨激昂与陆游的慷慨激情有一定共鸣，以至于乾隆帝几乎不介意陆游诗中大量"抗金"的内容。

由于乾隆帝御选《唐宋诗醇》对陆游诗的提倡，直接奠定了陆游在清代诗坛无可争议的"大家"地位，这也让很多诗人都相继发表了崇尚陆游的言论。如曾任翰林的赵翼在《瓯北诗话》中便高度评价了陆游诗。而从一些具体的例子来看，诗人多在向乾隆帝的诗学观靠拢，往往崇尚陆游。比如，乾隆元年举博学鸿词的陈士璠"为诗早年追汉、魏，步趋三唐，晚乃出入白、苏、黄、陆"（阮元《两浙輶轩录》）❶。再如，乾隆二十六年（1761年）进士，历官侍讲学士的曹仁虎"诗初宗四杰，后乃出入杜、韩、苏、陆诸大家"（徐世昌《晚晴簃诗话》），这一类有崇尚陆游诗的诗人在诗坛大量存在。

此外，一些未能考取功名的布衣诗人或一些在科举制度中苦苦挣扎的"诸生"，其诗学倾向亦往往向乾隆帝的"诗学旗帜"靠拢，对陆游诗都有很大的崇尚。如浙江监生黄凯钧"出入于香山、放翁之间"（潘清泹《翠楼诗话》）；嘉兴诸生计元坊"其诗得力于韩、白、苏、陆而自成一家言"（袁景辂《国朝松陵诗征》）❷；广东诸生田上珍"其诗瓣香白、陆"（刘彬华《岭南群雅初集》）❸，等等。

总之，乾隆帝对陆游诗的提倡，是清代陆游诗接受史的一个关键节点。乾隆帝对陆游诗的欣赏，对清代"崇尚陆游诗"风气的形成与推广有着重要推动作用。同时，乾隆帝对陆游诗的接受，在清代宋诗接受中有着重要典型意义，值得多方面深入研究。

第三节　赵翼对陆游的崇尚

在清代，几乎所有的大诗人都会一般性谈及陆游，甚至提倡学陆游，但往往并

---

❶ 钱仲联.清诗纪事[M].南京:江苏古籍出版社,1989:4675.
❷ 钱仲联.清诗纪事[M].南京:江苏古籍出版社,1989:7330.
❸ 钱仲联.清诗纪事[M].南京:江苏古籍出版社,1989:7528.

不主要以陆游为学习对象，而且与对苏轼、黄庭坚的提倡有所不同。苏轼、黄庭坚在清代，往往受到大诗人的高度赞赏，乃至引为心灵的寄托，如王士禛、查慎行、翁方纲、张之洞等人都高度赞赏苏轼诗，且发表过大量对苏轼的"宗教性崇拜"，再如蒋士铨、翁方纲、陈三立等人高度赞赏黄庭坚诗。但相对而言，清代诗坛的大诗人对陆游并没有呈现宗教性的崇拜，清代大诗人们对陆游的赞赏一般也没有那么明显。

在清代大诗人中，着重崇尚陆游的主要是赵翼。对此，诸多研究者都已注意到了，诸多论文都已经较深入探讨了赵翼对陆游的接受问题，已将有关材料进行了较好的梳理❶。这里笔者在其他学者基础上，对赵翼的陆游接受进行一些简要的综述。

赵翼（1727—1814），字云崧，号瓯北，江苏常州人。于乾隆十五年（1750年）中举。乾隆二十六年（1761年），进士及第，被乾隆帝钦点为探花。此后赵翼做了几年京官，乾隆三十一年（1766年）后，赵翼在广西、广州、贵州等地任知府等职。乾隆三十七年（1772年），赵翼辞官还乡，专心学问，著有《廿二史劄记》，是乾嘉考据学的代表人物。在诗坛，赵翼亦很有影响，与袁枚、蒋士铨并称"乾隆三大家"。

赵翼一度为乾隆帝近臣，曾随乾隆帝至承德避暑山庄等地，对乾隆帝御选《唐宋诗醇》中入选陆游诗较为认可，赵翼也展现出很强的崇尚陆游的倾向。

赵翼的《读陆放翁诗题后》一诗中深入谈及了自己对陆游诗的认识："试读渭南以后诗，八九十岁犹精进。乃知耄学益勤劬，老境逾甘啖蔗如。惭余五十编诗日，才是先生存稿初。"说自己50岁开始编刻《瓯北诗钞》，已囊括了自己大部分作品，而陆游50岁时才刚刚完成《剑南诗稿》的初集。这里赵翼有意向陆游学习，在60岁、70岁还持续地大量作诗。实则后来赵翼也做到了，他享年87岁，比陆游还大2岁。陆游有9000多首诗，而赵翼也有5000多首诗。赵翼在《编诗》中说："踪迹三高士，诗篇半放翁"，诗后自注说："放翁诗万首，余几半之"。可见，赵翼有明显向陆游学习的倾向。尤其是赵翼在暮年后明显有以"暮年陆游"为榜样的倾向。

---

❶ 柳方委.论赵翼的宋诗观[D].厦门:华侨大学,2014;郭玉琼.赵翼对陆游诗歌接受研究[D].开封:河南大学,2017.;林雨鋈.陆游接受史上的清代"第一个读者"(赵翼)及其影响[J].江西社会科学,2022(3).

赵翼在自己的《瓯北集》中经常谈及陆游，有一些效仿陆游风格的作品，如《感兴和放翁韵》《闲居效放翁体》。而且赵翼还有不少诗句是模仿、引用、化用陆游诗句。综合来看，赵翼的诗歌风格有向陆游风格靠拢的倾向。清人尚镕曾在《三家诗话》中指出"云崧学苏、陆而参以梅村、初白"。陆游本就以七言律诗著称，赵翼的七言律诗有明显效仿陆游之处，故而尚镕在《三家诗话》中说赵翼的七言律诗"格虽不高，而语无不典，事无不切，意无不达，对无不工，兼放翁、初白之胜"。尚镕的这些看法无疑是很有道理的。

赵翼在70岁后，对陆游的崇尚愈发明显。嘉庆二年（1797年）至嘉庆七年（1802年）赵翼撰写并刊刻了《瓯北诗话》。《瓯北诗话》共12卷，各卷分别论述了李白、杜甫、韩愈、白居易、苏轼、陆游、元好问、高启、吴伟业、查慎行等人的诗。《瓯北诗话》卷六专论陆游诗，卷七是他所作的陆游年谱，其他卷中也经常谈及陆游。仅从《瓯北诗话》中各诗人作品占篇幅来看，赵翼的诗学倾向无疑是"唐宋兼宗"的，他推崇李白杜甫等唐人，但也崇尚宋人，这与乾隆帝御选《唐宋诗醇》中入选李白、杜甫、韩愈、白居易、苏轼、陆游六人的诗是大体相近的。可见，赵翼推崇陆游是受到乾隆帝的影响。

但赵翼在《瓯北诗话》中并不是一般性谈及陆游，而是对陆游诗有深入研究，这体现在两方面。其一是赵翼作有陆游年谱，认真梳理了陆游的人生。赵翼是清代第一位为陆游作年谱的学者。一般而言，为诗人作年谱，都需要深入研究该诗人的生平与诗作，尤其需要从诗歌中寻觅诗人生平的踪迹。赵翼为作陆游年谱应是深入研读了陆游诗。其二是赵翼对陆游诗歌特点进行了综合性的研究，形成了诸多创新性阐发。赵翼根据陆游生平对陆游诗歌进行分期，进而提出陆游诗歌"三变"，深入总结了陆游诗歌的艺术特色。

应该说，赵翼并不是一般性地推崇陆游，而是在宋代诗人中最为推崇陆游。他在《瓯北诗话》中对陆游评价极高。赵翼在《瓯北诗话》中一反诗坛上认为苏轼强于陆游的声音，提出陆游胜过苏轼："宋诗以苏、陆为两大家；后人震于东坡之名，往往谓苏胜于陆，而不知陆实胜于苏也。"赵翼其实也较为崇尚苏轼，诗集中有大量次韵和韵苏轼诗的作品，但在这段话中赵翼明确说"陆实胜于苏"，这表明赵翼对陆游的推崇是要高过对苏轼的推崇的。

结　语
关于清代宋诗传播接受史的文学与史学理论思考

关于清代宋诗出版传播与接受史的研究，既是文学研究也是史学研究，既是文学理论研究也是史学理论研究。文学理论的研究自不必说，在史学理论研究界就有专门关于"接受史研究"的方向。❶ 因此，在本书已有案例研究的基础上，我们应该进一步进行文学理论与史学理论的研究。"理论研究"可以说是笔者的强项。近年来笔者相继出版了《文学进化论新探》《西游故事进化史新探》等著作，系统性提出了"文学基因与文学进化的新理论"，应该说是在学术界产生了较大影响。有不少学者已认识到，这一理论有可能会进一步发展壮大，乃至走出国门，成为当代国际理论界一种主流的文学理论。为了实现这一远大理想，我们还有很多学术工作要做。客观来说，本书就是笔者在前进道路上迈出的又一个坚实步伐——本书看似与文学进化无关，但实则全书集中探讨了"宋诗基因在清代的传播、接受、影响与再生"的多方面问题。本书详尽的案例研究，对我们理解"上一代文学基因如何对下一代文学作品产生影响"具有重要启迪。

行文至此，过于细碎的清诗案例研究就暂告一段落。在本书结束语中，笔者将

---

❶ 上海师范大学编的核心期刊《新史学》在其第30辑主题便是"比较史与接受史"。见：陈恒.新史学(第30辑)[M].郑州：大象出版社，2022.

进行多方面理论探讨。对清代宋诗出版、传播与接受的研究，既是对文献案例的个案研究，也必然包含一部分理论研究。同时，这也是一种历史研究，毕竟关于文学史的研究，就是属于历史研究的文化史研究范畴。通过本书中对清代宋诗文献的诸多梳理与细读，我们能看出一些涉及"历史文献"问题，由此就有了深入探讨"历史理论"乃至"历史哲学"的案例基础。在接下来的"结语"中，笔者将延续《西游故事进化史新探》等著作中从"一般文学思想探讨"上升到"文学理论的探讨"最后升华到"哲学理论探讨"的研究范式，从文学思想、文学理论乃至文艺哲学、历史哲学等多个维度对笔者所关心与思考的问题进行多方面阐述，最终系统性地提出"概率论史学"的理论体系。希望给学界朋友带来一定启示，不足之处亦请有关专家学者批评指正。

一、清代宋诗出版、传播与接受史中的若干理论问题

清代书籍出版与流通虽然有较大发展，但很多珍贵古籍的出版还是很不容易的。通过本书对诸多清代宋诗选本、清代宋诗注本等的梳理，我们可以看到，无论是宋诗人个人诗集的出版，还是清代宋诗选本的传播度与影响力，还是各宋诗选本中入选各诗人的作品数量，都存在显著的两极分化与"二八定律"。苏轼、黄庭坚、陆游、欧阳修、王安石等少数几位诗人个人诗集的出版占据了清代宋诗别集出版的主体，很容易在各地书坊买到，其他范成大、杨万里、梅尧臣、陈与义等绝大部分知名宋代诗人的诗集往往在整个清代只能刊刻一两次、两三次而已。陈师道诗集在清代刊刻较多，但也仅有 10 次而已。读者能不能买到有一定的偶然性、随机性。连纪昀等专业的翰林文人想要专门寻觅陈师道等宋人诗集也要费一番功夫。类似的，在清代近 170 种宋诗选本中，也只有《千家诗》《唐宋诗醇》《宋诗别裁集》《瀛奎律髓》等被反复刊刻，其他绝大部分宋诗选本很难被普通读者看到，很难跨时代传播。由此不得不说，乾隆帝修《四库全书》动用国家力量搜罗大量珍贵古籍，却不进行刊刻，仅仅弄出七套错谬百出的抄本，然后束之高阁，这真是很大的遗憾。

清代宋诗出版与传播上鲜明的两极分化，就会导致绝大部分宋诗人作品，是很难被清代读者读到的。清代读者对宋代诗坛的认识，最终被聚焦到了苏轼、黄庭坚、

陆游、范成大或朱熹等少数宋代诗人身上了。只有钱谦益、王士禛、翁方纲、曹庭栋、纪昀、吕留良、吴之振等少数学者型作家、学者型诗人，才能藏有或看到大量普通人看不到的宋诗版本，他们对宋诗的理解才会与普通人有较大不同。但学者型作家毕竟是少数人，绝大部分清代文人都还是根据清代宋诗出版状况来形成对宋诗的看法。这就必然在清代不同的读者群体中形成对宋诗的认知差异。

因此，我们能看到在清代宋诗传播与接受中存在一些显著的差异性问题，如清代宋诗接受的群体差异、地域差异、体裁差异、接受断层以及文本流传度差异、诗人知名度差异等。这些问题需要进行一定理论总结，在此基础上才能进行更为抽象化的哲学思考。

（一）清代宋诗接受的群体差异

从一般性文学理论的角度，在各类不同时代文学接受状况中，"接受群体"都是有很大差异的。在古代一般的文学接受上，群体差异、地域差异、年龄差异等都对古代文学接受有影响。

具体到清代宋诗接受就明显存在群体差异、地域差异、年龄差异、职业差异等问题。

第一，群体差异。从本书的材料梳理来看，在清代关于宋诗接受的主要活跃群体，实则主要有三个：诗坛、出版界与读者群体。这三个群体因其出发点、目标与立场不同，所以他们对宋诗的接受并不完全相同，他们在清代宋诗接受历程中所起的作用也并不相同。清代诗坛的诗人们主要的目标是从事诗歌创作，他们本意并不想单纯从事唐宋诗接受工作。但诗歌创作需要以研读与学习前人作品为基础。在这个过程中，就形成一批以"宋代诗学"为诗歌创作导向、学习典范的宗宋诗人群体，形成了清代诗人们对宋诗的多方面探讨，其探讨并非单纯文学欣赏，而是为其诗歌创作服务的。清代诗歌出版界对宋诗的理解又与清代诗人们不一样。诗歌出版界主要目标是诗歌欣赏，同时也带有一定的商业目的，哪些诗好卖，市场销量大，比较流行，他们就编刻出版哪些诗。而且他们不是为了诗歌创作服务的，更多的是为了诗歌欣赏服务，因此相对更为单纯。至于清代的普通读者们，他们读诗很大程度是为了认字、学文化，也带有一定的文学欣赏目的。他们的诗学趣味会在一定程度上影响出版界对宋诗的出版。

第二，地域差异。清代宋诗接受中的地域差异也是有明显区别的。江南吴中地区，从清初至清乾隆中期，崇尚陆游、范成大，有"家致能与户放翁"的局面。而在江西地区的宋诗接受，更为崇尚江西历史上的诗人，如欧阳修、王安石、黄庭坚等。不过，诗坛形成的主流宋诗欣赏趋向，是各地域交汇交融，乃至竞争的结果。清代诗坛最终形成的崇尚"苏、黄"的局面，并非单纯"地域诗学趣味的结果"，而是有着诗坛多方面因素，综合演变，尤其是与时风、世风、学风交互演变产生的结果。

第三，年龄差异。清代宋诗接受中的年龄差异也值得注意。流传广泛的童蒙读物《千家诗》，选取的都是通俗易懂的律诗绝句。而这些通俗的律诗绝句，对于那些成年的诗人、文人就明显过于简单。

第四，职业差异。清代宋诗接受中的职业差异，也是客观存在的。清代全社会的识字率比较低，能认识字的人大体都是中农以上家庭。而清代宋诗接受的主要群体，实则是"士大夫"，这本质上是一种"职业"。为什么清代的诗人们崇尚苏轼，恐怕正是因为苏轼作为一位职业官僚，他的人生态度，他的艺术趣味，他的诸多思考，对于清代的职业官僚们是有一定参考作用的。王士禛、宋荦、查慎行、翁方纲、张之洞等崇尚苏轼的诗人，大多都有着跟苏轼一样的"职业"。

（二）清代宋诗接受的体裁差异

清代诗论家、诗选家对宋人的五言诗、七言诗有不同的评价，存在着接受上的差异。如王士禛《古诗选》未入选宋人的五言古体诗。从王士禛的诗文集来看，王士禛很欣赏苏轼诗，几乎是"言必称苏轼"，却不入选苏轼五古，说明还是从根本上不甚欣赏苏轼的五古。也说明苏轼的五言诗，可能不是那么好。类似的谢枋得、王相定本的《千家诗》在五言部分也未选宋诗，但在七言部分，宋诗则占了一半。嘉庆三年（1798年），姚鼐编选的《五七言今体诗钞》的《五言今体诗钞》部分，也仿效王士禛，未入选宋诗。再如，曾国藩《十八家诗钞》入选了苏轼、黄庭坚、陆游的七古、七律、七绝，但也未入选这些宋诗人的五言诗。另外，康熙中期，顾贞观编《积书岩宋诗钞》在所收总共2500首宋诗中，五绝只收录了94首，而收别的体裁都是四五百首，这说明顾贞观对宋代五言诗的评价也并不高。

这似乎说明清人对宋代五言诗的反响并不太好，也说明宋代五言诗取得的成就并不太高。但清代宋诗选本中也有与此相反的编撰思路。例如，康熙三十二年（1693年），周之鳞、柴升编的《宋四名家诗钞》大量入选了宋人的五古，其中，入选了苏轼五古55首，黄庭坚五古84首，范成大五古25首，陆游五古35首。嘉庆元年（1796年），翁方纲编选的《小石帆亭五言诗续钞》为了纠正王士禛《古诗选》未选宋人五言诗的缺点，特意编选了大量宋人的五言诗，其中入选苏轼五言诗有73首之多，又显示出对苏轼与宋人五言诗的极大认可。

这说明清人对宋人的五言诗的认识有一定分歧。如王士禛、王相、姚鼐、曾国藩等人并不认可宋人的五言诗，但周之鳞、柴升、翁方纲等人又较为认可。关键是对宋人五言诗的艺术成就的评价，是否能够服众？考虑到王士禛、姚鼐、曾国藩等人更权威，似乎王士禛、姚鼐、曾国藩等人的观点更有参考价值。

（三）清代主流诗坛与普通大众对宋诗的接受存在某种断层

我们注意到：清代诗坛与清代普通人对宋诗的接受似乎存在断层。清代诗人们关注的宋诗人是苏轼、黄庭坚、陆游、范成大等少数几人。但在清代有巨大影响几乎"家置一编"的童蒙读物《千家诗》选了52位宋代诗人，其中苏轼作品入选最多有7首，其次是王安石诗5首，黄庭坚诗2首。但还有程颢、朱熹等人也入选了一些作品，朱熹的《春日》等作品甚至脍炙人口。有意思的是，清代主流诗坛的诗人们并不关心朱熹的诗集。在清代诗坛极少有人谈到程颢、朱熹等人诗。以至于清初理学家张伯行专门将理学家诗编为一册，题名为《濂洛风雅》，并呼吁文坛关注理学家的诗歌，"世之君子苟移所好，以从事于诸子之诗"。但张伯行的呼吁并没有得到主流诗坛的呼应，主流诗坛依然不甚关注朱熹等理学家诗歌。

这就启示我们思考：清代主流诗坛对宋诗的接受，与清代普通读者对宋诗的接受是一种什么样的关系。是一种"并行不悖"的关系，还是一种"后者包含前者"的关系？这些问题或许需要在文学接受理论上进行更进一步的解答。

可以说，由于各种诗歌选本的流传度不统一，《千家诗》几乎"家置一编"，而其他以《宋诗钞》《唐宋诗醇》《宋诗别裁集》等为代表的宋诗选本，虽然有的也流传较广，但毕竟不是"家置一编"，只是在文人、士大夫、秀才举子等家中有。所以清代主流诗坛的诗人们对宋诗的接受与普通人对宋诗接受并不统一。主流诗坛的诗人们更为聚焦到"苏、黄、陆、范"等宋代著名诗人上。而普通读者则反而不太关心哪些人是宋代著名诗人。考虑到程朱理学在清代社会的广泛影响，普通读者反而会认为朱熹、程颢等"理学家诗人"是影响巨大的宋代诗人。

应该说这种"文学接受断层"现象，在各个时代的文学接受中都是普遍存在的。例如在民国时期，普通读者接受的是"鸳鸯蝴蝶派"文学，而精英人士、青年学子接受的则是"新文化运动"中产生的"新文学"。当代以来亦是如此，主流文化领域的"主流文学"有一批读者，但全社会大众接受的更多的则是武侠、言情等通俗小说，以至于当代的网络小说。

要言之，"大众"与"精英"在文学接受上一向都有断层。"大众"接受的文学更为通俗，而"精英"接受的文学更为精致与专业化。

（四）清代宋诗选本的出版传播存在显著的"二八定律"

清代各宋诗选本的流传度存在很大的差异，有的宋诗选本流传甚广，"几至家置一编"，但也有很多清代宋诗选本流传不广，只有极少数人能看到。结合各种事物传播与演变中普遍存在的"二八定律"来看，清代宋诗选本的传播度与影响力也存在显著的"二八定律"。清代近170种宋诗选本中的绝大部分都是影响很小的，大概其中20部，获得超过90%的影响力与传播度。从版本情况来看，除《千家诗》几乎每年都有大量再版外，要数乾隆帝御选《唐宋诗醇》再版次数多。《唐宋诗醇》在乾隆十五年（1750年）刊行后，在乾隆二十五年（1760年）就有遗安堂刻本、善成堂刻本、紫阳书院重刻本、两仪堂翻刻本。此后一般隔几年就有重刻本。在光绪年间，几乎每年都有刊刻，如光绪七年（1881年）有浙江书局刻本、江苏书局刻本等。这一刊刻频率与广度，是一般宋诗选本所无可比拟的。

再如，乾隆四十六年（1781年），纪昀等四库馆臣在"纂校"乾隆帝御选《唐宋诗醇》时认为："考国朝诸家选本，惟王士禛书最为学者所传，其《古诗选》……"可见，王士禛的《古诗选》亦是传播较广的，且最为学者所称颂。当然，"为学者称颂"与"传播较广"不可等价，因为书坊体系出版的畅销书，有时不为学者称颂,但其传播是很广的。综合来看,清代王相参与编撰的《千家诗》、吕留良吴之振等编《宋诗钞》、王士禛编《古诗选》、乾隆帝御选《唐宋诗醇》、厉鹗编《宋诗纪事》、清人评点的《瀛奎律髓》、张景星等编《宋诗别裁集》等十来部诗选是有较大影响的。尤其是《千家诗》《古诗选》《唐宋诗醇》《宋诗别裁集》《瀛奎律髓》等少数几种进入了清代书坊的出版体系,被各书坊反复刊刻,反复传播,占据了90%以上的传播度与影响力,其余各类宋诗选本则影响并不大,往往刊刻一两次就不再在图书市场传播了,有的只有抄本存世的宋诗选本则影响更为可以忽略。

更进一步来说,清代最重要的宋诗选本是清人王相参与编撰的《千家诗》,据《老残游记》该书在晚清时的山东东昌府一年要卖上百部。据此推测该书在全国一年要卖上万部。而实则其他各类清代宋诗选本在清代的"销量"都是极为有限的。恐怕清代近170种各类宋诗选本加起来的总销量,都不会超过《千家诗》一种的销量。因此,《千家诗》一家的影响力,可能就要占据近170种清代宋诗选本"总影响力"的近半数。乾隆帝御选《唐宋诗醇》虽然也进入了书坊出版体系,但刊刻频率与销量还是不能与《千家诗》相比。

因此,在清代普通读者的阅读视野中,《千家诗》所包含的"宋诗学理念"显然远比文坛王士禛、翁方纲、袁枚等人的"宋诗学理念"的影响要大。清代的普通读者很可能是把《千家诗》中展现的宋诗学理念,当成基本观念。因此,在清代普通人的视野中,朱熹、程颢等理学家诗人的作品,也许其影响并不比苏轼、黄庭坚、陆游等纯诗人的影响小多少。

这种在影响力上的两极分化,正是各类传播活动中的共性。占比小于20%的经典之作,能够占据80%以上的传播力、影响力。这一点在科研上也是如此。20%的顶尖学者,发表了占比80%的重要科研成果。有研究者经过实证研究后甚至认为,是1%的顶尖科研工作者,出产了99%的重要科研成果❶。故而在科研上,必须出精品,否则就会劳而无功。

---

❶ 国外诸多研究者都认为是1%的科学家出产了99%的重要成果。见:刘益东.科研体系大转型:从国际论文挂帅到追求原始创新与科技自立自强[J].关东学刊,2024(1).

（五）清代宋诗人作品的出版传播也存在"二八定律"

从本书所梳理的清代宋诗选本的出版传播状况来看，尤其是从清代宋诗人别集的出版状况来看，我们可以看到：清代宋诗的出版状况是不太理想的，在宋诗人别集的出版上存在严重的两极分化。除了苏轼、黄庭坚、欧阳修、王安石、陆游等少数几位诗人的诗集出版较多外，连杨万里、永嘉四灵的诗集都很难出版。清代普通读者很难读到除苏轼、黄庭坚、欧阳修、王安石、陆游等少数几人之外其他宋诗人的诗集。因此，宋诗人个人诗集在清代的传播中也存在显著的"二八定律"：20%甚至不到10%的宋代诗人诗集的出版传播占据了80%以上的出版传播份额，剩余80%、90%的宋代诗人诗作只能勉强占据不到20%的出版传播份额。换言之，90%以上的宋代诗人，在清代就根本没有个人诗集存世。清代普通读者视野中所谓的"宋代诗人诗集"，实则仅仅是苏轼、黄庭坚、陆游、欧阳修、王安石等寥寥数人的诗集而已。这一点是非常引人深思的。

所以从阅读诗集角度来看，主要是苏轼、黄庭坚、陆游的诗在清代社会有较大影响，其他大量诗人连诗集都不能较多流传（有的依靠抄本有少量流传），何谈对清代诗坛产生影响？因此，除苏轼、黄庭坚、陆游等少数几位宋代著名诗人之外，其他几十上百位宋代知名诗人的诗主要是通过宋诗选本对清代社会发生影响。但诚如上文所述，清代宋诗选本的出版与传播，也是两极分化的。清代虽然先后出现了近170种宋诗选本，但绝大部分宋诗选本都流传不广，仅刊刻一两次就不再刊刻，普通读者很难读到。因此，《千家诗》《瀛奎律髓》《唐宋诗醇》《宋诗别裁集》等被反复刊刻、传播广泛的宋诗选本有了在清代社会发生作用的重要空间。

清代厉鹗所编《宋诗纪事》收录宋诗人3812家，但这并不是宋代诗人的全部数量。当代学者编撰的《全宋诗》及其补编收录了宋代约11万位诗人的近30万首诗。那么，这几千上万位宋代诗人在清代获得了平均的影响力与传播度吗？显然不是这样的。纵观清代诗坛与清代社会的宋诗传播状况，有一定影响的宋代诗人最多400人。这近400位宋代诗人中，经过清代吴之振、曹庭栋等各藏书家、出版家等抢救整理后，有个人诗集存世的也就200人左右。在这有个人诗集存世的200位宋代诗人中较为知名的约30人。而这近30位知名宋代诗人的作品的传播度也不一样，也存在较大的两极分化。

实则在这近30位宋代知名诗人中，至今还有较大影响的恐怕也就苏轼、黄庭坚、陆游、欧阳修、梅尧臣、陈师道、范成大、杨万里、刘克庄等十多人。而进一步考察清代诗坛对宋诗的接受，就会发现，最终清代诗坛对宋诗的关注被集中到了苏轼、黄庭坚、陆游等寥寥数人身上。极言之，在宋代几百位诗人中（且不说至今存有诗作的11万宋人），在清代有较大影响的只有苏轼、黄庭坚、陆游等人。也就是说，苏、黄、陆等人占据了宋诗90%以上的关注度。其他诗人几乎无人问津。这远比"二八定律"要夸张。

可以证明这一点的是，在各宋诗选本入选的诗人作品数量上，也往往根据这些诗人诗集在清代出版传播情况作出调整。各宋诗选本在入选诗人的作品数量上，往往也参考他们的影响力，参考他们个人诗集的出版状况。个人诗集出版较多，较容易看到，就表明其诗较流行，因此在宋诗选本中也相应地会更多入选。这最终就导致各宋诗选本在入选诗人作品数量上也存在鲜明的"二八定律"。苏轼、陆游、王安石等少数大诗人，往往能占到一部宋诗选本中全部入选诗作的近一半。如顾贞观在康熙三十五年（1696年）出版的《积书岩宋诗删》中入选诗歌数量排前十五位的苏轼、陆游、王安石等大诗人（人数仅占全部305位诗人数量的4.5%）入选诗歌约1000首，占到全部入选诗歌的40%。剩余300位诗人只入选了1500首左右的诗。而如果再减去一些排在15至30名的诗人的作品，则普通诗人往往也就只能入选两三首了。再如，道光年间许耀的《宋诗三百首》入选79位宋代诗人的诗作300首，其中排第一的苏轼入选62首，排第二的陆游入选60首，黄庭坚22首为第三多，范成大21首排第四，则仅前4位诗人就入选了165首，占全部入选诗作的55%。这都说明很多宋诗选本在入选诗人作品上是呈现"二八定律"的非平均分布的。苏轼、陆游等大诗人入选的作品占了很大一部分。普通诗人一般都是入选两三首。可见，宋代普通诗人的作品很难被呈现到读者面前。

总之，基于以上诸多差异性因素与二八分化的状况，清代读者对宋诗的认知，最终被聚焦到了苏轼、黄庭坚、陆游、范成大、朱熹等少数几位宋诗人身上。实则这种情况也影响了我们今天对宋诗的认识。我们今天所崇尚的宋诗人也不过是苏轼、黄庭坚、陆游、欧阳修、王安石、梅尧臣、杨万里、范成大、陈师道、陈与义、刘克庄等十多人。某种程度来说，无论是在清代还是现当代，"宋诗"这个概念都被压缩化，最终被标签化了。最终我们用"苏轼""黄庭坚""苏、黄""江西诗派""陆游""瘦硬""盘空硬语""以文为诗""以学为诗""以议论为诗"等几个标签式概念就描述了宋诗。但这种"描述"显然并不是"全局性描述"，只是一种"抓重点的描述"，甚至是一种"以偏概全"的描述。

故而，南宋严羽在《沧浪诗话》中评价宋诗的话："近代诸公，乃作奇特解会，遂以文字为诗，以才学为诗，以议论为诗。夫岂不工，终非古人之诗也"，之所以能得到清代诗学界的普遍认可，与清代宋诗的出版传播状况是有很大关联的。因为清人看不到宋诗的全貌，一般只能看到苏轼、黄庭坚、陆游、范成大、《千家诗》《瀛奎律髓》《宋诗别裁集》《唐宋诗醇》等少数诗人诗集与宋诗选本。这样就必然会以"苏、黄"的诗歌特点来代表宋诗。类似的，清代乃至现当代的学者评价唐诗，总是说"盛唐气象"，这也是由清代以来的唐诗出版传播状况所深刻决定的，人们最终都是用李白、杜甫、王维等少数盛唐诗人的诗歌风格来代表唐诗。

二、宋诗基因对清诗与清代文化的影响

本书集中探讨清代宋诗出版、传播与接受的问题，归根结底是为笔者在《文学进化论新探》一书提出的"文学基因与文学进化的新理论"服务的。2008年时，笔者思考的案例主要是"西游故事的进化史"。2015年，笔者开始思考如何把"文学基因与文学进化论的理论框架"全方位贯彻到"诗歌史研究"当中。此问题经过多年思考，直到近三四年来才有了准确解答。在几年后将要出版的《中国文学进化史》（拟90万字）一书中，笔者将会建立一个关于中国诗歌进化史的庞大体系，这个体系不是通常可见的关于诗歌发展历程的断代史梳理，而是：第一，中国诗歌从几种简单"基因"出发，形成复杂的"界、门、纲、目、科、属、种"的复杂演化与进化的历史。第二，中国诗歌各名篇之间遗传变异关系的全面梳理。

考虑到，《中国文学进化史》一书探讨的问题太过宏大，一些细节问题与"前期理论问题"没有足够篇幅进行探讨，所以笔者需要以本书已有材料为案例基础，在本书的"结语"中进行多方面探讨。这既是为本书已有研究做一个理论总结，也

是为《中国文学进化史》一书做一个理论铺垫。在这里，我们首先要深入探讨"宋诗基因对清诗的影响问题"，然后再探讨"历史理论"与"历史哲学"的有关问题。

在《中国文学进化史》一书中，笔者会梳理一些清诗名篇吸收宋诗基因的案例，但这种探讨还是限于个案的、零散的，未能系统性梳理与描述宋诗基因对清代诗坛整体性影响。因此，本书关于清代宋诗出版、传播与接受的探讨，就很有理论意义与系统性案例价值了。

（一）广义的文学接受与狭义的文学接受

自从 20 世纪 80 年代，"接受美学"进入中国，在我国古典文学研究界就兴起了"文学接受史研究范式"，几乎每年都有上十篇谈文学接受史的硕博士论文，如"陶渊明接受史""杜甫诗接受史""苏轼诗接受史""唐诗接受史"等选题层出不穷。但是学界对什么是"文学接受"还是有一定认识分歧。这不仅仅是一个关于"文学接受"概念的定义问题，更是关于在具体的文学研究中对"文学接受"概念的界定与操作的问题。

我们看到，在很多的硕博士论文中，经常把明清诗话中谈及某唐宋诗人，当成对该诗人的接受。又或者在一些文学评点中评点了某唐宋诗人，便把这些评点当成对该唐宋诗人的接受。这就导致元明清诗话中大量谈及前代诗人的内容，被放入了接受史范畴，也导致某些文人偶尔谈及前代诗人也被当成对该前代诗人的接受而大书特书。这实则是一种"广义的接受史"。这会导致"唐宋诗接受史研究"被显著放大，因为在历代的每一部诗话中几乎都会把唐宋诗人谈一个遍，这并不是说有一种对"某位具体诗人"的独特感受，只是因为"诗话"是一种体制性探讨前代诗人的形式，一般要把前代重要诗人都谈到，以显示出诗话作者的博学与专业性。同时，大量明清文人为了追逐文坛风尚，也为了显示自己的博学与专业性，也往往会从多方面谈及前代诗人。并不是说，这些明清文人对这些诗人有独特感受，只是一种体制性的全面探讨。例如，清人王士禛在各种文章、诗话、笔记中几乎把前代大诗人都谈了一遍，我们不能说每一位前代大诗人都对王士禛有很大影响。

如果放任接受史研究所论述的范围，就会导致焦点被模糊，被转移，导致论述缺乏准确性，尤其会导致对一些问题认识的较大偏颇。如既然王士禛广泛谈及了李白、杜甫、白居易、苏轼、黄庭坚、虞集等历代大诗人,那么,哪位前代诗人对王士禛影响最大呢?哪种影响是最主要的呢?事实上,并不是王士禛一个人是这样的,明清时期的诗人与作家,往往广泛谈及唐宋诗人,广泛吸收唐宋诗人的有益养分。如纪昀在《四库全书总目提要》《瀛奎律髓刊误》等中把历代诗人谈了一个遍,那么纪昀最崇尚哪几位诗人呢?写"纪昀对唐宋诗人的接受"的学术文章,岂不是要把纪昀对唐宋诗人的看法全部都梳理一遍?这显然是过于烦琐,且一定程度上是不合理的。我们只能是"抓主要矛盾",需要找到王士禛、纪昀等人较多谈及的唐宋诗人,需要找到他们自己论述中最突出、最有典型性与代表性的内容。

而且有时候同一人在不同时间段对前代诗人的论述互相矛盾,有时说自己崇尚唐诗,有时又说自己研读宋诗,如王士禛说自己"中岁越三唐而事两宋"。所以我们在研究文学接受史时,一定要注意区分"主要的接受"与"次要的接受",先抓住主要的方面,然后再梳理次要的方面,千万不能把"次要的接受"当成"主要的接受",把"偶尔谈及某前代诗人"当成"对某前代诗人有深刻崇尚",这会导致我们对明清诗人诗学风格与精神世界的认识发生很大误解。

我们应该注意到一种"狭义的接受史",不能说"单纯谈及某个唐宋诗人"便可以被视作对该诗人的接受,而应该把握一定的门槛,不仅仅是单纯谈及,而应该有较大的崇尚,较深刻的心灵影响,这才能叫"狭义的接受"。循着这个思路我们对"清代宋诗接受史"会有一些不一样的看法。以清代诗坛对宋诗的接受来说,显然应该抓主要矛盾——即是苏轼、黄庭坚、陆游等个别宋代诗人在清代的影响。如果每一位被谈及的宋代诗人都要进行接受史梳理,就很可能模糊焦点,以至于对"清代宋诗接受史"认识的失真。

要之,我们应该对"广义的文学接受"与"狭义的文学接受"有所区分。一般而言,"广义的文学接受"就是对前人作品的一般性研读、一般性感受,虽有所接受,但谈不上刻骨铭心,影响深远。而"狭义的文学接受"则是对前人作品的较深入研读,较深刻感受,较频繁谈及,较深刻崇尚。之所以有这种区分,关键在于,后代作家是否深入研读、深刻崇尚某前人作品,会影响到该后代作家的作品创作。其中存在文学基因的传承与文学再生产的问题,会直接影响文学史的走向。也即,广义的文学接受只是一般性的文学欣赏,这对后来的文学史走向虽会有一定影响

(为大量读者所广泛喜爱的作品,会导致诸多作家投读者之所好,大量创作类似作品),但还谈不上直接改写文学史走向(文学史走向的改变,归根结底是靠后辈作家的创作来改变的。读者的欣赏只是促进因素,不是直接决定性因素)。这类似于普通观众看电影,并不决定下一部电影的拍摄(虽然普通观众欣赏的电影、票房高的电影,会导致制片方跟风拍摄,但这不是我们这里探讨的要害之处)。而狭义的文学接受,是后辈作家对前代作家作品的深刻学习、体悟,会显著改变该后辈作家的创作风格,进而影响文学史的走向,类似于某位导演深入观看前人的影片,进而将有益成分吸收到自己创作的影片中。

(二) 文学基因传播与接受的两种主要形式

以上文提出的"广义的文学接受"与"狭义的文学接受"为基础,我们应该注意到,在文学欣赏与文学创作的历史实践中,文学基因的传播与接受有两种主要形式:一种是普通读者的一般性的文学欣赏与接受。这种欣赏与接受不产生下一代作品。另一种是作家读者的欣赏与接受,这种欣赏与接受会作用于下一代作品,甚至产生下一代作品。

我们在讨论文学接受史时经常把这两种不同形式的接受混为一谈。以清代宋诗出版、传播与接受来看,很多普通读者会研读苏轼诗,会研读各宋诗选本,这显然是对宋代诗歌的一种接受。但这种接受产生了什么?显然只是产生了读者对宋诗的一种欣赏行为,并没有产生更多的作品。以植物学来比喻,这只是植物在吸收养分,只开花,没有结果。

而清代很多诗人,如王士禛、查慎行、翁方纲等人,他们不但接受与欣赏宋诗,他们更把从苏轼诗、从黄庭坚诗中学到的文学基因,用于自己作品的创作,也就是说,这些宋代文学基因在清代产生了下一代作品。以植物学来比喻,就是清代诗歌的"植物",通过吸收"宋代文学的基因",而开花结果,产生了下一代作品——包含宋代文学基因的清代诗歌作品。

结合笔者在《文学进化论新探》中探讨的"文学基因"问题来看。或许可以这么来解释:清代主流诗坛的诗人们对宋诗的接受,更多的是对宋诗文学基因的接受与运用。清代宗宋诗人们通过研读"苏、黄、陆、范"诗,而吸收宋诗的文学基因，充实到自己的作品中。这使得清代宗宋诗人的作品，可以被看作是"宋诗"的产物，是"宋诗"的直系或旁系后代。

而清代普通读者的宋诗接受，并不涉及"诗歌的再生产"。普通读者只是阅读、欣赏宋诗，但并不从事诗歌创作。普通读者不需要"吸收宋诗文学基因"。所以普通读者可以对宋诗泛观博览，可以欣赏朱熹的诗，亦可以欣赏其他宋代小诗人的诗，而不需要聚焦在"苏、黄"诗上。但如果要进入主流诗坛，则就必须深入研读苏轼、黄庭坚、陆游等若干宋诗人的诗集，否则就会被一些人视为"不入流"。这正如《红楼梦》中"香菱学诗"故事中关于陆游诗的争论。普通读者一般性阅读、欣赏陆游诗是可以的，但是如果在诗歌创作上要"取法陆游诗"，则就存在多种可能的争议。

据此，"文学接受"这一概念实则包括两个层次：第一层次是普通的文学阅读、文学欣赏，不作用于"文学再生产"，不产生"下一代作品"，一般不会深刻改变文学发展史的走向，可称之为"不作用于文学史的文学接受"或"不作用于下一代文学基因的文学接受"。第二层次则是文学家的文学阅读，聚焦于吸取文学基因，会作用于"文学再生产"，在阅读接受之后会产生"下一代作品"，其"下一代作品"中会深入吸收所接受的前代作品中的文学基因，会深刻影响甚至改写文学发展史的走向，可称之为"作用于文学史的文学接受"或"作用于下一代文学基因的文学接受"。

这种关于"是否作用于下一代文学基因与文学史走向的文学接受"的定义与区分，与上文我们对"广义的文学接受""狭义的文学接受"的界定，既有相近点与内在联系，又有较大理论差异。这两组概念互有联系且互有重合，但又互不通约，都有理论价值，需要我们在探讨文学发展史时，进行深入把握与区分。尤其是未来笔者对"中国文学进化史"的探讨，会以这两组概念为重要理论基础。

（三）文学基因的传播与传承

在这里我们还必须注意到：文化基因、文学基因的传播与传承的差异。"传播"与"传承"是两个汉语词汇，但结合"文化基因理论"，我们可以在这两个词中看到很大的意义差异。一般而言，"文化基因的传播"着眼于文化基因在同一时代不同群体之间的传播、扩散，是在历史坐标轴上横向的扩散。"文化基因的传承"着眼于文化基因在同一时代同一群体中不同代际间的传播、扩散，是在历史坐标轴上纵向的扩散。举例来说，百回本《西游记》在海外的传播，就属于文化基因的传播。而百回本《西游记》向少年儿童的传播，则属于文化基因的传承。

文明因传承而持续发展，文明也因传播而持续壮大。在历史坐标轴上，传播与传承，一横一纵，共同构成了文化基因的发展演变过程。没有了"传承"，则文化基因无以为继。如古埃及的文化在当代埃及就没有了传承。没有了"传播"，则文化基因无法形成声势。如很多中国文化思想在国外很难得以传播。

有清一代的宋诗出版、传播与接受，其中既包含传播，又包含传承。吕留良、吴之振等人编选《宋诗钞》并大范围传播，这就是宋诗基因的传播。而从王士禛的"宗宋"，到王士禛再传弟子翁方纲的"宗宋"，则包含了宋诗基因的传承。翁方纲弟子与再传弟子吴兰雪、李彦章、程恩泽、郑珍等人的渊源则又是关于宋诗基因的传承。或者说，围绕王士禛、翁方纲、李彦章、郑珍等人进行了多次传承。实际上各种历史文化就是这样不断"代代相传"而传承下来的。

文学传播很多时候是一种以文学欣赏为目的的推广活动，如中国文学在国外的传播，更多地聚焦于文化交往与交流。其中可以有潜移默化的文学基因的吸取，有时会涉及"下一代作品"的生产。而文学传承虽然也有文学欣赏之目的，但更重代际之间的文学基因的传承，是要把"上一代作家"的思想传递给"下一代作家"，这会深刻影响"下一代作品"的生产。

（四）宋诗基因对清诗的综合性影响

清代诗坛长期存在着对唐宋诗优劣的争论，即"唐宋诗之争"，此种争论不单是一种关于诗歌审美的争论，不是单纯关于唐诗更好还是宋诗更好的争论，更是一种关于诗歌创作风格取向的争论。清代诗人们所谓的"宗唐"，是指以唐代诗歌艺术特色、创作手法等为导向的诗歌创作观。所谓的"宗宋"，是指以宋代诗歌艺术特色、创作手法等为导向的诗歌创作观。在清代诗坛，除一部分诗人有"宗唐倾向"外，也有大量诗人有着显著的"宗宋倾向"。要言之，所谓"宗唐倾向"与"宗宋倾向"不是单纯关于唐诗更好还是宋诗更好的争论，而是关于到底是"应该吸收与发扬唐诗基因"还是"应该吸收与发扬宋诗基因"的争论。对此，清代诗坛上的诗人们互相之间形成很大的讨论、争论乃至尖锐对立。

宋诗基因对清代诗坛有着深刻影响。考察清代诗歌发展史，能看到"宗宋思潮"在清代诗坛从弱小到壮大，最后形成统治整个诗坛的局面。具体来说，从清初钱谦益提倡宋诗，王士禛"中岁越三唐而事两宋"在主流诗坛大力提倡宋诗，到乾隆帝御选《唐宋诗醇》以"唐宋兼宗"为旗帜，但实则以"宗宋"为主导思想（乾隆帝个人诗歌风格趋近宋诗），再到诗坛上翁方纲、蒋士铨、姚鼐等人大力提倡"苏、黄"诗，此后程恩泽、郑珍、曾国藩等"道咸宋诗派"继之而起，最终在清末民国时期的"同光体"以宗宋思想统治诗坛。这并非"诗歌欣赏的美学思想"，而是"创作思想"，而是这些诗人在自己的诗歌作品中多方面吸收了宋诗基因，以至于他们诗歌作品的题材、面貌、思想、审美特征、艺术风格、用词用句等方面都在向宋诗趋近。清代诗人们发扬了宋诗人"以学为诗""以议论为诗""以文为诗"的特点，乃至形成了"以考据为诗"的新的面貌。

准确来说，宋诗基因对清代诗坛、清代社会的影响是分两个层次的。第一个层次是清人普遍都会研读宋诗，这无形中会受宋诗的影响，但这并不决定"清诗面貌"，这只是一种文学欣赏层面的东西。第二个层次是清代主流诗人们会以宋诗风格作为自己的创作导向，以创作出类似宋诗风格的作品，这会直接决定"清诗的面貌"。这就不再是一个文学欣赏层面的问题，而是涉及了清代文学发展史。

我们看清诗人的诗歌面貌，看乾隆帝诗歌就看得很清楚。乾隆帝喜好作诗，其《御制诗集》等中有四万首诗，是古今作诗第一多的诗人。但仔细研读乾隆帝的那些诗，很多都是"以文为诗"，乾隆帝受程朱理学很大影响，习惯于在诗中发表治国理政的议论，是典型的"以议论为诗"。所以乾隆帝是充分吸收了宋诗基因的，以至于乾隆帝的诗在很多方面都向宋人诗靠拢。

（五）宋诗中苏诗与黄诗基因对具体清诗人的影响

在笔者看来，"宋诗中苏诗与黄诗基因在清代的影响"主要不是指清代文人们、读者们对苏轼诗、黄庭坚诗的研读，因为清代各种宋诗选本中并不绝对性凸显苏轼与黄庭坚，一般的宋诗选本往往入选了几十位宋代诗人，虽然苏轼诗入选较多，但也并不是苏轼一人可以完全概括。所以清代文人、读者们往往是多方面研读宋诗，苏轼、黄庭坚、陆游、范成大、王安石、欧阳修、杨万里、梅尧臣、朱熹等宋诗人都会纳入清代读者的阅读视野。然而一旦涉及"清代诗人们吸收宋诗基因"，则宋代诗人的范围就会极大缩小。一般的阅读欣赏，可以涉及几十位宋代诗人，如吕留良吴之振《宋诗钞》、曹庭栋《宋百家诗存》等书中一共收录了近200位宋代诗人的选集。作为阅读对象来看，这200位宋代诗人，可能都或多或少会被清代读者阅读。但一旦涉及清代诗人学习、效仿宋诗，则事情就有根本变化。

普遍来说，在清代诗坛的现实中，清代诗人们在自己作品中学习、仿效的对象往往是苏轼、黄庭坚、陆游、范成大、欧阳修、王安石、杨万里等不多的几位宋代诗人，其他成百上千位宋代诗人几乎无人问津的。而进一步考察，清代诗坛有名的诗人们，则大部分都聚集在了"苏、黄、范、陆"诗上。换言之，虽然清代诗人们普遍宗宋，普遍吸收宋诗基因，但这种对"宋诗基因"的吸收，不是全面的吸收，甚至也不是对十几位著名宋诗人的吸收，而往往聚焦于苏轼、黄庭坚、陆游、范成大等四五位宋代顶尖诗人。亦可以说，除了苏轼、黄庭坚、陆游、范成大、杨万里等四五位顶尖宋诗人之外，其他宋诗人对"清代诗坛创作风格"的实际影响并不是那么大。庞杂的宋诗是通过苏轼、黄庭坚、陆游、范成大等四五位顶尖宋诗人对清代诗坛的创作面貌产生影响。那么，一个深刻的理论问题，也就可以被提出来：清代诗人们到底在吸收苏轼诗、黄庭坚诗中的什么基因？

此问题需要进行详细的案例研究，非本小节可完全探讨，在此只能进行一定理论归纳。在本书有关章节中，我们提到了王士禛、查慎行、翁方纲、张之洞、陈三立等清代诗人对"苏、黄"诗的欣赏与接受。我们需要结合他们的诗歌文本来探讨"苏、黄"诗对他们实际诗歌创作的影响。但上一代文学基因在下一代文学作品中的显现问题，也不是这么简单的。有时候是显著显现，有时候显现不那么显著，颇有些类似生物遗传上的显性基因与隐性基因。有的隐性基因存在于生物体内但并不明显表现出来。

以翁方纲诗歌为例，翁方纲崇尚苏轼诗，亦崇尚黄庭坚诗，但翁方纲诗歌与苏轼诗差距很大，翁方纲诗中有一种显著的"以学为诗"乃至"以考据为诗"的特点，故而翁方纲的诗有时写得佶屈聱牙，与苏轼诗的较为流丽有很大反差。但翁方纲总是时时谈及苏轼诗。与此同时，翁方纲诗与黄庭坚诗也有较大差异。黄庭坚诗注重表现一种瘦硬、峭拔的人格，而翁方纲诗中这种瘦硬、峭拔的人格不是那么显著。只是翁方纲诗歌中连篇累牍的考据内容，能让人感到翁方纲不同于"流俗"的人格，或者说翁方纲学黄庭坚诗的地方是突破"流俗"的气质。

由于有明代诗坛机械模拟唐人的教训，清代诗人们并不主张过于相似地模拟唐宋诗人。完全一模一样地模仿宋诗人，被清人称之为"貌袭古人"，并不提倡。清代诗人不赞成"机械模拟"唐宋诗人，而赞成活学活用、自出心裁。这一点就让清代诗人们对宋诗基因的吸收与效仿呈现较复杂的局面。苏轼、黄庭坚等顶尖宋代诗人对不同清代诗人有不同的影响。不同清代诗人会吸取苏轼黄庭坚诗的不同基因，会形成因人而异的特点。

三、历史哲学的思索：历史进化中的偶然性与概率问题

清代宋诗出版、传播与接受问题，涉及清代诗学史、出版史，乃至清代社会史、文化史，归根结底是"清史"的一部分。故而，行文至此，笔者还要就"历史理论"乃至"历史哲学"进行一定探讨。近年来，笔者一直在研究"中国文学史"与"中国文学进化史"，对"历史的问题"有了很多思考。本书题名为《清代宋诗出版、传播与接受研究》，聚焦在文献问题。这里，我们就以文献为切入点，对历史理论与历史哲学进行多方面探讨。

应该说，史料、历史文献甚至口述历史，都具有很大的滞后性、不准确性与未定性，往往包含大量片面的、错误的、不准确的、修饰过或篡改过的信息，乃至包含大量"事后的信息"，掺入了很多时过境迁才有的事后的材料、立场与价值观，往往不能准确描述"事发当时的实际状况"。换言之，"事发当时的实际状况"往往会被"事后的各种追述"所遮蔽。例如，我们现在了解的李世民"玄武门之变"，实际是根据"事后的材料与信息"汇总、还原出来的，当时各种细节的真实状况已经湮没于时间之中了。再如，清代各种讲述清诗发展状况的诗话、回忆文字中，很多诗人、诗论家回忆或评述几十年前、上百年前的诗坛状况，这实则都是"口述历史"，有时并不能准确描述出当时的真实状况，往往包含着"口述者"精心构拟的对"口述者"有利的"叙事"；也往往包含着诸多对真实诗坛历史的改写；又或者

包含着"以当下状况"认知"前代历史"而得出的一种"迎合时局的见解"。古人云"曲学阿世",就在于为了现实需要,为了迎合某种主流,而不顾心中的历史事实,而随意口授笔撰地改写前代历史。

简而言之,历史文献尤其是口述历史,往往是不准确,乃至错误百出的。但不可否认,历史文献与口述历史往往大行其道。诸多的历史文献以错谬百出的口述历史为基础而形成。口述历史甚至可以一跃而成"正史"。这就使得真实的历史现场与讲述历史的文献之间,必然存在或大或小的差异,有时甚至是天壤之别的差异。由此,历史必然成为一门哲学,因为只有哲学的深邃思考,才能厘清贯穿在各历史事件与历史文献中的理论性问题。

笔者并非无的放矢,要旁逸斜出去探讨历史问题,只是因为理清这些复杂的历史哲学问题,对我们理解"什么是文学史""什么是文学进化史",会有很大的帮助。因为"文学的历史"比"事件的历史"更复杂,我们先要对"事件的历史"进行一定的理论探讨,然后再对"文学的历史"进行更复杂的理论探讨。先要对"历史理论"有一定认识与创新性思考,然后在"历史理论"的基础上进一步对"文学史理论"有更多思考与创新性认识。最终的目标,是要摒弃"文学史"的概念,而树立"文学进化史"的概念。笔者其实对"史学"并无太多深入研究,一开始对"历史哲学"的兴趣也并不浓厚。只是因为近年来在"文学进化论"领域的持续耕耘,逐步聚焦在了"中国文学进化史",在日常研究工作中不断涉及了"史"的问题,这让笔者经常产生需要深入研究"历史哲学"的思想冲动。笔者需要把"进化论思想"贯穿于历史与历史学研究中,最终为笔者的《中国文学进化史》一书提供一种扎实的历史观与历史哲学,从而无可争议地树立起"文学进化史"概念与学术体系。

为何我们需要摒弃"文学史"概念,进而树立"文学进化史"概念?又为何"文学的历史"比"事件的历史"要复杂?具体复杂在哪里?

我们以苏轼诗为例,苏轼诗在苏轼在世时的北宋很有影响,这是一个北宋的文化事件。同时,苏轼诗在清代很有影响,乾隆朝时期翁方纲等人经常举行苏轼生日纪念活动,这是一个属于清代的文化事件。如果我们撰写"宋代文化史"或"清代文化史",这两个事件是互不关联的,其边界非常清晰,几乎不会搞混。问题是我

们撰写"苏轼诗歌的影响"或者"苏轼诗歌的艺术魅力"时,这两个事件就极容易被混杂在一起讨论。我们经常会把"清代人对苏轼诗的欣赏"混入对"宋人苏轼诗的艺术魅力"的讨论中,以至于"清代的文化史"被混入了"宋代的文化史"。"文学的历史"比"事件的历史"复杂就复杂在这里。因为文学作品可以跨越时代对此后任一时代产生影响,而历史事件往往只是对所接近的后续时代产生影响(但这也不是绝对的,秦始皇的诸多事迹,至今在产生影响)。

对文学作品而言,其产生影响常常并不是在作品诞生的时代,而有可能在几百年、上千年后还持续产生影响。又或者有的作品在其所诞生的时代影响很大,但时过境迁在后来的时代则影响很小了。最著名的案例便是,在陶渊明的时代,他的诗影响并不大,但时间到了唐宋时期,陶渊明诗却产生了极大影响,深刻影响了李白、杜甫、王维、苏轼等诸多唐宋诗人,引导他们形成了冲淡的艺术风格。如果不了解这种时代差异,我们就会误以为陶渊明诗在陶渊明的时代也很有影响,然而这早已被证明是一个误解。另外一类反例是很多一时炙手可热的诗人、作家,在逝世后几十年其影响力就迅速消散了。比如,尤袤被与陆游、杨万里、范成大并列为"南宋中兴四大诗人",尤袤在南宋的影响一定是很大的。问题是尤袤在明清时期其作品几乎佚失了,尤袤在清代的影响非常小,远不能与陆游、杨万里、范成大相比。在这里就存在两个逻辑层次:其一,尤袤诗在南宋的影响很大。其二,尤袤诗在清代的影响很小。但是我们现在写的《宋代文学史》,哪里会说尤袤诗在南宋有很大影响?我们几乎不提到尤袤。在这里,我们是把"尤袤诗在清代影响很小"这一属于清代的历史事实,替换成了"尤袤诗在南宋影响很小"这一属于南宋的历史性推测,也即我们在"尤袤诗在南宋的影响"问题上用"推测"代替了"事实",不自觉地用清代的事情替换了宋代的事情。也即我们在"尤袤诗在南宋的影响"问题上,不知不觉发生了逻辑错乱。

所以,学术界关于"文学史"的提法是很不准确的,我们把不属于"作品诞生时代"的文学影响,放入了"作品诞生的时代"。我们关于"文学史"的概括就呈现出混乱状态。所以我们需要摒弃"文学史"概念,进而树立"文学进化史"概念。

同时也因为我们今天所编撰的各种文学史,实际上是后人(主要是当代学者)

对古代文学历史的"还原"。这种"文学史的还原"一定程度上依托了作家在世时诞生的历史性文献，但实则也依托了各种在作家逝世后才诞生的"后出文献"。也即"后出文献"影响了我们对"前代文学史"的认识。例如，北宋徽宗初年（公元1111年前后），吕本中作《江西诗社宗派图》把以黄庭坚为中心的诗人群体称为"江西诗派"，此时黄庭坚（1045—1105）已经逝世了多年。若黄庭坚还在世，他同不同意这一提法都是个问题。但这一提法竟然从此一纸风行，在南宋初期，"江西诗派"在诗坛上获得了很大的影响。其影响一直延续到清代，以至于在当代成为我们认识宋代诗坛的基本框架。但严格来说，"江西诗派"在黄庭坚逝世前，并未得到黄庭坚的认可。由此可见，北宋末期吕本中《江西诗社宗派图》改变了我们对北宋中后期诗坛的认识。

推而广之，各种"后出的文学文献"往往会改变我们对"前代文学历史"的认识与评价。例如，脍炙人口的李白《静夜思》："床前明月光，疑是地上霜。举头望明月，低头思故乡。"是经过明代李攀龙修改的，李白的原作可能是"床前看月光，疑是地上霜。举头望山月，低头思故乡。"二作有好几个字的差异，算百分比则最少有10%的文字差异。这种差异已经很大了。也就是说，李攀龙通过自己对李白《静夜思》一诗的修改，竟然"篡改"了我们对"真实李白作品"的认识与接受。这难道不是一个非常令人震惊，又且令人奇怪的问题吗？这样的案例，在文学史上又岂止一个？恐怕有几百上千个吧！把这些案例汇总在一起，我们就会明白，我们对文学史的了解，往往是通过各种被后代所修饰、修改乃至篡改的作品而发生的，其不准确性可想而知！

再如，我们当代学者不经意之间用清人编辑的宋代诗集，来还原宋代文学的面貌。而如果清人编辑的宋代诗集不够准确，则我们对宋代文学面貌的还原就可能会有较大失真。因此，这种"文学史的还原"与真实文学史状况，很可能会有很大差异。举例来说，我们今人看到的"唐代文学史"与唐代人所看到的"唐代文学史"一定会有很大的差异。所以归根结底，我们今人撰写的"古代文学史"实则都是"古代文学进化史"，是把事后发生的状况，事后持续发生的各种事情，"代入"了历史的现场，亦是一个用事后兴起的各种文学文献不断修改、替换、覆盖前代文献与历史的过程。以宋诗来说，我们是把经过元明清人淘洗与整理的宋诗史，当成了宋代真实的诗学史。或者说，我们当代人之所以认为苏轼是大诗人，很重要一个原因是清人认为苏轼是大诗人。如果清人把苏轼作品全部否定掉或封杀掉，则我们今天的《中国古代文学史》著作中关于苏轼的篇幅就会大为减少，我们甚至不会认为苏轼是大诗人。反过来，如果清人认为范成大是大诗人，那我们今人也必须跟着清人说"范成大是大诗人"。

要言之，我们今人所撰写的各种文学史，从根本上都是一种不太完善的"文学进化史"——我们不自觉地把文学演化、文学进化的"结果"，反推、复原到了文学发生的"现场"。而正是因为我们是"不自觉的"，所以我们对文学史的撰写也必然是"不完善的"。真正完善的只能是"文学进化史"，而绝不是"文学史"，因为"文学进化史"给作家与文学作品地位的升降、各子代作品的诞生留下了很大的理论空间。可以想见，"文学的现场"与几百年后的"进化结果"，会有巨大的差异。正如在清代人看来，杜甫是唐代最伟大的诗人，连李白都比不上杜甫。可是在杜甫的晚年，乃至在杜甫逝世后几十年间，在唐代人的视野中，杜甫又岂可比肩李白？这中间的差异是显著存在的。再如，那些在世时声名显赫，但逝世后知名度迅速消解的历代文人，又该如何评价？这就像《大唐三藏取经诗话》在南宋是一部不起眼的作品，但几百年后，由这部作品出发，演化出了举世闻名的名著《西游记》，那么我们如果进行反推，能不能硬说"《大唐三藏取经诗话》是一部在南宋引起很大反响的作品"？或换个说法"《大唐三藏取经诗话》是南宋诞生的一部重要作品"？问题的争议在于，何以衡量一部作品"重要"？何以衡量"杜甫在唐代的影响""李白在唐代的影响"二者孰高孰低？这些问题都很难定论。

从这些争议与争论出发，我们就有了反思"历史""文学的历史""历史现场"与"口述历史""历史记载""历史文献"的必要，更有了反思与建构一种"新的历史哲学"的必要———一种以"文学基因与文学进化的新理论"（即信息进化论）为基础的新的历史哲学，又或者称之为"概率论史学"吧。

虽然笔者以"进化论分析"见长，但这种新的历史哲学，笔者不愿称之为"进化论史学"或"历史进化论"，而更愿意称之为"概率论史学"。进化尤其是生物进化的本质是自然环境对海量的突变进行选择，其本质是概率问题，是"小概率事件的叠加"。历史进程飘忽不定。历史的演化，实则也是海量偶然事件的叠加。我们传统的史学,忽视了历史演进中的偶然事件,没有看到恰恰是偶然事件在一步步为历史开辟道路。当然,在这种"偶然"之中,会有"必然"。正如统计学在大量偶然事件中找到的"统计学必然性",如各种数据统计一般都符合正态分布或二八分布。在"概率论史学"看来,我们传统的史学,经常都是把"偶然出现的结果"当成了"历史的必然",也有少数时候是把一些"统计学必然性"当成了"历史的必然性"。但传统史学也忽视了大量决定历史走向的"偶然性事件",又或者忽视了历史在"概率云""概率波"的"多种历史可能性叠加态"中"坍缩""演进"出来的"历史唯一性",其实只是一种偶然的结果。要言之,传统史学对历史演进中的偶然性、概率性关注不够,这正是"概率论史学"要着重关注的。

(一)历史的瞬间性、逝去性与延续性:历史因持续演化与进化而存在

首先我们要问:历史是什么?

历史是已经发生的事情。在《西游故事进化史新探》一书的"结语"中,笔者根据自己提出的"万物原子信息文本"理论的逻辑推衍而对"历史"下了一个定义:"所谓'历史',包括人类史、生物史、自然史等,就是万物原子信息文本上的信息的一种重新分布过程。一切历史,体现为万物原子信息文本上信息的重组、分化、聚合、再平衡过程。"历史是一定历史时空中,各物质分子原子的重新分布过程,也是各种信息(原子信息与各种资讯类信息)的重新分布过程。通俗来说,汉初"楚汉争霸"的历史,是众多原子分子组成的那个叫"刘邦"的人及其团队,与那个叫"项羽"的人及其团队的斗争过程。等"刘邦""项羽"死后二百年,我们问:"刘邦""项羽"哪里去了?他们被沉淀在史书上了。至于组成"刘邦""项羽"的原子分子,早就风流云散了。

我们不得不发出一个疑问:"历史"到底是瞬间存在,短暂存在,还是持续存在的?持续存在的那种被称为"历史"的东西,其实质到底是什么?

"刘邦"这个人存在了多久?只有从刘邦出生的公元前256年到他去世的公元前195年。在此前与此后,刘邦这个人都是不存在的。刘邦这个人对中国历史有现实影响,只发生在公元前209年"秦末起义"至公元前195年他逝世之间的短短15

年间。短短15年，于中国五千年历史，可谓只是"一瞬间"了。这"15年间刘邦的经历"可以被称为"历史"，但这些"历史"早就过去了，连"刘邦"这个肉体的人都早就不存在了。

所以一定不是"肉体的刘邦这个人"在影响与作用于当下社会，而是某种精神性的涉及刘邦的东西，如刘邦的故事、传说等各种关于刘邦的信息，刘邦建立的制度影响与作用于当下社会。换言之，在当下社会，在此时此刻，"肉体的刘邦这个人"是不存在的，但关于刘邦的各种"信息"是客观存在的。

除了关于刘邦的各种"信息"，还有什么涉及刘邦的东西是目前还客观存在的？刘邦的陵墓"长陵"是客观存在的，在陕西省咸阳市东20公里的三义村，是一个旅游景点。如果想去看，一天内就能到现场。此外，刘邦的老家"沛县"是客观存在的。2022年沛县生产总值是1012亿元人民币，发展得还可以。

可见，"肉体的刘邦这个人"虽然早就不存在了，但是关于刘邦的信息，以及长陵、沛县等与刘邦有关的东西都还是客观存在的。由此我们可以得出结论："历史（历史事件、历史人物）"作用于当下社会，主要有两种东西：一是关于该历史的各种信息，可以作用于当下。二是该历史的各种持续演化、进化的演化物、残留物、相关物会持续作用于当下。

或者说，历史有些像一盘正在进行中的象棋棋局在当下这一刻之前已下的棋谱情况。一盘象棋比赛中已下的棋，已经过去了，存在的只是"过去的下棋状况"所塑造的当下态势，存在的只是"过去的下棋状况"对现在的影响。从根本上说，这局棋的"历史"在当下是不存在的，在当下存在的只能是这局棋尚未完成的部分，尤其是接下来要下的几步棋。我们只有在"记忆"中才能复原这盘棋的历史。但这盘棋的"历史"归根结底已经过去了，不存在了。

如果我们把以上这些论述，套用到"文学"上，会更复杂一些。"文学作品"跟历史人物有某种本质区别。历史人物"刘邦"曾经有肉体存在，但历史上的"文学作品"，如吴承恩《西游记》手稿或最初的明末世德堂本，是以什么形式存在？此问题似乎有点复杂，这里我们不完全解答这个问题，不作复杂辨析，只简单表述：吴承恩的百回本小说《西游记》作用于当下，主要有几种东西：一是《西游记》这部小说不断被出版。很多出版社都在出版百回本《西游记》。例如人民文学出版社的《西游记》，其实跟吴承恩的《西游记》会有很大差异。严格来说，二者根本不是同一个东西，因为用的纸张、字体、印刷技术、印刷材料、出版年份完全不一样。最多是说两本书上关于《西游记》的信息大体相同。二是当代人利用百回本《西游记》的情节、人物与故事架构进行的各种改编，如西游电影、西游网文、西游网游等在持续作用于当下社会。

可以说，历史（历史事件、历史人物）都是短暂存在的，而且几乎都已经逝去了，不存在了。存在的只能是关于这个历史（历史事件、历史人物）的相关信息与各种残留物。而无论是关于该历史（历史事件、历史人物）的相关信息，还是与该历史（历史事件、历史人物）相关的各残留物，都是可以持续存在，持续演化，持续进化的。例如，关于刘邦的信息，可以演化成一个故事，可以演化成一部小说，可以进化成一部电影。而关于刘邦的各种残留物（陵墓、家乡）等，也可以持续演化、持续发展。

换言之，历史（历史事件、历史人物）由于其存在的短暂性，早已逝去，故而实质来说，历史（历史事件、历史人物）是不存在的。存在的只能是关于历史（历史事件、历史人物）的各种信息与残留物。如果没有了各种信息与残留物，那么早已逝去的历史（历史事件、历史人物）就彻底不存在，不能影响与作用于当下了。故而，历史（历史事件、历史人物）因持续演化与进化而存在。

历史（历史事件、历史人物）实际上已经不存在了，存在的只是关于该历史（历史事件、历史人物）的各种信息与残留物，但问题的关键在于，信息是可以被改写的，也是可以被覆盖、替换的。信息存在着持续演化与进化。在持续的演化与进化中，关于某些历史（历史事件、历史人物）的信息，有可能变得面目全非。我们所说的各种"史料""历史记载""历史档案""历史书""影像资料"，甚至"历史学"等，都不过是关于该历史（历史事件、历史人物）的各种信息。而且这种信息很多都不是第一手信息，而是第二手信息，有的甚至是第三手、第四手信息。这些不同信息的传播与演化，必然遵循传播学规律，也遵循"信息进化论"。

由此，笔者提出的"文学进化论"（即"信息进化论"）与"历史学"就有了必然的联系。要之，"历史学"与"历史书"上的各种信息，都是信息进化的产物，从根本上说是现实社会作用于各种"上一代信息"所产生的"下一代信息"，是以

"上一代信息"为基因母体而生成的"下一代信息"。而这些"上一代信息"与"下一代信息"之间虽会有很大相似性,但也会有很大差异,有时对同一个历史人物会出现截然相反的评价。

举例来说,我们当代关于刘邦的各种文本,都是在"上一代关于刘邦的信息"的基础上,因现实需要、现实作用,而诞生、制造出来的,是"新一代的关于刘邦的信息"。"上一代关于刘邦的信息"与"下一代关于刘邦的信息"类似于父亲与儿子之间的关系,父与子长得很像,有很强的家族相似性,但二者又并不是同一个个体,二者之间存在很大的差异。

也正如,同一个父亲可以生好几个儿子,所谓"龙生九子,个个不同"。同一个"上一代历史信息"可以诞生多种不同的"下一代历史信息"。例如,现在可以看到的"截至清末的关于刘邦的各种信息"(如清末之前各种历史书、各种文学作品中的关于刘邦的内容),在当代中华大地上会诞生"新一代的关于刘邦的信息"(新的关于刘邦的史书、新的关于刘邦的文学作品),在日本、韩国也会诞生"新一代的关于刘邦的信息",甚至美国也会诞生"新一代的关于刘邦的信息"。

或者说,历史(历史事件、历史人物)由于已经过去了,可以说是确定的。但关于历史(历史事件、历史人物)的各种信息(史书、文学作品、各种评价等)会因时而生,与时俱进;也会因地而生,与地相宜;也会因时代变化而产生变异,总之会呈现出"个个不同、地地不同、代代不同"的特点。同一个历史(历史事件、历史人物)的信息,所产生的"下一代历史信息""下两代历史信息""下几代历史信息"互相之间会逐步演变,逐步进化,逐步变异,呈现出"代代相似又代代不同"的特点。可见,"历史的信息"是在进化中持续存在、接续存在,类似于我们一代代翻刻百回本《西游记》,也类似于我们一代代改编、改写《西游记》为各种电影、小说、网游。但凡有哪一个时代,我们不再翻刻出版百回本《西游记》,亦不再改编、改写西游故事,那么,《西游记》这部小说就真的从历史上彻底消失了。

总结来说,历史(历史事件、历史人物)都是短暂存在,且早已逝去了,存在的只能是历史(历史事件、历史人物)的有关信息与各残留物。历史(历史事件、历史人物)对现实社会产生影响,主要是依靠各种有关信息与残留物。而根据"信息进化论",信息总是要进化的,关于历史(历史事件、历史人物)的各种信息也会持续进化。历史（历史事件、历史人物）因持续演化与进化而存在。"刘邦"这个肉体的人早已经消失了，当下存在的只是关于刘邦的信息与陵墓等残留物，如果关于刘邦的信息与残留物都不再存在了，那么关于刘邦这个人的"历史"也就彻底不存在了，且仿佛他从未存在过一样！

（二）历史文献的进化：历史文献的不准确性、滞后性与叙述的未定性

"历史"与"文学"的"进化"有一个重要区别。我们说"文学的进化"，就是指文学作品的进化。而我们说"历史的进化"虽然主要是指"历史的演变"，但其实还少量包括"历史文献的进化"。为了探讨清楚"历史的进化"，这里我们先谈谈"历史文献及其进化问题"。在这里，笔者并不是提倡一种"后现代史学"，而是当我们以历史事实为准绳去衡量历史文献，就会发现历史文献存在的诸多不足，主要是不准确性。而历史文献的不准确性，是由历史叙述的滞后性与未定性等多方面因素决定的。

探讨历史文献不是笔者的根本目的，最根本的还是要通过历史文献来"接近"历史、"还原"历史，以更好地看出"历史演变的概率性问题"。要之，笔者在这里对历史文献的探讨，是为后文要提出的"概率论史学"服务的。亦可以说，笔者这里对历史文献的诸多看法，亦是"概率论史学"的一部分。因为"概率论史学"会带给我们对"历史文献"不一样的看法。这种"不一样的看法"，并非为了标新立异，而是因为它们包含了很大的科学性成分，以至于我们不得不重视！

1. 历史文献的不准确性：历史记载与真实历史的统一与错位

我们进一步发问，既然历史具有瞬间性与延续性，历史因持续演化与进化而存在，那么，史料是什么？历史书是什么？历史文献是什么？真实历史与历史文献的关系又是什么？

事实上，关于"刘邦""项羽"的"真实历史"也已经大体过去了，留下的只是关于"刘邦""项羽"的各种信息，即各种"历史记载""历史传说"与文学作品，最多是说，刘邦或秦始皇的陵墓还存在着。可见，"历史书"只是对"真实历

史"的一种记载，是贯穿了某种历史观的记载。这种记载有可能是完全违背真实历史的，也有可能是大体符合真实历史的。

这就为我们认识"历史文献"奠定了基础。"历史文献"被"撰写""制造"出来，都是有某种目的的，都有可能存在大大小小对历史的修改、修饰与篡改。或者说，"编撰历史文献"的"动力"，就来自试图传承、修改、夸大或隐去某些真实历史。这就使得"历史文献"都至少带有以下四大目的之一：①有的历史文献试图传承某些真实历史。如我们中华民族的伟大历史必须通过各类史书一代代传承与弘扬下去，必须坚决反对各种历史虚无主义；②有的历史文献试图夸大某些真实历史。如有的当事人描述参与过的历史事件，总是试图把自己的作用夸大；③有的历史文献试图修改某些真实历史。例如，历代帝王"实录""起居注"中的很多内容都是修改过的；④有的历史文献试图隐去某些真实历史，如康熙帝的《清圣祖实录》材料非常丰富，但关于在"三藩之变"中，康熙帝如何与吴三桂等人进行政治斗争的材料，很多都被隐去了。再如美国、俄罗斯经常解密五六十年前的档案，我们才看到某些历史事件的原委。

文献或历史文献被制造出来，自然都有其理由。要知道，当乾隆帝不想传播《四库全书》中作品时，他可以以全部刊刻费用太大为由，对各种文献不予刊刻，以避免各种文献传播。本书中我们所探讨的诸多宋诗文献，被刊刻出来，何尝不需要理由？试问，本书中探讨过的这几十种较重要的宋诗文献，都是出于什么目的被出版出来？恐怕每一种宋诗文献被刊刻出来的目的都不一样。显然有一部分是出于经济目的，如《千家诗》《宋元明诗三百首》《宋诗三百首》等，在清代的图书市场上能够盈利。但也要看到，很多宋诗文献的出版，并没有经济目的。如吕留良、吴之振《宋诗钞》的出版，并无太多经济收益，那么，吕留良、吴之振等人的"收益点"在哪里？这应该是一种在文坛出名的目的。再如，乾隆帝御选《唐宋诗醇》的刊刻是出于什么目的？显然是乾隆帝不甘寂寞，试图参与、干预乃至领导诗坛的发展。又如康熙朝时期，陈訏刊刻《宋十五家诗选》的目的，最为"奇怪"，似乎是为了宣扬自己的祖先高翥。考虑到"宣扬祖先"，归根结底是为了宣扬自己，陈訏刊刻《宋十五家诗选》也有投康熙帝宠臣高士奇之所好的目的，要知道宋人高翥也是高士奇的祖先，恰恰是高士奇最早开始搜集整理高翥作品。事实上，如果我们深入辨析本书中所详细探讨的每一种宋诗文献被刊刻出来的"目的",我们一定会有很多有意思的发现。

抛开经济目的与在文坛出名的目的,清初诗坛,吕留良等很多遗民诗人,他们传播宋诗文献,又是为了什么?其中有一种文化传承的目的,甚至一种政治目的。但是到清中叶后,翁方纲、纪昀,甚至包括乾隆帝本人等诸多官方诗人传播宋诗文献,又是什么目的?也许有"追赶或引领诗坛潮流"的目的。每个人目的都不一样,每个人受益的点不一样,他们对历史文献的把握与剪裁,就会出现很大的差异。所以每个清代选家认定的"宋诗名家"都会不一样。康熙朝中期,周之鳞、柴升刊刻《宋四名家诗钞》标举的"苏、黄、范、陆",但乾隆帝御选《唐宋诗醇》则不入选黄庭坚与范成大。道光时期,朱梓、冷昌言编《宋元明诗三百首》中黄庭坚诗一首都没入选。此外,各宋诗选本中关于宋诗各家入选篇目的比例,也总会有差异。再如修《四库全书》的过程中,乾隆帝认为要修改的地方,也许翁方纲就觉得问题不大,但考虑到帝王的权威,翁方纲只能是一言不发。再如乾隆帝命彭元瑞、纪昀删改《四库全书》中关于钱谦益的内容。问题是这些关于钱谦益的内容,在康熙帝时期可以公开大量传播,一点问题都没有。何以到了乾隆帝时期,乾隆皇帝本人就会觉得问题很大呢?文献本身并没有变,变的是时代环境与统治者的心理。所以历史文献,总是一代代被删改。我们看到的各类历史文献,都是经过历代删改的。有的文献,也许只删改了几个字,但有时候"春秋一字褒",改变一个字,也能改变很多内容。

所以,历史文献总是有一种不准确性。正如我们看到本书中各清代宋诗文献一样,它们对宋诗都有自己不同的理解与编排。几乎每个编者的宋诗理念都不一样,只不过是他们的影响力有大小。乾隆帝对文坛有种统治性影响,而很多普通宋诗选本的作者的影响力就极为有限了。如果以"对错"的观念来看待这些清代宋诗文献,一定会从中发现大量错谬之处。要言之,"历史文献的不准确性"是历史文献的天然属性。孟子云"尽信《书》,不如无《书》",古人早已注意到历史文献中存在大量的不准确与错误之处。

历史文献的不准确性至少来自几个方面:

第一是有意修改、篡改历史。这种情况最容易理解。众所周知,古代王朝史的很多内容都被修改过。如《明实录》《清实录》都被多次修改过。

第二因立场不同而对同一事件、同一事实产生不同的看法与描述，最终导致了各种不准确性。例如，各国对第二次世界大战的历史记载会有大量出入，有的内容互相矛盾，难以判断孰对孰错。

第三是由于历史记载的滞后性，事后记载下来的历史，总是包含了"事后的解读"，往往不能准确反映"事前的状况"。很多"事后的历史记载"，往往用事后的信息修改、替代、覆盖了"事前与事发当时的状况"。因此，很多"事后的历史记载"往往存在一种不自觉的"事后诸葛"，存在着事后的解读，而"事后的解读"与"事前的认识"往往会有很大差异。

第四是过于粗线条地描述历史，以至于很多地方"语焉不详"。真实历史是很细腻的，一旦过于粗线条地描述历史，就会出现大量的失真。尤其是当我们需要仔细研究作家的个人经历时，我们就会发现很多作家的经历都讲不清楚。例如《新唐书·李白传》《旧唐书·李白传》中的大部分内容都被当代学者证明是错的。试想我们今天由于对李白认识很深入，可以发现史书记载中的大量关于李白的记载错误，那么《旧唐书》上关于其他文臣武将的叙述，会不会也有大量是错的？答案是显而易见的，当然会有很多错误。只是我们现在缺乏足够的材料来厘清与证明，最后只能将错就错，把充满瑕疵与细节谬误的史书记载一代代传承下去。对历史学者而言，明知各种历史记载充满了瑕疵、小错误与不准确性，但也只能是搜集尽可能多的史料，尽最大可能地贴近与还原历史真实。

2. 历史文献的滞后性：追忆的历史、口述历史，往往会有所修改

一般来说，历代王朝的官方文件、诏书、政令、石刻等文献都是在第一时间发布的，具有"即时性"。如民国时期被抢救保存的"清宫档案"❶，很多都是第一手的清廷文件、诏书，具有极大的历史文献价值。清廷编撰的《清实录》便使用了很多机密档案。但历史事件的"吊诡"之处在于，一些重大历史事件通常在第一时间没有文字材料留存，即使有档案材料，也因太过机密而早早被销毁。所以如康熙帝除

---

❶ 单士元.清代军机处档案的由来[J].历史档案,1981(4);宋桥.清宫八千麻袋档案的来龙去脉[J].档案,2004(6).

鳌拜的事件,就几乎没有第一时间的文字材料留存。康熙帝除吴三桂,虽留存有一些诏书、政令,但有些关键性细节材料也并未保存。可见,历史事件第一时间留存下来的文献史料是非常少的。历史学者们构筑完整的历史过程,往往需要依靠大量事后的第二手材料,尤其是需要很多当事人事后的口述。这就导致诸多历史文献实际上是以"口述历史"为基础或为校准而形成的。而"口述历史"常常很不准确,包含了当事人根据事后信息、事后状态对"当时历史"的有意修饰、修改,常常有一种"事后诸葛"的因素穿插在对"当时历史"的追述中。这就使得历史文献中常常包含不准确或完全不对的成分。

我们还应该看到历史文献的滞后性。历史文献归根结底是由"上一代历史信息"结合某些时代特点、地域特点、意识形态诉求而制造、产生出来的"下一代历史信息",所以历史文献必然具有滞后性,只是"滞后"的时间有长短差异。当然,"滞后的历史文献"不一定就不准确,历史文献的准确性是由各种因素综合决定的,历史文献的准确性有时也与解读者的水平与立场有很大关联。有的解读者故意要歪曲文献,这就与"历史文献本身的准确性"无关了。但无论何种历史文献,也无论历史文献的准确度如何,历史文献都客观存在着长短不一的滞后性。

历史文献总是历史事件过去几天、几年、几十年,乃至上百年后被编撰出来的,这就存在很大的时间差。这种时间差常常会导致历史文献的记载有极大不准确性。尤其是随着时间推移,人们用"事后的信息"修改、替代、覆盖"事前与事发时的状况",导致历史文献总是根据"历史的结果"来修改对"历史过程"的描述。于是各种历史文献的叙述中,"历史的结果"总会影响到"历史的过程"。举例来说,刘邦这个肉体的人后来开创大汉王朝的丰功伟业,最终影响了《史记》等书中关于刘邦出生的记载,仿佛刘邦从出生一开始就有着神异。这本质上都是把"事后的信息""代入"了事前。

我们的二十四史,一般都是新朝给前朝修史。史书修成,一般离前朝覆灭都有几十年时间。有这么长时间,很多事情的回忆与描述其实已经不太准确了,更何况新朝的史官们用新朝才有的信息来看待与描述前朝的历史,在前朝历史的叙述中会掺入大量新朝的信息,等于是在一个"旧的信息文本"中时不时掺入"新的信息",以形成"新一代的信息文本",这怎么可能不走样?这怎么可能保证历史记载的完全准确呢？例如清廷修《明史》到乾隆朝时期才修成，此时离甲申之变已有一百多年。修《明史》的乾嘉学人对《明史》的"复原"滞后了这么久，会不会有大量误解、错解存在？又或者乾隆时期才定稿的《明史》，会不会"掺入"了大量乾隆朝时期才有的信息、观点与立场？如《明史》中关于李梦阳、何景明、王世贞等前后七子"文必秦汉，诗必盛唐"反对宋诗的历史记述，会不会受到清初康熙朝诗坛至乾隆朝诗坛的"唐宋诗之争"的干扰与影响？会不会明代文人对宋诗的反对并没有那么普遍？事实上，现有材料表明，晚明汤显祖、袁宏道、吴承恩等人都提倡过宋诗。而本书中提到的清代顾贞观、曹庭栋等人的追述也表明，晚明东林党人曾提倡过编撰宋诗总集。

　　类似的，我们现在看到的苏轼诗，并不是苏轼活着的时候编成的，是苏轼逝世后几十年乃至几百年间陆续编成的。如本书中提到的查慎行《苏诗补注》是清康熙朝时编成的。查慎行离苏轼有七百多年，查慎行对苏轼诗的理解，跟苏轼本人的理解，会有多大差异？这七百年间，中国历史、地理与自然环境、文化环境，得有多大变化？北宋时，苏轼到海南，是一种贬谪。今天到海南，则是一种旅游与享受。但北宋时的海南，就真的有这么恶劣的环境吗？苏轼说："日啖荔枝三百颗，不辞长作岭南人。"也许并不单纯是一种个人政治抒情，也许是作为常住北方的苏轼，突然发现岭南的气候有适宜之处。

　　可以说，既然历史文献是滞后的，那么，对历史文献的阐释也会很大程度上是滞后的。这种"滞后性"就会让我们对真实历史产生很大误解。

　　我们来看清代的各种诗话，例如关于曾国藩的诸多诗话，这些诗话难道都是当时记录的吗？显然并不是，都是几年后，几十年后，甚至曾国藩逝世后记录的。那么这些关于曾国藩青年时代诗学情况的记录，又会有几分准确性？会不会存在刻意的修改、夸饰？只要设想一下，如果不是曾国藩后来平定太平天国，谁又会津津乐道于曾国藩青年时期的诗歌思想？所以，当我们在认真讨论曾国藩青年时期的诗歌思想时，实际上就包含了"曾国藩平定太平天国"这一基本信息。亦可以说，如果没有"曾国藩镇压太平天国"这一基本信息，那么我们对曾国藩青年时期诗歌的评价就会全部改变。因为如果没有"曾国藩平定太平天国"这一基本信息，那么曾国藩青年时期的诗歌思想，有何讨论价值？有何社会影响？可见至少在"曾国藩青年时期的诗歌思想"这个简单的论题上,"事后的信息"都已经深刻改变、改写了"事前与事发时的状况"。

所谓的"诗话材料",实则大半都是"口述历史",几乎都是滞后的,几乎都是事后的信息,几乎都是用事后的信息来影响、改变、改写与阐释事前与事发当时的状况。笔者研读过大量的清代诗话材料,且不说其中有大量材料是转抄他人,人云亦云,不足为凭,只说其中诗话作者提出自己独家看法的情况,我们会发现很多清代诗话材料,其实都是追忆几十年前的事情,比如嘉庆朝、道光朝的文人写诗话回忆或推测乾隆朝的情况,时间过了这么久,这些回忆与推测有多大程度的准确性?事实上,道光朝的人对乾隆朝的某些理解,还不一定有当代人准确呢?

举例来说,晚清诗人陈衍在《石遗室诗话》中说:"道咸以来,何子贞绍基、祁春圃寯藻、魏默深源、曾涤生国藩、欧阳磵东辂、郑子尹珍、莫子偲友芝诸老,始喜言宋诗。"认为宗宋思潮是道光时期兴起的。这明显就是不对的,宗宋思潮从清初就传承下来,经过了钱谦益、王士禛、宋荦、翁方纲等人持续倡导,只能说,在道光、咸丰时期是陈衍所认为的程恩泽、郑珍、曾国藩等人在积极倡导,但此前也有人在倡导,陈衍只看到了"历史的一个片段",未能看到"历史的全貌"。宗宋思潮是一条历史的长河,道咸宋诗派只是这条长河的中段。但陈衍把中段误认为是源头。陈衍还是很有水平的成名诗人,他对诗歌史的理解远超常人,他的理解都是错了,那普通人的理解又能有几分正确?

历史文献的滞后性,几十年、上百年的滞后,很容易导致历史文献与真实历史有很大差异,甚至被刻意篡改。我们看本书中提到的诸多宋诗文献,几乎每一位编者都有自己的"目的"。如上文所提陈訏《宋十五家诗选》,与高士奇一唱一和,把自己的祖先南宋人高翥的诗编入,并巧立了一个名目"宋十五家"。这并不是孤例。事实上,几乎每位宋诗文献的编者,都有自己的目的。彭元瑞编陆游、范成大、杨万里、刘克庄为《南宋四家律选》肯定也有自己的目的,只是我们不一定能分析得出。

要之,历史文献滞后性,以及由此导致的不准确性,我们研读史书与相关历史材料,就要小心了,因为很多历史书籍可能会误导我们。正如在本书中谈到的诸多清代宋诗文献,其与真实的宋代诗学史很可能是相去甚远的。再加上清代到我们现在又有一二百年，又有大量变化，所以"清代宋诗文献"对我们今天的参考价值，又要随时引起当代学者、史料引用者的注意与校正了。质言之，我们在撰写有关清诗的学术论著时，不能因为清人说过什么话，我们就认为是正确的，对之"无条件引用"。因为清人说过的话，有可能是滞后的，经过了"历史淘洗"，经过了"主动修改"。很多滞后的话，不能准确描述"事发当时"的真实状态。亦可以说，所谓的"口述历史"，由于太过滞后，已经缺乏史料价值。因为"口述历史"中往往会包含大量"后来历史"中的材料、立场与价值观。我们现在引用的《清诗话》材料，其实也相当于有很大滞后性的"口述历史"。道光时的作家，撰写诗话描述乾隆朝文坛状况，怎么会不滞后？即使如袁枚在《随园诗话》中回忆乾隆朝文坛的各种事情，也包含了大量的"事后信息"，存在着大量循环论证、自我论证，其准确性往往难以保证。

有意思的是，在"历史记载""历史文献"中"事后信息"对事前与事发当时状况的改变、改写，颇有些像量子力学"测不准原理"中观察者对量子状态的改变。按照量子力学中"薛定谔方程"对概率波的描述，一个电子的状态是不确定的，是以概率的形式来分布，同一个时间这个电子可以既出现在 A 点，亦可以出现在 B 点。这本身是矛盾的，正常来说，一个电子在同一时间只能出现在 A 点与 B 点中的一个，怎么可能同时既出现在 A 点又出现在 B 点？但薛定谔等量子力学研究者们的解释是，如果我们不去观察它，它就是同时既出现在 A 点又出现在 B 点，只有当我们去观察它时，它便确定出现在其中一个点。也就是说，观察者改变了电子的分布。但也有很多物理学家认为，这并不是单纯由观察者的介入而导致的，而是因为它本身就是以概率波的形式分布的，是一个包含多种可能状态的"叠加态"，只是因观察者的出现而"坍缩"到某一个具体的状态。回到历史问题，后来的历史观察者、研究者改变不了"已逝去的历史"，但显而易见，后来的历史观察者、研究者因其携带了"事后的信息"可以显著改变、改写"事前与事发当时的信息"。因此，我们可以说，当观察者开始观察"历史"，他们实际上就改变了"历史"。历史因其已经逝去了，故而可以说历史本来是既确定又不确定的，但观察者对历史的观察与介入会导致历史出现某种倾向性的结果。

要注意：这里不是"历史的叙述"出现倾向性结果，而是"历史本身"出现倾向性结果，因为很多时候，"历史的叙述"会被当成"历史本身"。举例来说，刘邦病逝那天说了什么，做了些什么，这应该是确定的，如果有摄像机把这一切录像下来，它一定是确定的。但毕竟没有录像下来，它就变成了"未知"，就具有了"不确定性"。虽然事情本身是确定的，但对其他人，对我们当代研究者而言，是不确定的。针对一件确定性事件的"叙述"，会具有极大的不确定性，我们可以把刘邦逝世进行多种多样的改写，以至于会出现"众口铄金"的状况，以至于刘邦病逝那天的言语、行为都似乎变得不确定起来。

可见，"历史""历史叙述"与量子力学有了某种相似性。笔者不知道这是笔者牵强附会的强行阐释，还是说"历史""历史叙述"与量子力学就是有这种相似性。假如这种相似性是客观存在的，假如这不是笔者的胡乱解说，那只能说，"历史""历史叙述"在最微观层面是由量子力学的"测不准原理"所决定的。量子态的不确定性、测不准性与概率分布特点，就决定了宏观历史的不确定性、测不准性与概率分布特点。因此，"历史""历史叙述"也具有"不确定性"与"测不准性"。或者说，"历史""历史叙述"也是呈现概率分布的，"历史""历史叙述"也是以概率波的形式呈现的。所以历代战争中，十万大军与五万大军的战斗，人多打人少，但谁胜谁负是不确定的，其中存在一个概率分布。大多数情况下是十万大军获胜，但有时在英明将领的指挥下，五万大军也可以获胜，即如《商君书·战法》中所说："若敌强兵弱，将贤则胜，将不如则败"，将领的能力对战争胜负有极大影响。可见，在战争中存在着获胜概率的问题，战争之初谁也无法准确判断战争的胜负。这似乎就对应了量子力学中的概率波，事前无法准确判断粒子的位置与动量。简言之，宏观世界、历史事件中的不确定性与概率性存在，很可能是由微观世界量子态的不确定性与概率性存在最终决定的。

3. 历史叙述的未定性：清诗史研究中全局与局部、显性因素与隐性因素

历史记载、历史文献往往有滞后性，往往以口述历史为基础，而口述历史一般极不准确，口述历史中往往包含大量事后的信息，这就导致历史记载、历史文献也常常会很不准确，包含大量对过往历史的修饰、修改乃至篡改。对此，前人早有认识。胡适曾说"历史是任人打扮的小姑娘"，这正是道出了历史叙述的未定性，不同的人可以根据不同的材料、立场与思路，对同一段历史进行不同的讲述，以至于

对同一段历史会有大相径庭的认识与讲述。中国古代"正史"的概念,正是源自对"伪史""霸史""杂史""野史""秽史"等概念的逐步区分。循此,我们可以问一些问题:文学史有没有"正史"?我们关于唐代文学史或清代文学史的撰写,是否被定于一尊,以至于成为了某种"文学上的正史"?又或者说,我们关于唐宋文学的正史,是自然形成的,还是后人构建的?我们关于唐宋文学的正史,是主要由现当代学者构建,还是较大程度依托了明清学者的看法?我们关于唐宋文学的正史,符合唐宋时代的真实状况吗?我们关于唐宋文学的正史,与明清人眼中经过了历史淘洗的唐宋文学是什么关系?我们关于唐宋文学的正史,与唐宋文学自然演化、自然进化的历史是何种关系?

在笔者看来,清诗史研究与唐诗史研究、宋诗史研究有着很大的区别,甚至可以说是有着本质的区别。唐宋诗史,本质上是一种经过历史淘洗的,已经过前人选择与淘汰的历史,是一种自然而然形成的正史。古人已经为我们选出了唐代李白、杜甫、王维、孟浩然、白居易、韩愈、李商隐、杜牧,宋代苏轼、黄庭坚、陆游、王安石、范成大等大诗人,等于古人已经为我们所要研究的唐宋诗史建立了"基本框架",这已经是一种"正史"。我们今天学者的任务,一是加固这个框架,二是用细节来进一步填充这个框架,总之是要进一步维护好这个"唐宋文学正史"。因此,本质上我们今天学者对于唐宋诗史的研究是"被严重限制的"。我们不能说找一个宋代小诗人,然后大书特书,类似于高士奇、陈訏把自己祖先高翥定为"宋十五家诗"之一。今天的学者想要颠覆明清人已大体约定俗成的"唐宋诗史",几乎是不可能的。因为"唐宋诗正史"是不容颠覆与解构的,也是没有足够学术水平是不可能颠覆的。强行这么做,恐怕就是"解构唐宋诗史",带有某种"历史虚无主义的意味"。这正如当代美国文学研究界所出现的颠覆欧洲古代以来的文学史的不良倾向。[1]

而清诗史的研究,实则是未定型的。不存在解构、篡改清诗史的问题,因为清诗史从未形成过权威的"正史"。清末、民国时的学者,已经在尝试构筑"清诗

---

[1] 1994年,美国著名文学批评家哈罗德·布鲁姆出版《西方正典》一书,反对美国文学界一些人对一些西方文学经典的否定与批判。见:哈罗德·布鲁姆.西方正典[M].南京:译林出版社,2005:1-10.

史",但他们的构筑,因流派、地域与师承的关系,往往有很多分歧,并不能大体"定于一尊",不足以形成"清诗的正史"。而且由于清末民国时人距历史现场太近,有很多问题、诗人未经过充分的淘洗,又或者因离历史现场太近,让"历史的偶然性"过于凸显。再加上清末以来的战乱以及社会变化,诗坛还没来得及形成"清诗的正史"。而我们今天距离清末已经有一百多年了,我们对清代历史一方面因距离更远反而将全局轮廓看得更清晰,另一方面也正是因为距离更远一些重要的细节又可能被忽略或篡改。因此,我们今天恰恰是形成"清诗正史"的时候。

但正是因为"清史的叙述""清诗史叙述"并未完全定型,可以有各种观点互相碰撞、激发的空间,很多事情反而有了讨论乃至争论的必要。近二十年来,国家正在积极推进"国家清史编纂工程",试图编撰出能够接续"二十四史"的规模庞大的《清史》。而《清诗史》实则可以被看成是《清史》的一个"子项目"。当然,二者其实有很大的不同。文学史毕竟不同于政治史、社会史,文学史有其"影响与接受"的独特一面。

虽然关于"清诗史的叙述"是未定的,可以有不同执笔者发挥自己专长与主观倾向的空间,对一些清诗史的问题,不同执笔者甚至会有截然相反的认识,但在这种关于"历史叙述的未定性"的操作思路中,有一些涉及"史学方法论"的规则还是应该予以重视与遵守。要知道,一段时期的历史事件与历史人物所构成的"总体的历史信息"(包括万物原子文本信息在内的所有信息)是非常庞杂、海量的,我们的"史书"与"历史文献"不可能把这些信息完全记录下来,只能简略描述,只能是先抓主要矛盾,抓主导历史进程的主导因素,抓全局性因素。但什么是"主要矛盾"?什么是"主导历史进程的主导因素"?什么是"全局性因素"?虽然这些内容有可能因方法、立场、视角、主观倾向不同而不同,但我们进行诗学研究首先就应把握住这些,把握住历史进程,把握住影响历史进程的全局性因素,进而在庞杂的历史信息中抓住一条"简洁而贯穿全局"的线索。在政治军事史研究中,这一条好把握,如清史研究中就要把握明末清初的历史进程,把握清廷的权力运作过程与施政进程。这比较好把握。但在文学史研究中,这条主线就不容易把握了,以清诗史研究来说,有没有这样一条主线都是个问题。这就考验我们的研究与分析能力了。

此外，尤其需要注意：还有一种"幕后的历史因素"对历史的影响，类似于天体物理学中暗物质对宇宙状态的影响：暗物质决定了宇宙的膨胀速度。在历史进程中的"幕后历史因素"有多种，如科学技术的进步对历史进程的影响。从先秦到明清，中国的科学技术一直在进步。国外科学史研究者认为中国两三千年来一直在原地踏步。这显然是不对的。中国古人在几项技术上有重大进步。

第一是造纸术与印刷术的技术进步。汉代即有造纸术，但所造纸张似乎并不普及，价格较高，或书写效果不好，所以直到魏晋时期，"纸本书籍"还不够普遍，直到唐代恐怕都还不够普及。但宋代以后，因各种技术的改进，突然迎来了"纸本书籍"的大发展，我们今天还留存有"宋版书"，却没有"唐版书"，很能说明这种变化。造纸术与印刷术技术进步，虽然是一种隐藏在历史中的幕后因素，但实则全局性推动了历史进程。本书的研究主题"清代宋诗出版状况"，更能生动地诠释这一点。

第二是火药使用的技术进步。火药产生于道教炼丹术，魏晋南北朝的一些丹方，已经具备了火药的成分，唐朝人已能制造火药，唐末宋初已有人把火药使用于战争，明初朱元璋军队已经有了"火器营"。但火药尤其是火炮的使用还在持续进步。几乎可以说火药使用的技术进步，每进步一点就会改变战争形态，进而把不能顺应火药技术进步的国家给摧垮。中国古代有一种城墙防御，即使大军压境，只要依托城墙就可以防守几年之久。唐代安史之乱中，张巡、许远用七千士兵防守睢阳，依托城墙，阻挡了18万安史叛军一年之久，有力保护了南方各地。但是随着火药使用技术的发展，城墙的防御效果彻底失去了。明末清初的"红夷大炮"，已经可以轰塌城墙。又或者如李自成、张献忠在城墙下挖地道、埋炸药，可以炸塌城墙。所以明末清初的战乱中，各地总是很快沦陷，因为城墙的防御功能失去了，没有一座城池可以防守超过几个月，一般都是在火炮的轰击下几天就沦陷。如李自成退守潼关后，清军与李自成大顺军的潼关战役，清军在红夷大炮到位后，用重炮轰击潼关，结果几天李自成就失守潼关。而900年前，安禄山叛军并不能轻易击败坚守潼关不出的哥舒翰。故而，明朝以一种匪夷所思的方式覆灭了。这虽然也有统治不得力等方面的原因，有各藩王消耗太多财政收入的原因，但火药使用技术的巨大进步是隐藏在幕后的一大根源。亦可以说，明朝统治者未能意识到火药使用技术的进步，进而在军事防御上更新换代，是明亡的主导性因素。

可见，有些"幕后的历史因素"往往有决定历史的作用。我们必须深入把握各种幕后历史因素。或者说，决定历史进程的是主导性、全局性因素，但主导性、全局性因素中也有显性因素与隐性因素之分。如果我们未能把握住"幕后隐性因素"对历史的影响，我们对历史的描述与解读就会出问题。例如，如果看不到火药使用技术的进步直接导致了明王朝的灭亡，我们就会过多把明王朝的灭亡看成是政府腐败、统治不力的结果，乃至像清廷一样将之看成是"天意"。试想，假如城墙防御能够起作用，每一个城池都能阻挡农民军或清军几个月，几个城市叠加起来，就可以有几年之久，局面就大为不同了。要知道，宋末元初时，襄阳之围持续了五年之久。如果宋末元初有明末的火炮或火药使用技术，襄阳之围恐怕一个月就会结束。城墙的防御功能岂可小觑？

因此，在笔者看来，我们今天关于各种历史的叙述，尤其是关于清诗史的叙述，必须把握好全局与局部、显性因素与隐性因素的关系。

举一个清诗史研究中最重要的案例——乾隆皇帝的诗学爱好，乾隆皇帝对诗坛与文化界的影响，作为一种"时代背景"，恐怕被严重低估了。乾隆朝的诸多文化现象，恐怕都是乾隆帝文化观念的体现。尤其是在"宗宋诗学"问题上，是乾隆帝个人的宗宋思想，深刻影响了乾隆朝诗坛风气的转变。乾隆皇帝对诗歌的极高热情，一生创作诗歌四万多首，成为古今作品第一多的诗人。关键是乾隆帝是一个非常有主见，非常注意让自己的见解与众不同的人。典型如胡中藻"《坚磨生诗钞》案"，群臣都不觉得胡中藻的诗有问题，就乾隆帝一个人从中找到大量问题，然后借此贬斥群臣。乾隆帝作为"一朝天子"，习惯于居高临下贬斥众人。这种心理运用到文学评论上，就必定是贬斥前代文人。所以纪昀在《四库全书总目提要》中不断吹毛求疵，不断挑前人作品毛病，本质上都是迎合乾隆帝的口吻，或者说是在"代乾隆帝立言"。

虽然乾隆帝总是表面上说自己不参与文坛事件，"不欲与文人学士争长"（《御制诗初集·初集诗小序》）❶，但这只是乾隆帝的自谦之语，乾隆帝对参与文坛争论

---

❶ 乾隆帝.御制诗初集.清代诗文集汇编（第319册）[M].上海：上海古籍出版社，2010:1.

实则非常有兴趣，并且经常发表"一锤定音"式的评论。乾隆皇帝通过出版御选《唐宋诗醇》的方式介入到了诗坛，《唐宋诗醇》中关于李白、白居易、韩愈、陆游等的几篇小序，都是在反对某些观点，又树立另一些观点，具有很强的批判性，甚至斗争性。又由于乾隆帝的政治权威性，乾隆帝在《唐宋诗醇》中呈现出的诗歌理念，在诗坛也就具有了"政治正确"的地位。因此，乾隆帝的宗宋诗歌理念，对清代诗坛宗宋思潮的发展恐怕有着笼罩性影响。这就是一种隐性但客观存在的影响诗坛的因素。而且乾隆帝御选《唐宋诗醇》中儒臣所代作的评语，也有一些批判前代大家之处，这显示出乾隆帝有"批评前代大家"的心理。乾隆帝的这一隐秘心理，后来被纪昀所深刻体察，纪昀进而在《四库全书总目提要》《瀛奎律髓刊误》等著作中展开了对前代大家的"无差别批判"，乃至模仿乾隆帝贬斥鄂尔泰的口气将元祐名人、程朱理学家贬喻为速朽之"草木"。这种种现象都呈现出一种"上有所好，下必甚焉"的局面。

而纪昀对诗坛与文化界的影响，又被当代学者高估了。纪昀的诗学批评，在不同作品中会有不同表现，但将之综合起来，我们似乎能看到一个更全面的纪昀。从本书中的论述来看，纪昀的诗学水平及其影响似乎被高估了。当然，清人并没有高估纪晓岚的诗学影响，高估纪昀影响的是现当代学者。因为清诗史的发展历程中，起作用的并不是纪晓岚的诗学批评，而是钱谦益、王士禛、沈德潜、翁方纲、袁枚，包括乾隆帝等人的诗学理论与实践。实则纪昀的《纪文达公诗集》《纪昀评点〈苏文忠公诗集〉》等在他生前都未刊刻发表，《瀛奎律髓刊误》是在嘉庆五年（1800年）纪昀逝世前五年刊刻发表的，故此纪昀即使对诗坛有一定影响，也是在嘉庆中期以后了。而且纪昀并没有明确的诗学理论，他只是不断"因地制宜""见缝插针"地挑前人作品的各类错误（有的则是强说错误）。或者说纪晓岚诗学理论的价值就在于"批判"。只是因时代变化，《四库全书总目提要》的影响增大，而纪昀及其后代、门徒又逐渐将集体成果转手为个人成果。除纪昀在乾隆帝逝世后多次宣称《四库全书总目提要》为自己编著外，主要是纪昀逝世后，纪昀孙子纪树馨编撰"纪昀诗文集"时，在刘权、阮元、陈鹤等人的序言中，他们趁《四库全书》28位正副总裁都已逝世，便单方面无视《四库全书总目提要》为集体成果，而称《四库全书总目提要》经纪昀"一手裁定""公总其成""皆经公论次"❶。这些转述造成了很大影响,逐渐改写了"人们对历史的认识",《四库全书总目提要》逐渐被一些人误以为是纪昀写的,实则该书的初稿由近百人写成,定稿也至少有五六人撰写厘定,其中一些正副总裁也有大量删改,但被视为纪昀作品后,这就无形中凸显了纪昀对诗坛历史的影响。

实则在笔者看来,《四库全书总目提要》应该按照其原署名乾隆帝第六子永瑢主编(纪昀在作者名单中排名很靠后),而被看成是乾隆帝领导下的作品,代表了乾隆帝的文化观念。根据当代学者的研究,《四库全书总目提要》的最终出版稿与纪昀的定稿,依然有重要差异。现在难以确定最终定稿到底是什么人,出于什么目的改订的。这当然很可能是乾隆帝所任命的正副总裁如彭元瑞等人所最终进行了修改,但也不排除乾隆帝在万机之暇,亲自研读这部"待出版稿",对一些他不满意的地方,亲笔进行改动。在笔者看来,《四库全书总目提要》中对古代各著作都进行了无差别批判、挑错、贬低、贬损,这很符合乾隆帝的"千古一帝""君临天下"的口吻与形象。事实上乾隆帝对诸多文学文化问题都有具体论述,如在御选《唐宋诗醇》中乾隆帝对诗学问题发表了全方面论述,后来都被纪昀等人在《四库全书总目提要》以及各类评点中进行了贯彻。同时乾隆帝也很注重要求群臣在各类作品中贯彻自己的思想,如乾隆五十六年(1791年)七月,因纪昀未将乾隆帝谈扬雄《法言》的一篇最新文章放在该书四库抄本的卷首,而处罚了纪昀等人,并下旨说:"如再不悉心详检,经朕看出,必将纪昀等加倍治罪,不能再邀宽贷也!钦此。"这是对纪昀的严厉警告。这实质上是乾隆帝在要求纪昀等近臣随时与自己的思想保持一致,也在要求纪昀等近臣随时注意阐发自己的思想。在乾隆帝对纪昀等近臣的持续高压态势下,纪昀等人撰写《四库全书总目提要》有多少自由发挥的空间?恐怕只要涉及乾隆帝有过论述的地方,一般都要按照乾隆帝的论述来展开。所以纪昀只能算是《四库全书总目提要》的主要执笔者之一,其书中的很多思想,包括行文风格,都是按照乾隆帝的思想与风格来的。

乾隆帝非常聪颖,且性格高傲、特立独行,有浓重的"千古一帝"的情结,所

---

❶ 纪昀.纪晓岚全集(第二册)[M].刘金柱,杨钧,主编.郑州:大象出版社,2020:1-5.

以他需要在各方面"贬低古人""压低前朝",纪昀的批判文风,迎合了乾隆帝的心理。否则以如此多瑕疵,如此多对前人贬低的文字(几乎每段中都有)的《四库全书总目提要》,不可能在社会上传播。因为这部书是乾隆帝组织编写的,代表了清政府的观点,用到了清政府的公信力。在书中肆意贬低古人,如果没有清政府的支撑,是不可能通过的。实则姚鼐、姚莹、姚椿等人对纪昀《四库全书总目提要》都非常愤慨,但碍于该书由清廷颁布,亦无可奈何。显而易见,纪昀并没有这种压倒文坛的能力,这种能力只有乾隆帝有。因此,《四库全书总目提要》代表了乾隆帝的文化观念,纪昀只是执行者之一。书中体现的诸多思想,绝不能被单纯看成是纪昀的思想。其中很多批判性的思想,恐怕都是乾隆帝的思想。

某种程度上可以说,纪昀是乾隆帝文艺观念的代理人。因为纪昀对乾隆帝文艺观念揣摩得最深,模仿得最像。乾隆帝在《唐宋诗醇》中贬斥元稹、杜牧,贬斥宋祁、苏辙、王安石等人,说陈师道"一知半解",将批评韩愈的前代与当代论者贬斥为"群儿之愚"。这与纪昀在《瀛奎律髓刊误》中将元祐名人、洛闽道学家贬喻为速朽之"草木",何其相似?故而纪昀对文坛的影响,本质上都是受乾隆帝的影响。《四库全书总目提要》中对前代文人的各种挑刺、贬斥、贬损,甚得乾隆帝之欢心。因为乾隆帝本人就是抱着这种态度看前代文人的。如果让乾隆帝亲笔来写《四库全书总目提要》,恐怕也是充斥着贬斥之言,一如乾隆帝训斥群臣。

要之,乾隆帝的贬斥前人,是为了彰显皇帝的威严。或者说,历代文人、历代前贤在乾隆帝等帝王眼中,大概都是一些受自己赏识却动辄得咎的臣工,凡有不足与出格之处都可以随时予以惩治。这正如孟子被尊称为"亚圣",可是在明太祖朱元璋眼中,《孟子》一书中太多内容需要删改,以至于最后酿成了"孟子节文"事件。而纪昀虽然是执行乾隆帝的文艺政策,执行乾隆帝"大量批判、贬低"前人的文艺批评思路,但纪昀毕竟是一位有较大成就的文人,所以纪昀的"无差别批判"就有了很大的历史文化价值。如果"文艺批评与学术批评"不可以批判、贬损前人,如果"文艺批评与学术批评"不可以找前人不足,那还要"文艺批评与学术批评"干什么?从这个意义上,纪昀是清代一位合格的批评家,纪昀在《四库全书总目提要》《瀛奎律髓刊误》《纪昀评点〈苏文忠公诗集〉》等作品中对前人作品大量挑错、贬低、贬损,虽然也有"故意找茬""刻意挑错""自己对问题把握不准"

"通过批判前人来彰显自己"等的不足,但很多方面都是闪耀着"理性之光"的。在笔者看来,"纪昀的无差别批判"已经有一种18、19世纪德国批判哲学的本体论意味。

所以清诗史研究的全局与局部问题,关键在于如何建立清诗发展史的框架与填充清诗发展史的细节。由于清诗史并未经历完全的历史淘洗,很多问题我们其实都还认识不清或有严重分歧。如哪些诗人是可以构成清诗史框架的大诗人或大诗论家?如果不是大诗人、大诗论家,那么他们在清诗史的局部中要处于什么样的地位,要在史书撰写中分配多大的篇幅?再如《清史稿·文苑列传》中的诗人,是否都用较大篇幅写入我们当今的清诗史。

同时,由于历史变迁,清诗史中的显性因素与隐性因素发生了深刻变迁。由于出版行业的变化,由于科举制的取消,也由于各地域经济水平的变迁,诸多的显性因素、隐性因素发生了变迁。有的显性因素没有那么显著了,有的因素则被放大了,以至于我们今天看到或构建出的"清诗史"已经有一定程度的失真。

例如,由于鸦片战争与太平天国以来诸多历史事件的影响,"清诗史的自然发展历程"被打断,或被较大扭转了方向。所以鸦片战争之后的"近代诗史"与"清中前期诗史"存在少量"认识断层"。但在真实的历史中其"断层"并没有那么大。陈衍在《石遗室诗话》中将清中叶宋诗风兴起的因素归结为程恩泽、祁寯藻、何绍基、郑珍、莫友芝、曾国藩等人的提倡,但他没有看到"宗宋诗风"是清初即开始的一股潮流,从钱谦益到王士禛,从乾隆帝到翁方纲,都曾大力提倡宋诗风。历史的断层,使得人们对某些历史问题的看法,发生了偏误。

以上这些全局与局部、显性与隐性的问题,有时形成"假象",很容易误导我们,让我们对"清诗史"的认识发生较严重失真。本书不是"清诗史"著作,不需要过多构筑"清诗史"。本书是在梳理清诗发展历程中以"出版传播史"为中心的诸多细节性内容,但这些关于出版传播史的内容对"清诗史"构成了多方面有力补充。笔者的很多认识也不一定对,只能说是写出来抛砖引玉,供学界参考,其中一些对细节问题的分析,会对学界同仁有所助益。

最后再回到"历史叙述的未定性"问题,一般而言,历史其实已经确定了,未确定的只是叙述。但历史真的已经确定了吗?准确来说,历史真的已经百分之百确定了吗？我们不举那些历代王朝的例子，只说很多短跑奥运冠军，当时已经夺冠，但过几年被发现服用兴奋剂，结果被取消了奥运冠军。可见，很多"历史事件"还真不一定完全确定了。很多"历史事件"本身，都具有未定性，以至于"历史事件的叙述"又具有了更大的未定性。在文学史上这一点体现得很明显。陶渊明在他的时代，影响并不大，但一二百年过后，陶渊明逐渐成为了影响巨大的诗人。曹雪芹活着的时候，《红楼梦》影响有限，但等他死后几十年，曹雪芹却逐步成为了中国最伟大的文学家之一。其中，存在一种明显的"文学影响史"。这种"文学影响史"并非描述作家在世时的影响，而主要是描述作家逝世后几十年以至几百年其人其作产生影响的历史。

学界已有的《中国文学史》基本没有主动把这种"文学影响史"纳入写作框架，原因是我们在理论上还无法完好且准确地描述这种现象，以至于对这一类现象只能少量提及，但不能予以学理化的分析。正是基于这一问题，笔者提出了"文学进化史"的理论框架，就是要从文学影响、文学基因的传播与传承、子代作品的产生、经典作品之间的互相因袭等角度多方面解析"文学影响史"。这些问题在几年后将出版的《中国文学进化史》一书中将会进行深入探讨，在本书中就暂且打住吧。

4. 历史文献的进化关系：历史文献的进化方向是信息含量的逐步增多

我们当前的历史研究总是聚焦在历史文献与历史事实、历史现场的同一与差异，聚焦在历史文献是否准确反映历史事实，聚焦在对由文献所反映的历史事实的评价。但考虑到历史文献的未定性、滞后性、不准确性，我们不得不认识到：历史文献对历史事实、历史现场的"准确反映"是有极限的。这种"极限"在哪里？

例如，我们研读《史记》《汉书》等中关于汉高祖刘邦的记载，里面记载了刘邦的诸多信息，刘邦的家庭关系、刘邦的生平经历、刘邦的思想、对刘邦的评价等，加起来有几万字之多。我们试问：《史记》《汉书》中关于刘邦的几万字信息，就是刘邦的全部信息吗？显然并不是。至少，如果有刘邦的"起居注"，那么刘邦称帝后每一天的经历、言谈、诏书等都应该有记载。那么，刘邦青年时期的各种信息呢？那时候刘邦只是普通青年，不可能有史官跟着刘邦写起居注，因此，刘邦青年时期的各种信息必然失落了。所以《史记》《汉书》中关于刘邦的各种信息必然是不全面的，离"刘邦信息的极限"还差得很远，只能说是把刘邦一生中主要的"大事"都记录下来了。但关于刘邦的主要信息，真的被记录下来了吗？

显然也没有，因为信息的记录同科技发展水平是有关系的。以目前的科技水平来看，刘邦的影像、刘邦的声音都没有被记录下来。也许在当时有过刘邦的画像，但古代的绘画方法毕竟未能准确反映一个人的样貌。所以《史记》《汉书》中关于刘邦的记载的最大缺陷，恐怕就是没有刘邦的影像与声音，不能够声情并茂地反映刘邦，不能够记录下刘邦的音容笑貌。

如果我们再进一步以当代生物科技来审视《史记》《汉书》中关于刘邦的记载，那么很明显：关于刘邦的DNA也失落了。按照当代生物科技的发展，人类已经可以根据一个人的DNA克隆出一个人。也许不远的未来，我们可以根据一个人的DNA，只需要计算机模拟，就可以推测出一个人的长相与身体状况。

如果我们以"未来科技"的视角再来审视各种关于刘邦的记载，更会有很大启发。笔者曾提出过"万物原子信息文本"的概念，用计算机模拟的方式来描述任何物体的原子信息状况，以复原出任何事物。以此来看，我们关于刘邦与项羽"楚汉争霸"的各种历史叙述，还是过于简略，并未描述出"楚汉争霸"给当时中华大地上万物结构、万物状态所带来的变化。如在"楚汉争霸"的一场未载入史书的战斗中，也许有一个士兵侥幸存活，这个士兵的后代一直繁衍到后来上千年，甚至产生过知名人物（只是该知名人物不知自己祖先参与过"楚汉争霸"的战斗）。又或者在"楚汉争霸"的一场未载入史书的战斗中，士兵们焚烧过一个村庄及其附近森林，导致该地的生物结构过了几十年才恢复。可见，我们的"历史文献"只能是反映出真实历史与历史现场的少部分信息，也许连10%的历史信息都未能完全描述与反映。比喻来说，假如把历史上真实存在的"刘邦"及其相关的幕僚、部属、亲属、对手的每一天行住坐卧、言谈举止、所思所想的信息都整理出来（用摄像机拍摄、用笔记录、用计算机模拟等），足以形成一个关于刘邦的"信息之海"，而我们史书中关于刘邦的信息，只是刘邦"信息之海"中的一小片水域，甚至是几朵浪花、几座冰山。进一步来说，单是关于刘邦如何得病死的，就可以写几本书，但《史记》《汉书》中关于刘邦因病而死的内容，只有寥寥数行而已。其中得有多大的"信息差"？

可见，我们的历史文献与历史事实、历史现场会存在极大差异。我们所谓的"信史"只能是较忠实、简要地记录了历史事件、历史人物的过程与结果，较忠实、简要地记录了相关行动的步骤、相关言谈的话语等。但各种"信史"不可能记录历史事件、历史人物的全部信息，准确来说，"信史"能记录历史事件、历史人物10%的信息就不错了。在清代之前的历史文献中，至少有关于历史人物的影像、声音、DNA信息未被记录下来；关于历史事件发生地点的准确坐标未被记录下来；关于各种历史对话的准确对话未被录音下来；关于历史上每一天中国各地的气候状况、温度状况未被记录下来；关于历史上每一天有多少婴儿诞生、多少老人逝世的信息未被记录下来，等等。要之，被各种"信史"记录下来的信息，只能是全部信息中的少部分，也许连10%的信息都不到。

既然目前的历史文献一般只能反映所记载历史（历史事件、历史人物）全部历史信息的10%不到，那么历史文献的发展历程就是一个持续扩充、持续发展、持续进化的过程，是一个逐步增加历史文献中信息含量的过程，是从只能反映10%信息，到可以反映20%的信息，到可以反映50%的信息，到未来运用各种科技手段逐步逼近100%历史信息的过程。也就是说，不同时代的历史文献之间存在一种进化关系。下一代历史文献会吸纳上一代历史文献中的信息，以进化出更好的新一代历史文献。科技也会不断发展，不断还原出各种前代历史信息。例如，现在的技术可以提取一些古墓中古人遗体的DNA信息，可以用现代科技解决一些历史悬案。如秦始皇是否为秦庄襄王儿子，有可能就可以通过DNA检验技术得到解决。

1973年，美国学者海登·怀特发表《元史学》（Metahistory）一书，提出一种超越传统史学的"后史学"，强调史学文献存在叙事问题，甚至把史学文献当作文学作品来研究。这些看法无疑都是很有价值的。我们的思考在于，正如笔者在《文学进化论新探》等著作中多方面探讨的"文学文本存在显著的进化关系"，由此我们就应该注意到各历史文本之间的进化关系。进而言之，我们可以用文学进化论的方法来研究历史文本：研究历史文本之间的文字基因的遗传变异问题，研究经典历史文本之间的遗传变异问题，研究历史文献的垂直进化问题，研究历史文献序列与谱系的"界、门、纲、目、科、属、种"问题，等等。

例如，规模庞大的《清实录》是根据各种清宫档案、军机处档案删削改写而成的，二者存在显著的文字基因遗传问题。又如，《汉书》与《史记》中关于汉代历史的记载就存在很多的"互文性"，存在文本因袭与变异的问题。再如，范晔《后汉书》在十几家后汉书中脱颖而出的垂直进化问题。

还如，当代学者撰写的关于太平天国历史的史书，是在各类太平天国史料与文献的基础上整合、创新而来。或者说，各类太平天国史料与文献，属于上一代历史文献信息。我们当代学者撰写的关于太平天国的史书是新一代历史文献信息。上下两代文献信息之间存在复杂的文字基因遗传变异关系，下一代历史文献信息经常都有对前代历史文献信息的各类选择因袭。

最后要看到，"历史存在进化"与"历史文献存在进化"是两个需要区分的命题。"历史存在进化"是指在历史演变中存在一个方向性的进化过程，这个方向性的过程有时难以定义。下一小节我们会对此有一定论述。但更多的论述要几年后待笔者有更专业的思考，再向读者朋友汇报。而"历史文献存在进化"则较容易理解，历史文献的进化方向是文献中信息含量的增多，就是下一代历史文献中包含的关于"某一段具体历史"的信息含量越来越高，从10%，到20%到50%，最终逐步逼近100%。理解了这一点，我们就更能明白"历史学"是在做什么！"历史学"归根结底是通过文献学方法、考古学方法、生物学方法等诸多方法，不断"恢复历史原貌"，也就是不断增加我们对"某一段具体历史"的认识的深度、广度与细腻程度，也就是增加我们对"某一段具体历史"认知中的信息含量，最终把关于"某一段具体历史"的准确信息，越来越全面地恢复出来。比喻来说，"历史学"相当于是在用各种方法尽力恢复一个"已损坏的电脑硬盘中存储的信息"。

（三）概率论史学：以概率的视角来看待历史

在上文，我们聚焦了历史文献的问题，这属于"史学理论"的范畴。❶ 我们还需要从"历史理论"的角度来对"历史"本身进行探讨，从"历史哲学"的角度来看待历史。尤其要结合物理学、数学、生物学、计算机科学、混沌学说等的最新进展来更深入地开掘历史哲学。传统上，有"进化论历史观"的理念，这本来已属

---

❶ 张旭鹏.论史学理论与历史理论的统一[N].中国社会科学报,2024-3-26.

学界老生常谈，但近年来笔者在"文学进化论"领域有较大进展，笔者意识到"进化论"并不像我们通常书上所介绍得那么简单。事实证明，笔者在"文学基因与文学进化论"领域的探讨，已获得学界的大体认可与多方面拓展。循此，如果我们把"文学基因与文学进化论"的相同理论视角与思路，平移转入到"历史进化论"的研究，就一定会在历史哲学与历史观上打开新的理论空间。

1. 概率论史学的定义与核心内容

按照量子力学的研究，微观粒子存在"不确定性原理"，其位置与动量是不能确定的。这种"不能确定"并非因为测量工具的不精准或干扰所致，而是微观粒子是以物质波、概率波的形式存在。即，微观粒子所处位置与动量的不能准确确定，是微观粒子的基本性质。微观粒子以"闪现""跳跃"的方式出现在空间中，上一秒出现在 A 点，下一秒可能就突然出现在 B 点或 C 点。以此为基础，爱因斯坦、薛定谔、波尔、冯·诺依曼等人都思考过，微观粒子的不确定性与宏观世界的确定性的关系。❶ 通俗来说就是，既然微观粒子是不确定的，何以宏观世界大体是确定的呢？既然微观粒子出现在 A 点还是 B 点是不确定的，是以概率的形式存在的，那么，何以一个苹果或一个杯子，可以确定地出现在一张桌子上？如果微观粒子可以决定宏观事物的性质，那么，苹果或杯子也应该是"闪现"的，一会儿出现在桌子上，一会儿又突然闪现在床上。对此，物理学界迄今并无准确解答。

我们循着爱因斯坦、薛定谔、波尔、冯·诺依曼等人的思路，来思考宏观世界。我们逐一盘点各种"涉及不确定""涉及概率"的宏观事物，可以看到，"历史事件与未来事件"是不确定的，存在显著的偶然性。在所有宏观事物中，"历史事件与未来事件"与微观粒子的状态最为相似。也许这不是偶然的相似！如果我们要写一本《某电子近百年之编年史》，我们写不了，因为对这个电子来说，根本没有编年史，因为它每一微秒钟都不准确出现在某一个位置。我们只有一个关于该电子的可能位置的概率波函数。该电子以一种概率的形式朦胧地出现在一整片区域。这颇有点像贾岛《寻隐者不遇》所说："松下问童子，言师采药去。只在此山中，云深不

---

❶ 爱因斯坦.客观世界的完备定律及其他.爱因斯坦文集(第一卷)[M].许良英等,编译.北京:商务印书馆,2010:565.

知处。"这一隐者在山中采药,我们很难知道他在某一时间点的准确位置。历史与历史叙述有时就与电子的不能准确知道位置有些像。

在此笔者作一些类比联想,也许历史与未来的某些性质,就与微观粒子的"不确定性原理"有直接关联。不是"时间与时间的流逝"导致了历史与未来的不确定性,亦不是因其"内部复杂的混沌系统"导致了历史与未来的不确定性,而是微观粒子的"不确定性原理"最终导致了宏观历史的不确定性。这有些像物理学界"平行宇宙"的假说(赤壁之战战前,存在曹操获胜、曹操兵败两种不同的可能状态,但现实中只能有一种状态,就是曹操兵败)。要言之,是微观粒子的"不确定性原理"决定了历史事件与未来事件的不确定性。

如前文所分析,历史事件有时候呈现出概率分布,据此我们可以提出"概率论史学"的概念。笔者所谓"概率论史学"就是在史学研究中聚焦涉及概率、涉及不确定性、涉及可能性、涉及偶然性的内容,注重用概率与统计的方法来看待与研究历史。概率论史学可以说是一种历史学研究方法,亦可以说是一种史观。我们当前的历史学与历史分析,注重的是梳理与叙述历史过程中确定性的东西,注重阐发历史发展中的必然性,忽视了历史发展中的偶然性。而概率论史学注重历史演进中的"偶然性",这种"偶然性"以概率或概率波的形式存在,我们在史书上看到的"历史",只是各种"历史概率"、各种"历史可能性"、各种"历史叠加态","坍缩"后形成了唯一性的历史事实。这类似于微观粒子以"叠加态"存在,但当我们观察微粒时,它才"坍缩"出唯一性。历史也有多种可能。曹操在赤壁之战中有胜的可能,有败的可能,只是在现实中呈现出曹操兵败的结果。但曹操兵败赤壁并不是必然的,而很可能是各种"偶然性事件"导致的。或者说在赤壁之战前,曹操兵败是有概率的,但也有曹操获胜的概率。假设历史可以重演,曹操以一模一样的条件,发生赤壁之战 100 次,也许其中曹操就会获胜 40 次,失败 40 次,打平 20 次。概率论史学就是要挖掘出历史演进中由于"概率"、由于"偶然性"而出现的历史演变的巨大差异。

概率论史学的要义之一在于,必须认识到事态发展的飘忽不定,事件过程的充满偶然,事件过程充满各种随机事件,随机扰动。尤其要看到,事件过程与事件结局的无法预测,甚至无法描述。在事前,"事件结局"是不确定的,"事件过程"也是不确定的，充满了各种偶然性。"确定的"只能是统计规律，是事件的总结局。但有时候"事件结局"本身也是不固定的，是随机的，是随机事件的结果，故而不能认为"事件结局"具有必然性。就像一场巴西队与德国队的足球赛，由于双方实力势均力敌，比赛结果就充满了随机性，在比赛开始前，谁都不能判断哪方将获胜。在势均力敌的情况下，双方打一百场，胜负平三种结果都会随机出现，但具体到每一场比赛之前，我们很难判断这场比赛谁会胜。巴西队与德国队比赛的这个案例，是"事件结局"在事前的不确定性，但即使"事件结局"在事前具有很大确定性，其过程也会充满不确定性。

为什么说"事件的准确过程无法描述"？因为我们通常的描述并不准确，只能描述出事件大概。我们的各种史书，都只是大概描述了历史，其实很多历史细节都不够具体。比如，刘邦与项羽的垓下之战，各种史书上对它的描述其实很不准确，很不全面。但由于历史文本的篇幅限制，即使再全面的描述，也最终是"不全面"的。真正完善的"历史记录"是像计算机存档一样，计算机芯片的每一个操作都有记录，也即历史变动中的每一个细节都有记录。或者像笔者此前提出的"万物原子信息文本"上庞大的信息存储，历史细节的每一个变动都有记录。又或者说有一台无所不在的摄像机，把历史事件的每一个细节都拍摄下来，包括人物的心理活动也记录下来，供我们随时查阅。这才叫真正完善的历史记录。但这在现有技术条件下是不可能的。考虑到"万物原子信息文本"的庞大信息（"万物原子信息文本"这一概念，对于我们理解什么是"历史"，对于我们理解我们的史书到底精细到了什么程度，具有重要思想工具作用），即使是单一事件，其信息也是海量的，有限的文本不可能完全呈现具有几乎无限信息的单一事件。我们的各种史书只能描述历史事件与历史变动的大概状况，但会失去大量的有用信息，以至于大量的"历史""历史过程""历史真相"变得难以准确知晓。

例如，垓下之战中，项羽吃过几次饭，吃了些什么？垓下之战中到底有多少士兵参加，这些士兵的姓名、籍贯是什么？再如垓下之战中获胜方的士兵最终得到了什么奖赏，战后他们过上了什么样的生活？这些事史书几乎不会谈及，因为这些事对垓下之战的结果并无任何影响，所以我们的史书不需要说。但史书不说，并不表示项羽吃饭、参战士兵状况等不存在，并不表示项羽吃饭、参战士兵状况等不是垓下之战历史进程的一部分。所以"事件过程"很像是物理学的"布朗运动"中杂质颗粒在水中毫无规则地漂浮。历史事件一般有其目标性，但历史事件实现其目标的过程往往具有随机性与偶然性。正如在荒无人迹的大戈壁上从 A 地到 B 地，可以任意选择道路，可以走走停停，可以开车可以骑马可以步行，可以随意地左转右转，但最终结果是要从 A 地到达 B 地。也即，从 A 地到 B 地这一目标是大体确定的，不确定的是怎么从 A 地到达 B 地。从 A 地到 B 地是大体确定的，但从 A 地到 B 地的准确过程具有极大的随机性与偶然性。100 个人分别单独出发从 A 地到 B 地，所走过的道路与用时，几乎都是不一样的。我们根本就无法用语言准确地描述出每一个人从 A 地到 B 地的行程，因为他们每一秒的步行方向与速度都不一样。能描述的只能是其"大概"：大概怎么从 A 地到了 B 地，大概用了多长时间。可见，历史事件的结果具有一定确定性与规则性，但实现其结果的历史过程则常常具有无规则性，飘忽不定，充满了随机性与偶然性。

进而言之，历史事件的实现过程中的各种行为具有一种概率性。如在大戈壁上从 A 地到 B 地的道路选择，100 个人走过的道路会有很大不同，但在其中部分路段，有不少人的路线大体重合。也即，有些路线走的人比较多。换言之，有些路线被走的概率比较高。正如鲁迅所说"世界上本来没有路，走得人多了，也便成了路"。所以"道路"本身就是概率的结果，是走这段路线的人最多，因此形成了较稳定的路线。历史事件的实现过程，也会出现一些"高概率"的做法与路径，形成一些较为稳定、为后人所模仿的做法与路径。但要注意它们只是因为"高概率"而形成的暂时稳定的做法与路径。历史进程中往往也有大量"低概率"的做法与路径，甚至出现很多"极低概率"的做法与路径。

2. 从混沌到进化：历史演变的偶然性、概率性与随机运动

笔者提出的"概率论史学"虽是自己独自思考得来的，但客观来说是受到西方已有的"混沌史学"一定影响。不过，"混沌史学"的理论并不成熟，只是关注到了历史演变中的偶然性与一定的概率性，对相关问题的分析尚不深入，尚不构成体系。可以认为，笔者的"概率论史学"是对"混沌史学"的进一步深化。亦可以说，通过笔者的深化，"混沌史学"进一步形成了理论体系。或许，未来"混沌史学"与

"概率论史学"可以成为国内外主流的史学理论。

（1）西方的混沌史学。

西方史学界自古以来就有关于"历史决定论""命定论"与"历史偶然性"的争论。古希腊的"命运悲剧"就是将历史事件描绘为无可改变的宿命。但也有一些史学家注意到了历史中存在较大偶然性，如塔西佗在《编年史》中已经反思了偶然性在一些历史事件中的作用。1954年著名哲学家以赛亚·伯林在《历史必然性》一文中强调了历史的偶然性。1960年英国著名历史学家爱德华·卡尔出版《历史是什么?》一书，反对了历史偶然性，但也梳理了西方关于历史偶然性的研究历程，其中提到了一种关于历史偶然性的理论。"从总体上来看，历史就是一连串的意外，一系列由偶然巧合（Chance Coincidence）决定的事件，最终可把历史归结于那些最偶然的原因。"❶ 此说法颇精练，但尚未形成有逻辑层次的理论体系。

以对"历史偶然性"的探讨为基础，1970年代以来西方史学界不少学者借鉴"混沌学说"探讨了"混沌史学"（Chaotic History）与"替代历史"（Alternative History，或译为"替代史学""假设史学"）。如：费尔南德斯（Fern Byant Fadness）在1978年出版的著作中深度设想了林肯未被刺杀、拿破仑获胜、南北战争南方获胜等可能引起的历史状况。又如英国学者、奇幻文学史家、《科幻百科全书》作者之一史特伯福特（Brian Stableford）在1990年代发表了多篇关于替代历史的系统性介绍文章。再如知名金融史家、哈佛大学教授尼尔·弗格森（Niall Fergusson）1998年集合9位来自牛津、剑桥、耶鲁等英美顶级高校历史教授所著的《虚拟的历史》一书，在其导言部分，弗格森用近80页的篇幅从多方面梳理了西方史学界关于"反事实历史"、历史偶然性与历史决定论的各种前人论述，最后又探讨了"混沌史学"的理论与实践问题。❷ 客观来说，《虚拟的历史》在理论上的阐发深度与哲学逻辑性不够，并未把事情讲清楚（这也是该书在2001、2012年两次翻译进入我国，但并未引起我国历史学界关注的原因之一），但《虚拟的历史》一书的出版，说明"混沌

---

❶ E.H.卡尔.历史是什么？[M].陈恒,译.北京:商务印书馆,2007:197.

❷ FERGUSSON N. Virtual History: Alternatives & Counterfactuals[M]. London: Macmillan, 1998. 该书有中译本。见:尼尔·弗格森编.虚拟的历史[M].颜筝,译.北京:中信出版社,2012.

史学"在西方史学界已是不可忽视的存在。西方学者列出的相关参考文献有100多篇。笔者的"概率论史学"后于"混沌史学",有必要多方参考这些论述。不过西方的很多论述,涉及科幻小说或穿越小说。笔者在最初的思路上,受到过西方科幻电影中"平行宇宙"与穿越小说中"改写历史""替代历史"的少量影响,但我们必须申明:我们在本书中的探讨都必须是严肃的历史学探讨。

在"混沌史学"看来,人类历史是一个内部有极大互相影响、随机变动且环环相扣的复杂物理系统,存在极大的偶然性,而且会"触一发而动全身",一件事变化会引发后续历史的巨大改观。对这样的复杂物理系统,数学界已有一定研究。2021年的诺贝尔物理学奖就被授予哈赛尔曼、帕里西等三位物理学家,以表彰他们"为我们理解复杂物理系统所做出的开创性贡献",他们在气候与无序物质的随机过程领域建立了奠基性的数学模型。笔者以为,研究这样的复杂物理系统,除了建立与求解"复杂的偏微分方程"外,"概率与统计"也是极佳的方法。如1970年代提出"蝴蝶效应"的洛伦兹等一批气象学者曾认为"天气系统不可预测",但天气系统恐怕也不是绝对不可预测,随着有关研究的进展,尤其是随着多位诺贝尔奖获得者的努力,近几十年来天气预报的正确率大幅提高,至少当前的天气预报已比较准确了。正如古诗"清明时节雨纷纷",在中国南方地区,清明时节常常下雨,这是一种显著的统计规律。笔者认为,复杂的混沌系统,最终会呈现出清晰的统计规律。

(2)历史节点(历史结果)与历史过程的偶然性、随机性、概率性。

历史总是充满了偶然性、随机性与概率性。我们在生活中看到的各种事情很多时候都包含了一定的偶然性,我们平时称之为"运气"。亦可以说,历史上几乎每一件事都是一个概率事件,存在很大的偶然性。而且有的历史事件,不光是"历史的总体"存在很大概率性、偶然性,关键是构成"历史总体"的各历史细节,也都是一个一个的概率事件,每一件细节的事情都存在很大的概率性。例如我们看到的古代科举考试或当今"高考",最后会有一个成绩,会诞生所谓的"状元",但是每一名考生的考试过程、改卷过程,都存在很大的概率性,其得分是由自身实力决定的,但也存在一定的偶然性。在改卷评分过程中,有的主观题多给一分、少给一分,是存在一定偶然性的。试想每一名考生的答题、改卷过程中都存在各种各样的偶然性,这些所有的"偶然性"加起来得有多大的偶然性?这根本就是一个"偶然性的海洋",有无穷无尽的偶然性存在其中。只是我们平时忽视了这些偶然性,只在乎考试的统计结果,即只在乎最后的分数与排名。把那些在高考中偶然考了高分的考生称为"超常发挥",把那些在高考中比平时成绩差的考生称为"发挥失常"。又或者在古代科举考试中,考中的考生将"考取"视为祖宗保佑。

除考试外,我们还能看到历史演变中,存在很多由"大量个别概率事件"组成的"总体概率事件"。典型的如战争、战役或者战斗,就都是由"大量个别概率事件"组成的"总体概率事件"。在每一场冷兵器的战斗中,两军相接,士兵们一对一对打,单兵对打的胜负,存在很大的概率性。强的单兵,可能遇到敌方弱的单兵,也可能遇到敌方强的单兵,期间有极大的偶然性。亦可以说,每一名士兵与对方的战斗都属于一个"个别概率事件",其中存在巨大的偶然性、随机性。但这种"个体士兵的偶然性"的"个别概率事件"最终汇聚成了一场战斗的胜负,汇聚成了"总体战斗的胜负"。类似,在热兵器时代,例如18世纪英法士兵的排枪对射,能否打中敌人固然与枪法的准确性有很大关系,但也存在射击概率问题,能否打中敌人与火药力度、空气扰动、敌方站位等偶然性因素有极大关联。但无论排枪对射的个体击中概率如何,最终都可以很快呈现出一场战斗的胜负。也即在战斗中,大量士兵的"个别概率事件"很快会汇聚成战斗胜负的"总体概率事件"。

我们再看单一历史事件与总体历史的情况。再以战争来说,战争的胜负有一定的概率性、偶然性。不是每次以多战少的战争,都会是人多的一方获胜。赤壁之战中曹操兴兵几十万,却以失败告终。淝水之战中苻坚欲"投鞭渡江",却落得身死人手的下场。在战前,曹操、苻坚岂会不尽最大程度知己知彼?在战前,曹操、苻坚岂会不满怀信心?如果没有信心,曹操、苻坚是不会发动战争的。可见,在"动态历史"面前,"结局"是不确定的。"结局"的获得,依托了大量偶然性因素。或者说,一个历史事件是由大量偶然性事件组合、汇聚而成。也正是因为有这些多种多样的偶然性因素,在事前,"结局"是很难准确预测的。这正如足球世界杯的大部分比赛,我们在赛前都很难猜中胜负,经常都会有弱队战胜强队的爆冷出现。这说明,决定王朝兴衰的"战争",往往都是以概率的形式而存在的。在"战争之前",我们并不能确知结果,"战争的结果"一般会是兵多人口多的一方战胜兵少人口少的一方,但战争亦经常爆冷。

由于"战争"（一场战争一般由若干场战斗组成）总是能够决定王朝的兴衰，进而决定历史的走向。而一场战争的胜负具有"概率性"，故而王朝的兴衰与历史的走向，必然具有概率性。于是乎，"概率论"这门数学学科，很可能就有了进入历史学，成为历史学基本方法的可能性。

我们应该注意到，无论是事件的过程，还是事件的结果，都存在很大的偶然性、随机性与概率性。

事件过程很多时候是毫无规则的随机运动，只是这种随机运动会产生某种结果。而且事件结果具有较确定的"节点性"。笔者所说的"历史节点"就是历史阶段、历史平台期开始或结束时的节点，如旧王朝的覆灭和新王朝的建立、新君的继位、重大战争的胜利、重大事件的开始或结束、某些重要历史人物登上历史舞台、某些作品的发表等。历史往往可以根据"历史节点"划分成不同的阶段，这类似于人的一生可以根据出生、上学、工作、婚姻、重大变故等划分成不同的阶段。一般而言，历史节点对之前的事态来说具有"收束性"，对之后的事态来说又具有"发散性"。但后续事态对历史节点的发散，是有约束条件的，不会任意地发散，而是按照一定条件进行发散。如新君继位的结果会导致历史有一定新变，但并不会出现面目全非的新变。战争的结果无非是"胜负平"，足球比赛的结果无非是"胜负平"。但这些由随机过程导致的节点性的事件结果，会引发更大的后续反应与后续事态。如足球比赛获胜了，就有庆功仪式，而比赛失利了则只能闷头检讨。战争胜利了，就掌握了分割资源的主动权，从此可以有很多衍生事态。战争失利了，就失去了对资源的占有权，亦会有很多偏于负面的衍生事态。同时，历史节点导致的事态变化（时局变化、战争胜负等）也会引起人群心理与心态的变化，这一点会在文艺作品中显著反映出来。要之，后续历史是在历史节点的基础上进行新的具有极大偶然性、随机性的演变。

我们当前通行的史书，如现当代学者撰写的各种历史教科书，主要就是在叙述"历史节点"及其演变。我们现当代学者撰写的"断代史"一般都是从一场重大战争的结束、新王朝的建立开始叙述，聚焦在创业之君的创业与统治历程，然后述说新王朝的不同君主，不同君主在位期间的重大事件。而一些"承平时期"的事件，两个历史节点之间的平淡时期的各种事情，因其过于平淡、过于零碎往往无法叙述。

这一点反而不如"二十四史"或《明实录》《清实录》等古代史书,古代史书在叙述帝王经历时,会逐年逐月把帝王每一天经历的事都大体写上。如《清实录》叙述了清代各帝王几乎每一天的言行与经历的事件。客观来说,古今的史书对于"非历史节点的历史阶段"往往叙述得不够,因为在"非历史节点的历史阶段"充满了太多不重要的随意性事件。如某个贫农把自己的五亩地卖给了一个地主。某个秀才参加本省乡试,在考场上奋笔疾书,但最终落榜。某个地主把自己的女儿嫁给了一位新科举人。某位重要历史人物的五世祖的出生。又如朱元璋的外公陈公作为张世杰部下普通士兵在南宋末"崖山海战"中的一些经历,尤其是战败后,陈公死里逃生,隐姓埋名,以"巫术"谋生的经历(见《明史·列传第一百八十八·外戚》)。虽然这些事件因其"不重要",因其零碎,因其带有一定偶然性,因其太过平凡,而从其时代来看又发生得太过频繁(如诸多的婚丧嫁娶,诸多士人的读书、科举、落榜经历,又如重要人物的诸多祖先的出生),导致史书无法对之叙述,但显而易见,"非历史节点的历史阶段"发生的所有零零碎碎的偶然性、随机性事件,都是在为"历史节点"做积累,都以各种直接或间接的方式导致了历史节点的出现与演变。如果我们完全不叙述那些"非历史节点的历史阶段"发生的各种偶然性、随机性事件,那么我们对"历史的偶然性"就会缺乏足够的认识。因为在"非历史节点的历史阶段"发生的几乎每件事都是有很大偶然性的,有的人偶然而死,有的新人偶然结婚,有的事偶然发生,有的疾病偶然流行,这些"偶然性事件"最终积累起来,导致了"历史节点"的发生。那么,难道"历史节点"的发生就不具有偶然性吗?"历史节点"的发生过程尤其是其内部事件,难道就不具有偶然性吗?

在此,我们不得不说,事件结果、历史节点有时也有很强的随机性。如周武王灭商的牧野之战,周王朝的获胜就有一定的偶然性,如果纣王能够有更好的组织,也许就不会惨败。而且一场战斗,确实有一定的偶然性,如果双方能有几十场战斗,其偶然性就会大为降低。再如,在古代储君继位中虽有"嫡长子继承制"的惯例,但有时哪个皇子继位也是有一定偶然性的。总之,无论是事件结果还是事件过程都具有很强的随机性,很多时候都具有很大的不确定性与偶然性,会出现大量偶然事件。

（3）历史事件的概率值：50%与90%概率的历史事件之不同。

历史中的每一件事都具有概率，差异在于概率的数值不一样。有的历史事件及其结果是大概率的，有90%的概率，甚至99%的概率。有的历史事件是小概率事件，只有20%的概率，甚至只有1%的概率。一般认为，99%概率的事情一般都会实现，属于带有必然性的事件。1%概率的事情就很难实现。概率论的实践表明，即使99%概率的事件也有可能不发生，而即使1%的概率，即使0.01%的概率，若以较大数量的样本来统计，也照样会发生。例如全球每年民航飞机失事概率在百万分之一，即0.0001%，这一概率已经小到了可以忽略不计，但由于全球每天民航数量众多，结果就是平均下来全球每年都要出现几十起航空事故，引起轰动的空难几乎每年都会有一起（灾难性空难会被新闻媒体广泛聚焦，其中的各种偶然性会被反复叙述）。再如，有保险公司根据投保情况计算了车祸概率，每年每个人出交通事故的概率是1.15%。循此计算，如果按照50年来衡量，则每个人的车祸概率会达到57.5%，这已经算是很大概率了。故此，每个人一生中总会遇到一两次交通事故，只是交通事故的严重程度不同，一般小事故无所谓，就怕遇到灾难性车祸。

在历史演变中，问题不出现在"大概率事件"的发生上，这符合当时所有人的预期，是古人所谓的"顺天应人""民心所向"。问题出在：其一，小概率事件出现了。其二，约50%概率模棱两可的事件出现了人们难以接受的结果。

历史的复杂性，正是在于各种小概率事件频繁出现，又或者50%概率的事件导致了"历史走向存在多种可能"。历史走向的"不明朗"正在于很多50%概率的事件横亘在历史面前，同时又会有大量小概率事件发生。但是50%概率的事件，最终会呈现一个结果，不是A结果，就是B结果。所以我们看到的很多"历史结局"并非必然的，而只是"几种概率事件的最终呈现"，但50%概率的事件也可以完全呈现为另一个结果。概率的50%，就在于无论是A结果，还是B结果，都是可能的，且二者概率大体相近，均为50%左右。如《三国演义》第43回，诸葛亮舌战群儒，讨论"吴蜀联合抗曹"的可能性与可行性。历史地看，"吴蜀联合"实则也就是50%上下的概率，因为后来吴蜀又彻底反目。在这种50%概率的历史事件中，个人的行为就显得很重要。类似于"吴蜀联合"这样大约50%概率的事情，在历史演变中广泛存在。这使得历史走向总是存在多种可能。

西方史学与科幻界的"替代历史",其着眼点很多就是对概率50%左右的历史事件的结果进行反向思考,如果历史没有走向A结果,而是走向了B结果,后续历史会如何发展。事实上,压倒性概率的事件,就不存在替代历史与历史假设。例如,刘备、诸葛亮死后,刘禅能否力挽狂澜,反击曹魏?这是不可能的,因为刘禅的能力,让这种事发生的概率极低,几乎不可能发生。能用"替代历史"进行反向推衍的事情,都需要在50%概率上下,或者处于一种"毫厘一线"的状态。如第一次世界大战爆发的导火索"萨拉热窝事件",奥匈帝国皇储被当街刺杀,此事就存在极大偶然性。本来第一波刺杀并未成功,但皇储本人大意了,在参加活动并略作休息后,再次坐着敞篷车出门看望受伤随从,车子在路上转了一圈后再次撞到另一名枪手的面前,导致了皇储的被刺身亡。如果不是皇储大意且运气不佳,这件事几乎不会发生。但历史就是这么"凑巧"。在这一类悬之于毫厘之间的事情上,"替代历史""假设历史"才是有可能的。而很多不具有可能性的事件,用"替代历史""假设历史"来推衍,则就无意义了。比如,去推衍刘备、诸葛亮死后,刘禅如何击垮了司马昭政权。这就不再是历史学推衍,而纯粹是文学想象了。因为当时由司马昭实际控制的曹魏政权的政治经济与军事实力,远超刘禅的西蜀政权,除非发生一系列天灾人祸的小概率事件,刘禅才可能战胜司马昭。问题就在于,小概率事件之所以是小概率,就在于在短期内它只能发生一次,不可能说在一个不长的历史时期连续发生多次小概率事件。古人云"屋漏偏逢连夜雨",就是形容负面因素的叠加,但这种"叠加"是有一个极限的。历史演变中不可能任由小概率事件无限叠加,形成一种我们莫名的历史状况。

历史上形成"可替代的历史",一般都是位于历史转折点上,此时历史有走向多种结局的可能性。这时候一些偶然因素,就有可能决定历史的走向。我们说"历史带有偶然性",很重要一点就是在这种历史转折的关头,历史走向被偶然性因素所改写。或者说,一些偶然因素改变了对峙双方的力量对比。

在历史的转折点上,经常会出现小概率事件,或者50%概率的事件走向了难以接受的结果。例如在古代战争中,经常有"以少胜多"的状况发生。又或者在各种概率五五开的事件演变中,出现了当事人所不能接受的负面结局。这就会导致历史演变出现很大的"扰动",后续历史会出现事前难以预测的变迁。在这里,人们或顶尖人物的"预期",就显得很重要。

(4) 人类对历史偶然性的认知谬误与心理适应。

历史架构的最底层是纯粹偶然性,历史是在偶然性基础上进行演化,在"偶然性"的基础上才出现了一定的"必然性"。但"必然性"是少数,而"偶然性"才是多数。"偶然性"无所不在,历史的演化是在"偶然性"基础上诞生"新的偶然性",是"偶然性"的多重叠加。人类世界的很多事情都是"偶然加偶然"。但人类逐渐适应了"偶然",发展出应对"偶然"的方法与心态。例如,古今的婚姻,两个不认识的男女,偶然走到一起,从陌生人变得熟悉,进入热恋,走入婚姻。无论是"包办婚姻"还是"自由恋爱",男女最开始的"相识",具有很大的偶然性,但恋人们适应了这种"偶然性",恋人们互相觉得很熟悉,不再把偶然相识仅仅当成"偶然的缘分",而经常视为"命中注定的缘分"。显而易见的"偶然性"被人们从心理上视为了"必然性"。或者因为一种"熟悉感",而完全忽视了一开始显著存在的偶然性。这正如本书中所探讨的各种清代宋诗选本,一开始都是偶然出现的,不能因为《千家诗》《唐宋诗醇》等后来影响巨大,就认为它们的出现与被广泛接受有一种"必然性"。

这种把显而易见的"偶然性"视为"必然性"的现象,在日常生活的很多领域都存在,以至于在历史学领域,历史学者们经常犯把"偶然性"视为"必然性"的错误。例如,在战争或国家竞赛中,有时只是偶然获胜。古今中外各种史书有时会根据"事件结果"而倒推其原因。但有时我们对原因的倒推,是不准确的,因为我们忽视了事件过程中的随机性与偶然性,而把随机出现的事态,当成了必然的事态。在这些方面,古今中外各种"史学"就经常犯有重大错误,或者故意犯错。古今各种"史书"经常把"偶然的获胜"书写为"必然获胜"。很多"史书"的编撰动机,实际上都是获胜者为了论证自己获胜的合理性与必然性。很多史书上为胜利者辩护的理由,经常都不太准确。要知道,"为胜利者唱赞歌"是很容易的,并不会被人们揪着不放。所以我们经常看到各种对"获胜者之所以获胜"的分析,然而这些分析中有很多都是不准确的,是人云亦云的或根本错误的。这正如《虚拟的历史》一书中,弗格森引述英国当代著名历史学家爱德华·卡尔的说法:"历史上没有什么是必然发生的",历史学家的任务只是"解释历史为什么最终选择了这条路,而非另一条","历史学家工作的实质即是把胜利者推到显赫的台前,将失败者拉入阴暗的幕后。"❶ 爱德华·卡尔的说法非常有道理,我们的历史书经常都是完全不说"获胜的偶然性",而用各种合理或不合理的方法论证获胜者的必然获胜,同时以各种合理的、不合理的理由论证失败者一方的愚蠢与没落,以至于必然失败。最后在史书中把所有的光环与聚光灯都加在胜利者一方,尽可能地加大对胜利者的书写篇幅,放大胜利者的细节行为,彰显胜利者的先见之明。同时尽量缩小史书中失败者一方的篇幅,尽可能简单描述失败者的状况,且失败者一方在史书中每次出现都会带有各种负面、贬义的用语。以至于失败者"失败的真正原因"就被史书给重重遮蔽了,胜利者"胜利的真正原因"也被一定程度遮蔽了,取而代之的是各种对"必然胜利""受上天庇佑而获胜"的宣扬。

人类在认知心理上还有一种常见的谬误,就是一些在历史演变中偶然出现的人与事,由于在后期具有了巨大影响,完全占据了人们的认知空间,以至于人们一叶障目不见泰山,看不到最开始该人与事只是普通的人与事,其出现具有很大偶然性。这正如影视明星,一开始都是普通人,混迹在普通人中,其走红存在很大偶然性。而当该影视明星占据了大量公共宣传后,人们因为熟悉了该明星,而不觉得该明星的出现具有很大偶然性。这类似于在秦末农民起义中,刘邦、项羽一开始都只是普通人,他们只是在激烈竞争中带有一定偶然性的脱颖而出。我们不能认为在秦末农民起义的一开始刘邦、项羽就具有历史的主导性。前人对"时势造英雄""英雄造时势"的争论,就是意识到了其中存在一定的偶然性。基于这一认知谬误,古今中外各种史书中还有一种显著情况,就是把事件中"偶然出现的东西"当成一种"脱离普通人群""脱离统计样本"的特殊性人与事来对待,把"偶然性"当成"特殊性"予以大量赞叹。如美国各种关于"美国史"的史书,总是宣扬"美国例外论""美国唯一论",强调美国政治经济文化地理等方面的特殊性与唯一性。再如"秦灭六国"后,秦国一方的史书显然大量宣扬了秦国的伟大与天佑。但我们必须注意到,"秦灭六国"这一历史事件,只是更宏大的"东周列国最终统一为一个国家"的历史进程的一种表现,即使不是"秦灭六国"也会是"楚灭六国""赵灭六国"。

---

❶ 尼尔·弗格森.虚拟的历史[M].颜筝,译.北京:中信出版社,2012:48.

对于西周最初的800个诸侯国而言，谁最终统一这800个诸侯国是不确定的，具有极大随机性、偶然性。但最终一定有一个国家统一这800个诸侯国，在这诸多偶然中存在了一种必然。

（5）概率论史学与混沌史学的差异在于是否以进化为归结。

生物进化何尝不是"在这诸多偶然中存在了一种必然"？细菌、植物、动物等每一种物种都有数以亿万计的个体，即使是极小概率的变异，在庞大种群数量的加持下，在漫长历史时期的筛选、演变中也会出现"进化"与"优化"。生物最终会呈现由低级到高级，由简单到复杂的进化。笔者在此前的学术研究中擅长"进化论分析"，但生物进化往往是"概率与偶然性的叠加"。一个种群有几万只猴子，关键性的"突变"，难以确定是发生在哪只猴子身上，突变是以概率的形式存在的。突变是一定会有的，只是事前不能确定突变发生在哪只猴子身上，但无论突变发生在哪只猴子身上，对于猴子种群来说，突变都是必然发生的。故而生物进化就体现为诸多偶然性叠加之后形成的必然性。人类社会的演变，也是如此。秦末农民起义中，到底是刘邦获胜，还是项羽获胜，抑或是别的人获胜，会有一定偶然性，存在一定的概率分布，但"有人获胜"是必然的。我们在历史研究中，就是要摒弃"不恰当的必然性"，而聚焦在历史演变中的偶然性因素上。所以笔者认为，"历史进化论"或"进化论史学"的概念虽然也很有学术价值，但"概率论史学"的概念也许比"进化论史学"的概念更能准确描述笔者试图表达的内容。故而笔者虽以"进化论分析"见长，但在此还是用"概率论史学"来描述笔者所提出的这些东西。

在这里，笔者的"概率论史学"就与"混沌学说""混沌史学"有了差异。1972年美国麻省理工学院教授E. N. 洛伦兹发表论文《蝴蝶效应》，提出巴西的一只蝴蝶拍打翅膀会导致美国发生飓风，因为天气因素具有复杂的随机性影响。据说，洛伦兹在计算机上用他建立的偏微分方程模拟日常气象变化，只要输入的初始条件发生极细微的差别，就会导致气象模拟结果呈现巨大差异。把这一"混沌学说"引入历史学，就必然形成"混沌史学"。一丁点历史初始条件的变化，就会引发后续历史的巨大变迁。假如秦始皇不突然病逝，历史必然会有极大改变。问题在于，有没有可能"秦始皇是否突然病逝"都不影响历史的走向？有没有可能历史看起来具有极大偶然性，但其实历史根本就是稳定的，不会因为秦始皇是否突然病逝而发生根本变化？正如孙中山领导的同盟会举行了十多次反清起义，每一次当然会有很大的偶然性，但阻止不了其中蕴藏的必然性。

以色列历史学家尤瓦尔·赫拉利2012年出版的畅销书《人类简史》也贯彻了"混沌史学"的思想。书中说："历史的铁则就是：事后看来无可避免的事，在当时看来总是毫不明显。""历史就是这样的一团混沌""历史还是所谓的'二级'混沌系统"。一级混沌系统是不因预测而改变的混沌系统；二级混沌系统是会受预测影响的混沌系统。可惜在书中，赫拉利没有对"混沌史学"更多更精深的分析。从其论述来看，赫拉利只是强调了历史的偶然性，但对这种偶然性没有更深入的认识。

笔者的"概率论史学"与"混沌史学"会有少量近似，但也会有根本差异，因为笔者的理论起点是进化论，进化论讲求的是秩序。无论是生物进化，还是文学进化，都可以在万般混沌中建构出"秩序"。而且生物进化中有一种"必然性"，生物种群中亿万的个体中存在数以亿亿计的偶然性，但无论有多少偶然性，依靠庞大的种群数量，极低概率的突变可以发展壮大，最终改变生物种群性状与面貌。混沌只是表象，在混沌中依靠遗传变异，依靠进化的内在动力，混沌最终会秩序化。依靠历史进化的神奇力量，在历史的混沌中必然可以进化出某种"秩序"。这依靠了"小概率事件"的叠加。因此，核心问题在于概率，在于历史演变中的偶然事件及其概率。

进一步来说，我们会看到人类历史自身会从混沌中形成秩序。没有王朝政治则历史叙述很难有中心，人类在杂乱无章地进行生活与繁衍。王朝政治会给一大片土地带来"中心与秩序"。所有人按照几乎一样的语言，一样的服饰，一样的道德习俗进行生活。或者说，人类历史就是一个追求秩序、扩大秩序的过程。史前一万年时，中国大地上有几千个部落与村庄，其生活方式并不统一，后来在黄帝尧舜时代中华民族逐步形成了多方面的统一与秩序。在历史演变中，偶然性事件层出不穷，但人类的社会与组织在变得越来越有秩序。很多事情变得越来越"可预测"，一些"成熟做法与路径"实现的概率越来越高。如隋唐以来的科举制，让人才选拔变得越来越有规则可循。所谓"历史经验"，就是一些成熟做法与路径，被广泛传播与效仿，使之变成了高概率的做法。"制度"规范了人们的行为，使人们的行为变得越来越可预测，最终变成了"大概率事件"。有了"制度"，很多事虽然不是100%

概率，但依然是有80%的大概率。如"嫡长子继承制"成为一种中国古代皇位继承制度，但每个朝代都会有15%的皇位并非嫡长子继承制，几乎每个朝代都会出现一次"非正常继位"，如明代的"靖难之役"，清代康熙帝的"九子夺嫡"。但不可否认，在每个朝代中期，皇位继承还是具有了某种确定性，概率风险被逐渐剔除。

可见，人类历史上所建立的各种"制度"，带有一种破除偶然性的功能，会带来一种可以称为"制度必然性"的确定性。从个人人生与人类制度演变的角度来看，各种"制度"就是使得很多人的人生的杂乱无章，变得越来越有序，把很多低概率行为变得越来越高概率。人生中的概率风险被剔除。人生杂乱无章的行为与经历，变得越来越稳定，变得越来越高概率。比如"当代教育制度"使当代人的人生经历变得稳定，中小学、大学、硕士和博士研究生，这样的教育制度让很多人的人生变得"可预测"。古代科举制度亦是如此，很多人从秀才、举人、进士、翰林等一路走来，具有较大的确定性。可见，人类历史进化的一个重要指标就是让很多人的人生从"不确定"到"确定"。人类社会越完善越文明，很多人的一生就越具有确定性。人类文明的发展，就是逐步剔除每个人人生中概率风险的过程。人生中无数的概率事件，最终大为减少，使得人生由"部分概率事件与部分确定事件"组成。以当代社会来说，上小学、中学、大学、工作、婚姻、生子、一日三餐、行住坐卧等对绝大多数人已成为"必然事件"，人生中无处不在的概率风险，被剔除了很多（但还存在不少，如发生车祸、疾病等各种突然变故的风险）。而医学的发展，也是使得人类因疾病致死的概率风险降低。可见，现代文明就是使得人生中的概率风险降低，人生经历变得越来越具有确定性。这正是人类历史从混沌向秩序进化的必然结果与最终表现。

3. 历史的概率演变中的必然性、稳定性与历史规律、进化规律

人类历史中偶然性无所不在，因为人类历史架构的最底层便是纯粹偶然性，历史是在偶然性基础上进行演化。历史的演变是"偶然性加偶然性"，是"偶然性的叠加"。但历史的演变中也存在了一定的必然性。在笔者看来，历史演变中至少存在大概率必然性、制度必然性、统计学必然性、目标导向必然性、经济必然性等五种必然性。不过，这五种不同方式存在的必然性，并不能破除历史演变中存在的全

部偶然性。历史演变中一些纯粹的偶然性还是显著存在的。

要之,历史演变中存在了鲜明的偶然性,也存在一定的必然性。这些涉及偶然、必然的问题往往纠缠在一起,使历史变成了一团迷雾。我们应该充分剖析历史演变中的偶然性、必然性、稳定性的问题,进而对历史规律、进化规律有深入认识。这正是概率论史学带给我们的重要启示。

(1) 历史演变中至少存在五种必然性。

人类历史架构的最底层是纯粹偶然性,偶然性无所不在,历史是在偶然性基础上进行演化,在"偶然性"的基础上才出现了一定的"必然性"。在笔者看来,事件当中的必然性,其产生至少有五种途径:

其一,大概率必然性。某些偶然事件与行为,由于具有了80%以上的概率,也会被视为必然发生。

其二,制度必然性。由于制度规定等方面的原因,某件事物被严格执行,呈现出一定的必然状态。如"嫡长子继承制"规定下的皇位继承。"刑法制度"规定下出现的有罪必被抓的"天网恢恢疏而不漏"的现象。但如果国家不严格执行法律,很多时候有罪的人不一定会被抓。

其三,统计学必然性。依托统计,在大量偶然性中必然呈现的统计规律,具有必然性。统计学的"中心极限定律"等统计规律,会最终消除部分不够稳定的偶然性,呈现一种必然性。如参加科举考试的每一个人都存在各种偶然性,但这种偶然性会最终汇聚成科举结果,呈现一种大体上的必然性——虽然也有很多有实力的考生无奈落榜,但有实力的考生大多数能考上,且考上的考生几乎都是有很强实力的。

其四,目标导向必然性。一些以目标为导向的历史事件,最终都会实现,具有了很强必然性。个人与团体的志向、目标,对事物发展有很深的内在决定性影响。百折不挠的志向与目标,会最终决定很多事件的发生。

其五,经济必然性。经济基础决定上层建筑,很多历史事件都由最根本的经济因素决定。经济因素在事物全过程起作用,事件参与方的经济实力越强,事件结果一般对其越有利,呈现出很强的必然性。

人类历史演变中存在的必然性当然不止这五种。实际上物理规律,如万有引力定律,也是一种塑造人类历史的必然性,可称之为"物理规律必然性"。此外,科技水平也带来了一种必然性，人类活动不可能超越它所处时代的科技水平，这可称之为"科技水平必然性"。再如"生老病死"的生命规律，也让人类历史具有了一种无可回避的必然性。尤其是历代王朝政治，秦始皇、刘邦、汉武帝等有能力的帝王，毕竟有其寿命极限。有些后续事态是几乎不可改变的，呈现出一种由"生老病死"生命规律所决定的生命规律必然性。

类似的对人类历史具有一定决定性的"必然性因素"还有很多，但这里我们着重指出以上这五种主要的必然性因素。因为它们在历史事件中往往会起到重要作用，会显著决定历史事件的走向，也因为它们与偶然性存在复杂的纠缠关系。更因为这五种主要的必然性属于逻辑学上的"小前提"，而其他很多必然性属于逻辑学上的"大前提"。毕竟，无论是经济必然性、目标导向必然性，还是制度必然性、统计学必然性，都以物理规律必然性、科技水平必然性、生命规律必然性等为前提。在历史学研究中，不可能去假设脱离科技水平，脱离生命规律的因素。在历史学研究中，过多地去探讨"生老病死"对政治与时事的影响，过多地去探讨如果古代有当代的科技水平其历史会如何演变等问题，其实意义不大，这更像是写"穿越小说"，而不是进行严肃的历史学研究。

（2）历史由大量相似却不完全相同的偶然事件汇聚而成。

我们能看到历史演变中，存在很多由"大量个别概率事件"组成的"总体概率事件"。比如古代科举、现代高考中，每一位考生的复习、答题、阅卷都存在各种偶然性，而且每一位考生的经历都大体相似却并不完全相同，其偶然性的发生点也并不相同，有的考生高考超常发挥，有的考生复习的题目正好考到了，有的考生被阅卷老师多给几分，其中存在各种各样的偶然性。但这些偶然性会最终汇聚成考试的结果，决定哪些人被录取，最终获得人生的成功。再比如冷兵器时代的战争、战役或者战斗，其具体过程本质上都是一个又一个士兵之间的对打。比如春秋战国时的很多战争，本质上都是一个一个士兵在"捉对厮杀"。如果我们俯视一个正在进行战斗的战场，就会看到有几千对、上万对士兵在"捉对厮杀"。这些士兵之间的"捉对厮杀"，都是一个一个的相似事件，其胜负存在偶然性，但很快会呈现总体的战斗结果。要言之，一场战斗是由大量极为相似的士兵"捉对厮杀"构成的。每一对士兵"捉对厮杀"的结果，构成了总体的战斗结果。每一对士兵"捉对厮杀"中存在的偶然性，最终汇聚成了一场战斗的"总体偶然性"。

中国历史上，从夏商周到元明清，有十多个正统王朝，其中发生过多种多样的战争与历史事件。中国历史上光是较大型的战争就有上千次（每一次较大型的战争一般都包含若干场战斗）。而科举考试也几乎每年都举行，有无数读书人经历了"科举偶然性"的筛选。众所周知，中国历史上，相同相似相近的历史事件总是一而再、再而三发生。孟子云："世衰道微，邪说暴行有作，臣弑其君者有之，子弑其父者有之。孔子惧，作《春秋》。"司马迁在《史记·太史公自序》中说："《春秋》之中，弑君三十六，亡国五十二，诸侯奔走不得保其社稷者不可胜数。"可见，历代史家都观察到在一段较长时间的历史中，类似的事件总是反复发生。故此，"统计学"与"概率论"在历史学研究中是可以显著存在的。

我们可以看到，历史是由大量相似的事件组成。马克·吐温说："历史总是惊人地相似，但不是简单重复。"为什么历史总是相似而不同？有人从中看到了"历史循环论"，历史之所以相似，在于历史是循环的，"历史在不变的连续中循环波动"❶，诚如《三国演义》开篇所说："天下大势，合久必分，分久必合"。但这种相似，恐怕并不是因为历史在循环，而是历史统计性的表现。是历史演变在不同历史参数下，历史走向了相同、相似或不相似的结局。因为各种历史事件中只要相关参数有略微变动、双方的实力对比有一定变化，历史的演变就会出现较大差异，形成一种"具有一定家族相似且呈现序列性的历史"，类似于柑橘类植物的果实，有葡萄般大小的蜜橘，有乒乓球大小的橘子，有垒球般大小的橙子，亦有近于足球大小的柚子，呈现出总体相似但又不完全相同的序列性。

历史事件一般也都有这种相似却不相同的序列性。例如，中国古代"嫡长子继承制"出现的诸多反例，平均每个王朝都要出现一两起，有的以宫廷政变结束，如隋炀帝杨广杀兄弑父、李世民"玄武门之变"；有的以小规模战争结束，如汉武帝"巫蛊之祸"；有的以大规模战争结束，如永乐帝"靖难之役"；有的以亡国亡天下的惨烈内乱结束，如西晋的"八王之乱"。这里面存在的"变数"，正是历史各参数

---

❶ 斯托·珀森斯.18世纪美国的循环史论[J].美国季刊,1954(2).译文见:陈恒.新史学(第30辑)[M].郑州:大象出版社,2022.

中一些不同的变量。在"玄武门之变"中，如果有人告密，让太子李建成提前得到消息，就可以躲过李世民这次宫廷政变，但后续双方依然会发生小规模战争，事态就有可能演变成类似于汉武帝"巫蛊之祸"。如果太子李建成的军事能力更强一些，或者身边有一两名军事指挥能力出众的谋士与将领，李建成与李世民就会形成长期的军事斗争，唐初历史就会演变成类似明初永乐帝"靖难之役"的大规模战争。如果此时外敌有很强实力，有可能出现西晋"八王之乱"那样由皇位继承斗争导致的亡国亡天下的惨祸。

应该注意到，每一次历史事件的发生，其当事人的智谋水平、当事人的健康状况、各方的军事实力、经济实力、统治集团内部的状况、国家外部的状况等各种参数中，会有少量参数相同，但不可能每个参数都相同，这必然导致历史局面的相似而不相同。尤其是科技正在不以人类意志为转移的进步，时间每度过一百年，科技就有较大变化。所以唐代"安史之乱"中攻打城池与明末农民战争中攻打城池的状况，已经有根本差异，因为有火炮这一根本变量的出现。由于有科技这一历史变量，历史就形成了"螺旋性上升"的局面。隔了几百年的历史事件，不可能完全一样或大体一样，因为科技这一变量会改变历史演变中的各种参数。

但历史演变中，也有不变的"参数"，这就是对阵双方的"力量对比"。无论科技如何变化，无论文化如何变化，对阵双方的"力量对比"的数学性是永恒存在的。无论是在冷兵器时代，还是热兵器时代，对阵双方可以调动的资源确实会有很大不同，但双方的力量对比是较为稳定的。一般而言，要么是一方有压倒性优势，要么是双方势均力敌。这就会导致诸多"相似历史局面"的出现。一方拥有压倒性优势，可能导致快速获胜，也可能导致弱势方寻求与其他弱势方联合。而双方的势均力敌，要么导致双方因"均势"而保持"和平"，要么双方不顾"均势"，而非要较量一番。各历史不同阶段的状况，都是在"力量对比"的不同参数条件下演变出来的，带有很强的数学性。

可以说，带有周期性的历史循环论就是历史统计学中呈现出来的"相似事件"导致的总体相似。这种统计性的"相似而不相同"必然会给观察历史的人以一种"周期性"的感觉。或者说，历史总会走到一个相似的历史节点上。这就是因为历史演变中的各参数，尤其是双方的力量对比，与前代历史中的某一个阶段较为相似，由此导致后续历史演变出现了巨大的相似性。这种"周期性的相似"是必然的。这是由数学的随机性决定的，这正如我们在圆周率 3.1415926……的无穷尽的后续数字中一定会找到某些一模一样的数字段落。历史就像一组随机数列，一定会出现一些数字段落的相似。而且历史这方面的相似，也有事态与谋略方面的原因。例如，在唐太宗李世民"玄武门之变"与永乐帝"靖难之役"完成后，唐太宗与永乐帝要面临相似的局面，其心态及其采用的统治手法，也会有所相似。所以就会让后续历史阶段也呈现很强的相似性。

由此，我们就要去研究历史相似事件中的不同变量因素，研究是什么导致了历史的相似而不相同。这可以说就是"比较史学"，但不是跨文化跨国度的比较史学，而是在同一文化系统下的比较史学，比较不同历史时期的相似但不相同的历史事件中的各种差异。识别出"不同时代的相似但不相同历史事件"中的差异性的因素，有助于我们更好地把握住历史演变的趋势与变化原因。

总之，由于历史是由大量相似而不相同的偶然历史事件组合、汇聚而成，其中有大量可以进行"统计与比较"的内容存在，所以"历史统计学""比较历史学"就大有用武之地了。

(3) 统计学必然性、目标导向必然性与历史的必然性、稳定性。

这里，笔者关心的并非单纯的数据统计，而是"历史的偶然性、必然性与稳定性"问题——我们注意到在概率论中存在"正态分布曲线"的著名定律，把成百上千个小球从"高尔顿板"上掉落，虽然每一个小球的落点是不确定的，存在大量的偶然性，但小球越多，最终的结果总是越符合正态分布。在这里，能在事前就确定的并不是某一个小球的落点位置，而是所有小球下落位置的综合形态。质言之，每一个小球的落点是偶然的，但所有小球落下后形成的"正态分布"则是必然的，且是大体稳定的。这就是统计规律，它不会被单个随机事件偶然性所干扰，会展现出一种总体的稳定性。这种统计规律，有时也被称为"统计学必然性"。

难道历史事件不是这样吗？一段历史是由大量偶然性事件共同组成的，最终会形成一种破除单个随机事件的偶然性干扰的总体统计规律。人们常说，历史的走向是由所有参与方共同形成的合力推动的，就是认识到，历史不是由单一方与单一事件决定的，而是所有参与方合力推动的。那么，在各历史事件中显然也存在"总体的统计学必然性"。历次重大历史事件中,一般都有大量涉及偶然性的东西。如一场战斗中,每一个士兵的战斗都存在极大的偶然性,这些所有的偶然性汇总起来形成了总体的偶然性,总体的偶然性中又会形成一些内在的必然性。可以说,历史就是由一件件偶然事件、概率事件组合而成的。每一个历史事件的原因、过程与最终结果是不一样的,但大量历史事件累积起来,一定会呈现某种类似"正态分布曲线"的统计规律。换言之,在事件发生之前,每一个具体的历史事件是不确定的,充满了偶然性,但把成百上千个历史事件统计起来,一定会呈现某种事前就可以测知的稳定性的东西。这就是历史的统计规律,亦即历史中所包含的"统计学必然性"。这种历史事件中的统计学必然性,最终会决定历史呈现出"历史必然性"与"历史稳定性"。

或者我们把这种有大量偶然性累积起来的具有一定稳定性的东西,称为"历史的必然性"吧。但要注意的是,笔者此处所谓的"历史的必然性"并非指我们已然实现了的历史具有一种必然性。我们实现了的历史只是"多种'历史可能'的叠加态"或"'可能世界'的叠加态"❶ 经过"坍缩""演进"出来的一种被真实实现了的现实历史。但这种"真实历史"并不是必然的或唯一的。由于一些偶然性因素的扰动,历史也有可能走向另外的方向。笔者所谓的"历史的必然性"是指在历史的"概率云""概率波"中"坍缩""演进"出来的具有唯一性的真实历史之外的某种具有稳定性与内在决定性的东西。这与马克思主义史学所说的"经济基础决定上层建筑"相近。或者说,"历史的必然性"是对大量偶然事件、概率事件进行数据统计,而得到的"统计必然性"。

马克思主义哲学对人类历史发展规律有着重要阐述,形成了历史唯物主义的理论体系。恩格斯《在马克思墓前的讲话》中曾指出:"正像达尔文发现有机界的发

---

❶ "可能世界理论"为近几十年来国际学术界的一大热点。笔者的"概率论史学"与"可能世界理论"也存在某种联系。参见:马洪锐.莱布尼兹论"可能世界"——从其"共同可能"概念出发[J].世界哲学,2013(6).谭光辉.论实在世界、可能世界与虚构世界的符号双轴关系[J].河南师范大学学报,2014(5).

展规律一样,马克思发现了人类历史的发展规律。"我国学者后续亦有大量精彩阐发❶。试问:历史规律到底是什么?马克思主义强调经济基础决定上层建筑,这无疑是很有道理的。人的诸多行为归根结底是经济行为。用经济的视角来看待诸多问题,确实是把握了历史规律。但我们也要注意到,经济行为中也存在大量的统计规律。经济行为也存在大量偶然性。尤其是我们可以观察到商业交易行为中存在显著的因个人喜好导致的偶然性。但经济行为打破了偶然性的迷雾,存在鲜明的统计必然性。例如近几十年来,我国 GDP、各省生产总值总是以较为稳定的增速在快速发展。经济行为涉及大量的企业,每一个企业的行为都存在或然性与特殊性,但所有企业综合起来的"总体的经济行为"却有着不可否认的稳定性。笔者将这种由马克思主义哲学所揭示的经济因素导致的必然性,称之为"经济必然性"。"经济必然性"与统计有一定关联,但"经济必然性"并不是单纯的统计问题,有着经济学的逻辑。

我们还必须注意到历史演变中存在着显著的稳定性。历史演变中的稳定性是指无论有什么样的偶然因素与扰动因素,但历史会稳定地达到其目标与结果。就像百川到海一样,河流弯弯曲曲向前流,其流向有极大的偶然性,但最终都会汇入大海。历史中似乎也有这种"超强的稳定性"。如清代的各种"反清斗争"便具有很大稳定性,最初是南明政权,然后是天地会,然后是太平天国,然后是同盟会。这具有稳定性,历史的结果一定会实现。这类似于炮弹与激光制导导弹的区别。炮弹因受到初始火药推力与空气阻力,其飞行轨迹存在极大偶然性,炮弹的落点存在很大概率分布,很难事前确定炮弹的准确落点,只能知道大体落点。但激光制导导弹可以在飞行中随时校正目标,最终可以准确击中目标,呈现稳定性。历史演变中也存在这种类似于激光制导导弹与一般炮弹之间差异的稳定性。同盟会举行了十多次反清起义,才最终成功。哪一次会成功,确实有很强偶然性。但不可否认其中存在稳定性,虽然每一次起义都存在偶然性,但最终存在一种稳定的必然性。历史稳定地达到了目标。

历史为何可以稳定地达到目标?因为一方面有些历史事件、历史过程属于大概

---

❶ 乔治忠.马克思主义揭示的历史发展规律[J].史学理论研究,2021(4).

率事件，具有90%以上概率，自然都会平平顺顺实现其结果；另一方面即使出现了小概率事件（1%概率事情，几乎不可能发生的事情，却真真实实发生了），历史也具有自动修复的能力。因为包括历史系统在内的各种复杂物理或生物系统往往都具有自我协调、自我修复、自我反馈、自我稳定的能力。准确来说，历史系统是一个具有一定自我协调、自我修复能力的复杂系统。历史系统中的各政治实体、各人物都在一种错综复杂的关系中形成了一种调整与反馈的能力。或者说，有时候历史演变就像是装上了"陀螺仪"的导弹，具有自我调整飞行方向的能力，无论经历了什么样的变化，最终都会稳定地飞向目标。所以我们看到历史演变中，有些人物与事件的出现具有很大偶然性，但其中又存在一定的必然性。要言之，历史节点与历史过程并非完全随机。

或者说，有些历史事件与历史演变是目标导向的，各种偶然性都无法阻止目标的实现，经历千山万水最终都会实现目标，具有显著的"目标导向必然性"。这种目标导向的事件，比如李世民发动"玄武门之变"，当天如果太子李建成准备得好一些或如果有人向李建成告密，说不定李建成不会在现场被李世民消灭。但根据一般规则，即使李建成逃过一劫，随后双方也会展开大规模的军事斗争，由于李世民军事才能出众，经过一段时间（几个月或几年）的战争，最后大概率还是李世民获胜，也即"李世民开启贞观之治"这样一个历史事件，几乎是不可阻断的。无论"玄武门之变"李世民是否在现场获得成功，后续的历史不会有太大变化。最多是一些历史的细节有所更改，但李世民"继位"后总的历史状况不会有显著变化。

西方史学界关于"替代历史""假设史学"的部分错误，也就发生在这里。去假设那些在概率上不可能发生的历史，这并无学术意义。例如在弗格森编《虚拟的历史》中由剑桥大学安德鲁·罗伯茨教授撰写的《希特勒统治下的英国》，假设希特勒占领了英国，就存在逻辑缺陷。希特勒的失败，并不是偶然的。希特勒进攻苏联，阵亡了近400万德军精锐部队，这就决定了希特勒的败亡（如果希特勒不进攻苏联，或许有部分获胜的概率）。其中每一场战斗、每一名士兵的阵亡都存在各种各样的偶然性，甚至每一天双方发生的各种事情都存在多种多样的偶然性、随机性，包括苏德双方每天小股部队的遭遇战都存在偶然性。有时炸弹爆炸时，只要弹片射偏几厘米，就可以决定一名士兵的生存或死亡。不能不说，其中确实有巨大的偶然性，但统计学的"神奇"之处就在于可以消除偶然性。类似于，统计学中有所谓"中心极限定律"，在各种统计中都会消除误差与波动，达到一种接近正态分布的状况。而希特勒进攻苏联并不是单独的一件事，而是由一系列连续的事件，一系列遭遇战，一系列攻防战组成的，这些系列事件都有胜负概率，这些概率最终被组合起来形成了"希特勒进攻苏联"的结果。因此，这个结果必然是一个"统计结果"，会消除偶然性，达到某种必然。只要去看苏德双方的战报，每一天阵亡的士兵数量，存在一种"统计稳定性"，最终就会消除各种偶然性，得到一种必然性。或者说希特勒的败亡是"统计学必然"。一旦德国与苏美英发生消耗战，则德国失败就是必然的。因为消耗战中每天的"人员消耗""物资消耗"是可以统计出来的，存在显著的稳定性，最终就变成了对人口与经济等国力比拼。在希特勒德国与苏美英法的关系中，真正存在"可替代历史"的并不是希特勒入侵英国、入侵苏联后是否会获胜，而是如果希特勒不去侵略这些国家会如何，或者如果希特勒在占领波兰、占领法国后不再扩张而是选择巩固现有成果，后续历史会如何。在这一决策上，希特勒及其幕僚们是有很大决定权的。

（4）历史演变中剔除五种必然性之外的纯粹偶然事件。

人类历史架构的最底层是纯粹偶然性，偶然性无所不在，历史是在偶然性基础上进行演化，在"偶然性"的基础上才出现了一定的"必然性"，如统计学必然性、目标导向必然性、制度必然性、经济必然性、大概率必然性等。但这五种在历史中诞生的必然性，并不能剔除历史中全部的偶然性。我们看到历史演变中，偶然性还是占有很大的成分，偶然性还是无所不在。有些历史事件还是有无法排除的偶然性。这至少存在四方面状况：

第一，一些随机产生的偶然事件具有无可剔除的偶然性。

我们看到，除了这种因为有较大确定性概率的必然事件，或各种"目标导向的历史事件"，还有不少历史事件的结果并非目标导向，确实具有很大偶然性、随机性，甚至随意性。例如，本书中所提到的几十种宋诗选本，每一部宋诗选本从编选到刊印，都存在各自的偶然性，各有各的传播缘起，各有各的编撰意图。清代并不存在一个统一的关于宋诗出版的"总体设计"，都是一次一次"偶然出版"所组合、汇聚起来的。清代宋诗出版，一开始并不存在"历史规律"，只是最后出版得多了，有的书翻印较多传播较广，有的书很难传播，从而形成了以"二八分布"为主体的统计规律。但具体到清代每一部宋诗选本的出版，还都是属于纯粹偶然事件，具有不可否认的偶然性。

很多历史事件纯粹就是偶然性的。如第一次世界大战的起因非常之偶然。又或者我们经常可以在各历史当事人的生平经历中看到大量极为偶然的事情。这林林总总、各式各样的偶然因素、偶然事件，其大部分都属于纯粹偶然，不对历史走向起较大作用。但不可否认，确实有一部分偶然性因素与偶然事件，对历史演变具有决定性作用。中国古代史书上的一些重大事件，就有大量偶然性因素起过决定性作用。又如蒙哥、张献忠在战场偶然被矢石击中，秦始皇、霍去病、吴三桂等人的突然病逝，都曾导致局势剧烈变化。有些历史不可以假设，但有些涉及偶然性的历史，显然是可以假设的。假如秦始皇不突然病逝，秦王朝的统治显然可以长期维持。在秦王朝"二世而亡"这一重大历史事件中，秦始皇的偶然病逝，起到了决定性作用。

第二，一些因偶然事件触发的新的偶然事件具有无可剔除的偶然性。

由于各历史事件之间存在极大关联性。一件偶然性事件就可能引起其他偶然性事件或者改写后续的其他事件。在历史演变中，我们能看到很多偶然性事件，对历史走向影响不大。例如一位普通人的子孙几代，可能对总体历史走向一丁点影响都没有。但我们也能看到在历史演变中有些偶然事件会极大地改变后续历史。尤其是有些历史事件一经改变、更改，确实会引发后续历史的巨大变迁，形成"旧的偶然性"引发的"新的偶然性"。例如，苻坚如果"投鞭渡江"成功，历史就会走向另一种状态。再如，如果朱元璋不用以《四书章句集注》为基础的"八股文"进行科举考试，我国的明清文化史就会有很大变迁。反过来说，如果《四书章句集注》的作者南宋思想家朱熹，在发表该书之前几年突然病故，那么后续的中国文化史就必然产生难以估量的变迁。其中有着类似于"蝴蝶效应"的历史演变效应。要之，我们必须注意到：有些历史事件与历史状况是确定的，各种偶然变化不影响其结局与后续状况。但有些历史事件与历史状况则是不确定的，一丁点偶然变化就会引发后续结局与状况的沧海桑田般巨变。在这些事情上，西方史学界的"替代史学""假设史学"才是可能的，才是严肃的。

第三，多重选择、多歧选择导致的后续事态也具有无可剔除的偶然性。

历史演变中，除了上文提到的存在"统计学必然性"等五种必然性的事件，也确实有很多可以有选择的事件纯粹就是偶然的。尤其要注意同一时间点之下面临多重选择、多歧选择时，其每一种选择都有其合理性，亦有其弊端，当事人在进行抉择时就会难以取舍。选择A有A的优点，选择B有B的优点，这时候如何选择就有很大偶然性了，一些偶然因素有可能深度影响最终的历史走向。但无论是选择A还是选择B，其最终实现的历史选择都必然带有无可剔除的偶然性。多重选择得以最终实现，本身就是偶然性的结果。

比如有的人找工作，同时拿到几个"任职邀请"，这时候选择其中任何一个都是合理的。当事人会比较犹豫，陷入两难境地，不知如何抉择。而一旦他做出了选择，后续事态就会完全不一样。这一类的"选择困境"在历史上是反复出现的。"甲申之变"时，清王朝、李自成农民军、明朝残余势力三方都在拉拢吴三桂，吴三桂选择任何一方都有其合理性。其中会有大量偶然事件、偶然因素促使吴三桂做出抉择。类似的，很多历史时期的中间人物都有多种选择，其最终选择都包含各类偶然性因素。

第四，只发生一次的紧急历史事件往往存在难以剔除的偶然性。

如果说，"大样本统计"可以消除偶然性，例如一场频繁发生战斗的战争，因其样本容量很大，最终都会消除偶然性，战争的结果会与双方实力有很大的对应关系。但很多历史事件只发生一次，其相似的条件在历史上并不多见，这就使得这种事件具有了无可剔除的偶然性。例如，"甲申之变"时吴三桂的选择，就有很大的偶然性。在这个事件中，只有吴三桂一个人做决策，且只做一次决策。在这件事上存在覆水难收的态势，吴三桂一旦做出选择就没有了反悔的余地。当时的其他人、吴三桂身边的人，都无法消除吴三桂决策的偶然性。吴三桂可以选择投降李自成，亦可以选择与后金多尔衮联合起来驱逐李自成，甚至可以选择闭关坚守等待南明政权的指令，但在这种千钧一发的历史时刻，信息来源的渠道是有限的，各种真假信息流布，事态紧急，必须尽快下决定。这必然会存在极大的偶然性。很多历史事件都有这种在仓促之间做重大决策，所形成的偶然性。

可以说，由于一些历史事件的独特性、无先例可循、几乎不重复，亦由于事发紧急，必须在短时间内下决策，而且一旦决策就覆水难收，所以很多历史事件都内蕴有无可剔除的偶然性。这些偶然性事件与历史上那些具有不同程度必然性的事件一起组成了丰富多彩的历史。历史就是在部分纯粹偶然性与部分必然性基础上进行了多种多样的演化。

历史变成了"偶然性与偶然性的叠加"或"偶然性与必然性的叠加"，偶然性被嵌入了所有的历史事件当中，而且是在事件的每一个环节都存在偶然性，是层层叠叠的偶然性的叠加。举例来说，一个男子偶然在火车上与一个女子相识，此后保持联系，进入恋爱状态，结婚生子。这是一个偶然事件。如果所诞生的这个孩子，偶然具有某种才能，最终成长为一位获得诺贝尔奖的大学教授。那么，在这个大学教授的成长过程中，实则是偶然性进行了叠加。人类历史上的各种事，实际上都是"偶然性的叠加"，是从一个偶然走向另一个偶然，是从浅层次的偶然走向了深层次的偶然，历史就是在"偶然性"的基础上进行了各种演化。所以虽然在一些"偶然性"中确实存在一定的必然性，虽然统计学必然性、目标导向必然性、经济必然性等也是广泛存在的，但这些"必然性"不可能完全破除历史演变中无所不在的"偶然性"，故而历史最终还是会呈现一定的"偶然性"与"概率性"。

（5）历史演变确定度。

考虑到历史演变中，既存在可以破除偶然性干扰的"历史统计必然性"等五种必然性，又存在一部分纯粹偶然事件，我们对历史演变就要分开来看。在这里，我们可以提出"历史演变确定度"的概念，以取代通常所用的"历史发展必然性"的概念。"历史演变确定度"概念用于描述历史演变结果出现的确定程度，描述其可能实现的概率，根据其数值可判断一个历史结果是否必然出现。"历史演变确定度"用于描述历史结果（历史节点），不用于描述历史过程。

有的历史结果的"历史演变确定度"是90%甚至100%，也即无论当时条件如何改变，各种偶然事件如何涌现，历史结果是确定出现的，无论如何改变不了。这正如中国足球队与巴西足球队实力差距太大，在短期内无论做什么，都几乎改变不了中国足球队败于巴西队的事实。但巴西队与德国队的比赛就存在很大的变数，做一些事情（如某主力队员受伤）就可能导致比赛结果出现改变。这正如有些战争的胜负有很大偶然性，但有些战争即使失败方再增加若干兵力与装备，也是不行的。

例如刘备、诸葛亮逝世后，即使再给刘禅增加十万大军，恐怕也不足以挽回"蜀汉灭亡"这一历史事实。

但有的历史结果的"历史演变确定度"则不到50%，甚至不到10%，历史在多种可能性中最终走向了其中一种。这种被实现的历史，虽然实现概率很低，但最终无可奈何地出现了。但要注意的是，历史总会走向某种结果，在有可能实现的几种历史结果中，无论如何都会选择其中一种。其中有"博弈论"的空间，或者说历史不由某一方单独决定，而由所有历史参与者共同作用，形成合力，共同塑造、达成一个新的历史。正是因为有"历史博弈"存在，历史的结果就是不确定的，会根据博弈各方的动态而形成特定的结果。对于这种"历史演变确定度"不超过50%的历史事件，我们就不能说其结果是必然的，我们就要着重分析其演变中的偶然因素，分析其历史走向上的多种可能。尤其是要把在这种"摇摆不定的历史走向""复杂的历史博弈"中真正决定历史走向的因素识别出来。如，崇祯帝在李自成逼近京城时，如果"南巡"到明王朝的南京再进一步组织反击，后续历史是会有较大变化的。在这个过程中，以李自成农民军、吴三桂、崇祯帝为中心的大明朝廷，以多尔衮为中心的满族集团之间存在了复杂的博弈。

我们在撰写历史作品时，应充分认识到虽然很多历史结果有必然性，但也有很多历史结果是纯粹偶然的。应该充分识别出历史结果当中的必然结果与偶然结果。不能把所有历史结果都当成必然结果。我们在历史研究中，应充分估计各历史事件的"历史演变确定度"，对其是否必然发生有一定的判断，对其中包含的偶然性因素亦有一定判断。

（6）历史进化论的进化规律与历史规律。

在笔者看来，包括生物进化、文学进化、历史进化等在内的各种"进化现象"，都是依托了概率叠加，将一大堆偶然事件叠加起来，在偶然事件的基础上再进一步发生新的偶然事件，偶然加偶然。其中的"必然性"到底指的是什么？其中的"偶然性"到底多大程度是完全偶然的？海量样本的统计会消除进化中的一部分偶然性，但不可能说一点偶然性都不存在了。那么，这还留存的一部分偶然性，对"后续进化面貌"起到了什么样的作用？这些问题都很难回答。

回到历史学问题，历史演变中的进化规律到底是什么？这也是笔者近几年来多方面思考的。但正如笔者对文学进化规律的新阐发，我们应该看到"历史进化规律"很可能并不像我们通常想的那么简单，很可能存在一些超出我们意料之外的内容。生物进化以物种为基本单元，猴、虎、狼、蝴蝶、鲤鱼等各以自己的物种为单元进行进化。文学进化亦以文学物种为基本单元，西游故事、李白故事各以自己的文学物种为单元进行进化。那么，历史进化以什么为基本单元？笔者以为应是"国家物种"，当前世界上有一百多个国家，可以被视为一百多个"国家物种"，这些国家历史上不同类的王朝是其不同个体。如英国历史上经历了诺曼底王朝、都铎王朝、斯图亚特王朝、汉诺威王朝等不同的王朝。

而根据生物学"界门纲目科属种"的层级分类，国家物种之上会有"界""纲""目"之类的更高层级。"民族国家"与"多民族国家"是"界"或"门"的分类标准。其他一些关于国家的政治分类，应处于"纲""目"的层级。正如马克思主义政治学所强调的，不同国家的政治制度之间，没有高下优劣之分。关键是要能适应社会变化、科技变化。

同一国家物种历史上不同的王朝之间，存在制度基因上的遗传变异关系。如唐宋元明清不同王朝对科举制度的遗传变异。秦汉魏晋唐宋元明清不同王朝对爵位与分封制度的遗传变异，西周的分封制、秦朝的郡县制、明朝的藩王制度、清朝的爵位降级制度等，既一脉相承，又代代不同，代代有新变。每一个王朝奠定之初，就形成了这个王朝的主体制度基因，这一主体制度后续一二百年会有演变，但很难有根本变化。中国古代王朝都显示出"生命周期"。或许中国古代王朝 300 年的周期律，是国家物种演化中的基本规律。例如，美国这个国家物种与国家个体很可能有其生命周期，有其起源、发展、衰败的进化历程。现在的美国有可能会向下一阶段的国家个体进行演变。

人类历史演变中一定还有更多的进化规律，如前一小节所述人类组织结构从混沌到秩序的演变历程。这些问题有待我们多方面思考，但它们并非本书中心议题，就暂且打住。感兴趣的读者可根据笔者在《文学进化论新探》中对文学进化现象的探讨，自行推衍历史进化的有关状况，或可对理解历史哲学与政治哲学问题有所帮助。

要之，我们可以推测，历史事件的总体统计状况中一定存在某种类似于"正态分布曲线""正态分布概率波"或"二八分布曲线"的东西。类似于量子力学中的物质波与概率波,历史事件中一定也存在某种概率波。中国历史上上千场较大型战役的胜负问题,最终一定以某种稳定性的内容呈现出来,有可能体现为某种概率波,也有可能体现为某种"历史规律""进化规律"。甚至不排除,量子力学中概率波的计算公式[1],与历史事件中概率波的计算公式,会有某种关联性,甚至趋同性。笔者坚信,量子在时空中概率性的分布与出现,同历史事件的概率性,一定存在某种数学与物理学上的关联,甚至存在某种计算方法上的趋同性。甚至2021年诺奖得主哈赛尔曼、帕里西等物理学家在"混沌学说"领域建立的数学模型,也可能用于"混沌史学"领域。又或者统计学中用于描述随机事件转移关系的马尔可夫概率模型、用于描述条件概率之间关系的贝叶斯公式等都可以用于概率论史学中。不过,数学并非笔者强项,此探讨难以深入。在此,只能抛砖引玉,期待数学界的朋友进行更深入的研究。

4. 概率论史学的理论与实践价值

把每一个具体历史事件的概率性分布,引入历史与历史文献的研究中,我们就会发现,历史颇有些像量子力学中的量子,因为单一历史事件在事发之前总是存在某种概率分布。如赤壁之战的胜负,在战前是存在概率分布的,鹿死谁手尚不好说。进而言之,历史的实现,实则是把"以概率分布的历史"以某一个确定的结果呈现出来。赤壁之战最终以曹操败走华容道告终,但在战前,曹操岂会想到自己的败退?在战前,赤壁之战的结局是不确定的,具有多种可能性,呈现出极大的胜负概率分布。

有意思的是,"历史文献"总是把一个在事前看来具有极大偶然性的历史与历史实现过程,描述为一个必然过程。"历史文献"由于其滞后性,总是必然带有了"事后诸葛"的特点,把"事后信息"代入到了事前分析中。例如,在分析赤壁之战时,学者们总是先根据赤壁之战的结果,来分析战前的诸多问题。这实则是个循环论证,用"结果"来证明"原因"。然而如果不知道赤壁之战的结果,我们的历

---

[1] 冯·诺依曼.量子力学的数学基础[M].凌复华,译;李继彬,校.北京:科学出版社,2020.

史学者就很难对赤壁之战进行分析。因为我们无法判断我们提出的问题，是否符合历史结局。

可见，"历史文献"抹去了历史与历史实现过程中显著存在的"概率波"问题，仿佛一切都有预兆，仿佛一切都是必然，仿佛一切都是注定。"历史文献"只是对"历史结果"的一种"记载"与"追认"，或者说，"历史文献"只是根据"历史结果"对历史起因、历史过程的粗略还原。在这个粗略还原中存在鲜明的循环论证与无效论证。历史学者们总是用"历史事件的结果"来倒推历史事件的起因与过程。而在历史过程中大量存在的概率性问题，被"结果"否定，"历史过程的或然性"被"历史结果的必然性"遮蔽。故此，"历史文献"常常是很不准确的。历史文献中常常会聚焦一些问题，忽略一些问题，尤其是"历史的多面性""历史走向的多重可能性"常常会被忽略，而代之以"事前就知会如何""我料定你会如何决策"的论述。或者把事后的"复盘"放在事前，以至于"关于事前的分析"往往被改得面目全非。类似于，诸多清诗话中把晚清时才有的关于乾隆诗坛的分析，放在了对乾隆诗坛的描述中，这实际上就描述了一个虚假的乾隆诗坛。这样的"错位分析""事后分析"在各类"历史文献"中难道不是大量存在的吗？事后追认的历史文献，虽然也有一定准确性，但其不准确的部分也是显著存在的。文献研究者的重大不足就在于被文献牵着鼻子走，未考虑文献的不准确性问题。

综合以上论述，提出"概率论史学"有几方面理论价值与意义。

第一，"概率论史学"作为一种历史观，一种历史哲学，对我们认清历史的本质是有工具价值的。大量历史事件都是由一系列偶然事件组合而成的。历史事件及其过程中都存在大量偶然性、随机性事件。如果"历史的细节"都充满了偶然性与随机性，那么"历史的总体"怎么会是确定的呢？或者说"历史的总体"的确定性，"历史走向"的确定性与必然性是什么程度上的，是否与"统计学必然"有关系？我们所说的"历史规律"到底是什么？统计学必然性是否被误以为是历史规律？又或者到底是什么决定了历史的走向？这些问题都有待多方面深入思考。而概率论史学的概念与理论体系都有助于对这些问题进行更深入的思考。

必须强调指出的是，笔者提出"概率论史学"始于笔者的进化论研究。因此，"概率论史学"是以"历史进化论"为基础诞生的。"概率论史学"可以视为"历史进化论"的一种后期理论。因为笔者在进化论的研究中逐渐注意到,进化的很重要的机理是概率问题,是概率的叠加。"概率论史学"根本上是探讨历史演变中的概率问题。这并不是走向"历史虚无主义"。因为概率的演变,最终必然出现"大概率事件",最终走向一种"历史秩序"与"历史必然性"。说"历史是漫无目的的",这不符合历史状况。正如生物进化并非全无目的,生物进化中的从简单到复杂的秩序性是显著存在的。历史演化也是如此,历史确实是存在某种进化,只是这种进化以概率为基础。尤其是历史进化中的制度进化,让一些偶发性的制度,变成常态化的制度。而制度又规范人们的行为,各种制度让偶发的小众行为,变成了高频次的大众行为。制度最终作用于人类行为。

亦可以说,进化以概率为动力,因为在"概率的涨落"中似乎存在一种能量。这种"概率的差异"会导致"进化史"向概率高的方向发展,犹如天平往重的一边倾斜。或者"概率"本身亦存在进化,"概率低的事物"在进化中要通过"竞争"让自己变得"概率高"。概率高的事物,要形成一种必然性。"概率涨落"中存在的这种能量,可以称之为"概率势能"。概率势能在偶发性事件中,在较长时期只发生几次的事件中还不明显。但概率势能在各种高频度概率事件中却有着明显的差异。概率高的事件对于概率低的事件具有一种优先性。人类历史中,吃喝拉撒、衣食住行、听学读写等是高频率的,而战争、王位继承等则是相对低频率的。而我们的史书总是着力于一些相对低频率的王侯将相的历史,对真正高频率的人民大众的日常生活,反而记载得少。故此,我们的史书实则失落了大量的有用信息,我们的史书总是不全面的。

第二,"概率论史学"有助于我们认清历史文献的不足。传统史学文献,总是把偶然性事件刻意宣扬为必然事件。传统史学文献常常把"事后信息"代入事前分析。而且距离事发时间越长,流布出来的"机密信息"就越多,但流布出来的"假信息""错误信息""刻意宣扬的信息"也越多。这使得传统史学文献总是以一种"上帝视角"看待历史,因掌握了大量事前所不可能掌握的信息而常常有着"事后诸葛"的分析,但其分析经常都是不准确的。所谓的"信史"只能是"历史的总体""历史的总结局"上可信,但在"历史的细节"上即使是二十四史等"信史"也都有大量不准确与错误之处。

第三,"概率论史学"有可能成为一种历史书撰写与历史学研究的方法论。当代历史学界在撰写史书与历史学论著时,总是有意无意忽略历史进程中的偶然性事件,或者把"偶然性事件"视为"总体必然性"的一部分。这是否正确?如果说,我们充分正视历史进程中的偶然性事件、随机性事件,这是否会形成历史学研究上的新的方法与视角。我们应该充分注意到历史进程中的偶然性、随机性、模棱两可性。事发过程中当事人很难有一种"上帝视角"与"事后诸葛亮"。事发过程中信息的有限性、局面的复杂性、命运的未定性、成败的紧迫性,都深深困扰了当事人。我们在史学研究中应该充分认识到这些。这有助于我们写出深入的历史分析,而不是以一种"某方必胜的事后理解"来书写历史,把复杂的历史简单化了,把真实历史进程中大量具有偶然性但影响重大的偶发事件省略掉了。同时,我们也应该多用统计学的方法来研究与看待历史问题,多从历史演变中发现统计数据与统计规律。

基于概率论史学对偶然性与概率的认识,我们在史学研究与史书撰写时,应该标注与分析一些历史事件的概率状况。对于那些有较大确定性的大概率事件,我们可以不多进行概率分析。但如果是那些50%概率具有多种可能的历史事件或者出现的各种小概率事件,我们就可以进行一定的概率分析,乃至进行一定"假设史学"的分析。史学研究除了探寻历史事件的"真相",另一个重要方面也在于分析研判历史事件。而分析研判历史事件的一种方式,也就在于如果调整历史演变中某一个变量或某一个参数(军队数量、经济状况、各种状况等),历史结果是否会有较大变化,这样才能更客观地看出战争双方真实实力差距或历史演变两方对历史走向的真实把控程度。

或者说在这里,我们可以较多运用前文提出的概念"历史演变确定度",用于描述历史演变结果出现的确定程度。"历史演变确定度"这一概念,对于我们的史学研究会有较大价值。因为很多历史结果并非具有100%的"历史演变确定度"。虽然我们现在看到的史书上的历史事件有一大半具有90%甚至99%的"历史演变确定度",但不可否认也有很多历史事件的"历史演变确定度"很低,纯粹是偶然的结果。我们在撰写历史作品时,应充分认识到虽然很多历史结果有必然性,但也有很多历史结果是纯粹偶然的。由此,"历史演变确定度"这个概念,有可能在历史学研究中成为一个常用概念。

第四,"概率论史学"对于我们的史评、史论会有一定积极作用。史评、史论是历史学的一部分,但有时也超出了历史学范畴。在史论中,我们应该多注意偶然性因素对历史走向的扰动。历史发展虽然有一定的方向性、稳定性,但不可否认也存在一定的偶然性。我们在史评、史论中应充分评估偶然性因素对历史发展的影响,而不是对历史发展进行一种以"简单必然性"为基础的简单论述。应多注意历史的复杂性,多注意历史发展的多种可能,给我们对历史的认识加入更多更复杂的思辨性内容。如果采用概率论史学的方法与视角,以后我们分析历史,进行史评、史论时,就会有与当前不一样的状况。

总之,历史研究与历史分析,不是光搜集与罗列史料,更重要的是对"历史演变"进行某种学理化,甚至带有数学性的分析。这正如经济学研究不是光搜集与罗列经济学材料与数据,而是要就经济发展、经济现象提出一些"经济学模型""经济学算法"。我国的史学研究,长期以来为"史料"所主导。诚如著名历史学家傅斯年先生所说:"史学便是史料学","史料"固然是历史学研究的基础,但如果考虑到史料的滞后性与不准确性,我们就会对"史学便是史料学"产生怀疑。既然很多史料都是滞后与不准确的,那么以这种"对错参半的史料"为基础形成的"史学",其科学性又能否得到保证?概率论史学是对我国史学研究的一种有益尝试。因为它试图打破史料的束缚,而对历史演变中各变量、各参数进行重新的研究与校正。概率论史学聚焦在了"历史偶然性"这一问题上,进行了多方面阐发。如果我们能够像经济学或气象学、物理学领域一样,就历史演变中的概率问题,提出一些较为精准的数学模型、统计学方程或偏微分方程会更好一些。但限于笔者仅仅大学本科的数学水平,实难进行更多的数学分析。笔者期待我国数学界的学者能够就历史演变与历史统计提出一些有益的数学方程。也许这就是未来我国理科发展的突破点之一了。

近百年来我国学术界擅长实证研究与材料梳理,在理论构建上未能取得相应成绩。尤其是在哲学与历史学理论等领域,我国学者近百年来罕有建树。笔者不揣冒昧,跨界提出一些历史理论,这对繁荣我国学术是有一定积极意义的。以上这些分析都有待历史学界的审视与检验。笔者的分析就此停笔,更多的分析将见于未来几年出版的《中国文学进化史》一书中。

当然，以上内容也并非笔者完全原创。主体创新点是从笔者近年对"文学基因与文学进化论"的探索，尤其是2021年的"万物原子信息文本"中生发出来的，是属于2021年已经开始的以"万物原子信息文本"理论为基础的对"万物历史"的深化探讨。同时也受到西方科幻电影、中外穿越小说中"平行宇宙"与"改写历史"的影响。而这些科幻电影往往是在西方"混沌史学""假设史学"的影响下拍摄而成，其中蕴藏了"混沌史学"的精髓。在一些方面笔者很可能是完成了类似于"逆向科研"从西方科幻电影中得到了一些理论启发。此外，笔者也在不经意之间参考了赵毅衡等学者关于"可能世界""混沌史学"的论述，因内隐记忆而在不经意间有了思想火花。笔者在行文时并未意识到自己着重参考了赵毅衡先生的论述，只是写完有关"概率论史学"的4万字初稿后，偶然在网上查到赵毅衡先生的论述，再去翻阅书架上的《广义叙述学》一书，发现笔者早在2022年年底已着重圈阅过赵先生在《广义叙述学》第三部分中关于"可能世界"论述。据赵毅衡先生在《广义叙述学》指出，"从20世纪60年代开始，西方历史学家乐此不疲写作'假定（What If）历史'"，"以'假定'为题的'虚拟历史'，已经成为历史学的一种重要亚体裁"。❶ 据赵毅衡先生指出，西方历史学界也有人称之为"混沌历史学（Chaotic History）"。所谓"混沌史学"与笔者的"概率论史学"有少量近似性，二者都起于对复杂历史系统的研究，但笔者对"进化"的认识有独家看法，因此概率论史学展现出与混沌史学的很大不同。当然，笔者目前并未穷尽式研读西方史学界关于"混沌史学"的论述，不能排除西方史学界有与笔者相似的论述。或许本书出版后，更有与西方学术界交流、互鉴的契机吧。毕竟学术的最前沿，有时候不在于谁启发了谁，而在于，谁有新的进展，谁最先触及了理论的要义，谁完成了最终的体系。因为最前沿的学术，是很多人都感兴趣的，存在大量难以准确描述的"互相影响"，关键是谁能够有超出他人的新进展！

总之，在这篇"结语"中笔者谈到了文学基因问题、历史哲学问题、历史文献的进化关系、概率论史学等多方面的学术问题。进行这方面理论探讨有两个现实目的。一是对清代在宋诗出版、传播与接受过程中的一些理论问题进行多方面总结，

---

❶ 赵毅衡.广义叙述学[M].成都:四川大学出版社,2013:181.

这是本书的题中之义。另一方面也是为几年后要出版的《中国文学进化史》一书服务。《中国文学进化史》虽拟90万字，但篇幅毕竟有限，有些问题不适合在该书中详细探讨，因此需要在本书"结语"中提前进行一些讨论。在笔者看来，"文学史"与"文学进化史"是很不一样的。我们所谓"文学史"根本不准确。例如，宋代文学的作家有上千人，我们的《宋代文学史》只写最显著的苏轼、欧阳修等上百人，这怎么可能还原出真实的宋代文学历史？比较准确的只能是"文学进化史"，例如，"宋代文学进化史"应该为宋代出现的每一部作品安排一个理论地位，虽然由于篇幅限制我们不一定写到它们，但"进化史地位"必须予以保留。或者说，只有给宋代出现过的每一部文学作品的进化史地位，给予确认与保留，我们才可以对宋代文学的真实历程进行还原，最终才能撰写出更为合理、合格的《宋代文学史》或《宋代文学进化史》。

可以说，本书虽然是笔者教育部青年项目"清代宋诗传播与接受研究"的结项成果，但本书更是笔者《中国文学进化史》一书的前期成果。古人云，"学海无涯""学无止境"，这从根源上是因为人类认识自然、认识社会、认识自我的历程是无止境的。相信笔者的《中国文学进化史》出版后会给文学研究界、文学理论界、哲学界的朋友带来一定的启发，不足之处也敬请有关专家学者予以批评指正。

主要参考书目

[1]　永瑢,等.景印文渊阁四库全书[M].台北:台湾商务印书馆,1986.

[2]　永瑢,等撰.四库全书总目提要[M].北京:中华书局,1965.

[3]　四库全书存目丛书编纂委员会.四库全书存目丛书[M].济南:齐鲁书社,1994.

[4]　四库全书存目丛书补编编纂委员会.四库全书存目丛书补编[M].济南:齐鲁书社,2001.

[5]　《清代诗文集汇编》编纂委员会.清代诗文集汇编[M].上海:上海古籍出版社,2010.

[6]　方回.瀛奎律髓[M].上海:上海古籍出版社,2020.

[7]　吴之振、吕留良、吴自牧,选编.宋诗钞[M].北京:中华书局,1986.

[8]　乾隆帝.御选唐宋诗醇[M].扬州:广陵书社,2015.

[9]　纪昀.纪晓岚全集[M].刘金柱、杨钧,主编.郑州:大象出版社,2020.

[10]　张书才.纂修四库全书档案[M].上海:上海古籍出版社,1997.

[11]　曾国藩.曾国藩诗文集[M].王澧华,校点.上海:上海古籍出版社,2005.

[12]　曾国藩.曾国藩日记[M].唐浩明,编.长沙:岳麓书社,2015.

[13]　严迪昌.清诗史[M].北京:人民文学出版社,2011.

[14]　钱仲联.清诗纪事[M].南京:江苏古籍出版社,1989.

[15] 邓之诚.清诗纪事初编[M].上海:上海古籍出版社,2013.

[16] 刘世南.清诗流派史[M].北京:人民文学出版社,2004.

[17] 蒋寅.清代诗学史·第二卷·学问与性情(1736—1795)[M].北京:中国社会科学出版社,2019.

[18] 苏轼.施注苏诗[M].施元之、顾禧,注.杭州:浙江大学出版社,2019.

[19] 苏轼.苏诗补注[M].查慎行,注.南京:凤凰出版社,2013.

[20] 苏轼.苏轼诗集合注[M].冯应榴,注.上海:上海古籍出版社,2003.

[21] 苏轼.苏轼诗集[M].王文诰辑注,孔凡礼点校.北京:中华书局,2022.

[22] 苏轼.莫友芝批施注苏诗[M].莫友芝,注.桂林:广西师范大学出版社,2023.

[23] 陈师道.后山诗注补笺[M].冒广生、冒怀辛,校笺.北京:中华书局,1995:620.

[24] 王安石.王安石诗笺注[M].董岑仕,点校.北京:中华书局,2021.

[25] 王安石.王荆文公诗笺注[M].高克勤,点校.上海:上海古籍出版社,2010.

[26] 黄庭坚,著.山谷诗集注[M].任渊、史容、史季温注,黄宝华,点校.上海:上海古籍出版社,2003.

[27] 陆游,著.剑南诗稿校注[M].钱仲联,校注.上海:上海古籍出版社,2005.

[28] 谢枋得、王相,编.千家诗[M].黎恂,注.上海:上海古籍出版社,2020.

[29] 吴世灯.清代四堡书坊刻书[M].福州:福建人民出版社,2021.

[30] 毛静.藻丽娜嬛:浒湾书坊版刻图录.[M].南昌:江西高等教育出版社,2018.

[31] 何香久.解密学问大师纪晓岚[M].北京:中国言实出版社,2008.

[32] 张晓芝,笺证.四库全书馆密函:于敏中致陆锡熊手札笺证[M].北京:中华书局,2023.

[33] 张升.四库全书馆研究[M].北京:北京师范大学出版社,2012.

[34] 周积明.纪昀评传[M].南京:南京大学出版社,2009.

[35] 张仲谋.清代文化与浙派诗[M].北京:东方出版社,1997.

[36] 谢海林.清代宋诗选本研究[M].上海:上海古籍出版社,2011.

[37] 高磊.清人选宋诗研究[M].苏州:苏州大学出版社,2017.

[38] 王友胜.历代宋诗总集研究[M].北京:北京大学出版社,2021.

[39] 王英志,主编.清代唐宋诗之争流变史[M].北京:人民文学出版社,2012.

[40] 陈伟文.清代前中期黄庭坚接受史研究[M].北京:中国人民大学出版社,2012.

[41] 邱美琼.黄庭坚诗歌传播与接受研究[M].南昌:江西人民出版社,2009.

[42] 张毅.陆游诗歌传播、阅读研究[M].上海:复旦大学出版社,2014.

[43] 张毅.唐诗接受史[M].北京:人民文学出版社,2012.

[44] 赵毅衡.广义叙述学[M].成都:四川大学出版社,2013.

[45] 川大中文系唐宋文学研究室.苏轼资料汇编[M].北京:中华书局,2004.

[46] 四川大学古籍所.现存宋人别集版本目录[M].成都:巴蜀书社,1990.

[47] 傅璇琮.黄庭坚和江西诗派资料汇编[M].北京:中华书局,2006.

[48] 韩胜.清代唐诗选本研究[M].北京:中国社会科学出版社,2010.

[49] 贺严.清代唐诗选本研究[M].北京:中国社会科学出版社,2007.

[50] 孙琴安.唐诗选本六百种提要[M].西安:陕西人民出版社,1987.

[51] 李舜臣.历代释家别集叙录[M].北京:中华书局,2021.

[52] 文革红.明清通俗小说书坊考辨与综录[M].南京:凤凰出版社,2022.

[53] 文革红.清代前期通俗小说刊刻考论[M].南昌:江西人民出版社,2008.

[54] 赵超.义理与考据之间:清代王文诰苏诗整理与注释研究[M].北京:社会科学文献出版社,2023.

[55] 刘尚荣.苏轼著作版本论丛[M].成都:巴蜀书社,1998.

[56] 何宗美,等.《四库全书总目》的官学约束与学术缺失[M].北京:人民文学出版社,2017.

后 记

本书是笔者 2021 年教育部青年基金项目"清代宋诗传播与接受研究"的结项成果。一开始笔者想把它写得四平八稳,但在撰稿过程中,随着研究的深入,尤其是随着对纪昀《瀛奎律髓刊误》《纪昀评点〈苏文忠公诗集〉》等著作的反复研读,笔者对纪昀的认识越来越深入(笔者对纪昀的认识过程详见本书绪论中关于创新点获得过程的叙述。其中,笔者在撰写教育部项目申报书时,已认识到纪昀习惯于批判的特点)。故而在本书中,纪昀与乾隆帝的篇幅占了很大比重,有近十万字之多,主要见于第二章、第四章第四节、第五章第四节、第八章第四和第六节以及结语等,其他章节中与纪昀相关的内容也有不少。读者可优先阅读这些章节,必会有所启发。乾隆帝通过颁布御选《唐宋诗醇》使得"唐宋兼宗"的理念成为清朝的官方诗学,而纪昀等人更多的是在执行与传播乾隆帝的诗学与文化理念。但纪昀毕竟是清代一位有重要影响的学者,对纪昀的准确认识有助于我们重新认识有清一代的学术与文化。纪昀虽然只是乾隆帝文化与文艺政策的忠实执行者(我们有理由怀疑,《四库全书总目提要》中的有些内容,是乾隆帝亲笔所定的),且纪昀的文艺批评确有"故意挑错""通过批判他人彰显自己"的缺陷,但纪昀毕竟是一位很有才华的学者,他的批评与批判虽有刻薄之嫌,但也多方面闪耀着理性之光。在笔者看来,"纪昀的无差别批判"已经有一种十八九世纪德国批判哲学的本体论意味。

笔者2018年有30万字的博士论文《清代诗坛宗宋现象研究》，但只有十多位文学教授与十多位博士生同学、友人阅读过。虽然评价较好，但毕竟未公开出版。因此，本书是笔者在清诗研究领域第一部公开出版的著作。本来在2021年、2022年时，笔者没有想过本书能写得较出彩，更没有想过能够提出一些独家的观点。但在2023年，随着研究的深入，撰稿的深入，笔者在纪昀问题上有了重要的灵感，注意到了纪昀对前人的"无差别批判"。以此为基础，2023年9—10月间，笔者笔墨带风，快速写出了四五万字"对'纪昀的批判'之批判"。这些批判沿着清代姚鼐、姚椿、王文诰、姚莹、李慈铭、姚永概等人对纪昀的批判展开，但有了更多的实证性、逻辑性与自洽性，应该说可以在此问题上"自立一说"。

笔者很珍视这一观点，因为我在清诗研究领域的创新点不多。博士论文中有一个（关于清代宋诗风的传承），在这部结项成果中又诞生出一个。这让笔者感到很高兴，很满意。在学术研究中，能有一定的创新，很不容易。我的已出版的《文学进化论新探》《西游故事进化史新探》等著作中都有相应的创新点，所以我在撰写本书的过程中其实很期盼能有创新点，但2021年以来经过两年的研究，才最终在2023年9月得到了这么一个弥足珍贵的创新点。为此我在本书撰写的后期，对稿件进行了一定的调整，全书围绕着"乾隆帝、纪昀的诗学观念与批评"来组织材料，除涉及纪昀与乾隆帝的章节之外，在别的章节中也经常谈到纪昀。这都是为了凸显这一创新点，也是为了让读者更好理解这一问题。

此外，本书"结语"中用6万多字篇幅提出的"概率论史学"也是值得读者关注的，这是一种新的历史哲学。笔者长于"进化论分析"，但在本书中提出的这种以进化论为基础的新的历史哲学，笔者更愿意称之为"概率论史学"。因为生物进化的本质是自然环境对海量的生物突变进行自然选择，是小概率事件的叠加。历史的演进也是由大量偶然性事件组成的。正如18世纪，英法两军的排枪对射，每一发子弹能否打中敌人，是有很大偶然性，存在概率分布。但这些"偶然性的射中"会决定一场战斗的胜负，并最终决定某次战争的胜负，进而为历史开辟方向。可见，历史演变是以偶然性为基础的，历史以偶然性为基础才形成了一部分必然性，只是历史演变中形成的各种必然性并不能完全消除历史中的全部偶然性，最终在历史演变中尤其是历史演变的关键时期还是存在着无法破除的显著的偶然性。概率论史学就是要聚焦在历史的偶然性上，聚焦在历史偶然性基础上累积出来的必然性上，如本书中提出的五种历史必然性。这种"概率论史学"尚为初次提出，与西方史学界的"混沌史学"有少量相似点，内容多有不足，还需有关学者多方面批评指正。

笔者个人其实更喜欢进行理论研究，未来准备从文学研究领域走岔道，跨学科进入科学史与科学哲学领域，进行更宽广的研究。进行清代诗学研究的时间，也许会减少。因此，这部《清代宋诗出版、传播与接受史研究》很可能会是笔者在清诗研究领域的"个人较高水平的作品之一"（后续几年，笔者会相继出版由博士论文修改而来的《清代诗坛宗宋思潮发展史》以及涉及地域文化研究的《清代江西诗学史》等著作）。几年后随着"研究强度"的降低，恐怕以后笔者想要在清诗研究领域"不断超越自己"，也是很难的。

因此，本书可以代表笔者在清诗研究领域的真实水平——比2018年博士论文的水平要高一些，但在全国的同领域研究者中，只能算是较为优秀吧。毕竟，想要在这一优秀研究者众多的领域，超越他人，也是很难的。笔者并无打算在"清诗研究领域"，跑到"研究者第一集团的顶尖位置"，只打算在"第一集团的末尾"或"第二集团的头部"。

四五年后，笔者会逐渐结束目前已有的关于"清诗的研究"，而将更多精力用于科学史与科学哲学的研究。我的想法是从乾嘉时期的文化研究，接入西方科学史与科学哲学的研究，或者说，进一步在中国文化的根蒂中生发出"自然哲学"的"鲜花"与"大树"。要弥补与夯实中国传统文化中缺乏足够的数学思维与自然哲学思维的不足。乾嘉学人试图这么做过，他们面对当时西方科学的冲击，积极整理中国古典算书、历书，如编撰《四库全书》时，四库馆臣在武英殿着重刊印了《孙子算经》《海岛算经》《五曹算经》《夏侯阳算经》等"算经十书"的作品，要知道，"武英殿聚珍版丛书"一共才138种，其中数学、农学类的就有十多种。现在来看，他们的努力，还是取得了一定成功的，乾嘉之后清政府就开始了"洋务自强运动"。今天数学与科学已在中华大地上生根发芽，我国已跻身科技强国行列。成绩是可喜的，但我们其实还有很多的不足，诚如著名数学家丘成桐先生所言，我国的数学还比不上美国。我国要成为"数学强国"还有很长的路要走。此外，从"文理结合"的角度，我们缺乏在文化高度上、哲学深度上对数学与自然科学的深入探讨之作。我们缺乏一些真正深刻把握学理又扎根中国文化的科学史与科学哲学著作，尤其缺乏针对数学与自然科学最新成果的哲学与文化探讨之作。这项伟大的工作，需要大量青年学者的加入。在笔者看来，中国每个大学都应该成立一个规模比肩文学院的"科学史与科学哲学学院"，下设数学史与数学哲学、物理学史与物理学哲学、天文学史与宇宙哲学、化学史与化学哲学、生物学史与生物学哲学、医学史与医学哲学等不同系与专业。我们甚至可以依托全国的"科学史与科学哲学学院"，展开堪比《四库全书》的国内外科学著作编撰工程，如"数学四库全书计划"、《中外百大数学家全集翻译与出版工程》之类，让我们青年数学学者能够熟读国内外各数学家的全集。必须意识到，正是因为未能熟读诸多国内外数学家的专著，才限制了我国数学学者的水平提升。这正如一个未能博览群书的文学研究者，始终无法有所创新。要之，"数学四库全书"这样伟大翻译出版工程的开展，也许会是我们这个时代留给后世的不朽财富！

笔者转向自然哲学与科学史研究，也有个人与家庭方面的原因。个人方面，笔者在大三之前是理科生，2001 年高考被天津南开大学微电子系录取，对物理学极为感兴趣。家庭方面，著名物理学家、中国现代物理学的奠基人之一、中国科学院副院长、西南联大校务委员会委员（相当于副校长）、清华大学在西南联大时期的领导成员、上海交通大学与南京大学校长、南昌大学校务委员（相当于副校长）吴有训先生与笔者有亲戚关系。根据高安市荷岭乡石溪吴村的《吴氏族谱》、高安高左大桥河背《况氏族谱》以及笔者奶奶等亲属的口述，吴有训之父吴起辅的亲妹妹吴霞英嫁给了笔者奶奶况芙英之父况重汀的亲哥哥况重湟。查《吴氏族谱》，吴有训的曾祖父吴垂烈为道光五年江西乡试举人。查《况氏族谱》，况重汀之父况起楣两次在江西乡试中成为"堂备"（替补举人）。笔者是 1999 年元月奶奶逝世时，从一位况家亲戚口中初次得知奶奶与吴有训有亲戚关系。这之后几个月，笔者在图书馆借了一部《吴有训传》（聂冷著，中国青年出版社 1998 年 7 月出版）进行研读。至今二十多年，吴有训先生的科学事迹对笔者有一定影响。笔者感到自己必须勇敢地投入自然哲学与科学史研究当中去！

  当下，在面对即将要开拓的自然哲学新领域时，笔者有些茫然，笔者不知道该怎样去寻求创新点，笔者也不知道是否最终能够寻找到创新点。一如笔者2015年正式进入清诗研究领域时的茫然。那时候笔者在《西游记》《红楼梦》等古典小说研究领域有一定积累，但清诗研究领域只仔细研读过《曾国藩家书》、蒋寅《王渔洋与康熙诗坛》、柳春蕊《晚清古文研究》等不多的几部著作，那时笔者不知道自己是否可以在清诗研究领域站住脚。所以2016年、2017年，笔者一路狂奔，大量研读了清诗原典，在逐步积累中一点点廓清横亘在我研究路途上的迷雾。直至出版这部《清代宋诗出版、传播与接受研究》的2024年，笔者在清诗研究的康庄大道上已前行了十年。这十年，笔者购买了一部部清人诗文集，打印了一摞摞清诗材料，日夜在研读这些诗文。笔者的十年青春就被沉淀在这些"清代诗文"之中了。

  但笔者认为这对笔者只能是一项训练，笔者必须"脱离舒适区"，勇敢向科学史与科学哲学的新领域进发。笔者在《西游故事进化史新探》（该书在江苏省连云港市西游文献馆展览中被列为"百年来重要西游研究著作之一"）的结语中已探讨了近两万字，未来将进行更多更广泛的探索。不管最终在科学史与科学哲学领域，能否获得一定成功，笔者必须勇敢往前走。这也许是时代赋予我们这一代学人的"学术责任"。

作者

2024年6月25日

定稿于江西科技师范大学